ANJOS PARTIDOS

RICHARD MORGAN

ANJOS PARTIDOS

Tradução
Márcia Men e Edmo Suassuna

1ª edição

Rio de Janeiro | 2018

Copyright © Richard Morgan 2003
Publicado originalmente por Gollancz, Londres.

Título original: *Broken Angels*

Capa: Rafael Nobre
Imagens de capa: Tithi Luadthong | Shutterstock

Texto revisado segundo o novo
Acordo Ortográfico da Língua Portuguesa

2018
Impresso no Brasil
Printed in Brazil

CIP-BRASIL. CATALOGAÇÃO NA PUBLICAÇÃO
SINDICATO NACIONAL DOS EDITORES DE LIVROS, RJ

M846a

Morgan, Richard
Anjos partidos / Richard Morgan; tradução de Marcia Men, Edmo Suassuna. – 1ª ed. – Rio de Janeiro: Bertrand Brasil, 2018.

Tradução de: Broken angels
Sequência de: Carbono alterado
ISBN 978-85-286-2306-2

1. Ficção inglesa. I. Men, Marcia. II. Suassuna, Edmo. III. Título.

18-48097

CDD: 823
CDU: 821.111-3

Meri Gleice Rodrigues de Souza - Bibliotecária CRB-7/6439

Todos os direitos reservados. Não é permitida a reprodução total ou parcial desta obra, por quaisquer meios, sem a prévia autorização por escrito da Editora.

Direitos exclusivos de publicação em língua portuguesa somente para o Brasil adquiridos pela:
EDITORA BERTRAND BRASIL LTDA.
Rua Argentina, 171 – 2º andar – São Cristóvão
20921-380 – Rio de Janeiro – RJ
Tel.: (21) 2585-2000 – Fax: (21) 2585-2084

Atendimento e venda direta ao leitor:
mdireto@record.com.br ou (21) 2585-2002

PARTE 1
PARTES PREJUDICADAS

A guerra é como qualquer relacionamento ruim. É claro que você quer
pular fora, mas a que preço? E, talvez ainda mais importante,
depois que você sair, será que estará numa situação melhor?

— QUELLCRIST FALCONER
Diários de campanha

CAPÍTULO 1

Conheci Jan Schneider num hospital orbital do Protetorado, trezentos quilômetros acima das nuvens esfarrapadas de Sanção IV e sentindo muita dor. Tecnicamente, o Protetorado não poderia estar presente em nenhum lugar do sistema Sanção; o que restava do governo planetário insistia a altos brados de seus bunkers que aquela era uma questão interna, e as corporações locais tinham concordado tacitamente em seguir aquela versão em particular no momento.

Por causa disso, as naus do Protetorado que estiveram perambulando pelo sistema desde que Joshua Kemp erguera seu estandarte revolucionário na Cidade Índigo tiveram seus códigos de reconhecimento alterados, na prática tendo sido compradas em concessões de longo prazo por várias das corporações envolvidas e, em seguida, emprestadas de volta ao governo combalido como parte do fundo local de desenvolvimento (dedutível dos impostos). As naus que não fossem derrubadas dos céus pelas bombas predadoras de segunda mão surpreendentemente eficazes de Kemp seriam revendidas de volta ao Protetorado, com a concessão ainda valendo, e quaisquer prejuízos também seriam deduzidos dos impostos. Todos saíam de mãos lavadas. No meio-tempo, qualquer oficial de alta patente ferido em combate contra as forças de Kemp era transportado para longe do perigo, e aquele fora o meu critério principal na hora de escolher um lado. Aquela guerra tinha tudo para ser sangrenta.

O transporte nos deixou direto no piso do hangar do hospital, por meio de um dispositivo muito parecido com um imenso cinturão de munição que despejava dúzias de macas-cápsulas com uma pressa quase grosseira. Eu ouvia o ruído agudo dos motores da nave se afastando enquanto chacoalhávamos e retiníamos por sobre a asa e éramos baixados ao convés. Quando eles abriram a minha cápsula, o ar do hangar queimou meus pulmões com o frio do espaço sideral recém-expulso. Uma camada instantânea de cristais de gelo se formou em tudo, inclusive meu rosto.

— Você! — Era uma voz feminina, áspera de estresse. — Está sentindo dor?

Pisquei para tirar um pouco do gelo dos meus olhos e fitei meu uniforme de combate coberto de sangue.

— Adivinha — grasnei.

— Enfermeiro! Carga de endorfina e antiviral de amplo espectro aqui. — Ela se curvou sobre mim, e senti dedos enluvados tocando minha cabeça ao mesmo tempo em que sinto o espetar frio do hipospray no meu pescoço. A dor se reduziu drasticamente. — Você veio da frente de Ocaso?

— Não — consegui responder, sem forças. — Investida na Orla Setentrional. Por quê? O que aconteceu em Ocaso?

— Algum imbecil de merda acabou de ordenar um ataque nuclear tático. — A voz dela estava carregada de fúria gélida. Suas mãos se moveram pelo meu corpo, avaliando o estrago. — Nada de exposição à radiação, então. E quanto a armas químicas?

Inclinei a cabeça alguns milímetros para a minha lapela.

— Medidor de exposição. Deve. Dizer.

— Ele já era — retrucou ela. — Junto com a maior parte desse ombro.

— Ah. — Me esforcei para falar: — Acho que tô limpo. Não dá pra fazer uma varredura celular?

— Não aqui. Os scanners de nível celular estão embutidos nos conveses de enfermaria. Talvez cuidemos disso depois que conseguirmos abrir espaço para vocês todos lá em cima. — As mãos me deixaram. — Cadê seu código de barras?

— Têmpora esquerda.

Alguém limpou o sangue da área designada, e senti vagamente o laser de leitura correndo pelo meu rosto. Uma máquina trinou em aprovação, e eu fui deixado em paz. Processado.

Fiquei ali deitado por um tempo, contente em deixar a endorfina tirar tanto minha dor quanto minha consciência, tudo com a suave diligência de um mordomo a receber e guardar um chapéu e um casaco. Uma pequena parte de mim se perguntava se o corpo que eu vestia poderia ser salvo ou se eu teria que ser reencapado. Eu sabia que a Vanguarda de Carrera mantinha um punhado de bancos de clones para os supostos efetivos indispensáveis e, como um dos apenas cinco ex-Emissários a soldo de Carrera, eu definitivamente fazia parte dessa elite em particular. Infelizmente, a indispensabilidade é uma faca de dois gumes. Por um lado, ela garante o melhor tratamento médico possível, incluindo até reposição corporal total. Por outro, a única razão para esse tratamento é poderem atirar você de volta ao combate assim que possível. Um soldado-padrão plâncton cujo corpo fosse danificado além da possibilidade de conserto simplesmente teria seu cartucho cortical extraído de seu confortável alojamento no topo da coluna vertebral e depois guardado num estojo de armazenamento até o fim da guerra. Não era uma saída ideal, e, apesar da reputação da Vanguarda de tomar conta dos seus, não havia nenhuma garantia real de reencapamento, ainda que, em vários momentos no caos ensandecido dos últimos meses, esse mergulho no esquecimento de um armazém tinha parecido quase infinitamente desejável.

— Coronel. Ei, coronel.

Eu não sabia bem se era o condicionamento de Emissário que me mantinha acordado ou se tinha sido a voz ao meu lado que me pentelhara de volta à consciência. Rolei a cabeça preguiçosamente para ver quem falava.

Parecia que ainda estávamos no hangar. Deitado na maca ao meu lado havia um rapaz musculoso, com uma juba negra e crespa e uma sagacidade nos traços que nem a expressão atordoada da dose de endorfina conseguia mascarar. Vestia um uniforme de combate da Vanguarda igual ao meu, mas que não lhe servia bem e cujos buracos na roupa não pareciam corresponder aos furos no corpo. Na têmpora esquerda, onde ficaria o código de barras, havia uma conveniente queimadura de laser.

— Tá falando comigo?

— Sim, senhor. — Ele se apoiou num dos cotovelos. Deviam ter dado a ele uma dose bem menor que a minha. — Parece que a gente botou o Kemp para correr lá em baixo, né?

— Esse é um ponto de vista interessante. — Imagens do Pelotão 391 sendo destroçado ao meu redor lampejaram pela minha mente. — Para *onde* você acha que ele vai correr? Considerando que este é o planeta dele, quero dizer.

— Hum, eu pensei...

— Eu não recomendaria isso, soldado. Não leu o termo de alistamento? Só cale a boca e poupe seu fôlego. Você vai precisar dele.

— Hum, sim, senhor. — Ele ficou um tanto boquiaberto e, pelo som das cabeças viradas nas macas próximas, não era a única pessoa surpresa ao ouvir um oficial da Vanguarda de Carrera falando dessa forma. Sanção IV, assim como a maioria das guerras, tinha provocado alguns sentimentos barra-pesada.

— Ah, e mais uma coisa.

— Coronel?

— Este uniforme é de tenente. E não existe patente de coronel no comando da Vanguarda. Tente se lembrar disso.

Então uma onda monstruosa de dor subiu de alguma parte mutilada do meu corpo, esquivou-se das garras dos leões de chácara de endorfina postados às portas do meu cérebro e começou a berrar histericamente seu relatório de danos a quem quisesse ouvir. O sorriso que eu tinha afixado ao meu rosto derreteu da mesma forma que a paisagem urbana deve ter se desfeito em Ocaso, e eu subitamente perdi interesse em qualquer coisa além de gritar.

Água marulhava gentilmente logo abaixo quando eu acordei de novo, e a suave luz do sol aquecia meu rosto e meus braços. Alguém devia ter tirado os resquícios esfarrapados da minha túnica de combate e me deixado só com a regata da Vanguarda. Mexi uma das mãos, e meus dedos tocaram tábuas de madeira alisadas pela erosão, também cálidas. A claridade do sol desenhava padrões dançantes no interior das minhas pálpebras.

Não sentia dor.

Eu me sentei; não me sentia bem assim havia meses. Estava esparramado num pequeno píer, muito simples, que se estendia mais ou menos uns doze metros no que parecia ser um fiorde ou *loch* marítimo. Montes baixos e arredondados cercavam a água dos dois lados, e nuvens brancas fofinhas corriam despreocupadas acima. Mais adiante no *loch*, uma família de focas colocava a cabeça para fora da água e me espiava com seriedade.

Meu corpo era a mesma capa de combate afro-caribenha que eu estivera vestindo durante o ataque à Orla Setentrional, intacta e sem cicatrizes.

Ou seja.

Passos rasparam nas tábuas atrás de mim. Virei a cabeça para o lado, erguendo as mãos por reflexo numa guarda embrionária. Muito depois do reflexo, veio o pensamento confirmando que, no mundo real, ninguém poderia ter chegado tão perto sem ativar o senso de proximidade da minha capa.

— Takeshi Kovacs — disse a mulher uniformizada parada ao meu lado, pronunciando corretamente o suave "ch" dos idiomas eslavos no fim do sobrenome. — Seja bem-vindo ao cartucho de recuperação.

— Que beleza. — Eu me levantei, ignorando a mão oferecida. — Ainda estou a bordo do hospital?

A mulher negou com a cabeça e afastou os longos e selvagens cabelos cor de cobre da frente do rosto anguloso.

— Sua capa ainda está em tratamento intensivo, mas sua consciência atual foi fretada digitalmente para o Armazenamento Um da Vanguarda, até que você esteja pronto para ser revivido fisicamente.

Olhei em volta e virei meu rosto para cima, de volta ao sol. Chove muito na Orla Setentrional.

— E onde fica o Armazenamento Um da Vanguarda? Ou será que isso é confidencial?

— Receio que seja, sim.

— Por que será que eu já imaginava isso?

— Em suas transações com o Protetorado, você sem dúvida deve ter se familiarizado com...

— Deixa pra lá. Era uma pergunta retórica.

Eu já fazia uma ideia muito boa de onde o formato virtual estaria localizado. O padrão numa situação de guerra planetária era tacar um punhado de estações furtivas de baixo albedo em órbitas elípticas malucas e torcer para que nenhuma nave militar em tráfego local esbarrasse nelas. As chances de ninguém jamais encontrar você eram muito boas. O espaço, como dizem os livros, é grande.

— Em que proporção você está rodando isto aqui?

— Equivalente ao tempo real — respondeu a mulher prontamente. — Só que eu posso acelerar, se você quiser.

A ideia de ter minha certamente curta convalescência estendida aqui por qualquer fator até mais ou menos trezentas vezes era tentadora, porém, considerando que eu seria arrastado de volta ao combate muito em breve em tempo real, era melhor não perder meu ímpeto. Além disso, eu nem sabia se o Comando da Vanguarda permitiria uma extensão muito longa. Uns dois meses de vagabundagem de ermitão num lugar com tanta beleza natural certamente teria um efeito negativo no entusiasmo de uma pessoa por massacre a granel.

— Temos um alojamento — afirmou a mulher, apontando. — Para o seu uso. Por favor, solicite modificações caso você as deseje.

Segui a direção do braço dela até um ponto onde uma estrutura de vidro e madeira com dois andares se erguia sob beirais arrebitados na orla de uma longa praia de seixos.

— Me parece ótimo. — Vagos vapores de interesse sexual se remexeram dentro de mim. — Você por acaso é o meu ideal interpessoal?

A mulher balançou a cabeça de novo.

— Sou um construto de serviço intraformato da Supervisão de Sistemas Vanguarda Um, baseada fisicamente na tenente-coronel Lucia Mataran do Alto Comando do Protetorado.

— Com esse cabelo? Só pode estar brincando.

— Eu tenho zonas de arbítrio. Você gostaria que eu lhe gerasse um ideal interpessoal?

Assim como a oferta do tempo estendido, era tentador. Só que, depois de seis semanas na companhia dos ruidosos soldados de elite do naipe "matar ou morrer" da Vanguarda, o que eu queria mais que qualquer outra coisa era ficar sozinho por um tempo.

— Vou pensar no assunto. Mais alguma coisa?

— Você tem uma gravação com instruções de Isaac Carrera. Quer que seja armazenada na casa?

— Não, pode reproduzir aqui. Eu chamo se precisar de mais alguma coisa.

— Como desejar.

O construto inclinou a cabeça e desapareceu. No lugar dela, surgiu um homem vestindo o uniforme formal negro da Vanguarda. Cabelos pretos muito curtos salpicados de grisalho, um rosto aristocrático com linhas de expressão cujos olhos escuros e traços marcados eram de alguma forma tanto rígidos quanto compreensivos e, sob o uniforme, havia o corpo de um oficial cuja senioridade não o tinha removido do campo de batalha. Isaac Carreira, condecorado ex-capitão do Comando do Vácuo e fundador subsequente da força mercenária mais temida no Protetorado. Um exemplo de soldado, comandante e mente tática. Ocasionalmente, quando não tinha opção, um político competente.

— Olá, tenente Kovacs. Me desculpe por mandar uma mera gravação, mas Ocaso nos deixou numa situação complicada, e não havia tempo para montar uma conexão. O relatório médico diz que sua capa pode ser reparada em dez dias, então não optaremos pelo banco de clones. Quero você de volta na Orla Setentrional o mais rápido possível, mas a verdade é que a resistência pesada emperrou a batalha por enquanto, e eles podem viver sem você por umas duas semanas. Anexamos um relatório de status nesta gravação, incluindo as perdas sofridas no último ataque. Gostaria que você desse uma olhada enquanto estiver no virtual, botasse essa sua famosa intuição de Emissário para trabalhar. Deus sabe que precisamos de algumas ideias novas por aqui. Num contexto geral, a aquisição dos territórios da Orla nos concederá um dos nove objetivos principais necessários para trazer um fim para este conflito...

Eu já estava em movimento, caminhando pelo píer e depois pela orla a caminho das colinas mais próximas. O céu além estava nublado, mas não escuro o bastante para que houvesse uma tempestade a caminho. Parecia que eu teria uma bela vista do *loch* inteiro, se subisse o suficiente.

Atrás de mim, a voz de Carrera era levada pelo vento, a projeção abandonada no píer, articulando palavras para o ar vazio, ou talvez para as focas, presumindo-se que elas não teriam nada melhor a fazer além de escutá-las.

CAPÍTULO 2

No fim das contas, eles me deixaram lá dentro por menos de uma semana.

Não perdi muita coisa. Abaixo, as nuvens corriam e voavam sobre o hemisfério norte de Sanção IV, despejando chuva nos homens e mulheres que se matavam no solo. O construto visitava a casa a intervalos regulares, mantendo-me em dia com os detalhes mais interessantes. Os aliados de Kemp fora do mundo fracassaram na tentativa de romper o bloqueio do Protetorado, ao custo de um par de transportes IP. Uma ala de bombas predadoras mais inteligentes que o normal saiu de algum lugar não especificado, atravessou as defesas e vaporizou um couraçado do Protetorado. Forças do governo nos trópicos mantiveram suas posições enquanto, no nordeste, a Vanguarda e outras forças mercenárias perderam terreno para a guarda presidencial de elite de Kemp. Ocaso continuava a fumegar.

Como eu disse, não perdi muita coisa.

Quando acordei na câmara de reencapamento, estava infundido dos pés à cabeça num calor de bem-estar. Era quase completamente efeito da química; hospitais militares injetavam toneladas de bagulhos nas capas convalescentes logo antes do download para que o reencapado se sentisse bem. É o equivalente deles a uma festa de boas-vindas, o que faz você se sentir como se fosse capaz de vencer essa porra de guerra *sozinho* se eles pelo menos deixassem você atacar o inimigo. É, claro, um efeito útil. Porém, o que eu também tinha, nadando ao lado desse coquetel patriótico, era o simples prazer de estar intacto e equipado com um conjunto completo de membros e órgãos.

Que durou só até eu falar com a médica.

— Tiramos você do tanque mais cedo — informou ela, com a raiva que demonstrara no convés de transporte um pouco mais escondida na voz, agora. — Por ordem do comando da Vanguarda. Parece que não há tempo para que você se recupere completamente.

— Eu me sinto bem.

— É claro. Está entupido de endorfina. Quando a onda passar, você vai descobrir que seu ombro esquerdo só está com dois terços da funcionalidade normal. Ah, e os seus pulmões continuam danificados. Cheios de cicatrizes do Guerlain Vinte.

Pisquei.

— Eu não sabia que eles estavam borrifando esse troço.

— Pois é, aparentemente ninguém sabia. Um triunfo de investida furtiva, foi o que me disseram. — Ela desistiu, com a careta abandonada no meio da tentativa. Cansada demais, simplesmente demais. — Limpamos a maior parte, rodamos bioware de recrescimento nas partes mais óbvias e demos um jeito na infecção secundária. Com alguns meses de descanso, você provavelmente se recuperaria completamente. Como as coisas estão... — Ela deu de ombros. — Tente não fumar. Pratique exercícios leves. Ah, que se foda.

Eu tentei o exercício leve. Caminhei pelo convés axial do hospital. Forcei o ar nos meus pulmões calcinados. Flexionei meu ombro. O convés inteiro estava lotado com homens e mulheres feridos de parede a parede praticando atividades semelhantes. Eu conhecia alguns deles.

— Ei, tenente!

Tony Loemanako, e o rosto dele era quase inteiro uma máscara de carne estraçalhada marcada com etiquetas verdes onde os bios de recrescimento rápido estavam embutidos. Ainda sorria, mas havia dentes demais visíveis do lado esquerdo.

— Você escapou com vida, tenente! É isso aí!

Ele se virou na multidão.

— Ei, Eddie, Kwok. O tenente está vivo.

Kwok Yuen Yee, com as duas órbitas oculares bem recheadas com gel laranja brilhante de incubação de tecido. Uma microcâmera externa, afixada ao crânio dela, permitia que enxergasse enquanto isso. As mãos estavam sendo regeneradas num esqueleto negro de fibra de carbono. O tecido novo parecia úmido e sensível.

— Tenente. A gente pensou que...

— Tenente Kovacs!

Eddie Munharto, escorado num traje de mobilidade enquanto os bios regeneravam o braço direito e as duas pernas a partir dos retalhos estraçalhados que os estilhaços inteligentes tinham deixado.

— Que bom ver o senhor, tenente! Viu? Estamos todos no estaleiro. O Pelotão 391 vai estar pronto pra dar uma surra nos kempistas em uns dois meses, sem problema.

As capas de combate da Vanguarda são fornecidas pela Biossistemas Khumalo, e biotecnologia de última geração da Khumalo inclui alguns extras customizados bem bacanas. Dentre os mais notáveis, temos um sistema de supressão de serotonina que melhora a sua capacidade de cometer violência impensada, e minúsculos traços de genes lupinos que fornecem velocidade e selvageria adicionais, além de uma lealdade de grupo elevada que arde como lágrimas nos olhos. Ao olhar os sobreviventes mutilados, senti minha garganta começar a doer.

— Cara, a gente acabou com eles, né? — comentou Munharto, gesticulando com o braço restante como se fosse uma barbatana. — Vi no noticiário militar ontem.

A microcâmera de Kwok girou, fazendo barulhinhos hidráulicos.

— O senhor vai comandar o novo 391, senhor?

— Eu não...

— Ei, Naki. Cadê você, cara? É o tenente.

Fiquei longe do convés axial depois disso.

Schneider me encontrou no dia seguinte, sentado na enfermaria de recuperação dos oficiais, fumando um cigarro e olhando pela janela. Burrice, mas, como a médica tinha dito, *que se foda*. Não fazia muito sentido cuidar bem de si mesmo, se esse si mesmo poderia a qualquer momento ter a carne arrancada dos ossos por aço voador ou ser completamente corroído por armas químicas.

— Ah, tenente Kovacs.

Levei um momento para reconhecê-lo. O rosto das pessoas fica muito diferente sob o estresse da dor e, além disso, nós dois estivéramos cobertos de sangue. Fitei o sujeito por cima do cigarro, perguntando-me, deprimido, se seria mais alguém que se ferira por minha causa vindo me parabenizar por uma batalha bem comandada. Então, alguma coisa na linguagem corporal dele acionou uma memória e me lembrei do hangar. Fiquei um tanto surpreso por ele ainda estar a bordo e ainda mais por ter conseguido chegar ali só com lábia. Fiz um gesto para que se sentasse.

— Obrigado. Eu sou, ah, Jan Schneider. — Ele ofereceu uma mão, para a qual acenei com a cabeça, depois se serviu dos meus cigarros na mesa. — Estou muito agradecido de você não ter, ah, não...

— Esqueça. Eu esqueci.

— Ferimentos, ah, ferimentos fazem coisas com sua mente, sua memória... — Eu me ajeitei, impaciente. — Me fizeram bagunçar as patentes e coisa e tal, ah...

— Olha, Schneider, eu não dou a mínima. — Dei um trago profundo e infeliz no cigarro e tossi. — Só me interessa sobreviver a esta guerra por tempo suficiente para encontrar um jeito de escapar dela. Agora, se você repetir isso, eu mando fuzilarem você, mas, caso contrário, você pode fazer a merda que bem quiser. Entendido?

Ele assentiu, mas sua postura passou por uma mudança sutil. O nervosismo tinha se reduzido a um roer discreto da unha do dedão, e agora ele me vigiava como um abutre. Quando parei de falar, Schneider tirou o polegar da boca, sorriu, e o substituiu pelo cigarro. Quase com leveza, soprou fumaça na direção da janela e do planeta que ela exibia.

— Exatamente — disse.

— Exatamente o quê?

Schneider olhou em volta de modo conspiratório, mas os poucos outros ocupantes da enfermaria estavam todos reunidos do outro lado do aposento, vendo holopornô de Latimer. Ele sorriu de novo e se inclinou para mais perto.

— Exatamente o que eu estava procurando. Alguém com bom senso. Tenente Kovacs, eu gostaria de lhe fazer uma proposta. Algo que envolverá a sua saída desta guerra, não só vivo mas também rico, mais rico do que você é capaz de imaginar.

— Eu consigo imaginar muita coisa, Schneider.

Ele deu de ombros.

— Tanto faz. Muito dinheiro, então. Tem interesse?

Pensei no assunto, tentando encontrar a pegadinha.

— Se envolver virar casaca, eu tô fora. Não tenho nada contra Joshua Kemp pessoalmente, mas acho que ele vai perder, e...

— Politicagem. — Schneider dispensou a ideia com um aceno. — Isto não tem nada a ver com politicagem. Nada a ver com a guerra, também, exceto como uma circunstância. Estou falando de uma coisa sólida. Um produto. Algo que qualquer um dos engravatados pagaria uma percentagem de um dígito do lucro anual deles para possuir.

Duvidei muito que houvesse qualquer coisa do tipo num mundo periférico como Sanção IV e duvidei ainda mais que alguém como Schneider tivesse acesso a ela. Por outro lado, ele fora capaz de, com pura lábia, invadir o que era, para todos os fins, uma belonave do Protetorado e conseguira atendimento médico pelo qual, numa estimativa generosa para com o governo, meio milhão de pessoas na superfície imploravam em vão, aos gritos. Ele poderia saber de *alguma coisa* e, naquele momento, eu estaria interessado em ouvir *qualquer coisa* que pudesse me tirar daquela bola de lama antes que ela se rasgasse ao meio.

Assenti com a cabeça e apaguei meu cigarro.

— Tudo bem.

— Você está dentro?

— Estou interessado — respondi brandamente. — Se estou dentro ou não, isso vai depender do que eu ouvir.

Schneider fez uma careta pensativa.

— Não sei se poderemos seguir em frente nesse esquema, tenente. Eu preciso...

— De mim. Isso é óbvio, ou nós não estaríamos conversando agora. Então, vamos seguir em frente nesse esquema, ou você prefere que eu chame a segurança da Vanguarda para arrancar a informação de você na base da porrada?

Houve um silêncio tenso, no qual o sorriso forçado de Schneider derreteu como sangue.

— Bem — disse ele, afinal. — Vejo que o julguei mal. Os registros não cobriam este, hum, aspecto do seu caráter.

— Quaisquer registros sobre mim que você tenha conseguido acessar não contam nem metade da história. Só para você saber, minha última posição militar oficial foi no Corpo de Emissários.

Observei a ficha cair, perguntando-me se ele se assustaria. Os Emissários têm um status quase mitológico por todo o Protetorado, e não por conta de uma natureza caridosa. Meu passado não era segredo em Sanção IV, mas eu geralmente não o mencionava a não ser que fosse pressionado. Era o tipo de reputação que, na melhor das hipóteses, provocava um silêncio nervoso sempre que eu entrava no refeitório e, na pior, levava a desafios insanos de jovens de primeira capa com mais neuroquímica e músculos implantados que bom senso. Carrera me repreendeu depois da terceira morte (com cartucho recuperável). Oficiais comandantes geralmente não veem com bons olhos assassinatos nas fileiras. A ideia é que reservemos esse tipo de entusiasmo para o inimigo. Foi decidido que todas as referências ao meu passado como Emissário seriam enterradas nas profundezas do núcleo de dados da Vanguarda, e os registros superficiais me rotulariam como um mercenário profissional saído dos Fuzileiros do Protetorado. Era uma trajetória bem comum.

Porém, se o meu passado de Emissário assustava Schneider, isso não ficou aparente. Ele se inclinou para a frente de novo, o rosto sagaz imerso em pensamentos.

— Os Emissários, é? Quando você serviu?

— Já faz um tempo. Por quê?

— Você esteve em Innenin?

A brasa do cigarro dele incandesceu. Por um momento, foi como se eu caísse dentro dela. A luz vermelha se borrou em traçados de disparos de laser, entalhando paredes arruinadas e a lama aos nossos pés enquanto Jimmy de Soto se debatia nos meus braços e morria gritando, e a cabeça de ponte de Innenin desmoronava ao nosso redor.

Fechei meus olhos por um instante.

— Sim, eu estive em Innenin. Você vai me contar qual é a desse esquema de riqueza empresarial ou não?

Dava para ver que Schneider estava se mordendo de vontade de contar. Pegou mais um dos meus cigarros e se reclinou na cadeira.

— Você sabia que a costa da Orla Setentrional, lá pra além de Sauberlândia, tem alguns dos sítios de assentamento marcianos mais antigos conhecidos pela arqueologia humana?

Ah, que pena. Suspirei e deixei meu olhar deslizar do rosto dele de volta à vista de Sanção IV. Eu já deveria ter esperado alguma coisa do tipo, mas, de alguma forma, fiquei decepcionado com Jan Schneider. Nos poucos minutos em que nos conhecêramos, eu pensara ter detectado um núcleo realista que me parecera sólido demais para essas merdas de civilização perdida e tecnotesouros enterrados.

Já faz uns bons quinhentos anos desde que esbarramos com o mausoléu de civilização marciana, e as pessoas ainda não entenderam que os artefatos que nossos vizinhos planetários extintos deixaram espalhados estavam completamente fora do nosso alcance, ou destruídos. (Ou, muito provavelmente, ambos, mas como poderíamos saber?) Tudo realmente útil que conseguimos resgatar foram as cartas de astronavegação cuja notação vagamente compreendida nos permitiu mandar nossas próprias naves colonizadoras a destinos terrestroides garantidos.

Esse sucesso, somado às ruínas e aos artefatos que encontramos nesses mundos que os mapas nos deram, propiciaram uma grande variedade de teorias, ideias e crenças de cultos. No tempo que eu passei perambulando de um lado ao outro do Protetorado, escutei a maioria. Em alguns lugares, temos a paranoia que diz que a coisa toda é uma conspiração criada pela ONU para encobrir o fato de que os mapas de astronavegação na verdade foram fornecidos por viajantes do tempo do nosso próprio futuro. Há também a fé religiosa cuidadosamente articulada que acredita que somos os descendentes perdidos dos marcianos, esperando para sermos reunidos aos nossos ancestrais quando finalmente alcançarmos iluminação cármica suficiente. Alguns cientistas nutrem teorias vagamente esperançosas de que, na verdade, Marte foi um mero entreposto remoto, uma colônia isolada da cultura-mãe, e que o núcleo da civilização ainda existe em algum lugar. A minha favorita é que os marcianos se mudaram para a Terra e viraram golfinhos, para assim poderem se livrar das amarras da civilização tecnológica.

No fim, tudo se resume à mesma coisa. Eles se foram, e nós só catamos os pedaços.

Schneider sorriu.

— Você acha que eu sou um pirado, né? Vivendo uma fantasia de criança?

— Por aí.

— É, bem, escuta só o que eu tenho a dizer. — Ele fumava em tragos curtos e rápidos que deixavam a fumaça lhe escapar da boca enquanto falava. — O que todo mundo presume é que os marcianos eram como a gente, não fisicamente; eu quero dizer que presumimos que a civilização deles tinha as mesmas bases culturais que a nossa.

Bases culturais? Isso não soava como coisa que ele próprio falaria. Era algo que alguém tinha dito a ele. Meu interesse cresceu levemente.

— Ou seja, nós mapeamos um mundo que nem esse, e todo mundo fica excitadinho quando encontramos centros de habitação. Cidades, eles concluem. Estamos a quase dois anos-luz do sistema Latimer principal, são duas biosferas habitáveis e três que precisariam de algum ajuste, todas elas com pelo menos um punhado de ruínas, mas, assim que as sondas chegam aqui e registram algo que se parece com cidades, todo mundo larga o que está fazendo e vem correndo.

— Eu diria que "correndo" é um exagero.

Em velocidades sub-luz, até a balsa colonial mais incrementada levaria quase três anos para cruzar o vazio entre sois binários de Latimer para esta estrelinha bebê com nome sem graça. Nada é rápido no espaço interestelar.

— É mesmo? Você sabe quanto tempo levou? Da chegada dos dados da sonda por hiperfeixe à inauguração do governo de Sanção?

Concordei com a cabeça. Como conselheiro militar local, era minha obrigação saber desse tipo de coisa. As corporações interessadas tinham despachado a papelada do Licenciamento do Protetorado numa questão de semanas. Porém, isso tinha sido quase cem anos antes e não parecia ter muita relação com o que Schneider pretendia me contar agora. Fiz um gesto para que fosse logo ao assunto principal.

— Aí, então — continuou ele, inclinando-se para a frente e levantando as mãos como se fosse reger uma orquestra. — Chegam os arqueólogos. Mesma coisa que em qualquer outro lugar: terrenos são demarcados e distribuídos por ordem de chegada, com o governo servindo de intermediário entre os posseiros e as corporações.

— Por uma porcentagem.

— É, por uma porcentagem. Além do direito de desapropriar, abre aspas, com indenização apropriada, quaisquer descobertas consideradas de importância vital aos interesses do Protetorado etc. etc., fecha aspas. A questão é que qualquer arqueólogo decente que quiser faturar bonito vai direto para os centros de habitação, e foi isso que todos fizeram.

— Como é que você sabe tudo isso, Schneider? Você não é um arqueólogo.

Ele ergueu a mão e puxou a manga para me mostrar as espirais de uma serpente alada, tatuada em tinta de ilumínio sob a pele. As escamas da cobra cintilavam e faiscavam com uma luz própria, e as asas subiam e desciam milimetricamente, de modo que quase dava para ouvir o bater e arranhar seco que fariam. Entrelaçadas nos dentes da cobra estavam as palavras *Guilda dos Pilotos IP de Sanção* e o desenho inteiro era circundado pela inscrição O CHÃO É PARA OS MORTOS. Parecia quase nova.

Dei de ombros.

— Muito bem-feita. E daí?

— Eu transportava carga para um grupo de arqueólogos que trabalhavam na costa Dangrek a noroeste de Sauberlândia. Eram quase todos cavouqueiros, menos...

— Cavouqueiros?

Schneider piscou os olhos.

— Isso, que que tem?

— Eu não sou daqui — expliquei, paciente. — Só estou lutando em uma guerra. O que são cavouqueiros?

— Ah, você sabe. Garotos. — Ele fez um gesto, perplexo. — Recém-saídos da academia, a primeira escavação deles. Cavouqueiros.

— Cavouqueiros. Entendi. Então, e quem não era?

— O quê? — Ele piscou de novo.

— Quem não era um cavouqueiro? Você disse que *Eram quase todos cavouqueiros, menos...* Menos quem?

Schneider parecia ressentido, como se não tivesse gostado de alguém interrompendo o seu fluxo.

— Tem uns veteranos, também. Os cavouqueiros têm que pegar qualquer coisa que encontrarem numa escavação, mas sempre tem uns caras mais experientes que não acreditam muito na conversa de sempre.

— Ou que chegaram tarde demais para arrumar uma área melhor.

— É. — Por algum motivo, ele também não gostou daquela brincadeira. — Às vezes. A questão é que nós, eles, encontraram uma coisa.

— Encontraram o quê?

— Uma nave estelar marciana. — Schneider apagou o cigarro. — Intacta.

— Mentira.

— Achamos mesmo.

Suspirei de novo.

— Você está me pedindo para acreditar que vocês escavaram uma nave espacial, não, desculpa, uma nave *estelar*, e ninguém ficou sabendo? Ninguém viu. Ninguém percebeu que ela estava ali. O que vocês fizeram? Inflaram uma cabine-bolha em cima dela?

Schneider lambeu os lábios e sorriu. De repente, estava curtindo a conversa de novo.

— Eu não disse que a gente escavou a nave, eu disse que a gente *achou* a nave. Kovacs, ela é do tamanho de uma porra de asteroide e está lá fora nos limites do sistema Sanção, numa órbita de espera. O que nós escavamos foi um portal que leva até ela. Um sistema de atracamento.

— Um portal? — Senti um leve arrepio descendo pela minha espinha enquanto eu fazia a pergunta. — Você quer dizer um transmissor de hiperfeixe? Tem certeza de que leram os tecnoglifos direito?

— Kovacs, é um *portal*. — Schneider falava como se eu fosse uma criancinha. — A gente abriu. Dá para ver direitinho do outro lado. É como um efeito especial barato de expéria. As constelações à vista confirmaram que está neste sistema estelar. Só precisamos andar até o outro lado.

— Para entrar na nave?

Mesmo a contragosto, eu estava fascinado. O Corpo dos Emissários ensina como mentir, mentir sob um polígrafo, mentir sob imenso estresse, mentir sob quaisquer circunstâncias possíveis, com convicção absoluta. Emissários mentem melhor que qualquer outro ser humano no Protetorado, natural ou melhorado, e, olhando para Schneider naquele momento, eu sabia que ele não estava mentindo. O que quer que tivesse acontecido, Schneider acreditava completamente no que dizia.

— Não. — Ele balançou a cabeça. — Não para dentro da nave. O portal está focalizado num ponto a uns dois quilômetros do casco. Completa uma rotação a cada quatro horas e meia, mais ou menos. Você precisa de um traje espacial.

— Ou uma nave de transporte. — Indiquei a tatuagem no braço dele. — O que você estava pilotando?

Ele fez uma careta.

— Uma porcaria de suborbital Mowai. Do tamanho de uma porra de uma casa. Não coube na entrada do portal.

— O quê? — Eu tossi uma risada inesperada que fez meu peito doer. — Não coube?

— É, pode rir à vontade — retrucou Schneider, ressentido. — Se não fosse por esse probleminha logístico, eu não estaria nesta merda de guerra agora. Estaria numa capa customizada na Cidade de Latimer. Clones no gelo, armazenamento remoto, imortal, porra. O serviço completo.

— Ninguém tinha um traje espacial?

— E por que alguém teria? — Schneider estendeu as mãos. — Era um suborbital. Ninguém esperava sair do planeta. Na verdade, ninguém tinha *permissão* de sair do mundo exceto pelos portos IP em Pouso Seguro.

Tudo que você encontrar no solo tem que ser inspecionado na Quarentena de Exportação. E ninguém estava muito a fim de passar por lá. Lembra a cláusula de desapropriação?

— Lembro. Quaisquer descobertas consideradas de importância vital aos interesses do Protetorado. Vocês não se interessaram pela indenização apropriada? Ou concluíram que não seria apropriada?

— Fala sério, Kovacs. Qual seria a indenização apropriada para uma coisa dessas?

Dei de ombros.

— Depende. No setor privado, dependeria muito de com quem você falasse. Uma bala no cartucho, talvez.

Schneider me abriu um sorriso estreito.

— Você não acha que a gente teria dado conta de vender pros engravatados?

— Acho que vocês lidariam com o caso muito mal. Dependendo de quem fosse o interlocutor, poderiam ter morrido ou não.

— Então quem você teria procurado?

Puxei outro cigarro, deixando a pergunta um tempo no ar.

— Não é isso que estamos debatendo aqui, Schneider. Minhas tarifas de consultor estão um pouco fora do seu orçamento. Como sócio, por outro lado, bem. — Ofereci a ele um sorrisinho meu. — Ainda estou ouvindo. O que aconteceu em seguida?

A risada de Schneider foi uma explosão amarga, alta o bastante para distrair até a audiência do holopornô dos corpos retocados que se contorciam numa reprodução em 3D de escala real no outro extremo da enfermaria.

— O que aconteceu? — Ele baixou a voz de novo, esperando até que os olhares dos espectadores estivessem mais uma vez concentrados no show. — O que aconteceu? Esta porra de guerra aconteceu.

CAPÍTULO 3

Em algum lugar, um bebê chorava.

Por um longo momento fiquei pendurado pelas mãos na braçola da escotilha e deixei o clima equatorial entrar. Tinha recebido alta do hospital como pronto para o serviço, mas meus pulmões ainda não estavam funcionando como eu gostaria, e o ar úmido dificultava a respiração.

— Tá quente.

Schneider tinha desligado o motor do transporte e espiava por sobre o meu ombro. Pulei da escotilha para deixá-lo sair e protegi meus olhos contra o fulgor do sol. Do ar, o campo de internamento tinha parecido tão inócuo quanto qualquer conjunto habitacional, mas, de perto, aquela arrumação uniforme sumia sob um ataque de realidade. As cabines-bolha infladas apressadamente estavam rachando sob o calor, e o esgoto corria pelos becos entre elas. Um fedor de polímero queimado chegou até mim na brisa rala; o campo de aterrissagem do transporte soprara folhas de papel e plástico descartadas contra o trecho mais próximo de cerca, e agora a energia fritava tudo, fazendo o lixo em pedaços. Do outro lado da barreira, sistemas robotizados de sentinela brotavam da terra calcinada como ervas daninhas de ferro. O zumbido sonolento dos capacitores formava um pano de fundo constante aos ruídos humanos dos internos.

Um pequeno esquadrão da milícia local se aproximava, desleixado, atrás de um sargento que me lembrava vagamente do meu pai em um de seus melhores dias. Eles viram os uniformes da Vanguarda e se detiveram. O sargento me prestou uma continência relutante.

— Tenente Takeshi Kovacs, Vanguarda de Carrera — anunciei com rispidez. — Este é o cabo Schneider. Estamos aqui para apropriar Tanya Wardani, uma das suas internas, para interrogatório.

O sargento franziu a testa.

— Não fui informado disso.

— Estou lhe informando agora, sargento.

Em situações assim, o uniforme geralmente bastava. Era público e notório em Sanção IV que os homens da Vanguarda eram os brutamontes não oficiais do Protetorado e geralmente conseguiam o que queriam. Até mesmo as outras unidades mercenárias recuavam em disputas de requisições. Porém, parecia haver alguma coisa entalada na garganta do sargento. Alguma adoração quase esquecida aos regulamentos, instilada nos campos de treinamento antes de a guerra começar. Isso, ou talvez a simples visão dos compatriotas passando fome nas cabines-bolha.

— Preciso ver uma autorização.

Estalei os dedos para Schneider e deixei a mão estendida, aguardando o documento impresso. Não tinha sido difícil de conseguir. Num conflito em escala planetária como aquele, Carrera concedia aos oficiais júnior uma autonomia que deixaria até um comandante de divisão do Protetorado se roendo de inveja. Ninguém tinha nem me perguntado para que eu queria Wardani. Ninguém se importava. Até ali, a coisa mais difícil tinha sido arranjar o transporte; esse tipo de nave era útil e havia uma carência de transporte IP. No fim, tive que tomá-lo apontando a arma para um coronel do exército regular que comandava um hospital de campo a sudeste de Suchinda de que ouvíramos falar. Aquilo ainda ia dar problema mais para a frente, mas, afinal, como o próprio Carrera tinha dito, tratava-se de uma guerra, não um concurso de popularidade.

— Isto vai bastar, sargento?

Ele examinou o papel detalhadamente, como se esperasse que os selos de autorização fossem descascar como falsificações. Eu me endireitei com uma impaciência que não era de todo fingida. A atmosfera do campo era opressiva, e o choro do bebê soava incessantemente em algum lugar fora de vista. Eu queria ir embora.

O sargento ergueu o olhar e me devolveu o papel.

— Você vai ter que falar com o comandante — respondeu ele, com rigidez.

— Essas pessoas todas estão sob supervisão do governo.

Dei olhadas além dele, para a direita e a esquerda, depois o encarei de novo.

— Certo. — Deixei o tom de desprezo ali por um momento, e os olhos dele se desviaram dos meus. — Vamos conversar com o comandante, então. Cabo Schneider, fique aqui. Isto não vai demorar.

O gabinete do comandante ficava numa bolha de dois andares separada do resto do campo por mais cercas elétricas. Unidades de sentinela menores estavam encarapitadas no alto dos postes capacitores como gárgulas do começo do milênio, e recrutas uniformizados, recém-saídos da adolescência, montavam guarda no portão, agarrados a rifles de plasma grandes demais. Os rostos jovens pareciam arranhados e vermelhos sob os capacetes de combate cheio de dispositivos. Eu não conseguia entender por que eles estavam ali. Ou as unidades robôs eram falsas, ou o campo sofria com um sério excesso de pessoal. Passamos sem uma palavra, subimos uma escadaria de liga leve que alguém tinha colado de qualquer jeito na lateral da bolha e o sargento tocou a campainha. A íris de uma câmera de segurança montada acima da soleira se dilatou brevemente, e a porta se abriu. Eu entrei, respirando com alívio o ar refrigerado.

Quase toda a luz do gabinete vinha de um banco de monitores de segurança na parede oposta. Adjacente a eles, havia uma escrivaninha de plástico moldado dominada, num dos lados, por um holomonitor barato e um teclado. O resto da superfície estava coberto com folhas de papel enroladas, canetas e outros trecos administrativos. Canecas de café abandonadas se erguiam da bagunça como torres de refrigeração num deserto industrializado e cabos leves serpenteavam pelo tampo da mesa, descendo pelo braço de um vulto curvado de lado atrás da escrivaninha.

— Comandante?

A vista em dois dos monitores se alterou e, sob a luz tremeluzente, vi o reluzir de aço ao longo do braço.

— O que foi, sargento?

A voz era arrastada e monótona, desinteressada. Avancei para a fria penumbra, e o homem detrás da escrivaninha ergueu um pouco a cabeça. Notei um olho fotorreceptor azul e a trama de liga protética que corria pelo lado do rosto e pescoço até um ombro volumoso, que parecia ser blindagem de traje espacial, mas não era. A maior parte do lado esquerdo dele tinha sumido, substituída por unidades de servomecanismo articuladas do quadril até a axila. O braço era feito de sistemas hidráulicos elegantes de aço, que terminavam numa garra negra. A seção do pulso e antebraços continha meia dúzia de plugues prateados reluzentes, conectados aos cabos da mesa. Ao lado da conexão, uma luzinha vermelha piscava languidamente. Energia fluindo.

Parei diante da escrivaninha e bati continência.

— Tenente Takeshi Kovacs, Vanguarda de Carrera — anunciei em voz baixa.

— Bem. — O comandante fez um esforço para se endireitar na cadeira. — Talvez você queira um pouco mais de luz aqui dentro, tenente. Eu gosto do escuro, mas, também — ele riu com lábios fechados —, eu tenho um bom olho pras trevas. Você, talvez, não.

Ele tateou pelo teclado e, depois de umas duas tentativas, as luzes principais se acenderam nos cantos do aposento. O fotorreceptor se apagou um pouco enquanto, ao lado, um olho humano turvo se focalizou em mim. O que restava do rosto tinha traços elegantes e teria sido bonito, mas uma longa exposição aos cabos havia privado os pequenos músculos de impulsos elétricos coerentes, deixando a expressão frouxa e abestalhada.

— Melhor assim? — O rosto tentou formar algo que era mais um olhar de esguelha que um sorriso. — Imagino que sim; afinal, você veio do Mundo Exterior. — As letras maiúsculas ecoaram com ironia. Ele indicou os monitores com um gesto. — Um mundo além desses olhinhos e qualquer coisa que as pequenas mentes deles poderiam sonhar. Diga-me, tenente, ainda estamos em guerra pelo solo violentado, quer dizer, violentamente rico em tesouros arqueológicos de nosso amado planeta?

Meus olhos foram à conexão e à luz vermelha pulsante, então voltaram ao rosto.

— Gostaria de ter toda a sua atenção, comandante.

Por um longo momento, ele me encarou, depois a cabeça se virou para baixo como algo completamente mecânico, para fitar o cabo plugado.

— Ah — sussurrou ele. — Isto.

Abruptamente, ele se virou num tranco para encarar o sargento, que aguardava logo ao lado da porta com dois dos guardas.

— Saiam.

O sargento obedeceu com uma velocidade que sugeriu que ele nem quisera estar ali, para começar. Os figurantes uniformizados o seguiram, e um deles fechou a porta delicadamente ao sair. Quando o trinco soou, o comandante se afundou de volta na cadeira e a mão direita foi até a interface do cabo. Um som que lhe escapou dos lábios poderia ter sido um suspiro ou tossida, talvez até risada. Esperei até ele erguer o olhar.

— Reduzido a um fiapo, garanto — afirmou ele, apontando a luz que ainda piscava. — Dificilmente conseguiria sobreviver a uma desconexão completa a essa altura. Se eu me deitar, é provável que nunca mais consiga me levantar, então eu fico nesta. Cadeira. O desconforto me acorda. Periodicamente. — Ele fez um óbvio esforço. — Então o que, se eu posso perguntar, a Vanguarda de Carrera quer comigo? Não temos nada de valioso por aqui, sabe. Os suprimentos médicos se esgotaram meses atrás, e mesmo a comida que nos mandam mal dá para rações completas. Para meus homens, é claro; estou me referindo à excelente tropa de soldados que comando aqui. Nossos residentes recebem ainda menos. — Mais um gesto, agora para o banco de monitores. — As máquinas, obviamente, não precisam comer. São autocontidas, nada exigentes e não criam nenhuma empatia inconveniente com aqueles que guardam. Bons soldados, cada uma delas. Como você pode ver, tentei me transformar numa, mas o processo ainda não está muito avançado...

— Não vim atrás dos seus suprimentos, comandante.

— Ah, então é uma prestação de contas, não é? Será que eu ultrapassei algum limite recém-traçado nos esquemas do Cartel? Acabei envergonhando o esforço de guerra, talvez? — A ideia parecia diverti-lo. — Você é um assassino? Um capanga da Vanguarda?

Neguei com a cabeça.

— Vim buscar uma das suas internas. Tanya Wardani.

— Ah, sim, a arqueóloga.

Minha atenção foi levemente atiçada. Não disse nada, só coloquei a autorização impressa na mesa diante do comandante e esperei. Ele a pegou sem jeito e inclinou a cabeça para um lado num ângulo exagerado, segurando o papel no alto como se fosse algum holobrinquedo que precisava ser visto de baixo. Pareceu resmungar alguma coisa.

— Algum problema, comandante? — indaguei em voz baixa.

Ele baixou o braço e se apoiou no cotovelo, balançando a autorização para a frente e para trás na minha direção. Por trás dos movimentos do papel, o olho humano subitamente pareceu desanuviado.

— Para que você a quer? — perguntou ele, num tom igualmente baixo.
— Tanyazinha, a cavouqueira. Qual é o valor dela para a Vanguarda?

Eu me perguntei, com súbita gelidez, se precisaria matar aquele homem. Não seria nada difícil — provavelmente só estaria acelerando o processo em alguns meses —, mas o sargento e a milícia aguardavam lá fora. De mãos vazias, o risco era grande demais, e eu ainda não sabia quais seriam os parâmetros da programação das sentinelas robóticas. Coloquei esse gelo na minha voz.

— Isso, comandante, tem ainda menos a ver com você do que teria comigo. Tenho minhas ordens a serem cumpridas, e agora você tem as suas. Você tem Wardani em sua custódia ou não?

Ele não afastou o olhar como o sargento fizera. Talvez fosse algo nas profundezas do vício que o motivasse, algum amargor persistente que ele descobrira plugado numa órbita decadente ao redor do núcleo de si mesmo. Ou, talvez, fosse um fragmento de granito sobrevivente de quem fora antes. O sujeito não ia ceder.

Atrás das minhas costas, minha mão direita se fechava e abria em preparação.

Abruptamente, o antebraço erguido dele desabou na mesa como uma torre dinamitada, e a autorização esvoaçou, livre de seus dedos. Minha mão disparou e prendeu o papel na beira da escrivaninha antes que caísse. O comandante fez um barulhinho seco na garganta.

Por um momento, ambos ficamos encarando a mão que prendia o papel, em silêncio, então o comandante se deixou cair de volta na cadeira.

— Sargento — berrou ele, roufenho.

A porta se abriu.

— Sargento, tire Wardani da bolha dezoito e a leve ao transporte do tenente.

O sargento bateu continência e saiu, e o alívio da decisão ter sido tirada das mãos dele correu pelo seu rosto como o efeito de uma droga.

— Obrigado, comandante. — Acrescentei minha própria continência, recolhi a autorização impressa da mesa e me virei para sair. Estava quase na porta quando ele falou de novo.

— Mulher popular — comentou.

Olhei para trás.

— O quê?

— Wardani. — Ele me observava com um brilho no olho. — Você não é o primeiro.

— Não sou o primeiro o quê?

— Faz menos de três meses. — Enquanto falava, ele aumentava a corrente no braço esquerdo e o rosto começava a sofrer espasmos. — Sofremos um pequeno ataque. Kempistas. Venceram as máquinas do perímetro e entraram, muito tecnológico, considerando o estado deles, por estas bandas. — Sua cabeça se inclinou languidamente sobre o topo da cadeira, e o comandante soltou um longo suspiro. — Muito tecnológico. Considerando. Que vieram. Por ela.

Esperei que ele continuasse, mas a cabeça só fez rolar um pouco para o lado. Hesitei. Abaixo, no campo, dois dos milicianos me olhavam, curiosos. Voltei até a escrivaninha do comandante e segurei seu rosto nas mãos. O olho humano estava branco, a pupila flutuando contra a pálpebra superior como um balão quicando no teto de um salão onde a festa já tinha acabado.

— Tenente?

O chamado veio da escadaria. Encarei o rosto afogado por mais um momento. O comandante respirava frouxamente por lábios entreabertos, e parecia haver o vinco de um sorriso no canto da boca. Na periferia da minha visão, a luz rubi piscava.

— Tenente?

— Estou indo. — Deixei a cabeça rolar livre e saí para o calor, fechando a porta com cuidado.

Schneider estava sentado no trem de pouso dianteiro quando eu voltei, divertindo um bando de crianças esfarrapadas com truques de mágica. Um par de soldados o observava ao longe, da sombra da bolha mais próxima. Ele me deu uma olhada quando me aproximei.

— Algum problema?

— Não. Livre-se dessas crianças.

Schneider levantou uma sobrancelha para mim e completou o truque sem a menor pressa. Como *finale*, tirou brinquedinhos de plástico-memória detrás da orelha de cada criança. Elas assistiram em silêncio descrente enquanto Schneider demonstrava como os bonequinhos funcionavam. Esmague-os até ficarem achatados, depois assovie bem agudo e observe os brinquedos se expandirem como amebas até recuperarem a forma original. Algum laboratório corporativo deveria inventar soldados que funcionassem assim. As crianças assistiram boquiabertas. Era mais um truque em si.

Pessoalmente, algo tão indestrutível me causaria pesadelos na infância, porém, por mais terrível que meus tempos de criança tivessem sido, foram um feriado de três dias comparados ao lugar em que eu estava naquele momento.

— Você não está lhes prestando nenhum favor, fazendo com que pensem que nem todos os homens de uniforme são maus — observei em voz baixa.

Schneider me lançou um olhar curioso e bateu palmas bem alto.

— É isso aí, rapaziada. Caiam fora. Vamos, o show acabou.

As crianças se afastaram lentamente, relutando em abandonar o pequeno oásis de diversão e presentes. Schneider cruzou os braços e ficou observando, com expressão inescrutável.

— Onde você arranjou aquelas coisas?

— Encontrei no bagageiro. Alguns kits de auxílio para refugiados. Acho que o hospital onde surrupiamos este bote não tinha muita utilidade para eles.

— Não, eles já executaram todos os refugiados por lá. — Indiquei com a cabeça a criançada que se afastava, agora tagarelando empolgada sobre as novidades. — A milícia do campo provavelmente vai confiscar os brinquedos assim que partirmos.

Schneider deu de ombros.

— Eu sei, mas eu já tinha distribuído os chocolates e analgésicos. O que você vai fazer?

Era uma pergunta razoável, com uma imensa coleção de respostas nem um pouco razoáveis. Encarando o miliciano mais próximo, considerei algumas das opções mais sangrentas.

— Lá vem ela — anunciou Schneider, apontando.

Segui o gesto e vi o sargento, mais dois soldados e, entre eles, um vulto esguio com as mãos unidas diante de si. Estreitei os olhos contra o sol e aumentei o zoom da neuroquímica visual.

A aparência de Tanya Wardani devia ter sido bem melhor nos seus dias como arqueóloga. O físico longo e esguio teria carregado mais carne, e ela teria feito alguma coisa com os cabelos escuros, nem que fosse simplesmente lavar e pentear. Era improvável que a jovem tivesse os hematomas esmaecidos sob os olhos, também, e ela poderia até ter aberto um leve sorriso ao nos ver, só uma torção da longa boca torta em reconhecimento.

Ela oscilava, cambaleava, e precisou ser ajudada pelos soldados que a escoltavam. Ao meu lado, Schneider fez menção de ir para a frente, mas se deteve.

— Tanya Wardani — declarou o sargento, apresentando um pedaço de fita plástica branca coberta de ponta a ponta com códigos de barra. Ele também tinha um leitor. — Vou precisar da sua identidade para entregá-la.

Apontei o polegar para o código na minha têmpora e esperei impassível enquanto a leitura de luz vermelha corria pelo meu rosto. O sargento localizou o trecho particular na fita que representava Wardani e passou o leitor nele. Schneider veio e pegou a mulher pelo braço, puxando-a e colocando-a a bordo do transporte aparentando um brusco distanciamento. A própria Wardani continuou sem um lampejo que fosse de expressão no rosto pálido. Enquanto eu me virava para seguir os dois, o sargento me chamou numa voz cuja rigidez de repente vacilou:

— Tenente.

— Sim, o que foi? — Injetei uma impaciência crescente na voz.

— Ela vai voltar?

Eu me virei na escotilha, erguendo a sobrancelha no mesmo arco elaborado que Schneider usara comigo alguns minutos antes. Ele não estava sendo nada profissional e sabia disso.

— Não, sargento — respondi, como se falasse com uma criancinha. — Ela não vai voltar. Está sendo levada para interrogatório. Só esqueça que ela existiu.

Fechei a porta.

Só que, enquanto Schneider fazia o transporte subir numa espiral, eu espiei pela janela e vi o homem ainda parado ali, fustigado pela tempestade provocada pela partida do nosso veículo.

Ele nem se deu ao trabalho de proteger o rosto da poeira.

CAPÍTULO 4

Voamos para oeste em efeito gravitacional a partir daquele campo, sobre uma mistura de arbustos de deserto e manchas de vegetação mais escura onde a flora do planeta conseguira atingir lençóis freáticos mais rasos. Vinte minutos depois, alcançamos a costa e seguimos para o mar, cujas águas, segundo a inteligência militar da Vanguarda, estavam infestadas de minas inteligentes dos kempistas. Schneider manteve nossa velocidade baixa, subsônica o tempo todo. Fácil de rastrear.

Passei a parte inicial do voo na cabine principal, supostamente revisando um boletim de notícias recentes que o transporte estava captando de um dos satélites de comando da Vanguarda, mas, na realidade, minha intenção era vigiar Tanya Wardani com um olho sintonizado de Emissário. Ela estava sentada, desabada, no assento mais distante da escotilha, ou seja, perto das janelas do lado direito, com a testa encostada no vidro. Mantinha os olhos abertos, mas era difícil dizer se estavam focados no chão abaixo. Não falei com ela; já vira aquela mesma máscara em mil outros rostos naquele ano e sabia que Wardani só sairia de detrás dela quando estivesse pronta, o que poderia ser nunca. A mulher tinha vestido o equivalente emocional de um traje de vácuo, a única reação no arsenal humano que restava quando os parâmetros morais do ambiente externo se tornavam tão absurdamente variáveis que uma mente exposta não tinha mais como sobreviver desprotegida. Ultimamente, andavam chamando aquilo de Síndrome do Choque de Guerra, um termo inclusivo demais que sinalizava, de forma sombria, porém organizada, o que seria encontrado por aqueles que gostariam de tratá-la. Pode até haver uma variedade de técnicas psicológicas a serem usadas no reparo, só que a meta fundamental de qualquer filosofia médica, de que prevenir é sempre melhor do que remediar, neste caso está claramente além da capacidade humana de implementar.

Para mim não é nenhuma surpresa que ainda estejamos nos debatendo com ferramentas de neandertais nos elegantes destroços da civilização marciana, sem ter nenhuma noção de fato de como toda aquela cultura ancestral funcionava. Afinal, você não esperaria que um açougueiro de gado entendesse ou fosse capaz de tomar o lugar de uma equipe de neurocirurgiões. Não há como calcular quanto dano irreparável já podemos ter causado ao corpo de conhecimento e tecnologia que os marcianos insensatamente deixaram largado por aí para que o descobríssemos. No fim, não somos muito mais que uma matilha de chacais, fuçando os corpos mutilados e os destroços de um avião acidentado.

— Estamos chegando à costa — disse a voz de Schneider no interfone. — Quer dar uma subida?

Ergui meu rosto do holograma de dados, juntei os pontos de informação de volta à base e dei uma olhada em Wardani. Ela tinha movido a cabeça um pouco ao som da voz de Schneider, mas os olhos que encontraram o alto-falante montado no teto ainda estavam sem vida por conta da blindagem emocional. Eu não havia precisado de muito tempo para extrair de Schneider as circunstâncias anteriores do relacionamento dele com ela, só que eu ainda não sabia bem como aquilo afetaria as coisas agora. Ele mesmo admitira que fora uma coisa limitada, encerrada abruptamente pelo irromper da guerra quase dois anos antes, e que não haveria motivo para imaginar que causaria problemas. Minha própria estimativa de pior cenário era que a história toda da nave estelar não passava de um golpe elaborado da parte de Schneider para o simples propósito de garantir a soltura da arqueóloga e tirar os dois do planeta. Houvera uma tentativa anterior de libertar Wardani, segundo o comandante do campo, e parte de mim se perguntava se aqueles comandos misteriosamente bem-equipados não tinham sido a última leva de patos que Schneider convencera a tentar reuni-lo à parceira. Se fosse o caso, eu ficaria furioso.

Dentro de mim, no nível onde realmente importava, eu não dava muito crédito à ideia; detalhes demais foram confirmados desde que eu deixara o hospital. Datas e nomes estavam corretos; acontecera mesmo uma escavação arqueológica na costa noroeste de Sauberlândia, com Tanya Wardani registrada como a reguladora do sítio. O contato de transporte fora listado como Piloto da Guilda Ian Mendel, mas o rosto exibido era o de Schneider, e a escritura de equipamento começava com o número de série e registros de voo de um desajeitado suborbital Mowai Série Dez. Mesmo que Schneider tivesse tentando resgatar Wardani antes, era por motivos muito mais materiais que simples afeto.

E, se não tivesse sido ele, então em algum ponto do caminho alguém mais havia sido incluído na jogada.

O que quer que tivesse acontecido, eu ficaria de olho em Schneider.

Fechei o projetor e me levantei, bem quando o transporte deu uma guinada na direção do mar. Segurei-me com uma das mãos nos compartimentos de bagagem acima e dei uma olhada para a arqueóloga.

— Eu apertaria o cinto de segurança, se fosse você. Os próximos minutos serão bem turbulentos.

Ela não respondeu, mas as mãos se moveram no colo. Fui até a cabine.

Schneider ergueu os olhos quando eu entrei, as mãos relaxadas nos braços da cadeira de pilotagem manual. Acenou com a cabeça para o mostrador digital que tinha maximizado no topo do espaço de projeção de instrumentos.

— O medidor de profundidade ainda está em menos de cinco metros. O fundo segue reto por quilômetros até chegarmos às aguas profundas. Você tem certeza de que aquelas coisas não chegam aqui tão perto?

— Se chegassem, você as veria emergindo da água — respondi, tomando o assento de copiloto. — Minas inteligentes não são muito menores que uma bomba predadora. Basicamente um submarino automatizado em miniatura. Você já ativou o conjunto?

— Claro. É só botar a máscara. Sistemas de armamentos no braço direito.

Vesti a máscara elasticizada de artilheiro e toquei as áreas de ativação nas têmporas. Uma paisagem marinha em cores primárias brilhantes envolveu meu campo de visão, azul-claro sombreado num cinza mais profundo com o relevo do leito marinho abaixo. Aparatos tecnológicos apareciam em tons de vermelho, dependendo do quanto correspondessem aos parâmetros que eu tinha programado mais cedo. A maioria dos objetos era cor-de-rosa claro, destroços inanimados de ligas metálicas desprovidos de atividade eletrônica. Eu me deixei deslizar para a representação virtual daquilo que os sensores do transporte viam, forcei-me a parar de procurar qualquer coisa ativamente e relaxei os últimos milímetros até o estado Zen.

A limpeza de um campo minado não era algo que o Corpo de Emissários ensinava em si, mas a estabilidade total, que paradoxalmente só vem com uma ausência absoluta de expectativas, era vital ao treinamento básico. Um Emissário do Protetorado, enviado como humano digitalmente fretado via transmissão de agulha hiperespacial, pode se deparar com qualquer coisa ao acordar. No mínimo do mínimo, você habitualmente se encontra em corpos estranhos em mundos estranhos com gente atirando em você. Mesmo num bom dia, nenhuma quantidade de instruções pode preparar alguém para uma alteração completa de ambiente como essa e, no conjunto de circunstâncias, invariavelmente instáveis ou até mortalmente perigosas, que tinham motivado a criação dos Emissários, nenhuma instrução daria conta.

Virginia Vidaura, treinadora do Corpo, com mãos nos bolsos do macacão, nos fitando com especulação calma. Introdução do primeiro dia.

Já que é logisticamente impossível esperar tudo, disse-nos ela em voz calma, *nós vamos ensiná-los a não esperar nada. Desse jeito, vocês estarão prontos.*

Eu nem vi a primeira mina de forma consciente. Houve um clarão vermelho no canto de um olho, e minhas mãos já tinham inserido as coordenadas e disparado os micromísseis caçadores do nosso veículo. Os pequenos projéteis riscaram traços verdes sobre oceano virtual, mergulharam sob a superfície como lâminas afiadas na carne e espetaram a mina agachada antes que ela pudesse se mover ou reagir. O clarão da detonação e a superfície do mar se convulsionaram como um corpo numa mesa de interrogatório.

Era uma vez, os homens tinham que controlar os sistemas de armamentos pessoalmente. Eles subiam para o ar em veículos não muito maiores ou melhores equipados que banheiras com asas e disparavam o que quer que tivesse conseguido espremer na cabine consigo. Mais tarde, projetaram máquinas capazes de fazer o serviço mais rápido e com maior precisão do que seria humanamente possível e, por um tempo, o mundo lá em cima se tornou espaço exclusivo de máquinas. Depois, as biociências emergentes começaram a correr atrás do prejuízo e, de repente, a mesma capacidade em velocidade e precisão se tornou mais uma vez disponível como uma opção humana. Desde então, tem sido uma espécie de corrida entre as tecnologias para ver qual pode ser melhorada mais depressa: as máquinas externas ou o fator humano. Nesta corrida em particular, a psicodinâmica de Emissário era uma forte guinada surpresa.

Existem máquinas de guerra mais rápidas que eu, mas não tivemos a sorte de ter uma delas a bordo. O transporte era um auxiliar hospitalar, e os armamentos exclusivamente defensivos se conectavam à microtorreta no nariz e a um pacote de despiste-e-evasão ao qual eu não confiaria nem o voo de uma pipa. Teríamos que lidar com aquilo por conta própria.

— Uma já foi. O resto da matilha não deve estar longe. Corte a velocidade. Bote a gente bem baixo e arme a limalha.

Elas vieram do oeste, rastejando no leito marinho como gordas aranhas cilíndricas, atraídas pela morte violenta da irmã. Senti o transporte se inclinar para a frente, quando Schneider nos baixou a meros dez metros de altitude, e o baque sólido quando as bombas de limalha se ativaram. Meus olhos dardejaram pelas minas. Sete delas convergindo. Elas geralmente formavam matilhas de cinco, então aqueles deveriam ser os restos de dois grupos, ainda que a identidade de quem tinha reduzido tanto seus números fosse um mistério para mim. Pelo que eu havia lido nos relatórios, nada ocupara aquelas águas além de barcos pesqueiros desde o começo da guerra. O fundo do mar estava cheio deles.

Travei a mira na mina líder e a matei quase casualmente. Sob minhas vistas, os primeiros torpedos irromperam das outras seis e correram pela água na nossa direção.

— Elas estão na nossa cola.

— Já vi — respondeu Schneider, lacônico, e o transporte deu uma guinada evasiva. Salpiquei o mar com micromísseis autônomos.

Mina inteligente é um nome enganoso. Na verdade, elas são bem burras. Faz sentido, pois foram criadas para um conjunto tão limitado de atividades que não seria recomendável programar muito intelecto. Elas se afixam ao leito marinho com uma garra para estabilidade de lançamento e esperam que alguma coisa passe acima. Algumas podem se enterrar fundo o bastante para se esconder de varreduras espectrográficas, outras se camuflam como destroços no fundo do mar. Essencialmente, são armas estáticas. Conseguem travar combate em movimento, mas a precisão é prejudicada.

Além disso, a mente delas inclui um sistema de aquisição de alvos dogmaticamente binário que marca todas as coisas como estando na superfície ou no ar antes de disparar. Contra tráfego aéreo, elas usam micromísseis superfície-ar; contra barcos, os torpedos. Os torpedos podem se converter para o modo míssil num instante, descartando os sistemas de propulsão no nível da superfície e usando jatos grosseiros para alçar voo, mas são *lentos*.

Estando logo acima da superfície e lentos ao ponto de quase pairar, tínhamos sido identificados como um barco. Os torpedos subiram ao ar à nossa sombra, não encontraram nada e os micros autônomos os destruíram enquanto ainda tentavam se livrar dos propulsores subaquáticos. Enquanto isso, a saraivada que eu lançara buscou e destruiu uma, duas, não, espere, três das minas. Naquele ritmo...

Defeito.

Defeito.

Defeito.

A luz de aviso pulsava no canto superior esquerdo do meu campo de visão, com os detalhes correndo abaixo. Não tinha tempo para ler. Os controles de disparo estavam inoperantes nas minhas mãos, completamente travados, com os dois micros seguintes desarmados nos berços de lançamento. *Porra de sobras armazenadas da ONU* passou lampejando pela minha mente como um meteoro em queda. Ativei a opção de reparo automático de emergência com um soco. O rudimentar cérebro de resolução de problemas do transporte se precipitou pelos circuitos travados. Não havia tempo. Poderia levar minutos inteiros para consertar. As três minas restantes lançaram superfície-ar contra nós.

— Sch...

Schneider, quaisquer que fossem os defeitos dele, era um bom piloto. Embicou o transporte para cima antes que a sílaba tivesse deixado meus lábios. Minha cabeça foi jogada para trás, contra o assento, quando saltamos para o céu, criando um rastro de mísseis superfície-ar.

— Estou travado.

— Eu sei — respondeu ele, tenso.

— Limalha neles! — gritei, competindo com os alertas de proximidade que berravam nos meus ouvidos. Os numerais de altitude piscaram acima da marca de um quilômetro.

— Deixa comigo.

O transporte reverberou com o lançamento das bombas de limalha. Elas detonaram dois segundos depois, semeando o céu com minúsculos petiscos eletrônicos. Os tiros superfície-ar se gastaram em meio às iscas. No painel de armas na lateral da minha visão, uma luz verde de liberação piscou, e, como se para confirmar, o lançador executou o último comando travado e disparou os dois micros atrasados no espaço sem alvos à nossa frente.

Ao meu lado, Schneider comemorou com um grito e deu a volta com o transporte. Com os campos de alta manobra compensando com atraso, senti a guinada chacoalhando minhas tripas como água agitada e tive tempo de torcer para que Tanya Wardani não tivesse comido recentemente.

Pairamos por um instante nas asas dos campos antigravitacionais do transporte, quando Schneider desligou a sustentação e mergulhamos numa linha íngreme de volta a superfície do mar. Da água, uma segunda onda de mísseis saltou para se encontrar conosco.

— *Limalha!*

Os pilones de bombas se abriram novamente com estardalhaço. Mirando nas três minas abaixo, eu esvaziei as reservas de munição do transporte e torci, segurando o fôlego. Os micros foram lançados sem problemas. No mesmo momento, Schneider ativou os campos gravitacionais de novo, e o pequeno veículo estremeceu de ponta a ponta. As bombas de limalha, agora caindo mais rápido que o transporte freado que os lançara, e explodiram logo adiante e abaixo de nós. Minha visão virtual foi inundada com neve escarlate da tempestade de transmissões falsas, para despistar, e então pelas explosões dos mísseis superfície-ar, conforme eles se destruíram na chuva. Meus próprios micros voavam, disparados na minúscula janela de oportunidade antes que a limalha explodisse, e travados nas minas algum lugar abaixo.

O transporte desceu numa espiral atrás dos destroços de limalha e mísseis induzidos a erro. Meros momentos antes de batermos na superfície do mar, Schneider disparou mais um par cuidadosamente preparado de bombas de limalha. Elas detonaram bem quando nos enfiamos sob as ondas.

— Mergulhamos — afirmou Schneider.

Na minha tela, o pálido azul do mar se aprofundou conforme afundávamos, com o nariz para baixo. Girei, buscando as minas, e encontrei só um belo campo de destroços. Soltei a respiração que tinha prendido em algum lugar lá em cima, no céu cheio de mísseis, e recostei minha cabeça de volta na cadeira.

— Isso — falei para mim mesmo — foi um caos.

Tocamos o fundo, ficamos parados por um momento, e então fomos erguidos um pouco e voltamos a subir. À nossa volta, os fragmentos das bombas de limalha preparadas se assentavam lentamente no leito marinho. Estudei os escombros rosados com cuidado e sorri. Eu tinha me livrado das duas últimas duas bombas pessoalmente; menos de uma hora de trabalho na noite antes de virmos buscar Wardani, mas levara três dias de reconhecimento em campos de batalhas abandonados e campos de pouso bombardeados para juntar os pedaços de casco e circuitos necessários para enchê-las.

Tirei a máscara de artilheiro e esfreguei os olhos.

— Quanto tempo até a superfície?

Schneider fez alguma coisa no painel de instrumentos.

— Umas seis horas, mantendo essa flutuabilidade. Se eu ajudar a correnteza com os campos gravitacionais, poderíamos chegar na metade do tempo.

— É, e poderíamos ser detonados, também. Não passei pelos dois últimos minutos só para treinar minha mira. Mantenha os campos no mínimo e aproveite o tempo para inventar algum jeito de apagar a cara desta banheira.

Schneider me lançou um olhar de amotinado.

— E o que você vai ficar fazendo esse tempo todo?

— Reparos — respondi simplesmente, voltando até Tanya Wardani.

CAPÍTULO 5

O fogo lançava sombras em movimento, criando no rosto dela uma máscara de camuflagem em luz e trevas. Era um rosto que deve ter sido belo antes que o campo a consumisse, mas os rigores do internamento político o tinham transformado num catálogo descarnado de ossos e pontos vazios. Os olhos estavam fundos, as bochechas, ocas. Bem no fundo dos poços do olhar, a luz do fogo reluzia em pupilas fixas. Cabelos soltos lhe caíam sobre a testa como palha. Um dos meus cigarros pendia-lhe dos lábios, intocado.

— Você não quer fumar isso aí? — perguntei depois de um tempo.

Era como conversar numa conexão ruim de satélite; um atraso de dois segundos antes que o brilho nos olhos dela se erguesse para focalizar meu rosto. Sua voz soou fantasmagórica, enferrujada pelo desuso.

— O quê?

— O cigarro. O melhor que eu consegui fora de Pouso Seguro. — Entreguei o maço a ela, que quase o derrubou, tendo que virá-lo e revirá-lo algumas vezes para encontrar a lixa de ignição. Ela a tocou na ponta do cigarro que tinha na boca. A maior parte da fumaça escapou e foi levada na brisa suave, mas ela tragou um pouco e fez uma careta quando bateu o efeito.

— Obrigada — disse baixinho, segurando o maço nas mãos em concha e o fitando como se fosse um animalzinho que ela tinha resgatado da água.

Fumei o resto do meu cigarro em silêncio, com o olhar passando ao longo da linha das árvores acima da praia. Era uma cautela programada, não baseada em nenhuma percepção real de perigo, o correspondente Emissário de um homem relaxado tamborilando o ritmo de uma canção. Nos Emissários, você está ciente de perigos potenciais nos arredores da mesma forma que a maioria das pessoas está ciente de que coisas lhes cairão das mãos se elas as soltarem. A programação é inserida no mesmo nível instintivo. Você jamais baixa a guarda, assim como nenhum ser humano normal largaria distraidamente um copo cheio.

— Você fez alguma coisa comigo.

Era a mesma voz grave que ela tinha usado para me agradecer pelo cigarro, mas, quando baixei o olhar das árvores para fitá-la, alguma coisa tinha se acendido nos olhos dela. Não era uma pergunta.

— Eu consigo sentir — continuou ela, tocando o lado da cabeça com os dedos. — Aqui. Está meio. Abrindo.

Concordei com a cabeça, tateando cuidadosamente em busca das palavras certas. Na maioria dos mundos que eu visitei, entrar na cabeça de alguém sem convite é uma séria ofensa moral, e só agências do governo se safam com certa regularidade. Não havia motivo para pressupor que o setor Latimer, Sanção IV ou Tanya Wardani seriam diferentes. As técnicas de cooptação dos Emissários fazem um uso bem brutal dos poços profundos de energia psicossexual que motivam os seres humanos num nível genético. Se for bem extraída, a matriz de força animal à disposição nesses lugares vai acelerar a cura psíquica em várias ordens de magnitude. Você começa com uma hipnose leve, segue para um engajamento de personalidade paliativo e passa para um contato corporal intenso que só não é definido como preliminares sexuais por questões técnicas. Um suave orgasmo induzido por hipnose geralmente sela o processo de vinculação, mas, no estágio final com Wardani, algo me fez recuar. O processo inteiro já era desconfortavelmente próximo a abuso sexual mesmo sem isso.

Por outro lado, eu precisava dela psiquicamente intacta e, sob circunstâncias normais, seriam necessários meses, talvez anos, para chegar lá. Não tínhamos tanto tempo.

— É uma técnica — expliquei, hesitante. — Um sistema de cura. Eu já fui Emissário.

Ela tragou o cigarro.

— Achei que os Emissários fossem todos máquinas assassinas.

— É o que o Protetorado quer que vocês pensem. Mantém as colônias assustadas num nível primordial. A verdade é muito mais complexa e, no fundo, muito mais assustadora, quando você pensa bem no assunto. — Dei de ombros. — A maioria das pessoas não gosta de pensar bem a respeito.

É esforço demais. Elas preferem uma compilação dos melhores momentos viscerais.

— É mesmo? E quais seriam esses?

Senti a conversa se preparando para decolar, e me inclinei para frente, para o calor do fogo.

— Xária. Adoración. Os Emissários malvados e high-tech, cavalgando transmissões em feixe e se decantando em capas com biotecnologia de última geração para esmagar qualquer resistência. Nós também fazíamos isso, é claro, mas o que a maioria das pessoas não percebia é que nossas cinco missões mais importantes foram todas postos diplomáticos disfarçados, com quase nenhum derramamento de sangue. Engenharia de regime. Nós chegávamos e partíamos, e ninguém nem percebia que havíamos estado lá.

— Você parece orgulhoso.

— Não estou.

Ela me fitou firmemente.

— Por isso que você "já foi"?

— Tipo isso.

— Então, como é que se deixa de ser Emissário? — Eu me enganei. Aquilo não era uma conversa. Tanya Wardani estava me avaliando. — Você pediu baixa? Ou foi expulso?

Abri um leve sorriso.

— Eu prefiro mesmo não falar a respeito, se você não se incomoda.

— Você prefere não falar a respeito? — A voz dela não se elevou, mas se estilhaçou em fragmentos sibilantes de fúria. — Vai se ferrar, Kovacs. Quem você pensa que é? Você vem para este planeta com suas merdas de armas de destruição em massa e seus ares de profissão-de-violência e acha que vai fazer o papel "criança ferida lá dentro" comigo. Foda-se você e a sua dor. Eu quase morri naquele campo. Vi outras mulheres e crianças morrendo. Estou pouco me fodendo para o que você passou. Você me responda. Por que não está mais com os Emissários?

O fogo crepitou para si mesmo. Busquei uma brasa nas profundezas dele e a fitei por um tempo. Vi a luz dos lasers de novo, reluzindo na lama e no rosto arruinado de Jimmy de Soto. Eu já tinha visitado aquele planeta na minha mente incontáveis vezes, mas nunca melhorava. Algum idiota tinha dito uma vez que o tempo cura todas as feridas, mas eles não tinham Emissários no tempo em que isso foi escrito. O condicionamento de Emissário inclui memória perfeita e, quando você é exonerado, não tem como devolver.

— Você já ouviu falar de Innenin? — perguntei.

— É claro. — Era improvável que não tivesse; o Protetorado raramente leva a pior e, quando isso acontece, as notícias se espalham, mesmo através de distâncias interestelares. — Você estava lá?

Fiz que sim com a cabeça.

— Ouvi falar que todo mundo morreu no ataque viral.

— Não exatamente. Todo mundo na segunda onda morreu. Eles ativaram o vírus tarde demais para pegar a cabeça de ponte inicial, mas parte dele vazou pela rede de comunicações e fritou a maior parte do resto de nós. Eu tive sorte. Meu comunicador estava pifado.

— Você perdeu amigos?

— Sim.

— E você pediu baixa?

Balancei a cabeça.

— Fui dispensado por invalidez. Perfil psiquiátrico determinado incapaz para os serviços de Emissário.

— Eu achei que você disse que seu comunicador...

— O vírus não me pegou; foram as consequências. — Eu falava lentamente, tentando manter o amargor relembrado sob controle. — Houve uma Comissão de Inquérito... Você deve ter ouvido falar nisso também.

— Eles indiciaram o Alto Comando, não foi?

— Isso, por uns dez minutos. Indiciamento esmagado. Foi mais ou menos aí que eu me tornei inválido. Pode-se dizer que tive uma crise de fé.

— Muito tocante. — Ela soou abruptamente cansada, a raiva anterior pesada demais para se sustentar. — Pena que não durou, né?

— Eu não trabalho mais para o Protetorado, Tanya.

Wardani fez um gesto.

— Esse uniforme que você veste me diz o contrário.

— Este uniforme — apontei para o tecido negro com repugnância — é algo estritamente temporário.

— Duvido, Kovacs.

— Schneider também está vestindo — argumentei.

— Schneider... — A palavra saltou dos lábios dela com hesitação. Ela obviamente o conhecia como Mendel. — Schneider é um escroto.

Eu dei uma olhada praia abaixo, onde Schneider parecia estar martelando coisas pelo transporte com o que aparentava ser uma quantidade desmedida de barulho. Ele não gostara nem um pouco das técnicas que eu tinha usado para trazer a psiquê de Wardani de volta à superfície e gostara ainda menos quando eu lhe pedi para nos dar um tempo a sós junto ao fogo.

— É mesmo? Achei que você e ele...

— Bem. — Ela considerou o fogo por algum tempo. — Ele é um escroto bonito.

— Você o conhecia antes da escavação?

Tanya balançou a cabeça.

— Ninguém conhecia ninguém antes da escavação. Você é simplesmente designado e torce pelo melhor.

— Você foi designada à costa Dangrek? — perguntei casualmente.

— Não. — Ela encolheu os ombros como se sentisse frio. — Sou uma Mestre de Guilda. Poderia ter ido trabalhar nas escavações das Planícies, se eu quisesse. Escolhi Dangrek. O resto da equipe era de cavouqueiros designados. Eles não acreditavam nos meus motivos, mas eram todos jovens e cheios de entusiasmo. Acho que até uma escavação com uma excêntrica é melhor que escavação nenhuma.

— E quais eram os seus motivos?

Houve uma longa pausa, que eu passei me xingando silenciosamente pelo deslize. A pergunta tinha sido genuína; a maior parte do meu conhecimento da Guilda de Arqueólogos se originava de resumos populares das histórias e sucessos ocasionais deles. Eu nunca tinha conhecido um Mestre de Guilda, e as coisas que Schneider tinha a dizer sobre a escavação eram obviamente uma versão filtrada da conversa pós-coital de Wardani, diluída pela própria falta de conhecimento aprofundado dele. Eu queria a história completa. Porém, se tinha alguma coisa que Tanya Wardani tinha visto em excesso durante a internação, provavelmente foram interrogatórios. O minúsculo aumento de incisividade na minha voz deve tê-la atingido como uma bomba predadora.

Eu estava ruminando alguma coisa para preencher o silêncio quando ela o quebrou por mim, numa voz que estava a um mero mícron de ser estável.

— Você está atrás da nave? Mende... — Ela se interrompeu e recomeçou: — Schneider contou sobre ela?

— Sim, mas foi meio vago. Você sabia que ela estaria lá?

— Não especificamente. Mas fazia sentido; tinha que acontecer mais cedo ou mais tarde. Já leu Wycinski?

— Ouvi falar. Teoria dos centros, né?

Ela se permitiu um sorriso tímido.

— A teoria dos centros não é do Wycinski, mas deve tudo a ele. O que o Wycinski disse, entre outras coisas na época, foi que tudo que descobrimos sobre os marcianos até agora indica uma sociedade muito mais dispersa que a nossa. Você sabe; alados e carnívoros, originados de predadores voadores, quase nenhum traço cultural de comportamento coletivo. — As palavras começaram a fluir; os padrões coloquiais sumiam conforme a professora nela emergia sem que percebesse. — Isso sugere a necessidade de um domínio pessoal muito maior do que o requerido pelos humanos e uma falta generalizada de sociabilidade. Pense neles como aves de rapina, se quiser. Solitários e agressivos. Que eles tenham construído cidades é prova de que conseguiram, pelo menos parcialmente, superar esse legado genético, talvez da mesma forma que os humanos foram capazes de controlar mais ou menos as tendências xenofóbicas que recebemos do comportamento tribal. Só que Wycinski difere da maioria dos especialistas na sua crença de que essa tendência só seria reprimida até o ponto em que fosse suficientemente desejável se agrupar; e que, com o aumento da tecnologia, essa repressão seria reversível. Você ainda está me acompanhando?

— É só não acelerar.

Na verdade, eu não via a menor dificuldade no que ela explicava, e partes daquele material mais básico eu já havia ouvido antes de uma forma ou outra. Só que Wardani estava relaxando visivelmente enquanto falava e, quanto mais aquela explicação durasse, melhor seria a chance de a recuperação dela se manter estável. Mesmo durante os breves momentos que levara para iniciar a lição, Wardani tinha ficado mais animada, com mãos gesticulando e expressão vivaz, em vez de distante. Uma fração de cada vez, Tanya Wardani estava se reconquistando.

— Você mencionou a teoria dos centros, que é uma derivação de merda; Carter e Bogdanovich de putaria em cima do trabalho de Wycinski sobre cartografia marciana. É que uma das coisas interessantes sobre os mapas marcianos é que eles não têm centros comuns. Onde quer que as equipes arqueológicas fossem em Marte, eles sempre se viam no centro dos mapas que encontravam. Todos os assentamentos se colocavam bem no meio dos próprios mapas, sempre o maior círculo, independentemente do tamanho real ou função aparente. Wycinski argumentou que isso não deveria surpreender ninguém, já que se encaixava com o que já tínhamos deduzido sobre o funcionamento das mentes marcianas. Para qualquer marciano que desenhasse um mapa, seu ponto mais importante certamente seria a localização do próprio cartógrafo naquele momento. Carter e Bogdanovich só fizeram aplicar esse raciocínio às cartas de astronavegação. Se toda cidade marciana se considerava o centro de um mapa planetário, então todo mundo colonizado, por sua vez, se consideraria o centro da hegemonia marciana. Assim sendo, o fato de Marte estar marcado bem grande e bem no centro de todos aqueles mapas não significava nada em termos objetivos. Marte poderia muito bem ser um fim de mundo recém-colonizado, e o verdadeiro núcleo da cultura marciana poderia estar literalmente em qualquer outro pontinho do mapa. — Ela fez uma cara de desdém. — Eis a teoria dos centros.

— Você não parece muito convencida.

Wardani soltou uma pluma de fumaça na noite.

— Não estou. Como Wycinski disse na época, e daí? Carter e Bogdanovich fracassaram completamente em entender o xis da questão. Ao aceitar a validade do que Wycinski disse sobre as percepções espaciais marcianas, eles também deveriam ter visto que o próprio conceito de hegemonia provavelmente estava fora dos termos de referência deles.

— Oh-oh.

— Pois é. — O sorriso fino de novo, mais forçado desta vez. — Foi aí que as coisas começaram a ficar políticas. Wycinski divulgou o conceito, dizendo que, onde quer que a raça marciana tivesse se originado, não havia nenhum motivo para supor que o mundo natal seria considerado digno de mais importância no quadro geral do que, abre aspas, absolutamente essencial em questões de educação factual básica, fecha aspas.

— Mamãe, de onde viemos? Esse tipo de coisa?

— Exatamente esse tipo de coisa. Você poderia apontar o planeta no mapa, *foi de lá que nós todos viemos um dia*, mas, já que *onde estamos agora* é muito mais importante em termos reais do dia a dia, esse seria o máximo de homenagem que o mundo natal receberia.

— Não imagino que Wycinski tenha pensado em repudiar esse ponto de vista como intrínseca e irreconciliavelmente inumano?

Wardani me lançou um olhar severo.

— O quanto você realmente sabe sobre a Guilda, Kovacs?

Ergui o indicador e o polegar com uma distância modesta entre eles.

— Desculpa, eu gosto de me exibir. Sou do Mundo de Harlan. Minoru e Gretzky foram a julgamento no começo da minha adolescência. Eu era de uma gangue. Para provar o quanto você era antissocial, era costume gravar uma pichação aérea sobre o julgamento num lugar público. Todos sabíamos as transcrições de cor. *Intrínseca e irreconciliavelmente inumano* apareceu muito no repudio de Gretzky. Parecia ser a declaração oficial da Guilda para manter as verbas de pesquisa intactas.

Ela baixou o olhar.

— Foi, por um tempo. E não, Wycinski não seguiria a linha oficial. Ele amava os marcianos, os admirava e admitia isso publicamente. É por isso que só se escuta falar nele em conexão à porra da teoria dos centros. Tiraram as verbas dele, suprimiram a maior parte das descobertas e deram tudo de presente para Carter e Bogdanovich. E os dois vendidos pagaram uns bons boquetes em troca. A comissão da ONU votou um aumento de sete por cento no orçamento estratégico do Protetorado no mesmo ano, tudo baseado em fantasias paranoicas de uma supercultura marciana em algum lugar lá fora, esperando para nos atacar.

— Bacana.

— É, e totalmente impossível de provar o contrário. Todas as cartas de astronavegação que recuperamos em outros mundos confirmam a descoberta de Wycinski; cada mundo se coloca no centro do mapa do mesmo jeito que Marte, e esse único fato é usado para botar medo na ONU, para que assim ela mantenha um alto orçamento estratégico e uma forte presença militar por todo o Protetorado. Ninguém quer ouvir falar no que a pesquisa de Wycinski realmente significa, e qualquer um que a repita em voz muito alta ou que tente aplicar as descobertas em pesquisas próprias acaba tendo a verba cortada da noite para o dia ou sendo ridicularizado... O que, no fim das contas, dá no mesmo.

Ela atirou o cigarro no fogo e observou a labareda.

— Foi isso que aconteceu com você? — perguntei.

— Não exatamente.

Houve um clique palpável na última sílaba, como uma tranca se fechando. Às minhas costas, ouvi Schneider chegando pela praia, já tendo esgotado sua lista de checagem do transporte ou sua paciência. Dei de ombros.

— Conversamos sobre isso mais tarde, se você quiser.

— Talvez. E que tal você me explicar o que foram aquelas merdas de manobras radicais mais cedo?

Dei uma olhada para Schneider enquanto ele se sentava conosco junto ao fogo.

— Ouviu isso? Reclamações do nosso entretenimento de bordo.

— Esses passageiros... — resmungou Schneider, aproveitando com perfeição a deixa para a palhaçada ao se assentar na areia. — Certas coisas nunca mudam.

— Você conta pra ela ou eu conto?

— Foi ideia sua. Tem um cigarro?

Wardani ergueu o maço e o jogou para as mãos de Schneider. Depois se virou para mim.

— Então?

— A costa Dangrek — falei lentamente —, quaisquer que tenham sido seus méritos arqueológicos, faz parte dos territórios da Orla Setentrional, e a Orla Setentrional foi designada pela Vanguarda de Carrera como um dos nove objetivos primários para vencer esta guerra. E, a julgar pela quantidade de dano orgânico rolando por lá agora, os kempistas chegaram à mesma conclusão.

— E daí?

— E daí que montar uma expedição arqueológica enquanto Kemp e a Vanguarda estão por lá lutando pela dominação territorial não é algo que eu considere inteligente. Temos que redirecionar os combates.

— *Redirecionar?* — Foi gratificante ouvir a descrença na voz dela. Dei de ombros, entrando na onda.

— Redirecionar ou adiar. O que funcionar melhor. A questão é que precisamos de ajuda. E o único lugar onde vamos arranjar ajuda dessa magnitude é com os engravatados. Vamos a Pouso Seguro e, já que eu teoricamente sou um militar em serviço ativo, Schneider é um desertor kempista, você é uma prisioneira de guerra e este transporte é roubado, vamos ter que deixar as coisas esfriarem um pouco. A cobertura de satélite da nossa festinha com as minas inteligentes lá atrás vai indicar que fomos abatidos. Uma busca do leito do mar vai recuperar destroços compatíveis. Se ninguém fuçar muito de perto, seremos arquivados como desaparecidos, provavelmente vaporizados, o que, por mim, está ótimo.

— Você acha que eles vão largar o osso assim?

— Bem, é uma guerra. Gente morrendo não deve provocar muita desconfiança. — Peguei um pedaço solto de madeira no fogo e comecei a desenhar um mapa grosseiro do continente na areia. — Ah, eles podem se perguntar o que eu estava fazendo aqui embaixo quando deveria estar assumindo um posto de comando na Orla, mas esse é o tipo de detalhe que se peneira só depois do conflito. Neste instante, a Vanguarda de Carrera está espalhada até o limite no norte, e as forças de Kemp continuam a empurrá-la para as montanhas. A Guarda Presidencial avança por este flanco — cutuquei a areia com meu lápis improvisado — e ataques aéreos lançados do mar da frota de icebergs de Kemp por aqui. Carrera tem algumas coisas mais importantes com que se preocupar além de como exatamente eu teria morrido.

— E você acha que o Cartel vai dar um tempo nisso tudo só para você? — Tanya Wardani voltou seu olhar ardente do meu rosto para o de Schneider. — Você não caiu nessa conversa dele, caiu, Jan?

Schneider fez um gesto com a mão.

— Escuta o cara, Tanya. Ele tá por dentro, sabe do que está falando.

— Tá bom, sei. — Os olhos intensos e frenéticos dela voltaram para mim. — Não pense que não estou grata por você ter me tirado do campo, porque estou. Não acho que você possa imaginar o quanto estou. Só que, agora que estou fora, eu gostaria muito de viver. Isto, este *plano*, é tudo merda. Você só vai acabar matando a gente, ou em Pouso Seguro, por um samurai corporativo, ou no fogo-cruzado em Dangrek. Eles não vão...

— Você tem razão — afirmei, paciente, e ela se calou, surpresa. — Até certo ponto, você tem razão. Os engravatados mais importantes, aqueles no Cartel, eles não olhariam duas vezes para o nosso plano. Podem nos assassinar, trancar você num interrogatório virtual até que você conte a eles o que querem saber e depois é só manter tudo debaixo dos panos até que a guerra acabe e eles tenham vencido.

— Se vencerem.

— Eles vão vencer — assegurei. — Eles sempre vencem, de um jeito ou de outro. Mas nós não vamos falar com os mais importantes. Seremos mais espertos.

Fiz uma pausa e cutuquei o fogo, esperando. De canto de olho, notei como Schneider se inclinou para a frente, tenso. Sem Tanya Wardani a bordo, o plano não teria chance, e nós todos sabíamos disso.

O mar sussurrava ao subir e descer na praia. Alguma coisa estalou e crepitou nas profundezas do fogo.

— Muito bem. — Tanya se mexeu um pouco, como um enfermo se ajeitando na cama para uma posição menos dolorida. — Continue. Sou toda ouvidos.

O alívio escapou audivelmente de Schneider. Assenti.

— Vamos fazer o seguinte: escolheremos um operador corporativo em particular, um dos menores e mais ávidos. Pode levar um tempo para avaliar, mas não deve ser difícil. Uma vez escolhido, nós lhe faremos uma oferta que ele não poderá recusar. Uma promoção exclusiva, de tempo limitado, uma vez só, com precinho baixíssimo e satisfação garantida.

Eu vi a forma como ela trocou olhares com Schneider. Talvez tivesse sido motivada a lhe lançar um olhar por toda aquela metáfora monetária.

— Por menor e ávido que seja, Kovacs, você ainda está falando de um engravatado. — Tanya me encarou. — Riqueza planetária. E assassinato e tortura virtuais não são nada caros. Como você acha que vai oferecer algo melhor que essa opção?

— Simples. Daremos um susto nele.

— Você dá um *susto* nele. — Wardani me fitou por um momento, depois soltou uma risadinha involuntária. — Kovacs, eles deveriam botar você num disco. Você é o perfeito entretenimento pós-trauma. Então, me diga, você vai *assustar* um engravatado. Com o quê, marionetes de assassinos?

Senti um sorriso genuíno se formar nos meus lábios.

— Tipo isso.

CAPÍTULO 6

Schneider passou a manhã seguinte quase inteira apagando o banco de dados do transporte, enquanto Tanya Wardani perambulava sem destino riscando círculos na areia ou se sentava ao lado da escotilha aberta e conversava com ele. Eu os deixei sozinhos e fui até o extremo oposto da praia, onde havia um pontal de rocha negra. A pedra foi fácil de escalar, e a vista do topo valeu os poucos arranhões que conquistei na subida. Eu me recostei num pedregulho conveniente e contemplei o horizonte, resgatando fragmentos de um sonho da noite anterior.

O Mundo de Harlan é pequeno, para um planeta habitável, e os mares se remexem de formas imprevisíveis graças à influência das três luas. Sanção IV é muito maior, maior até que Latimer ou a Terra, e não tem satélites naturais, o que resulta em oceanos amplos e plácidos. Comparada às minhas memórias da juventude no Mundo de Harlan, essa calma sempre me pareceu um tanto suspeita, como se o mar estivesse prendendo a respiração aquosa, esperando algo cataclísmico acontecer. Era uma sensação arrepiante, que o condicionamento de Emissário controlava a maior parte do tempo, não permitindo que a comparação me ocorresse. Em meus sonhos, no entanto, o condicionamento é menos eficaz e, evidentemente, alguma coisa na minha cabeça estava se preocupando.

No sonho, eu estava numa praia de cascalhos em algum lugar de Sanção IV, fitando as ondinhas tranquilas, quando a superfície começou a se agitar e ondular. Assisti, colado onde estava, enquanto morros de água se moviam e quebravam e fluíam uns pelos outros como músculos negros sinuosos. As marolas que eu vira à beira d'água sumiram, sugadas para o fundo onde o mar flexionava tais músculos. Uma certeza se formou em partes iguais de pavor gelado e tristeza dolorida, equivalente às perturbações marítimas. Eu sabia sem sombra de dúvida. Alguma coisa monstruosa estava emergindo.

Só que acordei antes que ela surgisse.

Um músculo se repuxou na minha perna e eu me sentei, irritado. Os fragmentos do sonho rodopiavam pela minha mente, em busca de uma conexão com algo mais substancial.

Talvez fosse consequência do nosso embate com as minas inteligentes. Eu havia observado o mar se elevar quando nossos mísseis explodiram sob a superfície.

Ah, é. Muito traumático.

Minha mente correu por outras memórias de combate recentes, procurando algo que correspondesse. Eu logo a detive: era um exercício inútil. Um ano e meio de horrores vistos de perto na Vanguarda de Carrera tinha produzido trauma suficiente na minha cabeça para empregar um pelotão inteiro de psicocirurgiões. Sem o condicionamento de Emissário, eu provavelmente teria sofrido um colapso mental aos berros meses antes. E eu não queria nem um pouco contemplar memórias de combate naquele momento.

Então me obriguei a me deitar de volta e relaxar pelo dia adentro. O sol da manhã já começava a se fortalecer naquele calor do meio-dia semitropical, e a rocha em que me apoiava estava morna ao toque. Por entre minhas pálpebras semicerradas, a luz se movia do mesmo jeito que fizera no loch da realidade virtual convalescente. Eu me deixei ser levado pela brisa.

O tempo passou, inutilizado.

Meu telefone zumbiu baixinho para si mesmo. Eu o peguei sem abrir os olhos e apertei para ativá-lo. Percebi o calor que pesava mais no meu corpo, o leve suor envolvendo minhas pernas.

— Prontos para zarpar — informou a voz de Schneider. — Você ainda está naquela pedra?

Logo me sentei, a contragosto.

— Estou. Você já deu o telefonema?

— Tudo certo. Aquele transmissor misturador que você roubou é lindo. Claro como cristal. Eles estão esperando a gente.

— Já vou descer.

Dentro da minha cabeça, o mesmo resíduo. O sonho não se fora. *Tem alguma coisa emergindo.*
Guardei o pensamento com o telefone e comecei a descer.

Arqueologia é uma ciência de sujar as mãos.

Era de se pensar que, com todos os avanços high-tech dos últimos séculos, nós já teríamos transformado a prática do roubo de túmulos numa arte sofisticada a esta altura. Afinal, hoje em dia conseguimos detectar os traços característicos da civilização marciana através de distâncias interplanetárias. Varreduras de satélite e sensores remotos permitem o mapeamento das cidades enterradas sob metros de rocha sólida ou centenas de metros de mar, e já construímos até máquinas capazes de produzir palpites razoáveis sobre os resquícios mais inescrutáveis do que foi deixado para trás. Com quase meio milênio de experiência, era para estarmos ficando muito bons nisso.

Porém, a verdade é que não importa como é sutil a ciência de detecção; uma vez que alguma coisa é encontrada, ainda é preciso escavá-la. E, com o vasto investimento de capital que os engravatados fizeram na corrida para entender os marcianos, a escavação normalmente é feita com tanta sutileza quanto a noite de folga dos carregadores no Armazém de Putas da Madame Mi. Há descobertas a serem feitas e dividendos a serem pagos, e o fato de que — aparentemente — não há nenhum marciano para reclamar dos danos também não ajuda. Os engravatados chegam, arrebentam as trancas nos planetas abandonados e ficam olhando enquanto a Guilda de Arqueologia enxameia pela mobília. Depois que os sítios primários são esgotados, ninguém se dá o trabalho de arrumar a bagunça.

Isso resulta em lugares como o Sítio 27.

Com um nome nada imaginativo para uma cidade, porém até adequado, o Sítio 27 brotou ao redor da escavação homônima, serviu por cinquenta anos como dormitório, refeitório e complexo de entretenimento para a mão de obra arqueológica e estava agora em rápida decadência conforme os veios de xenocultura só produziam dejetos. O ponto-chave original era um esqueleto delgado centípede, escarranchado pela linha do horizonte em cinturões de recuperação imobilizados e colunas de suporte tortas, enquanto nos aproximávamos voando do leste. A cidade começou sob a cauda pendente da estrutura e se espalhou a partir dali em agrupamentos esporádicos e inseguros, como um fungo de concreto desanimado. Os prédios raramente se elevavam além de cinco andares, e muitos daqueles que o fizeram estavam obviamente abandonados, como se os esforços de crescimento vertical os tivessem exaurido além da habilidade de sustentar vida em seu interior.

Schneider contornou o lado do crânio do artefato, estabilizou o transporte e desceu lentamente na direção de um terreno baldio entre três postes inclinados que presumivelmente delineavam o campo de pouso do Sítio 27. A poeira se elevou do ferrocreto malconservado enquanto pairávamos, e vi rachaduras em zigue-zague reveladas pelos nossos freios de pouso. No comunicador, um farol de navegação senil grunhiu um pedido de identificação, o qual Schneider ignorou, desligando os primários e se levantando do assento com um bocejo.

— Fim da linha, amigos. Todo mundo fora.

Nós o seguimos até a cabine principal e observamos enquanto ele se equipava de um dos nada sutis lança-partículas de cano cerrado que havíamos liberado junto com o transporte. Ele ergueu o olhar, viu-me assistindo e mandou uma piscadela.

— Achei que esse pessoal fosse amigo seu. — Tanya Wardani observava também, alarmada, pelo que dava para ver pela expressão em seu rosto.

Schneider deu de ombros.

— Eram — respondeu ele. — Mas melhor prevenir do que remediar.

— Ah, ótimo. — Tanya se virou para mim. — Você tem alguma coisa menos volumosa que eu possa talvez pegar emprestado? Algo que eu consiga carregar.

Levantei as beiras da minha jaqueta para mostrar as duas armas de interface Kalashnikov personalizadas pela Vanguarda, atadas ao arnês peitoral.

— Eu lhe emprestaria uma delas, mas estão com codificação pessoal.

— Pegue uma arma de raios, Tanya — sugeriu Schneider, sem tirar os olhos dos próprios preparativos. — Mais fácil de você acertar alguma coisa com ela, de qualquer maneira. Armas com balas são para vítimas da moda.

A arqueóloga ergueu as sobrancelhas. Dei um sorrisinho.

— Ele provavelmente tem razão. Aqui, você não precisa atar em volta da cintura. As tiras se abrem assim. Passe pelos ombros.

Fui ajudá-la a se equipar da arma e, quando Tanya se virou para mim, alguma coisa indefinível aconteceu no breve espaço entre nossos corpos. Enquanto eu ajustava a arma no coldre sobre a curva descendente de seu seio esquerdo, os olhos dela se ergueram para os meus. Eles eram, pude ver, da cor de jade sob águas velozes.

— Confortável?

— Não muito.

Fui ajeitar o coldre, mas ela ergueu a mão para me deter. Contra o ébano poeirento que era meu braço, os dedos dela pareciam ossos nus, esqueléticos e frágeis.

— Deixa, já serve.

— Certo. Olha, é só puxar para baixo, e o coldre solta a arma. Se você empurrar de novo para cima, ele prende outra vez. Desse jeito.

— Entendi.

A conversa não tinha passado despercebida por Schneider, que pigarreou bem alto e foi abrir a escotilha. Quando a porta girou para fora, ele segurou uma alça na borda dianteira e saltou com um estilo casual de piloto. O efeito foi um pouco prejudicado quando ele pousou e começou a tossir na poeira que ainda se assentava depois de ser erguida pelo nosso freio de pouso. Suprimi um sorriso.

Wardani foi atrás, baixando-se sem muito jeito com as palmas das mãos no piso da escotilha aberta. Atento às nuvens de poeira do lado de fora, fiquei na escotilha, com olhos estreitos contra a sujeira flutuante, numa tentativa de ver se tínhamos um comitê de recepção.

E tínhamos.

Eles emergiram da poeira como vultos entalhados num friso que era gradualmente revelado com jatos de areia por alguém como Tanya Wardani. Contei sete no total, silhuetas volumosas trajando equipamento de sobrevivência em desertos e com armas até dizer chega. A figura central parecia deformada, meio metro mais alta que as outras, mas inchada e disforme do peito para cima. O grupo avançava em silêncio.

Cruzei os braços de modo que as pontas dos meus dedos tocavam as coronhas das Kalashnikovs.

— Djoko? — Schneider tossiu de novo. — É você, Djoko?

Mais silêncio. A poeira já baixara o bastante para que eu vislumbrasse o reluzir fosco do metal nos canos de armas e nas máscaras de visão aprimorada que todos eles vestiam. Havia espaço para armadura corporal sob aqueles largos trajes de deserto.

— Djoko, deixa de sacanagem.

Uma risada aguda e impossível veio do vulto imenso e disforme no centro. Pisquei.

— Jan, Jan, meu bom amigo. — Era uma voz de criança. — Deixo você mesmo tão nervoso?

— O que você acha, seu escroto?

Schneider se adiantou e, às minhas vistas, o grande vulto sofreu um espasmo e pareceu se partir. Espantado, amplifiquei a neuroquímica visual e divisei um menino pequeno, de uns 8 anos, descendo sem jeito dos braços de um homem que o segurava junto ao peito. Quando o menino tocou o solo e correu até Schneider, vi o homem que o carregara se endireitar numa imobilidade peculiar. Alguma coisa se retesou nos tendões dos meus braços. Estreitei ainda mais os olhos e esquadrinhei o vulto, agora trivial e pouco chamativo, da cabeça aos pés. Ele não vestia a máscara, e seu rosto era...

Senti meus lábios se apertarem quando percebi o que via.

Schneider e o menino trocavam apertos de mão complicados e palavras sem sentido. Em meio a esse ritual, o menino se afastou e tomou a mão de Tanya Wardani com uma mesura formal e alguns elogios floreados que não escutei bem. Ele parecia determinado a ficar de palhaçada o encontro inteiro. Tagarelava trivialidades como fogos de artifício no Dia de Harlan. E, com a poeira de volta ao seu lugar, o resto do comitê de recepção perdeu a vaga ameaça que as silhuetas haviam-lhes concedido. O ar mais limpo os revelou como um grupo irregular de milicianos aparentemente nervosos e, em sua maioria, jovens. À esquerda, vi um caucasiano de barba rala mastigando o lábio sob a calma inexpressiva da máscara de visão aprimorada. Outro se remexia no lugar, trocando o peso do corpo de pé para pé. Todos tinham as armas penduradas ou guardadas. Quando saltei para o chão, eles recuaram um passo.

Ergui as mãos de forma tranquilizadora, à altura dos ombros, estendendo as palmas.

— Foi mal.

— Não se desculpe para este idiota. — Schneider agora tentava dar um cascudo na nuca do menino, com sucesso limitado. — Djoko, venha cá dizer oi a um Emissário de verdade. Este é Takeshi Kovacs. Ele esteve em Innenin.

— Sério? — O menino veio e ofereceu a mão.

De pele escura e ossos delicados, aquela já era uma bela capa; com o tempo, adquiriria uma beleza andrógina. Estava imaculadamente vestido num sarongue roxo sob medida com uma jaqueta de matelassê que combinava.

— Djoko Roespinoedji, ao seu serviço. Peço desculpas pelo drama, mas todo cuidado é pouco nestes tempos incertos. Sua ligação veio por frequências de satélite que ninguém fora da Vanguarda de Carrera teria acesso e Jan, ainda que eu o ame como a um irmão, não é conhecido por suas conexões nos altos escalões. Poderia ter sido uma emboscada.

— Conexão misturada em desuso — afirmou Schneider, pomposo.

— Roubamos da Vanguarda. Desta vez, Djoko, quando eu digo que estou por dentro, é sério.

— E quem tentaria pegar você numa emboscada? — indaguei.

— Ah. — O menino suspirou com um cansaço do mundo várias décadas deslocado daquela voz. — Não saberia dizer. Agências governamentais, o Cartel, analistas de vantagem corporativos, espiões kempistas. Nenhum deles tem motivo para gostar de Djoko Roespinoedji. Permanecer neutro numa guerra não nos poupa de fazer inimigos, como deveria ser. Em vez disso, você acaba perdendo quaisquer amigos que ainda tivesse e ganhando desconfiança e desprezo de todos os lados.

— A guerra ainda não chegou tão ao sul — observou Wardani.

Djoko Roespinoedji pousou a mão dramaticamente no peito.

— E estamos imensamente gratos por isso. Porém, hoje em dia não estar nas linhas de frente significa apenas que você está sob ocupação de um tipo ou de outro. Pouso Seguro fica a meros oitocentos quilômetros a oeste daqui. Estamos suficientemente perto para sermos considerados um posto de perímetro, o que significa uma guarnição da milícia estatal e visitas periódicas dos assessores políticos do Cartel. — Ele suspirou de novo. — Sai tudo *muito* caro.

Eu o observei, desconfiado.

— Vocês têm uma guarnição? E cadê os soldados?

— Ali mesmo. — O menino apontou o polegar ao grupo irregular de milicianos. — Ah, tem mais alguns lá no bunker de conexão, conforme os regulamentos, mas, basicamente, o que você está vendo aqui é a guarnição.

— *Essa* é a milícia estatal? — indagou Tanya Wardani.

— De fato. — Roespinoedji os contemplou entristecido por um momento, depois se voltou para nós. — É claro, quando eu disse que custa caro, estava me referindo basicamente ao custo de tornar as visitas do assessor político agradáveis. Para ele e para nós, quer dizer. O assessor não é um sujeito muito sofisticado, mas ele tem, hum, apetites substanciais. E, é claro, garantir que ele continue sendo o *nosso* assessor político exige certo investimento, também. Geralmente, eles são trocados num rodízio de tantos e tantos meses.

— Ele está aqui agora?

— Eu não teria convidado vocês se ele estivesse. Passou por aqui semana passada. — O menino lançou um olhar malicioso que era desagradável de ver num rosto tão jovem. — Satisfeito, pode-se dizer, com o que encontrou aqui.

Percebi que eu estava sorrindo. Não consegui evitar.

— Acho que viemos ao lugar certo.

— Bem, isso vai depender do que você veio fazer aqui — respondeu Roespinoedji, dando uma olhada em Schneider. — Jan não foi nada explícito, mas venham. Mesmo no Sítio 27 há lugares mais agradáveis para conversas sobre negócios.

Ele nos levou de volta ao grupinho que aguardava e soltou um estalo estridente com a língua. O vulto que o carregara se abaixou, desajeitado, e o pegou. Atrás de mim, ouvi Tanya Wardani prender a respiração de leve ao ver o que tinha sido feito ao homem.

Não era de modo algum a pior coisa que eu vira acontecer com um ser humano; na verdade, não era nem a pior coisa que eu tinha visto recentemente. Ainda assim, havia algo de arrepiante na cabeça arruinada e na liga prateada usada para remendá-la. Se eu tivesse que adivinhar, diria que a capa fora atingida por estilhaços. Qualquer tipo de impacto de uma arma deliberada e direcional não teria deixado nada para consertarem. Só que alguém, em algum lugar, se dera ao trabalho de reparar o crânio do morto, selar os vãos restantes com resina e substituir os globos oculares com fotorreceptores instalados nas órbitas vazias como aranhas prateadas ciclópicas, aguardando a presa. Então, presumivelmente, quem fizera aquilo havia inserido vida suficiente de volta ao tronco cerebral para operar os sistemas vegetativos e funções motoras básicas do corpo, talvez reagir a alguns comandos programados.

Antes de ter sido atingido na Orla, eu havia trabalhado com um alistado da Vanguarda cuja capa afro-caribenha era seu corpo real. Certa noite, enquanto aguardávamos o fim de um bombardeio orbital nas ruínas de algum tipo de templo, ele me contara um dos mitos que o povo dele, acorrentado, levara através de um oceano na Terra e, mais tarde, na esperança de um novo começo, através dos golfos das cartas de astronavegação marciana até o mundo que tempos depois ficaria conhecido como Latimer. Era uma história de feiticeiros e dos escravos que eles criavam com corpos reerguidos dos mortos. Esqueci qual era o nome dado às criaturas na história, mas sei que ele teria visto uma delas na coisa que segurava Djoko Roespinoedji nos braços.

— Gostou dele? — O menino, aninhado obscenamente perto da cabeça devastada, estivera me observando.

— Não muito.

— Bem, esteticamente, é claro... — Djoko deixou a voz morrer delicadamente. — Porém, com um uso criterioso de curativos e algumas roupas adequadamente esfarrapadas para mim, formaríamos um par realmente digno de pena. O ferido e o inocente, fugindo das ruínas de suas vidas estraçalhadas... Camuflagem ideal, caso as coisas fiquem extremas.

— O mesmo bom e velho Djoko de sempre. — Schneider veio até mim e me deu uma cutucada. — É como eu falei. Sempre um passo à frente.

Dei de ombros.

— Já vi procissões de refugiados sendo metralhadas só como prática de tiro ao alvo.

— Ah, estou ciente disso. Nosso amigo aqui era um fuzileiro tático antes de encontrar seu trágico fim. Ainda tem reflexo incutido de sobra no córtex, ou seja lá onde for que essas coisas são armazenadas. — O menino piscou para mim. — Sou um negociante, não um técnico. Mandei uma empresa de software em Pouso Seguro dar um jeito de deixar os restos bem aproveitáveis. Veja só.

A mão da criança sumiu dentro da jaqueta, e o homem morto pegou uma arma de raios de cano longo do coldre que trazia nas costas. Foi muito rápido. Os fotorreceptores zumbiram audivelmente nas órbitas, esquadrinhando da esquerda para a direita. Roespinoedji abriu um sorriso largo e a mão emergiu segurando um controle remoto. O polegar se moveu, e a arma voltou suavemente ao coldre. O braço que segurava o menino não se deslocou um centímetro.

— Então, como perceberam — prosseguiu Djoko, animado —, quando não pudermos nos aproveitar do sentimento de pena, opções menos sutis estão sempre disponíveis. Porém, no fundo, estou otimista. Você ficaria surpreso em saber quantos soldados ainda têm dificuldades de atirar em crianças pequenas, mesmo nestes tempos difíceis. Enfim. Chega de papo, vamos comer?

Roespinoedji tinha para si o último andar e a cobertura de um armazém alquebrado não muito distante do ponto-chave da escavação. Trouxemos dois da escolta de milicianos conosco e deixamos o resto na rua enquanto avançávamos pela penumbra fresca até onde um elevador industrial aguardava num canto. O morto reanimado abriu a porta da cabine com uma das mãos. Ecos metálicos se espalharam pelos espaços vazios sobre nossa cabeça.

— Eu ainda me lembro — disse o menino, enquanto subíamos até o telhado — de quando este espaço inteiro era ocupado por pilhas de artefatos de primeira, encaixotados e etiquetados para transporte aéreo até Pouso Seguro. As equipes de inventário trabalhavam em turnos contínuos. A escavação nunca parava; dava para ouvir o barulho noite e dia sem parar. Como um coração batendo.

— Era isso que você fazia? — inquiriu Wardani. — Empilhava artefatos?

Vi Schneider sorrir na penumbra.

— Quando eu era mais jovem — respondeu Roespinoedji, zombando de si mesmo —, só que eu estava envolvido numa capacidade... mais administrativa, digamos.

O elevador passou pelo teto da área de armazenamento e parou com um clangor sob uma luz subitamente forte. O sol se infiltrava por janelas com cortinas de tecido numa recepção separada pelo resto do andar por paredes internas de cor ambarina. Pela gaiola do elevador vi estampas caleidoscópicas em tapetes, piso de madeira escura e longos sofás baixos arrumados em volta do que eu presumi ser uma pequena piscina iluminada por dentro. Então, ao sairmos, vi que o piso rebaixado não continha água, mas uma larga tela de vídeo horizontal na qual uma mulher parecia cantar. Nos dois cantos da recepção, a imagem era duplicada num formato mais visível em duas colunas de telas com tamanhos mais razoáveis. Na parede oposta, uma longa mesa estava posta com comida e bebida para um pelotão.

— Sintam-se em casa — disse Roespinoedji, enquanto seu guardião cadáver o levava por uma passagem em arco. — Só vou levar um momento. Comida e bebida ali. Ah, e volume, se vocês quiserem.

A música na tela se tornou audível de súbito, instantaneamente reconhecível como uma canção de Lapinee, só que não era a cover da famosa salsa "Terreno Aberto" que tinha causado tantos problemas ano passado. Esta era mais lenta, misturada a gemidos suborgásmicos esporádicos. Na tela, Lapinee estava pendurada de cabeça para baixo com as coxas envoltas no cano do canhão de um tanque-aranha, entoando para a câmera. Provavelmente era um hino de recrutamento.

Schneider foi até a mesa e começou a lotar o prato com todos os tipos de comida que o buffet tinha a oferecer. Observei os dois milicianos assumindo posições perto do elevador, dei de ombros e me juntei a ele. Wardani parecia prestes a fazer o mesmo, mas mudou de rota de repente e foi até uma das janelas cortinadas. Uma das mãos magras se dirigiu aos desenhos entremeados no tecido.

— Eu falei — disse Schneider. — Se tem alguém que pode nos plugar deste lado do planeta, é o Djoko. Ele está conectado a todos os figurões de Pouso Seguro.

— Você quer dizer, ele estava, antes da guerra.

Schneider balançou a cabeça.

— Antes e durante. Você ouviu o que ele disse sobre o assessor. Não teria como ele armar uma dessas se não estivesse mais ligadão na máquina.

— Se ele está mesmo ligadão na máquina — perguntei com paciência, com olhos ainda em Wardani —, então como é que ele vive nesta cidade de merda?

— Talvez goste daqui. Foi onde ele cresceu. Aliás, você já foi a Pouso Seguro? *Aquilo* que é uma cidade de merda.

Lapinee desapareceu da tela, substituída por algum tipo de documentário de arqueologia. Levamos nossos pratos até um dos sofás onde Schneider estava prestes a comer, quando viu que eu não faria o mesmo.

— Vamos esperar — sugeri em voz baixa. — Questão de educação.

Ele fungou.

— O que você acha; que ele vai nos envenenar? Pra quê? Não teria nenhuma vantagem.

Ele deixou a comida intocada.

A tela se alterou de novo, agora para filmagens da guerra. Pequenos clarões alegres de disparos a laser sobre uma planície escurecida em algum lugar, e o fulgor carnavalesco dos impactos de mísseis. A trilha sonora era saneada, algumas explosões abafadas pela distância e sobrepostas por comentários secos a oferecer dados inócuos. Danos colaterais, operações rebeldes neutralizadas.

Djoko Roespinoedji emergiu da arcada oposta, sem a jaqueta e acompanhado por duas mulheres que pareciam ter saído direto do software de um bordel virtual. Suas formas envoltas em musselina exibiam a mesma falta artificial de manchas e curvas, e os rostos traziam a mesma ausência de expressão. Sanduichado entre esses dois confeitos, Roespinoedji, com seus 8 anos, parecia ridículo.

— Ivanna e Kas — disse ele, indicando cada mulher. — Minhas companheiras constantes. Todo menino precisa de uma mãe, você não acha? Ou duas. Agora — ele estalou os dedos surpreendentemente alto, e as duas mulheres flutuaram até o buffet. Djoko se sentou num sofá adjacente —, aos negócios. O que exatamente eu posso fazer por você e seus amigos, Jan?

— Não vai comer? — perguntei.

— Ah. — Ele sorriu e indicou as duas companheiras. — Bem, elas vão, e eu gosto muito mesmo delas.

Schneider estava envergonhado.

— Não? — Roespinoedji suspirou, estendeu a mão e pegou um salgado aleatório do meu prato. Ele o mordeu. — Pronto, então. Podemos falar de negócios agora? Jan? Por favor?

— Queremos lhe vender o transporte, Djoko. — Schneider deu uma bela mordida numa coxinha de galinha e falou com a boca cheia. — Preço promocional.

— É mesmo?

— Sim. Pode pensar nisso como excedente militar. Wu Morrison ISN-70, quase novo e sem registro de dono anterior.

Roespinoedji sorriu.

— Acho difícil de acreditar.

— Pode checar, se quiser. — Schneider engoliu a comida. — O núcleo de dados está mais limpo que a sua declaração de imposto de renda. Autonomia de 600 mil quilômetros. Configuração universal, espaço sideral, suborbital e submarino. Essa máquina manobra como uma harpia de puteiro.

— Sim, acho que me lembro dos setenta serem muito impressionantes. Ou foi você quem me disse isso, Jan? — O menino coçou o queixo imberbe num gesto que claramente pertencia a uma capa passada. — Tanto faz. Essa barganha promocional vem armada, presumo?

Schneider assentiu com a cabeça, mastigando.

— Torreta de micromísseis, montada no nariz. E sistemas de evasão. Programação completa de autodefesa, um belo pacote.

Eu tossi num salgado.

As duas mulheres flutuaram até o sofá que Roespinoedji ocupava e se posicionaram em simetria decorativa dos dois lados dele. Nenhuma delas disse palavra ou fez som que eu pudesse detectar desde que chegaram. A mulher à esquerda de Roespinoedji começou a dar-lhe de comer do próprio prato. O garoto se reclinou em direção a ela e me observou com curiosidade enquanto mastigava o que ela dava.

— Muito bem — disse ele, finalmente. — Seis milhões.

— Da ONU? — indagou Schneider, e Roespinoedji riu alto.

— Faap. Seis milhões em faap.

A Ficha de Achado Arqueológico Padrão, criada quando o governo de Sanção ainda era pouco mais do que uma administração global de demarcações, e agora uma moeda planetária nada popular cuja cotação contra o franco de Latimer que ela substituíra se parecia com uma pantera pantanosa tentando escalar uma rampa de teflon. Um dólar do Protetorado (ONU) naquele momento valia 237 faap.

Schneider estava chocado; sua alma de pechincheiro, ultrajada.

— Você não pode estar falando sério, Djoko. Mesmo seis milhões da ONU só cobririam metade do valor do transporte. É um Wu Morrisson, cara.

— Ele tem criocaps?

— Humm... Não.

— Então pra que porras ele vai me servir, Jan? — perguntou Roespinoedji sem nervosismo. Deu uma olhada para a mulher à direita, que lhe passou um cálice de vinho sem uma palavra. — Olha, neste exato momento, a única utilidade que qualquer um fora do exército daria para uma nave espacial seria como um meio de cair fora do planeta, escapar do bloqueio e voltar a Latimer. Esse alcance de 600 mil quilômetros pode ser modificado por alguém que saiba o que está fazendo, e os Wu Morrissons têm sistemas de navegação decentes, eu sei, mas, na velocidade máxima de um ISN-70, especialmente um que tenha sido customizado num fundo de quintal, ainda vai levar quase umas três décadas para chegar a Latimer. Para isso, você precisaria de criocápsulas. — Ele ergueu uma das mãos para conter o protesto de Schneider. — E eu não conheço ninguém, *ninguém*, que possa arranjar criocaps. Nem por boceta nem por crédito. O Cartel de Pouso Seguro sabe para que elas servem, Jan, e eles lacraram a coisa toda. Ninguém sai daqui vivo, não até a guerra acabar. Esse é o negócio.

— Você sempre pode vender aos kempistas — argumentei. — Eles estão bem desesperados por máquinas, vão pagar.

Roespinoedji concordou com a cabeça.

— Sim, senhor Kovacs, eles vão pagar, e vão pagar em faap. Porque eles só têm faap. Seus amigos na Vanguarda se asseguraram disso.

— Não são meus amigos, eu estou só vestindo isso.

— Muito bem, por sinal.

Dei de ombros.

— Que tal dez? — disse Schneider, esperançoso. — Kemp está pagando cinco vezes isso por suborbitais reformados.

Roespinoedji suspirou.

— Sim, e, no meio-tempo, eu terei que escondê-lo em algum lugar e subornar todo mundo que o vir. Não é uma lambreta de dunas, sabe. Depois eu terei que fazer contato com os kempistas, o que, como você deve estar ciente, incorre uma pena de apagamento compulsório hoje em dia. Tenho que providenciar uma reunião secreta, ah, e com escolta armada, para o caso de esses revolucionários de brinquedo decidirem confiscar minha mercadoria em vez de pagar. Coisa que eles fazem com frequência, se você não chegar bem armado. Olhe só a logística, Jan. Eu estaria lhe fazendo um favor só de tirar a nave das suas mãos. Com quem mais você poderia falar?

— Oito...

— Seis está ótimo — cortei rapidamente. — E nós ficamos agradecidos pelo favor. Porém, que tal você melhorar um pouco o nosso lado do negócio com uma carona até Pouso Seguro e algumas informaçõezinhas grátis? Só para demonstrar como somos todos amigos.

O olhar do garoto se aguçou e ele deu uma olhada na direção de Tanya Wardani.

— Informações grátis, é? — Ele ergueu as sobrancelhas, duas vezes em rápida sucessão, de forma cômica. — É claro que isso não existe, na realidade, sabe. Mas, só para mostrar que somos todos amigos. O que você quer saber?

— Pouso Seguro — respondi. — Além do Cartel, quem são as barracudas? Estou falando de engravatados de segundo escalão, talvez até terceiro. Quem é o novo sonho reluzente do amanhã neste momento?

Roespinoedji bebericou o vinho, pensativo.

— Hmm. Barracudas. Acho que não acredito que exista nenhuma delas aqui em Sanção IV. Ou em Latimer, aliás.

— Eu sou do Mundo de Harlan.

— Ah, é mesmo? Não é um quellista, eu presumo. — Ele fez um gesto para o uniforme da Vanguarda. — Dado o seu alinhamento político atual, quero dizer.

— Não é uma boa ideia simplificar demais o quellismo. Kemp vive citando ela, mas, como a maioria das pessoas, ele é seletivo.

— Bem, eu não saberia dizer. — Roespinoedji ergueu uma das mãos para recusar o quitute seguinte que a concubina lhe preparava. — Mas, quanto às suas barracudas. Diria que temos meia dúzia no máximo. Recém-chegadas, quase todas baseadas em Latimer. Os interestelares bloquearam quase toda competição local há uns vinte anos. E agora, é claro, eles estão com o Cartel e o governo local nas mãos. Não resta muito mais que migalhas para todo mundo mais. A maioria do terceiro escalão está se preparando para ir para casa; eles não têm como arcar com o custo da guerra. — Ele alisou a barba imaginária. — Segundo escalão, bem... Sathakarn Yu e Associados, talvez, PKN, a Corporação Mandrake. Eles são todos bem carnívoros. Talvez mais uns dois outros que eu possa escavar para vocês. Vocês estão pensando em abordar essa gente com alguma proposta?

Assenti com a cabeça.

— Indiretamente.

— Sim, bem, leve um conselho grátis junto com a sua informação grátis, então. Entregue a eles numa vara longa. — Roespinoedji ergueu o cálice para mim e então o bebeu até o fim. Sorriu afavelmente. — Porque, caso contrário, eles arrancarão seu braço, na altura do ombro.

CAPÍTULO 7

Como muitas outras cidades que devem sua existência a um espaçoporto, Pouso Seguro não tinha um centro de verdade. Em vez disso, ela se espalhava desordenadamente por uma larga planície semidesértica no hemisfério meridional, onde as barcaças de colonização originais tinham pousado cem anos antes. Cada corporação que investira no empreendimento simplesmente construíra o próprio campo de pouso em algum lugar da planície e o cercara de estruturas auxiliares. Com o tempo, tais anéis se expandiram, encontraram-se uns com os outros e acabaram se fundindo num emaranhado de conurbações acêntricas com o mais vago planejamento generalizado para conectar a coisa toda. Investidores secundários chegaram, alugando ou comprando espaço dos primários e formando nichos tanto no mercado quanto na metrópole em rápido crescimento. Enquanto isso, outras cidades brotaram em outras partes do globo, mas a cláusula de Quarentena de Exportações no Licenciamento garantia que toda riqueza gerada pelas indústrias arqueológicas em Sanção IV tinha que passar por Pouso Seguro. Empanturrado com uma dieta irrestrita de exportação de artefatos, alocação de terras e licenciamento de escavações, o antigo espaçoporto inchara em proporções monstruosas. Agora recobria dois terços da planície e, com doze milhões de habitantes, era lar de quase trinta por cento do que restava da população de Sanção IV.

Era uma pocilga.

Caminhei com Schneider por ruas malcuidadas cheias de detritos urbanos e areia avermelhada do deserto. O ar era quente e seco, e a sombra lançada pelos blocos dos dois lados oferecia parco alívio contra os raios de sol que desciam de ângulos íngremes. Eu sentia o suor brotando no meu rosto e encharcando o cabelo na minha nuca. Nas janelas e fachadas protegidas por espelhos, pelo caminho, nossos reflexos uniformizados de preto nos acompanhavam. Eu estava quase feliz com a companhia. Não havia mais ninguém na rua no calor do meio-dia, e sua imobilidade tremeluzente era inquietante. Era possível ouvir o barulho da areia sendo pisoteada por nós.

O lugar que procurávamos não era difícil de encontrar. Erguia-se no limite do distrito como uma torre de comando de bronze lustroso, o dobro da altura dos quarteirões que o cercavam, e completamente liso do lado de fora. Como muito da arquitetura de Pouso Seguro, era espelhado, e o reflexo do sol impedia que olhássemos diretamente para as bordas. Não era a torre mais alta de Pouso Seguro, mas a estrutura continha um poder puro que latejava pela cidade circundante e dizia muito sobre seus criadores.

Testar a forma humana até o ponto da destruição

A frase despencou da minha memória como um cadáver caindo de um armário.

— Quão perto você quer chegar? — perguntou Schneider, nervoso.

— Um pouco mais.

A capa Khumalo, como todas as capas customizadas da Vanguarda de Carrera, tinha um mostrador de dados de localização por satélite instalado por padrão, com reputação de ter uma interface bem amigável quando não estava fodido pelas teias de bloqueadores e contrabloqueadores que atualmente recobriam quase toas as partes de Sanção IV. Pisquei algumas vezes para focalizar, e o sistema me deu uma malha de ruas e quarteirões que cobriam todo o meu campo de visão esquerdo. Dois pontos marcados pulsavam de leve numa rua principal.

Testar a...

Aumentei o zoom de leve e a cena subiu vertiginosamente até mim, até que eu pudesse olhar para o alto da minha própria cabeça da altura do topo do quarteirão.

— Merda.

— O quê? — Ao meu lado, Schneider ficou tenso com o que ele obviamente imaginava ser uma postura de combate ninja. Atrás das lentes de sol, parecia comicamente preocupado.

Testar...

— Esquece. — Afastei a cena de volta até a torre reemergir no limite da imagem. Uma rota mais curta o possível se iluminou obedientemente em amarelo, levando-nos até o prédio e passando por dois cruzamentos. — Por aqui.

Testar a forma humana até o ponto da destruição é só uma das linhas de ponta

Depois de dois minutos seguindo a linha amarela, uma das ruas deu numa ponte suspensa sobre um canal seco. A ponte seguia num leve aclive ao longo dos seus vinte metros de comprimento para chegar numa borda de concreto elevada do lado oposto. Duas outras pontes atravessavam o canal em paralelo, a cem metros de cada lado, também num aclive. O fundo do canal continha uma amostra dos dejetos que qualquer área urbana produz; aparelhos domésticos descartados derramando circuitos de carcaças rachadas, embalagens de comida vazias e amontoados de pano desbotado pelo sol que me lembravam de corpos metralhados. Acima de tudo isso, do outro lado do lixão, a torre aguardava.

Testar a forma

Schneider parou na entrada da ponte.

— Você vai atravessar?

— Vou, e você também vai. Somos sócios, lembra?

Eu lhe dei um empurrãozinho nas costas e o segui de perto, para que ele tivesse que avançar. Havia um bom humor levemente histérico crescendo em mim conforme o condicionamento de Emissário lutava contra as doses nada sutis de hormônios de preparação de combate que a minha capa pressentia serem necessários.

— Eu só não acho que isto...

— Se alguma coisa der errado, você pode me culpar. — Dei outro empurrãozinho. — Agora vamos lá.

— Se alguma coisa der errado, nós vamos morrer — resmungou ele, rabugento.

— É, no mínimo.

Nós atravessamos, com Schneider se segurando aos corrimões da ponte como se estivéssemos balançando sob um vento forte.

A beirada do outro lado se revelou a borda de uma praça de acesso de cinquenta metros, que estava vazia. Paramos depois de dois metros, contemplando a face impassível da torre. Intencionalmente ou não, quem quer que tivesse construído a esplanada de concreto ao redor da base do prédio conseguira criar um campo de tiro perfeito. Não havia cobertura em nenhuma direção, e a única retirada possível era de volta pela ponte estreita e exposta ou um salto de estraçalhar os ossos no canal vazio.

— *Terreno aberto*, a toda volta — cantou Schneider em voz baixa, assumindo a cadência e as letras do hino revolucionário kempista do mesmo nome.

Eu não podia culpá-lo. Já me flagrara cantarolando aquela merda umas duas vezes desde que chegáramos ao espaço aéreo com sinais de rádio desbloqueados ao redor da cidade; a versão da Lapinee estava por toda parte, suficientemente parecida com a original kempista para ativar as memórias do ano anterior. Naquele tempo, dava para ouvir a original tocando nos canais de propaganda rebelde sempre quando e onde o bloqueio de sinais do governo era derrubado. Narrando a história (aparentemente edificante) de um pelotão condenado de voluntários defendendo uma posição contra forças muito maiores pelo amor a Joshua Kemp e sua revolução, o hino era cantado sobre um ritmo grudento de salsa que ficava colado na cabeça. A maioria dos meus homens na força de ataque da Orla Setentrional o conhecia de cor, e frequentemente o cantava, provocando a fúria dos oficiais políticos do Cartel, que tinham muito medo dos uniformes da Vanguarda para fazer alguma coisa a respeito.

Na verdade, a melodia provou ser tão virulentamente memética que até os cidadãos mais solidamente pró-corporativos eram incapazes de resistir a cantarolá-la de forma distraída. Isso, somado a uma rede de informantes do Cartel que só recebiam por comissão, foi suficiente para garantir que as instalações penais por todas as partes de Sanção IV logo ficassem lotadas de criminosos políticos com inclinações musicais. Considerando o desgaste criado no policiamento, uma caríssima equipe de consultoria foi convocada e rapidamente disponibilizou uma nova letra sanitizada para se encaixar na melodia original. Lapinee, um construto vocalista, foi desenvolvida e lançada para encabeçar a canção substituta, que contava a história de um garotinho que ficou órfão num ataque surpresa dos kempistas, mas que foi adotado por um bondoso bloco corporativo e educado para alcançar seu potencial completo como um executivo planetário de alto nível.

Como balada, faltava a ela os elementos românticos de sangue e glória da original, mas, já que partes da letra kempista tinham sido espelhadas na letra nova com intenções maliciosas, as pessoas geralmente perdiam a noção de que canção era qual e simplesmente cantavam um híbrido mutilado de ambas, costuradas com o ritmo de salsa. Quaisquer sentimentos revolucionários acabaram completamente embaralhados no processo. A equipe de consultoria recebeu um bônus, além de royalties de Lapinee, que era naquele momento tocada em todos os canais do Estado. Um álbum estava em produção.

Schneider parou de cantarolar.

— Acha que está tudo coberto aqui?

— Acho que sim.

Acenei com a cabeça para a base da torre, à qual portas reluzentes com imensos cinco metros de altura aparentemente davam acesso. O enorme portal era flanqueado por dois pedestais onde se erguiam exemplares de arte abstrata, cada um merecedor do nome *Ovos colidindo em simetria* ou — elevei a neuroquímica para ter certeza — *Hardware superassassino semiativado.*

Schneider seguiu meu olhar.

— Sentinelas?

Fiz que sim com a cabeça.

— Dois núcleos de autocanhões de projéteis e pelo menos quatro armas de raios separadas que eu consigo ver daqui. Tudo projetado com muito bom gosto, aliás. Mal dá para notá-las em meio à escultura toda.

De certo modo, aquele era um bom sinal.

Nas duas semanas que tínhamos passado em Pouso Seguro até aquele momento, eu não tinha visto muitos sinais da guerra, exceto uma contagem levemente elevada de uniformes nas ruas à noite e o cisto ocasional de uma torreta de reação rápida em alguns dos prédios mais altos. Na maior parte do tempo, era muito fácil pensar que a guerra toda acontecia em outro planeta. Porém, se Joshua Kemp finalmente conseguisse chegar com suas forças à capital, então a Corporação Mandrake pelo menos parecia preparada.

Testar a forma humana até o ponto da destruição é só uma das linhas de ponta centrais ao atual programa de pesquisa da Corporação Mandrake. Utilização máxima de TODOS os recursos é nossa meta final.

A Mandrake só tinha comprado aquele terreno havia uma década. Que eles já tivessem construído a torre com a insurreição em mente demonstrava pensamento estratégico muito mais avançado que qualquer outro dos agentes corporativos na área. O logotipo deles era um pedaço de DNA cortado flutuando sobre um fundo de circuitos, o material publicitário tinha o tom certo de histeria no argumento agressivo de "mais pelo seu dinheiro investido" de novato na área, e eles haviam crescido muito com a guerra.

Eles serviriam.

— Você acha que estão olhando pra gente agora?

Dei de ombros.

— Sempre tem alguém olhando pra gente. Fato da vida. A questão é se eles nos notaram.

Schneider fez uma cara exasperada.

— Você acha que eles *notaram* a gente, então?

— Duvido. Os sistemas automatizados não estarão programados assim. A guerra está longe demais para configurações de emergência como padrão. Estamos com uniformes de aliados, e o toque de recolher é só às dez. Não somos nada fora do ordinário.

— Ainda.

— Ainda — concordei, dando-lhe as costas. — Então vamos lá ser notados.

Seguimos de volta pela ponte.

— Vocês não parecem artistas — comentou o promotor enquanto digitava o fim da nossa sequência de codificação. Sem os uniformes, vestindo roupas civis desinteressantes que compráramos naquela manhã, tínhamos sido calibrados assim que passamos pela porta e, pelo jeito, considerados pouco convincentes.

— Somos a segurança — respondi agradavelmente. — Ela é a artista.

O olhar dele cruzou a mesa para onde Tanya Wardani estava sentada atrás de largas lentes escuras e de uma cara séria com lábios cerrados. Ela havia começado a recuperar um pouco do peso nas últimas duas semanas, mas, sob o longo casaco negro, isso não ficava visível, e o rosto ainda era praticamente só osso. O promotor grunhiu, aparentemente satisfeito com o que via.

— Bem. — Ele maximizou um monitor de tráfego e o estudou por um momento. — Vou te contar, o que quer que vocês estejam vendendo, vão encarar muita competição com patrocínio estatal.

— O quê, tipo a Lapinee?

O desprezo na voz de Schneider teria ficado aparente mesmo através de distâncias interplanetárias. O promotor alisou o cavanhaque de imitação militar, reclinou-se na cadeira e botou uma bota de combate falsificada na beira da escrivaninha. Na base do crânio raspado, duas ou três etiquetas de instalação rápida de software para campo de batalha estavam espetadas nos soquetes, brilhantes demais para não serem meras cópias decorativas.

— Não ria dos peixões, amigo — disse ele com tranquilidade. — Se eu tivesse só dois por cento do contrato da Lapinee, estaria vivendo na Cidade de Latimer a esta altura. É sério, a melhor maneira de desarmar a arte em tempos de guerra é comprar o sistema todo. Os engravatados sabem disso. Eles têm o maquinário para vender em grande volume e a influência para censurar a competição até a morte. Agora — ele tocou o monitor onde nosso upload aguardava como um torpedinho roxo para ser lançado —, o que quer que tenham aqui, é melhor ser muito foda se vocês esperam que nade contra essa correnteza.

— Você é positivo assim com todos os seus clientes? — perguntei.

Ele abriu um sorriso sombrio.

— Sou um realista. Você me paga, eu disparo. Temos os melhores programas de intrusão antifiltragem em Pouso Seguro para botar você lá inteiro. Bem como diz a placa: Nós Fazemos Você Ser Notado. Mas não espere que eu massageie seu ego também, porque não faz parte do serviço. No lugar onde vocês querem que eu lance isto aqui, tem coisa demais acontecendo para que eu seja otimista quanto às suas chances.

Às nossas costas, havia um par de janelas abertas para o barulho da rua três andares abaixo. O ar lá fora tinha esfriado com a chegada da noite, mas a atmosfera do escritório do promotor continuava rançosa. Tanya Wardani se ajeitou, impaciente.

— É trabalho de nicho — afirmou ela em voz roufenha. — Podemos andar logo com isso?

— Claro. — O promotor olhou de novo para a tela de crédito e o pagamento que flutuava ali em sólidos dígitos verdes. — Melhor apertar os cintos. Esse preço vai subir como um foguete.

Ele apertou o botão. Houve uma breve ondulação pelo monitor, e o torpedo roxo desapareceu. Tive um relance dele representado numa série de imagens de transmissão em hélice, então desapareceu, engolido atrás da muralha dos sistemas de segurança de dados corporativos e presumivelmente além da capacidade de rastreio do software tão maravilhoso do promotor. Os contadores de dígitos verdes giravam freneticamente em oitos borrados.

— Eu disse — afirmou o promotor, balançando a cabeça sabiamente. — Sistemas de filtragem de alta linha assim teriam custado um ano de lucro só para instalar. E isso cortando os custos de linha alta, meus amigos.

— Evidentemente.

Observei nosso crédito baixar como um núcleo de antimatéria desprotegido e suprimi um desejo súbito de remover a garganta do promotor com minhas próprias mãos. Não era por causa do dinheiro; isso nós tínhamos de sobra. A cifra de seis milhões de faap pode ter sido um preço ruim para um transporte Wu Morrison, mas seria suficiente para que vivêssemos como reis durante nossa estadia em Pouso Seguro.

Não era por causa do dinheiro.

Era por causa das roupas e da moda de grife bélica e das teorias pachorrentas sobre o que deve ser feito com arte de guerra, o falso enfado "já vi de tudo, já fiz de tudo", enquanto do outro lado do equador homens e mulheres se explodiam uns aos outros em nome de pequenos ajustes ao sistema que mantinha Pouso Seguro alimentado.

— É isso. — O promotor martelou um rufar de tambores acelerado no console com as duas mãos. — Foi para casa, até onde eu sei. Hora de vocês, meninos e meninas, fazerem o mesmo.

— Até onde você sabe — repetiu Schneider. — Que porra é essa?

Ele abriu o sorriso sombrio de novo.

— Ei, leia o contrato. Entregamos na medida do possível. E isso é a medida do possível de qualquer um aqui em Sanção IV. Você comprou a melhor tecnologia disponível para enviar o que quer, mas não comprou nenhuma garantia.

Ele ejetou nosso chip de créditos eviscerado da máquina e o jogou na mesa diante de Tanya Wardani, que o guardou no bolso sem expressar nenhuma emoção.

— Então, quanto tempo precisamos esperar? — indagou ela num bocejo.

— E eu lá tenho cara de vidente? — O promotor suspirou. — Pode ser rápido, tipo uns dois dias, pode demorar um mês ou mais. Tudo depende da demo, e eu não vi o que tem nela. Sou só o carteiro. Pode até ser nunca. Vão para casa, eu mando um e-mail.

Fomos embora, conduzidos à porta como o mesmo desinteresse estudado com que fôramos recebidos e atendidos. Lá fora, fomos à esquerda na penumbra da noite, atravessamos a rua e encontramos um café num terraço a uns vinte metros do hololetreiro cafona do promotor. Tão perto do toque de recolher, estava quase deserto. Largamos nossas bolsas sob uma mesa e pedimos cafés pequenos.

— Quanto tempo? — perguntou Wardani de novo.

— Uns trinta minutos. — Dei de ombros. — Depende da IA deles. Quarenta e cinco, no máximo.

Eu ainda não tinha terminado meu café quando eles chegaram.

O cruzador era um discreto veículo utilitário marrom, ostensivamente volumoso e sem potência, mas, para um olho treinado, muito claramente blindado. Ele veio se esgueirando por uma esquina a cem metros rua acima, no nível do solo, e rastejou até o prédio do promotor.

— Lá vamos nós — murmurei, com traços da neuroquímica Khumalo se ativando por todo o meu corpo. — Fiquem aqui, vocês dois.

Levantei-me sem pressa e perambulei até o outro lado da rua, com as mãos nos bolsos, a cabeça virada num ângulo curioso. Adiante, o cruzador flutuava, parado e colado ao meio-fio diante da porta do promotor, com uma porta lateral aberta para cima. Observei cinco pessoas de macacões saltarem do veículo e sumirem prédio adentro com uma economia de movimentos muito reveladora. A porta se baixou de novo.

Acelerei um pouco enquanto abria caminho entre os apressados compradores de última hora no asfalto, e minha mão esquerda se fechou em volta da coisa no meu bolso.

O para-brisa do cruzador tinha aparência sólida e quase opaca. Atrás dele, minha visão auxiliada pela neuroquímica mal conseguia distinguir dois vultos nos assentos e a sugestão de um terceiro corpo atrás dele, segurando--se de pé para espiar para fora. Dei uma olhada de lado numa fachada de loja, cruzando o último espaço até a frente do veículo.

E é agora.

Menos de meio metro, e minha mão esquerda saiu do bolso. Bati o disco achatado da granada de termita com força contra o para-brisa e rapidamente passei para o lado e adiante.

Crack!

Com granadas de termita, você tem que sair do caminho bem rápido. As mais novas foram projetadas para lançar todos os estilhaços com mais de noventa e cinco por cento da força para a face de contato, mas os cinco por cento que saem do outro lado ainda deixarão quem ficar no caminho em pedaços.

O cruzador estremeceu de ponta a ponta. Contido pela carroceria blindada, o barulho foi reduzido a um baque surdo. Entrei no prédio do promotor e subi as escadas correndo.

(Na primeira plataforma da escadaria, estendi as mãos para as armas de interface, as placas de bioliga costuradas sob as palmas das minhas mãos já se flexionando, ansiosas.)

Eles tinham postado uma única sentinela na terceira plataforma, mas não esperavam problemas pela retaguarda. Acertei-lhe um tiro na nuca ao galgar o último lance — *espirro de sangue e tecidos mais pálidos em coágulos na parede à frente —*, cheguei ao topo antes que o corpo batesse no chão e irrompi pela esquina da porta do escritório do promotor.

O eco do primeiro tiro, como o primeiro gole de uísque, ardendo...

Fragmentos de visão...

O promotor tenta se erguer da cadeira onde dois dos homens o mantêm preso, inclinado para trás. Um braço se liberta e aponta na minha direção.

— É el...

O capanga mais perto da porta, virando-se...

Abatido. Rajada de três tiros, mão esquerda.

Sangue mancha o ar; eu giro, a neuroquímica hiper-rápida, para evitar o espirro.

O líder do esquadrão; reconhecível, de alguma forma. Mais alto, com mais presença, alguma coisa, gritando:

— Mas que por...

Tiros no tronco. Peito e braço da arma, *detonar* aquela mão atiradora.

A Kalashnikov da mão direita cospe fogo e projéteis antipessoais de núcleo macio.

Faltam dois, tentando se livrar do promotor meio preso que se debate, para liberar armas que...

As duas mãos, agora; cabeça, tronco, qualquer lugar.

As Kalashnikovs latem como cães animados.

Corpos em convulsão, tombando...

E pronto.

O silêncio desabou naquele pequeno escritório. O promotor se encolhia sob o corpo de um dos captores assassinados. Em algum lugar, alguma coisa faiscou e deu curto no console; dano de alguma das minhas balas que tinha errado ou atravessado alguém. Ouvi vozes abaixo.

Eu me ajoelhei ao lado dos destroços do cadáver do capanga-chefe e pousei as armas inteligentes no chão. Sob a minha jaqueta, puxei a vibrofaca da bainha na minha cintura, nas costas, e ativei o motor. Com a mão livre, pressionei a espinha dorsal do morto e comecei a cortar.

— Ah, *porra*, cara. — O promotor vomitou no console. — Porra, *porra*. Ergui o olhar para ele.

— Cala a boca, isso não é fácil.

O sujeito se abaixou de novo.

Depois de duas tentativas fracassadas, a vibrofaca penetrou e cortou a coluna vertebral algumas vértebras abaixo do ponto onde encontrava a base do crânio. Firmei o crânio contra o chão com um joelho, depois pressionei de novo e comecei uma nova incisão. A faca escorregou e deslizou outra vez contra a curva do osso.

— Merda.

As vozes na plataforma cresciam em número e, aparentemente, se aproximavam. Parei o que eu estava fazendo, peguei uma das Kalashnikovs com a mão esquerda e disparei uma rajada pela porta na parede oposta. As vozes saíram num estouro de passos nas escadas.

De volta à faca. Consegui cravar a ponta, cortar o osso e então usar a lâmina como alavanca para remover a seção decepada da espinha, separando-a da carne e do músculo ao redor. Uma sujeirada, mas não tinha muito tempo. Enfiei o osso extraído num bolso, limpei as mãos numa parte limpa da túnica do morto e guardei a faca. Então catei as armas inteligentes e segui cuidadosamente até a porta.

Silêncio.

Enquanto saía, dei uma olhada no promotor. Ele me encarava como se tivesse acabado de brotar as presas de um monstro abissal no meu rosto.

— Vá para casa — falei. — Eles voltarão. Até onde eu sei.

Desci os três lances de escada sem encontrar ninguém, ainda que eu pudesse sentir os olhos espiando pelas outras portas nos andares pelos quais passei. Lá fora, esquadrinhei a rua nas duas direções, guardei as Kalashnikovs e me esgueirei pela carapaça quente e fumegante do cruzador explodido. O asfalto estava vazio por cinquenta metros nas duas direções, e as fachadas em ambos os lados do veículo tinham baixado as persianas blindadas. Uma multidão se aglomerava na calçada oposta, mas ninguém parecia saber exatamente o que fazer. Os poucos transeuntes que me notaram afastaram o olhar apressadamente quando passei.

Imaculado.

CAPÍTULO 8

Ninguém falou muito a caminho do hotel.

Seguimos a distância quase toda a pé, dando meia-volta sob passagens cobertas e galerias para despistar quaisquer olhos de satélites que a Corporação Mandrake pudesse acessar. Um esforço sem fôlego, tornado pesado pelas bolsas. Vinte minutos disso nos deixaram sob as largas marquises de uma instalação de armazenamento refrigerada, onde eu acenei um sinalizador de transporte para o céu e, depois de um tempo, consegui fazer um táxi descer. Embarcamos sem deixar a cobertura das marquises e afundamos em nossos assentos em silêncio.

— É meu dever lhes informar — disse a máquina pomposamente — que, em dezessete minutos, vocês estarão infringindo o toque de recolher.

— Melhor nos levar para casa rápido, então — respondi, dando o endereço.

— Tempo estimado de trajetória, nove minutos. Favor inserir pagamento.

Acenei com a cabeça para Schneider, que pegou um chip de crédito virgem e inseriu na fenda. O táxi chilreou e decolamos suavemente para o céu noturno quase vazio de tráfego antes de zarpar para oeste. Virei a cabeça de lado no encosto do banco e observei as luzes da cidade passando abaixo por um tempo, refazendo nosso caminho mentalmente para verificar quão bem tínhamos coberto nossos rastros.

Quando virei a cabeça de volta, percebi Tanya Wardani me encarando. Ela não afastou o olhar.

Voltei a observar as luzes até que começamos a descer de volta para elas.

O hotel fora bem escolhido, o mais barato de uma fileira construída abaixo de um viaduto de transporte de carga e usado quase exclusivamente por prostitutas e viciados. O recepcionista estava encapado num corpo Syntheta barato, cuja silicocarne mostrava sinais de desgaste ao redor dos nós dos dedos e tinha um enxerto de reestofamento bem óbvio na metade do braço direito. O balcão estava muito manchado em vários pontos e marcado a cada dez centímetros da borda exterior com geradores de escudo. Nos cantos do lobby mal-iluminado, mulheres e rapazes de rostos vazios tremeluziam languidamente, como chamas quase apagadas.

Os olhos rabiscados com logotipos do recepcionista passaram por nós como um pano úmido.

— Dez faaps por hora, depósito de cinquenta adiantado. Acesso a chuveiro e tela custa mais cinquenta.

— Queremos passar a noite — informou Schneider. — O toque de recolher acabou de começar, se você não percebeu.

O recepcionista continuou inexpressivo, mas talvez isso fosse consequência da capa. Syntheta tinha fama de economizar nas interfaces nervo--músculo menores.

— Então serão oitenta faaps, mais cinquenta de depósito. Chuveiro e tela cinquenta extra.

— Não tem desconto para estadias longas?

Os olhos passaram para mim, e uma das mãos desapareceu abaixo do balcão. Senti uma onda de neuroquímica, ainda eriçada depois do tiroteio.

— Vocês querem o quarto ou não?

— Queremos — confirmou Schneider, com um olhar de advertência para mim. — Você tem leitor de chip?

— Tem uma taxa de dez por cento. — Ele pareceu buscar alguma coisa na memória. — Administrativa.

— Tudo bem.

O recepcionista se levantou, parecendo decepcionado, e foi buscar o leitor numa sala nos fundos.

— Dinheiro vivo — murmurou Wardani. — Devíamos ter pensado nisso.

Schneider deu de ombros.

— Não dá para pensar em tudo. Quando foi a última vez que você pagou alguma coisa sem um chip?

Ela balançou a cabeça. Eu pensei brevemente num tempo passado, três décadas antes e a anos-luz de distância, onde, temporariamente, eu tinha usado notas tácteis em vez de crédito. Eu havia até me acostumado com as pitorescas cédulas plastificadas com as ilustrações ornadas e painéis holográficos. Só que aquilo fora na Terra, e a Terra é um lugar saído direto de um filme de expéria do período pré-colonial. Por um período lá, eu tinha até achado que estava apaixonado e, motivado por amor e ódio em proporções quase idênticas, fiz algumas burrices. Uma parte minha tinha morrido naquele lugar.

Outro planeta, outra capa.

Afastei um rosto injustamente bem relembrado da minha mente e olhei em volta, buscando imergir de volta no presente. Rostos exageradamente pintados me contemplaram das sombras, depois afastaram o olhar.

Pensamentos para um lobby de bordel. Pelos deuses.

O recepcionista voltou, passou o leitor em um dos chips de Schneider e bateu um cartão-chave de plástico no balcão.

— Pelos fundos, descendo as escadas. Quarto nível. Ativei o chuveiro e a tela até o fim do toque de recolher. Se quiserem usar depois, terão que vir aqui em cima e pagar de novo. — O rosto de silicocarne se flexionou no que provavelmente deveria ser um sorriso. Não deveria ter-se dado ao trabalho. — Todos os quartos têm isolamento de som. Façam o que quiserem.

O corredor e a escadaria de armação de aço tinham uma iluminação, se é que seria possível, ainda pior que a do lobby. Em alguns pontos, as placas de ilumínio estavam se soltando das paredes e do teto. Nos demais, estavam todas apagadas. O corrimão fora pintado com tinta luminosa que também se esvanecia, descascando mícrons de cada vez com cada mão que segurava e deslizava pelo metal.

Passamos por um punhado de putas nas escadas, a maioria com clientes a reboque. Pequenas bolhas de falsa hilaridade flutuavam ao redor delas, tilintando. Os negócios pareciam ir bem. Avistei um par de uniformes em meio à clientela, e o que parecia ser um oficial político do Cartel inclinado sobre o corrimão do segundo nível, fumando e pensativo. Ninguém prestou a menor atenção em nós.

O quarto era longo e tinha teto baixo com um efeito de cornija e pilar de resina rápida colado nas paredes de concreto cru; a coisa toda fora, então, pintada num violento tom primário de vermelho. Mais ou menos na metade do cômodo, duas camas-prateleiras despontavam de paredes opostas, com meio metro de espaço no meio. A segunda cama tinha correntes de plástico moldadas nos quatro cantos da prateleira. No fundo do quarto, um chuveiro autocontido largo o bastante para abrigar três corpos ao mesmo tempo, caso a ocasião exigisse. Diante de cada cama, via-se uma tela larga com um menu brilhando sobre um fundo rosa-claro.

Dei uma olhada em volta, soltei um único suspiro no ar quente como sangue e botei a bolsa aos meus pés.

— Vá ver se a porta está trancada.

Tirei a unidade de varredura da bolsa e a brandi pelo quarto. Havia três câmeras escondidas no teto, uma acima de cada cama e outra no chuveiro. Muito criativo. Schneider colou um neutralizador padrão da Vanguarda no teto, ao lado de cada uma. O neutralizador entraria na memória da câmera, pegaria o que quer que estivesse armazenado nela das duas últimas horas e então reciclaria essas horas de gravação infinitamente. Modelos mais atuais chegariam até a ler o conteúdo e gerar cenas improvisadas plausíveis com o material, mas não achei isso necessário ali. O recepcionista não me deu a impressão de estar encabeçando uma operação de alta segurança.

— Onde você quer essas coisas? — perguntou Schneider a Wardani, desfazendo uma das outras bolsas na primeira cama-prateleira.

— Aí mesmo está bom — respondeu ela. — Aqui, deixa que eu faço. É, hmm, complicado.

Schneider ergueu uma sobrancelha.

— Certo. Tudo bem. Vou ficar só assistindo.

Complicado ou não, a arqueóloga só levou dez minutos montando o equipamento. Ao terminar, tirou um par de óculos de visão aprimorada da pele flácida da bolsa vazia e os colocou sobre a cabeça. Por fim, virou-se para mim.

— Pode me passar aquilo?

Pus a mão na jaqueta e tirei o segmento de espinha. Ainda havia tiras frescas de sangue e carne pendendo dos pequenos orifícios e calombos do osso, mas ela o recebeu sem demonstrar nojo e o largou no topo do esfregador de artefatos que acabara de montar. Uma pálida luz violeta surgiu sob a cobertura de vidro. Schneider e eu assistimos com fascínio Wardani conectar os óculos num dos lados da máquina, pegar o controle conectado nela e se sentar de pernas cruzadas para trabalhar. Podíamos ouvir ruídos baixos, crepitantes, vindos de dentro da máquina.

— Está funcionando direito? — perguntei.

Ela grunhiu.

— Quanto tempo vai demorar?

— Muito, se você ficar me fazendo perguntas idiotas — retrucou ela, sem afastar o olhar do que estava fazendo. — Não tem nada melhor para fazer?

De canto de olho, vi Schneider sorrindo.

Quando terminamos de montar a outra máquina, Wardani tinha quase acabado. Espiei o brilho roxo por sobre o ombro dela para ver o que restava do segmento vertebral. A maior parte tinha sumido, e os pedaços finais da vértebra estavam sendo separados do minúsculo cilindro do cartucho cortical. Eu observei, fascinado. Não era a primeira vez que eu via um cartucho cortical ser removido de uma espinha morta, mas aquela tinha que ser uma das mais elegantes versões da operação que eu já testemunhara. O osso recuava, sumindo uma minúscula porção de cada vez conforme Tanya Wardani cortava com as ferramentas, e o revestimento do cartucho emergia completamente limpo do tecido em volta, reluzente como uma lata nova.

— Eu sei o que eu estou fazendo, Kovacs — disse Wardani, com a voz lenta e distante, por conta da concentração. — Comparado à limpeza de sedimentos das placas de circuitos marcianas, isso é como jatear areia.

— Eu não duvido. Estava só admirando sua habilidade.

Aí ela ergueu o olhar, de repente, empurrando os óculos para a testa para ver se eu estava rindo dela. Quando viu que não era o caso, baixou os óculos de novo, fez alguns ajustes em alguma coisa no controle e então se sentou de volta. A luz violeta se apagou.

— Pronto. — Ela pôs a mão na máquina e removeu o cartucho, segurando-o com os dedos indicador e polegar. — Aliás, este equipamento não é grande coisa. Para falar a verdade, é o tipo de coisa que os cavouqueiros compram para trabalhar em teses deles. Os sensores são bem rudimentares. Vou precisar de peças muito melhores na Orla.

— Não se preocupe. — Peguei o cartucho cortical e me virei para a máquina na outra cama. — Se isto aqui der certo, eles vão construir instrumentos personalizados para você. Agora, escutem bem, vocês dois. Pode muito bem ter um rastreador de ambiente virtual nesse cartucho. Muitos samurais corporativos são instalados assim. Este aqui pode não ser o caso, mas vamos presumir que seja. Isso significa que teremos mais ou menos um minuto de acesso seguro antes que o rastreador se ative e comece a funcionar. Então, quando aquele contador chegar a cinquenta segundos, vocês desligam tudo. Isto é só um Id&A de baixas, mas com tudo ativado no máximo, devemos conseguir uma proporção de mais ou menos 35 para 1, tempo real. Pouco mais de meia hora, mas deve ser suficiente.

— O que você vai fazer com ele? — Era Wardani, com cara de infeliz. Peguei a touca.

— Nada; não teremos tempo. Vou só conversar com ele.

— Conversar? — Havia uma luz estranha nos olhos dela.

— Às vezes — respondi. — Só isso já basta.

A entrada não foi nada fácil.

Os Identificadores e Avaliadores de baixas são ferramentas relativamente novas na contabilidade militar. Não as tínhamos em Innenin; o protótipo do sistema não apareceu até depois de eu ter abandonado o Corpo, e mesmo depois disso, levou décadas para que qualquer um fora das forças de elite do Protetorado pudesse comprá-lo. Os modelos mais baratos haviam aparecido uns quinze anos antes, para a alegria dos auditores militares em toda parte, ainda que, claro, não fossem nunca eles que tinham que entrar no sistema. Id&A é um trabalho feito geralmente por médicos militares tentando extrair os mortos e feridos do campo de batalha, muitas vezes sob fogo inimigo. Nessas circunstâncias, a transição suave de formato é considerada um luxo, e o aparelho que pegáramos emprestado no veículo do hospital era definitivamente um modelo bem básico.

Quando fechei os olhos no quarto de concreto, a indução me deu um coice na nuca como uma onda de tetrameta. Por uns segundos, afundei vertiginosamente por um oceano de estática, e então isso se desfez de supetão, e o oceano foi substituído por um campo de trigo infinito artificialmente parado sob o sol do fim de tarde. Alguma coisa me acertou com força na sola dos pés, subindo num tranco, e me vi parado numa longa varanda de madeira com vista para o campo. Às minhas costas, estava a casa à qual a varanda pertencia, de um andar e estrutura de madeira, aparentemente velha, mas com acabamento perfeito demais para algo que tivesse envelhecido de verdade. As tábuas todas se encaixavam com precisão geométrica, e não havia nenhuma falha ou rachadura em lugar nenhum. Parecia algo que uma IA sem protocolos de interface com a humanidade sonharia a partir de uma imagem-padrão, e provavelmente era exatamente o caso.

Trinta minutos.

Hora de Identificar e Avaliar.

É típico da guerra moderna que frequentemente não sobre muita coisa dos soldados mortos, coisa que pode dificultar a vida dos auditores. Certos soldados sempre serão valiosos o bastante para serem reencapados; oficiais experientes são um recurso escasso, e um brutamontes de qualquer nível pode ter habilidades de especialista ou conhecimentos vitais. O problema é identificar depressa tais soldados e separá-los dos recrutas que não valem o custo de uma nova capa. Como isso é feito no caos gritante de uma zona de guerra? Códigos de barra são queimados com a pele, plaquetas derretem ou são inconvenientemente estraçalhadas por estilhaços. Leitura de DNA é uma opção, às vezes, mas é quimicamente complicada, difícil de aplicar no campo de batalha, e algumas das armas químicas mais horrorosas fodem completamente os resultados.

Pior, nada disso lhe dirá se o soldado morto ainda é uma unidade psicologicamente viável para reencapamento. A maneira de sua morte — rápida, devagar, sozinho, com amigos, em agonia ou entorpecido — sempre afeta o nível do trauma sofrido. O nível do trauma influencia a sua viabilidade de combate. Assim como seu histórico de reencapamento. Um número muito grande de capas novas num tempo muito curto causa a Síndrome do Reencapamento Repetido, que eu tinha visto no ano anterior num sargento de demolições da Vanguarda recuperado vezes demais. Eles o baixaram, pela nona vez desde o começo da guerra, numa recém-clonada capa de 21 anos, e ele ficou sentado com ela como um bebê na própria merda, gritando e chorando incoerentemente entre episódios de introspecção nos quais ele examinava os próprios dedos como se fossem brinquedos que ele não quisesse mais.

Oops.

A questão é que não há como se deduzir esses fatos com nenhum grau de certeza a partir dos resquícios partidos e calcinados que os médicos muitas vezes encontram. Felizmente para os contadores, porém, a tecnologia de cartucho cortical permite não apenas identificar e marcar as baixas individuais, como também descobrir se eles por acaso se tornaram loucos histéricos irrecuperáveis. Acomodada na coluna espinhal, logo abaixo do crânio, a caixa-preta da mente está tão segura quanto seria possível. O próprio tecido ósseo em volta é particularmente resistente a danos e, para o caso de a velha e boa engenharia evolucionária não dar conta do recado, a matéria-prima usada para fazer os cartuchos está entre as substâncias artificiais mais duras que o ser humano conhece. Pode-se fustigar o cartucho com um jato de areia até ficar reluzente sem medo de danificá-lo, plugá-lo num gerador de ambiente virtual com a mão e então simplesmente mergulhar atrás do paciente. O equipamento capaz disso tudo cabe numa bolsa grande.

Fui até a perfeita porta de madeira. Entalhados numa placa de cobre nas tábuas ao lado, havia um número de série de oito dígitos e um nome: *Deng Zhao Jun*. Virei a maçaneta. A porta se abriu para dentro sem ruído, e entrei para uma sala clinicamente arrumada, na qual uma longa mesa de madeira dominava o espaço. Havia um par de poltronas com estofamento cor de mostarda mais para o lado, viradas para uma lareira com um fogo baixo crepitante. Nos fundos, portas pareciam levar à cozinha e a um quarto.

Ele estava sentado à mesa, com a cabeça nas mãos. Parecia não ter ouvido a porta abrir. O aparelho o teria ativado alguns segundos antes de me deixar entrar, então ele provavelmente teve uns dois minutos para superar o choque inicial da chegada e perceber onde estava. Agora, só lhe restava lidar com a situação.

Dei uma tossida de leve.

— Boa noite, Deng.

Ele ergueu o olhar e colocou as mãos de volta na mesa ao me ver. As palavras começaram a escapar dele numa torrente.

— Armaram pra gente, cara, foi uma porra de armação. Tinha um cara esperando a gente, pode dizer pro Hand que a segurança dele tá fodida. Eles devem...

A torrente secou, seus olhos se arregalaram conforme ele me reconhecia.

— É.

Deng se levantou de um salto.

— *Quem é você?*

— Isso não é importante. Olha...

Porém, era tarde demais. Ele estava contornando a mesa e vindo até mim, com olhos estreitados de fúria. Recuei um passo.

— Olha, não faz sentido...

Ele chegou aonde eu estava e atacou, chute na altura do joelho e soco médio. Bloqueei o chute, travei o braço do soco e o derrubei no chão. Ele tentou outro chute ao cair e eu tive que me esquivar para trás, para fora de alcance, de modo a não ser atingido na cara. Então ele se levantou e investiu outra vez.

Desta vez eu avancei para enfrentá-lo, desviando os ataques com bloqueios de cotovelo e chutes para os lados. Usei braços e joelhos para derrubá-lo. Ele soltou um grunhido grave com os golpes e caiu no chão pela segunda vez, com um dos braços dobrado sob o corpo. Eu me joguei atrás dele, aterrissei nas costas do cara e puxei o pulso livre para cima, aplicando uma chave no braço até ele ranger.

— Certo, já chega. Você está numa porra de *virtualidade*. — Recuperei o fôlego e baixei a voz. — Além disso, se você continuar de palhaçada, eu quebro este braço. Entendeu?

Ele assentiu o melhor que pôde com a cara pressionada nas tábuas do piso.

— Muito bem. — Reduzi minimamente a pressão no braço. — Agora, eu vou deixar você se levantar e nós vamos fazer as coisas de um jeito civilizado. Quero fazer algumas perguntas, Deng. Você não tem que respondê-las se não quiser, mas vai ser melhor para você se responder, então me escute.

Eu me levantei e me afastei. Depois de um momento, Deng se ergueu e mancou de volta à cadeira, massageando o braço. Eu me sentei do lado oposto, diante dele.

— Você tem um rastreador virtual?

Ele negou com a cabeça.

— É, bem, você provavelmente diria isso mesmo se tivesse. Mas ele não funcionaria. Estamos rodando um misturador de código-espelho. Agora, quero saber quem é seu controlador.

Ele me encarou.

— E por que eu lhe diria qualquer merda que seja?

— Porque, se você disser, eu devolverei seu cartucho à Mandrake, e eles provavelmente vão reencapar você. — Eu me inclinei para frente na cadeira. — É uma oferta especial por tempo limitado, Deng. Aproveite enquanto durar.

— Se você me matar, a Mandrake vai...

— Não. — Balancei a cabeça. — Caia na real. Você é o que, um gerente de operações de segurança? Executivo de ações táticas? Mandrake pode tirar uma dúzia iguais a você do armazém. Há pelotões de alistados que pagariam boquetes pela chance de escapar da guerra. Qualquer um deles poderia fazer o serviço. E, além disso, os homens e mulheres para quem você trabalha venderiam os próprios filhos para um bordel se isso significasse botar as mãos no que eu mostrei esta noite. E, somado a tudo isso, meu amigo, você. Não. Importa.

Silêncio. Ele ficou sentado, encarando, cheio de ódio.

Eu usei uma do manual.

— Eles podem querer fazer um showzinho de retribuição por uma questão de princípios gerais, é claro. Deixar claro para todo mundo que os agentes deles não podem ser tocados sem consequências severas. A maioria das firmas linha-dura gosta de seguir essa onda, e não imagino que Mandrake seja diferente. — Fiz um gesto com a mão aberta. — Só que nós não estamos operando num contexto de princípios gerais, não é, Deng? Quer dizer, você sabe. Por acaso já trabalhou numa reação tão rápida antes? Já recebeu um conjunto de instruções tão total? Como era o texto? Encontre os originadores deste sinal e traga-os com o cartucho intacto, sendo todos os outros custos e considerações secundários? Algo desse tipo?

Deixei a pergunta pairar no ar entre nós dois, uma isca atirada casualmente, mas ansiosa para ser fisgada.

Vá em frente. Fisgue. Basta uma sílaba.

Só que o silêncio se manteve. O convite a concordar, a falar, a desistir e responder, rangendo sob o próprio peso onde eu o construíra no ar entre nós dois. Ele apertou os lábios.

Hora de tentar de novo.

— Algo desse tipo, Deng?

— É melhor você me matar logo — retrucou ele, tenso.

Deixei o sorriso surgir aos poucos...

— Eu não vou te matar, Deng.

... e esperei.

Como se nós tivéssemos o misturador de código-espelho. Como se não pudéssemos ser rastreados. Como se nós *tivéssemos* tempo. *Acredite.*

Todo o tempo do universo.

— Você não vai...? — disse ele, por fim.

— Eu não vou te matar, Deng. Foi o que eu disse. Eu. Não. Vou. Te. Matar. — Dei de ombros. — Simples demais. Seria como desligar você. Você não vai virar um herói corporativo assim tão fácil.

Vi a perplexidade se misturar à tensão.

— Ah, e não vá pensando em tortura, também. Não tenho estômago para essas coisas. Tipo, quem sabe que tipo de software de resistência eles instalaram em você? Muito sujo, muito inconclusivo, muito demorado. E eu posso encontrar minhas respostas em outro lugar, se for necessário. Como já falei, esta aqui é uma oferta por tempo limitado. Responda às perguntas agora, enquanto ainda tem a chance.

— Senão *o quê?*

Era uma bravata *quase* boa, mas aquela incerteza recém-desperta desestabilizou suas bases. Duas vezes ele já tinha se preparado para o que pensava que viria em seguida, e duas vezes suas presunções foram negadas. O medo no sujeito era minúsculo, mas crescente.

Eu dei de ombros.

— Senão eu deixo você aqui.

— *O quê?*

— Eu deixo você aqui. Olha só, estamos aqui no meio do Deserto de Chariset, Deng. Alguma cidadezinha mineradora abandonada, acho que nem tem nome. Tem uns mil quilômetros de vazio em todas as direções. Eu vou só deixar você plugado.

Deng piscou, tentando assimilar o que eu dizia. Eu me inclinei de novo.

— Você está num sistema de Id&A de Baixas. Roda com uma bateria de campo de batalha. Ela provavelmente vai durar décadas, nesta configuração. Centenas de anos, em tempo virtual, que vão parecer reais pra caralho, para você, sentado aqui olhando o trigo crescer. Isso *se* o trigo crescer, num formato tão básico como este. Você não vai sentir fome aqui, não vai ter sede, mas aposto que você vai enlouquecer antes do fim do primeiro século.

Eu me reclinei de novo. Deixei a ficha cair.

— Ou você pode responder às minhas perguntas. Oferta quase encerrada. O que vai ser?

O silêncio cresceu de novo, mas era de um tipo diferente desta vez. Eu deixei que ele me encarasse por um minuto, então dei de ombros e me levantei.

— Você teve a sua chance.

Eu tinha quase chegado à porta quando ele cedeu.

— Tudo bem! — Havia um som como uma corda de piano arrebentando na voz dele. — Tudo bem, eu falo. Eu falo.

Fiz uma pausa, depois estendi a mão para a maçaneta. A voz dele ficou mais aguda.

— Eu disse que eu *falo*, cara. Hand, cara. *Hand*. Matthias Hand. Ele é o cara, foi ele quem mandou a gente, para com isso, porra. Eu vou te contar.

Hand. O nome que ele deixara escapar mais cedo. Era seguro apostar que ele havia cedido de verdade. Eu dei as costas à porta bem lentamente.

— Hand?

Ele assentiu com a cabeça, ansioso.

— Matthias Hand?

Ergueu o olhar, com algo de derrota no rosto.

— Eu tenho sua palavra? — perguntou.

— Até onde ela valha, sim. Seu cartucho voltará intacto à Mandrake. Agora. Hand.

— Matthias Hand. Divisão de Aquisições.

— Ele é o seu controlador? — Franzi o cenho. — Um executivo de divisão?

— Ele não é exatamente o meu controlador. Todos os esquadrões táticos se reportam diretamente ao Chefe de Operações Seguras, mas, desde a guerra, eles designaram 75 agentes táticos diretamente ao Hand, de Aquisições.

— Por quê?

— Como que eu saberia, porra?

— Especule um pouco. Foi iniciativa do Hand? Ou uma diretiva geral?

Ele hesitou.

— Dizem que foi o Hand.

— Há quanto tempo ele está com a Mandrake?

— Não sei. — Ele viu a expressão no meu rosto. — Eu não sei, porra. Mais tempo que eu.

— Qual é a reputação dele?

— Durão. Ninguém se mete com ele.

— É, ele e todos os outros executivos acima de gerente de departamento. Eles são todos uns filhos da puta durões. Me diga alguma coisa que eu não possa deduzir sozinho.

— Não é só conversa. Dois anos atrás, um gerente de projeto na P&D jogou o conselho de política corporativa para cima do Hand, por quebra de ética da companhia...

— Quebra do *quê*?

— É, pode rir. Na Mandrake isso dá pena de apagamento, se colar.

— Mas não colou.

Deng balançou a cabeça.

— Hand acertou tudo com o conselho, ninguém sabe como. Duas semanas depois, o tal cara apareceu morto no banco de trás de um táxi, e parecia que alguma coisa tinha explodido dentro dele. Dizem que Hand já foi um hougan na Irmandade da Encruzilhada em Latimer. Toda aquela merda de vodu.

— Toda aquela merda de vodu — repeti, não tão blasé quanto deixei transparecer.

Religião é religião, qualquer que seja a embalagem, e, como Quell disse, uma preocupação com o próximo mundo sinaliza claramente uma inabilidade de lidar de forma plausível com este. Ainda assim, a Irmandade da Encruzilhada era um grupo de extorsionários mais horríveis que o que se via no geral numa turnê de miséria humana que incluía, entre outros destaques, a yakuza do Mundo de Harlan, a polícia religiosa Xária e, é claro, o próprio Corpo de Emissários. Se Matthias Hand era um ex-Encruzilhada, ele era manchado com um tom mais sombrio do que o engravatado-padrão.

— Então, além de *toda aquela merda de vodu*, o que mais dizem sobre ele?

Deng deu de ombros.

— Que ele é inteligente. O departamento de Aquisições se meteu em vários contratos governamentais logo antes da guerra. Coisas que os peixes grandes nem estavam considerando. Falam que Hand está dizendo à diretoria que eles terão um lugar no Cartel em pouco menos de um ano. E ninguém que eu conheça está rindo disso.

— É. Risco demais de uma mudança de carreira, como decorar o interior de um táxi com as tripas. Acho que vamos...

Caindo.

Sair do formato Id&A acabou sendo tão divertido quanto entrar. Foi como se um alçapão tivesse se aberto no chão sob a minha cadeira e me lançado por um buraco escavado direto através do planeta. O mar de estática veio serpenteando por todos os lados, comendo as trevas com um crepitar faminto e irrompendo contra meus sentidos combinados como uma ressaca instantânea de empatina. Então ela se foi, extraída e sugada de uma forma igualmente desagradável, e eu estava ciente da realidade de novo, com a cabeça baixa e um fiozinho de saliva escorrendo de um canto da boca.

— Tá tudo bem, Kovacs?

Schneider.

Eu pisquei. O ar ao meu redor parecia desnecessariamente crepuscular depois da investida da estática, como se eu tivesse passado muito tempo encarando o sol.

— Kovacs? — Agora era a voz de Tanya Wardani.

Limpei a boca e olhei em volta. Ao meu lado, o aparelho de Id&A zumbia baixinho, e os números do contador verde brilhavam paralisados no 49.

Wardani e Schneider estavam um de cada lado do aparelho, olhando para mim com preocupação quase cômica. Atrás deles, a breguice esculpida em resina da câmara de prostituição dava à coisa toda um ar de farsa mal montada. Senti que começava a sorrir enquanto erguia a mão para tirar a touca.

— Então? — Wardani se afastou um pouco. — Não fique aí sentado com esse sorriso besta. O que você conseguiu?

— O suficiente — respondi. — Acho que estamos prontos para negociar agora.

PARTE 2
CONSIDERAÇÕES COMERCIAIS

Em qualquer projeto, político ou não, há um preço a ser pago. Sempre pergunte qual é, e quem o pagará. Se você não o fizer, os planejadores farejarão o perfume do seu silêncio como panteras do pântano fazem com o cheiro de sangue, e, de uma hora para a outra, a pessoa que terá que arcar com o custo será você. E você talvez não seja capaz de pagar.

— QUELLCRIST FALCONER
Coisas que eu já deveria ter aprendido, Vol II

CAPÍTULO 9

— Senhoras e senhores, sua atenção, por favor.

A leiloeira bateu delicadamente com o dedo no bulbo do microfone mãos-
-livres, e o som reverberou pelo espaço arqueado acima das nossas cabeças
como trovão abafado. Como manda a tradição, ela estava vestida num tipo
de roupa de astronauta, sem luvas ou capacete, mas este era moldado em
linhas que me lembravam mais as casas de moda em Nova Beijing que uma
escavação exploratória marciana. A voz dela era doce, café quente batizado
com rum forte.

— Lote 27. Do Campo Baixo de Danang, escavação recente. Pilone de
três metros com base de tecnoglifos gravados a laser. Ofertas inicias de 200
mil faaps.

— Não sei por quê, mas acho que não. — Matthias Hand sorveu do
chá e deu uma olhada distraída para onde o artefato girava em ampliação
holográfica logo além da borda da galeria. — Hoje não, e não com aquela
fissura enorme correndo pelo segundo glifo.

— Bem, nunca se sabe — comentei tranquilamente. — Sempre pode
aparecer um idiota passando com dinheiro de sobra num lugar destes.

— Ah, sem dúvida. — Ele girou um pouco no assento, como se esqua-
drinhasse os compradores potenciais espalhados pela galeria. — Mas eu
realmente acho que você verá essa peça sendo vendida por bem menos de
120 mil.

— Se você diz.

— Digo mesmo. — Um sorriso sofisticado surgiu e depois sumiu dos
planos caucasianos esculpidos naquele rosto. Hand era, como a maioria

dos executivos corporativos, alto e genericamente bonito. — É claro, já me enganei antes. De vez em quando. Ah, ótimo, essa parece ser a nossa.

A comida chegou, trazida por um garçom obrigado a usar uma versão mais barata e menos bem-cortada do traje da leiloeira. Ele nos serviu com movimentos graciosos, um feito notável, considerando o uniforme. Nós dois aguardamos em silêncio e então observamos o sujeito se afastar com cautela simétrica.

— Não é um dos seus? — perguntei.

— Seria difícil. — Hand cutucou, duvidoso, o conteúdo da bandeja com os palitos. — Sabe, você bem poderia ter escolhido outra culinária. Quer dizer, tem uma guerra acontecendo, e estamos a mais de mil quilômetros do oceano mais próximo. Você acha mesmo que sushi foi uma boa ideia?

— Sou do Mundo de Harlan. É isso que comemos por lá.

Ambos estávamos ignorando o fato de que o sushi-bar ficava bem no meio da galeria, exposto à visão de franco-atiradores de posições por todo o interior arejado da casa de leilões. Numa dessas posições, Jan Schneider se encontrava, no momento, encolhido com uma carabina laser de cano curto e disparo oculto, observando o rosto de Matthias Hand pela mira telescópica. Eu não sabia quantos outros homens e mulheres poderiam estar nos arredores fazendo a mesma coisa comigo.

No holograma acima de nossas cabeças, o preço inicial deslizava em números laranja cálidos, já abaixo de 150 mil, insensível aos tons suplicantes da leiloeira. Hand indicou o valor com a cabeça.

— Aí está. Assim começa a corrosão. — Ele se pôs a comer. — Vamos falar de negócios, então?

— É justo. — Joguei alguma coisa para ele do outro lado da mesa. — Acho que isso é seu.

O objeto rolou pela mesa até que Hand o deteve com a mão livre. Pegou o cilindro com dedos de unhas bem-cuidadas e o fitou, curioso.

— Deng?

Fiz que sim com a cabeça.

— O que você tirou dele?

— Não muita coisa. Não tinha tempo com um rastreador virtual configurado para explodir na ativação, como você sabe. — Dei de ombros. — Ele deixou seu nome escapar antes de perceber que eu não era um psicocirurgião da Mandrake, mas, depois disso, ele se fechou por completo. Um filho da mãe durão.

A expressão de Hand pareceu cética, mas ele guardou o cartucho no bolso do paletó sem comentários. Mastigou devagar mais um bocado de sashimi.

— Você tinha mesmo que matar todos? — perguntou, enfim.

Dei de ombros.

— É assim que fazemos as coisas no norte hoje em dia. Talvez você não tenha ouvido a respeito. Tem uma guerra acontecendo.

— Ah, é. — Ele pareceu notar meu uniforme pela primeira vez. — Então você está na Vanguarda. Estou curioso, como você acha que Isaac Carrera reagiria às notícias das suas incursões em Pouso Seguro?

Dei de ombros mais uma vez.

— Oficiais da Vanguarda têm muita autonomia. Pode ser meio complicado explicar, mas sempre posso contar a ele que eu estava infiltrado, investigando uma iniciativa estratégica.

— E está?

— Não. Isto aqui é estritamente pessoal.

— E se eu estiver gravando a conversa e tocá-la de volta para ele?

— Bem, se eu estou infiltrado, tenho que dizer alguma coisa para manter a fachada, não é? Isso faria desta conversa um blefe duplo. Não faria?

Houve uma pausa enquanto nós nos entreolhávamos dos dois lados da mesa, impassíveis, e então mais um sorriso se espalhou aos poucos pelo rosto do executivo. Este durou mais tempo e não me pareceu fingido.

— Sim — murmurou ele. — Mas quanta elegância. Parabéns, tenente. É tão convincente que eu nem sei no que acreditar, pessoalmente. Você *poderia* estar mesmo trabalhando para a Vanguarda, até onde sei.

— Sim, poderia. — Sorri de volta. — Mas, quer saber? Você não tem tempo de se preocupar com isso. Porque os mesmos dados que você recebeu ontem estão numa configuração de lançamento protegida em cinquenta lugares do fluxo de dados de Pouso Seguro, programada de antemão para entrega de alto impacto a todos os sistemas corporativos no Cartel. E o tempo está correndo. Você tem mais ou menos um mês para organizar essa operação. Depois disso, bem, todos os seus competidores pesos-pesados saberão o que você sabe, e certo trecho de litoral vai ficar parecido com a Alameda Marco Zero na véspera de ano novo.

— Cale-se. — A voz de Hand continuou gentil, mas havia um fio de aço nos tons suaves. — Estamos em campo aberto aqui. Se quiser fazer negócios com a Mandrake, vai ter que aprender a ser mais discreto. Chega de detalhes, por favor.

— Certo. Desde que estejamos entendidos.

— Acho que estamos.

— Espero que sim. — Deixei meu próprio tom endurecer um pouco.

— Você me subestimou quando mandou seus capangas ontem à noite. Não subestime de novo.

— Eu não sonharia em...

— Ainda bem. Nem sonhe com isso, Hand. Porque o que aconteceu com Deng e os amigos dele ontem não chega nem perto de algumas das coisas desagradáveis das quais eu participei nos últimos dezoito meses, lá no norte. Você pode achar que a guerra está bem longe no momento, mas, se a Mandrake tentar foder comigo ou meus sócios de novo, você vai ter um aviso da Vanguarda enfiado tão fundo no seu cu, que chegará a sentir o gosto da própria merda na garganta. Agora, estamos entendidos?

Hand fez uma expressão ressentida.

— Estamos. Você ilustrou muito bem seu ponto de vista. Posso garantir que não faremos mais nenhuma tentativa de tirar vocês da jogada. Isso desde que as suas exigências sejam razoáveis, é claro. Que tipo de comissão vocês estão querendo?

— Vinte milhões de dólares da ONU. E não me olhe assim, Hand. Isso não é nem um décimo de ponto percentual do que a Mandrake deve ganhar com isto, se conseguirmos.

No holo lá no alto, o preço indicado parecia ter freado em 109, e a leiloeira agora o persuadia a subir, uma fração de cada vez.

— Humm. — Hand mastigou e engoliu enquanto pensava a respeito.

— Pagamento na entrega?

— Não. Adiantado, depositado em um banco na Cidade de Latimer. Transferência de via única, com limite de reversibilidade-padrão, sete horas. Mais tarde passo os códigos da conta.

— Quanta presunção, tenente.

— Pense nisso como uma apólice de seguro. Não que eu não confie em você, Hand, mas me sentirei mais feliz sabendo que você já fez o pagamento. Assim não há nenhuma porcentagem caso a Mandrake foda comigo depois do evento. Você não teria nada a ganhar com isso.

O executivo da Mandrake sorriu lupinamente.

— A confiança é uma via de mão dupla, tenente. Por que deveríamos lhe pagar antes de o projeto se desenrolar?

— Além do fato de que, caso contrário, eu vou embora dessa mesa e você vai perder a maior tacada em P&D que o Protetorado já viu, você quer dizer? — Deixei minhas palavras serem absorvidas por um momento antes de dar o relaxante. — Olha, veja as coisas por este ângulo: não terei como acessar o dinheiro aqui enquanto a guerra estiver rolando; a Diretiva de Poderes de Emergência garante isso. Então o seu dinheiro vai ter deixado a sua conta, mas eu também não estarei com ele. Para ser pago, eu preciso estar em Latimer. Essa será sua garantia.

— Você também quer ir para Latimer? — Hand arqueou uma sobrancelha. — Vinte milhões da ONU e passagem para fora do planeta?

— Não seja obtuso, Hand. O que você esperava? Acha que eu quero ficar aqui de molho até Kemp e o Cartel finalmente decidirem que está na hora de negociar em vez de lutar? Eu não tenho tanta paciência.

— Então... — O executivo da Mandrake soltou seus palitinhos e juntou a ponta dos dedos sobre a mesa. — Deixe-me ver se eu entendi direito. Nós lhe pagamos vinte milhões de dólares da ONU agora, condição não negociável.

Eu o encarei, esperando.

— Estou certo?

— Não se preocupe, eu te interrompo se você se confundir.

Ali estava o sorriso brando de novo, pairando por um segundo e sumindo.

— Obrigado. Em seguida, após a execução bem-sucedida deste projeto, nós assumimos a responsabilidade de fretar você e, presumo, seus associados, via transmissão por agulha, para Latimer. Essas são todas as exigências?

— Mais a decantação.

Hand olhou para mim de um jeito estranho. Supus que ele não estava acostumado a ver suas negociações seguirem por aquele rumo.

— Mais a decantação. Alguma coisa específica que eu deva saber sobre isso?

Dei de ombros.

— Capas selecionadas, obviamente, mas podemos discutir os detalhes mais tarde. Não precisam ser customizadas. Algo de ponta, é claro, mas pronto para uso mesmo já está ótimo.

— Ah, que bom.

Senti um sorriso subindo, fazendo cócegas nas superfícies internas da minha barriga. Deixei que ele emergisse.

— Qual é, Hand! Você está conseguindo uma pechincha do caralho e sabe disso.

— É o que você diz. Mas não é tão simples, tenente. Nós checamos o registro de artefatos de Pouso Seguro dos últimos cinco anos e não há rastro algum de nada parecido com o item que você descreve. — Ele abriu as mãos. — Nenhuma evidência. Entende a situação em que isso me coloca?

— Entendo, sim. Em cerca de dois minutos você vai perder o maior achado arqueológico dos últimos quinhentos anos, e tudo porque não existe nada nos seus arquivos sobre ele. Se essa é a sua situação, Hand, eu estou negociando com as pessoas erradas.

— Está me dizendo que essa descoberta não foi registrada? Em uma violação direta ao Estatuto?

— Estou dizendo que isso não vem ao caso. Estou dizendo que aquilo que te enviamos parecia real o bastante para você ou sua IA de estimação autorizar um ataque comando urbano total em meia hora. Talvez os arquivos tenham sido apagados, talvez tenham sido corrompidos ou roubados. Por que é que eu ainda estou discutindo isso? Você vai pagar ou vai dar no pé?

Silêncio. Hand era muito bom — eu ainda não sabia para que lado penderia. Ele não havia me mostrado uma única emoção genuína desde que tínhamos nos sentado. Hand relaxou na cadeira e espanou algo invisível de seu colo.

— Temo que isso vá exigir algumas consultas a meus colegas. Não estou autorizado a assinar acordos dessa magnitude, com tão pouco, logo de cara. Só a autorização para um frete humano via transmissão por agulha precisará...

— Que nada. — Mantive o tom amigável. — Mas vá em frente. Consulte. Espero meia hora.

— Meia hora?

Medo — numa centelha minúscula nos cantos estreitados de seus olhos, mas estava ali, e senti a satisfação se elevando de meu estômago na esteira do sorriso, selvagem com quase dois anos de fúria reprimida.

Te peguei, filho da puta.

— Claro. Trinta minutos. Vou ficar bem aqui. Ouvi falar que o sorbet de chá verde da casa é muito bom.

— Você não pode estar falando sério.

Deixei a selvageria transparecer na minha voz.

— Claro que estou. Eu te alertei sobre isso. Não me subestime de novo, Hand. Consiga uma decisão em trinta minutos ou eu vou embora daqui e me viro com outra pessoa. Talvez até deixe a conta pra você.

Ele agitou a cabeça, irritadiço.

— E atrás de quem você iria?

— Sathakarn Yu? PKN? — Gesticulei com meu hashi. — Quem sabe? Mas eu não me preocuparia; vou dar um jeito. Já você vai estar bem ocupado tentando explicar ao seu conselho de política corporativa como deixou isso escapar por entre os dedos. Não vai?

Matthias Hand bufou e se levantou. Arranjou um sorriso estreito e o exibiu por um instante para mim.

— Muito bem. Eu volto logo, mas você tem um pouco a aprender sobre a arte da negociação, tenente Kovacs.

— É, provavelmente. Como eu disse, passei muito tempo lá no norte.

Assisti enquanto ele se afastava entre os potenciais compradores na sacada e não pude reprimir um leve calafrio. Se a minha cara fosse ser arrancada a laser, havia uma grande chance de que isso fosse ocorrer naquele exato momento.

Eu estava apostando alto em uma intuição de que Hand tinha permissão do conselho de políticas para fazer, basicamente, o que bem entendesse. A Mandrake era o equivalente no mundo comercial à Vanguarda de Carrera, e era preciso presumir uma abordagem semelhante a latitudes de iniciativa nos níveis executivos. Não havia outro jeito para que um organismo de ponta funcionasse.

Não espere nada, e você estará preparado. Ao estilo aprovado no Corpo, eu me mantive, na superfície, neutro, de guarda baixa; porém, abaixo disso tudo, eu podia sentir minha mente se ocupando dos detalhes como um rato testando o ambiente.

Vinte milhões não era muito em termos corporativos, não para um resultado garantido como o que eu esboçava para a Mandrake. E, com sorte, eu tinha gerado caos suficiente na noite anterior para deixá-los receosos de arriscar outra tentativa de levar a mercadoria sem pagar. Eu estava fazendo muita pressão, mas tudo se encaminhava para acabar no resultado desejado. Fazia sentido eles nos pagarem.

Não é, Takeshi?

Meu rosto teve um espasmo.

Se a minha tão alardeada intuição de Emissário estivesse errada, se os engravatados da Mandrake tivessem rédea mais curta do que eu pensava e se Hand não conseguisse obter o sinal verde para cooperarmos, ele poderia simplesmente decidir tentar um roubo rápido, no fim das contas. Começaria com minha morte e subsequente reencapamento em um construto de interrogatório. E, se os supostos atiradores da Mandrake me matassem ali naquele momento, não havia muito que Schneider e Wardani pudessem fazer além de recuar e se esconder.

Não espere nada e...

E eles não conseguiriam se esconder por muito tempo. Não de alguém como Hand.

Não...

Minha serenidade de Emissário estava ficando difícil de alcançar em Sanção IV.

Essa porra de guerra.

E então lá estava Matthias Hand, abrindo caminho de volta pela multidão, com um leve sorriso nos lábios e determinação tão óbvia em sua linguagem corporal que era quase como se ele a estivesse exibindo para venda. Acima de sua cabeça, o pilone marciano girava no holo, números laranja lampejando até parar e passar ao vermelho de um jato arterial. Cores de fechamento. Cento e vinte e três mil e setecentos faaps.

Vendido.

CAPÍTULO 10

Dangrek.

A costa se encolhia a partir de um mar cinzento gelado, colinas erodidas de granito parcamente vestidas com uma vegetação rasteira e alguns remendos de floresta. Era uma roupa que a paisagem começara a despir, preferindo líquen e rocha nua assim que a altura permitia. A menos de dez quilômetros no continente, os ossos da terra apareciam claramente nos picos desmoronados e valas da antiga cordilheira que era a espinha dorsal de Dangrek. O sol do fim de tarde varava os fiapos de nuvens presos nos poucos dentes ainda restantes na paisagem e deixava o mar com uma cor de mercúrio sujo.

Uma brisa tênue soprou vinda do oceano, golpeando-os bondosamente no rosto. Schneider baixou os olhos para seus braços, que não estavam arrepiados, e franziu a testa. Ele vestia a camiseta da Lapinee que arranjara naquela manhã, sem jaqueta.

— Era para estar mais frio — disse ele.

— Também era para estar coberto de pedacinhos de comandos da Vanguarda, Jan. — Eu passei por ele, indo até onde Matthias Hand se encontrava de pé com as mãos nos bolsos do terno que usara na reunião com o conselho, olhando para o céu como se esperasse chuva. — Isso é puxado de alguma reserva, não é? Construto armazenado, sem atualização em tempo real?

— No momento, ainda não. — Hand baixou o olhar até encontrar o meu. — Na verdade, é um negócio que construímos a partir de projeções de IA militar, uma IAM. Os protocolos climáticos ainda não foram inseridos. Ainda está bastante simples, mas, para fins de localização...

Ele se voltou ansiosamente para Tanya Wardani, que fitava a paisagem relvada rústica na direção oposta. Ela assentiu sem olhar para nós.

— Vai servir — disse, distante. — Acho que uma IAM não deve ter deixado passar muita coisa.

— Então presumo que você vai poder nos mostrar o que estamos procurando.

Houve um longo momento de silêncio, em que me perguntei se a terapia intensiva que eu havia feito em Wardani estaria começando a se desfazer. Em seguida, a arqueóloga se virou.

— Sim. — Outra pausa. — É claro. Por aqui.

Ela começou a atravessar a colina com o que pareciam ser passos largos demais, o casaco se agitando na brisa. Troquei um olhar com Hand, que deu de ombros em seu terno imaculadamente ajustado e fez um gesto elegante de "primeiro você" com uma das mãos. Schneider já estava seguindo a arqueóloga, de modo que ficamos atrás deles. Deixei que Hand tomasse a dianteira e me mantive na retaguarda, assistindo entretido enquanto ele escorregava no gradiente em seus inadequados sapatos de reunião.

Uns cem metros adiante, Wardani encontrou uma trilha estreita aberta por algum ruminante e já a seguia até a praia. A brisa se manteve constante na encosta, balançando o mato alto e fazendo as flores de pétalas duras da rosa-aranha oscilarem como se assentindo, sonhadoras. Lá no alto, a cobertura das nuvens parecia abrir-se sobre um pano de fundo de um cinza pacato.

Eu estava tendo dificuldades em reconciliar aquilo tudo com a última vez em que estive na Orla Setentrional. Era a mesma paisagem por mil quilômetros em qualquer direção ao longo da costa, mas eu me lembrava dela repleta de sangue e dos fluidos dos sistemas hidráulicos de máquinas de guerra assassinadas. Eu me lembrava de ferimentos abertos no granito bruto das colinas, de estilhaços e mato calcinado, dos raios ceifadores de armas de partículas carregadas vindos do céu. Eu me lembrava de gritos.

Chegamos ao cume da última fileira de morros antes da praia e ficamos ali, olhando para baixo, para uma linha costeira de promontórios de rochas saltadas pendendo na direção do mar como porta-aviões naufragando. Entre esses dedos retorcidos de terra, areia turquesa cintilante captava a luz em uma sucessão de pequenas baías rasas. Um pouco mais além, ilhotas e corais rompiam a superfície em alguns pontos, e a costa se abria, curvando-se para o leste, onde...

Parei e estreitei o olhar. Na orla oriental da longa extensão costeira, o tecido da virtualidade parecia se desmanchar, revelando um pedaço de desfoco cinza que mais lembrava palha de aço velha. Em intervalos regulares, um fraco brilho vermelho iluminava o cinza por dentro.

— Hand. O que é aquilo?

— Aquilo? — Ele olhou para onde eu apontava. — Ah, aquilo. Área cinzenta.

— Isso eu posso ver. — Agora Wardani e Schneider tinham parado para olhar também, seguindo a direção do meu braço erguido. — O que está fazendo ali?

Porém, uma parte de mim recentemente imersa no verde escuro e emaranhado dos holomapas e modelos geolocalizadores de Carrera já deduzia a resposta. Eu podia sentir o conhecimento antecipado escorrendo pelas valas de minha mente como detrito antes de um grande deslizamento de rocha.

Tanya Wardani chegou lá pouco antes de mim.

— É Sauberlândia — disse ela, em tom inexpressivo. — Não é?

Hand teve a cortesia de parecer envergonhado.

— Está correta, senhorita Wardani. A IAM postula cinquenta por cento de probabilidade de que Sauberlândia seja taticamente reduzida dentro das próximas duas semanas.

Um arrepio pequeno e peculiar pesou no ar, e o olhar que passou de Schneider para Wardani e então para mim pareceu uma corrente elétrica. Sauberlândia tinha uma população de 120 mil habitantes.

— Reduzida como? — perguntei.

Hand deu de ombros.

— Depende de quem fizer o serviço. Se for o Cartel, eles provavelmente vão usar uma das armas orbitais CP que eles têm. Relativamente limpo, para não incomodar seus amigos na Vanguarda se eles abrirem caminho lutando até aqui. Se for Kemp, ele não será tão sutil, nem tão limpo.

— Bomba nuclear tática — disse Schneider, impassível. — Usando um sistema de artilharia predador.

— Bem, é isso que Kemp tem. — Hand deu de ombros de novo. — E, para ser honesto, se ele precisar fazer isso, não vai querer uma explosão limpa mesmo. Ele vai estar em retirada, tentando deixar a península inteira contaminada demais para o Cartel ocupar.

Concordei com a cabeça.

— É, faz sentido. Ele fez a mesma coisa em Ocaso.

— Psicopata de merda — disse Schneider, aparentemente para o céu.

Tanya Wardani não disse nada, mas parecia estar tentando soltar com a língua um pedaço de carne preso entre os dentes.

— Então. A senhorita Wardani ia nos mostrar algo, creio eu.

Wardani deu-lhe as costas.

— É lá na praia — disse ela.

A trilha que seguíamos serpenteava em torno das baías e acabava em uma pequena saliência desabada em um cone de rochas despedaçadas se esparramando pela areia de tom azul-claro. Wardani saltou com uma flexão experiente das pernas e atravessou a praia penosamente até o ponto em que as rochas eram maiores e as saliências se erguiam até cinco vezes a nossa altura. Fui atrás dela, analisando a elevação do terreno às nossas costas com inquietação profissional. A face dos rochedos se triangulava para formar uma alcova pitagórica comprida e rasa, mais ou menos do tamanho da nave de transporte hospitalar na qual eu conhecera Schneider. A maioria do espaço estava preenchido por imensos pedregulhos desmoronados e fragmentos afiados de rocha.

Nós nos reunimos em volta da figura imóvel de Tanya Wardani. Ela estava em frente às pedras caídas como um batedor de pelotão na dianteira.

— É aqui. — Ela acenou a cabeça na direção daquilo. — Foi aqui que enterramos o negócio.

— Enterraram? — Matthias Hand olhou ao redor para nós três com uma expressão que, sob outras circunstâncias, poderia ter sido cômica. — Como exatamente vocês o enterraram?

Schneider gesticulou para os resquícios do desmoronamento e a rocha bruta logo atrás.

— Use os olhos, cara. Como você acha?

— Vocês o explodiram?

— Cargas perfuradas. — Schneider estava claramente se divertindo. — Dois metros de profundidade, até em cima. Você precisava ter visto o espetáculo.

— Vocês. — A boca de Hand esculpia as palavras como se elas fossem desconhecidas. — Explodiram. Um artefato?

— Ah, pelo amor de Deus, Hand. — Wardani o encarava com franca irritação. — Onde você acha que encontramos a merda do negócio, pra começo de conversa? Todo esse despenhadeiro desabou em cima dele cinquenta mil anos atrás, e, quando nós o desenterramos, ainda estava funcional. Não é um pedaço de cerâmica; estamos falando de hipertecnologia aqui. Feita para durar.

— Espero que tenha razão. — Hand caminhou pelas bordas do desmoronamento de rochas, espiando por entre as fissuras maiores. — Porque a Mandrake não vai pagar a vocês vinte milhões de dólares da ONU por mercadoria danificada.

— O que causou o desmoronamento? — perguntei, de súbito.

Schneider se virou, sorrindo.

— Já falei, cara. Cargas...

— Não. — Eu olhava para Tanya Wardani. — O desmoronamento original. Essas são algumas das rochas mais antigas do planeta. Já faz muito mais de cinquenta mil anos que não ocorre nenhuma atividade geológica séria na Orla. E com certeza não foi obra do mar, porque isso significaria que essa praia foi criada pelo desmoronamento. O que colocaria a construção original debaixo da água, e por que os marcianos fariam isso? Ou seja, o que foi que aconteceu aqui há cinquenta mil anos?

— É, Tanya. — Schneider assentia vigorosamente com a cabeça. — Você nunca descobriu isso, né? Digo, conversamos a respeito, mas...

— Boa observação. — Matthias Hand fez uma pausa em suas explorações e voltou para perto da gente. — Que tipo de explicação tem para isso, senhorita Wardani?

A arqueóloga olhou ao redor para os três homens que a cercavam e tossiu uma risada.

— Bem, não fui *eu*, isso eu garanto.

Eu percebi a configuração que assumimos de forma inconsciente em torno dela e a rompi, indo me sentar em uma rocha achatada.

— É, foi um pouco antes da sua época, concordo. Mas você ficou por aqui escavando por meses. Deve ter algumas ideias.

— É, conta pra eles sobre aquele lance do vazamento, Tanya.

— Vazamento? — perguntou Hand, em dúvida.

Wardani lançou um olhar exasperado para Schneider. Ela encontrou sua própria rocha para se sentar e pegou do casaco cigarros parecidos demais com os que eu havia comprado naquela manhã. Luzes do Pouso, o melhor cigarro que o dinheiro podia comprar, agora que os charutos da Cidade

Índigo tinham sido proibidos. Retirando um do maço com pancadinhas, ela o revirou nos dedos e franziu a testa.

— Olha — disse ela, por fim —, esse portal está tão à frente de qualquer tecnologia que possuímos quanto um submarino para uma canoa. Sabemos o que ele faz; ao menos, sabemos *uma coisa* que ele faz. Infelizmente, não temos a menor ideia de *como* faz. Estou só adivinhando.

Quando ninguém disse nada para contradizê-la, ela ergueu os olhos do cigarro e suspirou.

— Tudo bem. Quanto tempo um hiperlançamento peso-pesado normalmente dura? Estou falando de múltiplos f.h.d. via transmissão por agulha. Trinta segundos, algo assim? Um minuto, no máximo? E para abrir e manter aberto esse hiperlink de transmissão por agulha é necessária a capacidade total de nossos melhores reatores de conversão. — Ela colocou o cigarro na boca e levou a ponta à lixa de ignição na lateral do maço. A fumaça espiralou ao vento. — Agora. Da última vez em que abrimos o portal, pudemos enxergar o outro lado. Estamos falando de imagem estável, com vários metros de amplidão, mantida infinitamente. Em termos de hiperlançamento, isso é uma transmissão estável *infinita* dos dados contidos naquela imagem, o valor de fótons de cada estrela no mapa estelar e as coordenadas ocupadas por ela, atualizada segundo a segundo em tempo real, pelo tempo que você quiser manter o portal aberto e funcionando. Em nosso caso, isso foi dois dias. Cerca de quarenta horas: dois mil e quatrocentos minutos. Uma duração duas mil e quinhentas vezes maior do que o mais extenso evento de transmissão por agulha hiperespacial que conseguimos gerar. E não havia nem sinal de que o portal estivesse rodando em outra velocidade que não fosse o modo de espera. Começou a captar a ideia?

— Um monte de energia — disse Hand, impaciente. — Então qual é a desse vazamento?

— Bem, estou tentando imaginar como seria um *glitch* num sistema desse tipo. Rode qualquer tipo de transmissão por tempo suficiente e você vai sofrer interferência. Isso é um fato inevitável da vida em um cosmo caótico. Sabemos que isso acontece com transmissão por rádio, mas até agora nunca vimos ocorrer em uma transmissão hiperespacial.

— Talvez porque não exista interferência no hiperespaço, senhorita Wardani. Exatamente como dizem os livros didáticos.

— É, talvez. — Wardani soprou a fumaça na direção de Hand, parecendo desinteressada. — E talvez seja porque tivemos sorte até agora. Em termos estatísticos, não seria tão surpreendente. Estamos fazendo isso há menos de cinco séculos e com um tempo médio de duração de transmissão de alguns segundos; bem, isso não totaliza muito tempo no ar. Porém, se os marcianos estavam rodando portais como esses regularmente, seu tempo de exposição seria muito maior do que o nosso, e, dado o fato de que era uma civilização com hipertecnologia milenar, é de se esperar um ocasional erro. O problema é que, com os níveis de energia de que estamos falando, um erro nesse portal provavelmente bastaria para fazer a crosta do planeta se partir em duas.

— Oops.

A arqueóloga me lançou um olhar de esguelha com quase o mesmo desprezo da fumaça exalada ante a física de sala de aula sancionada pelo Protetorado de Hand.

— Pois é — disse ela, ácida. — Oops. Veja bem, os marcianos não eram burros. Se a tecnologia deles fosse suscetível a esse tipo de coisa, eles teriam construído um sistema de segurança. Algo como um disjuntor.

Assenti com a cabeça.

— Então o portal se fecha automaticamente quando ocorrem picos...

— E se enterra debaixo de meio milhão de toneladas de rochedo do despenhadeiro? Como medida de segurança, isso parece um tanto contraproducente, permita-me dizer, senhorita Wardani.

A arqueóloga fez um gesto irritadiço.

— Não estou dizendo que eles pretendiam que ocorresse dessa forma. Mas se o pico de energia foi extremo, o disjuntor pode não ter operado com velocidade suficiente para abafar todo o impacto.

— Ou — disse Schneider, animado — poderia ter sido apenas um micrometeorito que passou pelo portal. Essa era a minha teoria. Essa coisa estava vasculhando o espaço profundo, afinal. Não temos como dizer o que pode voar por ali, passado tempo suficiente, né?

— Já conversamos a respeito, Jan. — A irritação de Wardani ainda estava presente, mas dessa vez tingida com a exasperação de um longo debate. — Não é...

— É *possível*, sim.

— Sim. Só não é muito *provável*. — Ela deu as costas a Schneider e voltou-se para mim. — É difícil ter certeza; muitos dos glifos não se pareciam com nada que eu já tivesse visto, e eles são difíceis de ler, mas tenho uma certeza razoável de que existe um freio automático embutido. Acima de certas velocidades, não passa nada.

— Você não tem como ter certeza. — Schneider estava emburrado. — Você mesma disse que não podia...

— Sim, mas *faz sentido*, Jan. Não se constrói uma porta para o espaço profundo sem algum tipo de salvaguarda contra as tranqueiras que provavelmente vai encontrar por lá.

— Ah, *fala sério*, Tanya.

— Tenente Kovacs — disse Hand em alto volume. — Talvez você possa me acompanhar até a praia. Eu gostaria de uma perspectiva militar sobre a área do entorno, se você não se incomoda.

— Claro.

Deixamos Wardani e Schneider discutindo entre as rochas e começamos a travessia da extensão de areia azulada em um ritmo ditado em grande parte pelos sapatos de Hand. Logo de início, nenhum de nós tinha nada a dizer, e os únicos sons eram a quieta compressão de nossos passos na superfície complacente e as ociosas lambidas do mar. Foi quando, do nada, Hand falou:

— Mulher impressionante.

Eu grunhi.

— Digo, para sobreviver a um campo de internação do governo com tão pouco trauma aparente. Só isso já deve ter exigido uma tremenda força de vontade. Agora, enfrentar os rigores do sequenciamento operacional de tecnoglifos tão cedo...

— Ela vai ficar bem — retruquei, brusco.

— Sim, tenho certeza de que vai. — Uma pausa delicada. — Posso ver por que Schneider é tão fixado nela.

— Isso já era, acho.

— Ah, é?

Havia certa diversão no tom de Hand. Eu lancei um olhar de esguelha em sua direção, mas sua expressão era neutra, e ele olhava cuidadosamente adiante, para o mar.

— Sobre essa perspectiva militar, Hand...?

— Ah, sim. — O engravatado da Mandrake parou a poucos metros das plácidas ondulações que passavam por ondas em Sanção IV e se virou. Ele gesticulou para as dobras de terra que se erguiam por trás de nós. — Não sou um soldado, mas arriscaria um palpite de que este não é o terreno ideal para um combate.

— Bem percebido. — Avaliei a praia de ponta a ponta, procurando em vão por algo que pudesse me animar. — Assim que estivermos aqui embaixo, seremos um alvo flutuante para qualquer um no terreno mais elevado que tenha qualquer coisa mais substancial do que um galho afiado. É um campo aberto para disparos até o sopé das colinas.

— E ainda há o mar.

— E ainda há o mar — ecoei, soturno. — Ficaremos expostos a disparos de qualquer um que consiga reunir o lançamento de um ataque rápido. Seja lá o que tivermos que fazer aqui, vai ser preciso um pequeno exército para nos dar cobertura durante o processo. A menos que possamos fazer isso com reconhecimento direto. Voamos para cá, tiramos fotos, vamos embora.

— Humm. — Matthias Hand se agachou e fitou a água, pensativo. — Eu conversei com os advogados.

— Se desinfetou depois?

— Sob o estatuto jurídico corporativo, a posse de qualquer artefato em espaço não orbital somente é considerada válida se uma baliza de reivindicação totalmente operacional for colocada num raio de um quilômetro de tal artefato. Sem furos na lei, nós procuramos. Se existir uma espaçonave do outro lado desse portal, teremos que atravessar até lá e marcá-la. E, pelo que a senhorita Wardani diz, isso vai levar algum tempo.

Dei de ombros.

— Um pequeno exército, então.

— Um pequeno exército vai atrair um bocado de atenção. Vai aparecer no rastreio de satélite feito um par de peitos de holoputa. E não podemos nos dar a esse luxo, podemos?

— Peitos de holoputa? Não sei, a cirurgia não deve ser tão cara.

Hand inclinou a cabeça para me encarar por um momento, emitindo em seguida um risinho relutante.

— Muito engraçado. Obrigado. Não podemos nos dar ao luxo de sermos marcados por satélite, não é?

— Não se você quiser algo exclusivo.

— Acho que nem preciso dizer isso, tenente. — Hand estendeu a mão e rabiscou na areia com os dedos. — Então. Temos que entrar em número reduzido, bem juntinhos e sem fazer muito barulho. O que, por sua vez, significa que essa área precisa ser desobstruída do pessoal operacional enquanto nossa visita durar.

— Se quisermos sair daqui vivos, sim.

— Sim.

Inesperadamente, Hand oscilou e se jogou sentado na areia. Ele repousou os antebraços sobre os joelhos e pareceu perdido à procura de algo no horizonte. De terno escuro e colarinho quebrado branco, ele parecia um desenho de um dos absurdistas de Porto Fabril.

— Diga-me, tenente — falou ele, por fim. — Presumindo que possamos desobstruir a península, na sua opinião profissional, qual é o limite mínimo para uma equipe de apoio para esse empreendimento? Qual o menor número de homens que podemos usar?

Pensei a respeito.

— Se forem bons, homens de operações especiais, não capangas comuns... Digamos, seis. Cinco, se você usar Schneider como piloto.

— Bem, ele não me parece do tipo que vá ficar para trás enquanto cuidamos de investimento para ele.

— Não.

— Você disse operações especiais. Tem alguma habilidade específica em mente?

— Na verdade, não. Demolições, talvez. Aquele desmoronamento me parece bem sólido. E não seria ruim se uns dois deles pudessem pilotar uma nave de transporte, caso aconteça algo a Schneider.

Hand revirou a cabeça para olhar para mim.

— Isso é provável?

— Quem sabe? — Dei de ombros. — É perigoso aí fora.

— De fato. — Hand voltou a observar o local onde o mar se encontrava com o cinza do destino incerto de Sauberlândia. — Presumo que você vá querer fazer o recrutamento pessoalmente.

— Não, você pode cuidar disso. Mas eu quero acompanhar e quero poder de veto sobre qualquer um que você selecionar. Tem alguma ideia de onde vai conseguir meia dúzia de voluntários de operações especiais? Sem soar nenhum alarme, digo.

Por um momento pensei que ele não tinha me ouvido. O horizonte parecia possuí-lo de corpo e alma. Em seguida, ele se remexeu de leve e um sorriso tocou os cantos de sua boca.

— Nesses tempos difíceis — murmurou ele, quase para si mesmo —, não deve ser um problema encontrar soldados dos quais ninguém sentirá falta.

— Fico contente em ouvir isso.

Ele tornou a olhar para cima, e ainda havia vestígios do sorriso agarrados à sua boca.

— Isso o ofende, Kovacs?

— Você acha que eu seria um tenente na Vanguarda de Carrera se me ofendesse com tanta facilidade?

— Não sei. — Hand olhou para o horizonte outra vez. — Você foi cheio de surpresas até o momento. E, pelo que sei, os Emissários geralmente são muito bons em camuflagem adaptativa.

Então.

Nos menos de dois dias desde a reunião no auditório de leilão, Hand já havia penetrado no banco de dados da Vanguarda e desbloqueado seja lá qual fosse o escudo que a Carrera aplicara sobre meu passado como Emissário. Ele estava apenas me informando que o havia feito.

Eu me abaixei até a areia azulada ao lado dele e escolhi meu próprio ponto no horizonte para encarar.

— Não sou mais um Emissário.

— Não. Foi o que eu entendi. — Ele não olhou para mim. — Não é mais um Emissário, não está mais na Vanguarda de Carrera. Essa rejeição a agrupamentos está beirando o patológico, tenente.

— Não há nada de "beirando" nela.

— Ah. Vejo alguma evidência de sua criação no mundo de Harlan emergindo. *O mal essencial da humanidade aglomerada,* não foi assim que Quell chamou?

— Não sou um quellista, Hand.

— Claro que não. — O engravatado Mandrake parecia estar se divertindo. — Isso exigiria fazer parte de um grupo. Diga-me, Kovacs, você me odeia?

— Ainda não.

— Jura? Fico surpreso.

— Bem, sou cheio de surpresas.

— Você honestamente não tem nenhum sentimento de rancor para comigo depois do pequeno encontro com Deng e a equipe dele?

Dei de ombros outra vez.

— São eles que estão com ventilação extra no corpo.

— Mas fui eu que os enviei.

— Tudo o que isso demonstra é falta de imaginação. — Suspirei. — Olha, Hand. Eu sabia que *alguém* da Mandrake enviaria uma equipe, porque é assim que organizações como a sua funcionam. Aquela proposta que te enviamos era praticamente um desafio para vir nos pegar. Poderíamos ter sido mais cuidadosos, claro, tentado uma abordagem menos direta, mas estávamos sem tempo. Assim, balancei minha isca debaixo do nariz do valentão local e acabei me metendo numa briga. Odiar você por isso seria como odiar os ossos do pulso do valentão por um soco do qual eu desviei. Ele serviu a seu propósito, e aqui estamos nós. Eu não odeio você, pessoalmente, porque você ainda não me deu nenhum motivo para isso.

— Mas você odeia a Mandrake.

Balancei a cabeça.

— Não tenho energia para ficar odiando corporações, Hand. Por onde eu começaria? E, como diz Quell, *Abra o coração doentio de uma corporação e o que sairá de lá?*

— Pessoas.

— Isso mesmo. Pessoas. É tudo gente. As pessoas e a porra de seus grupos idiotas. Me mostre um tomador de decisões cujas decisões me feriram, e eu derreto o cartucho dele até virar entulho. Me mostre um grupo com o propósito único de me prejudicar, e eu acabo com todos eles, se puder. Mas não espere que eu desperdice tempo e esforço com ódio abstrato.

— Que equilibrado de sua parte.

— Seu governo chamaria de distúrbio antissocial e me colocaria em um campo por causa disso.

Os lábios de Hand se retorceram.

— Não o *meu* governo. Estamos só servindo de ama de leite para esses palhaços até Kemp se acalmar.

— Por que se dar ao trabalho? Não podem tratar direto com Kemp?

Eu não estava observando, mas tive a impressão que o olhar dele se esquivou para o lado quando eu disse isso. Hand levou um tempo para formular uma resposta que o contentasse.

— Kemp é um cruzado — disse ele, finalmente. — Ele se cercou de outros iguais a ele. E cruzados geralmente não dão ouvidos à razão até que alguém a pregue neles. Os kempistas precisam ser derrotados, de forma violenta e retumbante, para que possam ser levados à mesa de negociação.

116

Sorri.

— Então você tentou.

— Eu não disse isso.

— Não. Não disse. — Encontrei uma pedrinha violeta na areia e a joguei nos marulhos plácidos à nossa frente. Hora de mudar de assunto. — Você também não disse onde vai conseguir nossa escolta de operações especiais.

— Você não consegue adivinhar?

— No Mercado das Almas?

— Você tem algum problema com isso?

Balancei a cabeça, mas por dentro algo soprou minha indiferença como fumaça, como brasas teimosas.

— Aliás — Hand se contorceu para observar o desmoronamento de pedras —, eu tenho outra explicação para aquele despenhadeiro caído.

— Você não engoliu a ideia do micrometeorito, então?

— Estou tentado a crer no freio de velocidade da senhorita Wardani. Faz sentido. Assim como a teoria do disjuntor, até certo ponto.

— Ou seja...?

— Se uma raça tão avançada como a dos marcianos parece ter sido tivesse construído um disjuntor, ele funcionaria direito. Não vazaria.

— Não.

— Portanto, ficamos com uma questão: por que, cinquenta mil anos atrás, esse despenhadeiro desmoronou? Ou, talvez, por que ele *foi desmoronado*?

Apalpei ao redor, à procura de outra pedrinha.

— É, eu me perguntei sobre isso.

— Uma porta aberta para certo conjunto de coordenadas do outro lado de uma distância interplanetária, possivelmente até interestelar. Isso é perigoso, conceitual e factualmente. Não há como dizer o que pode passar por uma porta dessas. Fantasmas, alienígenas, monstros com presas de meio metro. — Ele me espiou de esguelha. — Até mesmo quellistas.

Encontrei uma segunda pedrinha, maior, em algum ponto atrás de mim.

— *Isso, sim*, seria ruim — concordei, lançando meu achado bem longe no mar. — O fim da civilização.

— Precisamente. Algo sobre o que os marcianos, sem dúvida, também pensaram e se precaveram. Junto com o freio automático e o disjuntor, eles presumivelmente teriam um sistema de contingência contra monstros-com--presas-de-meio-metro.

De algum lugar, Hand apareceu com uma pedrinha e a jogou, quicando, sobre a água. Foi um bom lançamento de uma posição sentada, mas ainda ficou um pouco atrás das ondulações que eu tinha criado com minha última pedra. Neuroquímica customizada da Vanguarda, difícil de superar. Hand estalou a língua, decepcionado.

— Isso é um belo sistema de contingência — disse eu. — Enterrar seu portal debaixo de meio milhão de toneladas da face de um despenhadeiro.

— Sim. — Ele ainda franzia a testa para o ponto de impacto de seu lançamento, assistindo enquanto suas ondinhas se mesclavam às minhas. — Faz pensar o que eles estavam tentando barrar, não é?

CAPÍTULO 11

— Você gosta dele, né?

Era uma acusação, feita sem disfarces no brilho baixo do balcão abafado de ilumínio. A música vibrava, irritantemente suave, de alto-falantes escondidos numa altura não longe o suficiente de nossas cabeças. Encolhido perto do meu cotovelo como um grande besouro em coma, o misturador de ressonância de espaço pessoal que a Mandrake insistira para que nós usássemos o tempo todo exibia uma luz verde-clara, mas aparentemente não chegava a filtrar ruídos externos. Uma pena.

— De quem? — perguntei, voltando-me para Wardani.

— Não se faça de sonso, Kovacs. Aquela mancha de resfriador usado vestindo um terno. Você está ficando todo amiguinho dele, porra.

Senti o canto da minha boca se erguer. Se as palestras da arqueóloga Tanya Wardani haviam infiltrado alguns dos padrões de fala de Schneider durante a associação prévia deles, parecia que o piloto também tinha deixado uma marca.

— Ele é nosso patrocinador, Wardani. O que você quer que eu faça? Cuspa nele a cada dez minutos para relembrar a todos nós como somos moralmente superiores? — Puxei expressivamente a insígnia no ombro do uniforme da Vanguarda que eu usava. — Sou um assassino mercenário, o Schneider aqui é um desertor, e você, sejam lá quais forem ou não forem seus pecados, está codificada até o final com a gente na troca da maior descoberta arqueológica do milênio por uma passagem para fora deste planeta e entrada vitalícia em todos os parques de diversão da elite no poder na Cidade de Latimer.

Ela se encolheu.

— Ele tentou nos matar.

— Bom, considerando o resultado, estou inclinado a perdoá-lo por essa. A equipe de Deng é que deveria estar com raiva.

Schneider riu, depois se calou quando Wardani lhe lançou um olhar gélido.

— Sim, é isso mesmo. Ele enviou aqueles homens para serem mortos, e agora está fazendo um acordo com o cara que os matou. Ele é um bosta.

— Se o pior que Hand fizer é enviar oito homens para a morte certa — falei, com mais aspereza do que pretendia —, então ele está muito mais limpo do que eu. Ou qualquer um com patente que eu tenha encontrado recentemente.

— Viu? Você já está defendendo ele. Você usa seu ódio a si mesmo para livrar a cara dele e se poupar de um julgamento moral.

Eu a encarei, depois drenei meu copo e o coloquei de lado com cuidado exagerado.

— Entendo — falei, sem emoção — que você passou por muita coisa nos últimos tempos, Wardani. É por isso que vou pegar leve. Mas você não é uma especialista no interior da minha mente, então eu preferiria que mantivesse suas merdas de psicocirurgiã amadora para si mesma. Tá bem?

A boca de Wardani se tensionou em uma linha rígida.

— Mas o fato é que...

— Gente. — Schneider se debruçou por cima de Wardani com a garrafa de rum e encheu meu copo. — Gente, isso era para ser uma comemoração. Se vocês quiserem brigar, vão para o norte, onde isso anda mais popular. Aqui e agora, estou comemorando o fato de que nunca mais vou ter que entrar em uma briga de novo, e vocês dois estão estragando minha onda. Tanya, por que você não...

Ele tentou encher o copo de Wardani, mas ela afastou o gargalo da garrafa com a lateral da mão. Estava olhando para mim com um desprezo que me fez encolher.

— Isso é tudo o que te importa, né, Jan? — retrucou ela, numa voz baixa. — Sair do fundo do poço com um crédito pesado. A rota da solução fácil e rápida, do atalho, para uma vida fácil, privilegiada. O que aconteceu com você, Jan? Digo, você sempre foi fútil, mas...

Ela gesticulou, impotente.

— Obrigado, Tanya. — Schneider tomou a própria dose e, quando pude ver seu rosto de novo, ele sorria com ferocidade. — Você tem razão, eu não deveria ser tão egoísta. Deveria ter ficado com o Kemp por mais algum tempo. Afinal, o que poderia acontecer de pior?

— Não seja infantil.

— Não, sério. Estou vendo tudo com muito mais clareza agora. Takeshi, vamos dizer a Hand que mudamos de ideia. Vamos todos cair lutando, é tão mais *significativo*. — Ele apontou um dedo para Wardani. — E você. Você pode voltar para o campo do qual te resgatamos, porque longe de mim querer que perca um pouquinho que seja desse nobre sofrimento.

— Você me tirou daquele campo porque precisava de mim, Jan, então não venha fingir que foi por alguma outra coisa.

A mão aberta de Schneider já estava no meio do gesto antes que eu percebesse que ele pretendia bater nela. Minha reação aprimorada pela neuroquímica me colocou no caminho a tempo de interromper o tapa, mas tive que me jogar por cima de Wardani para fazer isso, e meu ombro deve tê-la derrubado do banco. Escutei o gritinho dela quando atingiu o chão. Sua bebida caiu e se derramou pelo bar.

— Já chega — falei baixinho a Schneider. Eu estava prendendo o antebraço dele no balcão com o meu, e minha outra mão pairava, o punho frouxo, perto da minha orelha esquerda. Meu rosto estava próximo o bastante do dele para enxergar o leve brilho das lágrimas em seus olhos. — Pensei que você não quisesse mais brigar.

— É. — A palavra saiu estrangulada. Ele pigarreou. — É, você tem razão.

Eu o senti relaxar e soltei seu braço. Virando, vi Wardani apanhar o banco e se levantar do chão. Atrás dela, alguns dos ocupantes da mesa de bar tinham se levantado e observavam, incertos. Eu os olhei nos olhos, e eles se sentaram depressa. Num dos cantos, um fuzileiro naval cheio de enxertos se demorou mais do que o resto, mas no final também se sentou, indisposto a mexer com o uniforme da Vanguarda. Atrás de mim, eu mais senti do que vi o barman limpar a bebida derramada. Recostei-me na superfície recentemente seca.

— Acho que é melhor todos nós nos acalmarmos, concordam?

— Por mim, tudo bem. — A arqueóloga colocou seu banquinho em pé. — Foi você quem me derrubou. Você e seu parceiro de luta livre.

Schneider tinha apanhado a garrafa e se servia de outra dose. Ele a bebeu e apontou para Wardani com o copo vazio.

— Quer saber o que aconteceu comigo, Tanya? Você...

— Tenho uma impressão de que você vai me contar.

— ... quer saber mesmo? Eu vi uma menininha de 6 anos morrer por causa de estilhaços, cacete. Umas porras de uns ferimentos de estilhaços que eu mesmo causei, caralho, porque ela estava se escondendo em uma casamata onde eu meti umas granadas de merda. — Ele piscou e despejou mais rum no copo. — E não vou assistir a mais nada desse tipo, nunca mais, caralho. Tô fora, custe o que custar. Por mais que isso faça de mim alguém *superficial*. Só pra você saber.

Ele olhou de Wardani para mim e vice-versa por alguns segundos, como se honestamente não conseguisse se lembrar de quem éramos. Em seguida, desceu de seu banquinho e caminhou em uma linha quase reta até a porta e saiu. Sua última bebida ficou intocada no reluzir amortecido do balcão.

— Ah, merda — disse Wardani no curto silêncio deixado com a bebida. Ela espiava seu próprio copo vazio como se pudesse haver uma saída de emergência no fundo.

— É. — Eu não iria ajudá-la a se livrar dessa.

— Você acha que eu deveria ir atrás dele?

— Não, acho que não.

Ela largou o copo e procurou os cigarros. O maço de Luzes do Pouso em que eu havia reparado na virtualidade surgiu, e ela pegou um mecanicamente.

— Eu não quis dizer...

— Não, achei que provavelmente não quis. E ele também vai pensar assim, quando ficar sóbrio. Não se preocupe. É bem capaz que ele venha carregando essa lembrança por aí, empacotada e selada, desde que aconteceu. Você só serviu de catalisador para que ele a botasse pra fora. Provavelmente vai ser melhor assim.

Ela inspirou, acendendo o cigarro, e me olhou de esguelha através da fumaça.

— Nada disso o incomoda? — perguntou ela. — Quanto tempo leva para ficar assim?

— Agradeça aos Emissários. É a especialidade deles. *Quanto tempo* é uma pergunta sem sentido. É um sistema. Engenharia psicodinâmica.

Dessa vez ela se virou no banquinho e ficou de frente para mim.

— Isso nunca te deixa com raiva? Que tenham mexido com você desse jeito?

Estendi a mão para a garrafa e enchi nossos copos.

— Quando eu era mais novo, não me importava. Na verdade, achava ótimo. Um sonho erótico de testosterona. Sabe, antes dos Emissários, eu servi nas forças regulares e já usava muito software de implante rápido. Isso parecia só uma versão superpotencializada da mesma coisa. Armadura para a alma. Quando eu fiquei velho o bastante para mudar de ideia, o condicionamento já era permanente.

— Você não pode vencê-lo? O condicionamento, digo?

Dei de ombros.

— Na maior parte do tempo, eu nem quero. É assim que funciona um bom condicionamento. E este é um produto de ponta. Eu trabalho melhor quando o sigo. Combatê-lo é difícil e me atrapalha. Onde você arranjou esses cigarros?

— Esses? — Ela olhou para o maço, distraída. — Ah, Jan, acho. É, foi ele que me deu.

— Que gentil da parte dele.

Se ela notou o sarcasmo em minha voz, não reagiu.

— Quer um?

— Por que não? Pelo jeito, não vou precisar dessa capa por muito mais tempo.

— Acha mesmo que vamos chegar até a Cidade de Latimer? — Ela me observou retirar um cigarro e acendê-lo. — Confia em Hand para cumprir a parte dele no trato?

— Não tem muito sentido ele nos trair. — Exalei e fitei a fumaça flutuando para longe do bar. Uma sensação massiva de abandono de algo corria, inesperadamente, por minha mente, uma sensação de perda inominável. Eu tateei em busca das palavras que conectariam tudo de novo. — O dinheiro já se foi; a Mandrake não tem como reavê-lo. Assim, se ele nos trair, tudo o que Hand vai se poupar é o custo da transmissão e de três capas prontas para uso. Em troca disso, ele vai ter de se preocupar para sempre com represálias automatizadas.

O olhar de Wardani foi para o misturador de ressonância no bar.

— Tem certeza de que esse negócio não foi grampeado?

— Não. Eu o consegui com uma vendedora independente, mas ela foi recomendada pela Mandrake, então o aparelho pode estar grampeado, até onde eu sei. Não importa, na verdade. Eu sou a única pessoa que sabe como as represálias estão programadas e não vou te contar.

— Obrigada.

Não havia ironia discernível no tom dela. Um campo de internamento te ensina sobre o valor de não saber de certas coisas.

— De nada.

— E depois do evento, eles podem nos silenciar?

Eu abri os braços.

— Pra quê? A Mandrake não está interessada em silêncio. Esse vai ser o maior achado que uma entidade corporativa única já realizou. Ela vai querer que saibam. Esses lançamentos de dados com horário programado que preparamos vão ser a notícia mais velha rodando por aí quando enfim se degradarem. Assim que a Mandrake tiver escondido a nave em algum lugar seguro, vai repassar esse fato para todos os portos de dados corporativos importantes em Sanção IV. Hand vai usar isso para conseguir uma afiliação instantânea ao Cartel, talvez uma vaga no Conselho Comercial do Protetorado no pacote. A Mandrake vai se tornar um nome dos grandes da noite para o dia. Nossa relevância nesse esquema em particular será nula.

— Já pensou em tudo, hein?

Dei de ombros outra vez.

— Isso não é nada que a gente já não tenha discutido.

— Não. — Ela fez um gesto breve, estranhamente desamparado. — É só que eu não achei que você seria tão simpático com aquele merdinha engravatado.

Suspirei.

— Olha. Minha opinião sobre Matthias Hand é irrelevante. Ele vai fazer o serviço que precisamos que ele faça. Isso é o que importa. Nós fomos pagos, estamos de acordo, e Hand tem um pouco mais de personalidade do que um engravatado corporativo comum, o que, até onde me compete, é uma bênção. Gosto de Hand o suficiente para me dar bem com ele. Se ele tentar nos trair, não terei dificuldade para botar uma bala no cartucho. Agora, isso é desapegado o bastante para você?

Wardani batucou a carapaça do misturador.

— É melhor torcer para que isso não esteja grampeado. Se Hand estiver ouvindo...

— Bem... — Estendi a mão na frente dela e peguei a bebida intocada de Schneider. — Se estiver, ele provavelmente tem ideias parecidas a meu respeito. Então, Hand, se puder me ouvir, saúde. Um brinde à desconfiança e à mútua dissuasão.

Tomei o rum e virei o copo sobre o misturador. Wardani revirou os olhos.

— Ótimo. A política do desespero. Exatamente do que eu preciso.

— O que você precisa — falei, bocejando — é de um pouco de ar fresco. Quer voltar andando para a Torre? Se sairmos agora, devemos chegar antes do toque de recolher.

— Pensei que, nesse uniforme, o toque de recolher não fosse um problema.

Olhei para minha túnica preta e toquei o tecido.

— É, bem. Provavelmente não, mas nós deveríamos ser discretos nesse momento. Além disso, se você encontrar uma patrulha automatizada, máquinas podem ser bem obcecadas. É melhor não arriscar. E então, o que acha? Quer caminhar?

— Você vai segurar minha mão? — Era para ser uma piada, mas soou errado. Nós dois nos levantamos e ficamos, abruptamente, dentro do espaço pessoal um do outro.

O momento tropeçou entre nós como um bêbado indesejado.

Eu me virei para esmagar meu cigarro.

— Claro — falei, procurando manter um clima leve. — Está escuro lá fora.

Guardei o misturador no bolso e roubei meus cigarros de volta no mesmo movimento, mas minhas palavras não tinham dispersado a tensão. Em vez disso, elas pairaram no ar como as imagens fantasmas de disparos laser.

Está escuro lá fora.

Do lado de fora, ambos caminhamos com as mãos enfiadas seguramente nos bolsos.

CAPÍTULO 12

Os três andares superiores da Torre Mandrake eram um condomínio executivo, com acesso restrito do térreo e encimado com um complexo multinível de jardins e cafés na cobertura. Uma tela de energia difundida variável pendurada a pilones nos parapeitos mantinha o sol sintonizado para um calor luminoso ao longo do dia todo, e em três dos cafés era possível fazer o desjejum a qualquer hora. Nós tomamos ao meio-dia e ainda estávamos acabando com o banquete quando Hand veio nos procurar, vestido meticulosamente. Se ouvira as difamações da noite anterior, não havia se chateado muito.

— Bom dia, senhorita Wardani. Cavalheiros. Espero que sua noite na cidade tenha valido o risco à sua segurança.

— Teve lá seus momentos. — Estendi a mão e espetei outro pedaço de dim sum com meu garfo, sem olhar para meus companheiros. Wardani, de qualquer maneira, tinha recuado para trás das lentes escuras assim que se sentou, e Schneider fitava ensimesmado a borra em sua xícara de café. A conversa não tinha sido radiante até o momento. — Sente-se, sirva-se.

— Obrigado. — Hand puxou uma cadeira e se sentou. Olhando com mais atenção, suas olheiras mostravam um pouco de cansaço. — Eu já almocei. Senhorita Wardani, os principais componentes da sua lista de equipamentos estão aqui. Vou pedir para que os levem até sua suíte.

A arqueóloga assentiu e ergueu a cabeça na direção do sol. Quando ficou claro que essa seria toda a sua resposta, Hand voltou a atenção para mim e arqueou uma sobrancelha. Balancei a cabeça de leve.

Nem pergunte.

— Bem. Estamos prontos para o recrutamento, tenente, se você...

— Ótimo. — Engoli o dim sum com um chazinho e me levantei. O clima na mesa estava começando a me afetar. — Vamos lá.

Ninguém falou nada. Schneider nem chegou a erguer os olhos, mas as lentes de sol de Wardani acompanharam minha retirada pelo terraço como as faces inexpressivas do sensor de uma arma sentinela.

Descemos da cobertura em um elevador tagarela que nomeou cada piso para nós conforme passávamos por eles, esboçando alguns dos projetos atuais da Mandrake no caminho. Nenhum de nós falou, e, parcos trinta segundos depois, as portas recuaram para o teto baixo e as paredes de vidro fundido do subsolo. Faixas de ilumínio lançavam uma luz azulada na fusão e, no extremo do espaço aberto, uma bolha de pura luz do sol assinalava uma saída. Estacionado descuidadamente do lado oposto às portas do elevador, um cruzador genérico cor de palha encontrava-se à espera.

— Campo Thaisawasdi — disse Hand, inclinando-se junto ao compartimento do motorista. — O Mercado das Almas.

O ruído do motor subiu de ponto morto para uma vibração contínua. Nós embarcamos no veículo e nos ajeitamos no estofado automoldável enquanto o cruzador se erguia e girava como uma aranha sobre um fio. Através do vidro não polarizado da divisória da cabine, para lá da cabeça raspada do motorista, observei a bolha de luz do sol se expandir enquanto corríamos suavemente para a saída. E então a luz explodiu ao nosso redor em uma martelada de resplendor no metal, e espiralamos no céu azul deserto e impiedoso acima de Pouso Seguro. Depois do discreto escudo atmosférico no nível da cobertura, havia uma satisfação levemente selvagem na mudança.

Hand tocou em um pino na porta e o vidro se polarizou em azul.

— Vocês foram seguidos na noite passada — disse ele, pragmático.

Olhei para ele do outro lado do compartimento.

— Para quê? Estamos do mesmo lado, não estamos?

— Não fomos nós. — Ele fez um gesto impaciente. — Bem, sim, fomos nós, via aérea, é claro, foi assim que percebemos. Mas não estou falando disso; é coisa de baixa tecnologia. Você e Wardani voltaram para casa separados de Schneider... o que, aliás, não foi muito inteligente... e foram seguidos. Havia um acompanhando Schneider, mas ele deu no pé, presumivelmente assim que viu que Wardani não saiu junto. Os outros foram com vocês até o Beco do Achado, fora das vistas da ponte.

— Quantos?

— Três. Dois completamente humanos e um ciborgue de tecnobatalha, pelo jeito como se movia.

— Você os apanhou?

— Não. — Hand batucou um punho fechado frouxamente contra a janela. — A máquina em serviço tinha apenas parâmetros de proteger e recuperar. Quando fomos notificados, eles já tinham se evadido para perto da represa do canal Latimer, e, quando chegamos lá, eles já tinham sumido. Nós procuramos, mas...

Ele abriu as mãos. O cansaço ao redor dos olhos agora fazia sentido. Ele ficara acordado a noite toda tentando proteger seu investimento.

— Por que você está sorrindo?

— Desculpe. Um tanto comovido. Proteger e recuperar, é?

— Ha-ha. — Ele me fixou um olhar até meu sorriso mostrar um sinal de vacilo. — E então, há algo que você queira me contar?

Pensei brevemente no comandante do campo e seus resmungos atordoados pela corrente sobre uma tentativa de resgate de Tanya Wardani. Neguei com a cabeça.

— Tem certeza?

— Hand, fala sério. Se eu soubesse que alguém estava me seguindo, acha que estariam num estado melhor do que Deng e seus capangas a essa altura?

— Então quem são eles?

— Pensei que tinha acabado de dizer que não sei. Escória de rua, talvez?

Ele me deu um olhar sofrido.

— Escória de rua seguindo um uniforme da Vanguarda?

— Certo, talvez fosse algo a ver com masculinidade. Territorial. Vocês têm algumas gangues em Pouso Seguro, não?

— Kovacs, fala sério. Se você não os notou, qual é a probabilidade de que sejam uns pés-rapados?

Suspirei.

— Bem pequena.

— Precisamente. Ou seja: quem mais está tentando ficar com um pedaço da torta do artefato?

— Não sei — admiti, com pesar.

O resto do voo se passou em silêncio.

Finalmente, o cruzador ancorou e eu espiei para fora da janela. Estávamos descendo em uma espiral para o que parecia uma camada de gelo sujo, salpicado de garrafas e latas velhas. Franzi a testa e recalibrei a escala.

— Essas são as originais...?

Hand assentiu.

— Algumas, sim. As maiores. O resto são apreensões, coisa de quando o mercado de artefatos sofreu uma queda brutal. Assim que você não consegue pagar sua vaga de aterrissagem, eles arrastam seu transporte e supressor de gravidade para cá até que você pague. É claro, do jeito que o mercado ficou, quase ninguém se incomodou em pelo menos tentar pagar o que devia, de modo que as equipes de recuperação da Autoridade Portuária vieram e as desmantelaram com cortadores de plasma.

Nós vagamos por cima das barcaças colonizadoras encalhadas mais próximas. Era como flutuar sobre uma imensa árvore caída. Lá no alto, em uma das pontas, os conjuntos de propulsores que haviam propelido a embarcação na travessia entre Latimer e Sanção IV se espalhavam como galhos, esmagados junto ao campo de pouso debaixo dela e giravam rigidamente contra o duro céu azul lá em cima. A barcaça jamais se reergueria e, de fato, jamais fora projetada para mais de uma única viagem sem volta. Montada na órbita de Latimer no século anterior, construída apenas para a longa explosão atravessando o espaço interestelar e um único pouso planetário no final da jornada, ela deveria ter queimado seu sistema antigravitacional de pouso na descida. A detonação dos jatos repulsores de aterragem final teriam fundido a areia do deserto logo abaixo em uma oval de vidro que finalmente seria estendida por engenheiros para se juntar a ovais similares deixados por outras barcaças e, assim, criaria o Campo Thaisawasdi, para servir à colônia nascente durante a primeira década de sua existência.

Quando os engravatados conseguiram construir seus próprios campos privados e os complexos associados, as barcaças já tinham sido evisceradas — inicialmente para servir como moradia, depois como fonte imediata de ligas refinadas e material de base para construção. No Mundo de Harlan, eu já estivera dentro de algumas das naus originais da frota de Konrad Harlan, e até os conveses tinham sido aproveitados, escavados ao ponto de formar cristas multiníveis de metal agarradas à curva interna do casco. Apenas os cascos em si tinham sido deixados intactos, devido a alguma semirreverência bizarra do tipo que, em eras anteriores, havia feito com que sucessivas gerações dessem a vida para construir catedrais.

O cruzador atravessou a coluna da barcaça e deslizou pela curva do casco até aterrissar suavemente na piscina de sombras lançadas pela nave encalhada. Nós desembarcamos no frescor súbito e no silêncio interrompido apenas pelo sussurro de uma brisa soprando pela planície de vidro e, muito ao longe, os sons humanos de comércio vindos do interior.

— Por aqui.

Hand indicou com a cabeça a parede curva de liga à nossa frente e partiu a passos largos na direção de um respiradouro de carga triangular perto do nível do chão. Eu me flagrei analisando o edifício em busca de possíveis posições para um atirador, dispensei o reflexo com irritação e o segui. O vento varria obedientemente os detritos para longe do meu caminho em pequenos turbilhões da altura dos joelhos.

De perto, o respiradouro de carga era gigantesco, cerca de dois metros em seu ponto mais largo e grande o bastante na base para permitir a passagem da fuselagem de uma bomba predadora conduzida em um carrinho. A rampa de carga que levava até a entrada fazia as vezes de escotilha quando a barcaça estava em voo e agora se agachava sobre massivas ancas hidráulicas que não funcionavam havia décadas. No topo, o respiradouro era flanqueado por imagens holográficas cuidadosamente borradas que podiam ter sido tanto marcianos quanto anjos em pleno voo.

— Arte de escavação — disse Hand, em tom depreciativo. Logo passamos por aquilo, entrando na escuridão abaulada mais além.

Pairava a mesma impressão de espaço putrefato que eu sentira no mundo de Harlan, mas, enquanto os cascos da frota de Harlan tinham sido preservados com a sobriedade de um museu, este espaço era recheado com um turbilhão caótico de cores e sons. Tendas construídas com plásticos primários de cores vivas e fio eram cabeados e cobertos de epóxi de forma aparentemente aleatória seguindo a curvatura do casco e o que restava dos conveses principais, dando a impressão de que uma colônia de cogumelos venenosos tinha infectado a estrutura original. Seções serradas de degraus e escadas feitas com vigas de apoio soldadas conectavam tudo. Aqui e ali, mais arte holográfica emprestava uma opulência extra ao resplendor das lâmpadas e faixas de ilumínio. Música tocava, a linha do baixo vibrando de maneira imprevisível nos alto-falantes do tamanho de engradados acoplados ao casco. Lá no alto, acima de tudo, alguém abrira buracos com cerca de um metro na liga do casco, de modo que fachos sólidos de luz do sol explodiam pela escuridão em ângulos verticais.

No ponto de impacto do facho mais próximo estava uma figura alta e vestida em roupas esfarrapadas, com o rosto negro e coberto de gotas de suor voltado para a luz como se ela fosse uma ducha quente. Havia uma cartola surrada enfiada em sua cabeça e um igualmente muito usado sobretudo preto drapeado sobre seu corpo esquelético. Ele escutou nossos passos no metal e girou, com os braços estendidos em forma de cruz.

— Ah, cavalheiros. — A voz era um gorgolejar protético emitido por uma unidade sanguessuga bastante óbvia presa à garganta coberta de cicatrizes. — Vocês chegaram bem na hora. Sou Semetaire. Bem-vindos ao Mercado das Almas.

No convés axial, mais acima, pudemos observar o início do processo.

Quando saímos do elevador de gaiola, Semetaire se colocou de lado e gesticulou com um braço emplumado com trapos.

— Contemplem — disse ele.

No convés, uma escavadora-carregadora dava marcha à ré com uma pá mantida no alto de seus braços de elevação. Enquanto assistíamos, a pá se inclinou para a frente e algo começou a se derramar pela beirada, cascateando para o convés e quicando com um som de granizo.

Cartuchos corticais.

Era difícil dizer sem ampliar a visão neuroquímica, mas a maioria deles parecia volumosa demais para estar limpa. Volumosa demais e branca demais — amarelada com os fragmentos de osso e medula espinhal ainda agarrados ao metal. A pá se articulou mais para trás e o derramamento se transformou em um dilúvio, um ríspido despejo de ruído branco de seixos metálicos. A escavadora continuou a dar ré, depositando uma trilha espessa do negócio, uma trilha que se espalhava. A torrente aumentou para uma fúria que tamborilava depressa, depois foi sufocada conforme a cascata contínua de cartuchos era absorvida pelos montes que já haviam caído.

A pá virou completamente, esgotada. O som parou.

— Acabaram de chegar — observou Semetaire, guiando-nos em torno do derramamento. — A maioria veio do bombardeio a Suchinda, forças civis e regulares, mas é inevitável que também haja algumas baixas de destacamento rápido. Estamos apanhando coisas assim por todo o leste. Alguém interpretou muito errado a cobertura do terreno de Kemp.

— Não seria a primeira vez — resmunguei.

— Nem a última, esperamos. — Semetaire se agachou e pegou um punhado de cartuchos corticais entre as duas mãos em concha. O osso se agarrava a eles em fragmentos, como geada amarelecida. — Os negócios raramente foram tão bem quanto andam sendo.

Algo fez um som raspante e matraqueante na caverna mal-iluminada. Olhei depressa para cima, caçando sua origem.

Por todo o entorno da pilha estendida, mercadores se aproximavam com pás e baldes, acotovelando-se em busca de um lugar melhor para escavar. As pás faziam um ruído áspero quando entravam, e cada carga jogada estrepitava nos baldes como cascalho.

Apesar de toda a competição por acesso, notei que mantinham uma boa distância de Semetaire. Meus olhos se voltaram para a figura de cartola agachada à minha frente, e seu rosto cheio de cicatrizes se partiu em um sorriso enorme, como se pudesse sentir meu olhar. Periféricos aprimorados, supus e observei enquanto, ainda sorrindo gentilmente, ele abriu os dedos e deixou que os cartuchos retornassem aos poucos para a pilha. Quando suas mãos estavam vazias de novo, ele espanou as palmas uma na outra e se levantou.

— A maioria vende por peso bruto — murmurou. — É barato e simples. Conversem com eles, se quiserem. Outros buscam os de civis para seus clientes, o joio do trigo militar, e o preço ainda é baixo. Talvez isso seja suficiente para suas necessidades. Ou talvez vocês precisem de Semetaire.

— Vá direto ao ponto — disse Hand com brusquidão.

Debaixo da surrada cartola, achei ter visto os olhos se estreitarem minimamente, mas seja lá o que existisse naquele minúsculo incremento de raiva, nunca chegou à voz do sujeito.

— O ponto — disse ele, cortês — é o mesmo de sempre. O ponto é o que vocês desejam. Semetaire vende apenas o que aqueles que o procuram desejam. O que *você* deseja, homem da Mandrake? Você e o seu lobo da Vanguarda?

Senti o arrepio de mercúrio dos neuroquímicos me atravessar. Eu não estava de uniforme. Qualquer que fosse a extensão daquele homem, era mais do que apenas periféricos aprimorados.

Hand disse algo numa língua de sílabas ocas que eu não reconheci e fez um sinal discreto com a mão esquerda. Semetaire se enrijeceu.

— Você está jogando um jogo perigoso — disse, baixinho, o engravatado da Mandrake. — E a farsa chegou ao fim. Compreendeu?

Semetaire ficou imóvel por um momento, antes de seu sorriso se abrir de novo. Com as duas mãos, ele tateou simetricamente seu casaco esfarrapado e se encontrou olhando para o cano de uma arma de interface Kalashnikov a uma distância aproximada de cinco centímetros. Minha mão esquerda colocara a arma ali sem um pensamento consciente.

— Devagarinho — sugeri.

— Não tem nenhum problema aqui, Kovacs. — A voz de Hand estava tranquila, mas seus olhos ainda se encontravam fixos nos de Semetaire. — Os laços familiares foram estabelecidos.

O sorriso de Semetaire dizia que não era bem assim, mas ele afastou as mãos de debaixo do casaco devagar. Seguras com delicadeza em cada palma, estavam coisas parecidas com caranguejos de bronze vivos. Ele olhou de um conjunto de pernas segmentadas se flexionando gentilmente para o outro e então de volta para o cano da minha arma. Se estava com medo, não demonstrou.

— O que é que você deseja, lambe-botas?

— Me chame disso outra vez e talvez eu seja forçado a puxar esse gatilho.

— Ele não está falando com você, Kovacs. — Hand gesticulou minimamente com a cabeça para a Kalashnikov, e eu a guardei. — Operações especiais, Semetaire. Mortes frescas, nada acima de um mês. E estamos com pressa. O que você tiver na mesa.

Semetaire deu de ombros.

— Os mais recentes estão aqui — disse ele, jogando os dois caranguejos remotos na pilha de cartuchos, onde eles começaram a seguir de um lado para outro apressadamente, catando um minúsculo cilindro de metal depois do outro em braços mandibulares delicados, segurando cada um debaixo de uma lente azul cintilante e descartando-os em seguida. — Mas se vocês estão com pouco tempo...

Ele se virou e nos levou a uma tenda sobriamente destacada onde uma mulher magra, tão pálida quanto ele era escuro, se postava debruçada em uma mesa de trabalho, jateando fragmentos de ossos de uma bandeja rasa de cartuchos. O ruído baixo e agudo da fragmentação quando o osso se soltava mal fazia um contraponto audível aos estalos e às crepitações graves das pás e baldes dos garimpeiros às nossas costas.

Semetaire falou com a mulher na língua que Hand tinha usado antes, e ela se saiu do meio dos equipamentos de limpeza com languidez. De uma prateleira nos fundos da banquinha, ela ergueu uma lata de metal opaco do tamanho de um drone de vigilância e a trouxe até nós. Levantou o artefato para inspeção e bateu de leve num símbolo gravado no metal com uma unha excessivamente longa, pintada de preto. Ela disse algo na língua de sílabas ecoantes.

Olhei para Hand.

— Os escolhidos de Ogum — disse ele, sem nenhuma ironia aparente.

— Protegidos no ferro para o mestre do ferro e da guerra. Guerreiros.

Ele assentiu, e a mulher colocou a lata na mesa. De uma lateral da mesa de trabalho ela apanhou uma tigela de água perfumada com a qual enxaguou as mãos e os pulsos. Assisti, fascinado, a ela pousar os dedos recém-molhados na tampa, fechar os olhos e entoar outra sequência de sons cadenciados. Em seguida, abriu os olhos e tirou a tampa da lata.

— Quantos quilos você quer? — perguntou Semetaire, incongruentemente pragmático, contrastando com o cenário de reverência.

Hand se esticou por cima da mesa e pegou um punhado de cartuchos na lata. Eles brilharam, limpos e prateados, na palma da mão dele.

— Quanto é que você vai arrancar de mim?

— Setenta e nove e quinhentos o quilo.

O engravatado grunhiu.

— Da última vez em que eu estive aqui, Pravet me cobrou quarenta e sete e quinhentos e ainda ficou todo se desculpando pelo preço.

— Isso é preço de rebotalho e você sabe disso, lambe-botas. — Semetaire balançou a cabeça, sorrindo. — Pravet lida com produto não selecionado e nem sequer limpa a mercadoria, na maior parte das vezes. Se você quer perder seu valioso tempo corporativo retirando medula de uma pilha de cartuchos de civis e recrutas-padrão, pode ir pechinchar com Pravet. Esses são guerreiros selecionados, limpos e ungidos, e valem o que eu cobro. Não deveríamos desperdiçar o tempo um do outro desse jeito.

— Tudo bem. — Hand pesou o punhado de vidas encapsuladas. — Você precisa pensar em suas despesas. Sessenta mil, redondos. E você sabe que vou voltar em algum momento.

— Em algum momento. — Semetaire parecia estar saboreando a palavra. — Em algum momento, Joshua Kemp pode impor a chama nuclear a Pouso Seguro. Em algum momento, lambe-botas, todos nós podemos estar mortos.

— Podemos, de fato. — Hand despejou os cartuchos de volta à lata. Elas clicaram, um som parecido com o de dados caindo. — E alguns de nós mais cedo do que os outros, se andarmos por aí fazendo declarações anti-Cartel sobre uma vitória kempista. Eu poderia prender você por isso, Semetaire.

A mulher pálida atrás da mesa de trabalho sibilou e ergueu uma das mãos para traçar símbolos no ar, mas Semetaire estalou algo na direção dela, e ela parou.

— E qual seria o sentido de me prender? — perguntou ele calmamente, enfiando a mão na lata e extraindo de lá um único cartucho reluzente. — Olha isso. Sem mim, você teria que recorrer a Pravet. Setenta.

— Sessenta e sete mil e quinhentos, e faço de você o fornecedor preferencial da Mandrake.

Semetaire girou o cartucho entre os dedos, aparentemente ponderando.

— Muito bem — disse ele, por fim. — Sessenta e sete e quinhentos. Mas esse preço vem com uma quantidade mínima. Cinco quilos.

— De acordo. — Hand ofereceu um chip de crédito hologravado com a insígnia da Mandrake. Enquanto o entregava a Semetaire, ele sorriu inesperadamente. — Eu tinha vindo atrás de dez, mesmo. Pode embrulhar.

Semetaire jogou o cartucho de volta na lata. Ele assentiu para a mulher pálida, que pegou uma bandeja côncava para pesar de debaixo da mesa de trabalho. Inclinando a lata e enfiando a mão lá dentro com reverência, ela retirou os cartuchos um punhado de cada vez e os depositou gentilmente na curva da bandeja. Dígitos violetas ornamentados começaram a crescer no ar acima da pilha que se acumulava.

Pelo canto dos olhos, vi um relance de movimento perto do nível do chão e me virei, rápido, para ficar de frente com ele.

— Uma descoberta — disse Semetaire, com leveza, e sorriu.

Um dos remotos com pernas de caranguejo tinha voltado da pilha e, alcançando o pé de Semetaire, subia progressivamente a perna de sua calça. Quando chegou ao nível do cinto, Semetaire o apanhou e o imobilizou, enquanto, com a outra mão, arrancava algo das mandíbulas da coisa. Em seguida, jogou a maquininha fora. Ela recolheu os membros ao sentir a queda livre e, quando atingiu o convés, já era um ovoide cinza indefinido que quicou e rolou até parar. Um momento depois, os membros se estenderam cautelosamente. O remoto se endireitou e saiu correndo para cumprir os negócios de seu mestre.

— Ah, olha. — Semetaire esfregava o cartucho manchado de medula entre os dedos, ainda sorrindo. — Olha só isso, Lobo da Vanguarda. Está vendo? Está vendo como começa a nova colheita?

136

CAPÍTULO 13

A IA da Mandrake leu os soldados estocados nos cartuchos que compramos como dados de código de máquina tridimensionais e instantaneamente descartou um terço deles por danos psicológicos irremediáveis. Nem valia a pena conversar com eles. Ressuscitados na virtualidade, tudo o que teriam feito seria gritar até ficarem roucos.

Hand deu de ombros.

— Isso é de praxe — explicou ele. — Sempre há alguma perda, seja lá de quem você compre. Vamos passar um sequenciador onírico psicocirúrgico nos outros. Isso deve nos dar uma lista menor sem ter que de fato despertar nenhum deles. Esses são os parâmetros desejados.

Apanhei a cópia impressa na mesa e dei uma olhada. Do outro lado da sala de conferência, os dados dos soldados danificados rolavam pela parede de tela num análogo bidimensional.

— Experiência em ambientes de combate altamente radiativos? — Olhei para o engravatado da Mandrake. — Isso é algo que eu deveria saber?

— Ah, o que é isso, Kovacs? Você já sabe.

— Eu... — O clarão chegaria até as montanhas. Expulsaria as sombras de vales que não tinham visto luz tão forte em muitas eras geológicas. — Esperava que não tivesse de ser desse jeito.

Hand examinava o tampo da mesa como se precisasse de uma nova demão de verniz.

— Precisávamos da península desocupada — disse ele, com cautela.

— Até o final da semana, estará. Kemp está recuando. Chame isso de um feliz acaso.

Certa vez, em uma missão de reconhecimento seguindo uma cordilheira no espinhaço desmoronado de Dangrek, vi Sauberlândia cintilando a distância sob a luz do sol de fim de tarde. Estava distante demais para perceber detalhes — mesmo com a neuroquímica ampliada ao máximo, a cidade parecia um bracelete prateado jogado na beira da água. Remota e desconectada de qualquer humanidade.

Encarei os olhos de Hand do outro lado da mesa.

— Então vamos todos morrer.

Ele deu de ombros.

— Parece inevitável, não é? Indo para lá tão logo depois da explosão. Digo, podemos usar capas de clones com alta tolerância para os novos recrutas, e medicamentos antirradiação nos manterão funcionando pelo tempo necessário, mas no longo prazo...

— É, bom, no longo prazo, estarei usando uma capa de grife na Cidade de Latimer.

— Deveras.

— Que tipo de capas tolerantes à radiação você tem em mente?

Outro encolher de ombros.

— Não tenho certeza, preciso conversar com o pessoal de bioware. Algo de ascendência Maori, provavelmente. Por que, você quer uma?

Senti as bioplacas Khumalo tendo espasmos na carne das palmas de minhas mãos, como se com raiva, e neguei com a cabeça.

— Vou ficar com a que estou, obrigado.

— Não confia em mim?

— Agora que você menciona o assunto, não. Mas não é por isso. — Espetei o polegar no meu próprio peito. — Essa aqui é customizada da Vanguarda. Biossistemas Khumalo. Não existe nada melhor do que isso para combate.

— E o antirradiação?

— Ela vai aguentar tempo suficiente para o que temos que fazer. Me diga uma coisa, Hand. O que você vai oferecer aos novos recrutas no longo prazo? Além de uma nova capa que pode ou não suportar a radiação? O que eles ganham quando a gente acabar?

Hand franziu a testa ante a pergunta.

— Bem. Emprego.

— Eles tinham isso. Veja só no que deu.

— Emprego *em Pouso Seguro*. — Por algum motivo, o desprezo em minha voz parecia incomodá-lo. Ou talvez fosse outra coisa. — Equipe de segurança contratada pela Mandrake, garantida pelo tempo que a guerra durar ou cinco anos, o que for mais longo. Isso satisfaz seus escrúpulos quellistas, anarquistas, defensor dos oprimidos?

Arqueei uma sobrancelha.

— Essas são três filosofias conectadas de forma *muito* tênue, Hand, e eu não assino embaixo de verdade em nenhuma delas. Mas se você está perguntando se *Isso soa como uma boa alternativa a estar morto?*, eu diria que sim. Se fosse eu, provavelmente iria querer entrar nessa, a esse preço.

— Um voto de confiança. — O tom de voz de Hand era fulminante.

— Que tranquilizador.

— Claro, desde que eu não tivesse amigos ou parentes em Sauberlândia. Talvez você queira checar isso no histórico deles.

Ele olhou para mim.

— Você está tentando ser engraçadinho?

— Não consigo pensar em nada muito engraçado a respeito de apagar uma cidade inteira. — Dei de ombros. — No momento, pelo menos. Talvez seja só eu.

— Ah, então isso é uma hesitação moral mostrando a cara feia, é?

Abri um sorriso estreito.

— Não seja absurdo, Hand. Sou um soldado.

— Sim, e seria bom lembrar disso. E não desconte seu excesso de sentimentos em mim, Kovacs. Como já disse antes, não convoquei o ataque a Sauberlândia. Ele é meramente oportuno.

— Não é mesmo? — Joguei os impressos sobre a mesa, tentando não desejar que se tratasse de uma granada com detonador. — Então vamos adiante. Quanto tempo para rodar esse sequenciador onírico?

Segundo os psicocirurgiões, quando estamos em um sonho, agimos mais de acordo com nosso verdadeiro eu do que em qualquer outra situação, incluindo no meio de um orgasmo e no momento de nossa morte. Talvez isso explique por que tanto do que fazemos no mundo real faça tão pouco sentido.

Certamente resulta numa psicoavaliação rápida.

O sequenciador onírico, combinado no coração da IA da Mandrake com os parâmetros desejados e uma checagem de antecedentes em busca de parentes em Sauberlândia, vasculhou os sete quilos restantes de psiquê humana funcional em menos de quatro horas. Ele nos deu 387 possibilidades, com um núcleo de alta probabilidade de 212.

— Hora de acordá-los — disse Hand, navegando por perfis na tela e bocejando. Senti os músculos da minha mandíbula se flexionando em simpatia indesejada.

Talvez devido à nossa desconfiança mútua, nenhum de nós tinha deixado a sala de conferência enquanto o sequenciador rodava, e, depois de sondar, indo e voltando, o assunto de Sauberlândia mais um pouco, também não tínhamos muito a dizer um ao outro. Meus olhos coçavam de tanto encarar os dados rolando e mais nada, meus membros se contraíam de desejo por alguma atividade física e meus cigarros tinham acabado. O impulso de bocejar lutou para controlar meu rosto.

— A gente precisa mesmo conversar com todos eles?

Hand balançou a cabeça.

— Não, não precisamos. Há uma versão virtual minha na máquina conectada com aqueles periféricos de um psicocirurgião. Vou mandá-la separar os dezoito melhores. Isso se você confiar em mim até aí.

Desisti e bocejei, finalmente, cavernosamente.

— Confiança. Ativada. Quer tomar um ar e um café?

Partimos para a cobertura.

No topo da Torre Mandrake, o dia tingia-se em um poente desértico. A leste, estrelas varavam a vasta extensão do céu escurecido de Sanção IV. No horizonte ocidental, parecia que um restinho de sumo ia sendo espremido do sol entre duas faixas de nuvens pelo peso da noite vindoura. Os escudos estavam bem reduzidos, deixando entrar a maioria do calor da noite e uma leve brisa vinda do norte.

Olhei para a profusão de pessoal da Mandrake ao meu redor no jardim da cobertura que Hand tinha escolhido. Eles formavam pares ou grupinhos nos bares e mesas e conversavam em tons modulados e confiantes que se difundiam. Amânglico corporativo padrão costurado com a esporádica música local do tailandês e do francês. Ninguém parecia estar prestando atenção em nós.

A mistura de linguagens me lembrou.

— Me diz, Hand. — Rompi o lacre de um novo maço de Luzes do Pouso e acendi um. — Que merda foi aquela no mercado hoje? Aquela língua que vocês três estavam falando, os gestos com a mão esquerda?

Hand provou seu café e o colocou na mesa.

— Você não adivinhou?

— Vodu?

— Pode-se dizer que sim, de certa forma. — A expressão sofrida na cara do engravatado me disse que ele não colocaria aquilo nessas palavras nem em um milhão de anos. — Embora, falando adequadamente, ele não é chamado assim há muitos séculos. Nem era chamado assim em sua origem. Como a maioria das pessoas que não o conhece, você está simplificando demais.

— Pensei que era disso que se tratava esse negócio de religião. Simplificação para quem tem dificuldade pra pensar.

Ele sorriu.

— Se é o caso, então as pessoas com dificuldade pra pensar parecem ser a maioria, não?

— Sempre são.

— Bem, talvez. — Hand tomou mais café e me observou por cima da borda da xícara. — Você afirma mesmo não ter nenhum Deus? Nenhum poder superior? Os harlanianos são, em sua maior parte, xintoístas, não é? Ou alguma ramificação cristã.

— Não sou nenhum dos dois — falei, sem expressão.

— Então não tem nenhum refúgio contra a chegada da noite? Nenhum aliado quando a imensidade da criação pressiona a espinha dorsal de nossa minúscula existência como uma coluna de pedra com mil metros de altura?

— Eu estava em Innenin, Hand. — Joguei cinza do cigarro e devolvi a ele seu sorriso, seminovo. — Em Innenin, escutei soldados com colunas mais ou menos dessa altura nas costas gritando por um vasto espectro de poderes superiores. Nenhum deles apareceu, pelo que percebi. Aliados desse tipo, eu posso viver sem.

— Não podemos comandar Deus.

— Claro que não. Me conte sobre Semetaire. Aquele chapéu e o casaco. Ele tá interpretando um papel, né?

— Sim. — Havia um desagrado cordial se insinuando na voz de Hand. — Ele adotou o manto de Ghede; nesse caso, o senhor dos mortos...

— Muito espirituoso.

— ... em uma tentativa de dominar aqueles de mente mais fraca entre seus concorrentes. Ele provavelmente é um entendido, com certa influência no reino dos espíritos, embora com certeza não tenha o suficiente para invocar esse personagem específico. Eu sou um pouco mais — e aqui ele me ofereceu um sorriso breve — qualificado, digamos assim. Estava só deixando isso claro. Apresentando minhas credenciais, pode-se dizer, e estabelecendo o fato de que eu achei a performance dele de mau gosto.

— Estranho que esse Ghede não tenha chegado a fazer a mesma declaração, né?

Hand suspirou.

— Na verdade, é bem provável que Ghede, como você, veja o humor da situação. Para um Sábio, ele se diverte com bastante facilidade.

— É mesmo. — Eu me debrucei, procurando no rosto dele por algum traço de ironia. — Você acredita nessa merda, né? Digo, para valer?

O engravatado Mandrake me observou por um instante, depois inclinou a cabeça para trás e indicou o céu acima de nós.

— Olhe ali, Kovacs. Estamos tomando café tão longe da Terra que você tem que se esforçar para distinguir o Sol original no céu noturno. Fomos carregados para cá num vento que sopra em uma dimensão que não podemos ver nem tocar. Estocados como sonhos na mente de uma máquina que pensa de uma forma tão avançada em relação aos nossos próprios cérebros que poderia muito bem ostentar o nome de *Deus*. Fomos ressuscitados em corpos que não os nossos, cultivados em um jardim secreto sem o corpo de nenhuma mulher mortal. Esses são *os fatos* de nossa existência, Kovacs. No que, então, eles diferem, ou são menos místicos, do que a crença de que existe outro reino onde os mortos vivem na companhia de seres tão além do que somos que *devemos* chamá-los de deuses?

Desviei o olhar, estranhamente constrangido com o fervor na voz de Hand. Religião é um negócio esquisito, com efeitos imprevisíveis sobre aqueles que a utilizam. Apaguei o cigarro e escolhi minhas palavras com cuidado.

— Bem, a diferença é que os fatos de nossa existência não foram sonhados por um bando de padres ignorantes séculos antes de qualquer um ter deixado a superfície da Terra ou construído qualquer coisa semelhante a uma máquina. Eu diria que, posto na balança, isso os torna mais adequados do que seu reino espiritual para qualquer realidade que encontramos aqui.

Hand sorriu, não parecendo ofendido. Ele parecia estar se divertindo.

— Esse é um ponto de vista local, Kovacs. É claro, todas as igrejas que restaram hoje em dia têm suas origens na era pré-industrial, mas a fé é metáfora, e quem sabe como os dados por trás dessas metáforas viajaram, de onde e por quanto tempo? Caminhamos em meio às ruínas de uma civilização com poderes aparentemente divinos que vivem há milhares de anos antes que pudéssemos caminhar eretos. Seu próprio mundo, Kovacs, é cercado por anjos com espadas flamejantes...

— Espera aí. — Ergui as mãos, as palmas para fora. — Vamos conter o cerne metafórico por um momento. O Mundo de Harlan tem um sistema de plataformas orbitais de batalha que os marcianos se esqueceram de desativar quando foram embora.

— Sim. — Hand gesticulou, impaciente. — Orbitais construídas com alguma substância que resiste a qualquer tentativa de exame e varredura, orbitais com o poder de arrasar uma cidade ou uma montanha, mas que evitam destruir qualquer coisa exceto os veículos que tentam ascender ao firmamento. O que é isso, se não um anjo?

— É uma porra de uma máquina, Hand. Com parâmetros programados que provavelmente têm base em algum tipo de conflito planetário...

— Você tem como ter certeza disso?

Ele se debruçava sobre a mesa agora. Flagrei-me espelhando sua postura conforme minha intensidade era atiçada.

— Você já foi ao Mundo de Harlan, Hand? Não, pensei que não. Bem, eu cresci lá e estou te dizendo que as orbitais não são mais místicas do que qualquer outro artefato marciano...

— O que, não são mais místicas do que as Espirais Melódicas? — A voz dele caiu para um sibilo. — Árvores de pedra que cantam para o pôr e o nascer do sol? Não são mais místicas do que um portal que se abre como a porta de um quarto para...

Ele parou abruptamente e deu uma olhada ao redor, o rosto corando com a quase indiscrição. Eu me recostei e sorri para Hand.

— Uma paixão admirável, para alguém vestindo um terno tão caro. Então você está tentando me convencer de que os marcianos são deuses vodus. É isso?

— Não estou tentando convencer você de nada — resmungou ele, aprumando-se. — E não, os marcianos se encaixam bem confortavelmente nesse mundo. Não precisamos nos valer dos locais de origem para explicá-los. Estou só tentando mostrar como sua visão de mundo é limitada sem uma aceitação do assombroso.

Assenti.

— Muita bondade de sua parte. — Espetei-o com um dedo. — Só me faça um favor, Hand. Quando chegarmos aonde estamos indo, mantenha toda essa merda guardada, por favor. Eu vou ter o suficiente para me preocupar sem você bancando o esquisitão.

— Só acredito no que já vi — respondeu ele, rígido. — Eu vi Ghede e Kalfu caminhando entre nós encarnados em homens, escutei as vozes deles falando através das bocas dos hougan, eu *os invoquei*.

— Sim, claro.

Ele me olhou intensamente, a crença ofendida derretendo-se aos poucos em outra coisa. Sua voz relaxou e fluiu para um murmúrio.

— Isso é estranho, Kovacs. Você tem uma fé tão profunda quanto a minha. A única coisa que me pergunto é por que você tem tanta necessidade de não acreditar.

Aquilo ficou pairando entre nós por quase um minuto antes que eu o abordasse. O ruído das mesas circundantes desvaneceu, e até o vento norte pareceu prender o fôlego. Então me debrucei para a frente, falando menos para me comunicar do que para dispersar a lembrança iluminada a laser em minha mente.

— Você está enganado, Hand — falei baixinho. — Eu adoraria ter acesso a toda essa merda em que você acredita. Adoraria ser capaz de invocar alguém que seja responsável por essa criação fodida. Porque aí eu seria capaz de matar esse alguém. Bem devagar.

De volta à máquina, o construto virtual de Hand limou a longa lista até chegar a onze nomes. Ele levou quase três meses para isso. Rodando na capacidade máxima da IA de 350 vezes o tempo real, o processo terminou pouco antes da meia-noite.

A essa hora, a intensidade da conversa na cobertura havia se acalmado, primeiro transformada em uma troca de devaneios vivenciais, algo como uma inspeção das coisas vistas e feitas que tendiam a apoiar nossos pontos de vista individuais e dali para observações gradativamente mais vagas sobre a vida, costuradas em longos silêncios mútuos enquanto ambos olhávamos para lá dos reparos da Torre e para a noite desértica. O bipe no bolso de Hand rompeu o clima tranquilo como uma nota musical trincando vidro.

Descemos para olhar o que tínhamos conseguido, piscando sob as luzes subitamente severas dentro da Torre e bocejando. Menos de uma hora depois, quando bateu a meia-noite e o novo dia começou, desligamos a cópia virtual de Hand e nos inserimos na máquina no lugar dele.

Seleção final.

CAPÍTULO 14

Na lembrança, os rostos deles voltam para mim.

Não os rostos das lindas capas de combate Maori resistentes à radiação que eles usaram em Dangrek e nas ruínas fumegantes de Sauberlândia. Em vez disso, eu vejo os rostos que tinham antes de morrer. Os rostos que Semetaire reivindicou e vendeu de volta ao caos da guerra. Os rostos com os quais eles se lembravam de si mesmos, os rostos que apresentavam na virtualidade inócua da suíte de hotel onde os conheci.

Os rostos dos mortos.

OLE HANSEN:

Um caucasiano ridiculamente pálido, cabelo curto, branco como neve, olhos como o azul calmo dos monitores digitais de equipamento médico em modo não crítico. Despachado inteiro de Latimer com a primeira onda de reforços crioencapados da ONU, quando todos ainda pensavam que Kemp seria coisa pouca, uma guerrinha mole de seis meses.

— É bom que não seja outro combate no deserto. — Ainda havia retalhos de vermelho queimado de sol na testa e nas faces dele. — Se for, podem me colocar de volta na caixa. Essa melanina celular coça pra cacete.

— Anda frio no lugar para onde vamos — garanti. — Inverno em Latimer, no ponto mais quente. Você já sabe que sua equipe morreu?

Um gesto afirmativo de cabeça.

— Eu vi o clarão do cóptero. É a última coisa de que me lembro. Era de imaginar. Bomba predadora capturada. Eu disse pra eles só estourarem aquela porra. Não tem como converter essas coisas. São teimosas demais.

Hansen fazia parte de uma unidade de demolição de elite chamada Toque Suave. Tinha ouvido falar deles na rádio da Vanguarda. Eles tinham a reputação de acertar quase sempre. Tiveram.

— Você vai sentir falta deles?

Hansen se virou no assento e olhou para a unidade de acolhimento do outro lado do quarto de hotel virtual. Voltou a olhar para Hand.

— Posso?

— Sirva-se.

Ele se levantou e foi até a floresta de garrafas, selecionou uma e despejou líquido cor de âmbar em um copo, enchendo-o até a borda. Ele levantou o drinque em nossa direção, os lábios espremidos e os olhos azuis ríspidos.

— Essa é para a Toque Suave, onde quer que estejam as merdas de seus átomos fragmentados. Epitáfio: eles deveriam ter seguido a porra das ordens. Estariam aqui agora.

Ele jogou a bebida na garganta em um único movimento fluido, emitiu um grunhido e atirou o copo do outro lado do quarto com um lançamento em gancho. Ele atingiu o piso acarpetado com um baque nada dramático e rolou até a parede. Hansen voltou para a mesa e se sentou. Havia lágrimas em seus olhos, mas acho que era pelo álcool.

— Alguma outra pergunta? — indagou ele, a voz vacilante.

YVETTE CRUICKSHANK:

Um rosto de 20 anos, tão negro que era quase azul, estrutura óssea mais adequada ao perfil dianteiro de um interceptador de altitudes elevadas, uma juba de dreads presos no topo da cabeça antes de caírem de volta, pendendo com joias de aço de aparência perigosa e alguns plugues extras de implante rápido, codificados em verde e preto. Os conectores na base do crânio mostravam outros três.

— O que são esses? — perguntei a ela.

— Kit de línguas, tailandês e mandarim, e Shotokan, nono *dan*. — Ela subiu os dedos pelas penas tagueadas em braile de um jeito que sugeria ser

capaz de arrancar e trocar os implantes mesmo cega e sob fogo cruzado.
— Médica de campo avançada.
— E os que estão no seu cabelo?
— Interface de navegação por satélite e concertos para violino. — Ela sorriu. — Não tive muita necessidade desse último recentemente, mas dá sorte. — Sua expressão se desmanchou com uma brusquidão cômica que me fez morder o lábio. — Dava.
— Você solicitou postos de mobilização rápida sete vezes no último ano — apontou Hand. — Por quê?
Ela lhe lançou um olhar curioso.
— Você já me perguntou isso.
— Era um eu diferente.
— Ah, entendi. Fantasma na máquina. É, bem, como eu disse antes. Foco mais fechado, mais influência sobre os resultados do combate, brinquedos melhores. Sabe, você sorriu mais da última vez que falei isso.

JIANG JIANPING:

Feições asiáticas e pálidas, olhos inteligentes voltados levemente para dentro e um sorriso leve. Tinha-se a impressão de que ele estava contemplando alguma anedota sutilmente divertida que acabara de ouvir. Tirando as bordas calejadas das mãos e um relaxamento na postura por baixo de seu macacão preto, não havia muitos indícios de qual seria seu trabalho. Ele parecia mais um professor um tanto exaurido do que alguém que conhecia 57 modos diferentes de fazer um corpo humano parar de funcionar.
— Essa expedição — murmurou ele — presumivelmente não está dentro do âmbito geral da guerra. É uma questão comercial, não é?
Dei de ombros.
— A guerra toda é uma questão comercial, Jiang.
— Você pode acreditar nisso.
— E você também — disse Hand com severidade. — Tenho acesso a comunicados do nível mais elevado do governo, acredite no que estou dizendo: sem o Cartel, os kempistas já estariam em Pouso Seguro no inverno passado.
— Sim. Era isso que eu estava lutando para impedir. — Ele cruzou os braços. — Foi para impedir isso *que eu morri.*
— Que bom — disse Hand bruscamente. — Conte-nos sobre isso.

— Eu já respondi a essa pergunta. Por que repetir?

O engravatado da Mandrake esfregou o olho.

— Aquele não era eu. Era um construto de projeção. Não tive tempo de revisar os dados. Então, por favor.

— Foi um ataque noturno na planície de Danang, uma estação móvel de retransmissão para o sistema de gerenciamento das bombas predadoras kempistas.

— Você fez parte daquilo? — Olhei para o ninja diante de mim com um respeito renovado. No fronte de Danang, os ataques secretos sobre a rede de comunicação de Kemp foram o único sucesso real que o governo podia declarar nos últimos oito meses. Eu conhecia soldados cujas vidas tinham sido salvas pela operação. Os canais de propaganda ainda trombeteavam a notícia da vitória estratégica na época em que meu pelotão e eu fôramos destroçados na Orla Setentrional.

— Tive a honra de ser nomeado comandante de uma célula.

Hand olhou para a palma de sua mão, onde dados rolavam como alguma doença epidérmica móvel. Mágica de sistema. Brinquedos virtuais.

— Sua célula alcançou seus objetivos, mas vocês foram mortos durante a retirada. Como isso aconteceu?

— Eu cometi um erro. — Jiang pronunciou as palavras com a mesma repulsa com que enunciara o nome de Kemp.

— E qual foi esse erro? — Ninguém poderia acusar os executivos da Mandrake de terem tato.

— Eu acreditava que os sistemas automatizados de sentinela seriam desativados quando a estação explodisse. Me enganei.

— Oops.

Ele me olhou de esguelha.

— Minha célula não podia se retirar sem cobertura. Eu fiquei para trás.

Hand assentiu.

— Admirável.

— O erro foi meu. E foi um preço pequeno a pagar para conter o avanço kempista.

— Você não é muito fã do Kemp, né, Jiang? — Mantive meu tom cauteloso. Pelo jeito, tínhamos um crente ali.

— Os kempistas pregam uma revolução — disse ele, cheio de desdém na voz. — Mas o que vai mudar se eles tomarem o poder em Sanção IV?

Cocei a orelha.

— Bem, veríamos muito mais estátuas de Joshua Kemp em locais públicos, acho. Tirando isso, provavelmente não muita coisa.

— Exatamente. E quantas centenas de milhares de vidas ele sacrificou para isso?

— Difícil dizer. Olha, Jiang, nós não somos kempistas. Se conseguirmos o que estamos querendo, posso prometer que haverá um interesse renovado em garantir que Kemp não chegue nem perto do poder em Sanção. Isso basta?

Ele colocou as mãos esticadas sobre a mesa e as analisou por algum tempo.

— Eu tenho alguma alternativa? — perguntou ele.

AMELI VONGSAVATH:

Um rosto estreito com nariz aquilino da cor de cobre enferrujado. Cabelos em um corte arrumadinho de piloto já meio crescido, faixas de hena preta. Na parte de trás, mechas quase cobriam os soquetes prateados nos quais se encaixariam os cabos simbiontes de voo. Abaixo do olho esquerdo, uma tatuagem reticulada preta marcava a maçã do rosto onde entrariam os filamentos de fluxo de dados. O olho logo acima era de um cinza de cristal líquido, diferente do castanho-escuro da pupila direita.

— Produto do hospital — disse ela, quando sua visão aumentada reparou para onde eu estava olhando. — Levei alguns disparos na Cidade de Bootkinaree no ano passado, e eles estouraram o fluxo de dados. Me remendaram em órbita.

— Você voou na volta com os fluxos de dados danificados? — perguntei, cético. A sobrecarga teria despedaçado cada circuito no rosto dela e calcinado meio palmo de tecido em todas as direções. — O que aconteceu com o piloto automático?

Ela fez uma careta.

— Fritou.

— Então como você pilotou o veículo nesse estado?

— Eu desliguei a máquina e voei no modo manual. Eliminei tudo que não fosse empuxo e compensadores básicos. Era uma Lockheed Mitoma: os controles delas ainda funcionam manualmente, se você fizer isso.

— Não, o que eu quis dizer foi: como você operou os controles no estado em que *você* estava?

— Ah. — Ela deu de ombros. — Eu tenho uma alta tolerância à dor.

Sei.

LUC DEPREZ:

Alto e desleixado, cabelo de um loiro sujo mais comprido do que faria sentido para um campo de batalha, sem nada do que se poderia chamar de penteado. Rosto composto por ângulos caucasianos, nariz longo e ossudo, queixo quadrado, olhos de um tom curioso de verde. Esparramado calmamente na cadeira virtual, a cabeça inclinada de lado como se não pudesse nos enxergar direito naquela luz.

— Então. — Ele pegou meu maço da mesa com um braço comprido e tirou um cigarro. — Vocês vão me contar alguma coisa sobre esse serviço?

— Não — disse Hand. — É confidencial até você topar.

Uma risada rouca em meio à fumaça enquanto ele fazia a brasa brilhar com uma tragada.

— Foi o que você disse da última vez. E, como eu respondi daquela vez, para quem é que eu vou contar, cara? Se não quiser me contratar, vou voltar direto para a latinha, não é?

— Ainda assim.

— Tudo bem. Então você quer me perguntar alguma coisa?

— Conte para a gente sobre sua última missão secreta identificada — sugeri.

— Isso é confidencial. — Ele analisou nossos rostos sérios por um instante. — Ei, foi uma piada. Mas já contei ao seu parceiro tudo a respeito disso. Ele não repassou?

Ouvi Hand fazer um som reprimido.

— Ah, aquilo era um construto — falei, rápido. — Estamos ouvindo isso pela primeira vez. Recapitule os fatos para nós.

Deprez encolheu os ombros.

— Claro, por que não? Foi um serviço para assassinar um dos comandantes de setor do Kemp. Dentro do próprio cruzador.

— Bem-sucedido?

Ele sorriu para mim.

— Eu diria que sim. A cabeça, sabe. Saiu e tudo.

— Eu só me perguntei. Por você estar morto e tal.

— Isso foi azar. O sangue do merdinha estava carregado de toxinas dissuasivas. Ação retardada. Só descobrimos quando já estávamos no ar, indo embora.

Hand franziu a testa.

— Respingou em você?

— Não, cara. — Uma expressão dolorida passou pelo rosto angular. — Minha parceira, ela pegou todo o salpico quando a carótida foi atingida. Bem nos olhos. — Ele soprou fumaça para o teto. — Uma pena que era a piloto.

— Ah.

— Pois é. Demos com tudo na lateral de um prédio. — Ele sorria de novo. — Isso foi *ação rápida,* cara.

MARKUS SUTJIADI:

Belo, com uma perturbadora perfeição geométrica que não ficaria deslocada ao lado de Lapinee. Olhos amendoados no formato e na cor, a boca uma linha reta, rosto tendendo para um triângulo isósceles invertido, amortecido nos cantos para oferecer um queixo sólido e uma testa ampla, o cabelo preto liso emplastrado. Feições curiosamente imóveis, como se drogadas até o distanciamento. Uma impressão de energia conservada, de espera. A face de uma pinup global após muito pôquer.

— Bu! — Não pude resistir.

Os olhos amendoados mal piscaram.

— Existem sérias acusações pesando contra você — disse Hand, com um olhar de censura na minha direção.

— Sim.

Aguardamos por um momento, mas Sutjiadi claramente não achava que havia mais nada a dizer sobre o assunto. Eu comecei a gostar dele.

Hand estendeu a mão como um mago e uma tela evoluiu no ar um pouco além de seus dedos abertos. *Mais* daquela merda de magia de sistema. Suspirei e assisti enquanto uma cabeça e ombros em um uniforme como o meu evoluíam ao lado de uma rolagem de biodados. O rosto já era conhecido.

— Você assassinou este homem — disse Hand com frieza. — Gostaria de explicar o porquê?

— Não.

— Ele não precisa explicar. — Gesticulei indicando o sujeito na tela. — O Cachorrão Veutin deixa um monte de gente assim. Só estou interessado em saber *como* você conseguiu matá-lo.

Dessa vez, os olhos perderam um pouco da inexpressividade, e seu olhar resvalou brevemente em minha insígnia da Vanguarda, confuso.

— Atirei na nuca dele.

Assenti com a cabeça.

— Demonstra iniciativa. Ele está morto mesmo?

— Sim. Usei uma Jato Solar com carga total.

Hand manipulou magicamente o sistema para fazer a tela sumir com um estalo de seus dedos.

— Seu brigue de transporte pode ter sido derrubado do céu, mas a Vanguarda acha que seu cartucho provavelmente sobreviveu. Há uma recompensa para qualquer um que o entregue. Eles ainda estão te procurando para uma execução formal. — Ele olhou de esguelha para mim. — Pelo que fiquei sabendo, costuma ser um negócio bem desagradável.

— É, sim. — Eu vira alguns desses exemplos práticos no começo da minha carreira na Vanguarda. Levavam um bom tempo.

— Eu não tenho interesse em entregar você para a Vanguarda — disse Hand. — Mas não posso arriscar essa expedição com um sujeito que pode levar a insubordinação a esses extremos. Preciso saber o que aconteceu.

Sutjiadi observava meu rosto. Eu dei o mais leve gesto de confirmação com a cabeça.

— Ele ordenou que meus homens fossem dizimados — disse ele, tenso.

Assenti de novo, para mim mesmo, dessa vez. Dizimação era, segundo todos os relatos, uma das formas de ligação favoritas de Veutin com tropas locais.

— E por que isso?

— Ah, pelo amor de Deus, Hand. — Eu me virei na cadeira. — Você não escutou? Ele recebeu a ordem de dizimar o comando e não quis. Com esse tipo de insubordinação, eu consigo conviver.

— Podem existir fatores que...

— Estamos perdendo tempo — disparei, voltando-me para Sutjiadi. — Dada a mesma situação, há alguma coisa que você faria diferente?

— Sim. — Ele exibiu os dentes para mim. — Eu colocaria a Jato Solar em um facho amplo. Assim teria tostado a equipe toda, e eles não estariam em condições de me prender.

Tornei a olhar para Hand. Ele balançava a cabeça, com uma das mãos sobre os olhos.

SUN LIPING:

Olhos escuros mongóis posicionados em dobras epicânticas sobre maçãs do rosto altas e amplas. Uma boca torcida em uma leve quebra para baixo que poderia ser a consequência de um riso pesaroso. Rugas finas na pele bronzeada e uma sólida cascata de cabelo preto jogada sobre um ombro, mantida com firmeza no lugar por um grande gerador de estática prateado. Uma aura de calma, igualmente inabalável.

— Você se matou? — perguntei, em dúvida.

— É o que me dizem. — Os lábios recurvados se ampliaram em um sorriso torto. — Eu me lembro de ter puxado o gatilho. É gratificante saber que minha mira não piora sob pressão.

A bala de sua arma secundária tinha entrado por baixo do maxilar no lado direito, passado diretamente pelo centro do cérebro e aberto um buraco admiravelmente simétrico no topo da cabeça dela.

— Difícil errar a essa distância — falei, com uma brutalidade experimental.

Os olhos calmos nem se moveram.

— Pelo que sei, pode acontecer — disse ela, séria.

Hand pigarreou.

— Você gostaria de nos contar *por que* fez isso?

Ela franziu o cenho.

— De novo?

— Aquilo — disse Hand através de dentes levemente cerrados — era um construto de interrogatório, não eu.

— Ah.

Os olhos se moveram para o lado e para cima, procurando, supus, por uma rolagem periférica retinal. O ambiente virtual em que estávamos fora programado de modo a não processar hardware interno, exceto para o pessoal da Mandrake, mas ela não demonstrou surpresa com a falta de resposta, então talvez estivesse apenas rememorando à moda antiga.

— Foi um esquadrão de couraça automatizada. Tanques-aranha. Eu estava tentando comprometer os parâmetros de reação deles, mas havia uma armadilha viral conectada aos sistemas de controle. Uma variante de Rawling, acredito. — A leve careta outra vez. — Houve pouquíssimo tempo para analisar, como vocês provavelmente podem imaginar, então não tenho como ter certeza. De qualquer forma, não houve tempo de desconectar; os primeiros defletores do vírus já tinham me soldado lá dentro. No tempo que eu tive antes que ele fosse baixado por completo, só consegui encontrar uma solução.

— Muito impressionante — disse Hand.

Quando acabou, voltamos para a cobertura para clarear nossas mentes. Eu me inclinei sobre o parapeito e observei o silêncio do toque de recolher em Pouso Seguro, enquanto Hand saía para procurar um pouco de café. Os terraços atrás de mim estavam desertos, cadeiras e mesas espalhadas como alguma mensagem hieroglífica deixada para olhos orbitais. A noite tinha esfriado enquanto estivéramos lá embaixo, e a brisa me deu um calafrio. As palavras de Sun Liping voltaram à mente.

Variante de Rawling.

Tinha sido o vírus de Rawling que havia dizimado a cabeça de ponte em Innenin. Feito Jimmy de Soto arrancar o próprio olho com as mãos antes de morrer. Na época, era tecnologia de ponta; agora, um excedente militar barato. O único software viral que as forças pressionadas de Kemp podiam bancar.

Os tempos mudam, mas as forças do mercado são eternas. A história se desenrola, os mortos de verdade continuam assim.

O restante de nós segue em frente.

Hand voltou, apologético, com recipientes de café de máquina. Ele me entregou o meu e se encostou no parapeito ao meu lado.

— Então, o que você acha? — perguntou depois de algum tempo.

— Acho que tem gosto de merda.

Ele riu.

— O que acha da nossa equipe?

— Eles vão servir. — Beberiquei o café e ruminei sobre a cidade lá embaixo. — Não gostei muito do ninja, mas ele tem algumas habilidades úteis e parece preparado para morrer no exercício de suas funções, o que é sempre uma grande vantagem em um soldado. Quanto tempo para preparar os clones?

— Dois dias. Talvez um pouco menos.

— Vai levar o dobro disso até que essas pessoas se adaptem a uma nova capa. Podemos fazer a indução no virtual?

— Não vejo por que não. A IA pode rodar versões cem por cento precisas para cada clone a partir dos dados brutos das máquinas do biolaboratório. Rodando a 350 vezes o tempo real, podemos dar à equipe toda um mês completo em suas novas capas, *in loco* no construto Dangrek, tudo em duas horas no tempo real.

— Bom — falei, perguntando-me em seguida por que não acha tão bom assim.

— Minhas reticências são com Sutjiadi. Não fiquei convencido de que podemos esperar que um homem daqueles vá aceitar bem ordens.

Dei de ombros.

— Então deixe ele no comando.

— Está falando sério?

— Por que não? Ele é qualificado para isso. Tem a patente e a experiência. Parece ser leal aos próprios homens.

Hand não disse nada. Eu podia sentir seu cenho franzido do outro lado do meio metro de parapeito que nos separava.

— O quê?

— Nada. — Ele pigarreou. — Eu só. Presumi. Que você iria querer o comando.

Vi de novo o pelotão no momento em que a barragem de estilhaços inteligentes irrompia do alto. Clarões ofuscantes, explosões e então os estilhaços, saltando e sibilando faminos em meio à cortina cintilante imprevisível da chuva. O estalido da descarga de raios ao fundo, como algo se rasgando

Gritos.

O que estava no meu rosto não me parecia a sensação de um sorriso, mas evidentemente era um.

— O que é tão engraçado?

— Você leu minha ficha, Hand.

— Sim.

— E ainda assim achou que eu queria o comando. Perdeu a porra do juízo?

CAPÍTULO 15

O café me manteve acordado.

Hand foi pra cama, ou qualquer que fosse o recipiente para onde se arrastava quando a Mandrake não o estava utilizando, e me deixou fitando a noite deserta. Vasculhei o céu em busca do Sol e o encontrei cintilando ao leste, no ápice de uma constelação que os moradores de Sanção IV chamavam de Casa Polegar. As palavras de Hand voltaram à minha mente.

... Tão longe da Terra que você precisa se esforçar para distinguir o Sol original no céu noturno. Fomos carregados para cá num vento que sopra em uma dimensão que não podemos ver nem tocar. Estocados como sonhos na mente de uma máquina...

Afastei a lembrança, irritadiço.

Eu não tinha nascido lá. A Terra não era meu lar, não mais do que Sanção IV, e se meu pai algum dia me apontou o Sol entre rodadas de violência alcoolizada, eu não guardava lembrança nenhuma disso. Qualquer significado que aquele ponto de luz em particular tivesse para mim, eu tinha conseguido num disco. E dali onde eu estava não era nem possível enxergar a estrela que o Mundo de Harlan orbitava.

Talvez este seja o problema.

Ou talvez fosse apenas que eu tinha estado lá, o lendário lar da raça humana, e agora, olhando para o alto, podia imaginar uma única unidade astronômica na estrela rutilante, um mundo girando, uma cidade junto ao mar caindo na escuridão conforme a noite descia, ou recuando para cima e para a luz, uma viatura policial estacionada em algum lugar e certa tenente tomando um café não muito melhor do que o meu, talvez pensando...

Já chega, Kovacs.

Para seu governo, a luz que você está vendo chegar partiu cinquenta anos antes de ela sequer nascer. E aquela capa com que você está fantasiando está com 60 anos a essa altura, isso se ela ainda a estiver usando. Desencana.

Tá, tá.

Tomei o resto do café, fazendo careta conforme ele descia, frio. Pela aparência do horizonte oriental, o amanhecer estava para chegar, e eu tive um súbito desejo esmagador de não estar ali quando chegasse. Deixei a caixinha de café de sentinela no parapeito e encontrei meu caminho de volta em meio às cadeiras e mesas espalhadas até o terminal de elevadores mais próximo.

O elevador me deixou três andares abaixo, na minha suíte, e passei pelo corredor gentilmente curvado sem encontrar ninguém. Estava puxando o identificador de retina da porta, em seu cabo fino como saliva, quando o som de passos no silêncio artificial me fez recuar para a parede oposta, a mão direita procurando pela única arma de interface que eu ainda carregava, por hábito, enfiada na parte de trás da cintura.

Assustado.

Você está na Torre Mandrake, Kovacs. Níveis executivos. Nem poeira entra aqui sem autorização. Se controla, porra.

— Kovacs?

A voz de Tanya Wardani.

Engoli seco e me afastei da parede com um empurrão. Wardani fez a curva do corredor e ficou olhando para mim com o que parecia ser uma proporção incomum de incerteza na postura.

— Me desculpa, te assustei?

— Não. — Estendi a mão de novo para o identificador de retina, que havia voltado para a porta quando fui pegar a Kalashnikov.

— Você passou a noite inteira de pé?

— Sim. — Apliquei o identificador ao meu olho e a porta se abriu.

— E você?

— Mais ou menos. Tentei dormir um pouco faz algumas horas, mas... — Ela deu de ombros. — Tensa demais. Já terminaram?

— O recrutamento?

— Sim.

— Sim.

— Como eles são?

— Dão pro gasto.

A porta emitiu um repique contrito, chamando a atenção para a ausência de entradas até o momento.

— Você vai...?

— Você quer...? — Gesticulei.

— Obrigada. — Ela se moveu, sem jeito, e entrou antes de mim.

A sala de estar da suíte era isolada em vidro, que eu tinha deixado semiopaco ao sair. As luzes da cidade salpicavam a superfície esfumaçada como fritura capturada nas redes das traineiras de Porto Fabril. Wardani estacou no meio da sala sutilmente mobiliada e se virou.

— Eu...

— Sente-se. Essas coisas de cor malva são todas poltronas.

— Obrigada, ainda não me acostumei com...

— Top de linha. — Observei enquanto ela se empoleirava na beira de um dos módulos, que tentou em vão se erguer e moldar-se ao redor do corpo dela. — Quer uma bebida?

— Não. Obrigada.

— Um cachimbo?

— Cristo, não.

— E então, o que achou do equipamento?

— É bom. — Ela assentiu, mais para si mesma do que para mim. — Sim. Dá pro gasto.

— Ótimo.

— Você acha que estamos quase prontos?

— Eu... — Afastei o clarão atrás de meus olhos e segui até um dos outros assentos, ajeitando-me sobre ele com cerimônia. — Estamos aguardando o desenrolar da coisa por lá. Você sabe.

— Sim.

Um silêncio compartilhado.

— Você acha que eles vão mesmo chegar a esse ponto?

— Quem? O Cartel? — Balancei a cabeça. — Não se puderem evitar. Mas Kemp talvez faça. Olha, Tanya. Talvez nem aconteça. Mas, acontecendo ou não, não há nada que a gente possa fazer a respeito. Agora é tarde demais para esse tipo de intervenção. É assim que a guerra funciona. A abolição do indivíduo.

— O que é isso? Algum enunciado quellista?

Sorri para ela.

— Vagamente parafraseado, sim. Quer saber o que Quell tinha a dizer sobre a guerra? Sobre todos os conflitos violentos?

Ela fez um movimento inquieto.

— Não muito, para ser sincera. Tá, quero. Me conte. Por que não? Conte-me algo que eu nunca tenha ouvido.

— Ela disse que as guerras são travadas devido aos hormônios. Hormônios masculinos, principalmente. A questão não é vencer ou perder, é tudo descarga hormonal. Ela escreveu um poema sobre isso, antes de sumir do radar. Vejamos...

Fechei os olhos e pensei no Mundo de Harlan. Um abrigo secreto nas colinas acima de Porto Fabril. Bioware roubado amontoado em um canto, cachimbos e celebrações pós-operação cingindo o ar. Discutindo política preguiçosamente com Virginia Vidaura e sua equipe, os infames Insetinhos Azuis. Citações quellistas e poesia jogadas de um lado a outro.

— Você está com alguma dor?

Abri os olhos e lhe lancei um olhar de censura.

— Tanya, essa parada foi em grande parte escrita em Stripjap, uma língua comercial do Mundo de Harlan, ou seja, incompreensível para você. Tô tentando me lembrar da versão amânglica.

— Bom, parece doloroso. Não se mate por minha causa.

Levantei uma das mãos.

— É mais ou menos assim:

"Encapado-masculino;
Iniba seus hormônios
Ou gaste-os em gemidos
De outro calibre
(Garantiremos — a carga é grande o bastante)

Cheio de sangue
Orgulho de seu poderio
Vai desapontar você, foder com você
E com tudo em que tocar
(Nos garantirá — o preço é baixo o bastante)"

Eu me recostei. Ela fungou.

— Uma filosofia meio estranha para uma revolucionária. Ela não liderou uma insurreição violenta ou coisa do tipo? Luta mortal contra a tirania do Protetorado, algo assim?

— Sim. Vários tipos de insurreições violentas, na verdade. Mas não há provas de que ela tenha de fato morrido. Ela desapareceu na última batalha por Porto Fabril. Nunca recuperaram o cartucho.

— Não vejo como invadir os portões desse Porto Fabril combina com o poema.

Dei de ombros.

— Bem, ela nunca mudou seu ponto de vista sobre as raízes da violência, mesmo no meio disso tudo. Acho que só percebeu que ela não tinha como evitar. Em vez disso, mudou suas ações para se adequar ao terreno.

— Não é lá uma grande filosofia.

— Não mesmo. Mas o quellismo nunca focou muito os dogmas. Basicamente, o único credo declarado por Quell era *Encare os Fatos*. Ela queria isso em sua lápide. ENCARE OS FATOS. Isso significava lidar com eles de modo criativo, não ignorá-los ou tentar fingir que eram apenas uma inconveniência histórica. Ela sempre disse que não é possível controlar uma guerra. Mesmo quando ela estava começando uma.

— Me parece um tanto derrotista.

— De forma alguma. É somente a admissão do perigo. Encarando os fatos. Não comece guerras se puder, de alguma forma, evitá-las. Porque depois que começar, elas estão fora de qualquer controle sadio. Ninguém pode fazer nada além de tentar sobreviver enquanto ela segue seu curso hormonal. Segure-se no corrimão e deixe acontecer. Continue vivo e espere pela descarga.

— Que seja. — Ela bocejou e olhou pela janela. — Não sou lá muito boa em esperar, Kovacs. Era de se imaginar que ser uma arqueóloga me curaria disso, né? — Uma risadinha trêmula. — Isso, e... o campo...

Eu me levantei de supetão.

— Deixe eu buscar aquele cachimbo para você.

— Não. — Ela não tinha se movido, mas sua voz era firme. — Não preciso me esquecer de nada, Kovacs. Eu preciso...

Ela pigarreou.

— Preciso que você faça algo para mim. Comigo. O que você me fez. Antes, digo. O que você fez teve... — Ela olhou para as próprias mãos. — ... teve um impacto que eu não... Não esperava.

— Ah. — Eu tornei a me sentar. — Aquilo.

— Sim, aquilo. — Havia uma centelha de raiva no tom dela agora.

— Suponho que faz sentido. É um processo de manipulação de emoções.

— É, sim.

— É, sim. Bem, tem uma emoção em especial que eu preciso que seja manipulada de volta ao devido lugar agora, e não vejo outra forma de fazer isso além de trepar com você.

— Não sei se...

— Eu não ligo — disse ela, violenta. — Você me mudou. Você me *consertou*. — Ela abaixou a voz. — Suponho que eu deveria estar agradecida, mas não é como me sinto. Eu não me sinto grata, me sinto *consertada*. Você criou esse... desequilíbrio em mim, e eu quero aquela parte de mim de volta.

— Olha, Tanya, você não está realmente em condições...

— Ah, isso. — Ela deu um sorriso estreito. — Sei que não estou exatamente sensual no momento, exceto talvez...

— Não foi isso o que eu quis dizer...

— ... para alguns esquisitões que gostam de foder com adolescentes famélicas. Não, vamos precisar *consertar* isso. Precisamos ir para o virtual para isso. Eu lutei para me livrar de uma sensação entorpecente de irrealidade.

— Você quer fazer isso *agora*?

— Quero, sim. — Outro sorriso interrompido. — Está interferindo nos meus padrões de sono, Kovacs. E, no momento, preciso do meu sono.

— Tem algum lugar em mente?

— Sim. — Era como uma brincadeira infantil de desafio.

— E onde é, exatamente?

— Lá embaixo. — Ela se levantou e olhou para mim. — Sabe, você faz bastante perguntas para um homem que está prestes a se dar bem.

Lá embaixo era um andar aproximadamente na metade da Torre que o elevador anunciou como um nível recreativo. As portas se abriram para o espaço amplo de uma academia, as máquinas mais parecidas com insetos se avolumando, ameaçadoras na obscuridade. Mais para o fundo, divisei as teias inclinadas de mais ou menos uma dúzia de grades de virtualink.

— A gente vai fazer isso aqui? — perguntei, pouco à vontade.

— Não. Tem câmaras fechadas nos fundos. *Vem.*

Passamos pela floresta de máquinas paradas, imóveis acendendo acima e em meio a elas, depois voltando a se apagar quando passamos. Assisti ao processo de uma gruta neurastênica que vinha crescendo ao meu redor como coral desde antes de eu descer da cobertura. Virtualidade demais faz isso com a pessoa às vezes. Causa uma sensação vaga de abrasão na cabeça quando você se desconecta, uma impressão inquietante de que a realidade já não é o bastante, uma imprecisão que vai e volta que pode ser descrita como a sensação da fronteira com a loucura.

A cura para isso *definitivamente* não é mais tempo no virtual.

Havia nove câmaras fechadas, alvéolos modulares inflando-se para fora da parede dos fundos sob seus respectivos números. Sete e oito estavam abertos, derramando uma fraca luz alaranjada em torno da abertura da portinhola. Wardani parou na frente da sete e a porta se escancarou para fora. A luz alaranjada se expandiu de forma agradável no vão, sintonizada em leve modo hipnótico. Nenhum deslumbre. Ela se virou para olhar para mim.

— Vá em frente — disse ela. — A oito está ligada a essa aqui. É só apertar CONSENSUAL no teclado do menu.

E ela desapareceu no interior do cálido brilho alaranjado.

Dentro do módulo oito, alguém achara adequado cobrir as paredes e o teto com arte empática psicogramática que, sob a iluminação no modo hipno, parecia não ser nada além de um conjunto aleatório de espirais de rabos de peixe e pontos. Por outro lado, era assim que a maioria das coisas empatísticas me parecia, sob qualquer iluminação. O ar estava agradavelmente quente, e ao lado do sofá automoldável, havia uma complicada espiral metálica para pendurar roupas.

Eu me despi e me ajeitei no automoldável, puxei o capacete e deslizei o dedo sobre o diamante piscando com "consensual" quando as telas ficaram on-line. Tinha acabado de me lembrar de apertar a opção para amortecer as reações físicas antes quando o sistema se iniciou.

A luz alaranjada pareceu se tornar mais espessa, assumindo uma substância esfumaçada através da qual espirais e pontos psicogramáticos voavam como equações complexas ou talvez algum tipo de vida aquática. Tive um momento para ponderar se o artista havia pretendido alguma dessas comparações — os empatistas são uma galera esquisita —, quando então o alaranjado sumiu e se desfez como vapor, e eu me vi de pé em um imenso túnel de painéis metálicos pretos com aberturas para ventilação, iluminados apenas por linhas de diodos vermelhos piscando que recuavam até o infinito em ambas as direções.

À minha frente, mais da neblina laranja subiu de um respiradouro e se desfez em uma silhueta feminina reconhecível. Observei fascinado enquanto Tanya Wardani começava a emergir do contorno geral, de início composta totalmente de fumaça bruxuleante alaranjada, depois aparentemente encoberta por ela da cabeça aos pés, em seguida coberta apenas em alguns trechos, e então, conforme esses foram sumindo, coberta por absolutamente nada.

Olhando para baixo, para mim mesmo, vi que estava também nu.

— Bem-vindo à plataforma de carga.

Levantando a cabeça, meu primeiro pensamento foi de que ela já tinha posto mãos à obra em si mesma. A maioria dos construtos carrega autoimagens guardadas na memória, com sub-rotinas para retirar qualquer coisa muito delirante — você acaba ficando muito parecido com o que é na realidade, menos uns dois quilos e talvez com um ou dois centímetros a mais. A versão de Tanya para a qual eu estava olhando não tinha esse tipo de discrepância — era mais um verniz geral de saúde que ela ainda não havia reconquistado no mundo real, ou talvez apenas a ausência de um verniz similar e mais encardido, de *enfermidade*. Os olhos estavam menos afundados, as bochechas e as clavículas, menos pronunciadas. Sob os seios levemente caídos, as costelas estavam aparentes, mas muito mais recheadas do que eu imaginava que estivessem por baixo de sua roupa drapejada.

— Eles não gostam muito de espelhos no campo — disse ela, talvez lendo algo na minha expressão. — Exceto para interrogatórios. E, depois de um tempo, você tenta não se enxergar nas janelas pelas quais passa. Eu provavelmente ainda pareço muito pior do que julgo estar. Especialmente depois daquele conserto instantâneo que você operou em mim.

Eu não consegui pensar em nada sequer remotamente adequado para dizer.

— Você, por outro lado... — Ela deu um passo adiante e, estendendo a mão, me pegou pelo pau. — Bem, vejamos o que você tem aqui.

Eu fiquei duro quase que de imediato.

Talvez fosse algo escrito nos protocolos do sistema, talvez fosse apenas a abstinência por tempo demais. Ou talvez houvesse algum fascínio sujo na expectativa do uso daquele corpo com suas levemente acentuadas marcas de privação. O bastante para insinuar artisticamente abuso, mas não para causar repulsa. *Esquisitões que gostam de foder com adolescentes famélicas?* Impossível prever como uma capa de combate pode estar programada nesse nível. Ou qualquer capa masculina, nesse ponto. Era só desenterrar as profundezas do sangue da base hormonal, onde sexo, violência e poder crescem fibrosamente entrelaçados. É um lugar lúgubre e complicado. Não dá para dizer o que se vai encontrar, caso continue escavando.

— Isso é bom — arfou ela, abruptamente perto do meu ouvido. Ela não soltou. — Mas não considero muito isso. Você não tem se cuidado direito, soldado.

Sua outra mão se abriu e arranhou minha barriga desde a base do meu pau até o arco das minhas costelas, como a luva de lixar de um carpinteiro, retirando a camada de gordura que havia começado a se acumular sobre a musculatura abdominal criada em tanque da minha capa. Olhei para baixo e vi com um leve choque visceral que um pouco da pelanca realmente tinha começado a sumir, desaparecendo com o movimento da mão aberta dela. Deixava uma sensação quente entremeada com o músculo mais abaixo, como uísque descendo.

— Mag... *Magia de sistema* — consegui dizer em meio ao espasmo quando ela puxou forte com a mão que me segurava, repetindo o gesto tranquilizador para cima com a outra.

Ergui minhas mãos na direção dela, que recuou.

— Nãh-hã. — Ela deu outro passo para trás. — Ainda não estou pronta. Olha pra mim.

Ela levantou as duas mãos e segurou os seios. Empurrou para cima com a parte baixa das mãos, depois deixou que caíssem de volta no lugar, mais cheios, maiores. Os mamilos — um deles estivera rachado antes? — inchados, escuros e cônicos como um revestimento de chocolate sobre a pele acobreada.

— Gostou? — perguntou ela.

— Bastante.

Ela repetiu o movimento de apanhar com as mãos abertas, completando-o com uma massagem circular. Dessa vez, quando ela soltou, seus seios estavam se aproximando das dimensões de uma das concubinas de Djoko Roespinoedji, desafiando a gravidade. Ela levou as mãos para trás e fez algo similar com as nádegas, virando-se para me mostrar o arredondamento cartunesco que dera a elas. Inclinou-se para a frente e separou as nádegas com as mãos.

— Me lambe — disse ela, com repentina urgência.

Eu fiquei de joelho e pressionei o rosto contra o vinco, dardejando com a língua, trabalhando no redemoinho apertado do esfíncter fechado. Passei um braço ao redor de uma longa coxa para me estabilizar; a outra mão eu estendi e a encontrei já molhada. A polpa do meu polegar mergulhou nela pela frente, enquanto minha língua entrava mais profundamente por trás, ambos esfregando círculos suaves e sincronizados dentro dela. Ela grunhiu em algum ponto na base de sua garganta e nós

Viramos

Um azul líquido. O chão tinha sumido, e a maior parte da gravidade foi com ele. Eu me debati, e meu polegar se soltou. Wardani se virou languidamente e se agarrou a mim como belalga ao redor de uma rocha. O fluido não era água; ele deixou nossas peles escorregadias, um contra o outro, e eu podia respirar esse líquido como se fosse o ar tropical. Dei uma arfada que fez meus pulmões se encherem dele quando Wardani desceu, escorregando, mordendo meu peito e minha barriga, e finalmente pousou as mãos e a boca em minha ereção.

Não aguentei muito. Flutuando no azul infinito enquanto os seios recém-pneumáticos de Tanya Wardani pressionavam minhas coxas, seus mamilos roçavam para cima e para baixo em minha pele untada, sua boca chupava e seus dedos curvados bombeavam. Só tive tempo de notar uma fonte de luz acima de nós antes que os músculos do meu pescoço começassem a se enrijecer, girando minha cabeça para trás, e as mensagens espasmódicas ao longo dos meus nervos se reuniram para uma descarga climática final.

Havia um efeito vibrato de risco-replay incorporado no construto. Meu orgasmo durou mais de trinta segundos.

Conforme ele chegava ao fim, Tanya Wardani flutuou por cima de mim, os cabelos espalhados ao redor do rosto, filetes de sêmen escorrendo em meio às bolhas nos cantos de seu sorriso. Estendi o braço e agarrei uma coxa que passava, arrastando-a de volta ao meu alcance.

Ela se flexionou naquele análogo de água conforme minha língua afundava nela, e mais bolhas escorreram de sua boca. Captei a reverberação de seu gemido através do fluido como a vibração solidária dos motores a jato no fundo do meu estômago, e me senti endurecer em resposta. Pressionei minha língua com mais força, esquecendo-me de respirar e então descobrindo que não precisava, de fato, respirar por muito tempo. As contorções de Wardani se tornaram mais urgentes, e ela enganchou as pernas ao redor das minhas costas para se ancorar no lugar. Encaixei as mãos em torno de suas nádegas e apertei, empurrando meu rosto nas dobras de sua boceta, então deslizei meu polegar de novo para dentro dela e recomecei o suave movimento circular em contraponto ao espiralar da minha língua. Ela agarrou minha cabeça com as duas mãos e esmagou meu rosto contra o corpo. Suas contorções viraram espasmos, e seus gemidos, um grito contínuo que preencheu meus ouvidos como o som da arrebentação lá no alto. Chupei. Ela se enrijeceu, gritou e, então, ficou estremecendo por minutos.

Vagamos até a superfície juntos. Um sol vermelho gigante, astronomicamente improvável, afundava no horizonte, banhando a água subitamente normalizada ao nosso redor em uma luz de vitral. Duas luas postavam-se no alto do céu a oeste e, atrás de nós, as ondas quebravam em uma praia de areia branca rodeada por palmeiras.

— Você... programou isso? — perguntei, boiando e indicando a vista com a cabeça.

— De jeito nenhum. — Ela limpou a água dos olhos e empurrou o cabelo para trás com as duas mãos. — É pré-fabricado. Eu conferi o que eles tinham hoje à tarde. Por que, gostou?

— Até o momento, sim. Mas tenho uma sensação de que o sol é uma impossibilidade astronômica.

— É, bem, respirar debaixo d'água também não é lá muito realista.

— Nem consegui respirar. — Ergui as mãos acima da água em garras, imitando o modo como ela segurara minha cabeça, e fiz uma cara de quem estava sufocando. — Isso te lembra alguma coisa?

Para meu espanto, ela enrubesceu. Depois riu, jogou água na minha cara e partiu para a praia. Eu boiei por mais um instante, rindo também, então saí atrás dela.

A areia era morna, fina como talco e sistemagicamente indisposta a se apegar à pele molhada. Atrás da praia, cocos caíam esporadicamente das palmeiras e, a menos que fossem catados, abriam-se em fragmentos que eram carregados para longe por minúsculos caranguejos coloridos como pedras preciosas.

Trepamos de novo à beira da água, Tanya Wardani sentada por cima do meu pau, o traseiro cartunesco, macio e morno, aninhado sobre minhas pernas cruzadas. Enterrei o rosto nos seios dela, pousei as mãos em seus quadris e a movi gentilmente para cima e para baixo até que os estremecimentos começassem de novo nela, passando para mim como se fosse uma febre contagiosa e percorrendo nós dois. A sub-rotina de risco-replay tinha um sistema de ressonância embutido que circulava o orgasmo entre nós, de um para o outro, como um sinal oscilando, sobrecarregando e recuando pelo que pareceu uma eternidade.

Era amor. Uma compatibilidade passional perfeita, aprisionada, destilada e ampliada de forma quase insuportável.

— Você habilitou os amortecedores? — perguntou ela depois, um tanto sem fôlego.

— Claro que sim. Você acha que eu quero passar por tudo isso e depois *ainda* sair cheio de sêmen e hormônios sexuais?

— *Passar por tudo isso?* — Ela ergueu a cabeça da areia, ultrajada.

Eu sorri.

— Claro. Isso é para a *sua* conveniência, Tanya. Eu não estaria aqui se não fosse... ei, para de jogar areia!

— Porra de...

— Olha...

Eu me defendi do punhado de areia com um braço e a empurrei para a arrebentação. Ela caiu de costas, rindo. Fiz uma pose ridícula de luta à la Micky Nozawa, enquanto ela se levantava. Algo saído de *Demônios com Punho de Sereias*.

— Nem tente botar suas mãos profanas em mim, mulher.

— Me parece que você *quer* que alguém bote as mãos em você — disse ela, jogando o cabelo para trás e apontando.

Era verdade. A visão do corpo aprimorado pela magia de sistema, coberto por gotículas de água, tornou a disparar sinais por meus terminais nervosos, e minha glande já estava se enchendo de sangue como uma ameixa amadurecendo numa sequência acelerada.

Eu desisti da pose de luta e dei uma espiada no construto ao nosso redor.

— Sabe, pré-fabricado ou não, isso aqui é uma beleza, Tanya.

— Tem o selo de aprovação do *CyberSex Memorizado* do ano passado, aparentemente. — Ela deu de ombros. — Eu arrisquei. Você quer tentar a água de novo? Ou... parece que tem uma cachoeira ali atrás das árvores.

— Parece bom.

No caminho para passar além da linha das palmeiras com seus imensos troncos fálicos levantando-se como pescoços de dinossauro da areia, eu apanhei um coco recém-caído. Os caranguejos se espalharam com uma velocidade cômica, correndo para esconderijos na areia, de onde espetavam pedúnculos oculares cautelosos. Revirei o coco em minhas mãos. Ele tinha arrancado um pedaço da casca verde já na aterrissagem, expondo a carne macia e borrachuda de baixo. Um belo toque. Abri um buraco na membrana interna com o polegar e virei a fruta como uma cabaça. A água de dentro estava improvavelmente gelada.

Outro belo toque.

O chão da floresta mais além estava, de maneira bem conveniente, limpo de qualquer entulho afiado e de insetos. Água jorrava e respingava em algum lugar com uma clareza de chamar a atenção. Uma trilha óbvia passava entre as palmeiras, indo na direção do som. Nós caminhamos, de mãos dadas, debaixo da folhagem da floresta tropical cheia de aves de cores vivas e macaquinhos fazendo ruídos suspeitamente harmônicos.

A queda-d'água tinha dois níveis, vertendo em um longo penacho até uma bacia ampla, depois rolando em meio a rochas e corredeiras para outra piscina menor, onde a queda era mais baixa. Cheguei um pouco antes dela e fiquei de pé sobre as rochas molhadas na borda da segunda piscina, os braços soltos, olhando para baixo. Contive um sorriso. O momento era propício para que ela me empurrasse para dentro; vibrava de tanto potencial.

Nada.

Virei-me para olhar para ela e vi que ela tremia levemente.

— Ei, Tanya. — Tomei o rosto dela entre as mãos. — Tudo bem? Qual é o problema?

Eu sabia qual era *a porra* do problema.

Porque, com ou sem as técnicas dos Emissários, a cura é um processo complexo, lento, e vai apresentar defeitos assim que você virar as costas.

Aquela *porra* de campo.

A excitação sutil se esvaiu, escapando do meu organismo como saliva depois de um gole de limão. A fúria me atravessou.

Aquela *porra* de guerra.

Se eu tivesse Isaac Carrera e Joshua Kemp ali, no meio de toda aquela beleza edênica, eu arrancaria as entranhas deles com minhas próprias mãos, amarraria uma na outra e os chutaria para que se afogassem dentro da piscina.

Não dá para se afogar nessa água, bufou a parte de mim que jamais se calava, o arrogante controle Emissário. *Dá para respirar nessa água.*

Talvez homens como Kemp e Carrera não possam.

É, vai nessa.

Assim, em vez disso, peguei Tanya Wardani pela cintura, esmaguei-a junto a mim e pulei por nós dois.

CAPÍTULO 16

Saí do virtual com um cheiro alcalino nas narinas e a barriga pegajosa de sêmen fresco. Meu saco doía como se tivesse levado um chute. Acima da minha cabeça, o display havia se apagado, aguardando no modo de espera. Um relógio pulsava no canto. Minha passagem pelo virtual durara menos de dois minutos em tempo real.

Eu me sentei, meio atordoado.

— Puta. Merda. — Pigarreei e olhei em torno. Uma toalha auto-hidratante pendia de um rolo atrás do automoldável, presumivelmente com isso em mente. Apanhei um punhado e me limpei, ainda piscando para tentar limpar a virtualidade dos meus olhos.

A gente tinha trepado na piscina da queda-d'água, languidamente suomersos depois de a tremedeira de Wardani passar.

Trepamos de novo na praia.

Trepamos na plataforma de carga, uma coisa meio "aproveitando-a--última-chance".

Destaquei mais toalhinhas, limpei o rosto e esfreguei os olhos. Me vesti devagar, guardei a arma, fazendo uma careta quando ela cutucou minha virilha dolorida. Encontrei um espelho na parede da câmara e espiei, tentando entender o que tinha acontecido comigo lá.

Psicocola Emissária.

Eu a tinha utilizado em Wardani sem nem pensar a respeito de verdade, e agora ela estava de pé e operante. Era bem o que eu tinha desejado. O ricochete de dependência era um efeito colateral quase inevitável, mas e daí? Aquele era o tipo de coisa que não importava muito considerando o *modus operandi* costumeiro de um Emissário: era bem provável que você estivesse em combate com outras coisas com que se preocupar; e era bem capaz que já tivesse seguido adiante na época em que isso se tornava um problema que a outra parte precisava resolver. O que geralmente não acontecia era o tipo de expurgo restaurador que Wardani prescrevera para si mesma e então correra atrás para fazer acontecer.

Eu não podia prever como isso iria funcionar.

Nunca ficara sabendo de algo assim. Nunca sequer *vira* algo assim.

Por minha vez, eu não conseguia identificar o que ela me havia feito sentir.

E não estava aprendendo nada de novo ao ficar me encarando no espelho.

Elaborei um bom dar de ombros e um sorriso e saí da câmara para as trevas pré-alvorecer em meio às máquinas paradas. Wardani esperava do lado de fora junto a uma das redes de aparelhos abertos e

Acompanhada.

O pensamento abalou meu sistema nervoso empapado e dolorosamente lerdo, e então a inconfundível configuração espigão-e-anel na ponta de projeção de uma Jato Solar foi empurrada contra a minha nuca.

— É melhor você evitar movimentos súbitos, camarada. — Era um sotaque estranho, com um toque equatorial mesmo por trás do distorcedor de voz. — Ou você e a sua namorada aqui vão ficar sem cabeça.

Uma mão profissional passou ao redor da minha cintura, colheu a Kalashnikov onde ela repousava e a jogou do outro lado da sala. Ouvi o estalido abafado quando a arma atingiu o piso acarpetado e deslizou.

Tente identificá-lo.

Sotaque equatorial.

Kempistas.

Olhei para Wardani, seus braços pendendo estranhamente frouxos, e para a figura que segurava uma arma de raios menor junto à sua nuca. Ele vestia o preto justo de um traje de ataque furtivo e estava mascarado com plástico transparente que se movia em ondas aleatórias sobre seu rosto, distorcendo as feições de modo contínuo, exceto por duas janelinhas azuis atentas sobre os olhos.

Havia uma mochila em suas costas que devia estar carregando seja lá qual fosse o equipamento de intrusão que utilizaram para entrar ali. Tinha que haver ali um conjunto de imagem de biossinais, um sampler de códigos falsificados e um retardador de sistema de segurança, no mínimo.

Tecnologia do caralho.

— Vocês estão mortinhos da silva — falei, fingindo uma calma divertida.

— *Mega* engraçado, colega. — O que me pegou puxou meu braço e me fez dar meia-volta, de modo que fiquei olhando para a canaleta de amplificação da Jato Solar.

Mesmos trajes, mesma máscara de plástico em movimento. A mesma mochila preta. Outras duas figuras idênticas como clones se avolumavam atrás dele, vigiando cantos opostos da sala. As armas deles eram mantidas baixas, enganosamente despreocupadas. Minhas estimativas das nossas chances desabaram como um conjunto de displays de LED desligados.

Ganhe tempo.

— Quem enviou vocês?

— Olha só — disse o porta-voz, o som entrando e saindo de foco. — É o seguinte: é ela que a gente quer, você é só carbono ambulante. Ponha um limite nessa sua matraca, e talvez a gente te leve também, só para mantermos tudo arrumado, sem pontas soltas. Continue me enchendo, e eu faço uma bagunça só para ver suas células cinzentas de Emissário voarem. Entendeu?

Assenti, tentando desesperadamente enxugar o langor pós-coito que encharcava meu organismo. Mudei minha posição de leve...

Alinhando de memória...

— Bom, então vamos ver esses braços. — Ele baixou a mão esquerda para o cinto e apanhou um atordoador de contato. A mira da Jato Solar não oscilou na mão direita. A máscara se flexionou na aproximação de um sorriso. — Um de cada vez, é claro.

Ergui meu braço esquerdo e o estendi para ele. Flexionei a mão direita atrás de mim, aturando a sensação de fúria impotente, de um jeito que fez a palma ondular.

O aparelhinho cinzento caiu no meu pulso, a luz de carga piscando. Ele precisava mover a Jato Solar, é claro, ou o peso morto do meu braço ia cair em cima dela como um cassetete quando o atordoador disparasse...

Agora. Tão baixo que mesmo a neuroquímica quase não percebeu. Um zumbido tênue pelo ar condicionado.

O atordoador disparou.

Indolor. Frio. Uma versão localizada da sensação de levar um tiro de um atordoador de facho. O braço caiu como um peixe morto, quase atingindo a Jato Solar, apesar de seu novo alinhamento. Ele se contraiu de leve para o lado, mas foi um movimento relaxado. A máscara sorriu.

— Muito bem. Agora o outro.

Eu sorri e disparei nele...

Microtecnologia gravitacional — uma inovação da engenharia armamentista da casa Kalashnikov.

... a partir do quadril. Três vezes no peito, torcendo para ultrapassar qualquer que fosse a armadura que ele usava e penetrar na mochila. Sangue...

Em distâncias curtas, a arma de interface Kalashnikov AKS91 vai se erguer e voar diretamente para a home plate *de uma bioliga implantada.*

... encharcou o traje furtivo, fez cócegas no meu rosto com o respingo. Ele cambaleou, a Jato Solar se agitando como um dedo em censura. Seus colegas...

Quase silencioso, o gerador entrega a capacidade total em uma explosão de dez segundos.

... ainda não tinham se tocado do que estava acontecendo. Disparei alto para os dois atrás dele, provavelmente atingi um deles em algum lugar. Eles rolaram para longe, procurando cobertura. Os tiros de reação estalaram à minha volta, mas não perto.

Dei meia-volta, arrastando o braço atordoado como uma bolsa no ombro, procurando por Wardani e seu captor.

— Caralho, cara, não, eu vou...

E atirei no plástico em movimento da máscara.

O projétil o empurrou três metros para trás, para os braços aracnídeos de uma máquina de escalada, onde ele ficou pendurado, frouxo e consumido.

Wardani caiu no chão, mole. Eu me joguei também, perseguido por novos disparos de Jato Solar. Aterrissamos nariz a nariz.

— Você tá bem? — sibilei.

Ela fez que sim, a bochecha colada no chão, os ombros sofrendo espasmos conforme ela tentava mover os braços atordoados.

— Bom. Fique aqui. — Agitei meu membro anestesiado e procurei na selva de máquinas pelos dois kempistas restantes.

Nem sinal. Podiam estar em qualquer lugar. Merda. Esperando por uma linha de tiro.

Que se foda.

Mirei na silhueta encolhida do líder da equipe, na mochila. Dois tiros a explodiram, fragmentos de equipamento saltando dos buracos de saída no tecido.

A segurança Mandrake despertou.

Luzes arderam. Sirenes berraram do teto, e uma tempestade insetoide de nanocópteros saiu dos respiradouros nas paredes. Eles arremeteram acima de nós, piscaram olhos de contas vítreas e passaram, inofensivos. Alguns metros adiante, um grupo deles despejou tiros de laser em meio às máquinas.

Gritos.

Uma descarga abortada de Jato Solar atravessou o ar sem rumo certo. Os nanocópteros tocados por ela se incendiaram e caíram girando como mariposas em chamas. Os disparos de laser dos outros redobraram, chilreando.

Gritos foram reduzidos a soluços. O fedor doentio de carne torrada chegou em ondas ao ponto onde eu me encontrava. Era como um regresso ao lar.

O enxame de nanocópteros se desmanchou, indo embora desinteressadamente. Um par deles lançou alguns raios de despedida enquanto saíam. Os soluços cessaram.

Silêncio.

Ao meu lado, Wardani serpenteou as pernas por baixo do corpo, mas não conseguiu se levantar. Não havia força na parte superior de seu corpo em recuperação. Ela olhou para mim com um encarar desvairado. Eu me ergui com o braço que ainda funcionava, depois me coloquei de pé.

— Fique aqui. Eu volto já.

Por reflexo, fui conferir os cadáveres, desviando de nanocópteros desgarrados.

As máscaras tinham congelado em sorrisos rígidos, mas leves ondulações ainda percorriam o plástico a intervalos. Enquanto eu observava os dois que os cópteros tinham matado, algo chiou sob a cabeça deles e avistei fumaça subindo em espiral.

— Ah, merda.

Corri para o sujeito em quem eu havia atirado no rosto, o que ficara preso de pé na máquina, mas deu no mesmo. A base do crânio já estava calcinada, preta e esfrangalhada, a cabeça um pouco inclinada contra um dos degraus da máquina de escalada. Perdido na tempestade de tiros dos nanocópteros. Abaixo do buraco perfeito que eu colocara no centro da máscara, a boca sorria para mim com insinceridade plástica.

— Cacete.

— *Kovacs.*

— Sim, desculpa. — Guardei a arma inteligente e levantei Wardani com um puxão sem cerimônia. Na ponta da sala, o elevador se abriu e despejou um esquadrão de seguranças armados.

Suspirei.

— Aqui vamos nós.

Eles nos viram. A capitã da equipe mirou sua arma de raios.

— Parados! Mãos para cima!

Ergui o braço que funcionava. Wardani encolheu os ombros.

— Não estou brincando aqui, pessoal!

— Estamos feridos — respondi. — Atordoadores de contato. E todos os outros estão mortos, bem mortos. Esses sujeitos tinham um sistema de segurança para explodir seus cartuchos. Já acabou tudo. Vão acordar o Hand.

Hand recebeu tudo muito bem, considerando a situação. Ele fez com que virassem um dos cadáveres e se agachou ao lado dele, cutucando a coluna calcinada com um estilete de metal.

— Recipiente de ácido molecular — disse, pensativo. — Da Shorn Biotecnologia, do ano passado. Eu não sabia que os kempistas já tinham isso.

— Eles têm tudo o que vocês têm, Hand. Só que em quantidade bem menor. Leia Brankovitch. *Gotejamento em mercados baseados em guerra.*

— Sim, obrigado, Kovacs. — Hand esfregou os olhos. — Eu já tenho um doutorado em investimento de conflito. Não preciso da lista de leitura do diletante talentoso. O que eu gostaria de saber, contudo, é o que vocês dois estavam fazendo aqui embaixo a essa hora.

Troquei um olhar com Wardani. Ela deu de ombros.

— Trepando — respondeu ela.

Hand piscou, mudo.

— Ah — disse ele. — Mas já?

— O que isso quer...

— Kovacs, por favor. Você está me dando dor de cabeça. — Ele se levantou e assentiu para o líder da equipe forense, que perambulava por ali. — Certo, tire-os daqui. Veja se consegue casar algum tecido com aqueles resquícios que tiramos do Beco do Achado e na represa do canal. Pasta C-dois-dois--um-MH. Desobstrução da central lhe permitirá acessar os códigos.

Todos nós assistimos enquanto os mortos eram colocados em macas de efeito solo e escoltados até os elevadores. Hand flagrou-se guardando o estilete em seu casaco e o entregou ao último integrante da equipe forense, já se retirando. Ele espanou as pontas dos dedos umas nas outras, distraído.

— Alguém quer você de volta, senhorita Wardani — disse ele. — Alguém com recursos. Suponho que isso, por si só, deva me tranquilizar quanto ao valor de nosso investimento na senhorita.

Wardani fez uma reverência leve e irônica.

— E é alguém com escutas aqui dentro — acrescentei, sombrio. — Mesmo com uma mochila cheia de aparelhos de intrusão, de jeito nenhum eles entrariam aqui sem ajuda. Você tem um traidor.

— Sim, é o que parece.

— Quem você mandou para checar aqueles caras que estavam seguindo a gente do bar na noite retrasada?

Wardani olhou para mim, alarmada.

— Alguém seguiu a gente?

Gesticulei, indicando Hand.

— É o que ele diz.

— Hand?

— Sim, senhorita Wardani, isso está correto. Vocês foram seguidos até o Beco do Achado. — Ele soou muito cansado e o olhar de relance que me lançou foi defensivo. — Foi Deng, acho.

— Deng? Está falando sério? Merda, em quanto tempo vocês dão às baixas em serviço antes de enfiá-las de novo em uma capa?

— Deng tinha um clone no gelo — disparou ele de volta. — É a política-padrão para gerentes de operações de segurança, e ele teve uma semana virtual de aconselhamento e licença recreativa de impacto total antes de ser baixado. Estava apto para o trabalho.

— Estava? Por que você não o chama?

Eu estava me lembrando do que havia dito a ele no construto de Id&A. *Os homens e mulheres para quem você trabalha venderiam os próprios filhos para um bordel se isso significasse botar as mãos no que eu lhes mostrei esta noite. E, somado a tudo isso, meu amigo, você. Não. Importa.*

Recém-assassinado é um estado mental fragilizado para os não iniciados. Deixa a pessoa suscetível a sugestões. E Emissários são mais do que mestres em persuasão.

Hand estava com o áudio de seu fone aberto.

— Acorde Deng Zhao Jun, por favor. — Ele aguardou. — Entendo. Bem, tente isso, então.

Balancei a cabeça.

— A velha fanfarronice de cuspir-no-mar-que-quase-te-afogou, hein, Hand? Mal superou o trauma da morte, e você já o jogou de volta à ação *em um caso relacionado*? Vamos, desligue esse telefone. Ele se foi. Ele te vendeu e fugiu com o troco.

A mandíbula de Hand se cerrou, mas ele manteve o fone junto ao ouvido.

— Hand, eu praticamente *falei* para ele fazer isso. — Enfrentei a descrença lançada de soslaio por ele. — Sim, vá em frente. Jogue a culpa em mim, se isso te faz sentir melhor. Eu disse a ele que a Mandrake não dá a mínima pra ele, e você foi lá e provou isso ao fazer um acordo com a gente. E aí colocou ele na equipe de vigia, pra piorar.

— Não fui que eu coloquei Deng, *porra, Kovacs*. — Ele estava seguran-do seu mau gênio por pouco, com unhas e dentes. A mão que segurava o telefone estava branca de tensão. — E você *não tinha nada* que dizer a ele. Agora *cale a porra da sua boca*. *Sim*, sim, aqui é o Hand.

Ele escutou. Falou monossílabos controlados e cheios de ácido e frus-tração. Fechou o fone com um estalo.

— Deng saiu da Torre em seu transporte próprio no começo da noite passada. Ele desapareceu no shopping Casa da Velha Clareira um pouco antes da meia-noite.

— Não se consegue bons funcionários hoje em dia, né?

— Kovacs. — O engravatado estendeu a mão como se me segurasse fisi-camente dali. Seus olhos estavam severos, cheios de uma raiva controlada. — Não quero ouvir. Tudo bem? Não. Quero. Ouvir.

Dei de ombros.

— Ninguém nunca quer. É por isso que esse tipo de coisa continua acontecendo.

Hand soltou a respiração com força.

— Eu não vou debater leis trabalhistas com você, Kovacs, às cinco da porra da manhã. — Ele se virou. — É melhor vocês dois se recomporem. Vamos baixar no construto Dangrek às nove.

Olhei de banda para Wardani e captei um sorriso cínico. Era puerilmente contagioso e dava a sensação de mãos dadas pelas costas do engravatado da Mandrake.

A dez passos, Hand parou. Como se tivesse sentido.

— Ah. — Ele se virou para nós. — Aliás. Os kempistas explodiram uma bomba predadora no ar sobre Sauberlândia uma hora atrás. Alto rendimento, cem por cento de baixas.

Pude ver o branco nos olhos arregalados de Wardani enquanto ela afastava o olhar do meu. Ela encarou o vazio à meia distância. A boca cerrada.

Hand ficou ali, observando isso acontecer.

— Achei que gostariam de saber — disse ele.

CAPÍTULO 17

Dangrek.

O céu parecia jeans velho, uma bacia azul desbotada rasgada com fiapos de nuvens brancas em altitude elevada. A luz do sol era filtrada por elas, clara o bastante para me fazer semicerrar os olhos. Dedos quentes de luz roçavam as porções expostas de minha pele. O vento tinha aumentado um pouco desde a última vez, soprando do oeste. Pequenos acúmulos pretos de chuva radioativa caíam da vegetação ao nosso redor.

No promontório, Sauberlândia ainda ardia. A fumaça rastejava pelo céu de jeans velho como a sujeira de dedos imundos de graxa.

— Orgulhoso, Kovacs? — resmungou Tanya Wardani em meu ouvido ao passar por mim para poder ver melhor de um ponto mais alto na ladeira. Era a primeira coisa que ela me falava desde que Hand dera a notícia.

Eu a segui.

— Se você tem alguma reclamação, é melhor registrá-la junto a Joshua Kemp — falei, quando a alcancei. — Além disso, de qualquer forma, não finja que é novidade. Você sabia que ia acontecer, assim como todo mundo.

— Sim, só estou um pouco cheia disso no momento.

Era impossível escapar. Telas por toda a Torre Mandrake tinham transmitido sem parar. Lampejos piscando em silêncio, filmados pelas câmeras da equipe de algum documentário militar, e então o som. Comentários tagarelados por cima de um trovão retumbante e a nuvem de cogumelo se esparramando. Em seguida, os encantadores repetecos quadro a quadro.

A IAM tinha engolido tudo e incorporado a gravação para nós. Acabado com aquela irritante indeterminação cinzenta e chuviscada do construto.

— Sutjiadi, mobilize sua equipe.

Era a voz de Hand, ribombando pelo alto-falante do equipamento de indução. Uma troca vaga de abreviaturas militares se seguiu, e, de raiva, arranquei o alto-falante de seu lugar atrás da minha orelha. Ignorei os passos de alguém pisoteando a ladeira atrás de nós e me concentrei na postura travada da cabeça e do pescoço de Tanya Wardani.

— Deve ter sido rápido para eles — disse ela, ainda olhando para o outro lado do promontório.

— Como diz a música. Nada mais rápido.

— Senhorita Wardani. — Era Ole Hansen, algum eco da intensidade de arco de luz de seus olhos azuis originais de alguma forma ardendo no olhar escuro e separado de sua nova capa. — Precisaremos ver o local da demolição.

Ela sufocou algo que talvez tivesse sido uma risada e não disse o óbvio.

— Claro — disse ela, em vez disso. — Siga-me.

Observei os dois descendo com cuidado do outro lado da ladeira, indo para a praia.

— Ei! Emissário!

Eu me virei com relutância e vi Yvette Cruickshank navegando sua capa maori um tanto desajeitada morro acima, na minha direção, a Jato Solar pendurada contra seu peito e um conjunto de lentes variadas empurrado no alto da cabeça. Esperei que ela me alcançasse, o que fez sem tropeçar no capim alto mais do que duas vezes.

— O que achou da nova capa? — perguntei quando ela tropeçou pela segunda vez.

— É... — ela chacoalhou a cabeça, cruzou a distância e recomeçou, a voz baixando ao tom normal. — ... um tanto estranha, sabe?

Assenti. Minha primeira reencapagem acontecera mais de trinta anos subjetivos no meu passado, objetivamente quase dois séculos antes, mas isso nunca se esquece. O choque inicial da reentrada nunca vai embora de verdade.

— Pálida *pra cacete* também. — Ela beliscou a pele nas costas de sua mão e cheirou. — Como é que eu não arranjei uma bela capa negra como a sua?

— Eu não fui morto — relembrei. — Além disso, assim que a radiação começar a fazer efeito, você vai ficar feliz por essa capa. O que está usando aí precisa de mais ou menos metade da dosagem que eu vou ter que tomar para continuar operando.

Ela fez uma careta.

— Mas ainda assim vai nos derrubar no fim, né?

— É só uma capa, Cruickshank.

— Isso mesmo, me dá um pouco dessa *frieza* de Emissário. — Ela ladrou uma risada e virou sua Jato Solar, segurando o cano curto e grosso de maneira desconcertante em uma mão esguia. Espremendo o olho na parte do cano de descarga e me mirando, perguntou: — Você acha que toparia uma capa de menina branca como essa aqui, então?

Considerei. As capas de combate maori tinham membros longos e ombros e peitos largos. Muitas delas, como essa, tinham pele pálida, e o fato de ser recém-saída dos tanques clônicos acentuava esse efeito, mas os rostos tendiam a possuir malares altos, olhos bem espaçados e lábios e narizes dilatados. *Capa de menina branca* parecia um tanto injusto. E mesmo dentro dos macacões disformes camaleocrômicos de batalha...

— Se é para ficar encarando assim — comentou Cruickshank, — é melhor levar alguma coisa.

— Desculpe. Estava apenas ponderando totalmente a questão.

— É. Deixa pra lá. Eu não estava tão preocupada assim. Você operou por aqui, não foi?

— Alguns meses atrás.

— E então, como foi?

Dei de ombros.

— Gente atirando em você. O ar cheio de pedaços de metal se movendo depressa, à procura de um lar. Coisas bem padrão. Por quê?

— Ouvi dizer que a Vanguarda levou uma surra. É verdade?

— Certamente foi o que pareceu de onde eu me encontrava.

— Então como é que o Kemp resolveu, estando em vantagem, fugir e lançar uma bomba nuclear?

— Cruickshank — comecei e então parei, incapaz de pensar em um jeito de atravessar a armadura de juventude que ela vestia.

Ela tinha 22 anos e, como todos dessa idade, achava que era o ponto focal e imortal do universo. Claro, ela fora morta, mas até então isso tinha servido para provar a tal imortalidade. Não lhe teria ocorrido que pudesse existir um ponto de vista no qual o que ela via não era apenas marginal, mas quase totalmente irrelevante.

Ela esperava por uma resposta.

— Olha — falei, enfim. — Ninguém me disse pelo que lutávamos aqui em cima, e, pelo que arrancamos dos prisioneiros que interrogamos, eu diria que eles também não sabiam. Eu desisti de esperar que essa guerra fizesse sentido já há algum tempo, e te aconselharia a fazer o mesmo, se planeja sobreviver muito mais.

Ela arqueou uma sobrancelha, um maneirismo que ainda não havia dominado na nova capa.

— Então você não sabe, é?

— Não.

— Cruickshank! — Mesmo com meu aparelho de indução desengatado, ouvi o pequeno estrondo da voz de Markus Sutjiadi pelo comunicador. — Quer descer aqui e trabalhar para ganhar a vida, como o resto de nós?

— A caminho, capitão. — Ela fez uma careta de decepção para mim e começou a descida. Alguns passos depois, parou e se virou.

— Ei, Emissário.

— Sim?

— Aquele negócio sobre a Vanguarda levar uma surra? Não era uma crítica, ok? Foi só o que eu ouvi.

Eu me senti sorrindo frente àquela sensibilidade empregada com tanto cuidado.

— Esqueça, Cruickshank. Eu tô cagando pra isso. Fiquei mais chateado por você não gostar de me ver babando por você.

— Ah. — Ela sorriu de volta. — Bom, eu tinha perguntado mesmo. — O olhar dela desceu até minha virilha e envesgou. — Que tal a gente conversar depois sobre isso?

— Feito.

O aparelho de indução zumbiu contra o meu pescoço. Coloquei-o de volta no lugar e liguei o microfone.

— Sim, Sutjiadi?

— Se não for muito incômodo, *senhor* — ironia pingava da última palavra —, poderia deixar meus soldados em paz enquanto eles estão mobilizados?

— Tá, desculpa. Não vai acontecer de novo.

— Ótimo.

Eu estava prestes a desconectar quando a voz de Tanya Wardani chegou pela rede em xingamentos baixos.

— Quem é que está falando isso? — disparou Sutjiadi. — Sun?

— Eu *não acredito* nessa *porra*.

— É a senhorita Wardani, senhor — respondeu Ole Hansen, laconicamente calmo, por cima das pragas resmungadas pela arqueóloga. — Acho que é melhor todos vocês descerem aqui para dar uma olhada nisso.

Disputei corrida com Hand até a praia e perdi por uns dois metros. Cigarros e pulmões avariados não contam na virtualidade, então deve ter sido preocupação pelo investimento da Mandrake o que o impeliu. Muito louvável. Ainda não aclimatados às novas capas, o resto do grupo ficou para trás. Alcançamos Wardani sozinhos.

Nós a encontramos na mesma posição que ela assumira diante do desabamento de pedras da última vez em que tínhamos estado no construto. Por um instante, não consegui ver para o que ela estava olhando.

— Cadê o Hansen? — perguntei, estupidamente.

— Ele entrou — disse ela, agitando uma das mãos à frente. — Se é que vale de alguma coisa.

E então eu vi. As marcas pálidas de mordida de raios recentes, reunidas em torno de uma fissura de dois metros aberta na rocha, e uma trilha que serpenteava para além da vista.

— Kovacs? — Havia uma leveza fragilizada no tom da pergunta de Hand.

— Estou vendo. Quando você atualizou o construto?

Hand se aproximou para examinar as marcas de raios.

— Hoje.

Tanya Wardani assentiu para si mesma.

— Geoescâner de satélite em órbita elevada, certo?

— Isso mesmo.

— Bem. — A arqueóloga deu as costas para a trilha e enfiou a mão no bolso do casaco, procurando cigarros. — Não vamos encontrar nada aqui, então.

— Hansen! — Hand colocou as mãos em volta da boca e gritou para a fissura, aparentemente esquecendo o aparelho de indução que estava usando.

— Na escuta. — A voz do especialista em demolições zumbiu no aparelho, indiferente e contornada com um sorriso sarcástico. — Não tem nada aqui.

— Claro que não tem — comentou Wardani, para ninguém em particular.

— ... algum tipo de clareira circular, com cerca de vinte metros de largura, mas a rocha parece esquisita. Tipo fundida.

— Isso é improvisação — disse Hand, impaciente, para o microfone do aparelho. — A IAM está supondo o que deve existir aí.

— Pergunte a ele se tem alguma coisa no meio — sugeriu Wardani, acendendo o cigarro contra a brisa vinda do mar.

Hand repetiu a pergunta. A resposta estalou pelo fone.

— Tem, algo como uma rocha central, talvez uma estalagmite.

Wardani assentiu.

— Esse é o seu portal — disse ela. — Provavelmente dados antigos de ecossonar que a IAM resgatou de algum reconhecimento aéreo do local, algum tempo atrás. Ela está tentando mapear os dados com o que pode ver de seu ponto orbital e, como não tem motivo para crer que haja algo ali além de rochas...

— Alguém esteve aqui — disse Hand, com a mandíbula cerrada.

— Bem, sim. — Wardani soprou fumaça e apontou. — Ah, e tem aquilo ali.

Ancorada na parte rasa a algumas centenas de metros ao longo da praia, uma traineira pequena e surrada oscilava de um lado para o outro em uma corrente litorânea. Suas redes se derramavam sobre a amurada como algo em fuga.

O céu ficou branco.

Não foi uma volta tão brutal quanto a de Id&A tinha sido; ainda assim, o retorno abrupto à realidade impactou meu sistema como um banho de gelo, resfriando as extremidades e enviando um calafrio profundo pelo centro das minhas entranhas. Meus olhos se abriram de súbito na cara arte empatística psicogramática.

— Ah, que ótimo — resmunguei, sentando sob a luz suave e apalpando ao meu redor em busca dos eletrodos.

A porta da câmara se abriu em um zumbido contido. Hand se postou ali na passagem, a roupa ainda não de todo fechada, iluminado por trás pelo clarão das luzes normais. Espremi os olhos na direção dele.

— Isso foi *mesmo* necessário?

— Coloque a camisa, Kovacs. — Ele estava fechando o próprio colarinho enquanto falava. — Temos coisas a fazer. Quero estar na península ainda esta noite.

— Você não está exagerando um po...

Ele já estava se virando para sair.

— Hand, os recrutas ainda não estão acostumados com aquelas capas. Nem de longe.

— Eu os deixei lá. — Ele lançou as palavras por cima do ombro. — Eles podem ficar mais dez minutos, o que são dois dias no tempo virtual. Em seguida nós os baixamos de verdade e *vamos embora*. Se alguém tiver chegado em Dangrek na nossa frente, eles vão se arrepender.

— Se estavam lá quando Sauberlândia foi dizimada — gritei para ele, repentinamente furioso —, eles provavelmente *já se arrependeram*. Junto com todo mundo.

Ouvi os passos dele se afastando pelo corredor. Homem Mandrake, camisa fechada, o terno assentado sobre ombros aprumados, movendo--se adiante. Capacitado. Cumprindo acordos peso-pesado da companhia, enquanto eu ficava sentado, sem camisa, em uma poça da minha própria fúria desfocada.

PARTE 3
ELEMENTOS DISRUPTIVOS

A diferença entre virtualidade e vida é muito simples. Em um construto, você sabe que tudo está sendo controlado por uma máquina onipotente. A realidade não oferece essa garantia, então é muito fácil desenvolver a impressão errônea de que você está no controle.

— QUELLCRIST FALCONER
Ética no precipício

CAPÍTULO 18

Não existe um modo sutil para mobilizar uma nave IP por metade de um planeta. Portanto, nós nem tentamos.

A Mandrake agendou para nós prioridade de lançamento e parábola de aterrissagem com o ramo de tráfego suborbital do Cartel, e nós voamos até um campo de aterrissagem anônimo nos arredores de Pouso Seguro quando o calor da tarde já escapava. Havia uma nave de ataque Lockheed Mitoma IP enterrada no concreto, parecendo um escorpião de vidro fumê do qual alguém havia arrancado as garras de combate. Ameli Vongsavath grunhiu em aprovação quando a viu.

— Série Ômega — disse, em boa parte porque, por acaso, eu estava perto dela quando desembarcamos do cruzador.

Ela arrumava o cabelo por reflexo enquanto falava, torcendo as espessas mechas pretas para cima e liberando os plugues de simbiontes de voo em sua nuca, prendendo o coque frouxo no lugar com clipes estáticos.

— Dá para voar com aquele bebê pelo Bulevar Corporativo e nem sequer queimar as árvores. Lançar torpedos de plasma pela porta de entrada do Senado, empinar a embarcação e estar em órbita antes até da explosão.

— Por exemplo — falei, irônico. — É claro, com esses objetivos em mente, você teria que ser um kempista, o que significa que estaria pilotando alguma lata-velha como uma Mowai Dez. Certo, Schneider?

Schneider sorriu.

— É, melhor não pensar nisso.

— Em que é melhor não pensar? — quis saber Yvette Cruickshank. — Ser um kempista?

— Não, pilotar uma Mowai — respondeu Schneider, os olhos percorrendo de cima abaixo a figura de sua capa de combate maori. — Ser um kempista não é tão ruim. Bom, tirando toda a cantoria de juramento.

Cruickshank piscou, imóvel.

— Você foi mesmo um kempista?

— Ele tá brincando — falei, com um olhar de alerta para Schneider.

Não havia nenhum oficial político junto dessa vez, mas ao menos Jiang Jianping parecia ter sentimentos fortes quanto a Kemp, e não havia como saber quantos outros membros da equipe os compartilhavam. Angariar possível animosidade só para impressionar mulheres bonitas não me parecia lá muito inteligente.

Por outro lado, Schneider não tinha exaurido seus hormônios na virtualidade naquela manhã, de modo que talvez eu estivesse sendo indevidamente equilibrado sobre a coisa toda.

Uma das escotilhas de carga da Lock Mit se levantou. No momento seguinte, Hand apareceu na entrada em um traje de combate camaleocrômico muito bem-passado, agora cinzento contra o tom que prevalecia na nave de ataque. A mudança de sua indumentária corporativa usual foi tão completa que me abalou, por mais que todo mundo estivesse vestido de forma parecida.

— Bem-vindo à porra do cruzeiro — resmungou Hansen.

Estávamos preparados para a partida cinco minutos antes de o envelope de lançamento autorizado pela Mandrake se abrir. Ameli Vongsavath inseriu o plano de voo no centro de dados da Lock Mit, ligou os sistemas e então, pelo que parecia, foi dormir. Conectada pela nuca e as maçãs do rosto, de olhos fechados, ela recostou seu corpo maori emprestado como uma princesa crioencapada de algum conto de fadas nos obscuros anos de Colonização. Ela tinha conseguido talvez a capa mais escura e mais esguia entre os recrutas, os cabos de dados se destacando contra sua pele feito minhocas pálidas.

Deixado de escanteio no assento do copiloto, Schneider lançava olhares cheios de desejo para o leme.

— Você vai ter a sua chance — falei para ele.

— Quando?

— Quando for um milionário em Latimer.

Ele adotou uma expressão amargurada e colocou um pé em cima do console à sua frente.

— Engraçado pra cacete, você.

Abaixo dos olhos fechados, a boca de Ameli Vongsavath se mexeu. Deve ter sido o jeito elaborado dela de dizer *nem em um milhão de anos*. Ninguém da equipe Dangrek sabia sobre o nosso acordo com a Mandrake. Hand nos apresentou como consultores e deixou por isso mesmo.

— Acha que isso vai passar pelo portal? — perguntei a Schneider, tentando distraí-lo de sua cisma.

Ele não olhou para mim.

— E como é que eu vou saber, porra?

— Só p...

— Cavalheiros. — Ameli Vongsavath ainda não tinha aberto os olhos. — Será que eu poderia conseguir um pouco de silêncio pré-natação aqui, por favor?

— É, cala a boca, Kovacs — disse Schneider, maliciosamente. — Por que você não volta para a área dos passageiros?

Nos fundos da cabine principal, os assentos ao lado de Wardani estavam ocupados por Hand e Sun Liping, portanto atravessei para o lado oposto e me joguei no espaço junto a Luc Deprez. Ele me deu uma espiada curiosa e então voltou a examinar suas novas mãos.

— Gostou? — perguntei.

Ele deu de ombros.

— Tem certo esplendor. Mas não estou acostumado a ser tão *corpulento*, sabe.

— Você se acostuma. Dormir ajuda.

De novo, o olhar curioso.

— Você parece ter certeza disso. Que tipo de consultor é você, exatamente?

— Ex-Emissário.

— Jura? — Ele se virou no assento. — Isso é uma surpresa. Você vai ter que me contar mais.

Percebi ecos do movimento dele em outros assentos, onde tinham me escutado. Fama instantânea. Bem como estar de volta na Vanguarda.

— É uma longa história. E não muito interessante.

— Estamos agora a um minuto do lançamento. — A voz de Ameli Vongsavath despontou pelo intercomunicador, sardônica. — Eu gostaria de aproveitar essa oportunidade para dar a vocês as boas-vindas a bordo da nave de ataque rápido *Nagini* e alertá-los que, se não estiverem presos a um assento agora, não posso garantir sua integridade física durante os próximos quinze minutos.

Houve uma explosão de atividade nas duas fileiras de assentos. Sorrisos escaparam entre os que já estavam devidamente atados.

— Acho exagero da parte dela — comentou Deprez, ajeitando as linguetas de ligação da teia e unindo-as à placa peitoral do arnês. — Essas naves têm bons compensadores.

— Bem, nunca se sabe. Podemos pegar alguns disparos orbitais no caminho.

— Isso mesmo, Kovacs. — Hansen sorriu para mim do outro lado. — Pense positivo.

— Só me prevenindo.

— Você fica com medo? — perguntou Jiang, de súbito.

— Regularmente. Você?

— Medo é uma inconveniência. Você precisa aprender a suprimi-lo. É isso o que significa ser um soldado comprometido. Abandonar o medo.

— Não, Jiang — retrucou Sun Liping, séria. — É isso o que significa estar morto.

A nave de ataque se inclinou de súbito, e o peso pressionou minhas entranhas e meu peito. O sangue foi drenado de meus membros, e minha respiração saiu em engasgos esmagados.

— Caralho — disse Ole Hansen entre dentes.

A pressão diminuiu, presumivelmente quando entramos em órbita e um pouco da potência que Ameli Vongsavath forçara nos elevadores recebeu permissão para voltar ao sistema gravitacional de bordo. Rolei a cabeça de lado para olhar para Deprez.

— Exagero, é?

Ele cuspiu sangue da língua mordida no nó do dedo e observou a cusparada com olhar crítico.

— Eu chamaria de exagero, sim.

— Atingimos estado orbital — confirmou a voz de Vongsavath. — Temos aproximadamente seis minutos de trânsito seguro sob a Área Protegida pelo Geosinc de Órbita Elevada de Pouso Seguro. Depois disso estaremos expostos, e eu farei algumas curvas evasivas, então mantenham as línguas bem guardadas e protegidas.

Deprez assentiu, desanimado, e levantou o nó ensanguentado do dedo. Risos ecoaram pela prancha de embarque.

— Ei, Hand — disse Yvette Cruickshank. — Por que, afinal, o Cartel simplesmente não coloca cinco ou seis desses geosinc bem espaçados e acaba com essa guerra?

Mais para o fim da fileira oposta, Markus Sutjiadi sorriu muito de leve, mas não disse nada. Seus olhos relancearam para Ole Hansen.

— Ei, Cruickshank. — O especialista em demolições podia muito bem estar falando ao sinal de Sutjiadi. Seu tom era fulminante. — Você sabe o que *predadora* significa? Faz alguma ideia do tipo de alvo que um GOE representa no espaço raso?

— É. — Cruickshank contra-atacou com teimosia: — Mas a maioria das predadoras de Kemp está no chão agora, e, com os geosinc posicionados...

— Tente dizer isso aos moradores de Sauberlândia — falou Wardani, e o comentário arrastou uma cauda de cometa de silêncio pela discussão. Espiadas discretas passaram de um lado para o outro pelo corredor como cartuchos de lança-projétil recarregando.

— Aquele ataque foi lançado do solo, senhorita Wardani — disse Jiang, finalmente.

— Foi?

Hand pigarreou.

— Na verdade, o Cartel não tem certeza de quantos dos mísseis-drones de Kemp ainda estão em uso fora do planeta...

— Não me diga — grunhiu Hansen.

— ... mas tentar a colocação em órbita elevada de qualquer plataforma substancial neste estágio não seria suficientemente...

— Lucrativo? — perguntou Wardani.

Hand lhe deu um sorriso desagradável.

— Seguro.

— Estamos prestes a deixar a Área Protegida pelo GOE de Pouso Seguro — disse Ameli Vongsavath pelo intercomunicador, com uma calma de guia turística. — Preparem-se para problemas.

Senti uma sutil elevação na pressão em minhas têmporas quando a potência divergiu para os compensadores a bordo: Vongsavath se preparando para acrobacias em torno da curva do mundo e pela reentrada. Com o GOE ficando para trás de nós, não haveria mais nenhuma presença corporativa paternal para amortecer nossa queda de volta à zona de guerra. Dali por diante, estaríamos por conta própria.

Eles exploram, fazem acordos e mudam de campo constantemente; no entanto, apesar disso tudo, você pode se acostumar com eles. Você pode se acostumar com as torres empresariais brilhantes deles e sua segurança de nanocópteros, seus cartéis e seus GOEs, sua paciência inumana esticada ao longo de séculos e seu legado presumido do status de padrinhos da raça humana. Você pode chegar ao ponto de ser grato pelo alívio de seja lá qual rebordo de existência eles permitem que você tenha em sua plataforma corporativa. Pode chegar ao ponto de isso parecer flagrantemente preferível à queda fria, de gelar as vísceras, no caos humano à espera lá embaixo.

Você pode chegar ao ponto de ser grato.

Precisa tomar cuidado com isso.

— Passando pela orla — disse Ameli Vongsavath da cabine de comando.

Nós caímos.

Com o computador a bordo rodando no mínimo de combate, pareceu o início de um salto gravitacional, antes de arneses entrarem em ação. Minhas entranhas subiram até as costelas, e a parte traseira dos meus globos oculares formigaram. A neuroquímica chiou ao se ativar, um tanto a contragosto, e as placas de bioliga em minhas mãos estremeceram. Vongsavath devia ter-nos pregado ao piso do envelope de aterrissagem da Mandrake e empilhado por cima tudo o que os motores principais podiam fornecer, esperando assim superar qualquer distante sistema kempista anti-incursão de alerta precoce que pudesse ter decodificado nossa rota de voo através das transmissões de tráfego do Cartel.

Pareceu funcionar.

Descemos no mar a cerca de dois quilômetros da costa de Dangrek, com Vongsavath usando a água para resfriar sob impacto superfícies de reentrada segundo métodos militarmente aprovados. Em alguns lugares, grupos de pressão ambiental tinham chegado à violência por causa desse tipo de contaminação, mas por algum motivo eu duvidava que qualquer um em Sanção IV estivesse disposto a isso. A guerra tinha um efeito tranquilizante e simplificador sobre a política que devia afetar os políticos como uma viagem de betatanatina. Você não precisa mais equilibrar os problemas e pode justificar qualquer coisa. Lute e vença, traga a vitória para casa. Tudo o mais se torna desimportante, desvanece como o céu sobre Sauberlândia.

— Atingimos estado de superfície — entoou Vongsavath. — Análises preliminares não mostram tráfego nenhum. Estou seguindo para a praia com os motores secundários, mas gostaria que vocês permanecessem em seus assentos até que seja aconselhado o contrário. Comandante Hand, temos um feixe de agulha hiperespacial de Isaac Carrera que o senhor talvez queira conferir.

Hand olhou para mim. Ele levou a mão para trás e tocou o microfone do banco.

— Rode no circuito discreto. Meu, Kovacs e Sutjiadi.

— Entendido.

Puxei o capacete para baixo e ajeitei a discreta máscara de recepção sobre meu rosto. Carrera entrou no ar por cima dos trinados agudos dos misturadores de códigos desenredando. Ele vestia um macacão de combate e um ferimento recentemente fechado estava lívido em sua testa, descendo por uma bochecha. Parecia cansado.

— Aqui é do Controle da Orla Setentrional para NAR iminente nove-três-um/quatro. Temos o seu plano de voo e missão arquivados, mas devemos alertá-los de que, sob as circunstâncias atuais, não podemos dar apoio térreo nem segurança aérea próxima. Forças da Vanguarda recuaram para o sistema de lagos Masson, onde estamos mantendo uma posição defensiva até que a ofensiva kempista tenha sido analisada, e suas consequências, relacionadas. Uma ofensiva de obstrução em grande escala é esperada no rescaldo do bombardeio, então esta provavelmente é a última vez que vocês conseguirão se comunicar efetivamente com qualquer um fora da zona de explosão. Além dessas considerações estratégicas, estejam cientes de que o Cartel utilizou sistemas de nanorreparos experimentais na área de Sauberlândia. Não temos como prever como esses sistemas vão reagir a incursões inesperadas. Pessoalmente — ele inclinou-se para a frente, na tela —, meu conselho seria bater em retirada em unidades secundárias até Masson e esperar até que eu possa despachar reforços no front para a costa. Isso não deve envolver um atraso maior do que duas semanas. Pesquisa de impacto explosivo — uma careta de repulsa passou pelo rosto dele, como se tivesse acabado de sentir o cheiro de algo apodrecendo em seus ferimentos — não é exatamente uma prioridade digna dos riscos que vocês estão correndo, seja lá qual for a vantagem competitiva que seus chefes possam esperar ganhar com isso. Um código de chegada da Vanguarda segue anexo, caso vocês prefiram bater em retirada. Exceto por isso, não há nada que eu possa fazer por vocês. Boa sorte. Desligo.

Eu tirei a máscara e empurrei o capacete de volta. Hand me observava com um leve sorriso enfiado em um canto da boca.

— Não é lá uma perspectiva aprovada pelo Cartel. Ele é sempre franco assim?

— Diante da estupidez de um cliente, sim. É por isso que eles lhe pagam. Que negócio é esse sobre nanorreparos...

Hand fez um gesto breve de silêncio com uma das mãos. Balançou a cabeça.

— Eu não me preocuparia com isso. É só uma fala padrão do Cartel para assustar. Mantém pessoal indesejado fora das zonas proibidas.

— Quer dizer que você a estipulou assim?

Hand sorriu mais uma vez. Sutjiadi não disse nada, mas seus lábios se contraíram. Lá fora, o tom do motor estrilou.

— Estamos na praia — disse Ameli Vongsavath. — A 21,7 quilômetros da cratera de Sauberlândia. Alguém quer tirar fotos?

CAPÍTULO 19

Branco coagulado.

Por frações de um segundo, de pé na escotilha da *Nagini* e fitando a extensão da areia, pensei que havia nevado.

— Gaivotas — disse Hand, bem-informado, saltando e chutando um dos tufos de penas no chão. — A radiação da explosão deve tê-las matado.

Nas ondulações tranquilas, o mar estava coberto de destroços de um branco manchado.

Quando as barcaças colonizadoras aterrissaram pela primeira vez em Sanção IV — e em Latimer e no Mundo de Harlan, aliás —, elas foram, para muitas espécies locais, exatamente o cataclismo que devem ter parecido ser. Colonização planetária é, invariavelmente, um processo destrutivo, e a tecnologia avançada só fez sanear o processo para que os humanos garantam sua posição costumeira no topo de qualquer ecossistema que estejam estuprando. A invasão é totalmente pervasiva e, desde o momento do impacto inicial das barcaças, inevitável.

As imensas embarcações esfriam lentamente, mas já existe atividade em seu interior. Fileiras seriadas de embriões clônicos emergem dos tanques e são carregados com cuidado de máquina em módulos de crescimento rápido. Uma tempestade de hormônios artificialmente projetados ruge pelos nutrientes do módulo, disparando a explosão de desenvolvimento celular que vai trazer cada clone ao final da adolescência em uma questão de meses. A primeira onda, cultivada nos últimos estágios do voo interestelar, já está sendo baixada, com as mentes da elite colonizadora decantadas, despertas para assumir seu lugar estabelecido na novíssima ordem. Não é lá a terra dourada de oportunidades e aventuras que os cronistas tentam retratar.

Em outro ponto do casco, o dano real está sendo feito pelas máquinas de modelagem ambiental.

Qualquer esforço de colonização que se preze traz consigo duas dessas eco-IAs. Após as catástrofes iniciais em Marte e Adoración, ficou logo claro que tentar transplantar uma amostra do ecossistema terrestre em um ambiente alienígena não era como caçar um elefante com raios. Os primeiros colonos a respirar o ar recém-terraformado em Marte estavam todos mortos em questão de dias, e muitos dos que ficaram no interior da nave morreram lutando contra enxames de um besourinho voraz que ninguém tinha visto antes. O tal besouro acabou se revelando um descendente muito distante de uma espécie terráquea do ácaro doméstico que se dera bem demais nas convulsões ecológicas ocasionadas pela terraformação.

Portanto, de volta ao laboratório.

Foram mais duas gerações até que os colonos marcianos finalmente pudessem respirar ar que não vinha de um tanque.

Em Adoración, foi pior. A barcaça de colonização *Lorca* partiu várias décadas antes do fiasco marciano, construída e lançada no mundo habitável mais próximo conforme indicado nos mapas marcianos de astronavegação com a bravata de um coquetel Molotov jogado em um tanque. Foi um ataque semidesesperado às profundezas impenetráveis do espaço interestelar, um ato de desafio tecnológico contra a física opressiva que governa o cosmos e um ato de fé igualmente desafiadora nos arquivos marcianos recém--decodificados. Para todos os efeitos, basicamente todo mundo achava que o esforço fosse fracassar. Mesmo aqueles que contribuíram com uma cópia de sua consciência para os cartuchos de dados da colônia e seus genes para os bancos de embriões estavam menos do que otimistas sobre o que seus eus estocados encontrariam no final da jornada.

Adoración, como o nome sugere, deve ter parecido como um sonho que se realiza. Um mundo verde e laranja com aproximadamente a mesma mistura de nitrogênio e oxigênio que a Terra e uma proporção melhor ainda entre terra e mar. Uma base de vida vegetal que podia ser comida pelos rebanhos de gado clonado nas entranhas da *Lorca* e nenhum predador óbvio que não pudesse ser facilmente morto. Ou os colonos eram um grupo devoto ou chegar nesse novo Éden os empurrou nessa direção, porque a primeira coisa que fizeram após o desembarque foi construir uma catedral e dar gracas a Deus por terem chegado em segurança.

Um ano se passou.

A transmissão de agulha hiperespacial ainda estava em seus primeiros passos na época, mal sendo capaz de carregar a mensagem mais simples em sequência codificada. As notícias que chegaram filtradas pelos fachos para a Terra eram como o som de gritos vindos das profundezas de uma mansão vazia. Os dois ecossistemas tinham se encontrado e travado guerra como exércitos em um campo de batalha do qual não havia como bater em retirada. Dos cerca de um milhão de colonos a bordo da *Lorca*, mais de setenta por cento morreram nos dezoito meses seguintes à aterrissagem.

De volta ao laboratório.

Hoje em dia, aprimoramos tudo isso à tecnologia de ponta. Nada orgânico deixa o casco até que o ecomodelador tenha acabado com todo o ecossistema original. Sondas automáticas saem e rondam o novo globo, sugando amostras. A IA digere os dados, roda um modelo contra uma teórica presença terrestre a uma velocidade duzentas vezes maior do que a do mundo real e demarca os potenciais atritos. Para qualquer coisa que pareça um problema, ela escreve uma solução, genetecno ou nanotecno, e, a partir do total correlato, gera um protocolo de assentamento. Com o protocolo estabelecido, todos saem para brincar.

Dentro dos protocolos para as três dúzias, mais ou menos, de Mundos Colonizados, pode-se encontrar certas espécies terráqueas vantajosas aparecendo várias vezes. Elas são as histórias de sucesso do planeta Terra — atletas evolucionárias, duras e adaptáveis, todas elas. Em sua maioria são plantas, micróbios e insetos, mas entre os animais supercrescidos estão alguns que se destacam. Ovelhas merino, ursos-pardos e gaivotas figuram no topo dessa lista. Eles são difíceis de exterminar.

A água em torno da traineira estava entupida com as carcaças emplumadas. Na imobilidade artificial da arrebentação, elas abafavam ainda mais o marulhar das ondas contra o casco.

O barco estava pura desordem. Flutuava indiferente à deriva contra suas âncoras, a tinta do lado voltado para Sauberlândia calcinada e preta, os metais expostos cintilando ao vento por conta da detonação. Um par de escotilhas tinha explodido ao mesmo tempo, e parecia que algumas das redes na pilha desorganizada sobre o convés tinham sido pegas na explosão e derretido. Os ângulos do guindaste do convés pareciam igualmente torrados. Qualquer um que estivesse ali fora provavelmente teria morrido com queimaduras de terceiro grau.

Não havia nenhum cadáver no convés. Tínhamos descoberto isso na virtualidade.

— Ninguém aqui embaixo também — disse Luc Deprez, erguendo a cabeça para fora da escada do convés intermediário. — Ninguém a bordo há meses. Talvez um ano. Por todo lado, a comida foi devorada pelos insetos e ratos.

Sutjiadi franziu a testa.

— Tem comida?

— Tem, um monte. — Deprez se içou para fora da escada e se sentou na braçola. A parte de baixo de seu macacão camaleocrômico continuou escura como lama antes de se ajustar aos arredores ensolarados. — Parece ter sido um grupo grande, mas ninguém ficou para trás para fazer a limpeza.

— Já fiz parte de grupos assim — comentou Vongsavath.

Lá embaixo, o inconfundível chiado-sopro de uma Jato Solar. Sutjiadi, Vongsavath e eu nos retesamos em uníssono. Deprez sorriu.

— Cruickshank está atirando nos ratos — disse ele. — São bem grandinhos.

Sutjiadi guardou a arma e olhou de um lado para o outro do convés, ligeiramente mais relaxado do que quando tínhamos embarcado.

— Estimativas, Deprez. Havia quantos?

— Ratos? — O sorriso de Deprez aumentou. — Difícil dizer.

Reprimi um sorriso.

— Tripulação — disse Sutjiadi com um gesto impaciente. — Quantos na tripulação, *sargento*?

Deprez deu de ombros, sem se impressionar com o uso forçado de patentes.

— Não sou um chef, *capitão*. É difícil dizer.

— Eu já fui chef — disse Ameli Vongsavath, inesperadamente. — Talvez eu deva descer e dar uma olhada.

— Você fica aqui. — Sutjiadi foi para a lateral da traineira, chutando uma carcaça de gaivota da frente. — A partir de agora, eu gostaria de um pouco menos de humor dessa equipe e um pouco mais de dedicação. Você pode começar puxando essa rede para cima. Deprez, você volta lá para baixo e ajuda Cruickshank a se livrar dos ratos.

Deprez suspirou e deixou de lado sua Jato Solar. Do cinto ele retirou uma arma secundária de aparência antiga, carregou uma bala e mirou o céu.

— Meu tipo de trabalho — disse ele, enigmático, antes de descer de novo pela escada, segurando a arma acima da cabeça.

O aparelho de indução estalou. Sutjiadi inclinou a cabeça, escutando. Encaixei meu aparelho desconectado de volta no lugar.

— ... está seguro. — Era a voz de Sun Liping.

Sutjiadi tinha dado a ela o comando da outra metade da equipe e os enviado para a praia com Hand, Wardani e Schneider, a quem ele considerava como irritações civis no melhor dos casos, e como causadores de riscos no pior.

— Seguro como? — disparou ele.

— Colocamos sistemas de sentinela no perímetro em um arco acima da praia. Base de referência quinhentos metros de largura, varredura de 180 graus. Deve pegar qualquer coisa vinda do interior ou da praia, de qualquer direção. — Sun hesitou por um momento, pesaroso. — Só funciona na linha de visão, mas isso vale para vários quilômetros. É o melhor que conseguimos fazer.

— E o... hã... objetivo da missão? — interrompi. — Está intacto?

Sutjiadi bufou.

— Está aí?

Eu dei uma espiada nele. Sutjiadi achava que estávamos caçando um fantasma. O escaneamento aprimorado de Gestalt dos Emissários lia seu comportamento como um rótulo estampado. Ele achava que o portal de Wardani era uma fantasia de arqueólogo, uma teoria original vaga superestimada para fazer uma boa apresentação para a Mandrake. Achava que Hand tinha comprado um casco rachado, e a ganância corporativa engolira o conceito em uma corrida desenfreada para ser a primeira na cena de qualquer opção de desenvolvimento possível. Ele achava que haveria uma indigestão séria quando a equipe chegasse no local. Não tinha dito isso na reunião no construto, mas exibia sua falta de convicção como um distintivo.

Eu não podia culpá-lo. A julgar pelo comportamento, cerca de metade da equipe pensava a mesma coisa. Se Hand não estivesse oferecendo contratos tão vantajosos de volta-dos-mortos com isenção da guerra, provavelmente teriam rido na cara dele.

Não muito mais do que um mês antes, eu quase fizera o mesmo com Schneider.

— Sim, tá aqui. — Havia algo peculiar na voz de Sun. Até onde eu podia ver, ela nunca tinha sido uma das céticas, mas agora seu tom beirava a reverência. — É... diferente de tudo o que eu já vi.

— Sun? O portal está aberto?

— Não, não até onde sabemos, tenente Kovacs. Acho que é melhor o senhor falar com a senhorita Wardani se quiser detalhes.

Pigarreei.

— Wardani? Está aí?

— Ocupada. — A voz dela soava tensa. — O que vocês encontraram no barco?

— Nada ainda.

— É, bem. Mesma coisa aqui. Desligo.

Olhei para Sutjiadi de novo. Ele estava concentrado a uma distância média, o novo rosto maori sem entregar nada. Grunhi, desengatei o aparelho e fui descobrir como o guindaste do convés funcionava. Atrás de mim, ouvi quando ele pediu um relatório de progresso a Hansen.

No final, o guincho não era muito diferente de um carregador e, com a ajuda de Vongsavath, liguei o mecanismo antes que Sutjiadi tivesse terminado de falar no comunicador. Ele se aproximou bem a tempo de ver a lança girar calmamente e o moitão principal baixar para a primeira captura.

Arrastar as redes para dentro era outra história. Levamos uns bons vinte minutos para pegar o jeito, e, a essa altura, a caça aos ratos tinha acabado, e Cruickshank e Deprez, se juntado a nós. Mesmo então não foi fácil manobrar as cortinas pesadas de tanta água das redes por cima da amurada e para dentro do convés com algum tipo de ordem. Nenhum de nós era pescador, e ficou claro que havia habilidades consideráveis envolvidas no processo, habilidades que não possuíamos. Escorregamos e caímos bastante.

Acabou valendo a pena.

Emaranhados nas últimas dobras a subir a bordo estavam os restos de dois cadáveres nus, exceto pelas extensões ainda brilhantes de correntes que pesavam sobre seus joelhos e peitos. Os peixes haviam roído os restos até os ossos, deixando apenas pele que mais parecia oleado esfarrapado. Os crânios dos dois rolaram juntos na rede suspensa como as cabeças de bêbados rindo juntos de uma boa piada. Pescoços moles e sorrisos amplos.

Ficamos olhando para eles por algum tempo.

— Bom palpite — falei para Sutjiadi.

— Fazia sentido dar uma olhada. — Ele se aproximou e olhou especulativamente para os ossos nus. — Eles foram despidos e enrolados na rede. Braços e pernas, e a ponta de duas correntes. Seja lá quem fez isso não queria que eles emergissem. Não faz muito sentido. Por que esconder os corpos quando o navio está aqui, vagando em plena vista, para que qualquer um venha de Sauberlândia para pilhar?

— Bem, ninguém veio — apontou Vongsavath.

Deprez se virou e fez sombra sobre os olhos para espiar o horizonte, onde Sauberlândia ainda fumegava.

— A guerra?

Relembrei de datas, história recente, calculei para trás.

— A guerra não vem até aqui, tão a oeste, já faz um ano, mas estava à solta mais ao sul. — Indiquei as plumas de fumaça com a cabeça. — Eles estariam assustados. Improvável vir até aqui por algo que pudesse atrair fogo orbital. Ou talvez algo garimpado para sugar um bombardeio remoto. Lembram da Cidade de Bootkinaree?

— Vividamente — disse Ameli Vongsavath, pressionando os dedos contra o zigoma esquerdo.

— Isso foi há cerca de um ano. Deveria estar em todos os noticiários. Aquele graneleiro lá no cais. Não haveria nenhuma equipe civil de resgate no planeta trabalhando naquilo.

— Então por que esconder esses caras? — perguntou Cruickshank.

Encolhi os ombros.

— Isso os mantém fora das vistas. Nada para a vigilância aérea pescar e farejar. Cadáveres *talvez* tivessem disparado uma investigação local na época. Antes de as coisas realmente saírem do controle em Kempópolis.

— Cidade Índigo — logo corrigiu Sutjiadi.

— É, melhor não deixar o Jiang ouvir você chamando a cidade assim. — Cruickshank sorriu. — Ele já quase me estrangulou por chamar o que aconteceu em Danang de um ataque terrorista. E olha que eu falei como um elogio!

— Tanto faz. — Revirei os olhos. — A questão é, sem os cadáveres, isso é só um barco pesqueiro que alguém não voltou pra buscar. Não chama muita atenção na preparação para uma revolução global.

— Chama, se o barco foi contratado em Sauberlândia. — Sutjiadi balançou a cabeça. — Mesmo comprado, a cidade ainda é um local de interesse. Quem eram esses caras? Não é a velha traineira do Chang ali? Vamos lá, Kovacs, são só algumas dúzias de quilômetros.

— Não há motivos para presumir que esse barco seja da área. — Gesticulei para o mar plácido. — Neste planeta, dá para navegar um barco como esse partindo de Bootkinaree e jamais derramar seu café.

— É, mas é possível esconder os corpos da vigilância aérea jogando-os na cozinha com o resto da bagunça — protestou Cruickshank. — Isso não bate.

Luc Deprez estendeu o braço e mudou a posição da rede de leve. Os crânios balançaram e se inclinaram.

— Os cartuchos sumiram — disse ele. — Eles foram colocados na água para esconder o resto da identidade. Mais rápido do que deixá-los para os ratos, acho.

— Depende dos ratos.

— Você é um especialista?

— Talvez tenha sido um enterro — sugeriu Ameli Vongsavath.

— Em uma *rede*?

— Estamos perdendo tempo — disse Sutjiadi em voz alta. — Deprez, desça-os dali, embrulhe-os e coloque-os em algum lugar onde os ratos não os peguem. Vamos fazer um *post-mortem* com o autocirurgião na *Nagini* depois. Vongsavath e Cruickshank, quero que vocês vasculhem esse barco do bico à traseira. Procurem por qualquer coisa que possa nos dizer o que aconteceu aqui.

— É da proa à popa, senhor — apontou Vongsavath, empertigada.

— Que seja. Qualquer coisa que possa nos dizer algo. As roupas que tiraram desses dois, talvez, ou... — Ele chacoalhou a cabeça, irritado com os constrangedores novos fatores. — Qualquer coisa. Mesmo. Vão em frente. Tenente Kovacs, eu gostaria que viesse comigo. Quero checar as defesas de nosso perímetro.

— Claro. — Captei a mentira com um sorriso tênue.

Sutjiadi não queria checar o perímetro. Ele havia visto os currículos de Sun e Hansen, assim como eu. Eles não precisavam que alguém conferisse seu trabalho.

Ele não queria ver o perímetro.

Queria ver o portal.

CAPÍTULO 20

Schneider o descrevera para mim, diversas vezes. Wardani o desenhara para mim uma vez, em um momento tranquilo na área de Roespinoedji. Uma loja de imagens na Rua Angkor montara um gráfico 3D seguindo os dados fornecidos por Wardani para a apresentação na Mandrake. Mais tarde, Hand fizera as máquinas da Mandrake ampliarem a imagem a um construto em tamanho real no qual havíamos podido caminhar no virtual.

Nada disso chegava nem perto.

Ele estava na caverna artificial como uma versão esticada verticalmente de uma visão da escola de arte dimensionalista, um elemento saído das paisagens tecnomilitares assustadoras de Mhlongo ou Osupile. Havia uma espécie de *dobradura* desolada na estrutura, como seis ou sete morcegos-vampiros com três metros de altura esmagados juntinhos em uma falange defensiva. Não se tratava em nada da abertura passiva que a palavra *portal* sugeria. Na suave luz que se filtrava através das rachaduras nas rochas mais acima, a coisa toda parecia estar curvada, à espera.

A base era triangular, com cerca de cinco metros em um dos lados, embora as bordas mais baixas parecessem mais com algo que havia crescido para dentro do solo, como raízes de uma árvore, do que com uma forma geométrica. O material era uma liga que eu já havia visto antes na arquitetura marciana, uma superfície densa, preta e nublada, que dava a sensação de mármore ou ônix ao toque, mas sempre tinha uma leve carga estática. O painel de tecnoglifos era desbotado, verde e rubi, mapeado em ondas estranhas e irregulares em torno da seção mais baixa, sem nunca se erguer a mais de um metro e meio do chão. Perto de seu limite no topo, os símbolos pareciam perder tanto a coerência quanto a força: ficavam mais espaçados e menos definidos; até o estilo de entalhe parecia mais hesitante. Era como se, Sun disse mais tarde, os tecnoescribas marcianos estivessem com medo de trabalhar perto demais do que haviam criado no pedestal acima deles.

Lá no alto, a estrutura se dobrava rapidamente para dentro de si conforme se erguia, criando uma série de ângulos comprimidos de liga preta e bordas voltadas para cima que terminavam em um pináculo baixo. Nas longas cisões entre as dobras, as nuvens pretas na liga desbotavam para uma translucidez suja e, dentro disso, a geometria parecia continuar se dobrando em si mesma de uma forma indefinível que era dolorosa de se olhar por muito tempo.

— Acredita agora? — perguntei a Sutjiadi quando ele parou ao meu lado, encarando. Ele não respondeu por um momento e, quando o fez, havia em sua voz o mesmo torpor que eu tinha ouvido vindo de Sun Liping pelo comunicador.

— Não está parado — disse ele, baixinho. — Dá a sensação... de movimento. Como se estivesse se virando.

— Talvez esteja. — Sun tinha subido conosco, deixando o resto da equipe lá embaixo junto à *Nagini*. Ninguém parecia muito disposto a se demorar dentro ou perto da caverna.

— Era para ser uma conexão hiperespacial — falei, movendo-me de lado em uma tentativa de quebrar a atração que a geometria alienígena da coisa exercia. — Se ele mantiver uma linha aberta para algum lugar, então talvez se mova no hiperespaço, mesmo quando está desativado.

— Ou talvez ele atue em rotações — sugeriu Sun. — Como um farol.

Inquietação.

Senti isso me percorrer ao mesmo tempo em que percebi a sensação no espasmo no rosto de Sutjiadi. Já era ruim o bastante estarmos presos ali naquela faixa exposta de terreno sem o pensamento adicional de que a coisa que viéramos desbloquear podia estar enviando sinais de *Vem me pegar* em uma dimensão da qual nós, como espécie, temos apenas a mais vaga noção.

— Vamos precisar de um pouco de luz aqui — falei.

O feitiço se rompeu. Sutjiadi piscou com força e olhou para os raios de luz caindo do alto. Estavam escurecendo com velocidade perceptível conforme a noite se assentava pelo céu lá fora.

— Vamos explodir tudo — disse ele.

Troquei um olhar alarmado com Sun.

— Explodir o quê? — perguntei, cauteloso.

Sutjiadi gesticulou.

— A rocha. A *Nagini* tem uma bateria frontal de ultravibração para ataques terrestres. Hansen deve ser capaz de limpar tudo até aqui atrás sem arranhar o artefato.

Sun tossiu.

— Eu não acho que o comandante Hand vá aprovar isso, senhor. Ele me mandou trazer um kit de lâmpadas Angier antes que escurecesse. E a senhorita Wardani pediu que fossem instalados sistemas de monitoramento remoto para que ela possa trabalhar diretamente no portal da...

— Tudo bem, tenente. Obrigado. — Sutjiadi olhou ao redor para a caverna mais uma vez. — Vou conversar com o comandante Hand.

Ele saiu. Olhei para Sun e dei uma piscadela.

— Taí uma conversa que eu quero ouvir — falei.

Na *Nagini*, Hansen, Schneider e Jiang estavam ocupados erigindo a primeira das cabines-bolha de ativação rápida. Hand estava escorado em um canto da escotilha de carga da nave de ataque, observando Wardani, de pernas cruzadas, desenhar algo em uma prancha memorizadora. Havia um fascínio aberto em sua expressão que o fez parecer subitamente mais jovem.

— Algum problema, capitão? — perguntou ele ao nos ver subindo a rampa.

— Eu quero aquela coisa — disse Sutjiadi, apontando por cima do ombro com o polegar — em espaço aberto. Onde possamos vigiá-la. Vou mandar o Hansen usar raios de vibração para tirar as rochas do caminho.

— Fora de questão. — Hand voltou a observar o que a arqueóloga estava fazendo. — Não podemos arriscar exposição neste estágio.

— Ou danos ao portal — disse Wardani, bruscamente.

— Ou danos ao portal — concordou o executivo. — Temo que sua equipe vai ter que trabalhar com a caverna como ela se encontra, capitão. Não acredito que haja risco envolvido. O apoio que os visitantes anteriores colocaram parece ser sólido.

— Eu vi esse apoio — disse Sutjiadi. — Epóxi de ligação não é substituto para uma estrutura permanente, mas isso é...

— O sargento Hansen pareceu bastante impressionado com ele. — O tom civilizado de Hand tinha uma sugestão de irritação. — Mas se você está preocupado, fique à vontade para reforçar a situação atual como achar mais adequado.

— Eu estava prestes a dizer — falou Sutjiadi, calmamente — que a questão do apoio é irrelevante. Não estou preocupado com o risco de colapso. Estou urgentemente preocupado com o que está dentro da caverna.

Wardani ergueu os olhos de seu desenho.

— Bem, isso é bom, capitão — disse ela, com um tom jovial. — Você passou da descrença educada à preocupação urgente em menos de 24 horas de tempo real. Com o que, exatamente, você está preocupado?

Sutjiadi pareceu pouco à vontade.

— Este artefato — disse ele. — Você afirma que é um portal. Pode me dar alguma garantia de que nada vai passar por ele, vindo do outro lado?

— Na verdade, não.

— Você faz alguma ideia *do que* pode vir?

Wardani sorriu.

— Na verdade, não.

— Então eu sinto muito, senhorita Wardani. Faz sentido, militarmente, manter o armamento principal da *Nagini* apontado para ele o tempo todo.

— Isso não é uma operação militar, capitão. — Hand se esforçava para exibir um tédio ostensivo agora. — Pensei ter deixado isso claro durante a reunião inicial. Você faz parte de um empreendimento comercial, e os detalhes específicos de nosso comércio ditam que o artefato não pode ser exposto à vista aérea até estar contratualmente assegurado. Segundo os termos do Estatuto Corporativo, não será o caso até que o que se encontra do outro lado da passagem esteja marcado como propriedade da Mandrake.

— E se o portal escolher abrir antes de estarmos preparados, e algo hostil vier através dele?

— Algo hostil? — Wardani deixou de lado sua prancha memorizadora, aparentemente se divertindo com a ideia. — Algo como o quê?

— Você estaria numa posição melhor do que eu para avaliar isso, senhorita Wardani — disse Sutjiadi, rígido. — Minha preocupação é simplesmente pela segurança dessa expedição.

Wardani suspirou.

— Eles não eram vampiros, capitão — disse ela, cansada.

— Desculpe, como é?

— Os marcianos. Eles não eram vampiros. Nem demônios. Eram somente uma raça tecnologicamente avançada com asas. Só isso. Não existe nada do outro lado daquela coisa — ela apontou um dedo na direção das rochas — que não sejamos capazes de construir por nossa conta daqui a alguns milhares de anos. Isso se conseguirmos conter nossas tendências militaristas, claro.

— Isso foi um insulto, senhorita Wardani?

— Receba como preferir, capitão. Já estamos, todos nós, morrendo aos poucos de envenenamento por radiação. A algumas dezenas de quilômetros naquela direção, cem mil pessoas foram vaporizadas ontem. Por soldados. — A voz dela estava começando a se elevar, tremendo na base. — Em qualquer outro lugar em cerca de sessenta por cento do território desse planeta, suas chances de uma morte precoce e violenta são excelentes. Nas mãos de soldados. Em outros lugares, campos te matam de inanição ou surras, se por acaso você se desviar da orientação política aceita. Este serviço também nos é oferecido por soldados. Tem alguma outra coisa que eu possa acrescentar para esclarecer minha posição a respeito do militarismo?

— Senhorita Wardani. — A voz de Hand exibia uma tensão que eu jamais escutara antes. Abaixo da rampa, Hansen, Schneider e Jiang tinham parado o que estavam fazendo e olhavam para a direção das vozes elevadas. — Acho que estamos nos desviando do assunto. Estávamos discutindo segurança.

— Estávamos? — Wardani forçou uma risada trêmula e sua voz se acalmou. — Bem, capitão. Deixe-me informá-lo que, nas sete décadas em que trabalhei como arqueóloga qualificada, nunca encontrei nenhuma prova que sugerisse que os marcianos tenham tido algo mais desagradável a oferecer do que homens como você já libertaram por toda a superfície de Sanção IV. Tirando a pequena questão da chuva radioativa vinda de Sauberlândia, você provavelmente está mais seguro sentado na frente daquele portal do que em qualquer outro ponto do hemisfério norte, no momento.

Houve um breve silêncio.

— Talvez você queira apontar as armas principais da *Nagini* para a entrada da caverna — sugeri. — Dá no mesmo. Pensando bem, com o monitoramento remoto funcionando, é até melhor. Se monstros com presas de meio metro aparecerem, podemos fazer o túnel desabar em cima deles.

— Boa observação. — Parecendo casual, Hand se moveu para se colocar cautelosamente na escotilha entre Wardani e Sutjiadi. — Isso me parece o melhor meio-termo, não parece, capitão?

Sutjiadi leu a postura do executivo e entendeu o recado. Ele bateu continência e girou. Enquanto passava por mim na rampa, ergueu os olhos.

Ainda não tinha dominado a mesma imobilidade de feições com o novo rosto maori. Parecia traído.

A gente encontra inocência nos lugares mais estranhos.

Na base da rampa, uma das carcaças de gaivota se prendeu a seu pé e ele tropeçou levemente. Sutjiadi chutou o emaranhado de penas para longe dele em um jato de areia turquesa.

— Hansen — disparou, rigidamente. — Jiang. Tirem toda essa merda da praia. Eu quero a área limpa a até duzentos metros do navio, por todos os lados.

Ole Hansen ergueu uma sobrancelha e encaixou uma continência irônica ao lado dela. Sutjiadi não estava olhando — ele já tinha saído pisando duro para a beira da água.

Algo não estava certo.

Hansen e Jiang utilizaram os motores das motos gravitacionais da expedição para soprar as carcaças das gaivotas para trás em uma tempestade estridente de penas e areia. No espaço que eles limparam ao redor da *Nagini*, o acampamento tomou forma depressa, acelerado pelo retorno de Deprez, Vongsavath e Cruickshank da traineira. Quando terminou de anoitecer, cinco cabines-bolha tinham brotado da areia em um círculo aproximado em torno da nave de ataque. Elas eram uniformes em seu tamanho, cobertas por camaleocrômico e indefinidas, exceto por pequenos numerais em ilumínio acima de cada porta. Cada bolha era equipada para servir de dormitório a quatro pessoas em dois dormitórios-beliche separados por uma área de convivência central, mas duas das unidades foram montadas em uma configuração fora do padrão com metade do espaço para dormir, uma para servir como sala geral para reuniões e outra para ser o laboratório de Tanya Wardani.

Encontrei a arqueóloga ali, ainda em meio a seus rabiscos.

A portinhola estava aberta, tinha sido recém-aberta a laser e pendurada em uma solda epóxi que ainda cheirava um pouco a resina. Toquei no bloco da campainha e me inclinei para dentro.

— O que você quer? — perguntou ela, sem levantar os olhos.

— Sou eu.

— Eu sei quem é, Kovacs. O que você quer?

— Um convite para passar da entrada?

Ela parou de desenhar e suspirou, ainda sem olhar para cima.

— Não estamos mais no virtual. Eu...

— Eu não estava procurando uma foda.

Ela hesitou, depois sustentou meu olhar sem se abalar.

— Que bom.

— Então eu posso entrar?

— Fique à vontade.

Eu me abaixei pela passagem e fui até onde ela estava sentada, escolhendo onde pisar em meio ao entulho de folhas impressas cuspidas pela prancha memorizadora. Elas eram todas variações do mesmo tema: sequências de tecnoglifos com anotações rabiscadas. Enquanto eu observava, ela inseriu uma linha no desenho.

— Chegando a algum lugar?

— Aos poucos. — Ela bocejou. — Eu não me lembro de tanto quanto achava. Vou ter que refazer algumas das configurações secundárias do zero.

Eu me recostei contra a borda de uma mesa.

— Então, você acha que em quanto tempo?

Ela deu de ombros.

— Uns dois dias. Aí vêm os testes.

— Quanto tempo para isso?

— A coisa toda, primários e secundários? Não sei. Por quê? Já está ficando inquieto?

Dei uma olhada pela porta aberta para onde os incêndios em Sauberlândia lançavam um fraco brilho avermelhado no céu noturno. Tão pouco tempo depois da detonação, e a essa distância, os elementos exóticos estariam circulando com força total. Estrôncio-90, iodo-131 e todos os seus numerosos amigos, como uma festa de herdeiros da família Harlan movida a anfetaminas esmagando Porto Fabril ao lado do ancoradouro com seu entusiasmo animado e chilreante. Vestindo suas capas subatômicas instáveis como pele de pantera do pântano e querendo entrar em todo canto, toda célula que pudessem foder com sua presença pesadamente adornada de joias.

Eu me contraí mesmo sem querer.

— Só estou curioso.

— Uma qualidade admirável. Deve dificultar sua vida de soldado.

Abri uma das cadeiras de acampamento empilhadas ao lado da mesa com um estalo e joguei o corpo sobre ela.

— Acho que você está confundindo curiosidade com empatia.

— É mesmo?

— Sim, é mesmo. A curiosidade é uma característica básica de macacos. Torturadores são cheios dela. Não faz de você um ser humano melhor.

— Bem, imagino que você esteja em uma posição privilegiada para descobrir esse tipo de coisa.

Era um revide admirável. Eu não sabia se ela tinha sido torturada no campo — no lampejo momentâneo de raiva eu não me importei —, mas ela não chegou a se encolher quando as palavras saíram.

— Por que você está se comportando desse jeito, Wardani?

— Eu te disse, não estamos mais no virtual.

— Não.

Esperei. Ela acabou se levantando e indo até a parede dos fundos do compartimento, onde um banco de monitores para o equipamento remoto exibia o portal de uma dúzia de ângulos levemente diferentes.

— Você vai ter que me perdoar, Kovacs — disse ela, pesadamente. — Hoje eu vi cem mil pessoas serem assassinadas para limpar o caminho para o nosso pequeno empreendimento, e eu sei, *eu sei*, que não fizemos isso, mas é um pouco conveniente demais para que eu não me sinta responsável. Se eu sair para uma caminhada, sei que há pedacinhos deles soprando no vento por aí. E isso sem contar com aqueles heróis da revolução que você matou de modo tão eficiente hoje cedo. Me desculpe, Kovacs. Eu não tenho treinamento para esse tipo de coisa.

— Então você não vai querer conversar sobre os dois corpos que pescamos nas redes da traineira.

— Tem algo para conversar? — Ela não olhou para trás.

— Deprez e Jiang acabaram agora de passar neles o autocirurgião. Ainda não têm ideia do que os matou. Nenhum indício de trauma em parte alguma da estrutura óssea, e não restou muito tirando isso para conferir. — Eu me aproximei ao lado dela, mais perto dos monitores. — Me disseram que existem testes que podemos fazer no nível celular, mas tenho a sensação de que também não vão nos dizer nada.

Isso fez com que ela olhasse para mim.

— Por quê?

— Porque aquilo que os matou, seja lá o que for, tem algo a ver com isso. — Bati com o dedo no vidro de um monitor onde o portal assomava em um close. — E isso não se parece com nada que nenhum de nós já tenha visto.

— Você acha que alguma coisa passou pelo portal na calada da noite? — perguntou ela, cheia de desprezo. — Acha que os vampiros pegaram eles?

— *Alguma coisa* os pegou — falei, tranquilamente. — Esses sujeitos não morreram de velhice. Os cartuchos sumiram.

— Isso não exclui a possibilidade de vampiros? Excisão de cartuchos é uma atrocidade peculiarmente humana, não é?

— Não necessariamente. Qualquer civilização que pudesse construir um portal desses deve ter sido capaz de digitalizar consciência.

— Não existe prova real disso.

— Nem mesmo o bom senso?

— Bom senso? — O desdém tinha voltado à voz dela. — O mesmo bom senso que disse, há milhares de anos, que *obviamente* o sol gira em torno da Terra, é só *olhar*? O bom senso ao qual Bogdanovich apelou quando apresentou a teoria dos núcleos? O bom senso é antropocêntrico, Kovacs. Ele presume que, como é dessa forma que os seres humanos se saíram, deve ser assim que qualquer espécie tecnologicamente inteligente se sairia.

— Já ouvi argumentos bastante convincentes seguindo esses raciocínios.

— É, todos nós já ouvimos — disse ela, breve. — Bom senso para o bom rebanho, e por que se incomodar em lhes dar qualquer outra coisa? E se a ética marciana não permitia reencapes, Kovacs? Já pensou nisso? E se a morte significa que você se mostrou indigno da vida? E se, mesmo que você pudesse ser trazido de volta, não tivesse *esse direito*?

— Em uma cultura tecnologicamente avançada? Uma cultura que viaja pelas estrelas? Isso é besteira, Wardani.

— Não, é uma teoria. Ética de raptor relacionada à função. Ferrer e Yoshimoto em Bradbury. E no momento, existem pouquíssimas provas concretas por aí para refutá-la.

— *Você* acredita nessa teoria?

Ela suspirou e voltou para seu banco.

— É claro que não. Estou só tentando demonstrar que há mais para conjecturar do que as pequenas certezas confortáveis que a ciência humana está distribuindo por aí. Nós não sabemos quase nada sobre os marcianos e isso, depois de centenas de anos de estudo. O que achamos saber pode facilmente se provar errôneo a qualquer momento. Metade das coisas que retiramos de escavações! Não temos ideia do que são e ainda assim as vendemos como enfeites de mesa. Nesse exato momento, alguém em Latimer provavelmente tem o segredo codificado de um motor mais veloz do que a luz pendurado na porra da parede da sala de estar. — Ela fez uma pausa. — E provavelmente está de cabeça para baixo.

Eu ri alto. Isso despedaçou a tensão na bolha. O rosto de Wardani se moveu em um sorriso relutante.

— Não, tô falando sério — resmungou ela. — Você acha que, só porque eu posso abrir esse portal, entendemos alguma coisa dele. Bem, pode esquecer. Não podemos presumir nada aqui. Não podemos pensar em termos humanos.

— Certo, tá bem.

Eu a segui de volta ao centro da sala e reivindiquei minha cadeira. Na verdade, a ideia de um cartucho humano sendo recolhido por algum tipo de comando do portal marciano — a ideia de aquela personalidade sendo baixada em uma virtualidade marciana e do que isso poderia fazer com uma mente humana — me arrepiava todo. Era uma ideia que eu teria ficado feliz em nunca ter me ocorrido.

— Mas é você quem está começando a parecer uma história de vampiros agora — acrescentei.

— Estou só te alertando.

— Certo, alerta recebido. Agora me diga outra coisa. Quantos outros arqueólogos sabiam sobre esse local?

— Sem contar a minha equipe? — Ela considerou a pergunta. — Nós arquivávamos com o processamento central em Pouso Seguro, mas isso foi antes que eu soubesse do que se tratava. A coisa foi listada apenas como um obelisco. Artefato de Função Desconhecida, mas, como eu disse, esses são praticamente metade das coisas que escavamos.

— Sabe, o Hand diz que não há registro de um objeto como este no cadastro de Pouso Seguro.

— É, eu li o relatório. Arquivos se perdem, acho.

— Parece um pouco conveniente demais para mim. E arquivos podem se perder, mas não arquivos sobre o maior achado desde Bradbury.

— Eu te disse, nós o registramos como um AFD. Um obelisco. *Outro* obelisco. Já tínhamos encontrado uma dúzia de peças estruturais ao longo dessa costa na época em que encontramos essa.

— E vocês jamais atualizaram? Nem mesmo quando você soube o que era?

— Não. — Ela me deu um sorriso meio de lado. — A Guilda sempre me encheu o saco sobre minhas tendências wycinskiescas e boa parte dos cavouqueiros que eu contratei tiveram a reputação manchada por associação. Esnobados pelos colegas, difamados em publicações acadêmicas. As coisas conformistas de sempre. Quando nos demos conta do que tínhamos encontrado, acho que todos nós sentimos que a Guilda podia esperar até que estivéssemos prontos para fazê-los engolir o que tinham dito em grande estilo.

— E quando a guerra começou, vocês o enterraram pelo mesmo motivo?

— É isso aí. — Ela deu de ombros. — Pode soar infantil agora, mas na época estávamos todos muito bravos. Eu não sei se você entenderia isso. A sensação de ver execrada cada pesquisa que você faz, cada teoria que você monta, porque você, uma vez na vida, ficou do lado errado em uma disputa política.

Pensei brevemente nas audiências de Innenin.

— Me parece familiar.

— Acho... — Ela hesitou. — ... acho que também tem outra coisa. Sabe, a noite em que abrimos o portal pela primeira vez, nós enlouquecemos. Uma festa enorme, montes de químicos, muita conversa. Todos estavam falando em arranjar uma vaga de professor catedrático em Latimer; eles diziam que eu seria nomeada uma estudiosa honorária da Terra em reconhecimento ao meu trabalho. — Ela sorriu. — Acho até que fiz um discurso de agradecimento. Não me lembro muito bem desse estágio da noite, nunca consegui lembrar, nem na manhã seguinte.

Ela suspirou e se livrou do sorriso.

— Na manhã seguinte, começamos a pensar direito. Começamos a pensar no que realmente aconteceria. Sabíamos que, se registrássemos a descoberta, perderíamos o controle. A Guilda provavelmente traria um Mestre com todas as afiliações políticas corretas para assumir o comando do projeto, e nós seríamos mandados para casa com um tapinha nas costas. Ah, estaríamos de volta do descampado acadêmico, claro, mas apenas a certo preço. Teríamos permissão para publicar, mas somente depois de um veto cuidadoso para garantir que não havia Wycinski demais no texto. Haveria trabalhos, mas não com base independente. Consultoria — ela pronunciou a palavra como se tivesse um gosto ruim — nos projetos de outra pessoa. Seríamos bem pagos, mas pagos para nos manter em silêncio.

— Melhor do que não serem pagos de jeito nenhum.

Uma careta.

— Se eu quisesse ser uma pá coadjuvante para algum merdinha de cara lisa politicamente adequado com metade das minhas qualificações e experiência, eu poderia ter ido para as planícies como todo mundo. Toda a razão para eu estar aqui, para começo de conversa, era porque eu queria minha própria escavação. Eu queria a chance de provar que algo em que eu acreditava estava correto.

— Os outros tinham essa mesma convicção?

— No final. No começo, eles vieram comigo porque precisavam do trabalho e, na época, ninguém mais estava contratando cavouqueiros. Mas alguns anos convivendo com o desprezo mudam a pessoa. E eles eram jovens, em sua maioria. Isso dá energia para a raiva.

Assenti.

— Será que eles podem ser aqueles que encontramos nas redes?

Ela desviou o olhar.

— Imagino que sim.

— Quantos havia na equipe? Gente que podia ter voltado aqui e aberto o portal?

— Não sei. Cerca de meia dúzia deles era de fato qualificada pela Guilda; havia provavelmente dois ou três desses que podiam ter voltado. Aribowo. Weng, talvez. Dhasanapongsakul. Todos eles eram bons. Mas por conta própria? Reconstruindo tudo a partir de nossas anotações, trabalhando juntos? — Ela chacoalhou a cabeça. — Eu *não sei*, Kovacs. Era... uma época diferente. Uma coisa de equipe. Eu não faço ideia como qualquer uma dessas pessoas funcionaria sob circunstâncias diferentes. Kovacs, eu não sei mais nem como *eu* vou funcionar.

Uma lembrança dela debaixo da queda-d'água lampejou, de modo injusto, com o comentário. Enredou-se em torno das minhas entranhas. Procurei recobrar o fio da meada.

— Bem, haverá arquivos do DNA deles nos arquivos da Guilda em Pouso Seguro.

— Sim.

— E podemos fazer uma comparação de DNA com os ossos...

— Sim, *eu sei*.

— ... mas vai ser difícil fazer contato com e acessar os dados em Pouso Seguro daqui. E para ser honesto, não tenho certeza de que propósito isso serviria. Eu não me importo muito com quem eles são. Só quero saber como acabaram naquela rede.

Ela estremeceu.

— Se forem eles... — começou ela, depois parou. — Eu não quero saber quem é, Kovacs. Posso viver sem isso.

Pensei em estender a mão para ela, atravessando o pequeno espaço entre nossas cadeiras, mas sentada ali ela parecia subitamente tão descarnada e dobrada quanto a coisa que tínhamos vindo destravar. Eu não conseguia discernir nenhum ponto de contato em seu corpo que não tornasse meu toque intrusivo, explicitamente sexual ou simplesmente ridículo.

O momento passou. Morreu.

— Eu vou dormir um pouco — falei, levantando-me. — Seria melhor você fazer o mesmo. Sutjiadi vai querer começar ao raiar do dia.

Ela assentiu vagamente. A maior parte de sua atenção já se afastara de mim. Num palpite, ela estava olhando para seu próprio passado.

Eu a deixei sozinha em meio ao entulho de rascunhos rasgados de tecnoglifos.

CAPÍTULO 21

Acordei tonto com a radiação ou as químicas que tinha tomado para reduzi--la. Uma luz se infiltrava pela janela do dormitório da cabine-bolha, e um sonho escorria pelo fundo da minha mente, semivisto...

Está vendo, Lobo da Vanguarda? Está vendo?

Semetaire?

O sonho foi consumido pelo som de alguém escovando entusiasticamente os dentes no nicho do banheiro. Virando minha cabeça, vi Schneider enxugando o cabelo com uma toalha em uma das mãos enquanto esfregava vigorosamente as gengivas com uma escova elétrica na outra.

— Dia — espumou ele.

— Dia. — Eu me coloquei sentado. — Que horas são?

— Cinco e pouco. — Ele deu de ombros, à guisa de desculpas, e se virou para cuspir na pia. — Eu mesmo não estaria de pé, mas Jiang está lá fora pulando de um lado para o outro num frenesi de artes marciais; tenho o sono leve.

Inclinei a cabeça e ouvi. De algum ponto do outro lado da aba de lona sintética, a neuroquímica me trouxe os sons claros de respiração pesada e roupa larga estalando ao se esticar repetidamente.

— Psicopata do caralho — resmunguei.

— Ei, ele tá em boa companhia nessa praia. Pensei que fosse um pré--requisito de contratação. Metade das pessoas que vocês recrutaram é composta exclusivamente de psicopatas do caralho.

— É, mas o Jiang é o único com insônia, pelo jeito.

Levantei-me aos tropeços, franzindo a testa com o tempo que estava levando para a capa de combate ficar adequadamente alerta. Talvez fosse contra isso que Jiang Jianping estivesse lutando. Danos à capa eram um choque desagradável e, por mais sutil que fosse sua manifestação, eram um prenúncio da eventual mortalidade. Mesmo com as leves pontadas que vinham com a chegada da idade, a mensagem é clara como um número piscando. Tempo restante limitado. Pisca, pisca.

Shhhhhhhh/Pá!

— *Haiiii!!*

— Certo. — Pressionei os globos oculares com o indicador e o polegar.

— Agora eu tô acordado. Você acabou com essa escova?

Schneider entregou a escova elétrica. Enfiei uma cabeça nova retirada do distribuidor, liguei o aparelho e entrei no nicho do chuveiro.

Bom dia, flor do dia.

Jiang havia reduzido um pouco o ritmo quando eu saí, vestido e relativamente lúcido, pela aba do dormitório para a sala central. Ele se mantinha de pé no mesmo local, girando o corpo levemente de um lado para o outro e traçando um padrão lento de configurações defensivas ao seu redor. A mesa e as cadeiras tinham sido empurradas para um lado para abrir espaço e a principal saída da bolha estava fechada. A luz infiltrava-se de fora, tingida de azul pela areia.

Peguei uma lata de refrigerante com anfetamina de produção militar da dispensa, puxei o fecho e bebi, assistindo.

— Aconteceu alguma coisa? — perguntou Jiang enquanto sua cabeça se voltava na minha direção por trás de um bloqueio amplo com o braço direito. Em algum ponto da noite passada ele havia cortado o espesso cabelo preto da capa maori a dois centímetros de altura na cabeça toda. O rosto que o corte revelou era rígido e tinha ossos largos.

— Você faz isso toda manhã?

— Sim. — A sílaba saiu precisa. Bloqueio, contra-ataque, virilha e esterno. — Ele era bem rápido quando queria.

— Impressionante.

— Necessário. — Outro golpe mortal, provavelmente na têmpora, e dado em meio a uma combinação de bloqueios que telegrafava retirada. Muito bom. — Toda habilidade deve ser praticada. Todo ato, ensaiado. Uma lâmina só é uma *lâmina* quando corta.

Assenti.

— Hayashi.

Os padrões ficaram marginalmente mais lentos.

— Você já leu Hayashi?

— Encontrei ele uma vez.

Jiang parou e olhou para mim, estreitando os olhos.

— Você *conheceu* Toru Hayashi?

— Sou mais velho do que pareço. Atuamos juntos em Adoración.

— Você é um Emissário?

— Fui.

Por um momento, ele pareceu não saber o que dizer. Eu me perguntei se ele achava que eu estava brincando. Em seguida ele trouxe os braços à frente, encaixou o punho direito na mão esquerda à altura do peito e fez uma leve reverência acima dos punhos.

— Takeshi-san, se eu o ofendi falando de medo ontem, peço desculpas. Sou um tolo.

— Sem problemas. Não me ofendi. Todos lidamos com isso de modos diferentes. Está planejando tomar café?

Ele apontou para o outro lado do espaço de convivência para onde a mesa tinha sido empurrada junto à parede de lona sintética. Havia frutas frescas empilhadas em uma tigela rasa e o que parecia ser fatias de pão de centeio.

— Se incomoda se eu me juntar a você?

— Eu ficaria honrado.

Ainda estávamos comendo quando Schneider voltou de seja lá onde tinha estado pelos últimos vinte minutos.

— Reunião na bolha principal — disse ele, olhando para trás enquanto desaparecia dentro do dormitório. Ele emergiu um minuto depois. — Quinze minutos. Sutjiadi parece achar que todos deveriam estar lá.

Ele se foi de novo.

Jiang já estava se levantando quando eu ergui uma das mãos e gesticulei para que ele voltasse a seu lugar.

— Pega leve. Ele disse quinze minutos.

— Eu quero tomar banho e trocar de roupa — protestou Jiang, um tanto rígido.

— Pode deixar que falo a ele que você está a caminho. Termine seu café da manhã, pelo amor de Deus. Daqui a uns dois dias você vai ficar enjoado só de engolir comida. Aprecie os sabores enquanto pode.

Ele voltou a se sentar com uma expressão estranha no rosto.

— O senhor se incomoda, Takeshi-san, se eu lhe fizer uma pergunta?

— Por que eu não sou mais um Emissário? — Vi a confirmação nos olhos dele. — Chame de uma revelação ética. Eu estive em Innenin.

— Eu li a respeito.

— Hayashi de novo?

Ele anuiu.

— É, bem, o relato de Hayashi é bem preciso, mas ele não estava lá. É por isso que ele soa ambíguo a respeito da coisa toda. Não se sentiu digno de julgar. Eu estava lá, e sou eminentemente digno de julgar. Eles foderam com a gente. Ninguém tem muita certeza se *tinham a intenção* de fazer isso ou não, mas estou aqui pra te dizer que isso não importa. Meus amigos morreram, morreram de verdade, quando não havia necessidade nenhuma. É isso o que importa.

— No entanto, como soldado, certamente o senhor deve...

— Jiang, não quero te desapontar, mas tento não pensar mais em mim mesmo como um soldado. Estou tentando evoluir.

— Então o senhor se considera o quê? — A voz dele continuou polida, mas seu comportamento havia se tornado tenso, e a comida fora esquecida em seu prato. — O senhor evoluiu para quê?

Dei de ombros.

— Difícil dizer. Algo melhor, de qualquer forma. Um matador de aluguel, talvez?

Ele arregalou os olhos. Suspirei.

— Sinto muito se isso te ofende, Jiang, mas é a verdade. Você provavelmente não quer ouvir isso; a maioria dos soldados não quer. Quando você coloca aquele uniforme, está dizendo, na verdade, que renuncia ao seu direito de tomar decisões independentes sobre o universo e a sua relação com ele.

— Isso é *quellismo*. — Ele praticamente recuou da mesa ao dizê-lo.

— Talvez. O que não faz com que deixe de ser verdade. — Eu não conseguia decifrar por que estava me incomodando com aquele homem. Talvez fosse algo em sua calma ninja, o modo como ela pedia para ser estilhaçada. Ou talvez fosse apenas o fato de ter sido despertado mais cedo por sua dança assassina rigidamente controlada. — Jiang, pergunte a si mesmo, o que você vai fazer quando seu oficial superior lhe ordenar que lance bombas de plasma em algum hospital cheio de crianças feridas?

— Existem certos atos...

— Não! — A rispidez em minha própria voz me surpreendeu. — Soldados não podem tomar esse tipo de decisão. Olhe pela janela, Jiang. Misturada com aquela parada preta que você vê voando ali fora, tem uma fina camada de moléculas de gordura do que eram pessoas. Homens, mulheres, crianças, todos vaporizados por algum soldado sob ordens de um oficial superior. Porque eles estavam atrapalhando.

— Isso foi uma ação kempista.

— Ah, *faça-me o favor.*

— Eu não executaria...

— Então você já não é mais um soldado, Jiang. Soldados seguem ordens. Indiferentemente. No momento em que se recusa a executar uma ordem, você não é mais um soldado. É só um assassino de aluguel, tentando renegociar seu contrato.

Jiang se levantou.

— Eu vou me trocar — disse, friamente. — Por favor, apresente minhas desculpas ao capitão Sutjiadi pelo atraso.

— Claro. — Apanhei um kiwi da mesa e mordi, atravessando a casca. — Te vejo lá.

Observei enquanto ele se retirava para o outro dormitório, então me levantei da mesa e saí para a manhã, ainda mastigando o amargor peludo da casca do kiwi em meio à fruta.

Lá fora, o acampamento lentamente se avivava. A caminho da bolha de reuniões, vi Ameli Vongsavath agachada debaixo de uma das vigas de apoio da *Nagini* enquanto Yvette Cruickshank a ajudava a levantar parte do sistema hidráulico para inspeção. Com Wardani alojada em seu laboratório, as três mulheres remanescentes tinham acabado dividindo uma bolha, eu não sabia se por acidente ou de propósito. Nenhum dos membros masculinos da equipe tinha tentado ficar com a quarta cama no beliche.

Cruickshank me viu e acenou.

— Dormiu bem? — perguntei.

Ela sorriu de volta.

— Como os mortos.

Hand aguardava na porta da bolha de reuniões, os ângulos limpos de seu rosto recém-barbeados, o macacão camaleocrômico imaculado. Havia um leve traço de especiarias no ar que eu pensei que talvez viesse de algo em seu cabelo. Ele lembrava tanto uma propaganda da net para treinamento de oficiais que eu podia alegremente ter-lhe dado um tiro na cara em vez de um bom-dia.

— Dia.

— Bom dia, tenente. Como foi seu sono?

— Breve.

Lá dentro, três quartos do espaço tinham sido cedidos à sala de reuniões, o resto isolado para uso de Hand. Na área de reuniões, uma dúzia de cadeiras equipadas com pranchas memorizadoras foram arranjadas em um círculo aproximado, e Sutjiadi se ocupava ali com um projetor de mapas, girando uma imagem central do tamanho de uma mesa da praia e seus arredores, inserindo marcações e fazendo anotações na prancha de sua própria cadeira. Ele levantou os olhos quando eu entrei.

— Kovacs, que bom. Se você não tiver nenhuma objeção, vou enviar você na moto com Sun esta manhã.

Bocejei.

— Parece divertido.

— Sim, bem, este não é propósito principal. Eu quero instalar um anel secundário de sentinelas remotas alguns quilômetros mais para trás, para nos dar uma vantagem de reação, e Sun não pode cuidar da própria segurança enquanto faz a instalação. Você fica com o serviço de guarda-costas. Vou mandar Hansen e Cruickshank começarem na ponta norte, trabalhando cada vez mais para dentro. Você e Sun vão para o sul, fazer a mesma coisa.

— Ele me deu um sorriso estreito. — Veja se conseguem combinar de se encontrar em algum ponto no meio.

Concordei.

— Humor. — Escolhi uma cadeira e me soltei nela. — Você tem que ficar de olho nisso aí, Sutjiadi. É viciante.

No topo das encostas voltadas para o mar da cordilheira de Dangrek, a devastação em Sauberlândia era mais evidente. Era possível ver onde a bola de fogo tinha aberto uma cavidade na ponta da península e deixado o mar entrar, mudando todo o formato da linha costeira. Ao redor da cratera, fumaça ainda subia para o céu, mas dali das encostas dava para enxergar a infinidade de pequenos incêndios que alimentava o fluxo, um vermelho baço como os faróis usados para marcar potenciais pontos de conflito em um mapa político.

Dos prédios da cidade em si não havia restado absolutamente nada.

— Uma coisa a gente tem que admitir sobre o Kemp — falei, na maior parte para o vento que vinha do mar —, ele não enrola com tomada de decisões por comitê. Não tem um quadro geral com esse cara. Assim que ele vê que está perdendo, bum! Simplesmente faz chover fogo do céu.

— Desculpe, como é? — Sun Liping ainda estava distraída com as entranhas do sistema de sentinela que havíamos acabado de plantar. — Tá falando comigo?

— Na verdade, não.

— Falando sozinho, então? — Suas sobrancelhas se arquearam acima de seu trabalho. — Isso é um mau sinal, Kovacs.

Grunhi e me remexi no assento do artilheiro. A moto gravitacional estava inclinada em ângulo sobre o mato áspero, as armas Jato Solar já montadas para baixo para manter um ponto estável no horizonte voltado para a terra. Elas se contraíam de tempos em tempos, rastreadores de movimento caçando o vento pela grama ou talvez algum animal pequeno que de alguma forma conseguiu evitar a morte quando a explosão atingiu Sauberlândia.

— Certo, tudo acabado aqui.

Sun fechou a portinhola de inspeção e se afastou, observando a arma sentinela levantar-se cambaleante e voltar-se para as montanhas. Ele se firmou enquanto a bateria ultravibratória saía da carapaça superior, como se subitamente se lembrasse de seu propósito. O sistema hidráulico se assentou em uma pose agachada que levou a maior parte do corpo para fora da linha de visão de qualquer um subindo essa colina em particular. Um sensor de clima saiu da armadura por baixo do segmento da arma, flexionando no ar. A máquina toda parecia, absurdamente, com um sapo esfomeado escondido, testando o ar com uma perna especialmente magricela.

Ergui o microfone de contato com o queixo.

— Cruickshank, aqui é Kovacs. Está prestando atenção?

— Total — respondeu a comando de Implementação Rápida, lacônica. — Onde você está, Kovacs?

— Estamos com o número seis alimentado e hidratado. Passando para o local cinco. Devemos entrar na sua linha de visão em breve. Certifique-se de manter suas tags onde possam ser lidas.

— Relaxa, tá? Essa é minha profissão.

— Isso não te salvou da última vez, né?

Ouvi a fungada dela.

— Golpe baixo, cara. Golpe baixo. Quantas vezes você foi morto, afinal, Kovacs?

— Uma ou outra — admiti.

— Então... — A voz dela se ergueu, zombando: — Cala essa porra de boca.

— Te vejo em breve, Cruickshank.

— Não se eu te vir antes. Desligo.

Sun montou na moto.

— Ela gosta de você — disse ela, olhando para trás. — Só para sua informação. Ameli e eu passamos a maior parte da noite ouvindo o que ela gostaria de fazer com você em um módulo de fuga trancado.

— Bom saber. Você não prometeu segredo, então?

Sun ligou os motores e o para brisa se fechou ao nosso redor.

— Acho — disse ela, pensativa — que a ideia era que uma de nós te contasse o mais rápido possível. A família dela é dos Planaltos Limon, em Latimer, e pelo que eu ouvi, as meninas de Limon não dão bobeira quando querem algo pra plugar. — Ela se virou para olhar para mim. — Palavras dela, não minhas.

Sorri.

— Ela vai ter que correr, claro — prosseguiu Sun, ocupando-se com os controles. — Em alguns dias nenhum de nós vai ter mais nenhuma libido que valha a pena mencionar.

Perdi o sorriso.

Levantamos voo e deslizamos ao longo do lado da colina voltado para o mar. A moto gravitacional era um veículo confortável, mesmo repleta com o peso de alforjes carregados e, com o para-brisa erguido, era fácil conversar.

— Você acha que a arqueóloga consegue abrir o portal, como ela diz? — perguntou Sun.

— Se alguém puder.

— Se alguém puder — repetiu ela, contemplativa.

Pensei nos reparos psicodinâmicos que eu havia feito em Wardani, na paisagem mental ferida que eu precisei abrir, afastando-a como bandagens que tinham se tornado sépticas e endurecidas na carne que guardavam abaixo. E ali, no cerne, a centralidade cerrada que lhe permitira sobreviver aos danos.

Ela havia chorado quando a abertura fora deflagrada, mas chorou de olhos abertos, como alguém lutando contra o peso do torpor, piscando para tirar as lágrimas dos olhos, as mãos se fechando nas laterais do corpo, os dentes cerrados.

Eu a tinha despertado, mas fora ela mesma quem se trouxera de volta.

— Não, esquece o que eu disse — falei. — Ela consegue. Sem dúvida.

— Você demonstra uma fé considerável. — Não havia nenhuma crítica na voz de Sun que eu pudesse discernir. — Estranho em um homem que se esforça tanto para se enterrar sob o peso da descrença.

— Não é fé — falei, bruscamente. — É conhecimento. Tem uma grande diferença.

— E ainda assim, segundo eu entendo, o condicionamento Emissário fornece insights que transformam prontamente um no outro.

— Quem te contou que eu fui um Emissário?

— Você mesmo. — Dessa vez pensei poder detectar um sorriso na voz de Sun. — Bem, pelo menos, você contou a Deprez, e eu estava ouvindo.

— Muito astuto de sua parte.

— Obrigada. Minha informação é correta, então?

— Na verdade, não. Onde foi que você ouviu isso?

— Minha família é originalmente de Lar Huno. Lá, temos um nome chinês para os Emissários. — Ela emitiu uma fieira curta de sílabas enunciadas com precisão. — Significa "Alguém Que Forma Fatos a Partir da Crença".

Grunhi. Eu tinha ouvido algo similar em Nova Beijing algumas décadas antes. A maioria das culturas coloniais acabara construindo mitos em torno dos Emissários em um momento ou outro.

— Você não parece impressionado.

— Bem, é uma tradução ruim. O que os Emissários têm é só um sistema de aprimoramento da intuição. Sabe? Você está saindo, não está um dia feio, mas você pega uma jaqueta por impulso. Mais tarde, chove. Como isso funciona?

Ela olhou por cima do ombro, uma sobrancelha erguida.

— Sorte?

— Possível. Mas o mais provável é que sistemas em sua mente e seu corpo dos quais você não tem consciência analisam o ambiente em um nível subconsciente e apenas de vez em quando conseguem fazer a mensagem chegar até você através de toda a programação do superego. O treinamento dos Emissários pega essa capacidade e a refina, de modo que seu superego e subconsciente se deem melhor. Não tem nada a ver com crença, é só um...

uma sensação de algo subjacente. Você faz as conexões e, a partir daí, se torna capaz de montar um modelo básico da verdade. Mais tarde, você volta e preenche as lacunas. Detetives talentosos têm feito isso por séculos sem ajuda. Essa é apenas a versão superamplificada. — De súbito eu fiquei cansado das palavras saindo pela minha boca, o fluxo loquaz de especificações de sistemas humanos com os quais era possível se envolver para escapar das realidades emocionais do que fazia para ganhar a vida. — Então me conte, Sun. Como você veio de Lar Huno para cá?

— Foram meus pais que vieram, não eu. Eram analistas de biossistemas terceirizados. Foram trazidos para cá via transmissão de agulha quando as cooperativas de Lar Huno foram pagas para se assentar em Sanção IV. A consciência deles, quero dizer. Foram mandadas via f.h.d. para clones criados sob medida de matéria-prima chinesa em Latimer. Tudo parte do arranjo.

— Eles ainda estão aqui?

Ela curvou os ombros levemente.

— Não. Eles se aposentaram em Latimer, vários anos atrás. O contrato de assentamento pagou muito bem.

— E você não quis ir com eles?

— Eu nasci em Sanção IV. Aqui é o meu lar. — Sun tornou a olhar para mim. — Imagino que você possa ter problemas para compreender isso.

— Na verdade, não. Já vi lugares piores dos quais fazer parte.

— É mesmo?

— Claro. Xária, por exemplo. *Direita! Vá pra direita!*

A moto mergulhou e aterrou. Reflexos admiráveis de Sun em sua nova capa. Eu me mexi no banco, analisando atentamente a paisagem das colinas. Minhas mãos foram para as manoplas voadoras da Jato Solar embutida e puxaram-nas para a altura manual. Em movimento, elas não eram grande coisa como armas automáticas sem uma programação muito cuidadosa, e nós não tínhamos tempo para isso.

— Tem algo se mexendo por ali. — Puxei o microfone com o queixo. — Cruickshank, temos movimento do lado oposto ao nosso. Quer se juntar à festa?

A resposta veio bem clara.

— A caminho. Continuem marcados.

— Você consegue enxergar? — perguntou Sun.

— Se eu pudesse enxergar o que é, já teria atirado. E a mira?

— Nada até o momento.

— Ah, *isso* é bom.

— Acho... — Chegamos ao topo de um morrinho e a voz de Sun retornou, praguejando, pelo que parecia, em mandarim. Ela jogou a moto de lado e girou, rastejando outro metro acima do chão. Olhando por cima do ombro dela, vi o que estávamos procurando.

— Mas que *porra* é aquela? — cochichei.

Em outra escala, talvez eu tivesse pensado que víamos um ninho recém--eclodido das larvas criadas por bioengenharia para limpar ferimentos. A massa cinzenta que se remexia no mato abaixo de nós tinha a mesma consistência úmida e escorregadia e o mesmo movimento autorreferencial, como um milhão de pares de mãos microscópicas lavando umas às outras. No entanto, víamos larvas suficientes para todos os ferimentos infligidos em Sanção IV no último mês. Estávamos olhando para uma esfera de atividade ebuliente com mais de um metro de raio, empurrada gentilmente pela encosta da colina como um balão cheio de gás. Onde a sombra da moto se projetava sobre essa esfera, protuberâncias se formavam na superfície e se avolumavam para cima, explodindo como bolhas com um estampido suave e retornando à substância do corpo principal.

— Olha — disse Sun, baixinho. — Esse treco gosta da gente.

— Que porra é essa?

— Eu não sabia na primeira vez em que você me perguntou.

Ela empurrou a moto de volta à colina que tínhamos acabado de subir e nos fez descer. Eu abaixei os canais de descarga das Jato Solar para me concentrar em nosso novo parceiro de brincadeira.

— Você acha que estamos longe o bastante? — perguntou ela.

— Não se preocupe — falei, soturno. — Se aquilo apenas se contrair nessa direção, vou fazê-la explodir, por princípios. Seja lá o que for.

— Isso me parece pouco sofisticado.

— Bem, pois é. Pode me chamar de Sutjiadi.

A coisa, seja lá o que fosse, parecia ter se acalmado, agora que não lançávamos sombras sobre sua superfície. O movimento de contorções internas prosseguia, mas não havia nenhum sinal de movimento lateral coordenado em nossa direção. Eu me inclinei sobre a Jato Solar montada e observei, perguntando-me brevemente se de alguma forma não estávamos ainda no construto da Mandrake, olhando para outra disfunção de probabilidade como a nuvem cinzenta que obscurecera Sauberlândia enquanto seu destino ainda não estava decidido.

Um zumbido abafado chegou aos meus ouvidos.

— Aí vem a equipe maravilha.

Analisei a cordilheira no sentido norte, divisei a outra moto e dei um close com minha neuroquímica. Cruickshank, de seu assento com as armas, tinha o cabelo se abrindo atrás de si como um leque. O para-brisa deles se mostrava acionado em forma de cone em frente ao motorista, de modo a permitir máxima velocidade. Hansen dirigia debruçado e concentrado. Fiquei surpreso com a onda cálida de afeto que a visão provocou em mim.

Genoma de lobo, registrei, irritadiço. *Não dá pra se livrar disso.*

Bom e velho Carrera. Nunca deixa nada passar, aquele velho safado.

— Deveríamos transmitir isso para o Hand — dizia Sun. — Os arquivos do Cartel talvez tenham algo a respeito.

A voz de Carrera passou pela minha mente.

o Cartel utilizou

Olhei para aquela massa cinzenta se contorcendo com novos olhos.

Caralho.

Hansen fez a moto parar com um tremor ao nosso lado e se inclinou sobre o guidão. Seu cenho se franziu.

— O qu...

— Não sabemos que porra é aquela — interrompeu Sun, sarcástica.

— Sabemos, sim — falei.

CAPÍTULO 22

Hand fitou impassivelmente a projeção por um longo momento depois de Sun ter pausado o vídeo. Ninguém mais estava olhando para a holotela. Sentados no círculo ou agrupados na porta da cabine-bolha, todos olhavam para ele.

— Nanotecnologia, certo? — disse Hansen para todos.

Hand assentiu. Seu rosto era uma máscara, mas, para os sentidos afinados de Emissário que eu tinha empregado, a raiva espiralava dele como trilhas de fumaça.

— Nanotecnologia *experimental* — especifiquei. — Pensei que aquilo fosse só uma fala-padrão para assustar, Hand. Nada com que nos preocupar.

— Normalmente, é — disse ele, equilibradamente.

— Já trabalhei com nanossistemas militares — disse Hansen. — E nunca vi nada parecido.

— Não, não teria visto mesmo. — Hand relaxou um pouco e inclinou-se adiante para gesticular para a holotela. — Isso é novo. O que vocês estão vendo aqui é uma configuração nula. Os nanorrobôs não têm nenhuma programação específica para seguir.

— Então o que estão fazendo? — perguntou Ameli Vongsavath.

Hand pareceu surpreso.

— Nada. Não estão fazendo nada, senhorita Vongsavath. Exatamente isso. Estão se alimentando da radiação que vem da zona destruída, se reproduzindo a uma taxa modesta e... existindo. Esses são os únicos parâmetros programados.

— Parece inofensivo — disse Cruickshank, em dúvida.

Vi Sutjiadi e Hansen trocarem um olhar.

— Inofensivo, certamente, no momento atual. — Hand apertou um botão no painel da cadeira, e a imagem congelada desapareceu. — Capitão, acho melhor encerrarmos esse assunto por enquanto. Estou certo em presumir que os sensores que montamos devem nos alertar antecipadamente em caso de alguma ocorrência imprevista?

Sutjiadi franziu a testa.

— Qualquer coisa que se mova vai aparecer — garantiu ele. — Mas...

— Excelente. Então todos nós deveríamos voltar ao trabalho.

Um murmúrio percorreu o círculo da reunião. Alguém bufou. Sutjiadi pediu silêncio, ríspido e gelado. Hand se levantou e atravessou a passagem para seu alojamento. Ole Hansen indicou o executivo com o queixo e uma ondulação de resmungos de apoio surgiu. Sutjiadi reprisou seu gelo de *calem a porra da boca* e começou a distribuir tarefas.

Esperei. Os membros da equipe de Dangrek saíram sozinhos ou aos pares, o último deles conduzido para fora por Sutjiadi. Tanya Wardani se demorou brevemente à porta da cabine-bolha enquanto saía, olhando em minha direção, mas Schneider disse algo em seu ouvido e os dois seguiram o fluxo geral. Sutjiadi me deu um olhar severo quando viu que eu estava ficando, mas foi embora. Eu aguardei mais dois minutos, depois me levantei e fui até a aba do alojamento de Hand. Toquei a campainha e entrei.

Hand estava estendido em sua cama de campanha, encarando o teto. Mal olhou em minha direção.

— O que você quer, Kovacs?

Abri uma cadeira e me sentei.

— Bom, menos lorotas do que você está empregando no momento seria um bom começo.

— Eu não creio que tenha contado mentiras para ninguém recentemente. E eu tento prestar atenção nessas coisas.

— Também não contou muitas verdades. Não para o pessoal de menor escalão, de qualquer forma, e, com agentes de operações especiais, acho que isso é um erro. Eles não são burros.

— Não, não são burros. — Ele disse isso com o desapego de um botânico etiquetando espécimes. — Mas são pagos, e isso é tão bom quanto, se não ainda melhor.

Examinei a lateral da minha mão.

— Eu também fui pago, mas isso não vai me impedir de arrancar sua traqueia se eu descobrir que você tá tentando me enrolar.

Silêncio. Se a ameaça o incomodou, ele não demonstrou.

— Então — falei, finalmente —, você vai me dizer o que é que está havendo com a nanotecnologia?

— Não tem nada *havendo*. O que eu disse à senhorita Vongsavath foi verdade. Os nanorrobôs estão em uma configuração nula porque estão fazendo precisamente nada.

— Ah, faça-me o favor, Hand. Se eles não estão fazendo nada, então por que é que você está tão abalado?

Ele encarou o teto da cabine-bolha por um tempo. Parecia fascinado pelo forro cinza tedioso. Eu estava a ponto de me levantar e arrastá-lo para fora da cama, mas algo no condicionamento Emissário me segurou no lugar. Hand estava chegando a alguma conclusão.

— Você sabe — murmurou ele — o que é ótimo em guerras como essa?

— Impedem que a população pense demais?

Um leve sorriso passou pelo rosto dele.

— O potencial para inovação — disse.

Aquela afirmação pareceu lhe dar uma energia súbita. Ele jogou os pés para fora da cama e se sentou, com os cotovelos apoiados nos joelhos, as mãos cruzadas. Seus olhos focados nos meus.

— O que você pensa do Protetorado, Kovacs?

— Está brincando, né?

Ele balançou a cabeça.

— Sem joguinhos. Sem armadilhas. O que o Protetorado é para você?

— *O aperto esquelético da mão de um cadáver ao redor de ovos tentando eclodir?*

— Muito lírico, mas eu não te perguntei como Quell chama o Protetorado. Perguntei o que você pensa.

Dei de ombros.

— Penso que Quell tinha razão.

Hand assentiu.

— Sim — disse ele, simplesmente. — Tinha. A raça humana cavalgou as estrelas. Ocupamos as entranhas de uma dimensão a qual não temos sentidos para perceber. Construímos sociedades em mundos tão distantes entre si que as naves mais rápidas de que dispomos levariam meio milênio para ir de um lado da nossa esfera de influência para o outro. E sabe como foi que fizemos tudo isso?

— Acho que já ouvi esse discurso.

— Foram as corporações. Não os governos. Não os políticos. Não essa porra de piada do Protetorado de quem tanto falamos. O planejamento corporativo nos deu a visão, o investimento corporativo pagou por isso e os funcionários corporativos construíram o que foi necessário.

— Uma salva de palmas para as corporações. — Bati palmas uma meia dúzia de vezes, seco.

Hand me ignorou.

— E quando terminamos, o que aconteceu? As Nações Unidas vieram e nos botaram uma focinheira. Eles retiraram de nós os poderes que tinham nos concedido para a diáspora. Aplicaram suas taxas de novo, reescreveram seus protocolos. Eles *nos castraram*.

— Isso me parte o coração, Hand.

— Não tem graça, Kovacs. Tem alguma ideia de que avanços tecnológicos poderíamos ter a essa altura se aquela focinheira não tivesse voltado? Sabe o quanto fomos *rápidos* durante a diáspora?

— Li a respeito.

— No voo espacial, na criogenia, na biociência, na inteligência das máquinas. — Ele os marcou dobrando os dedos para trás. — Um século de avanços em menos de uma década. Uma onda global de tetrameta para toda a comunidade científica. E tudo isso parou com os protocolos do Protetorado. Teríamos voo espacial mais rápido do que a luz a essa altura, caralho, se eles não nos tivessem impedido. Garanto.

— É fácil falar isso agora. Acho que você só está omitindo alguns detalhes históricos inconvenientes, mas essa não é a questão, na verdade. Você tá tentando me dizer que o Protetorado apagou os protocolos pra vocês, só para poderem ganhar essa guerrinha mais rápido?

— Em essência, sim. — As mãos dele fizeram um movimento de moldar no espaço entre seus joelhos. — Não é oficial, claro. Não mais do que todos aqueles couraçados do Protetorado que não estão oficialmente em nenhum lugar próximo de Sanção IV. Não oficialmente, porém, cada membro do Cartel tem um mandato de forçar o desenvolvimento de tecnologia bélica até o talo e além.

— E é isso o que está se contorcendo por aí? Nanotecnologia forçada até o talo?

Hand apertou os lábios.

— IVUC. Sistemas Nanotecnológicos Inteligentes de Vida Ultracurta.

— Soa promissor. Então, o que eles fazem?

— Não sei.

— Ah, put...

— Não. — Ele se debruçou adiante. — *Eu não sei.* Nenhum de nós sabe. É uma frente nova. Estão chamando de SARNPA. Sistema Ambientalmente Reativo em Nanoescala com Programa Aberto.

— O sistema ARNPA? Mas que *gracinha.* E é uma arma?

— Claro que sim.

— E como funciona?

— Kovacs, você não tá prestando atenção. — Havia um tipo sombrio de entusiasmo crescendo em sua voz agora. — É um sistema em evolução. Evolução *inteligente.* Ninguém sabe o que ele faz. Tente imaginar o que poderia ter acontecido com a vida na Terra se as moléculas de DNA pudessem pensar de uma forma rudimentar. Imagine a rapidez com que a evolução poderia ter nos levado aonde estamos agora. Agora acelere isso um milhão de vezes ou mais, porque quando eles dizem *Vida Curta,* estão falando sério. Da última vez que fui informado sobre o projeto, eles contaram que a extensão da vida de cada geração durava menos de quatro minutos. O que ele faz? Kovacs, estamos apenas começando a mapear o que ele *pode* fazer. Eles moldaram esse sistema em construtos de alta velocidade gerados em IAM e o resultado foi diferente em todas as vezes. Uma vez ele construiu umas armas-robôs parecidas com gafanhotos do tamanho de um tanque aranha, mas elas podiam saltar a setenta metros de altura e descer atirando com precisão. Outra vez ele se transformou em uma nuvem de esporos que dissolvia moléculas ligadas a carbono assim que entrava em contato com elas.

— Ah. Que ótimo.

— Ele não deve seguir esse rumo aqui. Não temos a densidade de pessoal militar para que isso seja um traço seletivo na evolução.

— Mas ele pode fazer basicamente qualquer outra coisa.

— Sim. — O executivo Mandrake olhou para suas mãos. — Eu imagino que sim. Assim que ficar ativo.

— E quanto tempo temos antes que isso aconteça?

Hand encolheu os ombros.

— Até que ele perturbe os sistemas de sentinela de Sutjiadi. Assim que os sistemas dispararem nele, ele começa a evoluir para lidar com a oposição.

— E se nós formos explodir aquilo agora? Porque eu tenho certeza de que esse vai ser o voto de Sutjiadi.

— Com o quê? Se usarmos a UV da *Nagini,* ele só vai se tornar preparado para lidar com os sistemas de sentinela mais rápido. Se usarmos outra coisa, ele vai evoluir em torno disso e provavelmente atacar as sentinelas muito mais endurecido e inteligente. É *nanoware.* Não se pode matar nanorrobôs individualmente. E alguns sempre sobrevivem. Caralho, Kovacs, uma taxa de mortalidade de oitenta por cento é o que nossos laboratórios trabalham como ideal evolucionário. É o princípio da coisa. Alguns sobrevivem, os filhos da puta mais durões, e esses são os que resolvem como vão te superar da próxima vez. Qualquer coisa, literalmente *qualquer coisa*, que você fizer para tirá-los da configuração nula só piora tudo.

— Deve ter algum jeito de desligar isso.

— Tem, sim. Tudo o que você precisa são os códigos de encerramento do projeto. Que eu não tenho.

Fosse pela radiação ou pelas drogas ou seja lá o que fosse, eu subitamente me senti cansado. Encarei Hand com olhos endurecidos. Nada a dizer que não fosse uma arenga seguindo as linhas da ladainha de Tanya Wardani contra Sutjiadi na noite anterior. Desperdício de ar quente. Não dá pra conversar com gente assim. Soldados, engravatados corporativos, políticos. Tudo o que se pode fazer é matá-los, e nem isso geralmente resolve nada. Eles simplesmente deixam a merda que fizeram para trás e outra pessoa para seguir adiante com ela.

Hand pigarreou.

— Se tivermos sorte, estaremos fora daqui antes que fique avançado demais.

— Se Ghede estiver do nosso lado, você quer dizer?

Ele sorriu.

— Se você preferir.

— Você não acredita em uma palavra sequer daquela merda, Hand.

O sorriso desapareceu.

— Como você saberia no que eu acredito?

— SARNPA. IVUC. Você conhece as siglas, sabe dos resultados rodados nos construtos. Conhece essa porra de programa, hardware e software. Carrera nos alertou sobre o uso de nanotecnologia, você nem piscou. E agora de repente você está furioso e com medo. Algo não se encaixa.

— Isso é uma pena. — Ele começou a se levantar. — Já contei tudo o que vou contar, Kovacs.

Eu fiquei de pé antes dele e saquei uma das armas de interface com a mão direita. Ela se agarrou à minha palma como algo se alimentando.

— Sente-se.

Ele olhou para a arma inteligente nivelada...

— Não seja ridícu...

... em seguida para o meu rosto, e sua voz secou.

— Sente-se.

Ele se abaixou cuidadosamente de volta à cama.

— Se você me ferir, Kovacs, perde tudo. Seu dinheiro em Latimer, sua passagem para fora daqui...

— Pelo que ouvi, não me parece que vou coletar muita coisa no momento, de qualquer jeito.

— Eu tenho um backup, Kovacs. Ainda que você me mate, é uma bala desperdiçada. Eles vão me reencapar em Pouso Seguro e...

— Você já levou um tiro na barriga?

Os olhos dele se voltaram para os meus no mesmo instante. Ele se calou.

— Essas são balas de fragmentação de alto impacto. Carga antipessoal de curta distância. Imagino que você tenha visto o que elas fizeram com a equipe de Deng. Elas entram inteiras e saem como estilhaços de monomol. Eu te acerto na barriga e você vai levar quase um dia inteiro para morrer. Seja lá o que eles fizerem com o seu eu armazenado, você vai passar por isso aqui e agora. Eu morri desse jeito uma vez e posso dizer: é algo que você gostaria de evitar.

— Acho que o capitão Sutjiadi talvez tenha algo a dizer a esse respeito.

— Sutjiadi vai fazer o que eu disser, assim como os outros. Você não fez nenhum amigo nessa reunião, e eles estão tão indispostos a morrer nas mãos dos seus nanorrobôs evolutivos quanto eu. Agora, que tal terminarmos essa conversa de modo civilizado?

Observei enquanto ele media a resolução em meus olhos, em minha posição preparada. Ele devia ter algum condicionamento de psicossensor diplomático, algumas habilidades desenvolvidas em analisar essas coisas, mas o treinamento Emissário tinha uma capacidade intrínseca de enganar capaz de deixar a maior parte dos bioware corporativos na poeira. Emissários projetam puramente a partir de uma base de crença sintética. Naquele momento, eu mesmo não sabia se iria atirar nele ou não.

Ele leu intenção verdadeira no meu rosto, ou talvez alguma outra coisa tivesse cedido. Eu vi o momento cruzar sua expressão. Levantei a arma inteligente. Não sabia para que lado a coisa podia ter pendido. Com frequência, não dava para saber. Ser um Emissário é bem assim.

— Isso não sai desse quarto — disse ele. — Vou contar aos outros sobre o IVUC, mas o resto nós vamos manter entre nós dois. Qualquer outra coisa seria contraprodutiva.

Arqueei uma sobrancelha.

— É ruim a esse ponto?

— Parece — falou Hand lentamente, como se as palavras tivessem um gosto ruim — que fui longe demais. Armaram para cima da gente.

— Quem?

— Você não os conhece. Concorrência.

Eu voltei a me sentar.

— Outra corporação?

Ele negou com a cabeça.

— O SARNPA é um pacote Mandrake. Nós contratamos especialistas terceirizados para o IVUC, mas o projeto é da Mandrake. Bem selado. São executivos da Mandrake, disputando por cargos. Colegas.

A última palavra saiu como uma cusparada.

— Você tem muitos colegas assim?

Isso rendeu uma careta.

— Não se faz amigos na Mandrake, Kovacs. Os aliados vão te apoiar enquanto isso for vantajoso. Para além disso, você está morto se confiar em alguém. Faz parte do cargo. Temo que eu tenha me enganado em meus cálculos.

— Então eles lançaram esse sistema ARNPA na esperança de que você não volte de Dangrek. Isso não é meio burro? Quer dizer, considerando o motivo pelo qual estamos aqui?

O engravatado espalmou as mãos.

— Eles não sabem por que estamos aqui. Os dados estão selados no cartucho da Mandrake, com acesso liberado apenas para mim. Vai custar a eles cada favor que puderem cobrar só para descobrir que estou aqui, para começo de conversa.

— Se eles estão tentando acabar com você aqui...

Ele assentiu.

— É.

Percebi novas razões por que ele não iria querer levar um tiro ali. Revisei minha leitura do nosso enfrentamento: Hand não tinha cedido; tinha feito um cálculo.

— Então, quão seguro é o seu armazenamento remoto?

— Para alguém fora da Mandrake? Basicamente inexpugnável. De dentro? — Ele olhou para as próprias mãos. — Não sei. Saímos com pressa. Os códigos de segurança são relativamente antigos. Com tempo... — Ele deu de ombros. — É sempre uma questão de tempo, né?

— Nós sempre podemos recuar — ofereci. — Usar o código que Carrera ofereceu para bater em retirada.

Hand deu um sorriso tenso.

— Por que você acha que o Carrera nos deu o código? Nanotecnologias experimentais estão travadas sob os protocolos do Cartel. Para poder ter utilizado isso, meus inimigos devem ter influência no nível do Conselho de Guerra. Isso significa acesso aos códigos de autorização para a Vanguarda e qualquer outra pessoa lutando do lado do Cartel. Esqueça Carrera; ele está no bolso deles. Ainda que não fosse assim no momento em que Carrera nos disse o código de chegada, agora esse código é só um identificador para mísseis esperando entrar em operação. — O sorriso tenso de novo. — E, pelo que eu entendo, a Vanguarda geralmente acerta o alvo em que estão atirando.

— É. — Assenti. — Geralmente acertam.

— Então. — Hand se levantou e foi até a aba da janela oposta à sua cama. — Agora você sabe de tudo. Satisfeito?

Pensei na situação.

— A única coisa que nos tira daqui inteiros é...

— Isso mesmo. — Ele não afastou o olhar da janela. — Uma transmissão detalhando o que descobrimos e o número serial da baliza de identificação utilizada para marcá-la como propriedade da Mandrake. Essas são as únicas coisas que vão me colocar de volta no jogo num nível alto o suficiente para superar esses *infiéis*.

Eu me sentei ali por mais algum tempo, mas ele pareceu ter terminado, de modo que me levantei para ir embora. Ele ainda não tinha olhado para mim. Observando seu rosto, senti uma fisgada inesperada de compaixão. Eu sabia como era errar um cálculo. Na aba da saída, hesitei.

— O que foi? — perguntou ele.

— Talvez seja melhor você fazer algumas preces — respondi. — Pode te fazer sentir melhor.

CAPÍTULO 23

Wardani estava trabalhando até a exaustão.

Ela atacava a impassível densidade dobrada do portal com um foco que beirava a fúria. Ficava sentada por horas, esboçando glifos e calculando suas prováveis relações entre si. Carregava com acelerador a sequência de tecnoglifos nos datachips cinza de acesso instantâneo, operando o deque como um pianista de jazz ligado com tetrameta. Ela a disparava pela compilação de equipamentos sintetizadores em torno do portal e assistia com os braços apertados em volta do corpo enquanto os painéis de comando faiscavam em um protesto holográfico ante os protocolos alienígenas que impunha. Ela analisava os painéis de glifos no portal por meio de 47 monitores separados, em busca de fiapos de respostas que pudessem ajudá-la com a sequência seguinte. Encarava a ausência de animação coerente que os glifos devolviam para ela com a mandíbula cerrada, depois reunia suas anotações e caminhava pesadamente pela praia até a cabine-bolha para começar tudo de novo.

Quando ela estava lá, eu me mantinha afastado, observando sua silhueta encolhida através da aba da bolha de uma posição estratégica na escotilha de carga da *Nagini*. A neuroquímica de foco ajustado aproximou a imagem e me entregou o rosto dela concentrado sobre o bloco de rascunhos ou a cabine de carregador de chip. Quando ela foi para a caverna, fiquei em meio ao caos de rascunhos descartados de tecnoglifos no chão da cabine-bolha e a observei na parede de monitores.

Ela usava o cabelo preso para trás com severidade, mas algumas mechas se soltaram e se rebelavam em sua testa. Uma normalmente chegava até a metade do rosto dela, deixando-me com uma sensação que eu não podia especificar muito bem.

Observei o trabalho e o que ele fazia com ela.

Sun e Hansen observavam seu painel de sentinelas remotas em turnos.

Sutjiadi vigiava a entrada da caverna, estivesse Wardani trabalhando lá ou não.

O resto da equipe acompanhava as transmissões semimisturadas do satélite. Canais de propaganda kempista quando conseguiam captá-los, pela comédia, programação governamental quando não conseguiam. As aparições pessoais de Kemp atraíam zombaria e tiros fingidos na tela, os números de recrutamento de Lapinee atraíam aplausos e cantorias. Em algum ponto, o espectro de reação foi ficando confuso, gerando uma ironia geral, e Kemp e Lapinee começaram a receber as reações voltadas para o outro. Deprez e Cruickshank jogavam contas em Lapinee sempre que ela aparecia, e a equipe toda tinha decorado os discursos ideológicos de Kemp, cantando junto com linguagem corporal e gestos demagogos iguaizinhos. Em sua maior parte, o que estivesse passando gerava risos muito necessários. Até Jiang se juntava com a centelha pálida de um sorriso de vez em quando.

Hand observava o oceano, voltado para o sul e o leste.

Ocasionalmente, eu inclinava a cabeça para trás, para o borrifo de fogo estelar cobrindo o céu noturno, e me perguntava quem estava nos observando.

Dois dias de serviço e as sentinelas remotas fizeram o primeiro estrago em uma colônia de nanorrobôs.

Eu estava vomitando meu café da manhã quando a bateria de ultravibração mandou ver. Dava para sentir o zumbido nos ossos e no fundo do estômago, o que não ajudava muito.

Três pulsos separados. Em seguida, nada.

Enxuguei a boca, apertei o botão de descarga no nicho do banheiro e saí para a praia. O céu parecia fixado ao horizonte, cinzento, apenas a lenta combustão persistente de Sauberlândia maculando-o. Nenhuma outra fumaça, nenhum respingo desbotado de brilho do fogo para implicar danos tecnológicos.

Cruickshank estava lá fora em campo aberto, a Jato Solar inflexível, olhando fixamente para as encostas. Segui para a posição dela.

— Sentiu isso?

— Senti. — Cuspi na areia. Minha cabeça ainda estava pulsando, fosse pela náusea ou pelo disparo de ultravibração. — Parece que a defesa foi acionada.

Ela me olhou de esguelha.

— Você tá bem?

— Vomitei. Não fique tão convencida. Em uns dois dias, você também vai estar assim.

— Obrigada.

O zumbido no fundo das entranhas de novo, estendido dessa vez. Derramou-se pelas minhas vísceras. Descarga colateral, o tranco não específico que se espalhava da onda de transmissão dirigida que a bateria estava emitindo. Cerrei os dentes e fechei os olhos.

— Essa é a mira — disse Cruickshank. — Os três primeiros foram tiros de rastreio. Agora encontrou o alvo.

— Legal.

O zumbido foi passando. Eu me debrucei e tentei assoar uma dar narinas para limpar os pequenos coágulos de vômito que ainda se alojavam nos fundos das minhas passagens nasais. Cruickshank observava com interesse.

— Você se incomoda?

— Ah. Desculpa. — Ela desviou o olhar.

Assoei a outra narina até limpá-la, cuspi de novo e vasculhei o horizonte. Nada ainda. Pequenas manchas de sangue no catarro e nos coágulos de vômito aos meus pés. A sensação de algo se desmanchando.

Merda.

— Cadê o Sutjiadi?

Ela apontou para a *Nagini*. Havia uma prancha curva móvel debaixo do nariz da nave de ataque, e Sutjiadi estava em cima dela com Ole Hansen, aparentemente discutindo algum aspecto da bateria dianteira da embarcação. A uma curta distância, na praia, Ameli Vongsavath estava sentada em uma duna baixa, observando. Deprez, Sun e Jiang tomavam café na galera da nave ou tinham saído para fazer algo e passar o tempo.

Cruickshank fez sombra sobre os olhos e fitou os dois homens na rampa.

— Acho que o nosso capitão estava ansioso por isso — disse ela, pensativa. — Ele tá se esfregando naquele monte de armas todos os dias desde que chegamos aqui. Olha só ele sorrindo.

Fui lentamente até a rampa, suportando lentas ondas de náusea. Sutjiadi me viu chegando e se agachou na beirada. Nenhum traço do suposto sorriso.

— Parece que nosso tempo se esgotou.

— Ainda não. Hand disse que os nanorrobôs vão levar alguns dias para desenvolver reações adequadas à ultravibração. Eu diria que estamos na metade do prazo.

— Então vamos torcer para que a sua amiga arqueóloga esteja similarmente avançada. Falou com ela recentemente?

— Alguém falou?

Ele fez uma careta. Wardani não andava muito comunicativa desde que a notícia sobre o sistema ARNPA viera a público. Nas horas das refeições, ela comia para repor seu combustível e logo saía. Também acabava com tentativas de conversa disparando monossílabos.

— Eu apreciaria um relatório da situação — disse Sutjiadi.

— Deixa comigo.

Subi pela praia passando perto de Cruickshank, trocando um aperto de mãos de Limon que ela havia me ensinado. Era um reflexo aplicado, mas soprou um sorrisinho em meu rosto e o enjoo nas minhas entranhas retrocedeu um mínimo. É algo que os Emissários me ensinaram: reflexo pode tocar alguns lugares profundos e esquisitos.

— Posso falar com você? — perguntou Ameli Vongsavath quando alcancei sua posição estratégica.

— É, eu vou estar de volta aqui em um instante. Só quero checar nossa dedicada residente.

Não consegui um sorriso considerável.

Encontrei Wardani encolhida em uma espreguiçadeira de um lado da caverna, encarando furiosamente o portal. Sequências reprisadas lampejavam nas telas ornamentadas esticadas em uso acima de sua cabeça. A espiral de dados serpenteando ao lado dela foi limpa, ciscos de dados circulando, abandonados, no canto superior esquerdo, onde ela os deixara minimizados. Era uma disposição incomum — a maioria das pessoas deixa os resquícios de tela bem junto da superfície de projeção quando terminam —, mas de qualquer forma era o equivalente eletrônico de passar o braço por cima da sua escrivaninha e jogar o conteúdo por todo o chão. Nos monitores, eu a observei fazendo isso várias vezes, o gesto exasperado de alguma forma tornado elegante pela varredura reversa, indo para cima. Era algo que eu gostava de assistir.

— Eu preferiria que você não fizesse a pergunta óbvia — disse ela.

— Os nanorrobôs foram ativados.

Ela assentiu.

— É, eu senti. Isso nos dá o que, mais uns três ou quatro dias?

— Hand disse quatro lá fora. Então não sinta que você está sob pressão aqui.

Isso arrancou um sorriso tênue. Evidentemente, eu estava me aquecendo.

— Chegando a algum lugar?

— Essa é a pergunta óbvia, Kovacs.

— Desculpe. — Encontrei um caixote e me sentei nele. — Mas Sutjiadi está ficando ansioso. Ele está procurando parâmetros.

— Acho que é melhor eu parar de enrolar e simplesmente abrir esse negócio, então.

Arranjei um sorriso.

— Isso seria bom, sim.

Silêncio. O portal puxou minha atenção.

— Está ali — resmungou ela. — As extensões das ondas estão corretas, os glifos de som e visão batem. A matemática funciona... Quer dizer, até onde eu *compreendo* a matemática, funciona. Recuei a partir do que eu sei que deveria acontecer, extrapolei, isso é o que fizemos da última vez, até onde posso me lembrar. *Deveria* funcionar, porra. Tem alguma coisa que eu não estou vendo. Algo que eu esqueci. Talvez algo que... — o rosto dela se contorceu. — ... arrancaram de mim na base da porrada.

Houve uma falha histérica na voz dela quando se calou, um fio cortando a linha de memórias que ela não podia bancar. Corri atrás dessa linha.

— Se alguém esteve aqui antes de nós, será que eles poderiam ter alterado as configurações de algum jeito?

Ela ficou quieta por algum tempo. Esperei. Finalmente, ela levantou os olhos.

— Obrigada. — Ela pigarreou. — Hã. Pelo voto de confiança. Mas sabe, é meio improvável. Milhões contra um, improvável assim. Não, eu tenho certeza de que simplesmente deixei algo passar.

— Mas seria possível?

— É *possível*, Kovacs. Qualquer coisa é possível. Mas, sendo realista, não. Nenhum ser humano poderia ter feito isso.

— Humanos abriram o portal — apontei.

— É. Kovacs, *um cachorro* pode abrir uma porta, se tiver altura suficiente ao se levantar sobre as patas traseiras. Mas quando foi a última vez que você viu um cachorro tirar as dobradiças de uma porta e reinstalá-las?

— Certo.

— Há uma ordem de competência aqui. Tudo o que aprendemos a fazer com a tecnologia marciana, ler as tabelas de astronavegação, ativar os abrigos de tempestades, utilizar aquele sistema de metrô que eles encontraram na Terra de Nkrumah, isso tudo são coisas que qualquer marciano adulto podia fazer até dormindo. Tecnologia básica. Como dirigir um carro ou morar numa casa. *Isso aqui* — ela gesticulou, indicando o espigão corcunda do outro lado de sua bateria de instrumentos — é o auge da tecnologia deles. O único que descobrimos em quinhentos anos cavoucando em mais de trinta mundos.

— Talvez estejamos apenas procurando nos lugares errados. *Apalpando embalagens plásticas brilhantes enquanto espezinhamos os circuitos delicados que elas já protegeram.*

Ela me lançou um olhar duro.

— O que você é, um neófito de Wycinski?

— Eu li um pouco em Pouso Seguro. Não é fácil encontrar cópias das últimas obras, mas a Mandrake tem um conjunto bem eclético de cartuchos de dados. De acordo com o que eu vi, ele estava bem convencido de que todo o protocolo de busca da Guilda estava fodido.

— Ele estava amargurado quando escreveu isso. Não é fácil ser um visionário certificado num dia e um dissidente expurgado no outro.

— Ele previu os portais, não foi?

— Basicamente. Havia indícios em alguns dos materiais de arquivo que suas equipes recuperaram em Bradbury. Um par de referências a algo chamado o Passo Além. A Guilda escolheu interpretar isso como a visão lírica de um poeta sobre a tecnologia de transmissão de hiperfeixe. Naquela época, não tínhamos como identificar o que estávamos lendo. Poesia épica ou relatórios meteorológicos, tudo parecia igual, e a Guilda ficava feliz se conseguíssemos espremer algum significado bruto a partir daquilo. O Passo Além como tradução de *transmissão de hiperfeixe* foi um significado arrancado das mandíbulas da ignorância. Se ele se referisse a alguma tecnologia que ninguém jamais tinha visto, isso não seria útil para ninguém.

Uma vibração crescente abarcou a caverna. Poeira esvoaçou para baixo, vinda das escoras improvisadas. Wardani lançou um olhar para cima.

— O-oh.

— É, melhor ficar de olho nisso. Hansen e Sun acham que elas aguentam reverberações muito mais próximas do que as das sentinelas no círculo interno, mas, por outro lado... — dei de ombros — ... os dois cometeram pelo menos um erro fatal no passado. Vou colocar uma rampa aqui e checar se o teto não vai cair em você no seu momento de triunfo.

— Obrigada.

Encolhi os ombros de novo.

— É de interesse geral, realmente.

— Não era isso que eu queria dizer.

— Ah. — Gesticulei, sentindo-me atrapalhado de repente. — Olha, você já abriu essa parada antes. Você consegue fazer de novo. É só uma questão de tempo.

— Que nós não temos.

— Diga-me. — Procurei, com rapidez de Emissário, alguma forma para romper o desânimo espiralando na voz dela. — Se este realmente é o auge da tecnologia marciana, como é que a sua equipe foi capaz de desvendá-lo para começo de conversa? Digo...

Ergui as mãos em um apelo.

Ela abriu outro sorriso cansado e eu me perguntei de súbito o quanto o envenenamento por radiação e o desequilíbrio químico a estavam afetando.

— Você ainda não entende, né, Kovacs? Não estamos falando de humanos aqui. Eles não pensam do mesmo jeito que nós. Wycinski chamou isso de tecnoacesso democrático descascado. É como os abrigos de tempestades. Qualquer um podia acessá-los, digo, qualquer marciano, porque, bem, qual é *o sentido* de construir tecnologia que algumas pessoas da sua espécie podem ter dificuldade em acessar?

— Tem razão. Isso não é humano.

— Esta é uma das razões por que Wycinski se encrencou com a Guilda para início de conversa. Ele escreveu uma tese sobre os abrigos de tempestade. A ciência por trás dos abrigos na verdade é bem complicada, mas eles os construíram de uma maneira que isso não importava. Os sistemas de controle foram executados com uma simplicidade que até nós pudemos operá-los. Ele chamou isso de uma indicação clara de uma união de toda a espécie, e disse que isso demonstrava que o conceito de um império marciano se despedaçando em uma guerra colonial era bobagem.

— Simplesmente não sabia quando calar a boca, hein?

— É um modo de dizer.

— Então, o que ele defendia? Uma guerra contra outra raça? Alguém que ainda não encontramos?

Wardani deu de ombros.

— Isso, ou eles simplesmente se retiraram dessa região da galáxia e foram para outro lugar. Ele na verdade nunca avançou demais em nenhuma dessas linhas de raciocínio. Wycinski era um iconoclasta. Ele estava mais preocupado em derrubar as idiotices que a Guilda já havia perpetrado do que em construir suas próprias teorias.

— Essa é uma maneira surpreendentemente estúpida de se comportar, para alguém tão inteligente.

— Ou surpreendentemente corajosa.

— Se quiser colocar nesses termos.

Wardani balançou a cabeça.

— Tanto faz. O negócio é que podemos operar toda a tecnologia que descobrimos e que compreendemos. — Ela gesticulou para os quadros de equipamentos espalhados em torno do portal. — Temos que sintetizar a luz de uma glândula de garganta marciana e os sons que achamos que elas produziam, mas, se *compreendermos a coisa,* podemos fazê-la funcionar. Você perguntou como foi que conseguimos decifrar isso da última vez. Ela foi projetada assim. Qualquer marciano que precisasse passar por esse portal conseguiria abri-lo. E isso significa que, com esse equipamento e tempo suficiente, nós também conseguiremos.

Centelhas de determinação lampejavam sob as palavras. Ela estava de volta. Assenti lentamente e então deslizei para fora do caixote.

— Já está indo?

— Tenho que falar com a Ameli. Precisa de alguma coisa?

Ela me olhou de um jeito estranho.

— Mais nada, obrigada. — Aprumou-se um pouco na espreguiçadeira. — Tenho mais algumas sequências para rodar aqui, aí vou descer para comer.

— Bom. Te vejo lá. Ah. — Fiz uma pausa na saída. — O que eu devo dizer a Sutjiadi? Preciso dizer alguma coisa.

— Diga a ele que vou estar com esse portal aberto em dois dias.

— Sério?

Ela sorriu.

— Não, provavelmente não. Mas diga isso a ele assim mesmo.

Hand estava ocupado.

O chão de seu alojamento estava cheio de traçados em um padrão intrincado com areia, e uma fumaça perfumada flutuava vinda de velas pretas colocadas nos quatro cantos da sala. O executivo da Mandrake estava sentado com as pernas cruzadas e em algum tipo de transe em uma extremidade dos traçados de areia. As mãos dele seguravam uma tigela rasa de cobre, na qual pingava sangue vindo de um polegar cortado. Um ícone de osso esculpido jazia no centro da tigela, o marfim pintalgado de vermelho onde o sangue havia escorrido.

— Que porra você tá fazendo, Hand?

Ele emergiu do transe, e a fúria contorceu seu rosto.

— *Eu disse a Sutjiadi para que ninguém me incomodasse.*

— É, foi o que ele me disse. Agora, que porra você tá fazendo?

O momento se estendeu. Eu li as reações de Hand. A linguagem corporal me dizia que ele estava guinando para a violência, o que, por mim, estava ótimo. Morrer lentamente estava me deixando ansioso e disposto a causar algum estrago. Qualquer compaixão que eu tivesse sentido por Hand dois dias antes vinha evaporando bem rápido.

Talvez ele também tivesse lido minhas reações. Fez um movimento de espiral descendente com a mão esquerda, e a tensão em seu rosto desapareceu. Ele colocou a tigela de lado e lambeu o excesso de sangue do polegar.

— Eu não espero que você compreenda, Kovacs.

— Deixe-me adivinhar. — Olhei para as velas ao redor. O aroma delas era sombrio e acre. — Você está invocando um pouco de ajuda sobrenatural para nos tirar dessa merda.

Hand estendeu a mão e apagou a vela mais próxima sem se levantar. Sua máscara Mandrake estava de volta no lugar, e sua voz, equilibrada.

— Como de costume, Kovacs, você aborda o que não compreende com toda a sensibilidade de um chimpanzé. Basta dizer que existem rituais que devem ser honrados caso se queira que a relação com o reino espiritual seja frutífera.

— Acho que posso compreender isso. Você está falando de um sistema de recompensa. *Quid pro quo.* Um pouco de sangue por um punhado de favores. Muito mercenário, Hand, muito *corporativo.*

— O que você quer, Kovacs?

— Uma conversa inteligente. Vou esperar lá fora.

Saí pela aba, surpreso com o leve tremor que havia começado em minhas mãos. Provavelmente um feedback sem tratamento dos biocircuitos nas placas das minhas palmas. Mesmo nos melhores momentos, elas eram tão agitadas quanto cães de corrida, intensamente hostis a qualquer incursão à sua integridade processadora, e provavelmente não estava lidando com a radiação muito melhor do que o restante do corpo.

O incenso de Hand ficara grudado no fundo da minha garganta como fragmentos de tecido úmido. Tossi para expulsá-lo. Minhas têmporas pulsaram. Fiz uma careta e emiti ruídos de chimpanzé. Cocei debaixo dos braços. Pigarreei e tossi de novo. Sentei-me em uma cadeira no círculo de reuniões e examinei uma das mãos. Depois de algum tempo, o tremor passou.

O executivo da Mandrake levou cinco minutos para guardar sua parafernália e emergir parecendo uma versão quase funcional do Matthias Hand que estávamos habituados a ver pelo acampamento. Estava com olheiras e sua pele tinha uma palidez cinzenta subjacente, mas a distância que eu tinha visto nos olhos de outros homens morrendo da doença da radiação não estava ali. Ele havia bloqueado tudo. Via-se apenas a lenta infiltração do conhecimento da mortalidade iminente, e mesmo isso era preciso procurar com olhos de Emissário.

— Espero que isso seja *muito importante,* Kovacs.

— Já eu espero que não. Ameli Vongsavath me disse que o sistema de monitoramento de bordo da *Nagini* se desativou ontem à noite.

Ele olhou para mim. Eu assenti.

— É. Por cinco ou seis minutos. Não é difícil fazer isso; Vongsavath me contou que só é preciso convencer o sistema de que é parte de uma reconfiguração-padrão. Então, não houve alarme.

— Ah, Damballah. — Ele olhou para a praia. — Quem mais sabe?

— Você sabe. Eu sei. Ameli Vongsavath sabe. Ela me contou, eu contei pra você. Talvez você possa contar a Ghede e ele faz algo a respeito pra você.

— Não comece, Kovacs.

— É hora de uma decisão de gestão, Hand. Imagino que Vongsavath deva estar limpa. Não há motivos para ela me contar a respeito disso, se não estiver. Eu sei que *eu* estou limpo, e estou chutando que você também está. Fora isso, eu não gostaria de decidir em quem mais podemos confiar.

— Vongsavath checou a nave?

— Ela disse que sim, tão bem quanto pode sem decolar. Eu estava pensando mais no equipamento no porão.

Hand fechou os olhos.

— É. Que ótimo.

Ele estava absorvendo meus padrões de fala.

— De uma perspectiva de segurança, eu sugeriria que Vongsavath levantasse voo com nós dois, ostensivamente para uma checagem em nossos amigos nanorrobóticos. Ela pode rodar checagens no sistema enquanto lemos o manifesto. Dê a ordem no final da tarde, seria uma lacuna crível desde que as remotas entraram em ação.

— Tudo bem.

— Eu também sugeriria que você começasse a carregar um desses onde não possa ser visto. — Mostrei a ele o atordoador compacto que Vongsavath tinha me dado. — Bonitinho, né? Aparentemente, é equipamento-padrão da Marinha, saído da caixa de emergência da cabine da *Nagini*. Em caso de motim. Consequências mínimas se você fode tudo e dispara no cara errado.

Ele estendeu a mão para a arma.

— Nã-ãh. Arranje uma pra si mesmo. — Larguei a arma minúscula de volta no bolso da minha túnica. — Converse com a Vongsavath. Ela também já está equipada. Três de nós devem bastar pra impedir qualquer coisa antes mesmo que ela comece.

— Certo. — Ele tornou a fechar os olhos, pressionou o polegar e o indicador nos cantos internos dos olhos. — Certo.

— Pois é, parece que alguém realmente não quer que a gente passe por aquele portal, né? Talvez você esteja queimando incenso pros caras errados.

Lá fora, as baterias de ultravibração abriram fogo outra vez.

CAPÍTULO 24

Ameli Vongsavath nos levou cinco quilômetros para o alto, voou por algum tempo e então ligou o piloto automático. Nós três lotamos a cabine e nos agachamos ao redor da holotela de voo como os caçadores-coletores em torno de uma fogueira, à espera. Quando nenhum dos sistemas da *Nagini* tinha falhado catastroficamente três minutos depois, Vongsavath soltou o fôlego que parecia estar prendendo desde que havíamos parado.

— Provavelmente nunca foi algo com que nos preocupar — disse ela, sem muita convicção. — Quem andou brincando por aqui com certeza também não quer morrer com o restante de nós, seja lá o que ele ou ela pretendia conseguir com isso.

— Tudo depende — falei, desanimado — do nível do comprometimento.

— Você está pensando em Ji...

Levei um dedo aos meus lábios.

— Sem nomes. Ainda não. Não molde seus pensamentos antes do tempo. Além disso, talvez queira considerar que tudo de que nosso sabotador de fato precisava era um pouco de fé em nossa equipe de recuperação. Nós ainda estaríamos com os cartuchos intactos se essa coisa caísse do céu, né?

— A menos que as células de combustível estivessem minadas, sim.

— Aí está, então. — Voltei-me para Hand. — Vamos?

Não levamos muito tempo para encontrar o dano. Quando Hand rompeu o selo do primeiro tubo blindado de alto impacto na área de carga, o vapor que emanou foi suficiente para empurrar nós dois de volta pela portinhola para o convés da tripulação. Choquei-me contra o painel de isolamento de emergência e a portinhola caiu, fechando-se com um estrondo sólido. Rolei de costas no convés, os olhos lacrimejando, soltando uma tosse que enterrava suas garras no fundo dos meus pulmões.

— *Puta merda.*

Ameli Vongsavath apareceu, correndo até nós.

— Vocês estão...

Hand a afastou com um gesto, assentindo debilmente.

— Granada de corrosão — consegui dizer, arquejando e enxugando os olhos. — Devem ter apenas jogado ela ali dentro e trancado tudo depois. O que havia no BAI Um, Ameli?

— Só um minuto. — A piloto voltou à cabine e leu o manifesto. A voz dela veio até nós como se flutuasse. — Parece que principalmente material médico. Backup de inserções para o autocirurgião, algumas das drogas antirradiação. Conjuntos de Id&A, um dos trajes de mobilidade para traumas graves. Ah, e uma das balizas de identificação da Mandrake.

Assenti para Hand.

— Era de imaginar. — Empurrei meu corpo até atingir uma posição sentada contra a curva do casco. — Ameli, você pode checar onde as outras balizas estão estocadas? E vamos ventilar a área de carga antes de abrir essa portinhola outra vez. Já estou morrendo rápido o bastante sem essa merda.

Havia uma máquina de bebidas na parede acima da minha cabeça. Ergui a mão, puxei duas latas e joguei uma para Hand.

— Aqui. Algo para ajudar a engolir essas ligas de óxido.

Ele apanhou a lata e tossiu uma risada. Sorri de volta.

— Então...

— Então... — Ele abriu a lata. — Seja lá qual for o vazamento que tivemos em Pouso Seguro, parece ter seguido a gente para cá. Ou você acha que alguém de fora entrou escondido no acampamento na noite passada e fez isso?

Pensei a respeito.

— Isso é forçar a barra. Com o nanoware rondando por aí, um sistema de sentinelas de dois círculos e uma dose letal de radiação cobrindo toda a península, eles teriam que ser uns psicóticos com uma missão para fazer acontecer assim.

— Os kempistas que entraram na Torre em Pouso Seguro se encaixariam nessa descrição. Estavam carregando sistemas de queima de cartucho, afinal de contas. Morte real.

— Hand, se *eu* estivesse indo contra a Corporação Mandrake, provavelmente colocaria um desses em mim. Tenho certeza de que o ramo de contrainteligência de vocês tem uns softwares de interrogatório bem *fantásticos*.

Ele me ignorou, seguindo a própria linha de raciocínio.

— Se esgueirar na *Nagini* na noite passada não seria uma reprise difícil de executar para alguém que consegue invadir a Torre Mandrake.

— Não, mas é mais provável que tenhamos uma infiltração na casa.

— Certo, vamos presumir isso. Quem? Sua equipe ou a minha?

Inclinei minha cabeça na direção da portinhola da cabine e ergui a voz.

— Ameli, você devia ligar o piloto automático e vir para cá. Eu odiaria que pensasse que estamos falando de você pelas costas.

Houve uma pausa muito curta e Ameli Vongsavath apareceu na portinhola, parecendo levemente pouco à vontade.

— Já está ligado — disse ela. — Eu, hã, eu já estava ouvindo mesmo.

— Bom. — Gesticulei para que ela se aproximasse. — Porque a lógica dita que, neste momento, você é a única pessoa em quem podemos confiar de fato.

— Obrigada.

— Ele disse que *a lógica dita.* — O humor de Hand não tinha melhorado desde que eu o arranquei à força de suas preces. — Não foi nenhum elogio isso aqui, Vongsavath. Você contou a Kovacs sobre a desconexão; isso basicamente te exclui.

— A menos que eu esteja só cobrindo meus rastros para quando alguém abrisse aquele recipiente e descobrisse minha sabotagem de qualquer modo.

Fechei os olhos.

— Ameli...

— Sua equipe ou a minha, Kovacs? — O executivo Mandrake estava ficando impaciente. — Qual é?

— Minha equipe? — Abri os olhos e fitei o rótulo da minha lata. Eu já tinha analisado essa ideia algumas vezes desde a revelação de Vongsavath e achava que havia compreendido a lógica. — Schneider provavelmente tem as habilidades de piloto para desligar os monitores a bordo. Wardani provavelmente não. Em qualquer caso, alguém teria que ter chegado com uma oferta melhor do que... — Parei e dei uma espiada na cabine. — ... do que a da Mandrake. Isso é difícil de imaginar.

— Segundo minha experiência, crença política suficiente supera benefícios materiais como motivação. Algum dos dois pode ser kempista?

Pensei em todo meu tempo de associação com Schneider.

Não vou assistir mais nada desse tipo, nunca mais, caralho. Tô fora, custe o que custar

E Wardani.

Hoje eu vi cem mil pessoas serem assassinadas... Se eu sair para uma caminhada, sei que há pedacinhos deles soprando no vento por aí

— De alguma forma, não vejo isso.

— Wardani esteve em um campo de internação.

— Hand, um quarto da porra da população desse planeta está em campos de internação. Não é difícil ganhar um ingresso.

Talvez minha voz não estivesse tão indiferente quanto tentei fazê-la parecer. Ele recuou.

— Certo, *minha* equipe. — Ele olhou para Vongsavath, contrito. — Eles foram selecionados aleatoriamente e só foram baixados em novas capas há alguns dias. Não é provável que os kempistas pudessem tê-los corrompidos nesse período.

— Você confia em Semetaire?

— Confio que ele não liga para nada além de sua própria comissão. E ele é esperto o bastante para saber que Kemp não tem como ganhar essa guerra.

— Eu suspeito que *Kemp* seja esperto o bastante para saber que não tem como ganhar essa guerra, mas isso não interfere em sua crença na luta. Ela supera os benefícios materiais, lembra?

Hand revirou os olhos.

— Certo, *quem*? Em quem você está apostando?

— Existe outra possibilidade que você não está considerando.

Ele olhou para mim.

— Ah, por favor. Não aquele negócio de presas de meio metro. Não a ladainha de Sutjiadi.

Dei de ombros.

— Você é quem sabe. Temos dois cadáveres sem explicação, os cartuchos retirados e, seja lá o que mais tenha acontecido com eles, parece que faziam parte de uma expedição para abrir o portal. Agora estamos tentando abrir o portal e — pressionei o polegar no piso — acontece isso. Expedições separadas, meses, talvez até um ano entre elas. O único elo em comum é o que está do outro lado do portal.

Ameli Vongsavath inclinou a cabeça.

— A escavação original de Wardani não teve nenhum problema aparente, certo?

— Não que eles tenham reparado. — Sentei-me mais aprumado, tentando conter o fluxo de ideias entre as minhas mãos. — Mas quem sabe qual a escala de tempo em que esse negócio reage? Abra uma vez, você é notado. Se você for alto e tiver asas de morcego, sem problema. Se não for, ele dispara algum tipo de... não sei, algum tipo de vírus aéreo de ação lenta, talvez.

Hand bufou.

— Que faz o que, exatamente?

— Não sei. Talvez entre na sua cabeça e... foda com ela. Te deixe psicótico. Faça você matar seus colegas, arrancar os cartuchos deles e enterrá-los debaixo de uma rede. Faça você destruir equipamento expedicionário. — Vi o modo que os dois estavam me olhando. — Certo, eu *sei*. Estou só conjecturando exemplos aqui. Mas pensem a respeito. Lá fora, temos um sistema de nanotecnologia que evolui por conta própria lutando contra máquinas. Bem, nós construímos aquilo. A raça humana. E a raça humana está várias centenas de anos atrasada em relação aos marcianos, isso em uma estimativa *conservadora*. Quem sabe que tipo de sistemas de defesa eles podem ter desenvolvido e deixado por aí?

— Talvez seja só o meu treinamento comercial, Kovacs, mas acho difícil acreditar em um mecanismo de defesa que leva um ano para entrar em ação. Digo, *eu* não compraria ações de algo assim, e olha que eu sou um homem das cavernas comparado aos marcianos. *Acho* que hipertecnologia pressupõe hipereficiência.

— Você *é mesmo* um homem das cavernas, Hand. Para começo de conversa, você vê tudo, inclusive a eficiência, em termos de lucro. Um sistema não tem que gerar benefícios externos para ser eficiente, só tem que *funcionar*. Para um sistema de armas, isso vale duplamente. Dê uma olhada pela janela para o que restou de Sauberlândia. Onde está o lucro naquilo ali?

Hand deu de ombros.

— Pergunte a Kemp. Ele que fez isso.

— Certo, então, pense nisso. Há cinco ou seis séculos, uma arma como a que acabou com Sauberlândia teria sido inútil para tudo, exceto dissuasão. Ogivas nucleares assustavam as pessoas naquela época. Agora, nós as jogamos por aí como se fossem brinquedos. Sabemos como limpar tudo depois, temos estratégias de restauração que viabilizam o uso delas. Para obter um efeito dissuasivo, nos voltamos para armas genéticas, até nanoware. Esse é o ponto em que estamos. Então é seguro presumir que os marcianos tinham um problema ainda maior se algum dia entrassem em guerra. O que poderiam utilizar como dissuasão?

— Algo que transforme as pessoas em maníacos homicidas? — Hand parecia cético. — Depois de um ano? Seja razoável.

— Mas e se você não puder impedir isso? — perguntei, baixinho.

O local ficou muito quieto. Olhei para os dois, um de cada vez, e assenti.

— E se ele vier através de um hiperlink como aquele portal, fritar os protocolos comportamentais de qualquer cérebro que encontrar e acabar infectando tudo do outro lado? Sua velocidade não viria ao caso, na hipótese de ele acabar devorando toda a população do planeta no final.

— Eva... — Hand viu para onde isso se dirigia e se calou.

— Você não pode evacuar a área, porque ele simplesmente se espalha para qualquer lugar aonde você vá. Não pode fazer nada, só isolar o planeta e observá-lo morrer, talvez ao longo de uma ou duas gerações, mas sem. Uma. Merda. De. Remissão.

O silêncio desceu de novo como um lençol empapado, nos cobrindo com suas dobras geladas.

— Você acha que tem algo assim à solta em Sanção IV? — Hand finalmente perguntou. — Um vírus comportamental?

— Bem, isso explicaria a guerra — disse Vongsavath, animada, e todos nós soltamos uma risada inesperada.

A tensão se dissipou.

Vongsavath desencavou um par de máscaras de oxigênio de emergência do kit de colisões da cabine e Hand e eu voltamos a descer para a área de carga. Abrimos os oito tubos restantes e nos mantivemos bem afastados.

Três estavam corroídos além de qualquer possibilidade de recuperação. Um quarto apresentava danos parciais: uma granada defeituosa havia destruído cerca de um quarto do conteúdo. Encontramos fragmentos de revestimento identificáveis como parte integrante da armaria da *Nagini*.

Caralho.

Um terço das químicas antirradiação. Perdido.

Backup do software para metade dos sistemas automáticos da missão. Destruído.

Apenas uma baliza de identificação restante.

De volta ao convés da cabine, escolhemos nossos assentos, arrancamos as máscaras e nos sentamos em silêncio, pensando em tudo. A equipe Dangrek era um tubo de alto impacto, selado com habilidades de operações especiais e capas de combate maori.

Corrosão interna.

— Então, o que vocês vão contar ao resto do pessoal? — quis saber Ameli Vongsavath.

Troquei um olhar com Hand.

— Nadinha — disse ele. — Nem uma porra sequer. Vamos manter isso entre nós três. Enrolamos dizendo que foi um acidente.

— Acidente? — Vongsavath pareceu espantada.

— Hand tem razão, Ameli. — Fitei o vazio, preocupado. Procurando por farpas de intuição que pudessem me dar uma resposta. — Não há vantagem em soltar a informação agora. Temos apenas que conviver com isso até alcançarmos a tela seguinte. Dizer que foi um vazamento na bateria. A Mandrake sendo mão de vaca, usando excedente militar com prazo de validade vencido. Deve ser convincente o bastante.

Hand não sorriu. Eu não podia verdadeiramente culpá-lo.

Corrosão interna.

CAPÍTULO 25

Antes de aterrissarmos, Ameli Vongsavath rodou o sistema de vigilância pelas nanocolônias. Nós revisamos as imagens na sala de conferência.

— Aquilo são redes? — perguntou alguém.

Sutjiadi girou o ampliador até alcançar a capacidade total. Ele obteve a imagem de redes cinzentas, com centenas de metros de extensão e dezenas de metros de amplitude, preenchendo os vãos e dobras além do alcance das baterias remotas de UV. Coisas angulares como aranhas de quatro pernas rastejavam pela trama. Parecia haver mais atividade mais adentro.

— Eles trabalham rápido — disse Luc Deprez, com um pedaço de maçã na boca. — Mas me parece somente defensivo.

— Por enquanto — concordou Hand.

— Bem, vamos manter assim. — Cruickshank olhou ao redor do círculo, beligerante. — Já ficamos parados por tempo demais quanto a essa merda. Eu digo pra gente pegar um dos morteiros do nosso SMA e lançar uma caixa de granadas de fragmentação no meio daquele negócio agora mesmo.

— Isso só vai fazê-las aprender a lidar com isso, Yvette. — Hansen estava olhando para o vazio enquanto falava. Nós parecíamos ter convencido com a história do vazamento da bateria, mas a queda para uma única baliza de identificação ainda parecia, curiosamente, ter afetado muito Hansen. — Eles vão aprender e se adaptar pra cima da gente de novo.

Cruickshank fez um gesto raivoso.

— Deixe que aprendam. Isso nos dá mais tempo, não é?

— Faz sentido pra mim. — Sutjiadi se levantou. — Hansen, Cruickshank. Assim que tivermos comido. Carga de fragmentação com centro de plasma. Quero ver aquele negócio queimando daqui.

Sutjiadi conseguiu o que queria.

Depois de uma refeição apressada no começo da noite na galeria da *Nagini,* todos se esparramaram na praia para assistir ao show. Hansen e Cruickshank montaram um dos sistemas móveis de artilharia, inseriram a filmagem aérea de Ameli Vongsavath no processador de oscilação e então recuaram enquanto a arma arremessava granadas com centro de plasma acima das encostas sobre as nanocolônias e o que quer que elas estivessem evoluindo debaixo daqueles casulos tecidos. O horizonte voltado para terra ardeu em chamas.

Eu assisti a isso do convés da traineira com Luc Deprez, debruçado sobre a amurada e dividindo uma garrafa de uísque de Sauberlândia que encontráramos em um armário na ponte.

— Muito bonito — disse o assassino, gesticulando para o brilho no céu com seu copo. — E muito grosseiro.

— Bem, é uma guerra.

Ele me espiou curiosamente.

— Ponto de vista esquisito para um Emissário.

— Ex-Emissário.

— Ex-Emissário, então. O Corpo tem uma reputação de sutileza.

— Quando convém. Eles podem ser bem pouco sutis quando querem. Veja só Adoración, por exemplo. Xária.

— Innenin.

— É, Innenin também. — Fitei os restos da minha bebida.

— Grosseria é o problema, cara. Essa guerra poderia ter acabado um ano atrás com um pouco mais de sutileza.

— Você acha? — Ergui a garrafa. Ele assentiu e ofereceu o copo.

— Claro. Bota uma equipe de assassinos em Kempópolis e apaga aquele merda. Fim.

— Isso é simplista, Deprez. — Enchi os copos. — Ele tem uma esposa, filhos. Dois irmãos. Todos bons alvos para revanchistas. O que fazer com eles?

— Apaga eles também, lógico. — Deprez ergueu o copo. — Saúde. Provavelmente seria preciso matar a maioria dos chefes de Estado-Maior além disso, mas e daí? É um serviço de uma noite só. Duas ou três equipes, coordenadas. A um custo total de quanto?

Tomei o primeiro gole da nova dose e fiz uma careta.

— Eu lá tenho cara de contador?

— Tudo o que eu sei é que, pelo custo de colocar um par de equipes de assassinos em campo, nós poderíamos ter acabado com essa guerra um ano atrás. Algumas dezenas de mortos, em vez dessa bagunça.

— Sim, claro. Ou poderíamos simplesmente empregar sistemas inteligentes dos dois lados e evacuar o planeta para que eles lutem entre si até chegar a um impasse. Danos a máquinas e nenhuma perda de vida humana. De alguma forma, também não consigo imaginar isso acontecendo.

— Não — disse o assassino, sombriamente. — *Isso* custaria muito. É sempre mais barato matar pessoas do que máquinas.

— Você parece meio reticente para um assassino de operações secretas, Deprez. Se não se incomoda que eu diga isso.

Ele balançou a cabeça.

— Eu sei o que sou — disse ele. — Mas esta é uma decisão que eu tomei, e algo em que sou bom. Eu vi os mortos de ambos os lados em Chatichai... havia meninos e meninas em meio a eles, sem idade suficiente para estarem legalmente recrutados. Esta não é a guerra deles, e eles não mereciam morrer nela.

Pensei brevemente no pelotão da Vanguarda que eu levei ao fogo hostil a poucas centenas de quilômetros a sudeste dali. Kwok Yuen Yee, os olhos e as mãos arrancados pela mesma explosão de estilhaços inteligentes que levara os membros de Eddie Munharto e o rosto de Tony Loemanako. Outros tiveram ainda menos sorte. Não dava para chamá-los de inocentes, qualquer um deles, mas também não estavam pedindo para morrer.

Na praia, a barragem de fogos cessou. Estreitei os olhos para as figuras de Cruickshank e Hansen, indistintas agora nas trevas noturnas se reunindo, e vi que eles estavam abaixando a arma. Terminei meu copo.

— Bem, lá se foi.

— Você acha que vai funcionar?

Dei de ombros.

— É como Hansen diz. Por um tempo.

— Daí eles aprendem a capacidade de nossos projéteis explosivos. Provavelmente também aprendem a resistir a armas de feixes, já que os efeitos de calor são bastante similares. E já estão aprendendo nossa capacidade UV através das sentinelas. O que mais nós temos?

— Varas afiadas?

— Estamos perto de abrir o portal?

— Por que me pergunta? Wardani é a especialista.

— Você parece... próximo a ela.

Dei de ombros outra vez e fitei pela amurada em silêncio. A noite chegava sorrateiramente do outro lado da baía, maculando a superfície da água em seu caminho.

— Vai ficar aqui fora?

Levantei a garrafa contra o céu escurecendo e o brilho vermelho abafado mais abaixo. Ainda tinha mais da metade.

— Nenhum motivo para entrar ainda, pelo que posso ver.

Ele riu.

— Você se dá conta de que está bebendo um item de colecionador? Pelo sabor pode não parecer, mas esse negócio vai valer dinheiro agora. Digo... — Ele gesticulou por cima do ombro para o local onde ficava Sauberlândia — ... eles não vão fabricar mais.

— É. — Girei na amurada e olhei para o outro lado do convés, na direção da cidade assassinada. Servi outro copo cheio e o ergui para o céu. — Aqui, em homenagem a eles. Vamos tomar toda essa porra de garrafa.

Dissemos muito pouco depois disso. A conversa se perdeu e desacelerou conforme o nível na garrafa baixava e a noite se solidificava ao redor da traineira. O mundo se fechou sobre o convés, o volume da ponte e um punhado miserável de estrelas envolto em nuvens. Deixamos a amurada e nos sentamos no convés, apoiados em pontos convenientes da superestrutura.

Em certo ponto, do nada, Deprez me perguntou:

— Você foi criado em um tanque, Kovacs?

Ergui a cabeça e me concentrei nele. Era uma noção errônea comum sobre os Emissários, e *cabeça de tanque* era igualmente um termo ofensivo igualmente comum em meia dúzia de mundos para os quais eu tinha sido transmitido. Ainda assim, vindo de alguém de operações especiais...

— Não, claro que não. Você foi?

— É claro que eu não fui, caralho. Mas os Emissários...

— É, os Emissários. Eles te jogam contra o muro, desfazem a sua mente no virtual e te reconstroem com um monte de merda condicionada que, em seus momentos de sanidade, você provavelmente preferiria não ter. Mas a maioria de nós ainda é humano. Crescer de verdade dá uma flexibilidade básica que é praticamente essencial.

— Não de verdade. — Deprez balançou o dedo. — Eles podiam gerar um construto, dar a ele uma vida virtual acelerada, depois baixar tudo num clone. Algo desse tipo nem mesmo *saberia* que não teve uma criação real. Você *pode ser* algo assim, até onde sabe.

Bocejei.

— Sim, sim. Você também, aliás. Assim como todos nós. É algo que você vive toda vez que é reencapado, toda vez que é fretado, e sabe como eu sei que eles não fizeram isso comigo?

— Como?

— Porque *de jeito nenhum* eles programariam uma criação tão fodida quanto a minha. Ela fez de mim um psicopata desde tenra idade, esporádica e violentamente resistente a autoridade e emocionalmente instável. Que *grande* porra de um guerreiro clone, Luc.

Deprez riu e, depois de um momento, juntei-me a ele.

— Mas isso te faz pensar — disse ele, a risada cessando.

— O quê?

Ele indicou o nosso entorno.

— Tudo isso. Essa praia, tão calma. Essa quietude. Talvez seja tudo um construto militar, cara. Talvez seja um lugar para nos jogar de escanteio enquanto estamos mortos, enquanto eles decidem para onde nos decantar em seguida.

Dei de ombros.

— Aproveite enquanto dura.

— Você ficaria feliz assim? Em um construto?

— Luc, depois do que eu vi nos últimos dois anos, eu ficaria feliz em uma área de espera pelas almas dos condenados.

— Muito romântico. Mas estou falando de uma virtualidade militar.

— Só discordamos sobre o nome do lugar aqui.

— Você se considera condenado?

Engoli mais uísque de Sauberlândia e fiz uma careta pela queimação.

— Era uma piada, Luc. Estou sendo brincalhão.

— Ah. Você devia me avisar dessas coisas. — De súbito, ele se debruçou para a frente. — Posso te perguntar uma coisa? Quando foi que você matou alguém pela primeira vez, Kovacs?

— Se não for uma pergunta pessoal.

— Nós podemos morrer nessa praia. Morrer para valer.

— Não se for um construto.

— Então e se estivermos condenados, como você diz?

— Não vejo isso como um motivo para aliviar minha alma com você.

Deprez fez uma careta.

— Vamos conversar sobre outra coisa, então. Você tá comendo a arqueóloga?

— Dezesseis.

— Hein?

— Dezesseis. Eu tinha 16 anos. Está mais para 18 anos, pelo padrão da Terra. A órbita do Mundo de Harlan é mais lenta.

— Ainda é bem jovem.

Pensei a respeito.

— Nada, já estava na hora. Eu vinha andando com gangues desde que tinha 14. E já tinha chegado perto de matar alguém algumas vezes antes disso.

— Foi um assassinato entre gangues?

— Foi uma bagunça. Tentamos dar um golpe num traficante de tetrameta, mas ele era mais durão do que nós esperávamos. Os outros fugiram, eu fui pego. — Olhei para as minhas mãos. — Daí eu fui mais durão do que ele esperava.

— Você pegou o cartucho dele?

— Não. Só dei no pé. Ouvi falar que ele veio me procurar quando foi reencapado, mas eu já tinha me alistado a essa altura. Ele não tinha contatos o suficiente para mexer com os militares.

— E no exército te ensinaram como infligir morte real.

— Tenho certeza de que eu teria aprendido mais cedo ou mais tarde de qualquer forma. E você? Teve uma iniciação similarmente fodida nessas paradas?

— Ah, não — disse ele, com leveza. — Tá no meu sangue. Lá em Latimer, meu sobrenome tem elos históricos com as forças armadas. Minha mãe era coronel dos fuzileiros em Latimer. O pai dela foi um comodoro da marinha. Tenho um irmão e uma irmã, também militares. — Ele sorriu na escuridão e os dentes novinhos de seu clone cintilaram. — Pode-se dizer que fomos criados para isso.

— Então como é que a sua família histórica, com passado militar, se dá com as operações especiais? Eles ficaram desapontados por você não acabar em um comando? Se essa não for uma pergunta pessoal.

Deprez encolheu os ombros.

— Um soldado é um soldado. Não tem importância como você mata. Pelo menos, é isso o que diz minha mãe.

— E o seu primeiro?

— Em Latimer. — Ele voltou a sorrir, mergulhado em memórias. — Eu não era muito mais velho que você, suponho. Durante o Levante de Soufriere, fiz parte de uma equipe de reconhecimento nos pântanos. Dei a volta em uma árvore e bum! — Ele bateu o punho fechado contra a palma da outra mão. — Ali estava ele. Atirei no sujeito antes mesmo que me desse conta. Joguei-o dez metros para trás e o cortei em dois pedaços. Vi acontecendo, mas naquele momento não compreendi o que tinha ocorrido. Eu não entendi que tinha atirado no cara.

— Você tirou o cartucho?

— Ah, sim. Estava nas instruções. Recuperem todas as baixas pra interrogatório, não deixem nenhuma evidência.

— Deve ter sido divertido.

Deprez balançou a cabeça.

— Eu fiquei enjoado — admitiu ele. — Muito enjoado. Os outros no meu esquadrão riram de mim, mas o sargento me ajudou a fazer o corte. Ele também me limpou e disse para eu não me preocupar muito com isso. Mais tarde houve outros, e eu... bem, eu me acostumei.

— E ficou bom nisso.

Ele sustentou meu olhar, e a confirmação daquela experiência compartilhada reluziu.

— Depois da campanha de Soufriere, fui condecorado. Recomendado para trabalhos especiais.

— Você chegou a se encontrar com a Irmandade da Encruzilhada?

— Encruzilhada? — Ele franziu a testa. — Eles eram ativos nos problemas mais ao sul. Bissou e o cabo... conhece?

Neguei com a cabeça.

— Bissou sempre foi a casa deles, mas por quem eles lutavam era um mistério. Havia hougans da Encruzilhada contrabandeando armas para os rebeldes no cabo... Sei porque matei um ou dois deles... Mas tínhamos alguns trabalhando para nós também. Eles forneciam informações, drogas, às vezes serviços religiosos. Vários dos soldados de base eram muito devotos, então obter uma bênção de um hougan antes da batalha era algo bom para qualquer comandante. Você já lidou com eles?

— Algumas vezes na Cidade de Latimer. Mais por reputação do que contato real. Mas Hand é um hougan.

— É mesmo. — Deprez pareceu pensativo de repente. — Isso é muito interessante. Ele não... *se comporta* como um homem religioso.

— Não mesmo.

— Isso o deixa... menos previsível.

— Oi. Carinha Emissário. — O grito veio de sob a amurada de bombordo, e em sua esteira captei o murmúrio de motores. — Está a bordo?

— Cruickshank? — Ergui os olhos de minha meditação. — É você, Cruickshank?

Risos.

Fiquei de pé, meio oscilante, e fui até a amurada. Olhando para baixo, identifiquei Schneider, Hansen e Cruickshank, todos amontoados em uma moto gravitacional e flutuando. Eles seguravam garrafas e outros aparatos de festa, e, pelo modo errático como a moto flutuava, a festa tinha começado na praia, já fazia algum tempo.

— É melhor vocês subirem a bordo antes que se afoguem — falei.

A nova equipe veio com música. Eles jogaram o sistema de som no convés, e a noite se iluminou com salsa dos Planaltos Limon. Schneider e Hansen montaram uma torre-cachimbo e acenderam a base. A fumaça escapou, fragrante, em meio às redes penduradas e ao mastro. Cruickshank distribuiu charutos com o rótulo da Cidade Índigo de ruínas e andaimes.

— Esse lance aqui é banido — observou Deprez, rolando um entre os dedos.

— Espólios de guerra — respondeu Cruickshank, mordendo a ponta de seu charuto e se deitando no convés com ele ainda na boca.

Ela virou a cabeça para acendê-lo na base incandescente da torre--cachimbo, depois se dobrou na altura da cintura sem nenhum esforço aparente. Sorriu para mim enquanto ficava de pé. Eu fingi que não estava encarando com fascínio vidrado a extensão de sua silhueta maori esticada.

— *Certo* — disse ela, tomando a garrafa de mim. — *Agora* estamos nos distraindo.

Encontrei um maço amassado de Luzes do Pouso em um bolso e acendi meu charuto na lixa de ignição.

— Essa festa tava bem quieta até vocês aparecerem.

— Tava mesmo. Dois cachorrões comparando assassinatos, é?

A fumaça do charuto me atingiu.

— Então, de onde foi que você roubou esses charutos, Cruickshank?

— Funcionário do almoxarifado da armaria da Mandrake, pouco antes de a gente sair. E eu não roubei nada, a gente fez um acordo. Ele vai me encontrar na sala de armas daqui a... — ela moveu os olhos ostensivamente para cima e para o lado, checando o indicador de tempo retiniano — ... cerca de uma hora. Então. Vocês dois, cachorrões, *estavam mesmo* comparando assassinatos?

Dei uma espiada em Deprez. Ele suprimiu um sorriso.

— Não.

— Que bom. — Ela soprou a fumaça para o céu. — Eu já vejo bastante dessa merda na Mobilização Rápida. Um bando de cuzões acéfalos. Quer dizer, pelo amor de Samedi, não é *difícil* matar gente. Todos temos essa capacidade. É só um caso de parar de ficar com tremedeira.

— E refinar a técnica, claro.

— Está me zoando, Kovacs?

Balancei a cabeça e entornei meu copo. Havia algo de triste em ver alguém tão jovem quanto Cruickshank tornar todos os mesmos caminhos errados que você tomou, um punhado subjetivo de décadas antes.

— Você é de Limon, né? — perguntou Deprez.

— Planaltina da gema. Por quê?

— Você deve ter lidado com a Encruzilhada, então.

Cruickshank cuspiu. Um disparo bastante certeiro, por baixo da amurada e no mar.

— Aqueles fodidos. Claro, eles apareceram. No inverno de 28. Subiram e desceram os trilhos dos cabos, convertendo e, quando isso não funcionava, queimando aldeias.

Deprez me lançou um olhar.

— Hand é um ex-Encruzilhada — respondi.

— Não parece. — Ela soprou fumaça. — Caralho, por que deveria parecer? Eles parecem exatamente seres humanos normais, até chegar a hora do culto. Sabe, apesar de toda a merda que empurram pra cima do Kemp... — Ela hesitou e olhou ao redor com um cuidado reflexivo. Em Sanção IV, verificar se havia a presença de um oficial político era tão incutido quanto checar seu medidor de dose. — ... pelo menos ele não vai ter a Fé do lado dele. Esse pessoal foi publicamente expulso da Cidade Índigo; eu li a respeito disso lá em Limon, antes do bloqueio entrar em ação.

— Bem, Deus — disse Deprez, sarcástico. — Sabe, é muita competição para um ego do tamanho do de Kemp.

— Ouvi dizer que todo quellismo é assim. Nenhuma religião é permitida. Bufei.

— Ei. — Schneider abriu caminho para dentro do círculo. — O que é isso, eu também ouvi isso. Como foi que Quell falou? *Cuspa no Deus tirano se o filho da puta tentar te recriminar?* Algo nessa linha?

— Kemp não é uma porra de um quellista — disse Ole Hansen, de onde estava largado contra a amurada, o cachimbo sendo arrastado em uma das mãos. Ele me entregou a ponta com uma olhada especulativa. — Não é verdade, Kovacs?

— É questionável. Ele toma alguns elementos emprestados.

Peguei o cachimbo e puxei uma baforada, equilibrando o charuto na outra mão. A fumaça do cachimbo se esgueirou para dentro de meus pulmões, soprando sobre as superfícies internas como um lençol fresco sendo estendido. Era uma invasão mais sutil do que o charuto, embora talvez não tão sutil quanto o Guerlain Vinte tinha sido. A onda veio como asas de gelo se desdobrando em minha caixa torácica. Eu tossi e espetei o charuto na direção de Schneider. — E essa citação é besteira. Merda neoquellista inventada.

Aquilo causou uma pequena tempestade.

— Ah, *fala sério...*

— *O que foi?*

— Estava no discurso do leito de morte dela, pelo amor de Samedi.

— Schneider, ela nunca morreu.

— Agora, *isso aí* — disse Deprez, ironicamente —, sim, é um artigo de fé.

Risos respingaram ao meu redor. Dei outra tragada no cachimbo, depois o passei para o assassino.

— Certo, ela nunca morreu, *até onde sabemos*. Ela simplesmente desapareceu. Mas você não pode fazer um discurso no leito de morte sem um leito de morte.

— Talvez fosse uma despedida.

— Talvez fosse pura baboseira. — Eu me levantei, instável. — Vocês querem a citação, eu vou dar a citação.

— Éééééé!

— Isso aííí!

Eles recuaram para abrir espaço.

Eu pigarreei.

— *Eu não tenho desculpas,* ela disse. Isso é dos *Diários de campanha,* não alguma merda inventada como discurso de leito de morte. Ela estava se retirando de Porto Fabril, fodida pelos microbombardeios deles, e as autoridades do Mundo de Harlan estavam em todas as ondas sonoras dizendo que Deus cobraria dela pelos mortos nos dois lados. Ela disse: *Eu não tenho desculpas, menos ainda para Deus. Como todos os tiranos, ele não vale a saliva que você desperdiçaria em negociações. O acordo que temos é infinitamente mais simples: eu não cobro nada dele, e ele me faz a mesma cortesia.* Isso é exatamente o que ela disse.

Aplausos, como pássaros sobressaltados pelo convés.

Analisei os rostos enquanto as palmas cessavam, avaliando o gradiente de ironia. Para Hansen, o discurso pareceu significar alguma coisa. Ele estava sentado com o olhar pesado, sugando o cachimbo pensativamente. Na outra ponta da escala, Schneider fechou o aplauso com um longo assovio e se apoiou em Cruickshank com uma intenção sexual dolorosamente óbvia. A planaltina de Limon olhou de esguelha e sorriu. Do lado oposto a eles, Luc Deprez estava indecifrável.

— Recite um poema pra gente — disse ele, baixinho.

— É — incentivou Schneider. — Um poema de guerra.

Do nada, algo, súbito como um curto-circuito, me levou de volta ao convés de perímetro da nave hospital. Loemanako, Kwok e Munharto, reunidos, exibindo seus ferimentos como medalhas. Sem nenhuma recriminação. Filhotes de lobos para a carnificina. Pedindo para que eu validasse tudo e os liderasse de volta para começar de novo.

Onde estavam as minhas desculpas?

— Eu nunca aprendi os poemas dela — menti e me afastei, acompanhando a amurada do navio até a proa, onde me debrucei e respirei como se o ar fosse limpo. No alto da paisagem voltada para a terra, as chamas do bombardeio já estavam minguando. Encarei o fogo por algum tempo, o olhar trocando o foco do brilho do incêndio para as brasas na ponta do charuto em minha mão.

— Acho que essa coisa quellista é profunda. — Era Cruickshank, assentando-se ao meu lado contra a amurada. — Não é piada se você vem de Harlan, hein?

— Não é isso.

— Não?

— Não. Ela é uma psicopata do caralho, a Quell. Provavelmente causou mais morte real sozinha do que todo o corpo de fuzileiros do Protetorado em um ano ruim.

— Impressionante.

Olhei para ela e não pude conter um sorriso. Balancei a cabeça.

— Ah, Cruickshank, *Cruickshank*.

— O que foi?

— Um dia você vai se lembrar dessa conversa, Cruickshank. Algum dia, daqui a uns 150 anos, quando você estiver do meu lado da interface.

— É, vai nessa, velhinho.

Balancei a cabeça de novo, mas aparentemente não conseguia largar o sorriso.

— Você é quem sabe.

— Bem, sim. Sou eu quem sei desde que tinha 11 anos.

— Poxa, quase uma década inteira.

— Eu tenho 22 anos, Kovacs. — Ela sorria enquanto dizia isso, mas apenas para si mesma, olhando para as dobras pretas e iluminadas pelas estrelas da água abaixo de nós. Havia um tom cortante em sua voz que não combinava com o sorriso. — Já estou nessa vida há cinco anos, três deles na reserva tática. Admissão nos fuzileiros, me formei em nono lugar na minha classe. Isso, entre mais de oitenta admitidos. Fiquei em sétimo em proficiência em combate. Insígnia de cabo aos 19, sargento de pelotão aos 21.

— Morta aos 22. — A frase saiu mais ríspida do que eu pretendia.

Cruickshank respirou fundo lentamente.

— Cara, você tá com um mau humor *de merda*. É, morta aos 22. E agora tô de volta em campo, exatamente como todos os outros por aqui. Já sou bem crescidinha, Kovacs, então que tal você parar com essa ladainha de irmã caçula, pra variar?

Arqueei uma sobrancelha, mais pela súbita compreensão de que ela tinha razão do que por qualquer outra coisa.

— Como você quiser. Crescidinha.

— É, eu vi você encarando. — Ela tragou forte seu charuto e soltou a fumaça na direção da praia. — Então, o que você me diz, velhinho? A gente vai transar antes que a precipitação radioativa nos derrube? Aproveitar o momento?

Memórias de outra praia cascatearam pela minha mente, palmeiras como pescoços de dinossauros inclinando-se sobre areia branca e Tanya Wardani se movendo no meu colo.

— Não sei, Cruickshank. Não estou convencido de que é o momento e o lugar certo.

— O portal te deixou assustado, hein?

— Não era isso o que eu queria dizer.

Ela agitou a mão, descartando a desculpa.

— Tanto faz. Você acha que a Wardani pode abrir aquela parada?

— Bom, ela já fez isso antes, segundo todos os relatos.

— É, mas ela está com uma aparência péssima, cara.

— Bem, acho que é isso o que uma internação militar faz com a pessoa, Cruickshank. Você deveria experimentar um dia desses.

— Pode parar, Kovacs. — Havia um tédio estudado em sua voz que despertou uma onda de raiva dentro de mim. — Nós não trabalhamos nos campos, cara. Isso é cota do governo. Cultivo estritamente doméstico.

Surfando a onda.

— Cruickshank, você não sabe *de porra nenhuma*.

Ela piscou, perdeu o ritmo, em seguida voltou, equilibrada outra vez, pequenos sopros de mágoa quase afastados com uma pesada frieza no tom.

— Bem, hã, eu *sei* o que dizem sobre a Vanguarda de Carrera. Execução ritual de prisioneiros, foi o que ouvi. Um lance bem sujo, *segundo todos os relatos*. Então talvez você queira se certificar de estar bem preso ao cabo antes de começar a jogar seu peso para cima de mim, tá?

Ela se virou para a água. Fitei seu perfil por um tempo, pensando nos motivos pelos quais eu estava perdendo o controle, e não gostando muito deles. Em seguida, me debrucei na amurada perto dela.

— Desculpa.

— Deixa pra lá. — Mas ela se encolheu, afastando-se um pouco na amurada enquanto dizia isso.

— Não, sério. Me desculpa. Esse lugar tá me matando.

Um sorriso involuntário curvou o lábio dela.

— Não estou brincando. Eu já fui morto antes, mais vezes do que você acreditaria. — Chacoalhei a cabeça. — É só que... nunca demorou tanto assim.

— É. Além disso, você tá fazendo rapel atrás da arqueóloga, certo?

— Tá tão na cara assim?

— Agora tá. — Ela examinou seu charuto, espremeu a ponta reluzente para apagá-la e guardou o resto num bolso no peito. — Eu não te culpo. Ela é esperta, tem a cabeça cheia de coisas que são só histórias de fantasmas e matemática para o resto de nós. Uma mina bem mística. Consigo entender a atração.

Ela olhou ao redor.

— Te surpreendi, hein?

— Um pouco.

— É, bem. Eu posso ser pé-preto, mas reconheço um lance de Uma Vez Só Na Vida quando vejo. Isso aqui atrás de nós vai mudar o modo como vemos as coisas. Dá pra sentir isso só de olhar. Entende o que eu quero dizer?

— Entendo, sim.

— É. — Ela gesticulou para onde a praia cintilava em um tom pálido de turquesa além da água escura. — Eu sei. Seja lá o que fizermos depois disso, olhar através daquele portal vai ser a coisa que nos transformou no que somos pelo resto da nossa vida.

Ela olhou para mim.

— É uma sensação estranha, sabe. Tipo, eu morri. E agora eu voltei e tenho que encarar esse momento. Eu não sei se isso deveria me assustar. Mas não assusta. Cara, estou ansiosa por isso. Mal posso esperar para ver o que está do outro lado.

Havia um orbe de algo cheio de ternura crescendo no espaço entre nós dois. Algo que se alimentava do que ela estava dizendo e da expressão em seu rosto e uma sensação mais profunda do tempo fluindo ao nosso redor como uma corredeira.

Ela sorriu mais uma vez, um sorriso espalhado em seu rosto apressadamente, e então me deu as costas.

— Vejo você lá, Kovacs — murmurou ela.

Observei-a caminhar por todo o barco e se reunir à festa sem olhar para trás.

Boa, Kovacs. Dava para ser mais desajeitado?

Circunstâncias atenuantes. Eu tô morrendo.

Todos vocês estão, Kovacs. Todos.

A traineira oscilou na água e eu escutei as redes estalarem lá no alto. Minha mente lampejou para a "pesca" que havíamos trazido a bordo. A morte pendurada nas dobras, como uma gueixa de Novapeste em uma rede. Em contraste com essa imagem, a pequena reunião na outra ponta do convés parecia subitamente frágil, em risco.

Químicos.

Aquela antiga confusão de Importância Alterada causada por químicos demais passando por um organismo. Ah, e aquele caralho de genoma de lobo de novo. Não se esqueça disso. Lealdade à matilha, bem na hora errada.

Não importa, eu os terei todos. A nova colheita começa.

Fechei meus olhos. As redes sussurraram umas contra as outras.

Tenho andado ocupado nas ruas de Sauberlândia, mas...

Cai fora, caralho.

Joguei meu charuto por cima da amurada, me virei e caminhei às pressas para a escada principal.

— Oi, Kovacs! — Era Schneider, erguendo os olhos vidrados do cachimbo. — Aonde você vai, cara?

— A natureza chama — resmunguei de volta por cima do ombro, descendo pela escada agarrado aos corrimãos, forçando os pulsos, meio metro de cada vez. No pé da escada, colidi contra uma porta de cabine balançando à toa nas sombras, parei-a com um súbito fantasma de neuroquímica e me joguei no espaço estreito atrás dela.

Azulejos de ilumínio com chapas de cobertura mal-encaixadas emanavam linhas brilhantes de luz em ângulos retos ao longo de uma das paredes. Era suficiente apenas para discernir detalhes com a visão natural. A base de uma cama, moldada a partir do piso como parte da estrutura original. Prateleiras de armazenagem do lado oposto. Mesa e convés de trabalho separados em um nicho na extremidade mais distante. Por algum motivo, dei os três passos necessários para alcançar o final da cabine e me inclinei com força sobre o painel horizontal da mesa, com cabeça abaixada. O display de dados em espiral despertou, banhando minhas feições abaixadas em luz azul e índigo. Fechei meus olhos e deixei que a luz passasse de um lado para o outro sobre a escuridão atrás de minhas pálpebras. O que quer que houvesse no cachimbo flexionava suas hélices serpentinas dentro de mim.

Está vendo, Lobo da Vanguarda? Está vendo como começa a nova colheita?

Cai fora da minha cabeça, Semetaire. Caralho!

Você está enganado. Eu não sou um charlatão, e Semetaire é apenas um de uma centena de nomes...

Seja lá quem você for, está tentando levar uma bala na cara.

Mas você me trouxe aqui.

Acho que não.

Vi um crânio, oscilando em um ângulo despreocupado nas redes. Um divertimento sardônico sorrindo nos lábios enegrecidos e carcomidos.

Tenho andado ocupado pelas ruas de Sauberlândia, mas agora terminei por lá. E tem trabalho para mim aqui.

Agora você é que está enganado. Quando eu o quiser, virei te procurar.

Kovacs-vacs-vacs-vacs-vacs...

Pisquei. O display de dados jogou luz sobre meus olhos abertos. Alguém se moveu atrás de mim.

Eu me endireitei e fitei o anteparo acima da mesa. O metal fosco refletiu o azul do display. O reflexo se espalhava em centenas de minúsculos amassados e abrasões.

A presença atrás de mim se mexeu...

Eu inspirei.

... Mais perto...

E girei, com intenção homicida.

— Caralho, Kovacs, quer me matar do coração?

Cruickshank estava a um passo de mim, as mãos nos quadris. A luz do display de dados captou o sorriso incerto no rosto dela e a camisa descosturada por baixo da túnica camaleocrômica.

O fôlego escapou de mim em um só sopro. Minha injeção de adrenalina desabou.

— Cruickshank, que porra você tá fazendo aqui embaixo?

— Kovacs, que porra *você* tá fazendo aqui embaixo? Você disse *a natureza chama*. O que está planejando fazer, mijar na bobina de dados?

— E pra que você me seguiu até aqui embaixo? — sibilei. — Vai *segurar* pra mim?

— Não sei. É disso que você gosta, Kovacs? É um cara digital? É essa a sua onda?

Fechei os olhos por um momento. Semetaire tinha sumido, mas a coisa no meu peito ainda se enrolava languidamente através de meu corpo. Quando voltei a abrir os olhos, ela ainda estava lá.

— Se é pra falar assim comigo, Cruickshank, é melhor levar alguma coisa.

Ela sorriu. Uma das mãos roçou com aparente displicência a abertura descosturada de sua camisa, o polegar se prendendo e empurrando o tecido para trás para revelar o seio sob ela. Ela olhou para sua carne recentemente adquirida, como se hipnotizada. Em seguida levou os dedos para tocar o mamilo, movendo-os de um lado para o outro até que ele estivesse enrijecido.

— Por acaso pareço não querer levar nada, Emissário? — perguntou ela, preguiçosamente.

Ela olhou para mim, e as coisas ficaram bem frenéticas depois disso. Nós nos aproximamos e a coxa dela deslizou entre as minhas, quente e rija por baixo do tecido macio do macacão. Afastei a mão dela de seu peito e a substituí pela minha. O ponto em que os dedos se fechavam se transformou em um belisco, nós dois olhando para o mamilo exposto apertado entre nós e o que meus dedos estavam fazendo com ele. Eu podia ouvir a respiração dela começando a ficar rascante, ao mesmo tempo em que sua mão abria o fecho em minha cintura e escorregava para dentro. Ela encaixou a mão em torno do meu pau e o afagou com o polegar e a palma da mão.

Caímos de lado na cama em um emaranhado de roupas e membros. Uma umidade salgada, mofada, se ergueu quase visivelmente ao nosso redor com o impacto. Cruickshank chutou a porta da cabine com um pé ainda calçando a bota. Ela se fechou com um estrondo que deve ter sido ouvido até lá em cima, na festa do convés. Sorri junto ao cabelo dela.

— Coitado do Jan.

— Hã? — Ela se distraiu do que estava fazendo com meu pau por um momento.

— Eu acho, *aahhh,* acho que isso vai deixar ele furioso. O sujeito anda a fim de você desde que saímos de Pouso Seguro.

— Escuta, com essas pernas, *qualquer um* com código genético masculino e hétero vai andar a fim de mim. Eu não... — Ela começou a fazer movimentos de vai e vem, com alguns segundos de espera entre um e outro.

— ... me preocuparia. Muito. Com isso.

Respirei fundo.

— Certo, não vou me preocupar.

— Legal. Enfim. — Ela abaixou um seio na direção da cabeça do meu pau e começou a esfregar círculos lentos em torno do mamilo com minha glande. — Ele já deve estar satisfeito com a arqueóloga.

— *Como é?*

Tentei me sentar. Cruickshank me empurrou de volta, distraída, a maior parte dela ainda focada na fricção da glande em seu seio.

— Não, você fica aí até eu terminar com você. Eu não ia te contar isso, mas considerando-se que... — ela gesticulou para o que estava fazendo — bem, acho que você aguenta lidar com isso. Eu vi os dois saindo juntos já umas duas vezes. E o Schneider sempre volta com um sorriso enorme, então eu achei, sabe... — Ela deu de ombros e voltou aos movimentos de vai e vem. — Bem, ele não é um... cara feio... para um... branquelo e... a Wardani, bem... ela provavelmente... aceita o que quer... que consiga... está gostando disso, Kovacs?

Grunhi.

— Achei que gostaria. Vocês, caras. — Ela balançou a cabeça. — Material de construto pornô padrão. Nunca falha.

— Vem aqui, Cruickshank.

— Não. De jeito nenhum. Depois. Quero ver a sua cara quando você quiser gozar e eu não deixar.

Havia álcool, cachimbo, envenenamento iminente por radiação, Semetaire remexendo no fundo da minha mente e, agora, o pensamento de Tanya Wardani nos braços de Schneider trabalhando contra ela — e mesmo assim Cruickshank me levou aonde queria em menos de dez minutos com a combinação dos movimentos intenso de vai e vem e as roçadas suaves contra seus seios. E quando me levou até lá, me trouxe de volta do limiar três vezes com sons contentes e excitados em sua garganta, antes de finalmente me masturbar rápida e violentamente até um clímax que deixou nós dois respingados de sêmen.

O alívio foi como algo sendo desligado em minha cabeça. Wardani e Schneider, Semetaire e a morte iminente, tudo foi embora, lançado para fora da minha cabeça através dos olhos com a força explosiva do meu orgasmo. Fiquei flácido na cama estreita, e a cabine além daquele único ponto se afastou na minha mente, caindo em uma distante irrelevância.

Quando senti algo de novo, foi o toque macio da coxa de Cruickshank quando ela se postou montada sobre meu peito e sentou-se ali.

— Agora, Emissário — disse ela, estendendo as duas mãos para a minha cabeça. — Vejamos como você me paga por isso.

Os dedos dela se entrelaçaram na minha nuca e ela me segurou junto às dobras florescentes de sua carne como uma mãe lactante, balançando gentilmente. Sua boceta estava quente e úmida em minha boca, e o sumo que se acumulava e escorria dela tinha o gosto amargo de especiarias. O cheiro era de madeira delicadamente queimada, e o som que saía da garganta mais parecia o de um serrote se esfregando para a frente e para trás. Eu podia sentir a tensão subindo nos longos músculos de suas coxas conforme seu clímax se aproximava, e, mais para o fim, ela se ergueu um pouco do ponto onde se sentava em meu peito e começou a oscilar sua pélvis para a frente e para trás em um eco cego do coito. A gaiola de dedos segurando minha cabeça entre suas pernas fez minúsculos movimentos de flexão, como se ela estivesse perdendo seu último ponto de apoio acima de um abismo. O ruído em sua garganta virou um arfar apertado e urgente, rangendo até um grito rouco.

Você não vai me despistar assim tão fácil, Lobo da Vanguarda.

Cruickshank ergueu os quadris, os músculos rígidos e travados, e gritou seu orgasmo no ar úmido da cabine.

Não assim tão fácil.

Ela estremeceu e se afundou de volta, esmagando o ar para fora de mim. Seus dedos se soltaram, e minha cabeça caiu de volta sobre os lençóis pegajosos.

Estou fechado e

— Agora — disse ela, a mão se esticando ao longo do meu corpo. — Vejamos o que... ah.

Não dava para perder a surpresa em sua voz, mas ela escondeu bem a decepção concomitante. Eu estava semiereto em sua mão, uma rigidez pouco confiável sangrando de volta aos músculos do meu corpo, que ainda achava necessário lutar ou fugir da coisa na minha mente.

Sim. Está vendo como começa a nova colheita? Você pode fugir, mas...

Cai fora da PORRA *da minha cabeça.*

Eu me apoiei sobre os cotovelos, sentindo a desconexão se instalar em meu rosto em faixas apertadas. O fogo que havíamos acendido na cabine estava se apagando. Tentei dar um sorriso e senti Semetaire arrancá-lo de mim.

— Desculpe por isso. Acho... Esse negócio de morrer está me afetando mais cedo do que eu pensei.

Ela deu de ombros.

— Ei, Kovacs. As palavras *"é só físico"* nunca foram mais verdadeiras do que aqui e agora. Não seja tão duro consigo mesmo.

Fiz uma careta.

— Ah, merda, desculpa. — Era a mesma expressão comicamente cabisbaixa que eu tinha visto no rosto dela na entrevista no construto. De algum jeito, na capa maori era ainda mais engraçada. Eu ri, agarrando-me ao vislumbre de riso oferecido. Agarrei e sorri ainda mais.

— Ahhh — disse ela, sentindo a mudança. — Quer tentar mesmo assim? Não precisa de muita coisa, eu estou toda molhada por dentro.

Ela escorregou para trás e se arqueou em cima de mim. No leve brilho da bobina de dados, fixei meu olhar na junção de suas coxas com algo parecido com desespero, e ela me colocou dentro de seu corpo com a confiança de alguém que carrega uma bala em um revólver.

O calor, a pressão e o corpo longo e tenso me cavalgando foram os fragmentos que usei para continuar, mas ainda não era o que se chamaria de uma ótima trepada. Escorreguei pra fora umas duas vezes e meus problemas viraram problemas dela quando a óbvia ausência de entrega fez a excitação dela recuar até não passar de perícia técnica e metódica e uma determinação de chegar até o fim.

Está vendo como...

Sufoquei a voz no fundo da minha mente e invoquei um pouco de determinação minha para se combinar com a da mulher à qual eu estava conectado. Por algum tempo foi preciso trabalho, atenção à postura e sorrisos tensos. E então eu enfiei um polegar em sua boca, deixei que ela o umedecesse e o utilizei para encontrar seu clitóris, no cerne de suas pernas abertas. Ela pegou minha outra mão e a pressionou contra seu peito e, não muito tempo depois, obteve um orgasmo ou algo parecido.

Eu não consegui, mas, no beijo sorridente e encharcado de suor que dividimos depois de ela gozar, aquilo não pareceu importar tanto.

Não foi uma ótima trepada, mas fechou a porta para Semetaire por algum tempo. E mais tarde, quando Cruickshank tornou a vestir suas roupas e subir para o convés, recebendo aplausos e assovios do resto da festa, fiquei na penumbra esperando por ele, que mesmo assim preferiu não aparecer.

Foi a coisa mais próxima de uma vitória que eu já havia desfrutado em Sanção IV.

CAPÍTULO 26

A consciência me atingiu na cabeça como a garra de um lutador bizarro. Recuei por conta do impacto e rolei na cama, tentando abrir caminho de volta ao sono, mas o movimento trouxe consigo uma onda estrondosa de náusea. Impedi o vômito com minha determinação e me levantei apoiado em um dos cotovelos, piscando. A luz do dia, despontando de uma vigia que eu não havia percebido na noite anterior, abria uma lacuna borrada na penumbra acima da minha cabeça. Na outra ponta da cabine, a bobina de dados tecia sua espiral incansável do emanador na mesa para o sistema de dados guardado na prateleira no canto superior esquerdo. Vozes vinham da ponte, atrás de mim.

Cheque funcionalidade. Ouvi as admoestações de Virginia Vidaura dos módulos de treinamento Emissário. *Não é com ferimentos que você está preocupado, é com danos. A dor você pode usar ou suprimir. Os ferimentos importam apenas se causarem disfunção estrutural. Não se preocupe com o sangue; ele não é seu. Você vestiu essa carne há alguns dias e vai despi-la de novo em breve, se conseguir não ser morto antes. Não se preocupe com as feridas; cheque sua funcionalidade.*

Eu me sentia como se alguém estivesse serrando minha cabeça por dentro. Ondas de um suor febril desciam e se espalhavam por meu corpo, aparentemente a partir de um ponto na parte de trás do meu couro cabeludo. O fundo do meu estômago tinha se erguido, acomodando-se em algum ponto na minha garganta. Meus pulmões doíam de um jeito obscuro e nebuloso. Era como se tivesse sido atingido pelo atordoador no bolso da minha túnica, em um feixe não particularmente baixo.

Funcionalidade!

Valeu, Virginia.

Difícil dizer quanto disso era ressaca e quanto era minha condição terminal. Difícil me importar nessa situação. Cautelosamente me coloquei sentado na beira da cama e reparei, pela primeira vez, que tinha pegado no sono mais ou menos vestido. Procurei em meus bolsos, encontrei a arma do médico de campo e as cápsulas antirradiação. Pesei os tubos de plástico transparente em uma das mãos e pensei a respeito. O choque da injeção provavelmente me faria vomitar.

Uma busca mais profunda em meus bolsos finalmente rendeu uma haste de analgésico distribuído pelos militares. Soltei um, segurei-o entre o polegar e o indicador e dei uma olhada nele por um momento, acrescentando então um segundo. O reflexo condicionado assumiu os controles enquanto eu conferia a extremidade de saída do cano da arma médica, limpava a culatra e carregava a parte de trás com as duas cápsulas cheias de cristal. Fechei o dispositivo, e a arma emitiu um ganido cada vez mais agudo enquanto o campo magnético era carregado.

Senti uma pontada na cabeça, a sensação excruciante de algo duro sob algo mole que me fez, por algum motivo, pensar nos fragmentos de dados de sistemas flutuando no canto da bobina na outra extremidade do cômodo.

A luz carregada piscou para mim, vermelha, no disparador. Dentro da culatra, no interior das cápsulas, os estilhaços de cristais de formato militar estariam alinhados, as pontas de bordas afiadas apontando para a ponta do cano como um milhão de punhais preparados. Empurrei a boca do cano contra a dobra do cotovelo e espremi o gatilho.

O alívio foi instantâneo. Um vermelho suave percorreu minha cabeça, limpando a dor em manchas cinza e cor-de-rosa. Material da Vanguarda. Apenas o melhor para os lobos de Carrera. Sorri para mim mesmo, chapado com a onda de endorfinas, e apalpei em busca das cápsulas antirradiação.

Me sentindo funcional pra caralho agora, Virginia.

Joguei fora as cápsulas de analgésicos trituradas. Recarreguei com material antirradiação, fechei o dispositivo.

Olhe só para você, Kovacs. Um conjunto de células moribundas, em desintegração, recosturadas com linha química.

Aquilo não parecia Virginia Vidaura, então devia ser Semetaire, esgueirando-se de volta do retiro da noite passada. Empurrei a observação para o fundo da minha mente e me concentrei em funcionar.

Você vestiu essa carne há alguns dias e vai despi-la de novo em breve...
Tá, tá.
Esperei o ganido passar. Esperei a piscadela vermelha.
Disparei.
Funcional pra caralho.

Com minhas roupas arrumadas em algo que se aproximava do mais leve asseio, segui o som de vozes até a galera. Todos os participantes da festa estavam reunidos ali, com a notável exceção de Schneider, comendo café da manhã. Recebi uma breve rodada de aplausos quando fiz minha entrada. Cruickshank sorriu, bateu os quadris nos meus e me entregou uma caneca de café. Pelo estado de suas pupilas, eu não tinha sido o único a usar o pacote médico.

— Que horas vocês acordaram? — perguntei, sentando.

Ole Hansen consultou sua tela retiniana.

— Faz cerca de uma hora. Luc aqui se ofereceu para cozinhar. Eu voltei ao acampamento pra pegar as coisas.

— E o Schneider?

Hansen deu de ombros e enfiou comida na boca.

— Foi comigo, mas ficou por lá. Por quê?

— Por nada.

— Aqui. — Luc Deprez empurrou um prato cheio de omelete até ficar à minha frente. — Recarregue suas baterias.

Tentei umas duas garfadas, mas não consegui desenvolver nenhum entusiasmo. Eu não sentia nenhuma dor definível, mas havia uma instabilidade doentia subjacente ao entorpecimento que eu sabia estar assentada em mim em nível celular. Não houvera nenhum apetite real de minha parte nos últimos dois dias, e estava ficando gradativamente mais difícil manter a comida no estômago pela manhã. Cortei a omelete e fiquei empurrando os pedaços no prato, mas, no final, deixei a maior parte ali mesmo.

Deprez fingiu não reparar, mas dava para ver que ele ficara magoado.

— Alguém notou se nossos amiguinhos ainda estão queimando?

— Dá para ver fumaça — disse Hansen. — Mas não muita. Não vai comer?

Balancei a cabeça.

— Dá aqui. — Ele agarrou meu prato e jogou tudo para o próprio. — Você deve ter abusado mesmo da birita local ontem à noite.

— Estou morrendo, Ole — falei, irritadiço.

— É, talvez seja isso. Ou o cachimbo. Meu pai me disse uma vez: nunca misture álcool e baforada. Te deixa todo fodido.

A campainha de um kit de comunicações soou do outro lado da mesa. O equipamento de indução que alguém descartou, deixado em transmissão. Hansen grunhiu e o apanhou com a mão livre. Levou-o ao ouvido.

— Hansen. É. — Ficou escutando. — Certo. Cinco minutos. — Escutou mais um pouco, e um sorriso tênue despontou em seu rosto. — Certo, eu vou dizer a eles. Dez minutos. Tá.

Ele jogou o aparelho de volta entre os pratos e fez uma careta.

— Sutjiadi?

— Na mosca. Vai fazer um reconhecimento aéreo sobre as nanocolônias. Ah, além disso — o sorriso voltou —, ele disse para *não desligar* a porra dos seus aparelhos se não quiserem uma porra duma *disciplinar*.

Deprez riu.

— Isso é uma porra duma citação direta?

— Não. Uma porra duma paráfrase. — Hansen largou o garfo no prato e se levantou. — Ele não disse "disciplinar", chamou de "PD-nove".

Gerenciar um pelotão é um trabalho delicado na melhor situação. Quando a sua equipe é toda composta por prodígios de operações especiais para lá de letais com pelo menos uma morte nas costas, deve ser um pesadelo.

Sutjiadi segurava bem as pontas.

Ele observou, inexpressivo, entrarmos em fila na sala de reuniões e encontrarmos nossos lugares. A prancha memorizadora em cada assento tinha sido preparada com uma folha de alumínio contendo analgésicos comestíveis, dobrada e colocada de pé. Alguém soltou um grito de comemoração por cima do murmúrio geral quando viu as drogas, depois ficou quieto quando Sutjiadi olhou em sua direção. Quando ele falou, sua voz podia ser a de um androide de restaurante recomendando vinhos.

— Se alguém aqui ainda estiver de ressaca, é melhor resolver isso agora. Um dos sistemas de sentinelas dos anéis posteriores foi desligado. Não há nenhuma indicação de como.

Aquilo provocou a reação desejada. O murmúrio de conversa foi abafado. Senti minha onda de endorfinas afundar.

— Cruickshank e Hansen, quero que vocês peguem uma das motos e vão conferir. Qualquer sinal de atividade, *qualquer* atividade, vocês dão meia-volta e retornam diretamente para cá. Caso contrário, quero que recuperem qualquer destroço no local e tragam para análise. Vongsavath, eu quero a *Nagini* ligada e pronta para levantar voo ao meu comando. Todos os outros, armem-se e fiquem onde puderem ser encontrados. E estejam com os comunicadores a postos o tempo todo.

Ele se voltou para Tanya Wardani, que estava largada em uma cadeira no fundo da sala, embrulhada em seu casaco e mascarada com óculos escuros.

— Senhorita Wardani. Alguma chance de um horário estimado para a abertura?

— Talvez amanhã. — Ela não deu nenhum sinal de que estivesse sequer olhando para ele por trás das lentes. — Com sorte.

Alguém bufou. Sutjiadi não se deu o trabalho de descobrir quem.

— Eu não preciso lhe relembrar, senhorita Wardani, que estamos sob ameaça.

— Não. Não precisa. — Ela se desdobrou da cadeira e vagou para a saída. — Vou estar na caverna.

A reunião se dispersou com a saída dela.

Hansen e Cruickshank ficaram fora menos de meia hora.

— Nada — disse o especialista em demolições para Sutjiadi quando eles voltaram. — Nenhum destroço, nenhuma área queimada, nenhum sinal de danos à máquina. Na verdade — ele olhou para trás na direção do ponto que haviam vasculhado —, nenhum sinal de que a porra da coisa toda tenha estado lá um dia, para começo de conversa.

A tensão no acampamento se intensificou. A maioria da equipe de operações especiais, obedecendo a suas vocações individuais, retirou-se para examinar silenciosa e obsessivamente as armas com que tinham mais habilidade. Hansen desembalou as granadas de corrosão e estudou seus detonadores. Cruickshank desmontou os sistemas móveis de artilharia. Sutjiadi e Vongsavath desapareceram na cabine da *Nagini*, sendo seguidos, após uma breve hesitação, por Schneider. Luc Deprez lutou com Jiang Jianping em um treino sério perto da arrebentação, e Hand se recolheu à cabine-bolha, presumivelmente para queimar mais incenso.

Eu passei o resto da manhã sentado em uma saliência de pedra acima da praia com Sun Liping, esperando que os resíduos da noite passada deixassem meu organismo antes dos analgésicos. O céu acima de nós prometia um clima melhor. O cinza fechado do dia anterior havia se aberto em restos de azul entrando do oeste. No lado oriental, a fumaça de Sauberlândia curvava-se para longe com a cobertura de nuvens que se evacuava. A vaga consciência da ressaca que aguardava além da cortina de endorfinas emprestava ao cenário total um tom imerecidamente suave.

A fumaça das nanocolônias que Hansen tinha visto havia desaparecido por completo. Quando mencionei o fato a Sun, ela apenas deu de ombros. Eu não era o único me sentindo irracionalmente relaxado, pelo visto.

— Alguma coisa nisso te preocupa? — perguntei a ela.

— Nessa situação? — Ela pareceu pensar a respeito. — Eu já corri mais perigo, acho.

— Claro que já. Você já esteve morta.

— Bem, sim. Mas não era isso o que eu queria dizer. Os nanossistemas são uma preocupação, mas, ainda que os temores de Matthias Hand tenham fundamento, não imagino que eles vão evoluir algo capaz de derrubar a *Nagini* do céu.

Eu pensei sobre as armas gafanhotos robóticas que Hand mencionou. Este era um dos vários detalhes que ele escolheu não passar adiante para o resto da equipe ao informá-los sobre o sistema ARNPA.

— Sua família sabe o que você faz para ganhar a vida?

Sun pareceu surpresa.

— Sim, claro. Meu pai recomendou a carreira militar. Era um bom jeito de conseguir pagamento por meu treinamento em sistemas. As forças armadas sempre têm dinheiro, foi o que ele disse. Decida o que você quer fazer e faça eles te pagarem pelo serviço. Claro, nunca ocorreu a ele que haveria uma guerra aqui. Quem teria pensado nisso, vinte anos atrás?

— É.

— E o seu?

— Meu o quê? Meu pai? Não sei, eu não o vejo desde que tinha 8 anos. Quase quarenta anos atrás, tempo subjetivo. Mais de um século e meio, tempo objetivo.

— Sinto muito.

— Não sinta. Minha vida melhorou radicalmente quando ele foi embora.

— Você não acha que ele teria orgulho de você agora?

Eu ri.

— Ah, sim. Com certeza. Ele sempre foi muito fã de violência, meu velho. Tinha entrada vitalícia para as lutas de aberrações. Claro, *ele* não tinha nenhum treinamento formal, então sempre tinha que se virar batendo em mulheres e crianças indefesas. — Pigarreei. — Mas enfim, sim. Ele estaria orgulhoso do que eu fiz com a minha vida.

Sun ficou quieta por um instante.

— E a sua mãe?

Desviei o olhar, tentando me lembrar. O lado negativo da lembrança total dos Emissários é que as memórias de tudo antes do condicionamento tendem a parecer borradas e incompletas em comparação. Você acelera na direção oposta de tudo isso, como numa decolagem, num lançamento. Era um efeito pelo qual eu ansiava na época. Agora já não tinha tanta certeza. Eu não conseguia me lembrar.

— Acho que ela ficou contente quando eu me alistei — falei, devagar. — Quando voltei para casa no uniforme, ela fez uma cerimônia do chá para mim. Convidou todo mundo do quarteirão. Acho que estava orgulhosa. E o dinheiro deve ter ajudado. Havia três de nós para alimentar, eu e minhas duas irmãs mais novas. Ela segurava as pontas depois que meu pai foi embora, mas estávamos sempre quebrados. Quando terminei o básico, devo ter triplicado nossa renda. No Mundo de Harlan, o Protetorado paga seus soldados muito bem; é preciso, para competir com a Yakuza e os quellistas.

— Ela sabe que você está aqui?

Balancei a cabeça.

— Eu passava muito tempo fora. Nos Emissários, eles te mobilizam para todo canto, exceto seu mundo de origem. Menos perigo de você desenvolver uma empatia inconveniente com as pessoas que deveria estar matando.

— Sim. — Sun sorriu. — Uma precaução-padrão. Faz sentido. Mas você não é mais um Emissário. Não voltou para casa?

Sorri sem humor.

— Sim, como criminoso profissional. Quando você deixa os Emissários, não há muitas outras vagas em oferta. E, a essa altura, minha mãe já estava casada com outro homem, um oficial de recrutamento do Protetorado. Uma reunião familiar pareceu... Bem, inapropriada.

Sun não disse nada por algum tempo. Ela parecia estar observando a praia abaixo de nós, esperando por alguma coisa.

— Pacífico aqui, né? — falei, só para romper o silêncio.

— Em certo nível de percepção. — Ela assentiu. — Claro, não em um nível celular. Existe uma batalha acirrada rolando aqui, e estamos perdendo.

— Pensamento positivo, é isso aí.

Um sorriso passou pelo rosto dela bem brevemente.

— Desculpe. Mas é difícil pensar em termos de paz quando se tem uma cidade massacrada de um lado, a força reprimida de um hiperportal do outro, um exército de nanocriaturas se aproximando de algum ponto logo além da encosta e o ar cheio de uma dose letal de radiação.

— Bem, quando você coloca as coisas dessa forma...

O sorriso voltou.

— É o meu treinamento, Kovacs. Passei meu tempo interagindo com máquinas em níveis que meus sentidos normais não conseguem perceber. Quando se faz isso para ganhar a vida, você começa a ver a tempestade logo abaixo da calmaria em todo lugar. Olhe para lá. Um oceano sem maré, a luz do sol caindo sobre águas calmas. É pacífico, sim. Mas, sob a superfície da água, existem milhões de criaturas envolvidas em uma luta de vida e morte para se alimentarem. Olha, a maioria das carcaças de gaivotas já se foi. — Ela fez uma careta. — Me lembre de não ir nadar. Mesmo a luz do sol é uma fuzilaria sólida de partículas subatômicas, despedaçando qualquer coisa que não tenha desenvolvido os níveis apropriados de proteção, o que, obviamente, todas as coisas vivas por aqui já fizeram porque seus ancestrais mais remotos morreram aos milhões para que um punhado de sobreviventes pudesse desenvolver as características mutacionais necessárias.

— Toda paz é uma ilusão, hein? Soa como algo que um monge renunciante diria.

— Não é bem uma ilusão, mas é relativa, e *tudo*, toda paz, foi paga em algum ponto, algum momento, com o oposto.

— É isso o que te mantém nas forças militares?

— Meu contrato é o que me mantém nas forças militares. Eu tenho mais dez anos para servir, no mínimo. E, sendo honesta — ela deu de ombros —, provavelmente vou continuar mesmo depois disso. A guerra já vai ter acabado, a essa altura.

— Sempre haverá outras guerras.

— Não em Sanção IV. Quando tiverem esmagado Kemp, teremos uma repressão aqui. Estritamente ações policiais daí para a frente. Eles nunca mais vão deixar algo sair do controle a esse ponto.

Pensei na exultação de Hand ante o vale-tudo dos protocolos de licenciamento que estava em ação atualmente na Mandrake e me perguntei se o que ela dizia era mesmo verdade.

Em voz alta, comentei:

— Uma ação policial pode te matar do mesmo jeito que uma guerra.

— Eu já estive morta. Agora, olhe só pra mim. Não foi tão ruim.

— Certo, Sun. — Senti a primeira onda de uma nova fadiga me varrer, revirando meu estômago e fazendo meus olhos doerem. — Eu desisto. Você é uma filha da puta durona. Você devia estar dizendo essas coisas para a Cruickshank. Ela devoraria cada palavra.

— Eu não acho que Yvette Cruickshank precise de encorajamento. Ela é jovem o bastante para estar desfrutando disso por si mesma.

— É, provavelmente você tem razão.

— E se eu pareço uma *filha da puta durona* para você, não era essa minha intenção. Mas eu sou um soldado profissional e seria insensato guardar ressentimento com essa escolha. Porque *foi* uma escolha. Eu não fui obrigada a me alistar.

— É, bem, hoje em dia isso é... — O tom cortante se esvaiu de minha voz quando vi Schneider saltar da escotilha dianteira da *Nagini* e correr pela praia. — Aonde ele está indo?

Abaixo de nós, sob o ângulo da saliência em que estávamos sentados, Tanya Wardani emergiu. Ela caminhava na direção do mar, a grosso modo, mas havia algo de estranho em seu andar. Seu casaco parecia cintilar em azul de um dos lados, em trechos granulados que eram vagamente familiares.

Fiquei de pé. Ativei a neuroquímica.

Sun pousou a mão em meu braço.

— Ela está...

Era areia. Segmentos de areia turquesa úmida vinda do interior da caverna. Areia que deve ter se agarrado a ela quando...

Ela desabou.

Foi uma queda deselegante. Sua perna esquerda cedeu quando ela pisou, e Tanya girou para baixo em torno do membro encurvado. Eu já estava em movimento, saltando da saliência em uma série de pontos mapeados pela neuroquímica, cada um servindo apenas para um suporte momentâneo e então partindo para o próximo antes que eu pudesse escorregar. Aterrissei na areia mais ou menos ao mesmo tempo em que Wardani completava sua queda; estava ao lado dela um par de segundos antes de Schneider.

— Eu a vi cair quando ela saiu da caverna — soltou ele assim que me alcançou.

— Vamos levá-la...

— Estou *bem*. — Wardani virou o corpo e se livrou do meu braço. Ela se levantou sobre um cotovelo e olhou de Schneider para mim e de novo para ele. Eu vi, abruptamente, como ela estava abatida. — Estou bem, vocês dois. Obrigada.

— Então, o que é tudo isso? — perguntei baixinho a ela.

— Tudo isso? — Ela tossiu e cuspiu na areia, catarro misturado com sangue. — Eu tô morrendo, como todo mundo nessa área. É isso.

— Talvez seja melhor você não trabalhar mais por hoje — disse Schneider, hesitante. — Talvez você devesse descansar.

Ela lhe lançou um olhar zombeteiro, depois concentrou sua atenção em se levantar.

— Ah, é. — Ela se lançou de pé e sorriu. — Esqueci de dizer. Eu abri o portal. Decifrei a coisa.

Vi sangue no sorriso.

CAPÍTULO 27

— Não estou vendo nada — disse Sutjiadi.

Wardani suspirou e foi até um de seus consoles. Apertou uma sequência de painéis na tela e uma das filigranas elásticas se esticou para baixo até ficar entre nós e o aparentemente impenetrável pico de tecnologia marciana no centro da caverna. Outra mudança de tela e as lanternas montadas nos cantos da caverna ficaram incandescentes em azul.

— Aqui.

Através da tela elástica, tudo estava banhado em uma fria luz violeta. No novo esquema de cores, as bordas superiores do portal piscaram e rodaram com gotas brilhantes que cortavam o fulgor circundante como cerejas radioativas giratórias.

— O que é isso? — perguntou Cruickshank, atrás de mim.

— É uma contagem regressiva — disse Schneider, com uma familiaridade arrogante. Ele já tinha visto aquilo antes. — Não é, Tanya?

Wardani sorriu debilmente e se apoiou no console.

— Temos razoável certeza de que os marcianos viam mais além no azul do que nós. Muito de seu registro visual parece se referir a faixas na escala ultravioleta. — Ela pigarreou. — Eles seriam capazes de enxergar isso aqui sem ajuda. E o que isso está dizendo, mais ou menos, é: *Mantenha distância.*

Observei, fascinado. Cada bolha parecia se inflamar no pico do pináculo, separando-se em seguida e pingando rapidamente para baixo, acompanhando as bordas da base. Em intervalos do pinga-pinga, as luzes disparavam explosões para as dobras que preenchiam os vãos entre as bordas. Era difícil dizer, mas, se você rastreasse a trajetória dessas explosões, elas pareciam estar viajando um longo caminho na geometria contraída de cada fissura, uma distância maior do que deveria ser possível no espaço tridimensional.

— Um pouco disso fica visual depois — disse Wardani. — A frequência se reduz quando nos aproximamos do evento. Não sei direito por quê.

Sutjiadi virou-se de lado. Nos respingos da luz processada pela tela filigranada, ele pareceu descontente.

— Quanto tempo? — indagou ele.

Wardani ergueu um braço e apontou ao longo do console para os dígitos em movimento de um display em contagem regressiva.

— Cerca de seis horas, padrão. Um pouco menos agora.

— Pelo amor de Samedi, isso *é lindo* — ofegou Cruickshank. Ela se postou junto a meu ombro e fitou, hipnotizada, o pináculo através da tela e o que estava acontecendo com ele. A luz passando sobre o rosto dela parecia ter lavado suas feições de toda emoção, exceto o assombro.

— É melhor trazermos aquela baliza de identificação para cá, capitão. — Hand espiava as explosões brilhantes com uma expressão que eu não tinha visto desde que o surpreendera em culto. — E a plataforma de lançamento. Precisaremos dela para disparar a baliza.

Sutjiadi deu as costas para o portal.

— Cruickshank. *Cruickshank!*

— Senhor. — A planaltina de Limon piscou e olhou para ele, mas seus olhos continuavam voltando para a tela.

— Retorne à *Nagini* e ajude Hansen a preparar a baliza para o disparo. E diga a Vongsavath para mapear um lançamento e aterrissagem para hoje à noite. Veja se ela não consegue romper esse interferência de sinais e fazer uma transmissão para a Vanguarda em Masson. Para dizer a eles que estamos saindo. — Ele olhou para mim. — Eu odiaria ser atingido por um disparo de aliados a essa altura.

Olhei de relance para Hand, curioso para ver como ele lidaria com esse detalhe.

Eu não precisava ter me preocupado.

— Sem transmissões por enquanto, capitão. — A voz do executivo era um exemplo de distanciamento distraído; dava para jurar que ele estava distraído com a contagem regressiva do portal... entretanto, sob o tom casual, havia a força inconfundível de uma ordem. — Vamos manter isso só entre nós até estarmos realmente prontos para ir para casa. Só peça a Vongsavath para mapear a parábola.

Sutjiadi não era burro. Ele ouviu a mensagem telegrafada dissimulada na voz de Hand e me disparou outro olhar, questionador.

Eu dei de ombros e me coloquei do lado da tramoia de Hand. Para que servem os Emissários, afinal?

— Veja por esse ângulo, Sutjiadi. Se eles soubessem que você está a bordo, provavelmente atirariam na gente de qualquer forma, só para te pegar.

— A Vanguarda de Carrera — disse Hand, rigidamente — não fará nada parecido enquanto estiver sob contrato com o Cartel.

— Você não quer dizer o governo? — debochou Schneider. — Pensei que essa guerra fosse uma questão interna, Hand.

Hand lançou-lhe um olhar cansado.

— Vongsavath. — Sutjiadi havia passado seu microfone para o canal geral. — Está aí?

— No lugar.

— E os outros?

Quatro outras vozes zumbiram no microfone de indução no meu ouvido.

— Tentem conseguir alguma ideia de como está o tráfego suborbital ao longo da curva, mas mantenham silêncio de transmissão até decolarmos. Está claro?

— Correr em silêncio — disse Vongsavath. — Entendido.

— Bom. — Sutjiadi assentiu para Cruickshank, que saltou para fora da caverna. — Hansen, Cruickshank vai descer para ajudar a preparar a baliza de identificação. Isso é tudo. O resto de vocês, fique atento.

Sutjiadi destravou levemente sua postura e virou-se de frente para a arqueóloga.

— Senhorita Wardani, você parece doente. Falta alguma coisa para você fazer por aqui?

— Eu... — Tanya se inclinou visivelmente sobre o console. — Não, eu terminei. Até que queiram o maldito negócio fechado de novo.

— Ah, isso não será necessário — disse Hand de onde se encontrava, na lateral do portal, olhando para cima com um ar distintamente proprietário. — Com a baliza estabelecida, podemos notificar o Cartel e trazer uma equipe completa. Com o apoio da Vanguarda, imagino que possamos fazer dessa uma zona de cessar-fogo — sorriu — razoavelmente rápido.

— Tente dizer isso ao Kemp — comentou Schneider.

— Ah, diremos. — Hand sorriu calmamente.

— De qualquer forma, senhorita Wardani — o tom de Sutjiadi denotava impaciência —, sugiro que também retorne à *Nagini*. Peça a Cruickshank para inserir seu programa de médica de campo e dar uma olhada em você.

— Bem, obrigada.

— Com licença.

Wardani balançou a cabeça e se impulsionou até ficar de pé.

— Achei que um de nós deveria dizer isso.

Ela saiu sem olhar para trás. Schneider olhou para mim e, depois de um momento de hesitação, foi atrás dela.

— Você leva jeito com civis, Sutjiadi. Alguém já te falou isso?

Ele me encarou, impassível.

— Existe algum motivo para você ficar aqui?

— Eu gosto da vista.

Ele emitiu um ruído com a garganta e voltou a olhar para o portal. Dava para ver que não gostava de fazer isso e, com Cruickshank longe, estava deixando a sensação à mostra. Havia uma rigidez que se instalava em sua postura assim que ele ficava de frente para o dispositivo, algo semelhante à tensão que se vê em lutadores ruins antes de um assalto.

Levantei uma das mãos claramente à vista e, depois de uma pausa adequada, dei-lhe um leve tapinha no ombro.

— Não me diga que essa parada te assusta, Sutjiadi. Não o homem que enfrentou o Cachorrão Veutin e todo seu pelotão. Você foi meu herói por um tempinho, naquele momento.

Se ele achou graça, escondeu bem.

— Vamos, é uma *máquina*. Como um guindaste, como um... — Busquei comparações apropriadas. — ... Como uma máquina. É tudo o que ela é. Nós estaremos construindo esses negócios nós mesmos em alguns séculos. Faça o seguro de capa certo e você pode até estar vivo para ver

— Você está enganado — disse ele, distante. — Isso não se parece com nada humano.

— Ah, merda, você não vai dar uma de místico pra cima de mim, né? — Olhei de esguelha para onde Hand se encontrava, sentindo-me de súbito injustamente encurralado. — *É claro* que não é como nada humano. Não fomos nós que construímos isso, foram os marcianos. Mas eles são só outra raça. Mais inteligentes do que nós, talvez, mais avançados que nós, talvez, mas isso não faz deles deuses ou demônios, faz? Faz?

Ele se virou de frente para mim.

— Não sei. Faz?

— Sutjiadi, eu juro que você está começando a parecer aquele idiota ali atrás. Isso que você está vendo aqui é *tecnologia*.

— Não. — Ele chacoalhou a cabeça. — Existe um limiar que estamos prestes a ultrapassar. E nós vamos nos arrepender. Não está sentindo? Não consegue sentir a... a *espera* nessa coisa?

— Não, mas consigo sentir a espera em mim. Se essa coisa te assusta tanto, podemos sair e fazer algo construtivo, que tal?

— Isso seria bom.

Hand parecia contente em ficar e se regozijar com seu novo brinquedo, então o deixamos ali e abrimos caminho pelo túnel de volta. A perturbação de Sutjiadi devia ter passado para mim de alguma forma, porém, porque assim que a primeira curva nos tirou da vista do portal ativado, eu precisei admitir que senti algo em minha nuca. Era a mesma sensação que se tem às vezes quando se dá as costas a sistemas de armas que você sabe que estão carregados. Não importa o rótulo de seguro, você sabe que a parada às suas costas tem o poder de transformar você em naquinhos de carne e osso e que, a despeito de toda a programação do mundo, *acidentes acontecem*. Fogo amigo te mata tanto quanto o inimigo.

Na entrada, o clarão ofuscante e difuso da luz diurna esperava por nós como uma inversão da coisa escura e comprimida lá dentro.

Afastei o pensamento, irritado.

— Feliz agora? — perguntei acidamente, enquanto saíamos para a luz.

— Vou ficar feliz quando tivermos instalado a baliza e colocado um hemisfério entre nós e aquela coisa.

Balancei a cabeça.

— Eu não te entendo, Sutjiadi. Pouso Seguro foi construída a distância do raio de alcance de atiradores de seis grandes escavações. Esse planeta todo é crivado de ruínas marcianas.

— Eu sou de Latimer. Vou aonde me mandam.

— Certo, Latimer. Lá também não faltam ruínas. Jesus, todo caralho de mundo que nós colonizamos já pertenceu a eles. Temos que agradecer aos mapas deles por estarmos aqui, para começo de conversa.

— Exatamente. — Sutjiadi parou de súbito e virou-se para mim com a coisa mais próxima de emoção verdadeira em seu rosto desde que havia perdido a disputa para explodir o desabamento de rochas para longe do portal. — *Exatamente*. E quer saber o que isso significa?

Eu me inclinei para trás, surpreso com a súbita intensidade.

— Sim, claro. Me conte.

— Significa que nós não deveríamos estar aqui, Kovacs. — Ele falava em uma voz baixa e urgente que eu nunca o ouvi usando antes. — Nosso lugar não é aqui. Não estamos *prontos*. É uma porra de equívoco termos tropeçado nos mapas de astronavegação, para começo de conversa. Por nossa própria conta, levaríamos milhares de anos para encontrar esses planetas e colonizá-los. Nós *precisávamos* desse tempo, Kovacs. Precisávamos *conquistar* nosso lugar no espaço interestelar. Em vez disso, chegamos aqui apoiados em uma civilização morta que não compreendemos.

— Eu não acho...

Ele atropelou minha objeção.

— Olha quanto tempo a arqueóloga levou para abrir aquele portal. Olha todas as aparas semicompreendidas de que dependemos para chegar até esse ponto. *Temos razoável certeza de que os marcianos viam mais além no azul do que nós.* — Ele imitou Wardani sem dó. — Ela não faz ideia, ninguém faz. Estamos *chutando*. Não temos ideia do que estamos fazendo, Kovacs. Nós vagamos por aí, pregando nossas pequenas certezas antropomórficas no cosmos e assobiando no escuro, mas a verdade é que não temos a mais vaga noção do que estamos fazendo, caralho. Não deveríamos nem estar aqui. Aqui *não é o nosso lugar.*

Soltei uma longa expiração.

— Bem. Sutjiadi. — Olhei para o chão e depois para o céu. — É melhor você começar a poupar para uma transmissão por agulha para a Terra. O lugar é uma merda, claro, mas é de lá que viemos. Lá *com certeza* é o nosso lugar.

Ele sorriu um pouco, uma cobertura de retaguarda para a emoção que agora recuava de seu rosto enquanto a máscara de comando deslizava de volta ao seu lugar.

— Tarde demais pra isso — disse ele, baixinho. — Tarde demais mesmo.

Perto da *Nagini*, Hansen e Cruickshank já desembrulhavam a baliza de identificação da Mandrake.

CAPÍTULO 28

Hansen e Cruickshank levaram quase uma hora para preparar a baliza, principalmente porque Hand saiu da caverna e insistiu em rodar três checagens completas do sistema antes de se satisfazer com a capacidade do aparelho de desempenhar sua função.

— Olha — disse Hansen, irritado, enquanto ligavam o computador localizador pela terceira vez. — Ela entra na oclusão do campo estelar e, assim que tiver padronizado o rastro, nada menos do que um evento de corpo negro vai conseguir tirá-la de lá. A menos que essa sua astronave fique se tornando invisível, não teremos problema.

— Isso não é impossível — disse-lhe Hand. — Rode o backup de detector de massa outra vez. Certifique-se de que ele funcione quando ativado.

Hansen suspirou. Na outra ponta da baliza de dois metros, Cruickshank sorriu, achando graça.

Depois disso, eu a ajudei a carregar a base de lançamento do depósito da *Nagini* e parafusar a coisa toda em suas esteiras amarelas berrantes. Hansen terminou a última checagem, fechou painéis ao longo do corpo cônico e deu tapinhas afetuosos no flanco da máquina.

— Tudo pronto para as Grandes Profundezas — disse ele.

Com a base de lançamento montada e operante, recrutamos a ajuda de Jiang Jianping e erguemos a baliza, assentando-a com delicadeza no lugar. Originalmente projetada para ser lançada por meio de um tubo de torpedos, ela parecia vagamente ridícula agachada na base sobre esteiras minúsculas, como se fosse cair de nariz no chão a qualquer momento. Hansen moveu as esteiras para a frente e para trás, depois em círculos algumas vezes para conferir a mobilidade. Em seguida, desligou o controle remoto, guardou-o no bolso e bocejou.

— Alguém quer ver se conseguimos pegar um comercial da Lapinee?

Chequei as horas no meu display retiniano, que eu havia sincronizado com uma função de cronômetro à contagem regressiva na caverna. Um pouco mais de quatro horas restantes. Por trás dos números verdes queimando no canto da minha visão, vi o nariz da baliza se mexer e então girar adiante sobre a parte dianteira das esteiras da base. Ele se assentou na areia com um pequeno baque sólido. Olhei para Hansen e sorri.

— Ah, pelo amor de Samedi — disse Cruickshank quando viu para onde estávamos olhando. Ela foi até a base pisando duro. — Bem, não fiquem aí sorrindo feito um bando de idiotas, me ajudem...

Ela rasgou no meio.

Eu era o mais próximo, já me virando para atender a seu pedido de ajuda. Mais tarde, recapitulando a cena no entorpecimento doentio posterior, eu vi/me lembrei de como o impacto a repartiu pouco acima do osso do quadril, serrando para cima em um garrancho descuidado de um lado para o outro, jogando os pedaços para o céu em um jorro de sangue. Foi espetacular, como um truque de ginasta de Corpo Total dando errado. Vi um braço e um fragmento do torso serem lançados por cima da minha cabeça. Uma perna passou girando por mim e a borda de fuga de um pé acertou um golpe de raspão na minha boca. Senti gosto de sangue. A cabeça dela ascendeu preguiçosamente para o céu, rodando, chicoteando o cabelo comprido e uma cauda destroçada de pescoço e carne do ombro rodopiando feito serpentina. Senti o esguicho de mais sangue, dela dessa vez, caindo como chuva no meu rosto.

Ouvi a mim mesmo gritando, como se de uma longa distância. Metade da palavra *não*, desprendida de seu sentido.

Ao meu lado, Hansen mergulhava atrás de sua Jato Solar descartada.

Eu podia ver

Gritos da *Nagini*.

a coisa

Alguém à solta com uma arma de raios.

que fez aquilo.

Em torno da base de lançamento, a areia fervilhava de atividade. O cabo grosso e farpado que rasgara Cruickshank era um entre meia dúzia, cinza pálido e cintilando sob a luz. Pareciam emanar um zumbido que coçava em meus ouvidos.

Eles agarraram a base e a atacaram. O metal estalou. Um parafuso se soltou de seus suportes e passou por mim sibilando, como uma bala.

A arma de raios tornou a disparar, juntando-se a outras em um coro irregular de crepitações. Vi os feixes atravessarem a coisa na areia, sem afetá-la. Hansen passou por mim, a Jato Solar aninhada a seu ombro, ainda disparando. Algo se encaixou.

— *Recua!* — gritei para ele. — *Recua, caralho!*

As Kalashnikov encheram meus punhos.

Tarde demais.

Hansen deve ter pensado que estava combatendo armaduras, ou talvez apenas a rapidez nos movimentos evasivos. Havia espalhado seu feixe para superar essa velocidade e estava prestes a aumentar a potência. A Sistemas Gerais Jato Solar (Snipe) Modelo Onze corta aço tântalo como faca corta carne. A curta distância, ela vaporiza.

Os cabos podem ter brilhando em alguns pontos, mas então a areia sob os pés dele entraram em erupção e um novo tentáculo se esticou para o alto. Retalhou as pernas dele até o joelho no tempo que eu levei para abaixar as armas inteligentes a meio caminho da posição horizontal. Ele gritou de um jeito estridente, um ruído animalesco, e caiu, ainda disparando. A Jato Solar transformou areia em vidro em valas longas e rasas em torno dele. Cabos curtos e espessos se ergueram e caíram como maças sobre seu tronco. Os gritos dele pararam de súbito. Sangue gotejou encaroçado como a lava espumante que se vê na caldeira de um vulcão.

Entrei em cena atirando.

As armas, as armas de interface, como fúria estendida nas duas mãos. Biotransmissão das placas nas palmas das minhas mãos me davam os detalhes. Projéteis de fragmentação, alto impacto, pentes na capacidade máxima. A visão que eu tinha, fora da minha fúria, encontrou estrutura na coisa se retorcendo defronte a mim e as Kalashnikov atingiram-na com fogo pesado. A biotransmissão colocou minha mira no lugar com precisão micrométrica.

Pedaços de cabo foram cortados e saltaram, caindo na areia e se agitando ali como peixes fora d'água.

Esvaziei as duas armas.

Elas cuspiram os pentes e se arreganharam ansiosamente. Bati as coronhas contra meu peito. O carregador do arnês cumpriu sua função, e as coronhas puxaram os pentes novos para dentro com ágeis cliques magnéticos. Pesadas de novo, minhas mãos se voltaram para fora como o estalar de um chicote, esquerda e direita, procurando, mirando.

Os cabos assassinos tinham sumido, decepados. Os outros irromperam na minha direção pela areia e morreram, cortados em pedacinhos como vegetais sob a faca de um chef.

Esvaziei as armas de novo.

Recarreguei.

Esvaziei.

Recarreguei.

Esvaziei.

Recarreguei.

Esvaziei.

Recarreguei.

Esvaziei.

E bati no meu peito repetidamente, sem ouvir o arnês clicar, vazio. Os cabos ao meu redor tinham se reduzido a uma franja de cotos acenando debilmente. Descartei as armas vazias e tomei um pedaço aleatório de aço da base de lançamento destruída. Acima da minha cabeça e para baixo também. A safra mais próxima de cotos estremeceu e se despedaçou. Para cima. Para baixo. Fragmentos. Lascas. Para cima. Para baixo.

Ergui a barra e vi a cabeça de Cruickshank me encarando.

Ela tinha caído com o rosto para cima na areia, o cabelo longo e emaranhado meio obscurecendo os olhos arregalados. Sua boca estava aberta como se ela fosse dizer alguma coisa, e havia uma expressão de dor congelada em suas feições.

O zumbido em meus ouvidos tinha parado.

Abaixei meus braços.

A barra.

Meu olhar, indo para as extensões de cabos se retorcendo fracamente em torno de mim.

No retorno súbito, frio e transbordante da sanidade, Jiang estava ao meu lado.

— Me arranja uma granada de corrosão — falei, e minha voz soou irreconhecível aos meus próprios ouvidos.

A *Nagini* flutuava três metros acima da praia. Metralhadoras com carga sólida estavam montadas nas escotilhas de carga abertas dos dois lados. Deprez e Jiang se agachavam atrás de cada uma delas, os rostos empalidecidos pelo brilho das minúsculas telas das miras de sensores remotos. Não tivéramos tempo até então para armar os sistemas automáticos.

A área de carga atrás deles estava lotada com itens recuperados às pressas das cabines-bolha. Armamentos, comida enlatada, roupas; o que pudera ser apanhado e carregado na corrida sob o olhar vigilante da cobertura oferecida pelas metralhadoras. A baliza de identificação da Mandrake jazia em uma extremidade da área de carga, o corpo curvo balançando de leve de um lado para o outro no convés metálico enquanto Ameli Vongsavath fazia minúsculos ajustes ao controle de flutuação da *Nagini*. Por insistência de Matthias Hand, este havia sido o primeiro item recuperado da repentinamente perigosa expansão plana de areia turquesa abaixo de nós. Os outros o obedeceram, atordoados.

A baliza muito provavelmente estava arruinada. O invólucro cônico estava lacerado e rasgado no sentido da extensão. Os painéis de monitores tinham sido arrancados das dobradiças, e as entranhas, removidas como as pontas irregulares de vísceras, como os restos mortais de...

Para com isso.

Duas horas restantes. Os números lampejaram em meu olho.

Yvette Cruickshank e Ole Hansen estavam a bordo. O sistema de recuperação de restos humanos, ele mesmo um robô de decolagem gravitacional, havia pairado delicadamente de um lado para o outro acima da areia respingada de sangue, aspirou o que conseguiu encontrar, provou e testou o DNA e então regurgitou separadamente em dois sacos para cadáveres de um azul de muito bom gosto que brotaram em sua traseira, dois de meia dúzia em seu estoque. O processo de separação e depósito gerava sons que me lembraram vômito. Quando o robô de recuperação acabou, cada saco foi solto, selado a laser na ponta e recebeu um código de barras. Impassível, Sutjiadi os carregou, um de cada vez, para o armário de cadáveres nos fundos da área de carga e os depositou ali. Nenhum saco parecia conter nada com um formato nem remotamente humano.

Nenhum dos cartuchos corticais foi recuperado. Ameli Vongsavath estava escaneando em busca de rastros, mas a teoria corrente era de que os nanorrobôs canibalizavam qualquer coisa não orgânica para construir a geração seguinte. Ninguém conseguiu encontrar as armas de Hansen e Cruickshank também.

Parei de encarar a portinhola do armário de cadáveres e fui para o andar de cima.

No convés da tripulação, na cabine de popa, um pedaço de amostra de cabo de nanorrobô jazia selado em permaplástico sob a lente do microscópio de Sun Liping. Sutjiadi e Hand tentavam olhar por cima do ombro dela. Tanya Wardani se recostava em um canto, os braços em torno do próprio corpo, o rosto fechado. Eu me sentei longe de todos eles.

— Dá uma olhada. — Sun olhou para mim de relance e pigarreou. — É o que você disse.

— Então eu não preciso olhar.

— Você está me dizendo que isso aí são os nanorrobôs? — perguntou Sutjiadi, incrédulo. — Não...

— Caralho, o portal nem tá aberto, Sutjiadi. — Eu podia ouvir o desgaste em minha própria voz.

Sun voltou a olhar pela tela do microscópio. Ela parecia ter encontrado uma forma obscura de refúgio ali.

— É uma configuração entrelaçada — disse ela. — Porém os componentes não chegam a se tocar de fato. Eles devem se relacionar uns com os outros puramente através de dinâmicas de campo. É como um... sei lá... um sistema muscular eletromagnético muito forte, por cima de um esqueleto em mosaico. Cada nanorrobô gera uma porção do campo, que é o que os mantém trançados no lugar. O feixe da Jato Solar simplesmente passa através deles. Ele pode vaporizar alguns nanorrobôs individuais que estejam no caminho direto do feixe, embora eles pareçam ser resistentes a temperaturas muito altas, mas de qualquer forma isso não é suficiente para danificar a estrutura geral e, mais cedo ou mais tarde, outras unidades se movem para substituir as células mortas. A coisa toda é orgânica.

Hand olhou para mim, curioso.

— Você sabia disso?

Olhei para minhas mãos. Elas ainda tremiam levemente. Por baixo da pele das palmas, as bioplacas se flexionavam, irrequietas.

Fiz um esforço para conter essa reação.

— Eu deduzi. Durante o tiroteio. — Olhei para ele. Perifericamente, notei que Wardani também estava me fitando. — Chame de intuição de Emissário. As Jato Solar não funcionam porque já tínhamos sujeitado as colônias aos disparos de plasma de alta temperatura. Eles evoluíram para derrotar isso, e agora receberam imunidade às armas de feixes.

— E a ultravibração? — Sutjiadi estava falando com Sun.

Ela chacoalhou a cabeça.

— Eu passei um disparo como teste sobre eles e nada acontece. Os nanorrobôs ressoam dentro do campo, mas ela não os danifica. Tem menos efeito do que o feixe da Jato Solar.

— Munição sólida é a única coisa que funciona — disse Hand, pensativo.

— É, e não por muito tempo mais. — Eu me levantei para sair. — Daqui a algum tempo eles vão ter evoluído para superar isso também. Isso e as granadas de corrosão. Eu deveria tê-las deixado pra depois.

— Aonde você vai, Kovacs?

— Se eu fosse você, Hand, eu faria Ameli nos levantar um pouquinho mais. Assim que eles descobrirem que nem tudo o que os mata vive no solo, devem começar a criar braços mais compridos.

Eu saí, deixando o conselho para trás como roupa descartada no caminho para a cama e um longo sono. Encontrei mais ou menos aleatoriamente o caminho de volta à área de carga, onde parecia que os sistemas de alvo automáticos das metralhadoras tinham sido ativados. Luc Deprez estava de pé no lado oposto à portinhola onde ficava sua arma, fumando um dos charutos da Cidade Índigo de Cruickshank e encarando a praia, três metros abaixo. Na extremidade do convés, Jiang Jianping estava sentado de pernas cruzadas em frente ao armário de cadáveres. O ar estava rígido com o silêncio espantado que serve de luto a homens.

Eu soltei meu peso contra um apoio e fechei os olhos com força. A contagem regressiva cintilou na súbita escuridão por trás de minhas pálpebras. Uma hora e cinquenta e três minutos. E contando.

Cruickshank passou por minha cabeça. Sorrindo, concentrada em uma tarefa, fumando, nos espasmos do orgasmo, despedaçada e lançada ao céu...

Para com isso.

Ouvi o roçar de roupa perto de mim e olhei para cima. Jiang estava de pé à minha frente.

— Kovacs. — Ele se agachou no meu nível e recomeçou. — Kovacs, eu sinto muito. Ela era uma ótima sold...

A arma de interface reluziu na minha mão direita, a boca do cano o atingindo na testa. Ele se sentou para trás com o choque.

— *Cala a boca,* Jiang. — Fechei a boca e respirei fundo. — Diz *uma porra duma palavra* e eu vou pintar um Luc com o seu cérebro.

Esperei, a arma na extremidade do meu braço parecendo pesar doze quilos. A bioplaca se agarrou a ela por mim. Finalmente, Jiang se levantou e me deixou em paz.

Uma hora e cinquenta. Pulsava em minha mente.

CAPÍTULO 29

Hand deu início formalmente à reunião à uma hora e dezessete minutos. Deixando pouco tempo de sobra, mas, por outro lado, talvez ele estivesse esperando todo mundo expor seus sentimentos informalmente primeiro. Tinha havido gritos no convés superior basicamente desde que eu saí. Na área de carga, eu podia escutar o tom, mas, sem usar a neuroquímica, não o conteúdo. Pareceu durar por um longo tempo.

De vez em quando, eu ouvia as pessoas entrarem na área de carga, mas nenhuma delas se aproximou de mim, e eu não conseguia reunir a energia ou o interesse de erguer a cabeça. A única pessoa a não manter distância de mim, pelo visto, era Semetaire.

Eu não te disse que havia trabalho para mim aqui?

Fechei os olhos.

Cadê minha bala antipessoal, Lobo da Vanguarda? Cadê a sua fúria exuberante, agora que você precisa dela?

Eu não...

Está me procurando agora?

Eu não faço mais essa merda.

Risos, como o cascalho de cartuchos corticais sendo despejados de uma pá.

— Kovacs?

Olhei para cima. Era Luc Deprez.

— Acho que é melhor você vir aqui em cima — disse ele.

Acima de nossas cabeças, o ruído pareceu ter silenciado.

— Nós *não vamos* — disse Hand baixinho, olhando em torno pela cabine —, eu repito, *não vamos* sair daqui sem colocar uma baliza de identificação da Mandrake do outro lado daquele portal. Leiam os termos de seus contratos. A expressão *todas as oportunidades e chances disponíveis* é crucial e onipresente. Seja lá o que o capitão Sutjiadi ordene a vocês agora, vocês farão, ou serão executados e devolvidos à lixeira das almas se formos embora sem explorar essas oportunidades. Estou sendo suficientemente claro?

— Não está, não — gritou Ameli Vongsavath pela portinhola de conexão com a cabine de comando. — Porque a única oportunidade que eu consigo enxergar é carregar uma baliza de identificação fodida pela praia na mão e tentar fisicamente lançá-la pelo portal, contando com a chance ínfima de que talvez ela ainda funcione. Isso não soa para mim como uma oportunidade para nada, exceto suicídio. Essas coisas destroem cartuchos.

— Podemos escanear em busca de nanorrobôs... — Vozes raivosas, contudo, esmagaram Hand. Ele ergueu as mãos acima da cabeça em exasperação. Sutjiadi gritou "Silêncio" e o obteve.

— Somos soldados. — Jiang falou inesperadamente, na súbita quietude. — Não recrutas kempistas. Isso não é uma chance de sucesso.

Ele olhou ao redor, parecendo ter surpreendido a si mesmo tanto quanto aos outros.

— Quando você se sacrificou na planície Danang — disse Hand —, sabia que não tinha chance de sucesso. Você abriu mão de sua vida. É isso o que estou comprando de você agora.

Jiang olhou para ele com desdém indisfarçado.

— Eu abri mão da minha vida pelos soldados sob meu comando. Não por comércio.

— Ah, Damballah. — Hand voltou os olhos para o teto. — Sobre o que você acha que é essa guerra, seu pé-preto estúpido? Quem você acha que *pagou* pelo ataque em Danang? Enfia na sua cabeça. Você está lutando *por mim*. Pelos engravatados e a porra do governo marionete deles.

— Hand. — Saí da escada da escotilha e fui para o centro da cabine. — Acho que a sua técnica de venda tá meio caída. Por que você não dá um tempo?

— Kovacs, eu não vou...

— Senta aí. — As palavras tinham gosto de cinza em minha língua, mas devia haver algo mais substancial nelas, porque ele se sentou.

Os rostos se voltaram para mim, ansiosamente.

Isso de novo não.

— Nós não vamos a lugar nenhum — falei. — Não podemos. Eu quero sair daqui tanto quanto qualquer um de vocês, mas não podemos. Não até termos colocado aquela baliza.

Esperei a onda de objeções, profundamente desinteressado em reprimi--las. Sutjiadi fez isso por mim. O silêncio que se seguiu foi escasso.

Voltei-me para Hand.

— Por que você não conta a eles quem mobilizou o sistema ARNPA? Conte a eles o porquê.

Ele apenas olhou para mim.

— Tudo bem. *Eu* conto. — Olhei à minha volta para todos os rostos me observando, sentindo o silêncio endurecer e ficar mais espesso conforme eles escutavam. Gesticulei para Hand. — Nosso patrocinador aqui tem alguns inimigos caseiros em Pouso Seguro que gostariam bastante que ele não voltasse. Os nanorrobôs são o jeito deles de tentar garantir que ele não volte. Até o momento isso não funcionou, mas em Pouso Seguro eles não sabem disso. Se decolarmos, eles saberão, e eu duvido que completaremos a primeira metade da curva de lançamento antes que algo venha procurando por nós. Não é, Matthias?

Hand acenou com a cabeça.

— E o código Vanguarda? — indagou Sutjiadi. — Não vale nada?

Mais perguntas tagareladas borbulharam na esteira dessa pergunta.

— O que a Vanguarda...

— Isso é uma ID de chegada? Obrigado por...

— Como é que nós não...

— Calem a boca, todos vocês. — Para meu espanto, eles se calaram. — O Comando da Vanguarda transmitiu um código de chegada para usarmos em uma emergência. Vocês não foram informados disso porque... — senti um sorriso se formar em minha boca como uma casca de ferida — ... não precisavam saber. Vocês não eram relevantes o suficiente. Bem, agora vocês sabem, e eu acho que pode parecer uma garantia de salvo-conduto. Hand, quer explicar a falácia aqui?

Ele olhou para o chão por um momento, depois para nós. Parecia haver algo se firmando em seus olhos.

— O Comando da Vanguarda responde ao Cartel — disse ele, com o compasso de um palestrante. — Seja lá quem tenha utilizado os nanorrobôs do sistema ARNPA, essa pessoa teria precisado de algum tipo de sanção do

Cartel. Os mesmos canais lhes forneceriam os códigos de autorização sob os quais Isaac Carrera opera. A Vanguarda é a candidata mais provável a quem vai nos derrubar.

Luc Deprez mudou de posição preguiçosamente.

— Você é da Vanguarda, Kovacs. Eu não acredito que eles vão matar um dos próprios agentes. Não são conhecidos por isso.

Dei uma olhada para Sutjiadi. O rosto dele se enrijeceu.

— Infelizmente — falei —, o Sutjiadi aqui é procurado pelo assassinato de um oficial da Vanguarda. Minha associação com ele faz de mim um traidor. Tudo o que os inimigos de Hand precisam fazer é fornecer à Carrera a lista da tripulação dessa expedição. Isso vai dar curto-circuito em qualquer influência que eu tenha.

— Você não poderia blefar? Eu achava que os Emissários fossem famosos por isso.

Assenti com a cabeça.

— Posso tentar. Mas as probabilidades não são boas, e há uma saída mais fácil.

Aquilo cortou o balbucio da discussão.

Deprez inclinou a cabeça.

— Que seria...?

— A única coisa que nos tira daqui inteiros é o funcionamento daquela baliza ou algo equivalente. Com uma etiqueta Mandrake na espaçonave, tudo muda e estamos livres para voltar. Qualquer coisa diferente disso pode ser interpretada como um blefe ou, ainda que acreditem no que descobrimos, os colegas de Hand podem cair matando aqui para colocar suas próprias balizas depois que estivermos mortos. Temos que transmitir uma confirmação de reivindicação para contrapor essa possibilidade.

Foi um momento de tanta tensão que o ar pareceu oscilar, balançando como uma cadeira empurrada sobre as pernas traseiras. Todos eles olhando para mim. Todos eles olhando *para mim*.

Por favor, isso de novo não.

— O portal abre em uma hora. Nós arrancamos a rocha em torno com a ultravibração, voamos através do portal e colocamos a porra da baliza. Aí vamos para casa.

A tensão irrompeu de novo. Fiquei imóvel no meio do caos de vozes e esperei, já sabendo como a arrebentação se esgotaria. Eles cairiam em si.

Eles cairiam em si porque veriam o que Hand e eu já sabíamos. Eles veriam que era a única escapatória, o único caminho de volta pra nós. E qualquer um que não visse as coisas assim...

Senti um tremor do gene de lobo me perpassar como um rosnado.

Qualquer um que não visse as coisas assim, eu fuzilaria.

Para alguém cuja especialidade era sistemas de máquinas e perturbação eletrônica, Sun se revelou consideravelmente competente com artilharia pesada. Ela disparou a bateria ultravibratória como teste em um punhado de alvos distribuídos pelos penhascos e depois fez Ameli Vongsavath voar a *Nagini* a menos de cinquenta metros de distância de entrada da caverna. Com as telas dianteiras de reentrada acionadas para desviar os destroços, ela abriu fogo contra as rochas desmoronadas.

O som que veio dali foi o de pontas de arame arranhando plástico flexível, o som de besouros Fogo de Outono se alimentando em belalga na maré baixa, o som de Tanya Wardani removendo o osso da coluna do cartucho cortical de Deng Zhao Jun em um hotelzinho de Pouso Seguro. Eram todos esses sons chilreados, chiados, guinchantes, misturados e ampliados a uma proporção apocalíptica.

Era o som de como se o mundo estivesse se fragmentando.

Assisti a tudo em uma tela na área de carga, com as duas metralhadoras automáticas e o armário para corpos como companhia. Não havia espaço para uma plateia na cabine de comando, de qualquer forma, e eu não tive vontade de ficar na cabine da tripulação com o resto dos vivos. Sentei-me no convés e fitei as imagens, desligado, a rocha mudando de cor com uma nitidez chocante conforme rachava e se despedaçava sob a pressão da magnitude de placas tectônicas, e então o colapso precipitado dos estilhaços que corriam para baixo, transformando-se em densas nuvens de poeira antes que pudessem escapar dos feixes de ultravibração soldando os escombros. Eu podia sentir um vago incômodo nas entranhas devido à contracorrente vibratória. Sun disparava em baixa intensidade; colocar um resguardo no módulo de armas mantinha o grosso dos disparos de ultravibração abafado a bordo da *Nagini*. Mesmo assim, o grito estridente do feixe e os berros intermitentes da rocha torturada se insinuavam pelas duas portinholas e se enfiavam em meus ouvidos como se por cirurgia.

Toda hora eu via Cruickshank morrer.

Vinte e três minutos.

A ultravibração foi desligada.

O portal emergiu da devastação e da poeira soprando como uma árvore em meio a uma tempestade. Wardani me dissera que ele não seria danificado por qualquer arma que ela conhecesse, mas Sun ainda programou o sistema de armas da *Nagini* para cessar fogo assim que tivessem contato visual. Agora, conforme as nuvens de poeira começavam a se afastar, eu vi os resquícios emaranhados do equipamento da arqueóloga, dilacerados e jogados longe pelos segundos finais do feixe de ultravibração. Era difícil acreditar na densa integridade do artefato assomando acima dos escombros.

Uma sugestão de assombro desceu roçando por minha coluna, uma súbita lembrança de para o que eu estava olhando. As palavras de Sutjiadi voltaram à minha mente.

Nosso lugar não é aqui. Não estamos prontos.

Afastei a lembrança.

— Kovacs? — Pelo som da voz de Ameli Vongsavath no aparelho de comunicação, eu não era o único inquieto com aquela sensação de civilização antiga.

— Aqui.

— Estou fechando as portinholas do convés. Mantenha distância.

Os suportes das metralhadoras deslizaram suavemente para trás de volta ao corpo do convés e as portinholas se abaixaram, ocultando a visibilidade. Um instante depois, a luz interna piscou e se acendeu, fria.

— Movimento — alertou Sun. Ela estava no canal geral, e nele pude ouvir a sucessão de inspirações curtas e profundas do resto da tripulação.

Houve um leve solavanco quando Vongsavath ergueu a *Nagini* mais alguns metros. Eu me estabilizei contra o anteparo e, involuntariamente, olhei para o convés sob meus pés.

— Não, não tá debaixo da gente. — Era como se Sun estivesse me observando. — Tá... acho que tá indo para o portal.

— Caralho, Hand. Quantos negócios desse tem aí? — perguntou Deprez.

Quase pude ver o engravatado da Mandrake dar de ombros.

— Eu não estou ciente de qualquer limite ao potencial de crescimento do sistema ARNPA. Até onde eu sei, ele pode ter se espalhado por debaixo da praia toda.

— Acho improvável — disse Sun, com a calma de uma técnica de laboratório no meio de uma experiência. — O sensor remoto teria encontrado algo grande assim. Além disso, ele não consumiu os outros robôs sentinela, o que teria feito caso tivesse se espalhado lateralmente. Suspeito que ele tenha aberto um vão em nosso perímetro e fluído para dentro dele em um movimento linear...

— Olha — disse Jiang. — Está ali.

Na tela acima da minha cabeça, vi os braços da coisa emergirem do chão coberto de destroços em torno do portal. Talvez ele já tivesse tentado emergir sob a fundação e fracassado. Os cabos estavam a uns bons dois metros da borda mais próxima do pedestal quando atacaram.

— Aqui vamos nós, caralho — disse Schneider.

— Não, esperem. — Foi Wardani que disse isso, um brilho suave na voz de algo que podia passar por orgulho. — Esperem só para ver.

Os cabos pareciam estar com dificuldades para se agarrar ao material de que o portal era feito. Chicoteavam e escorregavam da superfície como se tudo estivesse coberto de óleo. Assisti ao processo se repetir meia dúzia de vezes e então inspirei fundo quando vi outro braço, mais longo, irromper da areia, agitar-se seis metros para o alto, e então se enrolar em torno das rampas mais baixas do pináculo. Se o mesmo membro tivesse se erguido sob a *Nagini*, poderia ter-nos arrastado para fora do céu com facilidade.

O novo cabo se flexionou e apertou.

E se desintegrou.

A princípio, pensei que Sun tivesse desconsiderado minhas instruções e voltado a abrir fogo com a ultravibração. Porém, a lembrança irrompeu: os nanorrobôs eram imunes a armas de vibração.

Os outros cabos também tinham sumido.

— Sun? Que porra aconteceu?

— Estou tentando identificar exatamente isso. — As associações de Sun com as máquinas estavam começando a vazar para o jeito como falava.

— Ele os desligou — disse Wardani, simplesmente.

— Desligou o quê? — perguntou Deprez.

E agora dava para ouvir o sorriso na voz da arqueóloga.

— Os nanorrobôs existem em um envelope eletromagnético. É isso o que os une. O portal simplesmente desligou o campo.

— Sun?

— A senhorita Wardani parece estar correta. Não consigo detectar nenhuma atividade eletromagnética em qualquer lugar próximo ao artefato. E nenhum movimento.

O chiado baixo da estática no comunicador enquanto todos digeriam a confirmação. Em seguida a voz de Deprez, pensativa.

— E nós temos que voar através daquela coisa?

Considerando-se o que havia acontecido antes e o que aconteceria do outro lado, a hora H no portal foi substancialmente sem graça. Faltando dois minutos e meio para o zero, as bolhas gotejantes de ultravioleta que vimos através da tela filigranada de Wardani se tornaram lentamente visíveis como linhas líquidas em púrpura dançando para cima e para baixo ao longo das bordas mais externas do pináculo. Sob a luz diurna, a exibição não era mais impressionante do que um farol de pouso na alvorada.

Faltando dezoito segundos, algo pareceu ocorrer ao longo das dobras recolhidas, algo como asas chacoalhando.

Faltando nove segundos, um ponto preto e denso surgiu sem nenhum alarde na ponta do pináculo. Era brilhante como uma única gota de lubrificante de alta qualidade, e pareceu girar em torno de seu próprio eixo.

Oito segundos depois, ele se expandiu com fluidez sem pressa até a base do pináculo e, em seguida, mais além. O rodapé desapareceu e logo após foi a areia, até uma profundidade aproximada de um metro.

No globo de escuridão, estrelas cintilavam.

PARTE 4
FENÔMENOS INEXPLICADOS

Qualquer um que construa satélites que não conseguimos desligar deve ser levado a sério e, se algum dia voltar atrás de seu equipamento, deve ser abordado com cautela. Isso não é religião, é bom senso.

— QUELLCRIST FALCONER
Metafísica para revolucionários

CAPÍTULO 30

Eu não gosto do espaço profundo. Ele fode com a cabeça da gente.

Não é nada físico. Pode-se cometer mais erros no espaço do que no fundo do oceano ou em uma atmosfera tóxica, como a de Vislumbre Cinco. Dá para sair impune de muito mais em um vácuo e, em dadas ocasiões, eu saí. Estupidez, esquecimento e pânico não vão te matar com a mesma certeza implacável que matariam em ambientes mais inclementes, mas não é isso.

Os orbitais do Mundo de Harlan ficam a quinhentos quilômetros de altitude e atiram em qualquer coisa com massa maior do que um helicóptero de seis lugares assim que a veem. Ocorreram algumas exceções a esse comportamento, mas, até o momento, ninguém conseguiu descobrir o que as causou. Como resultado, os harlanianos não sobem aos céus com frequência, e a vertigem é tão comum quanto a gravidez. Da primeira vez que eu vesti uma roupa de astronauta, pude me ouvir choramingando. Parecia uma queda *bem* grande.

O condicionamento de Emissário te dá controle sobre a maior parte dos medos, mas você ainda está ciente do que te assusta, porque sente o peso do condicionamento sendo ativado. Eu senti aquele peso cada uma das vezes. Em alta órbita sobre Loyko, durante a Revolta dos Pilotos, sendo mobilizado com os comandos do vácuo de Randall ao redor da lua mais externa de Adoración, e, certa vez, nas profundezas do espaço interestelar, participando de um jogo assassino de pega-pega com membros da Equipe Imobiliária em torno do casco da barcaça colonizadora sequestrada *Mivtsemdi*, caindo interminavelmente ao longo da trajetória dela, a anos-

-luz do sol mais próximo. O tiroteio na *Mivtsemdi* foi o pior. Ele ainda me dá pesadelos de vez em quando.

A *Nagini* deslizou pelo vão no espaço tridimensional que o portal havia aberto e pendeu em meio ao nada. Eu soltei o mesmo fôlego que todos vínhamos segurando desde que a nave de ataque começou a se aproximar aos poucos do portal, saí do meu assento e caminhei até a cabine de comando, saltando de leve no campo gravitacional ajustado. Eu já podia ver o campo estelar na tela, mas queria uma visão genuína pelas transparências endurecidas da extremidade da nave de ataque. Ver seu inimigo cara a cara ajuda, sentir o vazio ali a poucos centímetros da ponta do seu nariz. Ajuda você a saber sua posição, nas raízes animais do seu ser.

É estritamente contra as regras do voo espacial abrir escotilhas de conexão durante a entrada no espaço profundo, mas ninguém disse nada, mesmo quando devia ter ficado claro aonde eu estava indo. Recebi um olhar estranho de Ameli Vongsavath quando passei pela escotilha, porém ela também manteve o silêncio. Por outro lado, era a primeira piloto na história da raça humana a efetuar uma transferência instantânea de uma altitude planetária de seis metros para o meio do espaço profundo, então desconfio que tivesse outras coisas em mente.

Fitei fixamente adiante, por cima do ombro esquerdo dela. Fitei *para baixo* e senti meus dedos se curvarem com força na parte traseira do assento de Vongsavath.

Medo confirmado.

A velha mudança na cabeça, como portas de pressão trancando seções do meu cérebro sob iluminação ofuscante como diamantes. O condicionamento.

Respirei.

— Se você vai ficar, talvez queira se sentar — disse Vongsavath, ocupada com um monitor de flutuação que tinha começado a tagarelar com a súbita ausência de um planeta abaixo de nós.

Tropecei até o assento do copiloto e me abaixei nele, procurando pelas correias.

— Está vendo alguma coisa? — perguntei, com uma calma elaborada.

— Estrelas — respondeu ela, concisa.

Esperei por algum tempo, me acostumando com a vista, sentindo a coceira nos cantos externos dos olhos enquanto reflexos profundos como instintos puxavam minha visão periférica para trás, procurando por um fim na intensa falta de luz.

— E então, a que distância estamos?

Vongsavath apertou números no kit de astronavegação.

— De acordo com isso aqui? — Ela assobiou baixinho. — Setecentos e oitenta milhões e pouco quilômetros. Acredita nisso?

Isso nos colocava no interior da órbita de Banharn, o gigante de gás solitário e um tanto inexpressivo que guardava sentinela nas orlas externas do sistema Sanção. Trezentos milhões de quilômetros mais além na eclíptica ficava um mar circulante de entulhos extenso demais para ser chamado de cinturão que, por algum motivo, nunca havia chegado ao ponto de se unir em massas planetárias. Duzentos quilômetros para o outro lado disso ficava Sanção IV. Onde estivéramos cerca de quarenta segundos antes.

Impressionante.

Certo, uma transmissão por agulha de amplitude estelar pode te colocar do outro lado de tantos quilômetros que você fica sem lugar para zeros em menos tempo, mas você precisa ser digitalizado primeiro, depois tem que ser baixado em uma nova capa na outra ponta, e tudo isso consome tempo e tecnologia. É *um processo*.

Nós não passamos por um processo, ao menos nada humanamente reconhecível como tal. Só atravessamos uma fronteira. Com a devida inclinação e uma roupa de astronauta, eu podia ter literalmente atravessado essa fronteira a pé.

A sensação de *não dever estar aqui* de Sutjiadi voltou e me tocou de novo com um arrepio na nuca. O condicionamento despertou e a amorteceu. O assombro junto com o medo.

— Nós paramos — murmurou Vongsavath, mais para si mesma do que para mim. — Algo absorveu nossa aceleração, a que devíamos estar sofrendo. Meu. Deus.

A voz dela, já baixa, transformou-se em um sussurro nas últimas duas palavras e pareceu desacelerar do mesmo jeito que, aparentemente, a *Nagini*. Ergui os olhos dos números que ela tinha acabado de maximizar no display e meu primeiro pensamento, ainda traçado em um contexto de alguém preso num planeta, foi de que havíamos navegado para dentro de uma sombra. Quando me lembrei de que não havia montanhas por ali e que não existia muita coisa que passasse por luz do sol para ser obscurecida de qualquer maneira, o mesmo choque gelado que Vongsavath devia estar sentindo me atingiu.

Acima de nossas cabeças, as estrelas estavam sumindo em uma onda de escuridão que deslizava sobre nós.

Elas desapareceram silenciosamente, engolidas com uma velocidade apavorante pela massa vasta e obliterante de algo que pendia, ou parecia pender, apenas alguns metros acima dos visores no teto da cabine.

— É isso — falei, e um pequeno calafrio me percorreu quando proferi essas palavras, como se eu tivesse acabado de completar uma invocação obscura.

— Dimensões... — Vongsavath chacoalhou a cabeça. — Está a quase cinco quilômetros de distância. Isso dá...

— Vinte e sete quilômetros de extensão. — Eu mesmo li os dados. — Cinquenta e três de comprimento. As estruturas externas se estendem por...

Desisti.

— Grande. Bem grande.

— Não é mesmo? — A voz de Wardani veio da direita, atrás de mim. — Está vendo as ameias na borda? Cada uma daquelas reentrâncias tem quase um quilômetro de profundidade.

— Por que eu não começo a cobrar a entrada? — disparou Vongsavath. — Senhorita Wardani, poderia por favor retornar à cabine e se sentar?

— Desculpe — murmurou a arqueóloga. — Eu só estava...

Sirenes. Um grito espaçado, fatiando o ar na cabine de comando.

— Tem algo vindo! — gritou Vongsavath, acelerando a *Nagini* ao máximo.

Era uma manobra que teria doído em um poço gravitacional, porém, com apenas o campo de gravidade da própria nave exercendo sua força, pareceu mais um efeito especial de expéria, um truque com holodeslocamento.

Fragmentos de combate no vácuo:

Vi o míssil se aproximando, executando cambalhotas na direção das vigias de estibordo.

Ouvi os sistemas de batalha se preparando para o dever em suas vozes maquinais acolhedoras e entusiasmadas.

Gritos da cabine atrás de mim.

Comecei a me retesar. O condicionamento foi ativado na hora e me forçou a relaxar em um langor pré-impacto...

Um minutinho aí.

— Isso não pode estar certo — disse Vongsavath, subitamente.

Não se enxerga mísseis no espaço. Mesmo os que *nós* conseguimos construir se movem depressa demais para o olho humano rastrear direito.

— Não há ameaça de impacto — observou o computador de batalha, soando levemente desapontado. — Não há ameaça de impacto.

— Mal está se movendo. — Vongsavath fez despontar uma nova tela, balançando a cabeça. — Velocidade axial de... ah, isso é só *deriva*, cara.

— Ainda assim são componentes fabricados — falei, apontando um pequeno pico na seção vermelha do scanner de espectro. — Circuitos, talvez. Não é uma rocha. Não só uma rocha, pelo menos.

— Mas não estão ativos. Totalmente inertes. Deixe-me rodar o...

— Por que você não nos leva de volta, um pouco mais acima... — Fiz um cálculo rápido de cabeça — ... cerca de cem metros. A coisa vai estar praticamente pairando no nosso para-brisa. Acenda as luzes externas.

Vongsavath me olhou com uma expressão que, de algum jeito, conseguiu combinar desdém e horror. Não era exatamente uma recomendação que se veria em um manual de voo. Mais importante: ela provavelmente ainda estava com a adrenalina inundando o organismo, assim como eu. Isso tende a deixar qualquer um rabugento.

— Dando a volta — disse ela, finalmente.

Fora dos visores, a luz externa se acendeu.

De certa forma, não era lá uma ideia tão boa. A liga rígida transparente das vigias dos visores fora construída para atender às especificações de combate no vácuo, o que significa bloquear tudo, exceto os micrometeoritos mais enérgicos, deixando pouco mais do que um furo na superfície. Certamente não seria destruída por um esbarrão em algo à deriva. No entanto, a coisa que veio trombar com o nariz da *Nagini* ainda causou um impacto de todo modo.

Atrás de mim, Tanya Wardani gritou, um som curto e rapidamente contido.

Apesar de estar calcinado e quebrado pelos extremos de frio e de ausência de pressão lá fora, o objeto ainda era reconhecível como um corpo humano, vestido para o verão na costa de Dangrek.

— Santo Deus — repetiu Vongsavath.

Um rosto enegrecido nos olhava sem enxergar, as órbitas oculares vazias mascaradas em filamentos de tecido explodido e congelado. A boca logo abaixo era toda um grito, tão silencioso agora quanto deve ter sido quando seu dono tentou encontrar uma voz para a agonia da dissolução. Por baixo de uma camisa de verão absurdamente extravagante, o corpo estava inchado por um volume que eu supus serem o estômago e os intestinos rompidos. Uma mão em garra bateu os nós dos dedos no visor. O outro braço estava jogado para trás, por cima da cabeça. As pernas estavam flexionadas de modo semelhante, para a frente e para trás. Seja lá quem fosse, tinha morrido se debatendo no vácuo.

Morreu caindo.

Atrás de mim, Wardani soluçava baixinho.

Dizendo um nome.

Encontramos os outros pelos trajes, flutuando no fundo de uma reentrância de trezentos metros na estrutura do casco e aglomerados em torno do que parecia ser um portal de acoplagem. Eram quatro, todos vestindo trajes baratos de astronautas. Pelo que parecia, três tinham morrido quando seu suprimento de ar acabou, o que, segundo as especificações dos equipamentos, pode ter levado entre seis e oito horas. O quarto não quis esperar tanto tempo. Havia um buraco impecável de cinco centímetros derretido no capacete do traje, da direita para a esquerda. O cortador industrial a laser que fez o dano ainda estava preso ao pulso direito.

Vongsavath enviou outra vez o robô EVA equipado com um moitão. Observamos as telas em silêncio enquanto a maquininha coletava cada cadáver em seus braços e o trazia de volta à *Nagini* com a mesma habilidade gentil no toque que aplicara aos restos enegrecidos e rompidos de Tomas Dhasanapongsakul no portal. Dessa vez, com os cadáveres envoltos no embrulho branco de seus trajes de astronauta, aquilo quase podia ser a filmagem de um funeral rodando ao contrário. Os mortos sendo carregados de volta das profundezas e despachados para a antecâmara ventral da *Nagini*.

Wardani não soube lidar. Ela desceu ao convés de carga com o resto de nós enquanto Vongsavath abria a escotilha interna da antecâmara a partir do convés de voo. Ela observou Sutjiadi e Luc Deprez trazerem os corpos vestidos de astronautas. Entretanto, quando Deprez rompeu os lacres do primeiro capacete e o ergueu, revelando o rosto logo abaixo, ela soltou um soluço sufocado e se afastou para o canto mais distante no convés. Eu a escutei vomitar. O fedor ácido ardeu no ar.

Schneider foi atrás dela.

— Você também conhece esse aqui? — perguntei, redundante, fitando o rosto morto.

Era uma mulher em uma capa de pouco mais de 40 anos, olhos arregalados e acusadores. Ela estava dura, congelada, o pescoço projetando-se rigidamente do anel de abertura do traje, a cabeça se erguendo inflexivelmente no convés. Os elementos de aquecimento do traje devem ter levado um pouco mais de tempo para deixar de funcionar do que o suprimento de ar, mas, se essa mulher fazia parte da mesma equipe que encontramos na rede da traineira, ela estava ali havia pelo menos um ano. Não se fazem trajes para serem assim tão duráveis.

Schneider respondeu pela arqueóloga.

— É Aribowo. Pharintorn Aribowo. Especialista em glifos da escavação em Dangrek.

Assenti para Deprez. Ele rompeu os lacres dos outros capacetes e os retirou. Os mortos nos encararam em uma fila, as cabeças erguidas como se no meio de um exercício abdominal em grupo. Aribowo e três companheiros, três homens. Apenas os olhos do suicida estavam fechados, as feições compostas em uma expressão de tanta paz que dava vontade de checar outra vez o buraco cauterizado e escorregadio que aquele homem havia aberto em seu próprio crânio.

Olhando para ele, eu me perguntei o que eu teria feito. Vendo o portal se fechar atrás de mim, sabendo naquele momento que eu iria morrer ali no escuro. Sabendo que, mesmo que uma nave veloz de resgate fosse despachada imediatamente, para aquelas coordenadas exatas, o resgate chegaria tarde demais, por uma questão de meses. Eu me perguntei se eu teria tido a coragem de esperar, pendurado na noite infinita, esperando contra todas as esperanças que algum milagre ocorresse.

Ou a coragem para não esperar.

— Aquele é Weng. — Schneider tinha voltado e estava rodeando perto do meu ombro. — Não consigo me lembrar do outro nome dele. Ele também era algum tipo de teórico de glifos. Não conheço os outros.

Dei uma espiada para o outro lado do convés, onde Tanya Wardani estava encolhida contra a parede do casco, os braços em torno do corpo.

— Por que você não a deixa em paz? — sibilou Schneider.

Dei de ombros.

— Certo. Luc, é melhor que você desça para o armário e ensaque Dhasanapongsakul antes que ele comece a pingar. Depois faça isso com os outros. Eu te dou uma mãozinha. Sun, podemos restaurar a baliza? Sutjiadi, talvez você possa ajudá-la. Eu queria saber se vamos poder mesmo usar aquela porra.

Sun concordou, séria.

— Hand, é melhor você começar a pensar nas contingências, porque, se a baliza estiver fodida, vamos precisar de um plano de ação alternativo.

— Espere um minuto. — Schneider pareceu genuinamente assustado pela primeira vez desde que eu o conheci. — Nós vamos *ficar* por aqui? Depois do que aconteceu com essa gente, *nós vamos ficar?*

— Não sabemos o que aconteceu com essa gente, Schneider.

— Não é óbvio? O portal não é estável; ele se fechou para eles.

— Isso é besteira, Jan. — Havia uma velha força escoando de volta pela rouquidão da voz de Wardani, um tom que fez algo se acender nas minhas entranhas. Olhei de novo para ela, que estava de pé de novo, enxugando o rosto das lágrimas e respingos de vômito com a parte inferior da palma da mão. — Nós o abrimos da última vez, e ele ficou aberto por dias. Não existe instabilidade na sequência que eu rodei, nem naquela época, nem agora.

— Tanya. — Schneider pareceu subitamente traído. Ele abriu as mãos. — Eu queria dizer...

— Eu não sei o que aconteceu aqui, não sei que... — ela espremeu as palavras para fora de si — *caralho*... de sequências de glifos que a Aribowo usou, mas isso não vai acontecer com a gente. Eu sei o que estou fazendo.

— Com todo o respeito, senhorita Wardani. — Sutjiadi olhou para os rostos reunidos ao seu redor, procurando apoio. — Você admitiu que nosso conhecimento desse artefato é incompleto. Eu não consigo ver como pode garantir...

— Eu sou uma Mestra da Guilda. — Wardani andou pisando duro até os cadáveres alinhados, os olhos chispando. Era como se estivesse furiosa com todos eles por terem sido mortos. — Esta mulher não era. Weng Xiaodong não era. Tomas Dhasanapongsakul não era. Essas pessoas eram *cavouqueiros*. Talentosos, talvez, mas isso *não é* suficiente. Eu tenho mais de setenta anos de experiência no campo de arqueologia marciana, e se eu te digo que esse portal é estável, então *ele é estável*.

318

Ela fitou carrancuda ao seu redor, com os olhos brilhando, cadáveres a seus pés. Ninguém pareceu disposto a discutir.

O envenenamento da explosão em Sauberlândia estava juntando forças em minhas células. Levou mais tempo do que eu esperava para lidar com os cadáveres, certamente mais tempo do que deveria ter tomado a qualquer oficial na Vanguarda de Carrera, e depois, quando o armário de cadáveres se fechou lentamente, eu me sentia exausto.

Deprez, se sentia o mesmo, não demonstrava. Talvez as capas maori estivessem resistindo, conforme as especificações. Ele vagou pelo convés para onde Schneider mostrava a Jiang Jianping algum truque com um arnês gravitacional. Eu hesitei por um momento, depois dei as costas para eles e fui para a escada que levava ao convés superior, esperando encontrar Tanya Wardani na cabine dianteira.

Em vez dela, encontrei Hand, observando o vasto volume da nave estelar marciana passando sob nós na tela principal da cabine.

— Leva algum tempo para se acostumar, hein?

Havia um entusiasmo ganancioso na voz do engravatado quando ele gesticulou para a vista. As luzes ambientais da *Nagini* forneciam iluminação por algumas centenas de metros em todas as direções, porém, conforme a estrutura esmaecia na escuridão, você continuava ciente dela, esparramando-se pelo campo estelar. Ela parecia continuar eternamente, curvando-se em ângulos estranhos e brotando apêndices como bolhas prestes a estourar, desafiando o olhar a estipular limites na escuridão que ela esculpia. Você encarava e achava ter encontrado a borda, via o leve brilho de estrelas mais além. E então os fragmentos de luz se apagavam ou saltavam e você via que o que tinha julgado ser o campo de estrelas era só um truque óptico na face de mais sombra volumosa. Os cascos colonizadores da frota de Konrad Harlan estavam entre as maiores estruturas móveis já construídas pela ciência humana, mas eles poderiam muito bem ter servido como botes salva-vidas para essa embarcação. Até os Habitats do sistema de Nova Beijing não chegavam perto. Aquela era uma escala para a qual ainda não estávamos preparados. A *Nagini* pendia sobre a nave estelar como uma gaivota acima de um dos cargueiros que faziam a rota de belalga entre Novapeste e Porto Fabril. Éramos uma irrelevância, um visitante minúsculo e espantado, apenas seguindo a corrente.

Eu me joguei no assento em frente ao de Hand e girei para encarar a tela, sentindo calafrios nas mãos e na coluna. Deslocar os cadáveres tinha sido um trabalho frio e, quando ensacamos Dhasanapongsakul, os fiapos congelados de tecido ocular que se ramificava como coral de seus globos esvaziados haviam se quebrado sob o plástico, debaixo da palma da minha mão. Eu os senti ceder através do saco, escutei o estalo quebradiço que fizeram.

Aquele som minúsculo, o pequeno ciciar das consequências particulares da morte, desviou a maior parte do meu assombro anterior diante das dimensões massivas da nave marciana.

— É só uma versão maior de uma barcaça colonizadora — falei. — Teoricamente, poderíamos tê-las construído desse tamanho. Só é mais difícil acelerar toda essa massa.

— Obviamente, não para eles.

— Obviamente não.

— Então, é isso o que você acha que era? Uma nave colonizadora?

Encolhi os ombros, fingindo uma displicência que não sentia.

— Existe um número limitado de razões para construir algo tão grande. Ou é para transportar algo para algum lugar, ou você mora ali. E é difícil imaginar por que alguém construiria um habitat tão afastado de tudo. Não tem nada aqui para ser estudado. Nada para minerar ou roubar.

— Também é difícil imaginar por que alguém estacionaria isso aqui, se é uma barcaça colonizadora.

Silêncio. Silêncio.

Fechei os olhos.

— Por que você se importa, Hand? Quando voltarmos, essa coisa vai desaparecer em alguma doca corporativa em asteroide. Nenhum de nós nunca mais vai vê-la de novo. Por que se dar ao trabalho de se apegar? Você vai conseguir sua porcentagem, seu bônus, ou seja lá o que for que te dá poder.

— Acha que eu não estou curioso?

— Acho que você não liga.

Ele não disse nada depois disso até Sun subir do convés de carga com as más notícias. A baliza, pelo jeito, estava irremediavelmente danificada.

— Ela sinaliza — disse ela. — E, com algum trabalho, os propulsores podem ser reintegrados. Ela precisa de um novo núcleo de energia, mas creio que posso modificar um dos geradores das motos para fazer esse papel. Só que os sistemas localizadores estão destruídos, e nós não temos as ferramentas nem o material para consertá-los. Sem isso, a baliza não pode manter sua estação. Até a contracorrente de nossos próprios propulsores provavelmente a lançaria para o espaço.

— E se a colocarmos depois de ligar nossos propulsores? — Hand olhou de Sun para mim e de volta para ela. — Vongsavath pode calcular uma trajetória e nos empurrar adiante, aí soltar a baliza quando estivermos lá dentro. Ah...

— ... movimento — completei para ele. — O movimento residual que ela pegar de nós quando a lançarmos ainda será suficiente para fazê-la vagar para longe, certo, Sun?

— Isso mesmo.

— E se nós a prendermos?

Sorri sem humor.

— Prender? Você não estava lá quando os nanorrobôs tentaram se prender ao portal?

— Teremos que encontrar uma solução — disse ele, obstinado. — Não vamos voltar para casa de mãos vazias. Não depois de termos chegado tão perto.

— Tente soldar algo àquela coisa lá fora e nós não vamos voltar pra casa de jeito nenhum, Hand. Você sabe disso.

— Então... — subitamente ele estava gritando conosco — *tem que existir outra maneira!*

— Existe.

Tanya Wardani estava de pé na escotilha que dava para a cabine de comando, para onde havia se retirado enquanto lidávamos com os corpos. Ela ainda estava pálida devido ao vômito e seus olhos estavam arroxeados, mas subjacente a isso tudo havia uma calma quase etérea que eu não via desde que a trouxéramos do campo.

— Senhorita Wardani. — Hand examinou a cabine de cima a baixo, como se checando quem mais tinha testemunhado sua perda de controle. Ele pressionou o polegar e o indicador contra os olhos. — Você tem alguma contribuição?

— Sim. Se Sun Liping puder reparar os sistemas de energia da baliza, nós certamente podemos colocá-la.

— Colocá-la onde? — perguntei.

Ela sorriu debilmente.

— Lá dentro.

Houve um momento de silêncio.

— Dentro... — indiquei a tela com a cabeça, onde se via os quilômetros de estrutura alienígena se desdobrando — ... daquilo?

— Sim. É só entrarmos pela escotilha de acoplagem e deixarmos a baliza em algum lugar seguro. Não há razão para supor que o casco não seja transparente a ondas de rádio, ao menos em alguns pontos. A maioria da arquitetura marciana é. Podemos fazer transmissões de teste, de qualquer forma, até encontrarmos um lugar adequado.

— Sun. — Hand olhava de novo para a tela, de um jeito quase sonhador. — Quanto tempo você levaria para fazer os reparos no sistema de energia?

— De oito a dez horas. Não mais do que doze, certamente. — Sun se voltou para a arqueóloga. — Quanto tempo você levaria, senhorita Wardani, para abrir a escotilha de acoplagem?

— Ah. — Wardani nos deu outro sorriso estranho. — Já está aberta.

Eu tive somente uma chance de falar com ela antes de nos prepararmos para acoplagem. Encontrei com ela saindo do banheiro da nave, dez minutos depois da reunião abrupta e ditatorial que Hand fizera com todo mundo. Ela estava de costas para mim e nós nos trombamos desajeitadamente nas dimensões estreitas do corredor. Ela se virou com um grito e eu vi que ainda tinha uma leve camada de suor condensando em sua testa, presumivelmente por outra sessão de vômito. Seu hálito tinha um cheiro ruim, e odores de ácido estomacal se insinuavam pela porta às costas dela.

Tanya percebeu o modo como eu a olhava.

— O que foi?

— Você tá bem?

— Não, Kovacs, eu tô morrendo. E você?

— Tem certeza de que isso é uma boa ideia?

— Ah, você também não! Pensei que a gente tinha acertado isso com Sutjiadi e Schneider.

Não falei nada, apenas observei a luz febril em seus olhos. Ela suspirou.

— Olha, se isso satisfaz Hand e nos leva de volta para casa, eu diria que sim, é uma boa ideia. E é muito mais segura do que tentar anexar uma baliza defeituosa ao casco.

Balancei a cabeça.

— Não é isso.

— Não?

— Não. Você quer ver o interior dessa coisa antes que a Mandrake a leve para longe, para alguma doca seca secreta. Você quer ser dona dela, mesmo que seja só por algumas horas. Não quer?

— E você não?

— Acho que, tirando Sutjiadi e Schneider, todos queremos.

Eu sabia que Cruickshank estaria inclusa nessa contagem; podia até ver o brilho nos olhos dela ante a ideia. O despertar do entusiasmo que ela sentira na amurada da traineira. O mesmo assombro que eu vira em seu rosto ao observar a contagem regressiva ativada do portal no reflexo ultravioleta. Talvez fosse por isso que eu não estivesse fazendo um protesto mais significativo do que essa conversa resmungada em meio ao envolvente odor de vômito. Talvez isso fosse algo que eu estivesse devendo.

— Bem, então... — Wardani deu de ombros. — Qual é o problema?

— Você sabe qual o problema.

Ela fez um ruído impaciente e se moveu para passar por mim. Eu fiquei onde estava.

— Quer sair do meu caminho, Kovacs? — sibilou ela. — Estamos a cinco minutos de aterrissar e eu *preciso* estar na cabine de comando.

— Por que eles não entraram, Tanya?

— Nós já conversamos sobre...

— Isso é baboseira, Tanya. Os instrumentos da Ameli mostram uma atmosfera respirável. Eles encontraram um jeito de abrir o sistema de acoplagem ou já o encontraram aberto. E esperaram aqui fora para morrer, enquanto o ar se esgotava em seus trajes. Por que não entraram?

— Você estava na reunião. Eles não tinham comida, não tinham...

— É, eu ouvi você inventar mais e mais raciocínio a atacado, mas o que eu não ouvi foi algo que explicasse por que quatro arqueólogos prefeririam morrer em seus trajes espaciais em vez de passar suas últimas horas vagando pela maior descoberta arqueológica na história da raça humana.

Por um momento ela hesitou e eu vi algo da mulher da cachoeira. Em seguida, a luz febril cintilou de novo em seus olhos.

— Por que perguntar pra mim? Por que você simplesmente não liga os conjuntos de Id&A e pergunta pra eles, caralho? Eles estão com os cartuchos intactos, não estão?

— Os conjuntos de Id&A estão todos fodidos, Tanya. Foram corroídos junto com as balizas. Então, vou te perguntar de novo. Por que eles não entraram?

Ela ficou em silêncio mais uma vez, desviando o olhar. Achei ter visto um tremor no canto de um dos olhos, que logo desapareceu. Ela olhou para mim com a mesma calma seca que eu vira no campo.

— Eu não sei — disse ela, finalmente. — E se não podemos perguntar para eles, então só consigo pensar em um outro jeito de descobrir.

— É. — Eu me recostei para longe dela, cansado. — E é disso que se trata, não é? Descobrir. Desvendar a história. Carregar adiante a porra da tocha da descoberta humana. Você não tá interessada no dinheiro, não liga para quem vai acabar ficando com os direitos de propriedade, e com certeza não tá nem aí pra morrer. Então por que os outros deveriam se importar, certo?

Ela se encolheu, mas foi momentâneo. Reprimiu a reação e em seguida me deu as costas. Deixou-me olhando para a luz pálida do azulejo de ilumínio contra o qual ela estivera pressionada.

324

CAPÍTULO 31

Era como um delírio.

Eu me lembro de ler em algum lugar que, quando os arqueólogos em Marte chegaram pela primeira vez aos mausoléus soterrados que mais tarde categorizariam como cidades, uma boa porcentagem deles ficou louca. Colapso mental era um risco ocupacional da profissão naquela época. Algumas das mentes mais brilhantes do século foram sacrificadas na busca pelas chaves para a civilização marciana. Não é que foram destruídas, transtornadas pela insanidade alucinada que se via nos anti-heróis arquetípicos dos filmes de horror de expéria. Não foram destruídas, mas simplesmente inutilizadas. Desgastadas, indo do limite afiado das proezas intelectuais até uma vagueza distraída, levemente borrada, levemente entorpecida. Elas seguiram esse roteiro às dezenas. Fisicamente corroídos pelo contato constante com os restos de mentes inumanas. A Guilda os gastava como bisturis forçados contra uma pedra de amolar.

— Bom, acho que se você pode voar... — disse Luc Deprez, espiando a arquitetura adiante sem entusiasmo.

Sua postura transmitia uma confusão irritada. Supus que ele estivesse tendo a mesma dificuldade que eu para identificar potenciais cantos para emboscadas. Quando o condicionamento de combate vai tão fundo, não ser capaz de fazer o que te treinaram para fazer incomoda como parar de fumar. E procurar emboscadas na arquitetura marciana devia ser como tentar capturar um polvoleoso de Ponto Mitcham só com as mãos.

Além do dintel pesadamente suspenso na saída da doca de acoplagem, a estrutura interna da nave irrompia para cima e ao nosso redor, diferente de tudo o que eu já havia visto. Buscando uma comparação, minha mente forneceu uma imagem da minha infância em Novapeste. Certa primavera, mergulhando no Recife de Hirata pelo lado das Profundezas, tomei um susto enorme quando o tubo de alimentação do meu traje de mergulho resgatado e remendado ficou preso em um afloramento de coral a quinze metros de profundidade. Vendo o oxigênio ser expelido através da rachadura em um turbilhão de corpúsculos prateados, eu me perguntara fugazmente qual seria a aparência da tempestade de bolhas vista por dentro.

Agora eu sabia.

Essas bolhas estavam congeladas no lugar, tingidas em tons madrepérola de azul e rosa, com fontes indistintas de luz suave fulgurando sob suas superfícies; porém, tirando essa diferença básica na longevidade, elas eram tão caóticas quanto havia sido a fuga do meu suprimento de ar naquele dia. Não parecia existir nenhum sentido ou lógica arquitetônica no modo como elas se juntavam e fundiam umas às outras. Em alguns pontos, o elo era um buraco com apenas alguns metros de largura. Em outros, as paredes curvadas simplesmente interrompiam sua extensão ao se encontrarem em uma circunferência interseccional. Em nenhum lugar do primeiro espaço em que entramos o teto tinha menos de vinte metros de altura.

— Mas o piso é reto — murmurou Sun Liping, ajoelhando-se para espanar a superfície brilhante sob nossos pés. — E eles tinham... têm... geradores gravitacionais.

— Origem das espécies. — A voz de Tanya Wardani retumbou um pouco no vazio imensurável. — Eles evoluíram em um poço gravitacional, assim como nós. Gravidade zero não é saudável no longo prazo, não importa como seja divertida. E, se você tem gravidade, precisa de superfícies retas sobre as quais colocar as coisas. Tudo bem você querer abrir suas asas, mas linhas retas são necessárias para pousar uma espaçonave.

Todos olhamos de esguelha para o vão por onde tínhamos entrado. Comparado ao ponto em que nos encontrávamos agora, as curvas exóticas da estação de acoplagem eram praticamente modestas. Paredes compridas e escalonadas se afunilavam para fora como serpentes adormecidas com dois metros de largura, esticadas e depositadas de forma não exatamente direta em cima umas das outras. As espirais se enredavam um pouco fora de um eixo reto, como se, mesmo dentro das restrições do propósito da estação de acoplagem, os construtores navais marcianos não tivessem conseguido conter o impulso de acrescentar um floreio orgânico. Não havia perigo envolvido em descer uma nave de acoplagem pelos níveis de densidade atmosférica cada vez maior mantida por algum mecanismo nas paredes escalonadas; no entanto, olhando para as laterais, a sensação era de estar sendo baixado para o interior da barriga de alguma coisa adormecida.

Delírio.

Pude sentir o delírio roçando as extremidades superiores da minha visão, puxando gentilmente meus globos oculares e me deixando com uma sensação de leve inchaço atrás da testa. Meio parecido com certas virtualidades baratas que se obtinha em fliperamas na minha infância, daquelas em que o construto não deixava seu personagem olhar mais do que alguns graus acima da horizontal, mesmo quando era para lá que o jogo estava te levando. Aqui era a mesma sensação, a promessa de uma dor abafada atrás dos olhos por tentar constantemente ver o que havia mais no alto. Uma consciência do espaço acima que você ficava tentando enxergar.

A curva das superfícies brilhantes em torno de nós colocava uma inclinação em tudo, uma vaga impressão de que se estava prestes a cair de lado e que, na verdade, cair e ficar deitado talvez fosse a melhor postura a assumir nesse ambiente irritantemente alienígena. Que toda essa estrutura ridícula tinha a espessura de uma casca de ovo e estava à beira de rachar se você fizesse a coisa errada, que poderia tranquilamente te derrubar no vazio.

Delírio.

Melhor se acostumar.

A câmara não estava vazia. Arranjos esqueléticos do que pareciam andaimes assomavam nas margens do espaço do piso liso. Lembrei-me de imagens hologravadas de um download que eu havia escaneado quando era moleque: barras de poleiro marcianas, completas com marcianos gerados virtualmente empoleirados nelas. Ali, de alguma forma, o vazio daquelas barras dava a cada estrutura um raquitismo assustador que não fazia nada para acalmar a apreensão cada vez maior que eu sentia em minha nuca.

— Eles foram dobrados — murmurou Wardani, olhando para cima. Ela parecia intrigada.

Nas curvas inferiores da parede de bolhas, máquinas cujas funções eu não podia nem imaginar se postavam abaixo dos poleiros aparentemente dobrados. A maioria parecia espinhosa e agressiva; contudo, quando a arqueóloga passou por uma, a máquina não fez nada além de resmungar para si e mesquinhamente rearrumar alguns de seus espinhos.

Um matraquear plástico e um guincho aumentando rapidamente — armamento mobilizado em todos os pares de mãos pelo vazio da câmara.

— Ah, pelo amor de Deus. — Wardani mal nos concedeu um olhar de relance para trás. — Relaxem, tá? Ela está em repouso. É uma *máquina*.

Ergui as Kalashnikov e dei de ombros. Do lado oposto na câmara, Deprez me deu uma olhada e sorriu.

— Uma máquina para quê? — quis saber Hand.

Dessa vez a arqueóloga se virou.

— Não sei — disse ela, cansada. — Me dê uns dois dias e uma equipe de laboratório totalmente equipada e talvez eu possa te dizer. Nesse momento, tudo o que eu posso garantir é que ela está em repouso.

Sutjiadi aproximou-se mais alguns passos, a Jato Solar ainda posicionada.

— Como você sabe?

— Porque, se não estivesse, nós já estaríamos interagindo com ela, pode acreditar. Além disso, você consegue imaginar alguém com esporas nas asas que chegam a um metro acima de seus ombros colocando uma máquina ativa tão próxima de uma parede curvada? Sei do que estou falando quando digo que esse lugar todo está desligado e empacotado.

— A senhorita Wardani parece estar correta — disse Sun, girando no lugar com o kit de pesquisa Nuhanovic no braço erguido. — Existem circuitos detectáveis nas paredes, mas a maioria está inativa.

— Deve haver algo controlando isso tudo. — Ameli Vongsavath estava com as mãos nos bolsos e fitava as dimensões elevadas no centro da câmara.

— Temos ar respirável. Um pouco rarefeito, mas aquecido. Inclusive, esse lugar todo deve ser aquecido de alguma forma.

— Sistemas cuidadores. — Tanya Wardani parecia ter perdido o interesse nas máquinas. Ela vagou de volta para o grupo. — Muitas das cidades enterradas mais profundamente em Marte e na Terra de Nkrumah também tinham isso.

— Mesmo depois de todo esse tempo? — Sutjiadi não parecia muito contente.

Wardani suspirou. Ela apontou para a entrada da doca de acoplagem com o polegar.

— Não é bruxaria, capitão. Você tem a mesma coisa rodando na *Nagini* para nós. Se todos nós morrermos, ela vai ficar ali parada uns bons séculos esperando alguém voltar.

— Sim, e, se for alguém que não tiver os códigos, ela vai transformar a pessoa em sopa. Isso não me tranquiliza, senhorita Wardani.

— Bem, talvez essa seja a diferença entre nós e os marcianos. Certa sofisticação civilizada.

— E baterias melhores — falei. — Isso tudo está aqui há muito mais tempo do que a *Nagini* duraria.

— Como é o sinal de rádio aqui? — perguntou Hand.

Sun fez algo no sistema Nuhanovic que estava usando. As seções mais volumosas do equipamento de pesquisa, acopladas ao ombro, piscaram. Os símbolos evoluíram no ar acima das costas de sua mão. Ela encolheu os ombros.

— Não é muito bom. Eu mal consigo captar o radar de navegação da *Nagini* e ela está logo ali, do outro lado da parede. Escudos, acredito. Estamos em uma área de acoplagem e perto do casco. Acho que vamos precisar ir mais para dentro.

Percebi alguns olhares alarmados passarem de um lado para o outro entre o grupo. Deprez me pegou olhando e sorriu brevemente.

— E então, quem quer explorar? — perguntou ele, baixinho.

— Eu não acho que seja uma boa ideia — disse Hand.

Eu saí do agrupamento de defesa que tínhamos instintivamente formado, passei pelo vão entre dois poleiros e alcancei a borda da abertura acima e atrás de nós. Ondas de exaustão e uma leve náusea me percorreram quando me icei para cima, mas, a essa altura, eu já esperava por isso, e a neuroquímica conteve a sensação.

A área côncava mais além estava desocupada. Não detectei nem poeira.

— Talvez não seja mesmo uma boa ideia — concordei, caindo de volta. — Mas quantos seres humanos nesta ponta do próximo milênio terão essa chance? Você precisa de dez horas, né, Sun?

— No máximo.

— E você acredita que pode construir um mapa decente para a gente nesse negócio? — gesticulei para o kit Nuhanovic.

— É bem provável. Este é o melhor software de pesquisa que o dinheiro pode comprar. — Ela fez uma breve reverência na direção de Hand. — Sistemas inteligentes Nuhanovic. Tecnologia de ponta.

Olhei para Ameli Vongsavath.

— E os sistemas de armas da *Nagini* estão todos ligados e preparados, não estão?

A piloto assentiu.

— Com os parâmetros que eu dei, ela pode conter um ataque tático frontal sem nenhuma interferência nossa.

— Bem, então eu diria que temos um passe de um dia para o Castelo de Coral. — Espiei Sutjiadi. — Para aqueles entre nós que queiram ir, claro.

Olhando ao meu redor, vi que a ideia estava pegando. Deprez já estava lá, o rosto e a postura traindo sua curiosidade, mas a ideia começava também a lentamente preencher os outros. Em todo canto, as cabeças se inclinavam para trás para absorver a arquitetura alienígena, as feições suavizadas pelo assombro. Nem Sutjiadi pôde evitá-lo por completo. A vigilância severa que ele manteve desde que chegáramos aos níveis superiores do campo atmosférico escalonado da câmara de acoplagem estava se derretendo em algo menos contido. O medo do desconhecido recuava, anulado por algo mais forte e mais antigo.

Curiosidade símia. A característica que eu depreciara em minha conversa com Wardani ao chegarmos à praia em Sauberlândia. A inteligência rápida e barulhenta da selva que escalaria alegremente antigos ídolos de pedra e enfiaria os dedos em globos oculares fitando fixamente só para *ver como era*. O desejo irracional e brilhante de *saber*. A característica que nos trouxera das planícies da África Central até aquele lugar. A característica que um dia provavelmente vai nos mandar tão para longe que chegaremos lá antes da luz do sol daqueles dias na África Central.

Hand se postou no centro do grupo, posicionado em modo executivo.

— Vamos estabelecer algum sentido de prioridade aqui — disse ele, cuidadosamente. — Eu simpatizo com o desejo de vocês todos de ver um pouco dessa nave; eu mesmo gostaria de ver também. No entanto, nossa preocupação principal é encontrar uma base de transmissão segura para a baliza. Devemos fazer isso antes de qualquer outra coisa, e eu sugiro que façamos como um grupo único. — Ele se virou para Sutjiadi. — Depois disso, podemos destacar grupos exploratórios. Capitão?

Sutjiadi concordou, mas foi um movimento incomumente vago. Assim como o resto de nós, ele não estava mais sintonizado de verdade a frequências humanas.

Se ainda existisse qualquer dúvida restante sobre o estado do casco da nave marciana, poucas horas nas bolhas congeladas de sua arquitetura bastaram para anulá-las. Caminhamos por mais de um quilômetro, avançando e recuando pelas conexões aparentemente aleatórias entre as câmaras. Em alguns locais, as aberturas ficavam mais ou menos no nível do piso, enquanto em outros eram tão altas que Wardani ou Sun tinham que ligar seus arneses gravitacionais e flutuar até lá para ver o que havia do outro lado. Jiang e Deprez assumiram o papel de batedores, dividindo-se e aproximando-se da entrada de cada câmara com letalidade silenciosa e simétrica.

Não encontramos nada perceptivelmente vivo.

As máquinas com que deparamos no caminho nos ignoraram, e ninguém pareceu inclinado a se aproximar o bastante para suscitar uma reação mais significativa.

Gradativamente, conforme penetrávamos mais e mais no corpo da nave, passamos a encontrar estruturas que poderiam, com certo esforço da imaginação, serem chamadas de corredores — espaços compridos e bulbosos com entradas ovaladas nas duas extremidades. Parecia a mesma técnica de construção utilizada na câmara bolha comum, modificada para se adequar ao comprimento.

— Sabe o que é essa coisa toda? — perguntei a Wardani enquanto esperávamos Sun analisar outra abertura no teto. — É como gel aéreo. Como se eles construíssem uma estrutura básica e então só... — Balancei a cabeça. O conceito resistia teimosamente a ser esculpido em palavras. — ... Sei lá, só soprassem alguns quilômetros cúbicos de base de gel aéreo de alta intensidade por cima e depois esperassem a coisa endurecer.

Wardani sorriu debilmente.

— É, talvez. Algo assim. Isso colocaria a ciência de plasticidade deles um pouco adiante da nossa, né? Ser capaz de mapear e modelar dados de espuma nessa escala.

— Talvez não. — Apalpei a forma inicial da minha ideia, sentindo suas bordas de origami. — Por aqui, a estrutura específica não importaria. Seja lá qual fosse o resultado, serviria. E aí você só preenche o espaço com o que precisar. Unidades de disco, sistemas ambientais, sabe, armas...

— Armas? — Ela olhou para mim com algo indecifrável no rosto. — Isso tem que ser uma nave de guerra?

— Não, foi só um exemplo. Mas...

— Tem uma coisa aqui — disse Sun no comunicador. — Algum tipo de árvore ou...

O que aconteceu a seguir é difícil de explicar.

Ouvi o som se aproximando.

Eu sabia com uma certeza total que o ouviria, milésimos de segundo antes da campainha baixa chegar até nós da bolha que Sun estava explorando. O conhecimento era uma sensação sólida, ouvida como um eco lançado retroativamente contra a lenta deterioração do tempo corrente. Se era a intuição de Emissário, estava funcionando em um nível de eficiência que eu só encontrei anteriormente em sonhos.

— Canoronífera. O que chamam de "Espiral Melódica" — disse Wardani.

Ouvi os ecos se dissiparem, invertendo o calafrio de premonição que eu acabara de sentir, e subitamente desejei muito estar do outro lado do portal, enfrentando os perigos mundanos dos sistemas de nanorrobôs e a precipitação radioativa da Sauberlândia dizimada.

Cerejas e mostarda. Um emaranhado inexplicável de aromas se despejando sobre nós no encalço daquele som. Jiang ergueu sua Jato Solar.

As feições normalmente imóveis de Sutjiadi se franziram.

— *O que é isso?*

— Canoronífera — falei, tecendo pragmatismo em torno da minha própria apreensão crescente. — Tipo uma plantinha marciana.

Eu já vi uma, de verdade, na Terra. Uma Espiral Melódica. Desencavada do substrato rochoso marciano onde havia crescido nos vários milênios anteriores e colocada num pedestal como *objet d'art* para um ricaço. Ainda cantava quando algo a tocava, mesmo que fosse a brisa, emitindo o aroma de cereja e mostarda. Não estava viva nem morta, nem nada que pudesse ser categorizado e limitado pela ciência humana.

— Está conectada a quê? — quis saber Wardani.

— Crescendo na parede. — A voz de Sun voltou denteada por um assombro a essa altura familiar. — Como um coral...

Wardani recuou para se dar espaço para o impulso e levou a mão aos motores de seu próprio arnês gravitacional. O gemido rápido dos propulsores se carregando rasgou o ar.

— Vou subir.

— Só um momento, senhorita Wardani. — Hand se aproximou, barrando-a. — Sun, tem alguma passagem para sair daí?

— Não. A bolha toda é fechada.

— Então desça. — Ele levantou a mão para calar Wardani. — *Não temos tempo* para isso. Mais tarde, se você quiser, pode voltar enquanto Sun estiver fazendo os reparos na baliza. Por enquanto, temos que encontrar uma base segura para transmissão, e isso vem antes de qualquer outra coisa.

Uma expressão vagamente rebelde irrompeu no rosto da arqueóloga, mas ela estava cansada demais para fazê-la valer. Em vez disso, reduziu os propulsores gravitacionais — o zumbido reduzido de uma máquina despontada — e deu-lhe as costas, um resmungo contido pairando sobre seu ombro, quase tão tênue quanto as cerejas e mostarda vindo lá de cima. Ela caminhou em linha reta para longe do engravatado da Mandrake, pisando duro até a saída. Jiang hesitou por um momento no caminho dela antes de deixá-la passar.

Suspirei.

— Boa, Hand. Ela é o mais próximo que temos de um guia nativo nesse... — Gesticulei em torno de nós — ... lugar, e você quer deixá-la puta. Eles te ensinam isso quando você faz doutorado de investimento em conflitos? Irrite os especialistas, se puder?

— Não — disse ele, inabalável. — Mas me ensinaram a não perder tempo.

— Certo.

Fui atrás de Wardani e a alcancei no começo do corredor que saía da câmara.

— Ei, espera aí! Wardani! Wardani, fica calma, tá? O cara é um cuzão, o que se pode fazer?

— Porra de *mercador*.

— É, bom. Isso também. Mas ele é o motivo de estarmos aqui, para começo de conversa. Nunca se deve subestimar o ímpeto mercantil.

— O que você é, uma porra de um filósofo econômico, agora?

— Eu sou... — Parei. — Escuta.

— Não, pra mim chega de...

— Não, *escuta*. — Levantei a mão e apontei para a extremidade oposta do corredor. — Ali. Ouviu isso?

— Não estou ouvin... — A voz dela foi sumindo quando ela captou o som. A essa altura, a neuroquímica da Vanguarda de Carrera tinha aproximado o ruído para mim, tão claro que não havia dúvidas.

Em algum ponto adiante no corredor, algo estava cantando.

Duas câmaras adiante, nós as encontramos. Uma floresta inteira de canoroníferas bonsai, brotando por todo o piso e subindo pela curva inferior de um afunilamento no corredor, onde este se unia à bolha principal. As canoroníferas pareciam ter atravessado a estrutura primária da nave a partir do piso ao redor da junção, embora não houvesse sinal de danos em suas raízes. Era como se o material do casco tivesse-se fechado ao redor delas como tecido cicatrizado. A máquina mais próxima mantinha respeitosos dez metros de distância, encolhida mais adiante no corredor.

A canção que as canoroníferas emitiam era mais próxima do som de um violino, mas tocado com um arrastar infinitamente lento de monofilamentos individuais sobre a ponte, sem seguir nenhuma melodia que eu pudesse discernir. Era um som tocado nos níveis mais inferiores da audição, mas, a cada vez que ele subia, eu sentia algo se revirando nas minhas entranhas.

— O ar — disse Wardani, baixinho. Ela correu comigo pelos corredores bulbosos e através das câmaras bolha, e agora se agachou em frente às canoroníferas, sem fôlego, mas com os olhos cintilando. — Deve haver uma convecção daqui vinda de outro nível. Elas só cantam quando algo entra em contato com sua superfície.

Afastei um calafrio indesejado.

— Qual você acha que é a idade delas?

— Sei lá. — Ela ficou de pé outra vez. — Se este fosse um campo gravitacional planetário, eu diria que uns 2 mil anos, no máximo. Mas não é. — Ela recuou um passo e chacoalhou a cabeça, com a mão no queixo, os dedos pressionados na boca como se para impedir um comentário precipitado. Esperei. Finalmente a mão se afastou do rosto dela e gesticulou, hesitante.

— Olha só esse padrão de ramificação. Elas não... Elas normalmente não crescem assim. Não tão retorcidas.

Segui o dedo apontado. A mais alta chegava mais ou menos na altura do peito, os galhos delgados de pedra negra avermelhada serpeando do tronco central em uma profusão que parecia mais exuberante e intrincada do que o padrão de crescimento que eu tinha visto na Espiral Melódica no pedestal, lá na Terra. Em torno dela, outros espécimes menores emulavam o padrão, só que...

O resto do grupo nos alcançou, com Deprez e Hand na vanguarda.

— Onde diabos vocês andaram... ah.

A cantoria tênue das árvores aumentou de forma quase imperceptível. Correntes de ar agitadas pelo movimento dos corpos por toda a câmara. Senti uma leve secura na garganta ante o som produzido por elas.

— Estou só olhando para elas, se não tiver problema, Hand.

— Senhorita Wardani...

Lancei um olhar de alerta para o engravatado.

Deprez se aproximou da arqueóloga.

— Elas são perigosas?

— Não sei. Geralmente, não, mas...

A coisa que vinha arranhando a orla da minha consciência em busca de atenção subitamente emergiu.

— Elas estão crescendo na direção umas das outras. Olha os ramos das menores. Todos eles se estendem para cima e para fora. As mais altas se estendem em todas as direções.

— Isso sugere algum tipo de comunicação. Um sistema integrado e autorreferente. — Sun caminhou em volta do agrupamento de canoroníferas, escaneando com o rastreador de emissões em seu braço. — Só que, hmmm...

— Você não vai encontrar nenhuma radiação — disse Wardani, quase sonhadora. — Elas sugam radiação como esponjas. Absorção total de tudo, exceto ondas de luz vermelha. Segundo sua composição mineral, a superfície dessas coisas não deveria ser vermelha, de forma alguma. Elas deveriam refletir todo o espectro.

— Mas não refletem. — Hand fez aquilo soar como se estivesse pensando em deter as canoroníferas por essa transgressão. — Por que isso ocorre, senhorita Wardani?

— Se eu soubesse, já seria uma Presidenta da Guilda. Sabemos menos sobre as canoroníferas do que praticamente qualquer outro aspecto da biosfera marciana. De fato, nem mesmo sabemos se podemos encaixá-las na biosfera.

— Elas crescem, não?

Vi Wardani dar um sorrisinho de escárnio.

— Cristais também crescem. Isso não quer dizer que estejam vivos.

— Não sei para vocês — disse Ameli Vongsavath, contornando as canoroníferas com sua Jato Solar em riste num ângulo semiagressivo. — Mas isso me parece uma infestação.

— Ou arte — murmurou Deprez. — Como saberíamos?

Vongsavath balançou a cabeça.

— Isso é uma nave, Luc. Não se coloca arte num corredor onde você vai tropeçar nela toda vez que passar. Olhe só pra essas coisas. Estão por todo canto.

— E se você puder passar voando?

— Ainda vão ficar no caminho.

— Arte de colisão — sugeriu Schneider com um sorriso sardônico.

— Certo, já deu. — Hand abriu algum espaço para si entre as árvores e sua nova plateia. Notas leves despertaram conforme o movimento gerava correntes de ar contra os ramos de pedra vermelha. O almíscar no ar se espessou. — Não temos...

— ... tempo para isso — imitou Wardani, em voz monótona. — Temos que encontrar uma base segura para transmissão.

Schneider soltou uma risada. Contive um sorriso e evitei olhar na direção de Deprez. Desconfiei que o controle de Hand estivesse fraquejando e não estava desejoso de forçá-lo para além de seus limites naquele momento. Eu ainda não tinha certeza do que ele faria quando o perdesse.

— Sun. — A voz do executivo da Mandrake soou suficientemente calma.

— Cheque as aberturas superiores.

A especialista em sistema assentiu e acionou seu arnês gravitacional. O ganido dos propulsores surgiu e se intensificou enquanto as solas das botas dela se descolaram do piso e ela flutuou para cima. Jiang e Deprez a cercaram, os lançadores Jato Solar erguidos para servir de cobertura.

— Sem saída por aqui — informou ela da primeira abertura.

Ouvi a mudança, e meus olhos voltaram para as canoroníferas. Wardani, a única me observando, logo viu minha expressão. Pelas costas de Hand, sua boca se abriu em uma pergunta silenciosa. Eu indiquei as árvores com o queixo e coloquei a mão em torno da orelha.

Escute.

Wardani se aproximou, em seguida balançou a cabeça.

Chiado.

— Não é possí...

Mas era.

O som tênue do arranhado de violino da canção estava se modulando. Reagindo ao zumbido constante dos propulsores gravitacionais. Isso, ou talvez ao próprio campo gravitacional. Modulando-se e, muito frouxamente, se fortalecendo.

Despertando.

CAPÍTULO 32

Encontramos a base segura para transmissão que Hand tanto queria depois de cerca de uma hora e quatro aglomerações de canoroníferas. A essa altura, tínhamos começado a voltar na direção da doca de acoplagem, seguindo um mapa rudimentar que os sistemas Nuhanovic de Sun estavam construindo em seu braço. O software de mapeamento não apreciava a arquitetura marciana tanto quanto eu, e isso ficava claro pelas longas pausas a cada vez que Sun inseria um novo conjunto de dados. Apesar disso, com um par de horas de caminhada na bagagem e algumas interações inspiradas da especialista em sistemas, o programa foi capaz de começar a formar alguns palpites razoáveis por conta própria sobre onde deveríamos procurar. Talvez de modo não surpreendente, ele acertou na mosca.

Após escalar um imenso tubo espiralado, íngreme demais para ser confortável a qualquer ser humano, Sun e eu paramos, vacilantes, à beira de uma plataforma com cinquenta metros de largura, aparentemente cercada por espaço aberto de todos os lados. Um campo estelar, claro como cristal, curvava-se no alto e ao nosso redor, interrompido apenas pelos ossos de uma estrutura central esquelética reminiscente de uma grua de cais de Porto Fabril. A sensação de exposição ao exterior era tão completa que senti minha garganta travar momentaneamente em um reflexo de combate no vácuo ante a visão. Meus pulmões, ainda cansados da subida, agitaram-se fracamente no peito.

Interrompi o reflexo.

— Aquilo é um campo de força? — perguntei a Sun, ofegante.

— Não, é sólido. — Ela franziu a testa para o display em seu antebraço. — Liga transparente, com cerca de um metro de espessura. Muito impressionante. Nenhuma distorção. Controle visual direto pleno. Olha lá o seu portal.

Ele se encontrava na paisagem estelar acima de nossa cabeça, um satélite curiosamente oblongo de luz azul acinzentada rastejando pela escuridão.

— Esse deve ser a torre de controle de acoplagem — concluiu Sun, batucando o próprio braço e se virando lentamente. — Não falei? Mapeamento inteligente da Nuhanovic. Tecnologia de pon...

A voz dela secou. Olhei de lado e vi como seus olhos tinham endurecido, focados em algo um pouco mais à frente. Seguindo seu olhar para a estrutura esquelética no centro da plataforma, avistei os marcianos.

— É melhor chamar os outros para cá — falei, distante.

Eles pendiam sobre a plataforma como os fantasmas de águias torturadas até a morte, as asas bem abertas, presas em algum tipo de teia que balançava de forma espectral nas correntes de ar desgarradas. Havia apenas dois, um pendurado perto do ponto mais alto da estrutura central, o outro não muito acima da altura de um humano. Aproximando-me com cautela, vi que a teia era metálica, encadeada com instrumentos cujos propósitos não faziam mais sentido do que as máquinas pelas quais tínhamos passado nas câmaras-bolha.

Passei por outro afloramento de canoroníferas, a maioria delas não muito acima da altura do joelho. Mal receberam um segundo olhar. Atrás de mim, ouvi Sun gritando para o resto do grupo no fundo da espiral. O tom alto de sua voz pareceu violar algo no ar. Ecos perseguiram uns aos outros pelo domo. Alcancei o marciano posicionado mais abaixo e fiquei ali, sob o cadáver.

É claro que eu já os tinha visto antes. Quem não tinha? Vemos essas imagens desde o jardim de infância. Os marcianos. Eles substituíram as criaturas mitológicas do nosso patrimônio terrestre cercado, os deuses e demônios que usávamos como fundação de lendas. *Impossível superestimar,* escreveu Gretzky, na época em que ele ainda tinha colhões, *o amplo impacto que essa descoberta teve sobre nossa noção de pertencer neste universo e nossa noção de que o universo, de alguma forma, nos pertencia.*

O jeito como Wardani me explicou, certa noite no deserto, na sacada do armazém de Roespinoedji:

Bradbury, 2089 na datação pré-colonial. Os heróis fundadores da antiguidade humana são expostos como os valentões ignorantes que provavelmente sempre foram, conforme a decodificação dos primeiros sistemas de dados marcianos revela provas de uma cultura com navegação estelar ao menos tão antiga quanto toda a raça humana. O conhecimento milenar vindo do Egito e da China começa a parecer um cartucho de dados encontrado no quarto de uma criança de 10 anos. A sabedoria de eras foi desfeita de um só golpe, tornando-se as reflexões chapadas de um punhado de pinguços de quinta categoria. Lao Tsu, Confúcio, Jesus Cristo, Maomé — do que esses caras sabiam? Meros paroquianos que nunca nem tinham saído do planeta. Onde é que *eles* estavam enquanto os marcianos atravessavam o espaço interestelar?

Obviamente — *um sorriso amargo em um canto da boca de Wardani* —, a religião institucionalizada reagiu. As estratégias de sempre. Incorporar os marcianos no esquema das coisas, vasculhar as escrituras ou inventar novas, reinterpretar. Caso isso falhe, ou falte massa cinzenta para tamanho esforço, é só negar a coisa toda como trabalho de forças do mal e bombardear qualquer um que dizer o contrário. Isso deve funcionar.

Porém, não funcionou.

Por algum tempo, pareceu que talvez fosse dar certo. O crescimento da histeria trouxe violência sectária, e os departamentos recém-estabelecidos de xenologia nas universidades frequentemente eram incendiados. Viu-se escoltas armadas para arqueólogos de destaque e vários tiroteios nos campi entre fundamentalistas e a polícia para a ordem pública. Tempos interessantes para o corpo estudantil...

De tudo isso, surgiram as novas fés. A maioria delas não era tão diferente das antigas, pelo visto, tão dogmáticas quanto. Contudo, implicitamente, ou mesmo desconfortavelmente explícita, vinha uma onda de crença secular em algo que era um pouco mais difícil de definir do que Deus.

Talvez fossem as asas. Um arquétipo cultural tão profundo — *anjos, demônios, Ícaro e os inúmeros idiotas que, como ele, saltaram de torres e penhascos até finalmente encontrarmos o jeito certo de fazer isso* — que a humanidade se agarrou a ele.

Talvez simplesmente houvesse coisa demais em jogo. Os mapas de astronavegação com suas promessas de novos mundos para os quais podíamos *simplesmente ir,* seguros de um terrestroide porque, bem, *está escrito isso bem aqui.*

Fosse o que fosse, era preciso chamar de fé. Não era conhecimento; a Guilda não estava tão confiante em suas traduções na época e não se lança centenas de milhares de mentes estocadas e embriões de clones nas profundezas do espaço interestelar sem algo muito mais forte do que uma teoria.

Era uma fé na viabilidade essencial do Novo Conhecimento. No lugar da confiança geocêntrica da ciência humana e sua habilidade de Resolver Isso Tudo Algum Dia, brotou uma confiança mais tranquila na abrangente edificação do Conhecimento Marciano que iria, como um pai bondoso, nos levar para o oceano e dirigir o barco de verdade. Estávamos saindo pela porta, não como adolescentes crescidos que deixavam o lar pela primeira vez, mas como crianças de colo com a mãozinha gorda segurando com confiança a garra da civilização marciana. Havia uma sensação totalmente irracional de segurança e afeto no processo todo. Isso, tanto quanto a liberalização econômica tão alardeada por Hand, foi o que guiou a diáspora.

Três quartos de milhão de mortes em Adoración mudaram as coisas. Isso e algumas outras falhas geopolíticas que se manifestaram com a ascensão do Protetorado. Na Terra, as fés antigas baixaram tomos blindados de autoridade política e espiritual para seguir. *Nós vivemos muito livremente e um preço por isso deve ser pago. Em nome da estabilidade e da segurança, as coisas devem agora ser administradas com pulso firme.*

Daquele breve desabrochar de entusiasmo por tudo que fosse marciano, pouca coisa restou. Wycinski e sua equipe pioneira se foram há séculos, perdendo cargos em universidades e financiamento e, em alguns casos, sendo até assassinados. A Guilda recolheu-se em si mesma, guardando zelosamente a pouca liberdade que o Protetorado lhe concede. Os marcianos foram reduzidos de qualquer coisa semelhante à compreensão total a dois precipitados virtualmente sem relação alguma. De um lado, uma série de imagens e notas áridas como um livro técnico, com a quantidade de dados considerada socialmente apropriada pelo Protetorado. Todas as crianças aprendem obedientemente qual a aparência deles, a anatomia aberta de suas asas e esqueleto, a dinâmica de voo, as minúcias tediosas do acasalamento e criação dos filhos, as reconstruções virtuais de sua plumagem e coloração, extraídas dos poucos registros visuais que conseguimos acessar ou cheias de suposições da Guilda. Emblemas de poleiros, roupas prováveis. Coisas coloridas, de fácil digestão. Pouca sociologia. Era muito malcompreendida, muito indefinida, muito volátil

— além disso, será que as pessoas realmente queriam se dar ao trabalho de aprender tudo isso...?

— *Conhecimento desperdiçado* — disse ela, estremecendo um pouco no frio do deserto. — *Ignorância proposital diante de algo que talvez tivéssemos que nos esforçar para compreender.*

Do outro lado da coluna fracionada reúnem-se os elementos mais esotéricos. Estranhos ramos religiosos, lendas sussurradas e o boca a boca que vinha das escavações. Aqui restou algo do que os marcianos já foram para nós — aqui, seu impacto pode ser descrito em murmúrios. Aqui eles podem ser nomeados como Wycinski os chamou um dia: *os Novos Antigos, nos ensinando o significado real dessa palavra. Nossos benfeitores alados misteriosamente ausentes, precipitando-se para roçar a nuca de nossa civilização com a ponta gelada de uma asa para nos lembrar de que seis ou sete mil anos de história irregularmente registrada não é o que eles chamam de antigo* por aqui.

Este marciano estava morto.

Morto havia muito tempo, isso era evidente. O corpo ficara mumificado na teia, as asas delgadas como pergaminho, a cabeça ressecada a um crânio estreito e comprido cujo bico jazia entreaberto. Os olhos estavam enegrecidos em suas órbitas de corte invertido, meio escondidos pela membrana dobrada das pálpebras. Abaixo do bico, a pele da coisa se inflava para fora no que eu supus que devia ser a tireoide. Assim como as asas, ela parecia translúcida e fina como papel.

Abaixo das asas, membros angulares se estendiam pela teia, e garras de aparência delicada agarravam os instrumentos. Senti uma pequena onda de admiração. Fosse lá o que essa coisa tivesse sido, havia morrido nos controles.

— Não toque — disparou Wardani atrás de mim, e me dei conta de que eu estava estendendo a mão para a parte inferior da teia.

— Foi mal.

— Seria "mal" mesmo, se a pele se desfizesse. Existe uma secreção alcalina nas camadas subcutâneas de gordura deles que fica descontrolada quando eles morrem. Achamos que ela é mantida em equilíbrio pela oxidação de alimentos quando estão vivos, mas é forte o bastante para dissolver a maior parte de um cadáver, caso tenha um suprimento decente de vapor de água. — Conforme falava, ela ia se movendo ao redor da teia com a cautela automática do que devia ser o treinamento da Guilda. Seu rosto estava absolutamente focado, os olhos jamais se desviando da múmia alada acima de nós. — Quando eles morrem assim, ela simplesmente consome a gordura e seca, virando um pó. Muito corrosivo se você o inalar ou se ele entrar nos seus olhos.

— Certo. — Recuei alguns passos. — Obrigado pelo aviso antecipado.

Ela deu de ombros.

— Eu não esperava encontrá-los aqui.

— Naves são tripuladas.

— Sim, Kovacs, e cidades são ocupadas. Ainda assim, nós encontramos só uns duzentos cadáveres marcianos intactos em mais de quatro séculos de arqueologia em três dúzias de mundos.

— Com esse tipo de merda no organismo deles, não me surpreende. — Schneider tinha se aproximado e estava xeretando do outro lado do espaço abaixo da teia. — E aí, o que aconteceria com esse negócio, se eles ficassem sem comer por um tempo?

Wardani lhe lançou um olhar irritado.

— Não sabemos. Presumivelmente, o processo começaria.

— Isso deve ter doído — falei.

— Sim, imagino que sim. — Ela não parecia querer falar com nenhum de nós. Estava em transe.

Schneider não captou o recado. Ou talvez apenas precisasse da algaravia de vozes para cobrir a imensa imobilidade no ar ao nosso redor e o olhar da coisa alada acima de nós.

— Como é que eles acabaram com algo assim? Digo... — Ele riu. — Não é exatamente uma vantagem do ponto de vista evolucionário, né? A coisa te mata se você ficar com fome.

Olhei para o cadáver ressecado e esparramado acima de nós outra vez, sentindo uma nova onda do respeito que sentira antes ao perceber que os marcianos tinham morrido em seus postos. Algo indefinível ocorreu em minha mente, algo que meus sentidos Emissários reconheceram como o reluzir intuitivo no limiar da compreensão.

— Não, é vantajoso, sim — percebi enquanto falava. — Isso os teria incentivado. Isso teria feito deles os filhos da puta mais barra-pesada no céu.

Pensei ter visto um leve sorriso cruzar o rosto de Tanya Wardani.

— Você deveria publicar, Kovacs. Esse tipo de perspicácia intelectual.

Schneider exibiu um sorrisinho sardônico.

— Na verdade — disse a arqueóloga, voltando ao modo de palestra gentil enquanto fitava o marciano mumificado —, o argumento evolucionário atual para essa característica é que ele ajudava a manter a higiene em poleiros lotados. Vasvik e Lai, uns anos atrás. Antes disso, a maioria da Guilda concordava que isso devia deter parasitas cutâneos e infecções. Vasvik e Lai não chegaram a contestar isso, estavam apenas disputando pelo primeiro lugar. E é claro que existe a hipótese dominante, a dos filhos da puta mais barra-pesada no céu, que vários Mestres da Guilda elaboraram, embora nenhum deles com tanta elegância quanto você, Kovacs.

Eu fiz uma leve reverência para ela.

— Vocês acham que conseguimos trazê-la para baixo? — perguntou Wardani em voz alta, recuando para dar uma olhada melhor nos cabos aos quais a teia se prendia.

— Ela?

— É. É uma guardiã de poleiro. Está vendo a espora na asa? Aquela crista óssea na parte de trás do crânio? Casta guerreira. Eram todas fêmeas, até onde sabemos. — A arqueóloga tornou a olhar para o cabeamento. — Acham que conseguimos fazer essa coisa funcionar?

— Não vejo por que não. — Ergui minha voz para ser ouvido do outro lado da plataforma. — Jiang! Está vendo algo como um guindaste aí desse lado?

Jiang olhou para cima e chacoalhou a cabeça.

— E você, Luc?

— Senhorita Wardani!

— Falando em filhos da puta — resmungou Schneider.

Matthias Hand atravessava a sala para se unir à congregação debaixo do cadáver escanchado.

— Senhorita Wardani, espero que não esteja pensando em fazer nada além de olhar para este espécime.

— Na verdade — disse a arqueóloga —, estamos procurando um jeito de descê-lo dali. Algum problema com isso?

— Sim, senhorita Wardani, eu tenho um problema com isso. Essa nave, e tudo o que ela contém, é de propriedade da Corporação Mandrake.

— Não até a baliza cantar. Foi isso o que você nos disse para que entrássemos aqui, não?

Hand abriu um sorriso estreito.

— Não crie caso com isso, senhorita Wardani. Você foi muito bem-paga.

— Ah, *paga*. Eu *fui paga*. — Wardani o encarou. — *Vá se foder*, Hand.

Ela atravessou a plataforma, furiosa, e postou-se no limite da área, olhando para fora.

Fitei o engravatado da Mandrake.

— Hand, qual é o seu problema? Pensei que eu tinha te falado para pegar leve com ela. A arquitetura está te afetando, ou o quê?

Deixei-o ali com o cadáver e fui até onde Wardani se encontrava, seus braços apertados em torno do próprio corpo e a cabeça baixa.

— Não tá planejando pular, né?

Ela soltou uma fungada.

— Aquele merdinha. Ele colocaria uma porra de uma fachada holográfica corporativa nos portões do paraíso se algum dia os encontrasse.

— Sei não. Ele é um devoto bem dedicado.

— Ah, é? Engraçado como isso não atrapalha em nada a vida comercial dele.

— É, bem. Religião organizada, sabe como é.

Ela soltou outro ruído de zombaria, dessa vez com uma risada misturada, e sua postura relaxou um pouco.

— Não sei por que eu fiquei tão nervosa. Eu nem tenho as ferramentas para lidar com restos orgânicos aqui, mesmo. Deixe eles continuarem lá em cima. Quem liga?

Sorri e pousei a mão no ombro dela.

— Você — falei, gentil.

A cúpula acima de nossas cabeças era tão transparente para sinais de rádio quanto era para o espectro visual. Sun rodou uma série de checagens básicas com o equipamento que possuía, em seguida todos nós marchamos de volta para a *Nagini* e levamos a baliza danificada para a plataforma, junto com três caixas de ferramentas que Sun considerou provavelmente úteis. Paramos em todas as câmaras, demarcando a rota com cerejas de lapa âmbar pelo caminho e pintando o piso com tinta de ilumínio, para desgosto de Tanya Wardani.

— Vai sair com uma lavagem — disse-lhe Sun Liping em um tom que sugeria que ela não ligava muito se era verdade ou não.

Mesmo com dois arneses gravitacionais para facilitar o levantamento, carregar a baliza a seu local designado para repouso foi um trabalho árduo e longo, enfurecedor pelo caos de bolhas da arquitetura da nave. Quando montamos tudo na plataforma — numa das laterais, a uma distância discreta dos ocupantes originais mumificados —, eu estava acabado. Os danos da radiação correndo por minhas células estavam quase além do poder das drogas de fazer alguma coisa a respeito.

Encontrei uma seção da estrutura central que não estava diretamente abaixo de um cadáver e me apoiei contra ela, fitando a paisagem estelar enquanto meu corpo sofrido fazia o melhor que podia para estabilizar minha pulsação e conter a náusea no fundo das minhas entranhas. Lá, em meio às estrelas, o portal aberto piscou para mim enquanto se erguia acima do horizonte da plataforma. Mais à direita, o marciano mais próximo puxava um canto superior da minha visão. Olhei para cima e para o outro lado, o ponto onde a carcaça me espiava com olhos cobertos. Ergui um dedo à têmpora em saudação.

— É. Vou estar com você em breve.

— Como é?

Rolei a cabeça de lado e vi Luc Deprez de pé a uns dois metros de distância. Em sua capa maori resistente à radiação, ele parecia quase à vontade.

— Nada. Comungando.

— Sei. — Pela expressão no rosto dele, estava bem claro que não sabia. — Eu andei pensando. Quer dar uma olhada por aí?

Balancei a cabeça.

— Talvez depois. Mas não deixe que isso te impeça.

Ele franziu a testa, mas me deixou em paz. Eu o vi saindo com Ameli Vongsavath a reboque. Em outro ponto da plataforma, o resto do grupo estava reunido em pequenos círculos, falando em vozes que não reverberavam muito. Pensei poder escutar o leve contraponto do aglomerado de canoroníferas, mas não estava disposto a focar a neuroquímica. Senti uma imensa fadiga descer do campo de estrelas, e a plataforma pareceu pender sob meu corpo. Fechei os olhos e flutuei para algo que não era exatamente sono, mas vinha equipado com todas as desvantagens dele.

Kovacs...

Caralho de Semetaire.

Sentindo saudade da sua planaltina de Limon fragmentada?

Não ten...

Queria que ela estivesse aqui inteira, hein? Ou gostaria dos pedaços dela se contorcendo em cima de você, soltos?

Meu rosto se retorceu onde o pé dela havia golpeado minha boca quando o cabo de nanorrobôs o jogou na minha direção.

Tem apelo, é? Uma houri *segmentada ao seu comando. Uma mão aqui, outra ali. Punhados curvados de carne. Corte do freguês, a bem dizer. Carne macia,* pegável, Kovacs. Maleável. Você pode encher as mãos com ela. Moldá-la a você.

Semetaire, você está me pressionando...

E livre de toda vontade independente e inconveniente. Jogue fora as partes para as quais não tiver uso. As partes que excretam, as partes que pensam para além de um uso sensual. O além tem muitos prazeres...

Me deixa em paz, Semetaire, caralho!

E por que eu deveria fazer isso? Em paz é solitário, frio, um golfo de frieza mais profundo do que aquele que você divisou do casco da Mivtsemdi. Por que eu deveria te abandonar assim quando você tem sido tão amistoso comigo? Me mandando tantas almas?

Certo. Já chega, filho da puta...

Acordei de súbito, suando. Tanya Wardani estava agachada a um metro de mim, espiando. Atrás dela, o marciano pendia em pleno voo, fitando cegamente para baixo como um dos anjos da catedral Andric de Novapeste.

— Tudo bem aí, Kovacs?

Pressionei os dedos contra os olhos e fiz uma careta com a dor causada pela pressão.

— Nada mau pra um cara morto, acho. Você não saiu para explorar?

— Estou me sentindo na merda. Talvez mais tarde.

Eu me apoiei, endireitando um pouco mais a postura. Do outro lado da plataforma, Sun trabalhava firme nas placas de circuito expostas da baliza. Jiang e Sutjiadi estavam postados perto dela, conversando em voz baixa. Tossi.

— Há um suprimento limitado de *mais tarde* por aqui. Duvido que a Sun vá levar mesmo dez horas. Cadê o Schneider?

— Saiu com Hand. Como é que você mesmo não está fazendo a excursão do Castelo Coral?

Sorri.

— Você nunca viu o Castelo Coral, Tanya. Do que é que está falando?

Ela se sentou ao meu lado, de frente para a paisagem estelar.

— Só testando meu jargão do Mundo de Harlan. Algum problema?

— Malditos turistas.

Ela riu. Eu me sentei e desfrutei do som até ele morrer, e então nós dois ficamos algum tempo em silêncio amigável, rompido apenas pelo som de Sun soldando circuitos.

— Belo céu — disse ela, finalmente.

— É. Pode me responder uma pergunta arqueológica?

— Se você quiser.

— Aonde eles foram?

— Os marcianos?

— É.

— Bem, é um cosmos grande. Quem...

— Não, *esses* marcianos. A tripulação dessa coisa. Por que deixar algo tão grande flutuando aqui, abandonado? Isso deve ter custado um orçamento planetário para construir, mesmo para eles. Está funcional, até onde podemos ver. Aquecida, atmosfera mantida, sistema de acoplagem funcional. Por que eles não a levaram junto?

— Quem sabe? Talvez tenham saído na pressa.

— Ah, não brin...

— Não, tô falando sério. Eles se retiraram de toda essa região do espaço, ou foram exterminados, ou exterminaram-se uns aos outros. Eles deixaram um monte de coisas. Cidades cheias de coisas.

— É. Tanya, não dá pra levar uma cidade embora com você. Obviamente, você deixa ela para trás. Mas essa é uma porra de uma nave estelar. O que poderia tê-los feito deixar algo assim para trás?

— Eles deixaram os orbitais em torno do Mundo de Harlan.

— Eles são automatizados.

— E daí? Isso aqui também é, no que diz respeito aos sistemas de manutenção.

— Sim, mas ela foi construída para ser usada por uma tripulação. Não é preciso ser um arqueólogo para ver isso.

— Kovacs, por que você não desce para a *Nagini* e descansa um pouco? Nenhum de nós está a fim de explorar esse lugar e você está me dando dor de cabeça.

— Acho que você vai descobrir que isso é culpa da radiação.

— Não, eu...

Contra o meu peito, o microfone descartado de meu comunicador zuniu. Pisquei por um momento, depois o apanhei e encaixei no lugar.

— ... simplesmen... argados... aqui — disse a voz de Vongsavath, empolgada e altamente entrelaçada com interrupções de estática. — Sej... lá... o que... não ach... morreram de fom...

— Vongsavath, aqui é Kovacs. Pare um minuto. Vá mais devagar e comece de novo.

— Eu disse — enunciou a piloto com ênfase pesada. — Qu... u encontrei... tro corpo. Um corpo... norme. Parc... pendur... na doc... plagem. E parece que... algo o mat...

— Certo, estamos a caminho. — Lutei para me levantar, me forçando a falar em um ritmo que Vongsavath pudesse compreender mesmo em meio à interferência. — Repito. Estamos a caminho. Fiquem imóveis, de costas um para o outro, e não se mexam. E atirem em qualquer porra que virem.

— Que foi? — perguntou Wardani.

— Encrenca.

Olhei em torno para a plataforma e subitamente as palavras de Sutjiadi rolaram de volta para mim.

Nós nem deveríamos estar aqui.

Acima da minha cabeça, o marciano nos fitava, inexpressivo. Distante como um anjo e tão inútil quanto.

CAPÍTULO 33

Ele estava em um dos túneis bulbosos, quase um quilômetro mais para dentro da nave, em um traje e ainda intacto, em grande parte. Na suave luz azul vinda das paredes, as feições atrás do painel facial claramente afundadas nos ossos do crânio, porém não tinham se decomposto muito mais que isso.

Eu me ajoelhei ao lado do cadáver e espiei o rosto selado lá dentro.

— Não parece tão mal, considerando a situação

— Suprimento de ar estéril — disse Deprez. Ele estava com sua Jato Solar em riste no quadril e seus olhos se voltavam constantemente para o inflado espaço no teto mais acima. A dez metros dele e parecendo um tanto menos à vontade com a arma, Ameli Vongsavath caminhava de um lado para o outro junto à abertura onde o túnel se ligava à câmara-bolha seguinte. — E agentes antibacterianos, se esse traje for mais ou menos decente. Interessante. O tanque ainda está com um terço do conteúdo. Seja lá do que ele morreu, não foi asfixia.

— Algum dano ao traje?

— Se houver algum, não estou vendo.

Eu me sentei sobre os calcanhares.

— Não faz sentido algum. Esse ar é respirável. Por que colocar o traje? Deprez deu de ombros.

— Por que morrer no seu traje do lado de fora de uma trava atmosférica aberta? Nada disso faz sentido. Eu nem estou tentando entender mais.

— Movimento — disparou Vongsavath.

Saquei a arma de interface com a mão direita e me juntei a ela na passagem. A borda inferior se erguia um pouco mais de um metro acima do piso e se curvava para o alto como um amplo sorriso antes de se estreitar gradualmente na direção do teto em ambos os lados e finalmente se fechar em um vértice de curvas apertadas. Havia dois metros de cobertura transparente de cada lado e espaço para se agachar embaixo da beirada. Era um sonho para um atirador de elite.

Deprez se encolheu na cobertura da esquerda, Jato Solar recolhida de pé ao seu lado. Eu me agachei ao lado de Vongsavath.

— Soou como algo caindo — murmurou a piloto. — Não nessa câmara, talvez na próxima.

— Tudo bem. — Senti a neuroquímica se espalhando friamente pelos meus membros, carregando meu coração. Bom saber que, por baixo da exaustão gerada pelo envenenamento por radiação que chegava ao tutano dos meus ossos, os sistemas ainda estavam operantes. E, depois de combater as sombras por tanto tempo, lutando contra colônias de nanorrobôs sem rosto, os fantasmas dos que já tinham partido, humanos ou não, a promessa de combate de verdade era quase um prazer.

Apague o *quase*. Eu podia sentir prazer formigando no interior do meu estômago ao pensar em matar alguma coisa.

Deprez levantou uma das mãos da rampa de projeção de sua Jato Solar. *Escutem.*

Dessa vez eu ouvi — um ruído furtivo de algo se movendo pela câmara. Saquei a outra arma de interface e me ajeitei na cobertura da orilha elevada. O condicionamento Emissário expulsou o resto da tensão para fora de meus músculos e guardou-a em reflexos armazenados sob uma superfície de calma.

Algo pálido se mexeu em um espaço do outro lado da câmara seguinte. Eu respirei e mirei.

Aqui vamos nós.

— Você tá aí, Ameli?

A voz de Schneider.

Ouvi o fôlego de Vongsavath escapar em um chiado ao mesmo tempo em que o meu. Ela se pôs de pé.

— Schneider? O que você tá fazendo? Eu quase atirei em você.

— Bom, isso é amistoso pra caralho. — Schneider apareceu claramente na abertura e jogou a perna através dela. Sua Jato Solar estava pendurada descuidadamente em um ombro. — Viemos correndo ao resgate e você nos detona como agradecimento.

— É outro arqueólogo? — perguntou Hand, seguindo Schneider para dentro da câmara. Incongruente em sua mão direita, uma arma de raios.

Dei-me conta de que era a primeira vez que eu via o engravatado empunhando uma arma desde que o conheci. Não parecia certo nele. A arma manchava sua aura de sala de reunião do conselho no nonagésimo andar. Era inapropriado, uma fachada trincada, dissonante como soaria uma cobertura genuína de batalha em um número de recrutamento de Lapinee. Hand não era um sujeito que empunhasse armas pessoalmente. Ao menos, não armas tão diretas e sujas como uma de feixes de partícula.

Além disso, ele tem um atordoador guardado no bolso.

Recentemente acionado para prontidão ao combate, o condicionamento Emissário me ferroou, desconfortável.

— Venha e dê uma olhada — sugeri, mascarando minha inquietação.

Os dois recém-chegados atravessaram a área aberta até nós com uma ausência de cautela blasé que deu nos meus nervos de combate. Hand apoiou as mãos na beira da entrada do túnel e encarou o cadáver. Suas feições, vi de súbito, estavam pálidas por conta dos efeitos da radiação. Sua postura parecia travada, como se ele não tivesse certeza de quanto tempo mais aguentaria ficar de pé. Havia um tique no canto de sua boca que não estava ali quando chegáramos. Perto dele, Schneider parecia positivamente radiante de saúde.

Esmaguei a centelha de compaixão. *Bem-vindo à porra do clube, Hand. Bem-vindo ao nível térreo de Sanção IV.*

— Ele está com traje — disse Hand.

— Bem observado.

— Como foi que morreu?

— A gente não sabe. — Senti outra onda de cansaço me derrubar. — E, pra ser honesto, não estou no clima pra uma autópsia. Vamos só consertar essa baliza e dar o fora dessa porra.

Hand me olhou de modo estranho.

— Vamos ter que levá-lo de volta.

— Bom, você pode me ajudar, então. — Voltei para a carcaça em traje de astronauta e segurei uma das pernas. — Pegue a outra.

— Você vai arrastá-lo?

— *Nós*, Hand. *Nós* vamos arrastá-lo. Não acho que ele vá se importar.

Levamos quase uma hora para levar o cadáver de volta pelos canos tortuosos e câmaras imponentes da embarcação marciana até o interior da *Nagini*. A maioria desse tempo foi gasto tentando localizar as instruções de nosso mapeamento original, mas a doença da radiação começou a pesar ao longo do caminho. Em pontos diferentes da jornada, Hand e eu fomos dominados por rodadas de vômito e tivemos que ceder a tarefa de arrastar o cadáver para Schneider e Deprez. O tempo estava se esgotando para as últimas vítimas de Sauberlândia. Achei que até Deprez, em sua capa maori resistente à radiação, começava a parecer doente enquanto passávamos, desajeitados, o fardo volumoso em traje de astronauta pela última abertura antes da doca de acoplagem. Agora que eu me concentrava sob a luz azulada, Vongsavath também começava a exibir a mesma palidez cinzenta e olheiras.

Está vendo?, cochichou algo que podia ser Semetaire.

Parecia haver uma impressão imensa e doentia de que algo estava à nossa espera nas alturas inchadas da arquitetura da nave, pairando com suas asas finas como pergaminho e observando.

Quando terminamos, fiquei olhando fixamente para o brilho violeta antisséptico do armário de cadáveres depois que os outros foram embora. As figuras tombadas em trajes de astronauta dentro dele pareciam um bando de jogadores de trombada em gravidade nula com excesso de enchimento no traje, caídos um em cima do outro quando o campo é desligado e as luzes se acendem no final da partida. As bolsas com os restos de Cruickshank, Hansen e Dhasanapongsakul estavam quase fora de vista, escondidas.

Morrendo...

Ainda não...

O condicionamento Emissário, ruminando sobre algo inacabado, não resolvido.

O CHÃO É PARA OS MORTOS. Vi a tatuagem de ilumínio de Schneider como um farol flutuando atrás de minhas pálpebras. Seu rosto, retorcido até ficar irreconhecível pela dor de seus ferimentos.

Mortos?

— Kovacs? — Era Deprez, parado na escotilha atrás de mim. — Hand quer todos nós lá na plataforma. Vamos levar comida. Você vem?

— Já estou indo.

Ele assentiu e saltou de volta ao piso lá de fora. Ouvi vozes e tentei suprimi-las.

Morrendo?

O chão é

Ciscos de luz dando voltas como um display de bobina de dados

O portal...

O portal, visto pelo para-brisas da cabine de comando da *Nagini*...

A cabine de comando...

Balancei a cabeça, irritadiço. A intuição de Emissário é um sistema duvidoso na melhor das situações, e o estado de moribundo por conta de envenenamento por radiação não era uma boa situação para estar quando se tentava aplicá-la.

Ainda não estava morrendo.

Eu desisti de tentar enxergar o padrão e deixei a indefinição me tomar, vendo para onde ela me levaria.

A luz violeta do armário de cadáveres, acenando.

As capas descartadas lá dentro.

Semetaire.

Quando voltei à plataforma, o jantar já estava quase no fim. Debaixo das múmias flutuantes dos dois marcianos, o resto da companhia estava sentado em espreguiçadeiras infláveis ao redor da baliza despojada, remexendo sem muito entusiasmo as sobras nas panelas de ração pronta para consumo em campo. Eu não podia culpá-los — do jeito que eu estava me sentindo, só o cheiro do negócio já fazia minha garganta travar. Engasguei de leve com o odor, em seguida ergui rapidamente as mãos quando o som trouxe uma onda de movimento em busca das armas pelos comensais.

— Ei, sou eu.

Alguns resmungos e as armas foram descartadas de novo. Abri caminho para o interior do círculo, procurando um lugar para sentar. Era mais ou menos uma espreguiçadeira para cada um. Jiang Jianping e Schneider tinham se sentado no chão, Jiang com as pernas cruzadas em um espaço livre no convés, Schneider esparramado na frente da espreguiçadeira de

Tanya Wardani com um ar de proprietário que fez minha boca se contorcer. Dispensei a oferta de uma panela com um gesto e me sentei na beira da espreguiçadeira de Vongsavath, desejando me sentir um pouco mais disposto a tudo isso.

— Por que demorou? — perguntou Deprez.

— Tava pensando.

Schneider riu.

— Cara, pensar *faz mal pra você*. Não faça isso. Aqui. — Ele rolou uma lata de refrigerante de anfetamina pelo convés na minha direção. Eu a parei com uma bota. — Lembra do que você me disse no hospital? Eu não recomendaria isso, soldado... Não leu o termo de alistamento?

Aquilo gerou um par de sorrisos desanimados. Concordei.

— Quando é que ele chega, Jan?

— Hã?

— Eu *disse*... — Chutei a lata de volta para ele. Sua mão saltou e a pegou, *muito depressa*. — ... quando é que ele chega aqui?

As poucas conversas que havia despencaram como a única tentativa de ataque de naves de artilharia de Konrad Harlan em Porto Fabril. Derrubadas pelo feixe de partículas do ruído da lata e o súbito silêncio que ela encontrou no punho fechado de Schneider.

Seu punho direito. O esquerdo, livre, foi um pouco lento demais, buscando uma arma frações de segundo depois de eu estar com a mira da Kalashnikov travada nele. Ele viu e congelou.

— Não — falei para ele.

Do meu lado, senti Vongsavath, ainda procurando o atordoador em seu bolso. Pousei minha mão livre no braço dela e balancei a cabeça de leve. Coloquei um pouco da persuasão de Emissário em minha voz.

— Não precisa, Ameli.

O braço dela voltou a seu colo. Minha visão periférica informou que todos os outros até então tinham resolvido esperar para ver. Até Wardani. Relaxei um pouco.

— Quando é que ele chega, Jan?

— Kovacs, eu não sei *que caralho*...

— Sabe, sim. Quando é que ele vai chegar? Ou você não quer mais ter duas mãos?

— *Quem?*

— Carrera. Quando é que ele vai chegar aqui, porra? Última chance, Jan.

— Eu não... — A voz de Schneider ficou aguda em um grito abrupto quando a arma de interface abriu um buraco em sua mão e transformou a lata que ele ainda segurava em metal retalhado.

Sangue e anfetamina-cola jorraram no ar, com uma cor curiosamente semelhante. Salpicos mancharam o rosto de Tanya Wardani e ela se encolheu com violência.

Esse não é um concurso de popularidade.

— Qual é o problema, Jan? — perguntei gentilmente. — Essa capa que o Carrera te deu não é muito boa em reações de endorfina?

Wardani estava de pé, o rosto sem limpar.

— Kovacs, ele está...

— Não me diga que é a mesma capa, Tanya. Você trepou com ele, agora e dois anos atrás. Você sabe.

Ela chacoalhou a cabeça, atordoada.

— A tatuagem... — murmurou ela.

— A tatuagem é nova. Brilha como nova, até demais, mesmo sendo ilumínio. Ele a refez, junto com algumas cirurgias plásticas básicas como parte do pacote. Não é verdade, Jan?

A única coisa que saiu da boca de Schneider foi um gemido agoniado. Ele mantinha a mão despedaçada a distância, fitando o membro sem acreditar. Sangue pingava no convés.

Tudo o que eu sentia era cansaço.

— Imagino que você tenha preferido se vender para o Carrera em vez de ir para o interrogatório virtual — falei, ainda analisando perifericamente em busca de reações no grupo. — Não te culpo, para falar a verdade. E se eles te ofereceram uma capa de combate fresquinha, com especificações totalmente resistentes a radiação e química, sob medida, bem, não há muitos acordos como esse dando sopa em Sanção IV hoje em dia. E não dá pra dizer quantas bombas os dois lados vão lançar daqui por diante. É, eu teria aceitado um acordo desses.

— Você tem alguma prova do que está falando? — indagou Hand.

— Tirando o fato de que ele é o único de nós que ainda não está acinzentado, você quer dizer? Olha só pra ele, Hand. Ele está se aguentando melhor do que as capas maori, e elas são construídas para essa porra.

— Eu não chamaria isso de prova — disse Deprez, pensativo. — Embora seja esquisito.

— Ele tá *mentindo, caralho* — sibilou Schneider entre dentes. — Se alguém tá espionando pro Carrera, é o Kovacs. Pelo amor de Deus, ele é *um tenente da Vanguarda.*

— Não abuse da sorte, Jan.

Schneider me olhou fixamente, ganindo de dor. Do outro lado da plataforma, pensei ter ouvido as canoroníferas incorporarem o som.

— Me arruma uma medigaze, porra — implorou ele. — Alguém...

Sun fez menção de procurar em sua mochila. Eu balancei a cabeça.

— Não. Primeiro ele nos conta quanto tempo temos antes que o Carrera passe pelo portal. Precisamos estar preparados.

Deprez deu de ombros.

— Sabendo disso, não estamos já preparados?

— Não para a Vanguarda.

Wardani atravessou até onde Sun estava, sem dizer nada, e retirou o kit médico de seu coldre de fibra no peito da outra.

— Me dá isso aqui. Se vocês, seus merdas uniformizados, não vão fazer nada, eu vou.

Ela se ajoelhou ao lado de Schneider e abriu o kit, derramando todo o conteúdo pelo chão enquanto procurava pela medigaze.

— Os envelopes com etiquetas verdes — disse Sun, impotente. — Ali.

— Obrigada. — Entre dentes. Ela me lançou uma única espiada. — O que você vai fazer agora, Kovacs? Me aleijar também?

— Ele teria vendido todos nós, Tanya. Já vendeu.

— Você não tem certeza disso.

— Tenho certeza de que ele conseguiu de algum jeito sobreviver duas semanas a bordo de um hospital de acesso restrito sem nenhum documento legítimo. Sei que ele conseguiu entrar nas alas dos oficiais sem um passe.

O rosto dela se contorceu.

— *Vá se foder*, Kovacs. Quando a gente estava escavando em Dangrek, ele conseguiu das autoridades de Sauberlândia uma concessão de energia por nove semanas com um blefe. Sem nenhuma porra de documentação.

Hand pigarreou.

— Eu imaginaria que...

E a nave se acendeu ao nosso redor.

Atravessaram o espaço sob o domo, fragmentos de luz irrompendo de súbito, inflando em blocos sólidos de cor translúcida em torno da estrutura central. Descargas faiscantes dardejaram pelo ar entre as cores, fios elétricos soltos como velas rasgadas pela tempestade separadas do cordame. Fontes daquela coisa cascateavam dos níveis superiores da luz rodopiante em expansão, respingando no convés e despertando um cintilar mais profundo no interior da superfície translúcida onde ela era atingida. Lá no alto, as estrelas tinham sido apagadas. No centro, os cadáveres mumificados dos marcianos desapareceram, envoltos no crescente vendaval de luminescência. Havia um som sendo gerado por tudo aquilo, mas ele era menos ouvido do que sentido pela minha pele empapada de luz, um zumbido paulatino, um tremor no ar que lembrava a descarga de adrenalina no início do combate.

Vongsavath tocou meu braço.

— Olha lá fora — disse ela com urgência. Apesar de se encontrar ao meu lado, parecia que ela gritava em meio ao uivo da ventania. — Olha o portal!

Eu inclinei a cabeça para trás e lancei a neuroquímica no ato de enxergar pelo teto cristalino através das correntes giratórias de luz. A princípio, não consegui entender do que Vongsavath estava falando. Não pude encontrar o portal e supus que ele devesse estar em algum ponto do outro lado da nave, completando outra órbita. Em seguida foquei em um vago borrão cinza, embaçado demais para ser...

E então compreendi.

A tempestade de luz e energia rugindo ao nosso redor não estava confinada ao ar sob a redoma. O espaço em volta da embarcação marciana também estava se avivando. As estrelas tinham esmaecido, virando lampejos vistos de forma indistinta em meio a uma cortina de algo que se encontrava obscurecido e tiritante, a quilômetros da órbita do portal.

— É uma tela — disse Vongsavath com certeza absoluta. — Estamos sob ataque.

Acima de nossas cabeças, a tempestade se acalmava. Ciscos de sombra flutuavam na luz agora, espalhando-se nos cantos como cardumes de peixinho prata vistos em negativo, explodindo em movimentos lentos de queda para assumir posição em centenas de níveis diferentes em torno dos cadáveres dos dois marcianos ressurgindo acolá. Estilhaços sequenciados de cores piscavam nos cantos de campos atenuados em tons de pérola e cinza. O zumbido generalizado diminuiu e a nave começou a falar consigo mesma em sílabas mais definidas. Notas sopradas como flauta ecoaram pela plataforma, intercaladas com pulsações de som graves como os de um órgão.

— Isso é... — Minha mente voltou para a cabine estreita da traineira, a espiral suavemente despertada da bobina de dados, os pontos de dados varrendo o canto superior. — Isso é um *sistema de dados?*

— Bem observado. — Tanya Wardani caminhou decidida sob as fímbrias de iluminação e apontou para o alto, para o padrão de sombras e luz reunido em torno dos dois cadáveres. Havia um júbilo peculiar em seu rosto.

— Um pouco mais extenso do que um holomonitor de mesa, não? Imagino que aqueles dois sejam o contato principal. Uma pena que não estejam em condição de utilizá-lo, mas, por outro lado, também imagino que a nave seja capaz de cuidar de si mesma.

— Isso depende do que esteja vindo — disse Vongsavath, sombria. — Chequem as telas superiores. O pano de fundo cinzento.

Segui a direção em que ela apontava. Lá no alto, perto da curva da redoma, uma superfície perolada de dez metros, do outro lado, exibia uma versão leitosa da paisagem estelar agora ofuscada pelo escudo exterior.

Algo se movia ali, esguio como um tubarão e anguloso contra as estrelas.

— Que porra é aquela? — perguntou Deprez.

— Não consegue adivinhar? — Wardani estava quase estremecendo com a força do que se agitava dentro dela. Ela se posicionou de forma que era o centro das atenções. — Olhem para cima. Escutem a nave. Ela está nos contando o que é.

O sistema de dados marciano ainda falava, em uma linguagem que ninguém estava equipado para compreender, mas com uma urgência que não exigia intérpretes. As luzes estilhaçadas — *numerais em tecnoglifos* disparou dentro de mim, quase como conhecimento; *é uma contagem regressiva* — piscaram como contadores digitais rastreando um míssil. Gritos queixosos subiam e desciam em uma escala inumana.

— Ataque — disse Vongsavath, hipnotizada. — Estamos nos preparando para enfrentar algo lá fora. Sistemas de batalha automáticos.

A *Nagini...*

Dei meia-volta.

— Schneider! — berrei.

Schneider, porém, tinha sumido.

— Deprez! — gritei por cima do ombro, já atravessando a plataforma. — Jiang! Ele está indo para a *Nagini*.

O ninja estava do meu lado quando alcancei o cano espiralado levando ao piso inferior, com Deprez a dois passos de nós. Os dois erguiam suas armas Jato Solar, as coronhas dobradas para facilitar o manuseio. No final do cano, pensei ouvir o ruído de alguém caindo e um grito de dor. Senti um breve rosnado de lobo me perpassar.

Presa!

Corremos, escorregando e tropeçando na descida íngreme até chegarmos ao fim e à vastidão vazia da primeira câmara, piscando em tom cereja. Havia sangue espalhado pelo piso onde Schneider caíra. Eu me ajoelhei ao lado da mancha e me senti arreganhar os dentes. Levantei-me e olhei para meus dois companheiros.

— Ele não vai conseguir ir tão depressa. Não o matem se puderem evitar. Ainda precisamos saber sobre o Carrera.

— Kovacs!!

Era a voz de Hand vindo do alto do cano, berrando com uma fúria reprimida. Deprez me lançou um sorriso tenso. Balancei a cabeça e disparei para a entrada da câmara seguinte.

Caçada!

Não é fácil correr quando cada célula do seu corpo está tentando desligar e morrer, mas o gene de lobo e seja lá o que mais os técnicos da Vanguarda tinham jogado no coquetel se ergueram sobre a névoa da náusea e rosnaram, sufocando a exaustão. O condicionamento Emissário veio junto.

Checar funcionalidade.

Valeu, Virginia.

Em torno de nós, a nave tremia e chacoalhava, despertando. Passamos apressados pelos corredores que pulsavam com anéis sequenciados da luz púrpura que tínhamos visto respingar das margens do portal quando ele se abriu. Em uma câmara, uma das máquinas com espinhas dorsais se moveu para nos interceptar, as faces despertas com tela de tecnoglifos, chilreando baixinho. Apanhei armas inteligentes e curtas saltando para minhas mãos, Deprez e Jiang em meus flancos. O impasse se manteve por um longo instante, e, então, a máquina relaxou e se afastou, resmungando.

Trocamos um olhar. Para além do ofegar torturado em meu peito e do latejar nas minhas têmporas, descobri que minha boca se curvara em um sorriso.

— Vamos.

Uma dúzia de câmaras e corredores depois, Schneider se provou mais esperto do que eu esperava. Conforme Jiang e eu irrompemos na área aberta de uma bolha, disparos de Jato Solar cuspiram e estalaram da saída mais distante. Senti a fisgada de um tiro de raspão na bochecha, e o ninja junto ao meu cotovelo me derrubou com um golpe lateral do braço. O disparo seguinte passou pelo ponto onde eu estivera um segundo antes. Jiang atirou, rolou e se juntou a mim no chão, o rosto para cima, olhando para um punho fumegante de roupa com leve repúdio.

Deprez parou de supetão na sombra da entrada por onde havíamos passado, o olhar voltado para o sistema de mira de sua arma. A barragem de fogo de cobertura disparado por ele ferveu as bordas acima e abaixo do ponto de emboscada de Schneider e — estreitei meus olhos — não causou dano algum ao material da passagem. Jiang rolou sob o feixe e mirou em um ângulo menor no corredor mais além. Disparou uma vez, espremeu os olhos ante o clarão e balançou a cabeça.

— Já se foi — disse ele, ficando de pé e me oferecendo a mão.

— Eu, ahn, eu... obrigado. — Me levantei. — Obrigado pelo empurrão.

Ele assentiu bruscamente e correu para o outro lado da câmara. Deprez me deu um tapa no ombro e o seguiu. Chacoalhei a cabeça para clarear as ideias e fui atrás. Na passagem, pressionei a mão contra a beirada onde Deprez havia atirado. Não estava nem morna.

O fone do comunicador vibrou contra minha garganta. A voz de Hand chegou incoerente, mastigada pela estática. Jiang congelou à nossa frente, com a cabeça inclinada.

— ... vacs, me... res... ora... ito, re... ora...

— Repita. De novo — disse Jiang, devagar.

— ... saiiiii... onvés não...

Jiang olhou para trás, para mim. Fiz um gesto de corte, e soltei meu comunicador. Apontei para a frente, dedo em riste. O ninja destravou sua postura e seguiu adiante, fluido como um dançarino de Corpo Total. Um tanto menos graciosamente, nós o seguimos.

A vantagem que Schneider tinha sobre nós havia aumentado. Nos movíamos mais devagar agora, aproximando-nos de entradas e saídas na formação aprovada para ataques furtivos. Duas vezes captamos movimento à nossa frente e tivemos que seguir adiante rastejando, apenas para descobrir outra máquina despertada vagando à toa pelas câmaras vazias, resmungando consigo mesma. Uma delas nos seguiu por um tempo, como um cão sem dono à procura de um mestre.

A duas câmaras da doca de acoplagem, ouvimos os propulsores da *Nagini* sendo acionados. A cautela do ataque furtivo se desfez. Eu disparei em uma carreira trôpega. Jiang passou por mim, depois Deprez. Tentando manter o ritmo deles, eu me dobrei ao meio, vomitando e com cólicas, no meio da última câmara. Deprez e o ninja estavam vinte metros à minha frente quando se viraram na entrada para a doca. Enxuguei um fio de bile escorrendo de minha boca e aprumei a postura.

Um berro estridente, detonante, impactante, como freios aplicados fugazmente à expansão de todo o universo.

A bateria ultravibratória da *Nagini* disparando em um espaço fechado.

Larguei a Jato Solar e estava com as duas mãos a caminho para os ouvidos quando o pulso parou tão abruptamente quanto havia começado. Deprez cambaleou de volta à vista, pintado de sangue da cabeça aos pés, a Jato Solar desaparecida. Atrás dele, o ganido dos propulsores da *Nagini* ficou mais grave, chegando a um rugido quando Schneider a levou para cima e para longe. Um estrondo do ar deslocado nos defletores atmosféricos, propelindo-se pelo funil da doca de acoplagem e fustigando meu rosto como vento quente. Em seguida, nada. Um silêncio doloroso, retesado com o chiado agudo da audição sofrida tentando lidar com a súbita ausência de ruído.

No silêncio lamuriento, apalpei em busca da minha Jato Solar e cheguei aonde Deprez se encontrava tombado no chão, com as costas contra a parede curva. Ele fitava entorpecido suas mãos e o sangue que as recobria. Seu rosto estava manchado de preto e vermelho com o mesmo material. Por baixo do sangue, seu traje de combate camaleocrômico já estava mudando para combinar.

Fiz um som e ele levantou o olhar.

— Cadê o Jiang?

— Isso. — Ele ergueu as mãos na minha direção e suas feições se contorceram por um instante, como o rosto de um bebê que não sabia se ia chorar. As palavras saíram uma de cada vez, como se ele tivesse que parar para colar todas juntas. — *É. O Jiang. Isso é.* — Os punhos dele se fecharam com força. — *Caralho.*

Na minha garganta, o comunicador zumbiu, impotente. Do outro lado da câmara, uma máquina se moveu, rindo de nós.

CAPÍTULO 34

Um homem caído não é um homem morto. Não deixe nenhum cartucho para trás.

A maioria das unidades de operações especiais mais unidas gosta de cantar essa música em particular; os Corpos de Emissários certamente gostavam. Entretanto, em face dos armamentos modernos, está cada vez mais difícil cantá-la a sério. O canhão de ultravibrações tinha espalhado Jiang Jianping uniformemente por dez metros quadrados do convés de acoplagem, piso e paredes. Nenhuma parte dos restos despedaçados e retalhados era mais sólida do que o que escorria de Luc Deprez. Nós caminhamos de um lado para o outro da doca por algum tempo, abrindo listras no piso com nossas botas, agachando para conferir pequenos coágulos pretos de vísceras, mas não encontramos nada.

Depois de dez minutos, Deprez falou por nós dois:

— Acho que estamos perdendo nosso tempo.

— É. — Ergui a cabeça enquanto algo ressoava através do casco sob nossos pés. — Acho que Vongsavath tinha razão. Estamos sendo atacados.

— Vamos voltar?

Eu me lembrei do equipamento de comunicação e o religuei. Fosse lá quem estivesse gritando conosco anteriormente, havia desistido; não tinha nada no canal além de interferência e um soluçar estranho que podia ser uma onda portadora.

— Aqui é Kovacs. Repito, aqui é Kovacs. Reportem, por favor.

Houve uma longa pausa, em seguida a voz de Sutjiadi veio pelo microfone.

— ... teceu?... e... lançamento. Schnei... bem?

— Você está com interferência, Markus. Reporte, por favor. Estamos sob ataque?

Houve uma explosão de distorção e o que soou como duas ou três vozes tentando interromper Sutjiadi. Esperei.

Finalmente, foi Tanya Wardani que nos alcançou, quase claramente.

— Volte aqui... acs... eguro. Nós... ais... rigo... pito, não... pe... igo.

O casco cantou de novo, como o gongo de um templo. Olhei para o convés sob meus pés em dúvida.

— *Seguro,* foi o que você disse?

— ... iiiim... não há perig... oltem imediata... guro... pito, seguro.

Olhei para Deprez e encolhi os ombros.

— Deve ser uma nova definição da palavra.

— Então vamos voltar?

Olhei ao redor, para as camadas serpentinas empilhadas da doca de acoplagem, depois para seu rosto pintado por vísceras. Resolvi.

— Parece que sim. — Dei de ombros outra vez. — É a área de Wardani. Ela ainda não se enganou.

De volta à plataforma, os sistemas de dados marcianos haviam se acalmado em uma brilhante constelação de propósito enquanto os humanos se postavam abaixo de tudo e olhavam boquiabertos como devotos recebendo um milagre inesperado.

Não era difícil ver o porquê.

Uma gama de telas e displays fora bordada pelo espaço ao redor da estrutura central. Alguns eram obviamente análogos a qualquer sistema de batalha de couraçado, mas outros desafiavam comparação a qualquer coisa que eu já tivesse visto. O combate moderno nos proporciona uma familiaridade com displays de dados combinados, uma habilidade de reunir os elementos necessários de uma dúzia de visores diferentes com rapidez e sem esforço consciente. O condicionamento dos Corpos de Emissários refina ainda mais essa habilidade, porém, nas geometrias radiantes e massivas do sistema de dados marciano, eu podia me sentir vacilando. Aqui e ali eu via material compreensível, imagens que eu conseguia relacionar com o que sabia estar acontecendo no espaço ao nosso redor, mas, mesmo entre esses elementos, havia nacos faltando onde as telas emitiam frequências para olhos inumanos. Em outros locais, eu não saberia dizer se os visores estavam completos, com defeito ou totalmente arruinados.

Dos dados identificáveis, divisei telemetria visual em tempo real, esboços espectográficos multicoloridos, mapeadores de trajetória e modelos analíticos dinâmicos de batalha, monitores de rendimento de feixe e levantamento gráfico de paiol, algo que talvez pudesse ser notação de gradiente gravitacional...

No centro de uma em cada duas telas, o agressor surgiu.

Deslizando pela curva da gravidade solar em um ângulo vistoso, era uma fusão de hastes e curvas elípticas esguia e de aparência cirúrgica que gritava *nave de guerra*. Logo em seguida a esse pensamento, a prova se jogou no meu colo. Em uma tela que não mostrava o espaço real, armas piscaram para nós do outro lado do vácuo. No exterior do domo, os escudos que nosso hospedeiro havia erguido cintilaram e se iluminaram. O casco da nave estremeceu sob nós.

O que significava...

Senti minha mente se dilatar conforme veio a compreensão.

— Não sei o que é isso aí — disse Sun, descontraída, quando cheguei ao lado dela. Ela parecia hipnotizada pelo que estava assistindo. — Armamento de velocidade acima da luz, sem dúvida; ela tem que estar a quase uma unidade astronômica de distância e estamos sendo atingidos instantaneamente, toda vez. Mas eles não parecem causar muito dano.

Vongsavath concordou.

— Encriptadores preliminares de sistemas, eu chutaria. Para foder com a rede de defesa. Talvez seja algum tipo de desregulador gravitacional: ouvi dizer que a Mitoma estava pesquisando... — Ela se interrompeu. — Olha, aí vem a próxima onda de torpedos. Cara, isso é *muita* coisa para um lançamento só.

Ela tinha razão. O espaço à frente da nave agressora tinha se enchido de minúsculos traços dourados tão densos que podiam ser interferência na superfície da tela. Visores secundários conseguiram detalhes, e vi como aquele enxame tecia uma intrincada evasão mútua do tipo distrair e proteger por milhões de quilômetros de espaço.

— Esses também são mais rápidos que a luz, acho. — Sun balançou a cabeça. — As telas conseguem, de algum jeito, lidar com isso, representá-los. Acho que tudo isso já aconteceu.

A nave em que eu me encontrava vibrou levemente, vibrações isoladas vindas de uma dúzia de ângulos diferentes. Lá fora, os escudos faiscaram de novo, e eu tive o vago vislumbre de um cardume de algo escuro escorregando para fora nos pulsos de microssegundos de energia reduzida.

— Contralançamento — disse Vongsavath, com algo semelhante a satisfação em sua voz. — A mesma coisa de novo.

Era rápido demais para assistir. Como tentar acompanhar disparos de laser. Nas telas, o novo cardume lampejou violeta, costurando caminho em meio ao granizo dourado que se aproximava e detonando em nódoas de luz que se apagavam assim que irrompiam. Cada clarão levava consigo pontinhos dourados, até que o céu entre as duas naves se esvaziou.

— Lindo — suspirou Vongsavath. — Lindo pra caralho.

Acordei.

— Tanya, eu ouvi a palavra "seguro". — Gesticulei para a batalha em andamento, representada pelo arco-íris acima de nossas cabeças. — Chama isso de *seguro*?

A arqueóloga não disse nada. Ela fitava o rosto e as roupas ensanguentados de Luc Deprez.

— Relaxa, Kovacs. — Vongsavath apontou para um dos mapeadores de trajetória. — É uma cometária, viu? Wardani leu a mesma coisa nos glifos. Vamos simplesmente passar por isso e trocar danos, depois sair e voltar outra vez.

— Uma *cometária*?

A piloto abriu as mãos.

— Estação de órbita pós-combate, com sistemas de batalha automáticos. É um ciclo fechado. Está rolando há milhares de anos, pelo jeito.

— O que aconteceu com Jan? — A voz de Wardani estava tensa.

— Foi embora sem a gente. — Um pensamento me ocorreu. — Ele chegou ao portal, certo? Vocês viram ele entrar?

— Sim, feito um pau na boceta — disse Vongsavath, com uma acidez inesperada. — O cara sabia pilotar quando precisava. Aquela era a porra da minha nave.

— Ele estava com medo — disse a arqueóloga, inexpressiva.

Luc Deprez a fitou fixamente com seu rosto mascarado de sangue.

— Todos nós estamos com medo, senhorita Wardani. Isso não é desculpa.

— Seu tonto. — Ela olhou para todos nós ao seu redor. — Todos vocês, seus filhos da puta. Tontos. Ele não estava com medo disso. Esse caralho de... *show de luzes*. Ele estava com medo *dele*.

O queixo dela apontou para mim. Seu olhar sustentou o meu.

— Cadê o Jiang? — perguntou Sun, de súbito.

Na tempestade da tecnologia alienígena em nosso entorno, tinha levado todo esse tempo para reparar na ausência do ninja silencioso.

— Luc está coberto com a maior parte dele — falei, de modo brutal. — O resto está caído no piso da doca de acoplagem, cortesia da ultravibração da *Nagini*. Acho que Jan devia estar com medo dele também, né, Tanya?

O olhar de Wardani se desviou com um recuo.

— E o cartucho dele? — Nenhuma emoção aparecia no rosto de Sutjiadi, mas eu não precisava ver. O gene de lobo tentava me passar as mesmas sensações por trás da ponte do meu nariz.

Um membro da matilha a menos.

Travei a sensação com truques de deslocamento de Emissário. Chacoalhei a cabeça.

— Ultravibração, Markus. Ele recebeu a carga toda.

— Esse Schneider... — Vongsavath se interrompeu e teve que começar de novo. — Eu vou...

— Esqueça Schneider — falei a ela. — Ele tá morto.

— Entra na fila.

— Não, ele tá morto, Ameli. Morto mesmo. — E enquanto os olhos deles se fixavam em mim, enquanto Tanya Wardani me fitava incrédula, acrescentei: — Eu coloquei minas nas células de combustível da *Nagini*. Deixei armadas para explodir quando acelerasse em gravidade planetária. Ele foi vaporizado no instante em que passou pelo portal. Se tiver sobrado qualquer coisa é sorte a dele.

Acima de nossas cabeças, outra onda de mísseis dourados e violeta se encontraram na dança maquinal e, piscando, os mísseis destruíram uns aos outros.

— *Você explodiu a Nagini?* — Era difícil dizer o que Vongsavath sentia, de tanto que sua voz estava embargada. — *Você explodiu minha nave?*

— Se os destroços estiverem bem dispersos — comentou Deprez, pensativo —, Carrera talvez presuma que todos morremos na explosão.

— Se Carrera realmente estiver por lá, você quer dizer. — Hand estava olhando para mim do jeito que tinha olhado para as canoroníferas. — Se isso tudo não for uma tática de Emissário.

— Ah, qual é o problema, Hand? O Schneider tentou algum acordo com você quando fizeram aquele passeio?

— Eu não tenho ideia do que é que você está falando, Kovacs.

Talvez não fizesse mesmo. Eu estava subitamente cansado demais para me importar de qualquer forma.

— Carrera vai vir, haja o que houver — respondi. — Ele é minucioso assim, vai querer ver a nave. E vai ter alguma forma de conter o sistema de nanorrobôs. Mas não vai vir por enquanto. Não com pedacinhos da *Nagini* entulhando a paisagem e emissões que parecem uma batalha naval em grande escala sendo captadas do outro lado do portal. Isso vai retardar a chegada dele um pouquinho. O que nos dá algum tempo.

— Tempo para quê? — perguntou Sutjiadi.

O momento se estendeu, e o Emissário rastejou à superfície para fazer seu papel. Por toda a visão periférica estendida, observei seus rostos e posturas, medi as alianças possíveis, as traições possíveis. Travei as emoções, descasquei as nuances úteis que elas podiam me dar e descartei o restante. Bloqueei o lance de matilha, sufoquei qualquer sentimento que ainda nadava nebulosamente no espaço entre Tanya Wardani e eu. Desci para o frio estruturado do tempo de missão Emissário. Decidi e joguei minha última carta.

— Antes de colocar as minas na *Nagini*, tirei os trajes espaciais dos cadáveres que recuperamos e os guardei em uma reentrância na primeira câmara fora da doca de acoplagem. Tirando aquele com o capacete que levou um tiro, são quatro trajes viáveis. Macacões-padrão. Os pacotes de ar vão recarregar em ambientes de atmosfera não pressurizada, como este. Preparem as válvulas, e eles simplesmente sugarão o ar. Partimos em duas levas. Alguém da primeira onda volta com trajes reserva.

— Tudo isso — zombou Wardani — com o Carrera à espera do outro lado do portal para nos pegar. Acho que não.

— Não estou sugerindo que façamos isso agora — falei baixinho. — Só estou sugerindo que voltemos e busquemos os trajes enquanto ainda temos tempo.

— E quando o Carrera chegar? O que você sugere que a gente faça? — O ódio aumentando no rosto de Wardani era uma das coisas mais feias que eu vira recentemente. — *Se esconda dele?*

— Sim. — Observei as reações deles. — Exatamente. Sugiro que a gente se esconda. Nós vamos mais para o interior da nave e esperamos. Qualquer equipe que o Carrera utilize vai ter equipamento suficiente para encontrar traços nossos na doca de acoplagem e em outros lugares. Porém, eles não vão encontrar nada que não possa ser explicado pela nossa presença aqui antes de embarcarmos todos na *Nagini* e explodirmos em limalha. A coisa mais lógica a ser feita é presumir que todos nós morremos. Ele vai fazer uma varredura, vai instalar uma baliza de identificação, exatamente como planejávamos fazer, e vai embora. Ele não tem o pessoal nem o tempo para ocupar um casco com mais de cinquenta quilômetros de extensão.

— Não — disse Sutjiadi —, mas vai deixar um esquadrão de zeladores.

Fiz um gesto impaciente.

— Então nós os matamos.

— E eu não tenho dúvidas de que vai haver um segundo destacamento do outro lado do portal — disse Deprez, desanimado.

— E daí? Jesus, Luc. Você fazia isso para ganhar a vida, não fazia?

O assassino me deu um sorriso pesaroso.

— Sim, Takeshi. Mas todos nós estamos doentes. E é da Vanguarda que estamos falando. Devem chegar vinte homens aqui, talvez a mesma quantia do outro lado do portal.

— Eu não acho que a gente realmente... — Um tremor repentino ziguezagueou pelo convés, forte o bastante para fazer Hand e Tanya Wardani cambalearem um pouco. O resto de nós se equilibrou com a calma condicionada pelo combate, mas ainda assim...

Um gemido nas fibras do casco. As canoroníferas pela plataforma pareceram soprar compaixão em certo nível, no limiar da audição.

Uma vaga inquietação se insinuou até mim. Havia algo errado.

Olhei para as telas no alto e assisti aos sistemas agressores serem arrasados novamente pela rede de defesa. Parecia estar ocorrendo um pouco mais perto dessa vez.

— Vocês *todos* concluíram, enquanto eu estava fora, que estávamos seguros aqui, certo?

— Nós fizemos as contas, Kovacs. — Vongsavath assentiu, incluindo Sun e Wardani. A oficial de sistemas inclinou a cabeça. Wardani apenas me fuzilou com os olhos. — Parece que o nosso amigo ali fora nos enfrenta a cada doze séculos. E, considerando as datas na maioria das ruínas de Sanção IV, isso significa que esse combate já foi travado cerca de cem vezes, sem nenhum resultado.

Ainda assim, a sensação. Sentidos de Emissário, sintonizados na potência máxima, e a sensação de que havia *algo* errado, algo tão errado, de fato, que eu quase podia sentir o cheiro de queimado.

... onda portadora...

... canoroníferas...

... tempo se desacelerando...

Encarei as telas.

Precisamos dar o fora daqui.

— Kovacs?

— Precisamos dar...

Senti as palavras escaparem como mariposas entre lábios secos, como se outra pessoa estivesse usando a capa contra a minha vontade, e então parasse.

Da nave agressora veio, finalmente, o ataque de verdade.

Ele explodiu das superfícies principais da nave como algo vivo. Uma bolha amorfa, turbulenta de matéria escura, algo cuspido sobre nós como ódio cristalizado. Nas telas secundárias, era possível ver como aquilo rasgava o tecido do espaço ao seu redor e deixava uma esteira de realidade indignada atrás de si. Não foi preciso muito para adivinhar o que estávamos vendo.

Armamento de hiperespaço.

Coisa de fantasia de expéria. E o sonho erótico de todo comandante naval do Protetorado.

A nave, a nave marciana — e só agora eu compreendia com o conhecimento intuído de Emissário que a outra *não era* marciana, que não se parecia em nada com essa — pulsava de um jeito que fazia náusea irradiar pelas minhas entranhas e deixava todos os meus dentes instantaneamente sensíveis. Oscilei e caí sobre um joelho.

Algo vomitou no espaço antes do ataque. Algo ferveu e flexionou e se escancarou com uma detonação só vagamente sentida. Senti o tremor do coice latejar pelo casco ao meu redor, uma apreensão que era mais profunda do que uma simples vibração do espaço real.

Na tela, o projétil de matéria escura se despedaçou, atirando partículas de aparência estranhamente grudentas de si mesmo. Vi o escudo exterior ficar fluorescente, estremecer e se apagar como a chama de uma vela soprada.

A nave gritou.

Não havia outro jeito de descrever o som. Era um grito contínuo, melódico, que parecia emanar do ar ao nosso redor. Era um som tão intenso que fez o berro da bateria ultravibratória da *Nagini* parecer quase tolerável. No entanto, enquanto o disparo de ultravibração tinha abalroado e golpeado minha audição, esse som cortava e atravessava tão facilmente quanto um bisturi laser. Eu sabia, mesmo enquanto fazia o movimento, que colocar as mãos sobre meus ouvidos não teria efeito algum.

Coloquei as mãos mesmo assim.

O grito se ergueu, se sustentou e finalmente se afastou pela plataforma, substituído por um pastiche um pouco menos agonizante dos ruídos de alerta vindos dos sistemas de dados e um eco fraco...

Eu dei meia-volta.

... das canoroníferas.

Dessa vez não podia haver nenhuma dúvida. Suavemente, como o vento passando sobre a extremidade desgastada de uma rocha, as canoroníferas tinham coletado o grito da nave e o repetiam umas para as outras em cadências distorcidas que quase podiam ser consideradas música.

Era a onda portadora.

Lá em cima, algo pareceu murmurar uma resposta. Olhando para o alto, pensei ter visto uma sombra tremular, cruzando o domo.

Lá fora, os escudos se reativaram.

— Caralho — disse Hand, ficando de pé. — O que foi i...

— Cala a boca.

Olhei fixamente o lugar onde eu tinha visto a sombra, mas a perda do pano de fundo das estrelas havia afogado o local em uma luz perolada. Um pouco mais à esquerda, um dos cadáveres marcianos me espiava em meio à iluminação intensa do sistema de dados. O lamento das canoroníferas seguia, fisgando um ponto em minhas entranhas.

E então outra vez a pulsação doentia, no fundo das vísceras, e a vibração através do convés sob nossos pés.

— Estamos disparando de volta — disse Sun.

Na tela, outra massa de matéria escura, escarrada de alguma bateria no fundo da barriga da nave marciana, foi cuspida na agressora. Dessa vez, o coice foi mais longo.

— Isso é incrível — disse Hand. — Inacreditável.

— Pode acreditar — respondi, inexpressivo.

A sensação de desastre iminente não havia desaparecido junto com o eco minguante do último ataque. Na verdade, estava ainda mais forte. Tentei invocar a intuição de Emissário, atravessando camadas de exaustão e náusea vertiginosa.

— Lá vem mais um — avisou Vongsavath. — Tapem os ouvidos.

Dessa vez, o míssil da nave alienígena chegou muito mais perto antes que a rede de defesa marciana o capturasse e detonasse. As ondas de choque da detonação jogaram todos nós ao chão. Parecia que a nave toda se retorcera ao nosso redor como um tecido molhado. Sun vomitou. O escudo no exterior foi desativado e continuou assim.

Preparado para a nave gritar de novo, em vez disso, ouvi uma lamúria baixa e comprida que me fez sentir como se garras aranhassem ao longo dos tendões dos meus braços e em torno da minha caixa torácica. As canoroníferas prenderam esse som e o repetiram, agora mais agudo, não em um eco atenuado, mas uma emanação de campo em si.

Ouvi alguém chiar atrás de mim e me virei, vendo Wardani olhando para cima, incrédula. Segui seu olhar e vi a mesma sombra esvoaçando claramente pelas regiões superiores do display de dados.

— O que... — Era Hand, a voz enfraquecendo conforme outro pedaço de escuridão se agitava, vindo da esquerda para a direita, e parecia dançar brevemente com o primeiro.

A essa altura eu havia entendido, e estranhamente meu pensamento inicial foi que Hand, de todos ali, era o que menos deveria estar surpreso, que ele deveria ter sido o primeiro a compreender.

A primeira sombra mergulhou e voou em torno do cadáver do marciano.

Procurei por Wardani, encontrei os olhos dela e a descrença atônita ali presente.

— Não — cochichou ela, quase sem voz. — Não pode ser.

Mas era.

Eles vieram de todos os lados da redoma, primeiro em grupos de um ou dois, subindo pela curva cristalina e se soltando em súbita existência tridimensional, libertados da superfície da redoma com cada distorção convulsiva sofrida pela nave deles conforme a batalha rugia lá fora. Eles se soltavam e mergulhavam até o nível do chão, depois subiam de novo e se acomodavam, girando em torno da estrutura central. Eles não pareciam estar cientes de nós em qualquer sentido relevante, mas nenhum chegou a nos tocar. Lá no alto, a passagem deles não teve efeito algum no sistema de display de dados além de um leve ondular conforme eles se agrupavam, alguns parecendo até passar de vez em quando através da substância do domo, entrando e saindo do espaço aberto lá fora. Mais e mais despontaram pelo tubo que havia nos levado até aquela plataforma, amontoando-se em uma área de voo que já se mostrava lotada.

O som que eles faziam era o mesmo lamento que a nave tinha começado mais cedo, o mesmo ruído que as canoroníferas agora emitiam do piso, a mesma onda portadora que eu tinha identificado no comunicador. Traços do odor de cerejas e mostarda flutuavam no ar, mas agora tingidos com algo mais, algo calcinado e antigo.

A distorção hiperespacial cedeu e irrompeu no espaço lá fora, os escudos se reativaram, tingidos de uma nova cor violeta, e o casco da nave foi inundado pelo coice de suas baterias lançando ataques repetidos contra o inimigo. Eu estava além do ponto de me importar. Toda a sensação de desconforto físico tinha sumido, congelada e afastada, reunida num único aperto em meu peito e numa pressão crescente atrás dos olhos. A plataforma parecia ter se expandido imensamente ao meu redor, e o resto do grupo estava agora distante demais no vasto espaço achatado para ser relevante.

Fiquei abruptamente ciente de que eu mesmo estava chorando, um soluçar seco nos espaços reduzidos das minhas narinas.

— *Kovacs!*

Eu me virei, sentindo-me como se estivesse com uma torrente de água gelada na altura da coxa, e vi Hand, com o bolso da túnica aberto, erguendo seu atordoador.

A distância, constatei mais tarde, era menor que cinco metros, mas pareceu levar uma eternidade para cruzar. Caminhei pesadamente adiante, bloqueei o braço com a arma em um ponto de pressão e dei com o cotovelo contra o rosto dele. Ele uivou e caiu, o atordoador deslizando para longe pela plataforma. Eu caí atrás dele, procurando por sua garganta através da visão borrada. Um braço fraco me afastou. Ele gritava alguma coisa.

Minha mão direita enrijeceu, virando uma lâmina assassina. A neuroquímica operou para focar meus olhos, livrando-se dos borrões.

— ... todos morrer, seu filho de uma...

Eu recuei a mão para o golpe. Ele estava soluçando a essa altura.

Borrão.

Lágrimas nos meus olhos.

Enxuguei-os com a mão, pisquei e vi o rosto dele. Havia lágrimas escorrendo por suas bochechas. Os soluços mal conseguiam formar palavras.

— Como é? — Minha mão afrouxou e eu lhe dei um tapa na cara com força. — O que foi que você falou?

Ele engoliu. Respirou fundo.

— Atire em mim. Atire em todos nós. Use o atordoador. *Kovacs. Foi isso o que matou os outros.*

E eu me dei conta de que meu próprio rosto estava ensopado de lágrimas, meus olhos marejados. Eu podia sentir o choro em minha garganta inchada, a mesma dor que as canoroníferas refletiam de volta, não da nave, percebi subitamente, mas de sua tripulação, falecida milênios antes. A faca que me rasgava por dentro era o luto dos marcianos, uma dor alienígena guardada naquele veículo de formas que não faziam sentido fora das histórias folclóricas contadas em torno de uma fogueira de acampamento em Ponto Mitcham, um sofrimento congelado e inumano em meu peito e no fundo do meu estômago impossível de ignorar e uma nota não exatamente afinada em meus ouvidos que eu sabia que, quando chegasse aqui, me racharia ao meio como um ovo cru.

Vagamente senti o rasgo e a distorção de outro corpo de matéria escura passar raspando. As sombras se agrupando acima da minha cabeça rodopiaram e berraram, batendo-se lá no alto contra o domo.

— *Vai, Kovacs!*

Eu me levantei, cambaleante. Encontrei meu próprio atordoador e o disparei sobre Hand. Procurei pelos outros.

Deprez, com as mãos nas têmporas, oscilava como uma árvore na ventania. Sun, aparentemente caindo de joelhos. Sutjiadi entre os dois, difuso no prisma cintilante das minhas próprias lágrimas. Wardani, Vongsavath...

Longe demais, longe demais na densidade da luz e daquele sofrimento.

O condicionamento de Emissário procurou freneticamente por perspectiva, fechou as comportas de emoção que o choro à minha volta havia aberto. A distância se fechou. Meus sentidos retornaram.

O pranto das sombras reunidas se intensificou enquanto eu sobrepujava minhas próprias defesas psíquicas e interruptores regulatórios. Eu estava inspirando as sensações como em Guerlain Vinte, corroendo algum sistema de contenção dentro de mim que jazia além da fisiologia analítica. Senti o dano, inchando até o ponto de ruptura.

Mirei o atordoador e comecei a atirar.

Deprez. Derrubado.

Sutjiadi, girando enquanto o assassino caía a seu lado, a incredulidade em seu rosto.

Caído.

Atrás dele, Sun Liping de joelhos, os olhos fechados com força, a arma erguida para seu próprio rosto. Análise de sistema. Último recurso. Ela tinha entendido, só não possuía um atordoador. Nem sabia que os outros tinham.

Eu cambaleei adiante, gritando com ela. Inaudível na tempestade de luto. A arma de raios aninhada sob seu queixo. Disparei uma vez com o atordoador, errei. Cheguei mais perto.

A arma de raios detonou. Rasgou seu queixo em um feixe estreito e faiscou uma espada de chamas pálidas no topo de sua cabeça antes que o sistema anticurto-circuito fosse ativado e interrompesse a rajada. Ela caiu de lado, vapor espiralando de sua boca e seus olhos.

Algo estalou em minha garganta. Um minúsculo incremento de perda se acumulando e pingando no oceano de luto que as canoroníferas cantavam para mim. Minha boca se abriu, talvez para gritar e expulsar um pouco da dor, mas havia dor demais para que tudo passasse por ela. Travou, silenciosa, na minha garganta.

Vongsavath tropeçou em mim, vinda da lateral. Eu girei e a agarrei. Seu rosto estava de olhos arregalados pelo choque, empapado de lágrimas. Eu tentei afastá-la, dar-lhe alguma distância da arma atordoante, mas ela se agarrou a mim, gemendo no fundo da garganta.

O disparo a fez convulsionar, e ela caiu por cima do cadáver de Sun.

Wardani estava de pé um pouco mais além das duas, encarando-me.

Outro disparo de matéria escura. As sombras aladas acima de nós gritaram e choraram, e senti algo se rasgar dentro de mim.

— Não — disse Wardani.

— Cometária! — gritei para ela por cima dos berros. — Isso tem que passar, só temos que...

Foi quando algo realmente se rompeu, em algum lugar, e me joguei no convés, dobrado em torno da dor, ofegando como um golfinho arpoado pela imensidão da agonia.

Sun — morta por suas próprias mãos *pela segunda vez, porra.*

Jiang — como polpa espalhada no piso da doca de acoplagem. O cartucho perdido.

Cruickshank, despedaçada, cartucho perdido. Hansen, idem. A conta se desenrolou, relatório em velocidade acelerada, revirando-se como uma cobra nos estertores da morte.

O fedor do campo de onde eu retirara Wardani, crianças passando fome sob armas robóticas e a governança de uma imitação esgotada de ser humano.

A nave-hospital, coxeando pelo espaço entre uma carnificina e outra.

O pelotão, membros da matilha dilacerados ao meu redor por estilhaços inteligentes.

Dois anos de massacres em Sanção IV.

Antes disso, o Corpo.

Innenin, Jimmy de Soto e os outros, as mentes corroídas até o cerne pelo vírus Rawling.

Antes disso, outros mundos. Outras dores, a maior parte delas não minha. Morte e fraude de Emissários.

Antes disso, o Mundo de Harlan e a mutilação emocional gradual da infância nas favelas de Novapeste. O salto salvador para a alegre brutalidade dos fuzileiros do Protetorado. Dias de execução.

Vidas exaustas, levadas na lama da miséria humana. Dor suprimida, contida, *armazenada* para um inventário que nunca chegou.

Lá no alto, os marcianos davam voltas e gritavam seu luto. Eu podia sentir meu próprio grito aumentando, acumulando dentro de mim, e sabia que ele iria me despedaçar quando saísse.

E então, o disparo.

E então, o escuro.

Eu caí nele, agradecido, esperando que os fantasmas dos mortos não vingados pudessem passar por mim na escuridão sem me ver.

CAPÍTULO 35

Está frio no litoral, e uma tempestade se aproxima. Ciscos pretos de precipitação radioativa se misturam a flocos de neve suja, e o vento levanta respingos de espuma do mar inquieto. Ondas relutantes se jogam na areia de um verde lamacento sob o céu tempestuoso. Encolho os ombros dentro da jaqueta, as mãos enfiadas nos bolsos, o rosto fechado como um punho contra os elementos.

Mais acima na curva da praia, uma fogueira lança luz laranja-avermelhada para o céu. Uma figura solitária está sentada no lado das chamas voltado para o interior, aninhada em um cobertor. Embora eu não queira, parto na direção dela. Se não por mais nada, o fogo parece dar algum calor, e não há mais nenhum outro lugar aonde ir.

O portal está fechado.

Isso parece errado, algo que eu sei, por algum motivo, que não é verdade.

Ainda assim...

Conforme me aproximo, minha inquietação aumenta. A figura encolhida não se move nem dá mostras de perceber minha aproximação. Antes eu estava preocupado que pudesse ser alguém hostil; entretanto, agora essa apreensão se encolhe e abre espaço para o medo de que seja alguém que eu conheça e que esteja morto...

Como todo mundo que eu conheço.

Atrás da silhueta junto à fogueira, vejo que há uma estrutura se erguendo da areia, uma imensa cruz esquelética com algo preso frouxamente a ela. O vento forte e as agulhas de granizo que ele carrega não me deixam olhar para cima o suficiente para ver com clareza o que é.

O vento emite uma lamúria agora, como algo que eu já ouvi uma vez e me deu medo.

Alcanço a fogueira e sinto o sopro de calor em meu rosto. Tiro as mãos dos bolsos e as estendo.

A silhueta se move. Tento não reparar. Eu não quero isso.

— Ah... o penitente.

Semetaire. O tom sardônico se foi; talvez ache que não precisa mais dele. Em seu lugar, há algo beirando a compaixão. O afeto magnânimo de alguém que ganhou um jogo de cujo resultado jamais duvidou muito.

— Como é?

Ele ri.

— Muito engraçado. Por que você não se ajoelha na fogueira? É mais quente assim.

— Eu não tô com tanto frio — falo, tremendo, e arrisco uma olhada em seu rosto. Os olhos dele cintilam à luz do fogo. Ele sabe.

— Você levou um longo tempo para chegar aqui, Lobo da Vanguarda — diz ele, bondosamente. — Podemos esperar mais um pouco.

Eu o encaro através dos dedos abertos perto das chamas.

— O que você quer de mim, Semetaire?

— Ah, fala sério. O que eu quero? Você sabe o que eu quero. — Ele se livra do cobertor e se coloca graciosamente de pé. É mais alto do que eu me lembro, elegantemente ameaçador em seu casaco preto esgarçado. Ele coloca a cartola na cabeça em um ângulo estiloso. — Eu quero o mesmo que todos os outros.

— E o que é aquilo ali? — Indico a coisa crucificada atrás dele.

— Aquilo? — Pela primeira vez, ele parece pego de surpresa. Um pouco embaraçado, talvez. — Aquilo, bem. Digamos que é uma alternativa. Uma alternativa para você, digo, mas eu realmente não acho que você queira...

Olho para a estrutura que se erguia e, de súbito, é mais fácil enxergar em meio ao vento e o granizo e a precipitação radioativa.

Sou eu.

Preso ali com faixas de redes, a carne cinza morta pressionando nos espaços entre as cordas, o corpo se afastando frouxamente da estrutura rígida do cadafalso, a cabeça funda adiante. As gaivotas já visitaram meu rosto. As órbitas oculares estão vazias, e as bochechas, esfarrapadas. O osso é visível em fragmentos pela minha testa.

Deve estar frio lá em cima, penso, distante.

— Eu avisei. — Um resquício da antiga zombaria está voltando aos poucos para a voz dele. Está ficando impaciente. — É uma alternativa, mas eu acho *que você vai concordar que é muito mais confortável aqui embaixo, perto da fogueira. E tem isso.*

Ele abre uma mão nodosa e me mostra o cartucho cortical, com sangue e tecido frescos ainda agarrados a ele em nódoas. Levo a mão à minha nuca e descubro um buraco irregular ali, um espaço aberto na base do meu crânio para dentro do qual meus dedos escorregam com uma facilidade horripilante. Do outro lado do ferimento, consigo sentir o peso escorregadio e esponjoso do meu próprio tecido cerebral.

— Viu só? — diz ele, quase pesaroso.

Tiro meus dedos dali.

— Onde foi que você conseguiu isso aí, Semetaire?

— Ah, essas coisas não são difíceis de arranjar. Especialmente em Sanção IV.

— Você pegou o da Cruickshank? — pergunto a ele, com uma súbita injeção de esperança.

Ele hesita por uma fração de segundo.

— Mas é claro. Todos eles vêm para mim, mais cedo ou mais tarde. — Ele assente para si mesmo. — Mais cedo ou mais tarde.

A repetição soa forçada. Como se estivesse tentando convencer. Sinto a esperança morrer, escorrendo pelo ralo.

— Até mais tarde, então — digo, estendendo as mãos para o fogo mais uma vez. O vento sopra contra minhas costas.

— Do que é que você está falando?

A risada afixada no final da frase também é forçada. Eu dou uma fração de sorriso. Bordejado com uma dor antiga, mas há um conforto estranho no modo como ele machuca.

— Estou indo agora. Não tem nada para mim aqui.

— Ir? — A voz dele fica feia abruptamente. Ele ergue o cartucho entre o polegar e o indicador, o vermelho reluzindo à luz do fogo. — Você não vai a lugar nenhum, meu lobinho da matilha. Vai ficar aqui comigo. Temos algumas contas para processar.

Dessa vez, sou eu quem ri.

— Dá o fora da porra da minha cabeça, Semetaire.

— Você. Vai. — Uma das mãos retorcidas se estendeu em meio ao fogo na minha direção. — Ficar.

E a Kalashnikov está na minha mão, a arma pesada com um pente cheio de balas antipessoais. Bem, quem diria?

— *Tenho que ir* — *respondo.* — *Pode deixar que eu digo ao Hand que você mandou um oi.*

Ele se aproxima, ávido, os olhos cintilando.

Miro a arma.

— *Você foi avisado, Semetaire.*

Atiro no espaço logo abaixo da aba do chapéu. Três tiros, curto espaço de tempo.

Os disparos o lançam para trás, jogando-o na areia três metros para lá da fogueira. Espero por um momento para ver se vai se levantar, mas ele se foi. As chamas enfraquecem visivelmente com a partida dele.

Eu olho para cima e vejo que a estrutura cruciforme está vazia, seja lá o que isso signifique. Lembro-me do rosto morto que ela exibia antes e me agacho ao lado da fogueira, aquecendo-me até que ela vire apenas brasas.

Nas cinzas fulgurantes, encontro o cartucho cortical, limpo pelo fogo e exibindo um brilho metálico em meio aos últimos fragmentos de madeira calcinada. Enfio a mão nas cinzas e o levanto entre o polegar e o indicador, segurando-o do mesmo jeito que Semetaire tinha segurado.

Ele me queima um pouco, mas tudo bem.

Eu guardo o cartucho e a Kalashnikov, enfio minhas mãos, que esfriam rapidamente, nos bolsos da jaqueta e me aprumo, olhando ao redor.

Está frio, mas em algum lugar tem que haver uma saída dessa porra de praia.

PARTE 5
LEALDADES DIVIDIDAS

Encare os fatos. Depois aja com base neles. É o único mantra que eu conheço, a única doutrina que eu tenho para oferecer a vocês, e é mais difícil do que se pensa, porque eu juro que os humanos parecem ser programados para fazer tudo, menos isso. Encare os fatos. Não reze, não deseje, não acredite em dogmas e retórica morta com alguns séculos de idade. Não ceda ao seu condicionamento ou a suas visões ou ao seu senso fodido de... seja lá o que for. *Encare os fatos. Depois* aja.

— QUELLCRIST FALCONER
Discurso antes do ataque a Porto Fabril

CAPÍTULO 36

Paisagem estelar noturna, penetrantemente clara.

Fiquei encarando sem reação por algum tempo, observando um brilho vermelho fragmentado de forma peculiar se arrastar sobre a cena vindo da periferia esquerda da minha visão, retirando-se de novo em seguida.

Isso deveria ter algum significado para você, Tak.

Como um tipo de código, enredado na maneira com que o brilho se despedaçava pela fronteira da minha visão, algo projetado no modo como ele se equilibrou e depois afundou outra vez em frações.

Como glifos. Como números.

E então aquilo *teve* significado para mim e eu senti uma onda de suor frio varrer meu corpo inteiro quando me dei conta de onde estava.

O brilho vermelho era um display de aviso, exibindo dados na curva do painel facial do traje espacial dentro do qual eu estava preso.

Não tem nenhum céu noturno, Tak.

Eu estava do lado de fora.

E então o peso da lembrança, de personalidade e passado, me esmagou como um micrometeorito atravessando à força a fina vedação de transparência que mantinha minha vida segura em seu interior.

Agitei os braços e descobri que não podia me mover dos pulsos para cima. Meus dedos apalparam em torno de uma moldura rígida sob minhas costas, a leve vibração de um sistema de motores. Tateei ao redor, virando a cabeça.

— Ei, ele tá acordando.

Era uma voz conhecida, mesmo através da distensão metálica e rarefeita do sistema de comunicações do traje. Outra pessoa riu brevemente.

— E você ainda se espanta, cara?

O senso de proximidade me dizia que havia movimentação do meu lado direito. Acima de mim, vi outro capacete se inclinar em minha direção, o painel facial escurecido em um preto impenetrável.

— Ei, tenente. — Outra voz que eu conhecia. — Você acabou de me fazer ganhar cinquenta pratas da ONU. Eu disse pra esses astronautas de merda que você ia acordar antes de todo mundo.

— Tony? — consegui dizer debilmente.

— Ei, e sem danos cerebrais, ainda por cima! Podem marcar outro ponto para o Pelotão 391, gente. Nós somos *imortais,* caralho.

Eles nos retiraram do couraçado marciano como um cortejo fúnebre de comandos do vácuo. Sete corpos em macas eletrônicas, quatro módulos de ataque e uma guarda de honra de 25 soldados em traje completo de combate em espaço profundo. Carrera não assumiu nenhum risco quando finalmente decidiu mobilizar sua equipe do outro lado do portal.

Tony Loemanako nos levou de volta em estilo imaculado, como se cabeças de ponte em portais marcianos fossem algo que ele vinha fazendo em toda sua carreira. Enviou dois veículos de combate na frente, seguidos pelas macas e a infantaria, os comandos partindo aos pares à direita e à esquerda, e fechou a comissão com os últimos dois módulos de ataque saindo de costas. Trajes, macas e os propulsores dos módulos todos carregados com força total para flutuar contra a gravidade no segundo em que alcançassem o campo gravitacional de Sanção IV. Quando pousaram, alguns segundos depois, foi um ato unificado, em um único comando do punho enluvado de Loemanako se erguendo e fechando.

Vanguarda de Carrera.

Levantando na maca até onde a teia me permitia, assisti à coisa toda e tentei conter o senso de orgulho e pertencimento que o gene de lobo queria que eu sentisse.

— Bem-vindo ao acampamento base, tenente — disse Loemanako, baixando o punho para bater gentilmente na placa peitoral do meu traje. — Você vai ficar bem agora. Tudo vai dar certo.

A voz dele se ergueu no comunicador.

— Certo, pessoal, vamos lá. Mitchell e Kwok, continuem nos trajes e mantenham dois módulos de prontidão. O resto de vocês, para as duchas:

já chega de nadar por enquanto. Tan, Sabyrov e Munharto, quero vocês aqui de volta em quinze, vistam o que quiserem, mas estejam equipados para fazer companhia a Kwok e Munharto. Todos os outros, descansar. Controle do *Chandra*, será que poderíamos receber cuidados médicos aqui *ainda hoje*, por favor?

Risos chocalhando o comunicador. Houve um relaxamento na postura ao meu redor, visível mesmo através do volume dos trajes de combate no vácuo e as roupas de poliga preta fosca por baixo deles. As armas sumiam, dobradas, desconectadas ou simplesmente guardadas nos coldres. Os pilotos dos módulos desceram de seus bancos com a precisão de bonecas mecânicas e seguiram o fluxo geral de corpos em roupas de astronauta pela praia. Esperando por eles na beira da água, o vagão de batalha da Vanguarda, *Virtude de Angin Chandra*, avultava sobre garras de pouso de ataque como um cruzamento pré-histórico entre um crocodilo e uma tartaruga. Seu casco camaleocrômico altamente blindado brilhava em turquesa, combinando com a praia na pálida luz da tarde.

Era bom ver aquele veículo de novo.

A praia, agora que eu reparava, estava uma bagunça. Em todas as direções até onde minha visão limitada podia alcançar, a areia estava rasgada e sulcada em torno da cratera rasa de vidro fundido formado pela *Nagini* quando ela explodiu. O incidente levara consigo as cabines-bolha, deixando para trás nada além de marcas de queimado e esparsos fragmentos de metal que o orgulho profissional me dizia não poderem pertencer à nave de ataque em si. A *Nagini* havia explodido no ar e a detonação teria consumido todas as moléculas de sua estrutura de imediato. Se o chão era para os mortos, Schneider tinha ganhado da multidão. A maior parte dele provavelmente ainda estava na estratosfera, dissipando-se.

É no que você é bom, Tak.

A detonação também parecia ter afundado a traineira. Virando a cabeça, pude discernir a popa e a superestrutura danificada pelo calor sobressaindo da água. Uma memória tremulou por minha mente, brilhante: Luc Deprez e uma garrafa de uísque barato, política inútil e charutos banidos pelo governo, Cruickshank se inclinando sobre mim em...

Não faça isso, Tak.

A Vanguarda tinha montado seu próprio equipamento para substituir o acampamento vaporizado. Seis cabines-bolha ovaladas grandes se postavam alguns metros à esquerda da cratera e, perto da frente do vagão de batalha, identifiquei a cabine hermética quadrada e o volume dos tanques pressurizados da unidade com as duchas de poliga. Os comandos do vácuo que retornavam largaram seu armamento mais pesado em suportes adjacentes sob a cobertura de uma tenda e entraram em fila pela portinhola de enxágue.

Da *Chandra* saiu uma fila uniformizada da Vanguarda com o sinal branco no ombro que indicava se tratar de uma unidade médica. Eles se reuniram em torno das macas, ligaram-nas e nos despacharam para uma das cabines--bolha. Loemanako tocou no meu braço quando minha maca se levantou.

— Te vejo mais tarde, tenente. Vou passar aqui depois de te descascarem. Tenho que ir me lavar agora.

— Tá, valeu, Tony.

— É bom vê-lo de novo, senhor.

Na cabine-bolha, os médicos nos soltaram e despiram, trabalhando com uma eficiência vigorosa e clínica. Por estar consciente, eu fui um pouco mais fácil de tirar do traje do que os outros, mas não havia muito segredo. Eu estava sem a dose antirradiação por tempo demais e o mero ato de dobrar ou erguer cada membro exigia um imenso esforço. Quando finalmente me despiram e colocaram em uma cama, tudo o que eu consegui fazer foi responder as perguntas que o médico me fez enquanto rodava uma série de checagens-padrão pós-combate em minha capa. Dei um jeito de manter os olhos semiabertos durante o procedimento e observava por cima do ombro dele enquanto eles aplicavam os mesmos testes nos outros. Sun, que estava obviamente além de qualquer conserto imediato, ficou largada sem cerimônia em um canto.

— E então, vou sobreviver, doutor? — resmunguei em certo momento.

— Não nessa capa. — Preparava um hipospray com um coquetel antirradiação enquanto falava. — Mas posso te manter funcional por mais algum tempo, acho. Poupá-lo de ter que conversar com o velho no virtual.

— O que ele quer? Um relatório?

— Imagino que sim.

— Bom, é melhor você me dar alguma coisa para eu não dormir, então. Tem meta?

— Não estou convencido de que essa seja uma boa ideia no momento, tenente.

Aquilo mereceu uma risada, dragada, seca, de algum lugar.

386

— É, tem razão. Esse negócio vai acabar com a minha saúde.

No final, tive que dar uma carteirada para conseguir a tetrameta, mas consegui. Estava mais ou menos funcional quando Carrera entrou.

— Tenente Kovacs.

— Isaac.

O sorriso irrompeu em seu rosto cheio de cicatrizes como o alvorecer nos penhascos.

— Kovacs, seu filho da puta! Sabe quantos homens eu mobilizei por todo esse hemisfério procurando por você?

— Provavelmente não mais do que podia. — Eu me levantei um pouco mais na cama. — Estava ficando preocupado?

— Acho que você forçou as condições da sua incumbência mais do que o cu de uma puta de esquadrão, tenente. Ausente sem licença por dois meses com só uma postagem em holomonitor. *Vou atrás de um negócio que pode valer essa guerra toda. Volto depois.* Isso é um tanto vago.

— Mas preciso.

— É mesmo? — Ele se sentou na beira da cama, o macacão camaleocrômico mudando para combinar com o padrão da colcha. O tecido cicatrizado recentemente em sua testa e bochecha se repuxou quando ele franziu o cenho. — É uma nave de guerra?

— É, sim.

— Utilizável?

Ponderei.

— Dependendo dos arqueólogos de apoio que você tiver disponíveis, eu diria que sim, provavelmente.

— E que tal a sua arqueóloga de apoio atual?

Dei uma espiada de relance no espaço aberto da cabine-bolha para onde Tanya Wardani jazia encolhida sob uma fina colcha isolante como lençol. Assim como o resto dos sobreviventes da *Nagini*, ela se encontrava levemente sedada. O médico que a sedara dissera que ela estava estável, mas que era improvável que vivesse muito mais do que eu.

— Acabada. — Comecei a tossir e não consegui parar com facilidade. Carrera esperou passar. Me entregou um lenço quando acabei. Gesticulei debilmente enquanto limpava a boca. — Exatamente como o resto de nós. E que tal os seus?

— Não temos nenhum arqueólogo a bordo no momento, a menos que você conte Sandor Mitchell.

— Não conto. Aquilo é um cara com um hobby, não um arqueólogo. Como é que você não veio equipado com cavouqueiros, Isaac? — *Schneider deve ter te contado no que você estava se metendo.* Eu pesei essa informação em uma fração de segundo e decidi não a entregar naquele momento. Não sabia qual seria o valor dela, se é que tinha algum, mas, quando se chega ao último arpão, não se sai disparando quando vê uma barbatana. — Você devia ter alguma ideia de onde estava se metendo aqui.

Ele balançou a cabeça.

— Financiadores corporativos, Takeshi. Escória de torres. Desse pessoal você não recebe mais ar do que o absolutamente necessário para trazê-lo pra empreitada. Tudo o que eu sabia até hoje era que Hand estava metido em algo grande e que, se a Vanguarda trouxesse um pedaço, eles fariam o esforço valer a pena.

— É, mas eles te deram os códigos para o sistema de nanorrobôs. Algo ainda mais valioso que isso? Em Sanção IV? Fala sério, Isaac, você deve ter imaginado do que se tratava.

Ele deu de ombros.

— Falaram cifras e só isso. É assim que a Vanguarda funciona, você sabe disso. O que me lembra... É o Hand ali junto à porta, certo? Aquele magro.

Assenti. Carrera foi até lá e olhou intensamente para o executivo adormecido.

— É. Perdeu um pouco de peso comparado às imagens que tenho. — Ele caminhou pela enfermaria improvisada, olhando à esquerda e à direita para as outras camas e o cadáver no canto. Em meio à onda de meta e ao cansaço, senti uma velha cautela raspando pelos meus nervos. — Claro, não é nenhum espanto, com a contagem radioativa por aqui. Fico surpreso por qualquer um de vocês ainda estar de pé.

— Não estamos.

— Certo. — O sorriso dele parecia magoado. — Jesus, Takeshi. Por que você não enrolou uns dois dias? Podia ter cortado sua dose pela metade. Eu coloquei todo mundo em antirradiação-padrão, vamos sair daqui sem nada pior do que dores de cabeça.

— A decisão não era minha.

— Não, suponho que não fosse. Quem é a inativa?

— Sun Liping. — Olhar para ela doía mais do que eu esperava. Alianças de matilha eram algo imprevisível, pelo visto. — Oficial de sistemas.

Ele grunhiu.

— Os outros?

— Ameli Vongsavath, oficial piloto. — Apontei para eles o polegar e um dedo imitando uma arma. — Tanya Wardani, arqueóloga. Jiang Jianping, Luc Deprez, ambos de operações furtivas.

— Sei. — Carrera franziu o cenho de novo e apontou na direção de Vongsavath com o queixo. — Se essa é a piloto, quem estava no comando da nave de ataque quando ela explodiu?

— Um cara chamado Schneider. Foi ele quem me botou nesse esquema para começo de conversa. Um piloto civil de merda. Ficou agitado quando os fogos de artifício começaram lá em cima. Pegou a nave, acabou com o Hansen, o cara que deixamos de vigia, com a arma de ultravibração, explodiu as escotilhas e nos deixou...

— Ele foi sozinho?

— Sim, a menos que você queira contar os passageiros no armário de cadáveres. Perdemos dois para os nanorrobôs antes de efetuarmos a passagem. E encontramos mais seis corpos do outro lado. Ah, sim, além de dois afogados nas redes da traineira. Uma equipe de arqueólogos de antes da guerra, pelo que parece.

Ele não estava ouvindo, só esperando eu terminar.

— Yvette Cruickshank, Markus Sutjiadi. Esses foram os membros da sua equipe que o sistema de nanorrobôs matou?

— Isso. — Tentei fingir uma leve surpresa. — Você tem uma lista da tripulação? Jesus, esses seus caras das torres dão um bom jeito em segurança corporativa.

Ele balançou a cabeça.

— Na verdade, não. Esses caras das torres são da mesma torre do seu amigo ali. Rivais para uma promoção, na verdade. Como eu disse, escória. — Havia uma curiosa ausência de azedume em sua voz quando ele disse isso, um tom ausente que parecia, para meus sensos de Emissário, carregá-la com uma nota de alívio. — Não suponho que você tenha recuperado os cartuchos de nenhuma das vítimas dos nanorrobôs, não é?

— Não, por quê?

— Não importa. Eu não achei que você recuperaria, de todo modo. Meus clientes me disseram que o sistema busca qualquer componente para construção. Que os canibaliza.

— É, foi o que também supomos. — Abri as mãos. — Isaac, mesmo que tivéssemos recuperado os cartuchos, eles teriam sido vaporizados junto com basicamente tudo que estava a bordo da *Nagini.*

— Sim, foi uma explosão notavelmente completa. Sabe alguma coisa a respeito disso, Takeshi?

Invoquei um sorriso.

— O que você acha?

— Acho que naves de ataque rápido Lock Mit não vaporizam em pleno ar sem motivo. E acho que você não parece muito indignado por esse tal de Schneider ter fugido.

— Bem, ele tá morto. — Carrera cruzou os braços e olhou para mim. Suspirei. — Tá, tudo bem. Eu armei as minas nos propulsores. Nunca confiei em Schneider, assim como não confiaria em uma camisinha de filme plástico.

— E com motivo, pelo jeito. Sorte a sua nós termos vindo, considerando--se os resultados. — Ele se levantou, esfregando as mãos uma na outra. Algo desagradável definitivamente parecia ter escorregado para fora de sua tela. — É melhor você descansar um pouco, Takeshi. Vou querer um relatório completo amanhã cedo.

— Claro. — Dei de ombros. — Não há muito mais o que contar, de todo modo.

Ele arqueou uma sobrancelha.

— É mesmo? Não é isso o que dizem meus escâneres. Nós registramos mais energia sendo descarregada do outro lado daquele portal nas últimas sete horas do que o custo total de geração de todas as transmissões de feixe indo e voltando de Sanção IV desde que ele foi colonizado. Eu mesmo diria que há uma porção considerável da história ainda por ser contada.

— Ah, isso. — Fiz um gesto desdenhoso. — Bom, sabe, é um combate naval galáctico automático dos antigos. Nada demais.

— Certo.

Ele estava já saindo quando algo pareceu lhe ocorrer.

— Takeshi?

Senti meus sentidos alertas como se fosse hora da missão.

— Sim? — Tentando soar casual.

— Só por curiosidade. Como você planejava voltar? Depois de explodir a nave de ataque? Sabe, com os nanorrobôs ainda ativos, a contagem radioativa. Sem transporte, exceto talvez aquela bosta de traineira. O que você ia fazer, sair andando? Você está a dois passos de ficar inativo, todos vocês estão. Que diabos de estratégia foi essa, explodir seu único transporte de fuga?

Tentei pensar em retrospectiva. A situação toda, a vertigem que sugava para o alto dos corredores e câmaras desocupadas da nave marciana, o olhar mumificado dos cadáveres e a batalha com armas de poder inimaginável sendo travada lá fora — tudo aquilo parecia ter recuado uma distância imensa no passado. Suponho que eu poderia ter puxado tudo de volta com o foco Emissário, mas havia algo escuro e sombrio atrapalhando, aconselhando contra isso. Balancei a cabeça.

— Não sei, Isaac. Eu tinha trajes guardados. Talvez saísse nadando e ficasse ali na fronteira do portal, emitindo um sinal de socorro para vocês aqui do outro lado.

— E se o portal não fosse transparente para sinais de rádio?

— É transparente para a luz das estrelas. E transparente para os escâneres também, pelo jeito.

— Isso não significa que um...

— Então eu teria jogado uma porra de um sinalizador remoto e torcido para que ele sobrevivesse aos nanorrobôs tempo suficiente para você captar. Deus do céu, Isaac. Sou um Emissário. Nós improvisamos quanto a esse tipo de coisa. No pior dos casos, tínhamos uma baliza quase pronta para funcionar. Sun podia tê-la consertado, preparado para transmitir, e aí todos nós poderíamos ter estourado nossos miolos e esperado até que alguém viesse dar uma olhada. Não teria importado muito, já que nenhum de nós tem mais de uma semana de vida nessas capas mesmo. E quem quer que viesse checar o sinal de reivindicação teria que nos reencapar; seríamos os especialistas residentes, mesmo estando mortos.

Ele sorriu ao ouvir aquilo. Nós dois sorrimos.

— Ainda não é o que eu chamaria de planejamento estratégico à prova de falhas, Takeshi.

— Isaac, você simplesmente não está captando. — Um pouco de seriedade voltou à minha voz, apagando meu sorriso. — Sou um Emissário. O plano estratégico era matar qualquer um que tentasse me passar a perna. Sobreviver depois, bem, isso é um bônus se você conseguir, mas se não conseguir... — Dei de ombros. — Sou um Emissário.

O sorriso dele diminuiu um pouco.

— Descanse um pouco, Takeshi — disse ele, com gentileza.

Eu observei enquanto ele saía, depois me ajeitei para observar a silhueta imóvel de Sutjiadi. Esperando que a tetrameta me mantivesse acordado até que ele acordasse e descobrisse o que precisava fazer para evitar a execução formal nas mãos de um esquadrão de punição da Vanguarda.

CAPÍTULO 37

Tetrameta é uma das minhas drogas favoritas. Ela não dá uma onda tão selvagem quanto alguns estimulantes militares, o que significa que você não perde a noção de fatos ambientais úteis como *não, você não consegue voar sem um arnês gravitacional* ou *socar isso vai esmagar todos os ossos da sua mão*. Ao mesmo tempo, ela permite que um indivíduo acesse reservas no nível celular que nenhum humano sem condicionamento saberá um dia que possui. O barato se estende de forma clara e longa, sem nenhum efeito colateral pior do que um leve cintilar em superfícies que não deveriam refletir a luz tão bem assim e um vago tremular nas margens de itens aos quais você atribuiu alguma importância pessoal especial. Você pode ter algumas leves alucinações, se realmente quiser, mas requer concentração. Ou uma overdose, claro.

A ressaca não é pior do que a da maioria dos venenos.

Eu estava começando a me sentir um tanto compulsivo quando os outros acordaram, luzes químicas de alerta piscando na ponta da cauda da onda, e talvez tenha chacoalhado Sutjiadi com vigor excessivo quando ele não reagiu tão depressa quanto eu gostaria.

— Jiang, ei, *Jiang!* Abra os *olhos, caralho*! Adivinha onde estamos?

Ele piscou para mim, o rosto curiosamente infantil.

— Hã...

— De volta na praia, cara. A Vanguarda veio e nos tirou da nave. A Vanguarda de Carrera, meu antigo pessoal. — O entusiasmo destoava um pouco da minha persona conhecida entre os antigos camaradas de armas, mas não tanto que não pudesse ser explicado pela tetrameta, doença da radiação e exposição a estranheza alienígena. De qualquer forma, eu não sabia com certeza se a cabine-bolha estava sendo monitorada. — *Eles nos resgataram*, Jiang. *A Vanguarda.*

— A Vanguarda? Isso é... — Por trás dos olhos maori, vi que ele corria para encaixar os pedaços da situação. — Legal. A Vanguarda de Carrera. Não achei que eles fizessem rondas de resgate.

Sentei de novo na beirada da cama e compus um sorriso.

— Eles vieram me procurar. — Apesar de todo o fingimento, havia um calor tiritante sob essa declaração. Sob o prisma de Loemanako e do resto do Pelotão 391, pelo menos, isso provavelmente era próximo da verdade. — Acredita nisso?

— Se você diz... — Sutjiadi se apoiou, levantando o corpo na cama. — Quem mais sobreviveu?

— Todos nós, exceto Sun. — Gesticulei. — E ela é recuperável.

O rosto dele se contorceu. A memória, abrindo caminho pelo cérebro dele como um fragmento de estilhaço enterrado.

— Lá atrás. Você... viu?

— Vi, sim.

— Eram fantasmas — disse ele, mordendo as palavras.

— Jiang, para um *ninja de combate* você se assusta fácil demais. Quem sabe o que a gente viu? Até onde sabemos, era algum tipo de reprodução.

— Isso me parece uma definição provisória muito boa da palavra *fantasma*. — Ameli Vongsavath estava sentada em frente à cama de Sutjiadi. — Kovacs, eu ouvi você dizer que a Vanguarda veio nos buscar?

Assenti, lançando um olhar firme no espaço entre nós.

— Era o que eu estava contando ao Jiang aqui. Parece que ainda tenho todos os privilégios de afiliado.

Ela captou. Mal piscou enquanto catava a pista e saía correndo com ela.

— Bom pra você. — Olhando em torno para as figuras que começavam a despertar nas outras camas. — A quem eu devo o prazer de dizer que não estamos mortos?

— Pode escolher.

Depois disso, foi fácil. Wardani recebeu a nova identidade de Sutjiadi com destreza inexpressiva entranhada no campo — um papelzinho contrabandeado, recebido em silêncio. Hand, cujo condicionamento executivo provavelmente tinha sido um pouco menos traumático, mas também feito sob medida com muito mais dinheiro, correspondeu à indiferença dela sem piscar. E Luc Deprez, bem, ele era um assassino militar treinado para se infiltrar, esse tipo de coisa era como respirar para ele.

Sobreposta acima disso tudo como interferência no sinal estava a lembrança de nossos últimos momentos conscientes a bordo da nave de guerra marciana. Havia um dano silencioso compartilhado entre nós que ninguém estava preparado para examinar de perto por enquanto. Em vez disso, nos resignamos em um rememorar hesitante e feito pela metade, uma conversa nervosa e salpicada com bravatas despejada em um profundo desconforto — o bastante para ecoar a escuridão do outro lado do portal. E, eu torcia, limalha emocional suficiente para encobrir a transformação de Sutjiadi em Jiang de qualquer par de olhos e ouvidos que estivesse observando.

— Pelo menos — falei, a certa altura — agora sabemos por que eles deixaram aquela porra daquele negócio vagando por lá. Digo, é melhor do que contaminação biológica ou por radiação nas ruas. Essas, pelo menos a gente para limpar. Vocês podem imaginar tentar pilotar um couraçado nas estações de batalha quando toda vez que rola um tiro de raspão a tripulação antiga aparece e começa a arrastar suas correntes?

— Eu — disse Deprez, enfático. — Não. Acredito. Em fantasmas.

— Isso não pareceu incomodar os fantasmas.

— Vocês acham — Vongsavath explorou o pensamento como se estivesse catando coral na maré baixa — que todos os marcianos deixam... deixaram... algo para trás quando morrem? Algo daquele tipo?

Wardani balançou a cabeça em negação.

— Se deixarem, nós nunca vimos isso antes. E olha que escavamos um monte de ruínas marcianas nos últimos quinhentos anos.

— Eu senti... — Sutjiadi engoliu seco — ... que eles estavam... gritando, todos eles. Foi um trauma em massa. A morte da tripulação toda, talvez. Talvez vocês simplesmente nunca tenham encontrado isso antes. Tanta morte junta. Quando estávamos em Pouso Seguro, você disse que os marcianos eram uma civilização muito mais avançada do que a nossa. Talvez eles simplesmente não morram mais com violência, em grandes números. Talvez eles tenham ultrapassado isso em sua evolução.

Grunhi.

— Um truque bacana, se você conseguir.

— E nós, aparentemente, não conseguimos — disse Wardani.

— Talvez teríamos conseguido se esse tipo de coisa ficasse flutuando por aí toda vez que cometêssemos um massacre.

— Kovacs, isso é absurdo. — Hand estava saindo da cama, subitamente possuído por uma energia peculiar e mal-humorada. — Todos vocês. Andaram dando muita atenção ao intelectualismo anti-humano e estéril dessa mulher. Os marcianos não eram mais evoluídos do que nós. Sabem o que eu vi lá fora? Vi duas naves de guerra cuja construção deve ter custado bilhões, travadas em um ciclo fútil de repetições de uma batalha que não resolveu nada cem mil anos atrás e continua não resolvendo nada hoje. No que isso é melhor do que o que temos aqui em Sanção IV? Eles eram tão bons em matarem uns aos outros quanto nós.

— Bravo, Hand. — Vongsavath bateu uma rodada lenta e sarcástica de palmas. — Você deveria ter sido um político de carreira. Só tem um problema com o seu humanismo musculoso aqui: aquela segunda nave não era marciana. Certo, senhorita Wardani? Configuração totalmente diferente.

Todos os olhos se fixaram na arqueóloga, que se sentava com a cabeça curvada. Enfim Tanya ergueu a cabeça, sustentou meu olhar e concordou, relutante.

— Ela não parecia com nenhuma tecnologia marciana que eu já tenha visto ou ouvido falar. — Respirou fundo. — Com as evidências que eu vi... eu diria que os marcianos estavam em guerra com outro povo.

A apreensão se ergueu do solo de novo, espiralando entre nós como fumaça fria, gelando a conversa, até ela parar. Uma premonição minúscula do choque que a humanidade estava prestes a levar.

Aqui não é o nosso lugar.

Fomos libertados para brincar nessas três dúzias de mundos que os marcianos nos deixaram há alguns séculos, mas o playground esteve desguarnecido de adultos esse tempo todo, e, sem supervisão, não há como adivinhar quem vai passar se esgueirando pela cerca, nem o que farão conosco. A luz está desaparecendo do céu vespertino, retirando-se sobre coberturas distantes e, nas ruas vazias lá embaixo, a vizinhança está subitamente fria e sombria.

— Besteira — protestou Hand. — O domínio marciano acabou com uma revolta colonial, todo mundo concorda nisso, senhorita Wardani. A Guilda *ensina* isso.

— Pois é, Hand. — O escárnio na voz de Wardani era de fazer qualquer um se encolher. — E por que você acha que eles ensinam isso? Quem financia a Guilda, seu idiota bitolado? Quem decide o que nossos filhos vão crescer acreditando?

— Existem provas...

— Não fale *comigo* sobre a *porra das provas*. — O rosto devastado da arqueóloga se iluminou de fúria. Por um momento, pensei que ela iria atacar fisicamente o executivo. — Seu *filho da puta* ignorante! O que você sabe sobre a Guilda? Isso é o que eu faço para ganhar a vida, Hand. Você quer que eu te conte quantas provas foram suprimidas porque não se adequavam ao ponto de vista do Protetorado? Quantos pesquisadores foram rotulados como anti-humanos e arruinados, quantos projetos foram mutilados, tudo porque não ratificavam a linha oficial? Quanta *merda* os que foram nomeados Chanceler da Guilda despejavam toda vez que o Protetorado se digna a lhes conceder uma punhetinha em financiamento?

Hand parecia espantado pela súbita erupção de ira vinda dessa mulher abatida e moribunda. Ele se atrapalhou.

— Estatisticamente, as chances de duas civilizações com capacidade para navegar pelas estrelas evoluírem tão perto uma...

No entanto, foi como entrar no olho do furacão. Wardani tinha recebido sua própria injeção de meta emocional agora. Sua voz era um açoite.

— Você tem algum *problema?* Ou não estava prestando atenção quando abrimos o portal? Aquilo é transmissão instantânea de matéria através de uma distância interplanetária, tecnologia que eles *deixaram para trás, abandonada*. Você acha que uma civilização dessas vai se limitar a algumas centenas cúbicas de anos-luz de espaço? O armamento que vimos em ação lá fora era *mais rápido do que a luz*. Aquelas naves poderiam, ambas, ter vindo do outro lado da porra da galáxia. *Como é que a gente ia saber?*

A qualidade da luz mudou quando alguém abriu a aba da cabine-bolha. Desviando o olhar do rosto de Wardani por um momento, percebi Tony Loemanako de pé na entrada da cabine-bolha, vestindo camaleocromo sem insígnia e tentando não sorrir.

Ergui a mão.

— Oi, Tony. Bem-vindo às câmaras sagradas de debate acadêmico. Sinta-se à vontade para perguntar, se não conseguir acompanhar os termos mais técnicos.

Loemanako desistiu de tentar esconder o sorriso.

— Eu tenho um filho em Latimer que quer ser arqueólogo. Diz que não pretende seguir uma profissão de violência, como a do velho.

— É só uma fase, Tony. Vai passar.

— Espero que sim. — Loemanako se moveu, rígido, e eu vi que debaixo do macacão camaleocrômico, ele usava um traje de mobilidade. — O comandante quer uma reunião agora mesmo.

— Só comigo?

— Não, ele disse para levar qualquer um que já esteja acordado. Acho que é importante.

No exterior da cabine-bolha, o poente havia limitado o céu a um cinza luminoso no oeste e escuridão se espessando a leste. Sob ele, o acampamento de Carrera era um modelo de atividade organizada sob o brilho de lâmpadas Angier montadas em tripés.

O costume Emissário me fez mapear a área, os detalhes frios flutuando no alto e acima de uma sensação morna e crepitante de lareira acesa e companhia contra a noite que se aproximava.

Junto ao portal, as sentinelas estavam sentadas em seus módulos, inclinando-se de um lado para o outro e gesticulando. O vento carregava para baixo farrapos de risos que eu reconheci como sendo de Kwok, mas a distância deixava o resto inaudível. Seus painéis faciais estavam levantados, mas, tirando isso, estavam todos preparados para nadar no vácuo e ainda armados até os dentes. Os outros soldados que Loemanako destacara como reforço para eles estavam de pé em torno de um canhão móvel de ultravibração em uma prontidão casual parecida. Mais abaixo na praia, outro amontoado de uniformes da Vanguarda se ocupava com o que parecia ser os componentes para um gerador de campo de feixes. Outros iam de um lado para o outro, saindo da *Virtude de Angin Chandra* para a cabine de poliga e as outras cabines-bolha, carregando caixotes que podiam conter qualquer coisa. Atrás e acima da cena, luzes cintilavam da ponte da *Chandra* e no nível de carga, onde gruas de bordo giravam, transferindo mais equipamento da barriga do vagão de batalha para a areia iluminada.

— E então, para que o traje de mobilidade? — perguntei a Loemanako enquanto ele nos levava para uma área de descarga.

Ele deu de ombros.

— Baterias de cabo em Rayong. Nossos sistemas de limalha caíram em um momento ruim. Pegou minha perna esquerda, o osso do quadril, as costelas. Um pouco do braço esquerdo.

— Merda. Você tem toda a sorte do mundo, Tony.

— Ah, não é tão ruim. Só tá levando um tempão do caralho para sarar direito. O doutor diz que os cabos estavam cobertos com algum tipo de carcinogênico, e isso está fodendo com o recrescimento rápido. — Ele fez uma careta. — Está assim já faz três semanas. Uma bosta.

— Bem, obrigado por ter vindo atrás de nós. Especialmente neste estado.

— Por nada. Mais fácil me mover no vácuo do que aqui, mesmo. Quando se está vestindo o traje de mobilidade, a poliga é só mais uma camada.

— Imagino.

Carrera esperava debaixo da escotilha de carga da *Chandra*, vestindo o mesmo macacão de campo que usara mais cedo e conversando com um grupo pequeno de oficiais vestidos do mesmo jeito. Um grupo de não comissionados estava ocupado com equipamento montado na aba da escotilha. Mais ou menos no meio do caminho entre a *Chandra* e o destacamento do campo de feixes, um indivíduo de aparência cansada em um uniforme manchado empoleirado em uma empilhadeira desligada nos encarava com olhos exaustos. Quando eu o fitei de volta, ele riu e balançou a cabeça convulsivamente. Uma das mãos se ergueu para esfregar violentamente a nuca, e sua boca se abriu como se alguém o tivesse ensopado com um balde de água fria. Seu rosto se contorceu em pequeninos espasmos que eu reconheci. Tremores de viciado em virtualidade.

Talvez ele tenha visto a careta passando pelo meu rosto.

— Ah, sim, *parece* isso — rosnou ele. — Você não é tão esperto, não tão esperto, *caralho*. Peguei você por anti-humanismo, já arquivei tudo, *escutei tudo*, você e seus sentimentos contra o Cartel, o que você acha de...

— Cala a boca, Lamont. — Não havia muito volume na voz de Loemanako, mas o viciado se sacudiu como se tivesse acabado de ser conectado. Seus olhos escorregaram de um jeito alarmante nas órbitas e ele se encolheu. Ao meu lado, Loemanako zombou.

— Oficial político — disse ele, chutando um pouco de areia na direção daquele caco trêmulo de ser humano. — Todos a mesma bosta. Só sabem latir.

— Você parece ter botado uma coleira nesse aqui.

— É, bem. — Loemanako sorriu. — Você ficaria chocado com a rapidez com que esses políticos perdem interesse no trabalho depois de serem plugados e conectados algumas vezes. Não tivemos nenhuma palestra sobre Pensamento Correto o mês todo, e os arquivos pessoais, bem, eu os li e nem nossas mães poderiam ter escrito coisas melhores a nosso respeito. Espantoso como todo aquele dogma político simplesmente esmaece. Não é mesmo, Lamont?

O oficial político se encolheu, afastando-se de Loemanako. Lágrimas escorriam de seus olhos.

— Funciona melhor do que as surras funcionavam — disse o não comissionado, olhando para Lamont serenamente. — Sabe, com Phibun e... como era mesmo o nome do outro bostinha?

— Portillo — falei, distraído.

— É, esse aí. Sabe, nunca se podia ter certeza se ele estava mesmo acabado ou se ia tentar revidar depois de lamber as feridas por um tempo. Não temos mais esse problema. Acho que é a vergonha que causa isso. Depois de instalar o soquete e mostrar como se conectar, eles fazem isso por conta própria. E aí, quando você tira a conexão... funciona como mágica. Eu já vi o velho Lamont aqui quebrar as próprias unhas tentando tirar os cabos de interface de uma valise trancada.

— Por que você não o deixa em paz? — perguntou Tanya Wardani, de modo errático. — Não vê que ele já está arruinado?

Loemanako lhe lançou um olhar curioso.

— Civil? — perguntou para mim.

Assenti.

— Basicamente. Ela está, hum, em transferência temporária.

— Bom, isso funciona, às vezes.

Carrera parecia ter terminado sua reunião quando nos aproximamos, e os oficiais em torno começaram a dispersar. Ele assentiu para Loemanako em reconhecimento.

— Obrigado, sargento. Eu vi Lamont criando caso ali atrás?

O não comissionado deu um sorriso lupino.

— Nada de que ele não tenha se arrependido, senhor. Mas acho que talvez esteja na hora de ele ser privado novamente.

— Vou pensar a respeito, sargento.

— Enquanto isso — Carrera mudou seu foco —, tenente Kovacs, há algumas...

— Só um momento, comandante. — Era a voz de Hand, consideravelmente equilibrada e polida, levando em conta o estado em que ele deve se encontrar.

Carrera fez uma pausa.

— Sim?

— Tenho certeza de que o senhor está ciente de quem eu sou, comandante. Assim como estou ciente das intrigas em Pouso Seguro que o levaram a estar aqui. O senhor pode, entretanto, não estar ciente da extensão em que foi enganado por aqueles que o enviaram.

Carrera me olhou nos olhos e arqueou uma sobrancelha. Dei de ombros.

— Não, você está enganado — disse o comandante da Vanguarda, educadamente. — Estou muito bem informado sobre o quanto seus colegas da Mandrake foram econômicos com a verdade. Para ser honesto, eu não esperava nada diferente.

Ouvi o silêncio quando o treinamento de executivo de Hand vacilou. Quase valia um sorriso.

— De qualquer forma — prosseguiu Carrera —, a questão da verdade objetiva não me preocupa aqui. Eu fui pago.

— Menos do que deveria. — Hand se recuperou com velocidade admirável. — Meus negócios aqui são autorizados no nível do Cartel.

— Não mais. Seus amiguinhos sórdidos te venderam, Hand.

— Então esse foi um erro deles, comandante. Parece não haver nenhum motivo para que o senhor compartilhe desse erro. Acredite em mim, eu não tenho desejo algum que a retaliação recaia sobre quem não a merece.

Carrera exibiu um leve sorriso.

— Está me ameaçando?

— Não há necessidade de ver as coisas de uma forma tão...

— Eu perguntei se você está me ameaçando. — O tom do comandante da Vanguarda era calmo. — Apreciaria um simples sim ou não.

Hand suspirou.

— Digamos apenas que existem forças que eu posso invocar que meus colegas não levaram em consideração ou, no mínimo, não avaliaram corretamente.

— Ah, sim. Eu me esqueci, você é um devoto. — Carrera parecia fascinado pelo homem à sua frente. — Um *hougan*. Você acredita nisso. Poderes espirituais? Podem ser contratados, da mesma forma que soldados.

Ao meu lado, Loemanako riu ironicamente.

Hand tornou a suspirar.

— Comandante, o que eu *acredito* é que ambos somos homens civilizados e...

O disparo o atravessou.

Carrera deve tê-lo deixado na posição para feixe difuso — não se tem tanto dano quanto com as armas menores, e a coisa na mão do comandante da Vanguarda era uma ultracompacta. Uma insinuação de volume dentro do punho fechado, um projetor rabo de peixe entre a segunda e a terceira articulações, uma reserva de calor, notou o Emissário em mim, ainda se dissipando da ponta de descarga em ondas visíveis.

Nenhum coice, nenhum clarão visível e nenhum impacto para trás no ponto atingido pelo disparo. O estalo passou rosnando pelos meus ouvidos e Hand estava ali, imóvel, piscando com um buraco fumegante nas entranhas. Ele deve então ter captado o fedor de seus próprios intestinos cauterizados e, olhando para baixo, soltou um piado agudo que era tanto pânico quanto dor.

As ultracompactas levam algum tempo para recarregar, mas eu não precisava de visão periférica para me dizer que atacar Carrera seria um equívoco. Não comissionados no convés de carga acima, Loemanako ao meu lado e o pequeno grupo de oficiais sem ter dispersado, de forma alguma — eles tinham apenas se aberto em leque e dado espaço para que entrássemos na armadilha.

Engenhoso. Muito engenhoso.

Hand cambaleou, ainda guinchando, e se sentou com força na areia. Alguma parte brutal de mim teve vontade de rir dele. Suas mãos patejavam o ar perto da ferida escancarada.

Conheço essa sensação, outra parte de mim se lembrou, surpresa com a breve compaixão. *Dói, mas você não sabe se ousa tocar ali.*

— Você se enganou de novo — disse Carrera para o executivo ferido a seus pés. Seu tom não havia mudado. — Eu não sou um homem civilizado, Hand, sou um soldado. Um selvagem profissional, e estou disponível para aluguel por homens exatamente iguais a você. Eu não gostaria de dizer o que isso faz de você. Além de fora de moda na Torre Mandrake, quero dizer.

O ruído que Hand estava fazendo foi se transformando em um grito convencional. Carrera se voltou para olhar para mim.

— Ah, você pode relaxar, Kovacs. Não me diga que nunca quis fazer isso com ele.

Fabriquei um gesto indiferente.

— Uma ou duas vezes. Provavelmente acabaria fazendo.

— Bom, agora não vai precisar.

No chão, Hand se contorceu e se apoiou. Algo que talvez fossem palavras emergiu de sua agonia. Nos limites de minha visão, duas figuras se moveram na direção dele: um escaneamento periférico, ainda espremido ao ponto da dor pela onda de adrenalina, identificou Sutjiadi e — *ora, ora* — Tanya Wardani.

Carrera gesticulou para que se afastassem.

— Não, não há necessidade.

Hand definitivamente estava falando agora, um sibilar desunido de sílabas que não eram nenhuma linguagem que eu conhecesse ou, exceto numa ocasião, tivesse ouvido. Sua mão esquerda estava elevada na direção de Carrera, os dedos abertos de um jeito esquisito. Agachei ao nível dele, estranhamente comovido pela força contorcida em seu rosto.

— O que é isso? — O comandante da Vanguarda se inclinou mais para perto. — O que ele está dizendo?

Eu me sentei sobre os calcanhares.

— Acho que você está sendo amaldiçoado.

— Ah. Bom, suponho que não seja despropositado, sob essas circunstâncias. Ainda assim. — Carrera desferiu um chute longo e pesado na lateral do corpo do executivo. O encantamento de Hand se despedaçou em um grito e ele rolou, encolhendo-se em posição fetal. — Também não há nenhum motivo para precisarmos escutar isso. Sargento.

Loemanako adiantou-se.

— Senhor.

— Sua faca, por favor.

— Sim, senhor.

É preciso dar o devido crédito a Carrera: eu nunca o vi pedir a qualquer homem em seu comando para executar um serviço que ele mesmo não faria. Ele tomou a vibrofaca de Loemanako, ativou a arma e chutou Hand de novo, jogando-o de barriga para baixo sobre a areia. Os gritos do engravatado se borraram em tosses convulsivas e ar inspirado com força entre os dentes. Carrera se ajoelhou sobre as costas dele e começou a cortar.

Os berros abafados de Hand se intensificaram abruptamente quando ele sentiu a lâmina entrar em sua carne, parando de súbito quando Carrera atravessou sua coluna vertebral.

— Melhor — resmungou o comandante da Vanguarda.

Ele fez a segunda incisão na base do crânio, com muito mais elegância do que eu tinha feito no escritório do patrocinador em Pouso Seguro, e desencavou a seção da coluna cortada. Em seguida desligou a faca, limpou-a com cuidado na roupa de Hand e se levantou. Depois entregou a faca e o segmento de coluna para Loemanako com um gesto de cabeça.

— Obrigado, sargento. Leve isso para Hammad, diga a ele para não perdê-lo. Acabamos de conquistar um bônus.

— Sim, senhor. — Loemanako olhou para os rostos ao nosso redor. — E, há...

— Ah, sim. — Carrera ergueu uma das mãos. Seu rosto parecia subitamente cansado. — Isso.

A mão dele caiu como algo subitamente descartado.

Do convés de carga lá em cima ouvi o disparo, um ruído abafado seguido por movimentos chilreantes. Olhei para o alto e vi o que parecia ser um enxame de nanocópteros avariados caindo e girando pelo ar.

Fiz o salto de intuição do que iria acontecer com um distanciamento curioso, uma ausência de reflexos de combate que devia ter suas raízes na mistura da doença da radiação com a ressaca da tetrameta. Só tive tempo de olhar para Sutjiadi. Ele captou meu olhar, e sua boca se contraiu. Ele sabia, tão bem quanto eu. Tão bem quanto se houvesse um decalque escarlate pulsando na tela de nossa visão.

Fim...

Então estava chovendo aranhas.

Não de verdade, mas era o que parecia. Eles dispararam o morteiro de controle de multidões quase diretamente para o alto, uma carga frisada de baixa potência para dispersão limitada. Os inibidores cinzentos, cada um com o tamanho de um punho, caíram em um círculo não muito maior do que vinte metros. Aqueles no limite mais próximo rebateram na lateral recurvada do casco do vagão de batalha antes de atingirem a areia, patinando e se agitando em busca de um apoio com uma intensidade minuciosa que eu mais tarde relembrei quase que achando graça. Os outros aterrissaram diretamente em pufes de areia turquesa e correram das minúsculas crateras que haviam feito como os caranguejinhos cravejados de joias no paraíso tropical da virtualidade de Tanya Wardani.

Eles caíram aos milhares.

Fim...

404

Eles caíram em nossas cabeças e ombros, macios como brinquedos de berço para crianças, e se agarraram.

Eles correram na nossa direção pela areia e subiram por nossas pernas.

Suportaram tapas e chacoalhões e subiram, inquebrantáveis.

Os que Sutjiadi e os outros arrancavam e jogavam longe aterrissavam em um redemoinho de membros e corriam de volta, ilesos.

Eles se agacharam, inteligentes, sobre extremidades dos nervos, mergulhando finas presas como filamentos através de roupas e pele.

Fim...

E morderam.

... de jogo.

CAPÍTULO 38

Não havia menos motivos para a adrenalina circulando em meu organismo do que no de todos os outros, mas a lenta infiltração dos danos radioativos havia reduzido a capacidade da minha capa de gerar químicas de combate. Os inibidores reagiram de acordo. Senti a mordida percorrer meus nervos, mas era uma leve dormência, um borbulhar que só me fez cair sobre um dos joelhos.

As capas maori estavam mais prontas para uma luta, de modo que sofreram mais. Deprez e Sutjiadi cambalearam e caíram na areia como se tivessem sido atingidos por atordoadores. Vongsavath conseguiu controlar sua queda e rolou para o chão de lado, os olhos arregalados.

Tanya Wardani apenas ficou ali, parecendo aturdida.

— Obrigado, cavalheiros. — Era Carrera, falando com os não comissionados que dispararam o morteiro. — Agrupamento exemplar.

Inibidores neurais remotos. Tecnologia de ponta para ordem pública. Tinha passado pelo embargo colonial apenas dois anos antes. Na qualidade de conselheiro militar local, eu tinha recebido uma demonstração do novo e brilhante sistema em multidões da Cidade Índigo. Só nunca tinha experimentado a sensação de quem é atingido.

Relaxe, disse um jovem e empolgado cabo de ordem pública para mim com um sorriso. *Isso é tudo o que você precisa fazer. Claro, é bem mais engraçado em uma situação de insurreição. Essa merda aterrissa na pessoa, que só vai ficar mais cheio de adrenalina, e isso significa que elas vão continuar mordendo, talvez até parando o coração no final. Precisa ter Zen no seu sistema para romper essa espiral, e sabe de uma coisa? Estamos com poucos ativistas Zen hoje em dia.*

Eu sustentei a calma de Emissário como um cristal, limpei minha mente das consequências e me levantei. As aranhas se agarraram e flexionaram um pouco conforme me movi, mas não tornaram a morder.

— Cacete, tenente, você está *coberto*. Elas devem gostar de você.

Loemanako estava de pé, sorrindo para mim a partir de um círculo de areia limpa, enquanto unidades extras de inibidores rastejavam pela margem exterior do campo seguro que sua tarjeta de identificação limpa devia projetar. Um pouco à direita dele, Carrera se movia em uma área de imunidade similar. Olhei em torno e vi os outros oficiais da Vanguarda, intocados e observando.

Engenhoso. Engenhoso pra caralho.

Atrás deles, o oficial político Lamont saltitava e apontava para nós, tagarelando.

Ah, bem. Quem podia culpá-lo?

— Sim, acho que é melhor limparmos você — disse Carrera. — Desculpe pelo susto, tenente Kovacs, mas não havia outro modo confortável de prender esse criminoso.

Ele apontava para Sutjiadi.

Na verdade, Carrera, você podia simplesmente ter sedado todo mundo na bolha enfermaria. Mas isso não teria sido dramático o bastante, e, no que concerne aos transgressores contra a Vanguarda, os homens gostam do seu draminha estilizado, não é?

Senti um breve calafrio descer pela minha espinha após esse pensamento me ocorrer.

E o contive rapidamente, antes que ele pudesse se tornar o medo ou a raiva que despertariam o casaco de aranhas que eu estava vestindo.

Fingi um cansaço lacônico.

— De que porra você tá falando, Isaac?

— Este homem — a voz de Carrera estava modulada para reverberar — pode ter se apresentado enganosamente para você como Jiang Jianping. Seu nome verdadeiro é Markus Sutjiadi, e ele é procurado por crimes contra pessoal da Vanguarda.

— É. — Loemanako perdeu seu sorriso. — Esse merda acabou com o tenente Veutin e o sargento do pelotão dele.

— Veutin? — Olhei para Carrera. — Achei que ele estivesse perto de Bootkinaree.

— Estava, sim. — O comandante da Vanguarda fitava a silhueta encolhida de Sutjiadi. Por um momento, achei que fosse atirar nele ali mesmo com a arma de raios. — Até esse bostinha aqui se insubordinar e acabar matando o Veutin com a Jato Solar dele. Matou para valer. O cartucho já era. A sargento Bradwell teve o mesmo destino quando tentou impedi-lo. E dois outros homens meus tiveram suas capas mutiladas antes que alguém conseguisse matar esse *filho da puta*.

— Ninguém sai impune disso — afirmou Loemanako, sombrio. — Certo, tenente? Nenhum pé preto local acaba com pessoal da Vanguarda e escapa. Esse bosta vai para o anatomizador.

— Isso é verdade? — perguntei a Carrera, para manter as aparências.

Ele me olhou nos olhos e assentiu.

— Testemunhas oculares. É um caso encerrado.

Sutjiadi se mexeu aos pés de Carrera como algo pisoteado.

Eles me limparam das aranhas com uma escova desativadora e então as jogaram em um recipiente de armazenagem. Carrera me entregou uma tarjeta de identificação, e a maré de inibidores desocupados que se aproximavam recuou quando a acionei.

— Sobre aquele relatório... — disse ele, gesticulando para que eu entrasse na *Chandra*.

Atrás de mim, meus colegas foram guiados de volta à cabine-bolha, tropeçando quando débeis ataques de adrenalina e resistência disparavam novas ondas de mordidas de seus novos carcereiros neurais. No espaço pós-performance que todos havíamos deixado, os não comissionados que dispararam o morteiro caminhavam com recipientes abertos, reunindo as unidades que ainda rastejavam por não terem conseguido encontrar um lar.

Sutjiadi encontrou meu olhar de novo enquanto saía. Imperceptivelmente, balançou a cabeça.

Ele não precisava ter se preocupado. Eu mal conseguia subir a rampa de entrada para a barriga do vagão de batalha, quanto mais enfrentar Carrera desarmado. Agarrei-me aos fragmentos restantes da onda tetrameta e segui o comandante da Vanguarda por corredores apertados e cheios de equipamento, subi por uma rampa gravitacional com escadinha íngreme na lateral, usando as mãos e os pés, e cheguei aos confinamentos do que parecia ser o alojamento pessoal do comandante.

— Sente-se tenente. Se conseguir encontrar espaço.

A cabine estava lotada, mas meticulosamente ajeitada. Uma cama gravitacional desligada repousava no piso em um canto, sob uma mesa que pendia do tabique. A superfície de trabalho continha uma bobina de dados compacta, uma pilha organizada de livrochips e uma estátua barriguda que parecia arte de Lar Huno. Uma segunda mesa ocupava a outra ponta do espaço estreito, pintalgada com equipamentos de projeção. Dois holos flutuavam perto do teto em ângulos que permitiam a vista da cama. Um mostrava uma imagem espetacular de Adoración a partir de uma órbita elevada, a alvorada raiando sobre um contorno verde e laranja. O outro era um grupo de família, Carrera e uma bela mulher de pele morena, os braços aninhando possessivamente os ombros de três crianças de idades variadas. O comandante da Vanguarda parecia feliz, mas a capa no holo era mais velha do que a que ele estava usando no momento.

Encontrei uma cadeira metálica austera ao lado da mesa do projetor. Carrera me observou sentar e então se recostou contra a mesa, os braços cruzados.

— Esteve em casa recentemente? — perguntei, indicando o holo orbital.

O olhar dele continuou no meu rosto.

— Já faz um tempo. Kovacs, você sabia muito bem que Sutjiadi era procurado pela Vanguarda, não sabia?

— Eu ainda nem sei se ele *é mesmo* Sutjiadi. Hand o vendeu para mim como Jiang. O que te dá tanta certeza?

Ele quase sorriu.

— Boa tentativa. Meus amigos moradores da Torre me deram códigos genéticos para as capas de combate. Isso, mais os dados de encapamento do cartucho Mandrake. Eles estavam bem ansiosos em me contar que Hand tinha um criminoso de guerra trabalhando com ele. Incentivo adicional, devem ter pensado. Combustível para o trato.

— Criminoso de guerra. — Olhei elaboradamente para a cabine ao meu redor. — Escolha de terminologia interessante. Para alguém que supervisionou a Pacificação Decatur, quero dizer.

— Sutjiadi assassinou um de meus oficiais. Um oficial cujas ordens ele deveria estar obedecendo. Sob todas as convenções de combate que eu conheço, isso é um crime.

— Um oficial? Veutin? — Eu não conseguia exatamente saber por que estava discutindo, a menos que fosse por um senso geral de inércia. — Fala sério, vai dizer que *você* aceitaria ordens do Veutin?

— Por sorte, não preciso. Mas o pelotão dele precisava, e eles eram fanaticamente leais, todos. Veutin era um bom soldado.

— Eles o chamavam de Cachorrão por um motivo, Isaac.

— Não estamos em um concur...

— ...so de popularidade. — Esbocei um sorriso. — Essa frase está ficando meio velha. Veutin era um cuzão, e você sabe muito bem disso. Se esse tal de Sutjiadi o torrou, provavelmente teve um bom motivo.

— Motivos não te fazem estar certo, tenente Kovacs. — Havia uma súbita suavidade no tom de Carrera que dizia que eu tinha passado do limite. — Todo cafetão cheio de enxertos da Plaza de los Caidos tem um motivo para cada puta cujo rosto ele corta, mas isso não faz com que esteja certo. Joshua Kemp tem motivos para o que ele faz e, de seu ponto de vista, eles podem até ser bons motivos. Isso não faz com que ele esteja certo.

— Você devia tomar cuidado com o que está falando, Isaac. Esse tipo de relativismo pode fazer com que seja preso.

— Duvido. Você viu Lamont.

— Verdade.

Silêncio fluiu em torno de nós.

— Então — falei, finalmente. — Você vai colocar Sutjiadi no anatomizador.

— Eu tenho escolha?

Apenas olhei para ele.

— Somos a Vanguarda, tenente. Você sabe o que isso significa. — Havia uma leve fisgada de urgência no tom dele agora. Eu não sabia quem Carrera estava tentando convencer. — Você fez seu juramento, exatamente como todos os outros. Você conhece os códigos. Nós representamos união frente ao caos, e todo mundo tem que saber disso. Aqueles com quem lidamos têm que saber que ninguém fode com a gente. Precisamos desse medo, se é para operarmos com eficiência. E meus soldados precisam saber que esse medo é algo absoluto. Que ele será aplicado. Sem isso, vamos desmoronar.

Fechei os olhos.

— Tanto faz.

— Eu não estou exigindo que você assista.

— Duvido que vá sobrar lugares.

Por trás de minhas pálpebras fechadas, percebi ele se mover. Quando olhei, estava debruçado sobre mim com as mãos apoiadas nas beiradas da mesa do projetor, o rosto rígido de raiva.

— Você vai calar a boca agora mesmo, Kovacs. Vai acabar com esse comportamento. — Se Carrera estava procurando resistência, não deve ter encontrado nenhuma no meu rosto. Ele recuou meio metro, endireitou-se. — Eu não vou deixar você desperdiçar sua comissão desse jeito. Você é um oficial competente, tenente. Você inspira lealdade nos homens que lidera e compreende a natureza do combate.

— Obrigado.

— Pode debochar, mas eu te conheço. É um fato.

— É a *biotecnologia,* Isaac. Dinâmica de matilha do gene de lobo, bloqueio de serotonina e psicose de Emissário para pilotar a porra toda. Um *cachorro* podia fazer o que eu fiz pela Vanguarda. Como o Cachorrão Veutin, por exemplo.

— Sim. — Um encolher de ombros enquanto ele se ajeitava outra vez na beirada da mesa. — Você e Veutin são, eram, de um perfil muito semelhante. Eu tenho as análises do psicocirurgião bem aqui, se não acredita. O mesmo gradiente Kemmerich, o mesmo QI, a mesma ausência de empatia generalizante. Para um olhar leigo, vocês poderiam ser o mesmo sujeito.

— É, só que ele tá morto. Até para um olhar leigo, isso deve se destacar.

— Bem, talvez não exatamente a mesma falta de empatia, então. Os Emissários te deram treinamento diplomático suficiente para não subestimar homens como Sutjiadi. Você teria lidado melhor com ele.

— Então o crime de Sutjiadi é que ele foi subestimado? Me parece um ótimo motivo para torturar um homem até a morte.

Ele parou e me encarou.

— Tenente Kovacs, eu não acho que estou sendo suficientemente claro. A execução de Sutjiadi não está em discussão aqui. Ele assassinou meus soldados e amanhã, ao amanhecer, vou reivindicar a penalidade por esse crime. Posso até não gostar disso...

— Que satisfatoriamente humano de sua parte.

Ele me ignorou.

— ... mas o ato precisa ser feito, e eu *vou fazê-lo.* E você, se souber o que é bom, vai ratificar.

— Senão?

Não soou tão desafiador quanto eu gostaria, e eu estraguei o final com um acesso de tosse que me dominou na cadeira estreita e expulsou muco manchado de sangue. Carrera me entregou um lenço.

— Você dizia?

— Eu dizia: se eu não ratificar esse show de horrores, o que acontece comigo?

— Nesse caso, eu informarei aos homens que você propositalmente tentou proteger Sutjiadi da justiça Vanguarda.

Passei os olhos pelos arredores, procurando onde jogar o lenço sujo.

— Isso é uma acusação?

— Debaixo da mesa. Não, ali. Perto da sua perna. Kovacs, não importa se você fez mesmo isso ou não. Eu acho que você provavelmente fez, mas não ligo. Preciso ter ordem, e a justiça precisa ser vista para ser feita. Encaixe-se nessa ordem e você pode obter sua patente de volta, com um novo comando. Se sair da linha, será o próximo naquela plataforma.

— Loemanako e Kwok não vão gostar disso.

— Não vão, não. Mas são soldados da Vanguarda e vão fazer o que eu mandar, pelo bem da Vanguarda.

— Então grande coisa essa lealdade que eu inspiro.

— Lealdade é uma moeda de troca, como qualquer outra. O que você conquistou, pode gastar. E proteger um assassino declarado de pessoal da Vanguarda é mais do que você pode gastar. Mais do que qualquer um de nós pode gastar. — Ele se desgrudou da borda da mesa. Por baixo do macacão, uma análise de Emissário leu sua postura como final. Era o modo como ele sempre se colocava na última rodada de sessões de luta que tinham chegado ao ponto decisivo. O modo como eu o vi se postar quando as tropas do governo se separaram ao nosso redor no Fosso Shalai e a infantaria aérea de Kemp caiu do céu tormentoso como granizo. A partir desse ponto, não havia retirada. — Eu não quero perder você, Kovacs, e não quero perturbar os soldados que o seguiriam. No final, a Vanguarda é mais do que qualquer homem dela. Não podemos nos dar ao luxo de dissidências internas.

Superado em número e armas, deixado para morrer em Shalai, Carrera manteve sua posição nas ruas e prédios bombardeados por duas horas, até a tempestade chegar cobrindo tudo. Quando isso aconteceu, ele liderou uma contraofensiva, perseguindo e assassinando em meio ao uivo do vento e frangalhos de nuvens no nível do chão, até que as ondas sonoras estalaram, rígidas com o pânico transmitido por comandantes ordenando retirada. Quando a tempestade passou, o Fosso Shalai estava repleto com os mortos kempistas, e a Vanguarda tinha sofrido menos de duas dúzias de baixas.

Ele se inclinou perto de mim de novo, não mais zangado. Seus olhos examinaram meu rosto.

— Estou, finalmente, sendo claro o bastante, tenente? É preciso um sacrifício. Podemos não gostar disso, você e eu, mas este é o preço para ser membro da Vanguarda.

Assenti.

— Então, está pronto para deixar isso para trás?

— Eu tô morrendo, Isaac. Tudo para que eu tô pronto agora é para dormir um pouco.

— Entendo. Não vou te manter aqui muito mais. Agora. — Ele gesticulou para a bobina de dados, que despertou em giros. Suspirei e busquei um novo foco. — O esquadrão de penetração traçou uma linha extrapolada do ângulo de reentrada da *Nagini* e acabou bem perto da mesma doca de acoplagem que vocês violaram. Loemanako diz que não há controles de bloqueio visíveis. Então, como vocês entraram?

— Já estava aberto. — Eu não me dei o trabalho de mentir, supondo que, de qualquer jeito, ele iria interrogar os outros muito em breve. — Pelo que sabemos, não existem controles de bloqueio.

— Em uma nave de guerra? — Os olhos dele se estreitaram. — Acho difícil de acreditar.

— Isaac, a nave toda monta um campo espacial que alcança pelo menos dois quilômetros ao seu redor. Para que caralho eles iam precisar de um bloqueio individual para a doca de acoplagem?

— Você viu isso?

— Sim. E em ação.

— Humm. — Ele fez alguns ajustes menores na bobina. — Nossas unidades rastreadoras encontraram traços humanos uns bons três ou quatro quilômetros no interior da nave. Mas encontraram vocês em uma bolha de observação não muito além de um quilômetro e meio de seu ponto de entrada.

— Bem, isso não deve ter sido muito difícil. Nós pintamos o caminho com umas setas enormes de ilumínio.

Ele me lançou um olhar severo.

— Você saiu passeando por lá?

— Eu não. — Balancei a cabeça, em seguida me arrependi quando a cabinezinha pulsou de um modo desagradável, entrando e saindo de foco ao meu redor. Esperei passar. — Alguns deles foram. Eu nunca descobri até onde chegaram.

— Não parece muito organizado.

— Não foi — falei, irritadiço. — Eu não sei, Isaac. Tente incubar um pouco de maravilha, que tal? Pode ajudar quando você chegar lá.

— Então, hã, parece que... — Carrera hesitou e levei um momento para perceber que ele estava envergonhado. — Vocês, hã... vocês viram... Fantasmas? Por lá?

Dei de ombros, suprimindo um impulso de gargalhar incontrolavelmente.

— Vimos alguma coisa. Eu ainda não sei direito o que era. Andou bisbilhotando o papo dos seus hóspedes, Isaac?

Ele sorriu e fez um gesto de desculpas.

— Costume do Lamont, estou pegando. Como ele perdeu o gosto pela bisbilhotice, parece um desperdício não usar o equipamento. — Ele voltou a cutucar a bobina de dados. — O relatório médico diz que todos vocês exibiam sintomas de um pesado disparo de atordoador, exceto você e Sun, é claro.

— É, a Sun atirou em si mesma. Nós...

De repente, parecia impossível explicar. Como tentar levantar um peso imenso sem auxílio. Os últimos momentos na astronave marciana, envoltos na dor e luminosidade intensa de seja lá o que a tripulação havia deixado para trás. A certeza de que esse luto alienígena iria nos partir ao meio. Como você expressa isso para o homem que te liderou sob tiros acirrados até a vitória em Fosso Shalai e em uma dúzia de outros combates? Como você transmite a realidade clara como um diamante, dolorida e ardente daqueles momentos?

Realidade?, despontou a dúvida, rudemente.

Era mesmo? Neste ponto, visto da realidade de sujeira e armamento em que Carrera vivia, aquilo *ainda era real*? Será que algum dia havia sido? Quanto do que eu me lembrava eram fatos concretos?

Não, olha. Eu tenho rememoração de Emissário...

Mas tinha sido tão ruim? Olhei para a bobina de dados, tentando exaustivamente invocar pensamentos racionais. Hand dera nome aos fatos, e eu o tinha seguido com algo não muito diferente de pânico. Hand, o hougan. Hand, o maníaco religioso. Em que outro momento eu tinha confiado nele tão cegamente?

Por que eu havia confiado nele naquele momento?

Sun. Eu me agarrei ao fato. *Sun sabia. Ela viu o que aconteceria e estourou os miolos em vez de enfrentar.*

Carrera me olhava de um jeito estranho.

— Sim?

Você e Sun...

— Espera aí. — Eu percebi uma coisa. — Você disse exceto Sun *e eu?*

— Sim. Todos os outros exibiam o trauma eletroneural padrão. Disparo pesado, como eu disse.

— Mas eu, não.

— Bem, não. — Ele pareceu intrigado. — Você não foi tocado. Por que, você *se lembra* de alguém atirando em você?

Quando terminamos, ele achatou o display da bobina de dados com uma mão calejada e me levou de volta pelos corredores livres do vagão de batalha e através do murmúrio noturno do acampamento. Não conversamos muito. Carrera recuara diante da minha confusão e deixara o relatório para lá. Provavelmente não podia acreditar que estava vendo um de seus Emissários de estimação em tal estado.

Eu mesmo estava com dificuldades para acreditar.

Ela atirou em você. Você largou o atordoador e ela atirou em você, depois em si mesma. Ela deve ter feito isso.

Senão...

Estremeci.

Em um trecho desobstruído de areia na retaguarda da *Virtude de Angin Chandra,* estavam levantando o cadafalso para a execução de Sutjiadi. As principais vigas de apoio já estavam no lugar, afundadas na areia e preparadas para receber a plataforma inclinada e sulcada como a de um açougueiro. Sob a iluminação de três lâmpadas Angier e as luzes de ambiente despontando amplamente da escotilha suspensa do vagão de batalha, a estrutura era uma garra de osso descorado erguendo-se da praia. Os segmentos desmontados do anatomizador jaziam ali nos arredores, como partes de uma vespa que alguém tinha picotado.

— A guerra está mudando — disse Carrera, casualmente. — Kemp já é uma força desgastada nesse continente. Não vemos um ataque aéreo há semanas. Ele está usando a frota de icebergs para evacuar suas forças para o outro lado do estreito de Wacharin.

— Ele não vai conseguir manter o controle da costa? — Fiz a pergunta no automático, o fantasma de atenção de uma centena de relatórios de mobilização passados.

Carrera negou com um gesto de cabeça.

— Sem chance. Tem uma planície alagável a uma centena de quilômetros a sul e a leste. Nenhum lugar onde se entrincheirar. Além disso, ele não tem os equipamentos para construir abrigos anfíbios. Isso significa que não terá obstrução de sinais no longo prazo nem sistemas de armas apoiados por rede. Mais seis meses e eu vou ter blindados anfíbios o expulsando de toda a faixa costeira. Mais um ano e estaremos estacionando a *Chandra* na Cidade Índigo.

— E depois

— Como assim?

— E depois? Quando você tiver tomado Cidade Índigo, quando Kemp tiver bombardeado e minado e disparado rajadas em todos os recursos que valem a pena por aqui e fugido para as montanhas com os extremistas irredutíveis, *o que acontece?*

— Bem... — Carrera inflou as bochechas. Ele pareceu genuinamente surpreso pela questão. — O de sempre. Estratégia de controle espalhada pelos dois continentes, ações policiais limitadas e uso de bodes expiatórios até que todo mundo se acalme. Mas a essa altura...

— A essa altura já estaremos fora daqui, não é? — Enfiei as mãos nos bolsos. — Fora dessa porra de bola de lama e em algum lugar onde eles reconheçam um jogo perdido quando o veem. Me dê pelo menos essa boa notícia.

Ele olhou para mim e piscou.

— O Lar Huno parece bom. Disputa interna pelo poder, muita intriga palaciana. Bem a sua cara.

— Obrigado.

Na aba da cabine-bolha, vozes baixas se filtravam para o ar noturno do lado de fora. Carrera inclinou a cabeça e ficou escutando.

— Entre e se junte à festa — falei, taciturno, abrindo caminho à frente dele. — Poupa o trabalho de recorrer aos brinquedos do Lamont.

Os três membros remanescentes da expedição Mandrake estavam reunidos em assentos em torno de uma mesa baixa na ponta da enfermaria. A segurança de Carrera havia retirado a maior parte das unidades inibidoras e deixado cada prisioneiro com o padrão da detenção, um único inibidor agachado como um tumor na base do pescoço, atrás. Fazia com que todos parecessem peculiarmente corcundas, como se flagrados no meio de uma conspiração.

Eles olharam para nós quando entramos na enfermaria, suas reações uma escala. Deprez era o menos expressivo; mal movendo um músculo no rosto. Vongsavath cruzou o olhar com o meu e arqueou as sobrancelhas. Wardani olhou para além de mim, para onde Carrera estava, e cuspiu no piso de limpeza rápida.

— Isso foi para mim, eu presumo — disse o comandante da Vanguarda, calmamente.

— Podem dividir — sugeriu a arqueóloga. — Vocês parecem chegados o bastante para isso.

Carrera sorriu.

— Eu aconselharia você a não atiçar demais seu ódio, senhorita Wardani. Seu amiguinho aí atrás pode morder.

Ela chacoalhou a cabeça, sem responder. Uma das mãos se ergueu em um reflexo, quase chegando à unidade inibidora, depois tornou a cair. Talvez ela já tivesse tentado removê-la. Não é um erro que se cometa duas vezes.

Carrera caminhou até a mancha de saliva, se abaixou e apanhou-a com um dedo. Ele a examinou com atenção, levou até o nariz e fez uma careta.

— Você não tem muito tempo, senhorita Wardani. No seu lugar, acho que eu seria um pouco mais educado com a pessoa que vai aconselhar se você deve ser reencapada ou não.

— Duvido que a decisão seja sua.

— Bem. — O comandante da Vanguarda enxugou o dedo no lençol mais próximo. — Eu disse *aconselhar*, mas, até aí, isso pressupõe que você chegue reencapável a Pouso Seguro. O que pode não ocorrer.

Wardani se virou para mim, bloqueando Carrera no processo. Uma esnobada sutil que fez a vertente diplomática do meu condicionamento ter vontade de aplaudir.

— O seu catamita aqui está me ameaçando?

Balancei a cabeça.

— Acho que está fazendo uma observação.

— Sutil demais para mim. — Ela lançou um olhar desdenhoso para o comandante da Vanguarda. — Talvez seja melhor você simplesmente me dar um tiro na barriga. Isso parece funcionar bem. Seu método preferido de pacificação civil, pelo que me parece.

— Ah, sim. Hand. — Carrera apanhou uma cadeira da coleção em torno da mesa. Ele a virou e se sentou. — Ele era amigo seu?

Wardani apenas o encarou.

— Achei que não fosse — continuou Carrera. — Não faz seu tipo.

— Isso não tem nada a...

— Você sabia que ele foi o responsável pelo bombardeio de Sauberlândia?

Outra pausa muda. Dessa vez o rosto da arqueóloga afundou com o choque e, de súbito, eu vi como a radiação a havia consumido.

Carrera também viu.

— Sim, senhorita Wardani. Alguém tinha que abrir o caminho para essa sua pequena missão, e Matthias Hand preparou tudo para que fosse o nosso amigo mútuo, Joshua Kemp. Ah, nada direto, claro. Informações militares falsas, modeladas cuidadosamente e então vazadas tão cuidadosamente quanto pelos canais de dados certos. No entanto, bastou para convencer nosso herói revolucionário na Cidade Índigo que Sauberlândia ficaria melhor como uma mera mancha de gordura. E que 37 dos meus homens não precisavam mais de seus olhos. — Ele deu uma espiada de relance para mim. — Você deve ter adivinhado, não?

Dei de ombros.

— Pareceu provável. Caso contrário, era um pouco conveniente demais.

Os olhos de Wardani se voltaram para os meus de repente, incrédulos.

— Entende, senhorita Wardani? — Carrera se levantou como se todo o seu corpo estivesse dolorido — Tenho certeza de que você gostaria de crer que eu sou um monstro, mas não sou. Sou só um sujeito fazendo um serviço. Homens como Matthias Hand *criam* as guerras que eu ganho a vida lutando. Tenha isso em mente da próxima vez que sentir a necessidade de me insultar.

A arqueóloga não disse nada, mas eu podia senti-la fuzilando-me com os olhos. Carrera se virou para ir embora, mas se interrompeu.

— Ah, e senhorita Wardani, mais uma coisa. *Catamita.* — Ele olhou para o chão como se ponderasse a palavra. — Eu tenho o que muitos considerariam um escopo bastante limitado de preferências sexuais, e penetração anal não está entre elas. Mas vejo pelos seus registros do campo que não podemos dizer o mesmo a seu respeito.

Ela fez um ruído. Por trás dele, eu quase ouvi as armações de recuperação que o artifício Emissário havia construído dentro dela vacilando e oscilando. O som de dano infligido. Eu me vi, inexplicavelmente, de pé.

— Isaac, seu...

— Seu? — Ele sorria como um crânio quando me encarou. — *Seu filhote.* É melhor você sentar.

Era quase um comando e quase me congelou no lugar. Bile de Emissário subiu rosnando e o expulsou.

— Kovacs... — A voz de Wardani, como um cabo estalando.

Encontrei Carrera no meio do caminho, uma das mãos em gancho se erguendo para a garganta dele, um chute atrapalhado emergindo do resto da minha postura estragada pela doença. O corpanzil da Vanguarda oscilou na minha direção, e ele bloqueou ambos os ataques com uma facilidade brutal. O chute escorregou para a esquerda, deixando-me desequilibrado, e ele travou o braço que o atacava na altura do cotovelo, esmagando-o em seguida.

Ele fez um ruído triturado no fundo da minha mente, um copo de uísque vazio esmagado sob os pés em algum bar pouco iluminado. A agonia enxameou meu cérebro, arrancou um único grito curto e então se atenuou sob a neuroquímica de gerenciamento de dor. Vanguarda customizada para o combate — parecia que a capa ainda estava bem o suficiente para isso. Carrera não havia me soltado, e eu pendia da mão que ele mantinha em meu antebraço como uma boneca infantil desligada. Flexionei meu braço saudável, experimentalmente, e ele riu. Em seguida, torceu com força a junta do cotovelo despedaçado, de modo que a dor tornou a subir como uma nuvem negra por trás dos meus olhos e me soltou. Um chute no estômago me deixou em posição fetal e desinteressado em tudo que estivesse acima da altura do tornozelo.

— Vou enviar os médicos — ouvi ele dizendo acima de mim. — E senhorita Wardani, eu sugiro que cale a sua boca, ou vou mandar alguns de meus homens menos sensíveis virem para cá enchê-la para você. Isso, e talvez lhe dar uma lembrança à força do que a palavra *catamita* significa. Não me teste, mulher.

Houve um roçar de roupas, e ele se agachou ao meu lado. Uma das mãos agarrou minha mandíbula e virou meu rosto para o alto.

— Você vai ter que expulsar essa merda sentimental do seu organismo se quiser trabalhar para mim, Kovacs. Ah, e caso não expulse... — Ele ergueu uma aranha inibidora encolhida em sua mão. — Uma medida puramente temporária. Só até terminarmos com Sutjiadi. Todos nós vamos nos sentir mais seguros assim.

Ele inclinou a mão aberta para o lado, e a unidade inibidora rolou no ar. Para meus sentidos amortecidos pela endorfina, pareceu levar muito tempo. Eu pude assistir com algo próximo da fascinação enquanto a aranha desenrolava suas pernas em pleno ar e caía no chão se agitando a menos de um metro da minha cabeça. Ali ela se endireitou, girou no lugar uma ou duas vezes, e então correu na minha direção. Ela escalou pelo meu rosto, depois desceu até chegar à minha coluna. Uma pontada de gelo alcançou o osso e eu senti os membros como cabos se apertando em torno da parte de trás do meu pescoço.

Merda.

— Depois a gente se vê, Kovacs. Pense a respeito.

Carrera se levantou e, aparentemente, saiu. Por algum tempo, eu fiquei ali checando os selos do confortável cobertor de torpor que os sistemas da minha capa tinham jogado em torno de mim. Então senti mãos em meu corpo, me ajudando a chegar a uma posição sentada que eu não tinha interesse nenhum em obter.

— Kovacs. — Era Deprez, olhando para meu rosto. — Tudo bem, cara?

Tossi fracamente.

— Tô ótimo.

Ele me apoiou contra a beirada da mesa. Wardani entrou em meu campo de visão acima e atrás dele.

— Kovacs?

— Hããã, desculpe por isso, Tanya. — Arrisquei uma olhada no nível de controle no rosto dela. — Eu deveria ter te alertado para não forçar a barra com Carrera. Ele não é como Hand. Não vai ouvir calado.

— Kovacs. — Havia músculos se contraindo no rosto dela que talvez fossem o primeiro sinal do desabamento do edifício improvisado de sua recuperação. Ou não. — O que eles vão fazer com o Sutjiadi?

Uma pequena poça de silêncio cresceu ao nosso redor.

— Execução ritualística — disse Vongsavath. — Não é?

Assenti.

— O que isso significa? — Havia uma calma inquietante na voz de Wardani. Pensei que talvez tivesse que rever minhas suposições sobre a situação de sua recuperação. — Execução ritualística. O que vão fazer?

Fechei os olhos, invoquei imagens dos últimos dois anos. A recordação pareceu trazer uma dor abafada e profunda da junta do meu cotovelo esmagado. Quando me cansei disso, olhei para o rosto dela de novo.

— É como um autocirurgião — falei, devagar. — Reprogramado. Ele escaneia o corpo e mapeia o sistema nervoso. Mede a resiliência. Em seguida, eles rodam um programa de processamento.

Os olhos de Wardani se arregalaram um pouco.

— Processamento?

— Ele desmonta a pessoa. Esfola a pele, arranca a carne, quebra os ossos. — Puxei da memória. — Eviscera a pessoa, cozinha os olhos ainda nas órbitas, despedaça os dentes e cutuca os nervos.

Ela fez um gesto semiformado contra as palavras que estava ouvindo.

— E mantém a pessoa viva enquanto faz isso. Se parece que ela vai entrar em choque, para. Injeta estimulantes, se necessário. Ele dá qualquer coisa que for necessária, exceto analgésicos, lógico.

Agora parecia haver uma quinta presença entre nós, agachada ao meu lado, sorrindo e apertando os estilhaços de osso quebrado no meu braço. Eu fiquei ali sentado em minha própria dor amortecida por biotecnologia, lembrando-me do que havia acontecido aos predecessores de Sutjiadi enquanto a Vanguarda se reunia para assistir como os devotos em algum altar arcano ao deus da guerra.

— Quanto tempo isso dura? — perguntou Deprez.

— Depende. A maior parte do dia. — As palavras saíram arrastadas de mim. — Tem que estar terminado ao cair da noite. Faz parte do ritual. Se ninguém para a máquina antes disso, ela secciona e remove o crânio à última luz do dia. Isso geralmente encerra o ritual. — Eu queria parar de falar, mas parecia que ninguém mais queria me fazer parar. — Oficiais e não comissionados têm a opção de convocar um voto para um *coup de grâce* das fileiras, mas você não chega a esse ponto até o final da tarde, mesmo daqueles que querem ver tudo acabar. Eles não podem se dar ao luxo de parecer mais frouxos do que os de patente menor ou sem patente. E mesmo tão tarde, mesmo assim, eu já vi o voto acabar sendo contra.

— Sutjiadi matou um comandante de pelotão da Vanguarda — disse Vongsavath. — Acho que não vai haver voto de misericórdia.

— Ele está fraco — disse Wardani, esperançosa. — Com o envenenamento por radiação...

— Não. — Flexionei meu braço direito e uma fisgada de dor subiu até meu ombro, mesmo sob a neuroquímica. — As capas maori são projetadas para combate contaminado. Resistência muito alta.

— Mas as neuroquí...

Balancei a cabeça.

— Esqueça. A máquina vai se ajustar a isso, matar primeiro os sistemas de gerenciamento da dor, arrancá-los.

— Então ele vai morrer.

— Não, *ele não vai* — gritei. — Não é assim que funciona.

Ninguém falou muito depois disso.

Um par de médicos chegou, um homem que havia cuidado de mim antes junto com uma mulher de rosto duro que eu não conhecia. Eles checaram meu braço com uma competência elaboradamente descomprometida. A presença da unidade inibidora agachada em minha nuca e o que ela dizia sobre meu status foram cuidadosamente ignorados. Usaram um microkit de ultravibração para separar os cacos de osso ao redor da junta despedaçada do meu cotovelo, então inseriram bios de recrescimento em linhas de alimentação de monofilamento longas e profundas, cobertas no nível da pele com as etiquetas de identificação verdes e o chip que dizia às minhas células ósseas o que fazer e, mais diretamente, com que rapidez fazer a porra toda andar. *Nada de enrolação aqui. Esqueçam o que vocês faziam lá no mundo natural, vocês fazem parte de uma operação militar customizada agora, soldados.*

— Dois dias — disse aquele que eu conhecia, arrancando um adesivo de injeção rápida de endorfina da dobra do meu braço. — Limpamos os rebordos mais desiguais, então flexionar o braço não deve causar nenhum dano sério ao tecido em volta. Mas vai doer para caralho e atrasar o processo de cura, portanto, tente evitar. Eu vou colocar uma tala para que se lembre.

Dois dias. Em dois dias, eu vou ter sorte se essa capa ainda estiver respirando. A lembrança da médica a bordo do hospital orbital piscou pela minha mente. *Ah, que se foda.* O absurdo da coisa escapou de mim como um sorriso repentino e inesperado.

— Ei, obrigado. Não queremos atrasar o processo de cura, né?

Ele sorriu de volta debilmente, então voltou o olhar apressado para o que fazia. A tala apertava do bíceps até o começo do antebraço, quente e reconfortante e restritiva.

— Você faz parte da equipe do anatomizador? — perguntei-lhe.

Ele me deu um olhar perturbado.

— Não. Isso é ligado ao escâner, eu não faço isso.

— Acabamos por aqui, Martin — disse a mulher, abruptamente. — Hora de ir.

— Sim. — Mas ele se movia lentamente, indisposto, enquanto dobrava o kit médico de campo de batalha. Observei o conteúdo desaparecer, ferramentas cirúrgicas cobertas por fita adesiva e as faixas de adesivos dermais de cores vivas em suas capas removíveis.

— Ei, Martin. — Indiquei o pacote com o queixo. — Vai me deixar algumas dessas cor-de-rosa? Eu estava planejando dormir até mais tarde, sabe?

— Hã...

A médica pigarreou.

— Martin, nós não...

— Ah, cala essa *porra* de boca, vai. — Ele se virou para ela com uma fúria vinda do nada. Um instinto Emissário me chutou na cabeça. Por trás dele, estendi a mão para o kit. — Você não manda em mim, Zeyneb. Eu vou dispensar o que eu quiser, porra, e você...

— Tá bom — falei, baixinho. — Eu já peguei, mesmo.

Os dois médicos fixaram o olhar em mim. Ergui a faixa de adesivos de endorfina que eu tinha soltado com a mão esquerda. Sorri debilmente.

— Não se preocupem, não vou tomar todos de uma vez.

— Talvez você devesse — disse a médica. — Senhor.

— Zeyneb, eu te disse para calar a boca. — Martin guardou o kit médico apressadamente, apertando-o em seus braços, aninhando-o. — Você, hã, eles agem rápido. Não use mais do que três de cada vez. Isso vai te manter derrubado, seja lá o que... — Ele engoliu seco. — Seja lá o que estiver acontecendo ao seu redor.

— Obrigado.

Eles juntaram o resto de seu equipamento e saíram. Zeyneb olhou para mim quando estava na aba da cabine-bolha com a boca retorcida. Sua voz estava baixa demais para eu entender o que ela disse. Martin ergueu o braço, insinuando uma bofetada, e ambos saíram. Eu os observei saindo, depois olhei para a faixa de dermais no meu punho fechado.

— Essa é a sua solução? — indagou Wardani em uma voz baixa e fria.

— Tomar drogas e deixar tudo escapar do seu campo de visão?

— Você tem alguma ideia melhor?

Ela me deu as costas.

— Então desça dessa porra de torre de orações e mantenha sua indignação para si mesma.

— Nós podíamos...

— Podíamos o quê? Estamos inibidos, a maioria a alguns dias de morrer de um dano celular catastrófico, e eu não sei você, mas o meu braço dói. Ah, sim, e esse lugar todo está grampeado para som e imagem na cabine do oficial político, à qual, imagino, Carrera tem acesso imediato sempre que quiser. — Senti uma leve fisgada da coisa na minha nuca e percebi que minha própria raiva estava dominando meu cansaço. Afastei o sentimento. — Eu já lutei tudo o que tinha que lutar, Tanya. Amanhã vamos passar o dia todo ouvindo Sutjiadi morrer. Você lide com isso do jeito que quiser. Eu pretendo dormir.

Havia uma satisfação abrasadora em jogar essas palavras para cima dela, como retirar estilhaço de uma ferida em sua própria carne. No entanto, em algum ponto sob tudo isso, eu continuava vendo o comandante do campo em que ela estava internada, desligado em sua cadeira, a energia fluindo, a pupila de seu único olho humano restante saltando à toa contra a pálpebra superior.

Se eu me deitar, é provável que nunca mais consiga me levantar. Ouvi as palavras de novo, saindo dele em um sussurro como o último suspiro. *Então eu fico nessa. Cadeira. O desconforto me acorda. Periodicamente.*

Eu me perguntei que tipo de desconforto eu precisaria nesse estágio das coisas. A que tipo de cadeira eu precisaria me prender.

Em algum lugar tem que haver uma saída dessa porra de praia.

E me perguntei por que a mão na extremidade do meu braço ferido não estava vazia.

CAPÍTULO 39

Sutjiadi começou a gritar pouco depois que clareou.

Fúria ultrajada nos primeiros segundos, quase tranquilizante em sua humanidade, mas não durou muito. Em menos de um minuto, todos os elementos humanos foram reduzidos ao seu osso de agonia animal. Naquela forma, ele subiu queimando pela praia a partir da plataforma, berro após berro enchendo o ar como algo sólido, caçando ouvintes. Estávamos esperando por eles desde antes do amanhecer, mas ainda nos atingiram como uma onda de choque, um recuo visível que percorria cada um de nós, encolhidos em camas nas quais ninguém tinha nem tentado dormir. Eles vieram para todos nós e nos tocaram com uma intimidade repugnante. Eu coloquei mãos úmidas sobre o rosto e me agarrei à minha caixa torácica, parando de respirar, os cabelos em minha nuca se arrepiando. Emiti apenas um tique em um dos olhos. No meu pescoço, a unidade inibidora sentiu o gosto do meu sistema nervoso e se moveu, interessada.

Contenha.

Atrás do grito vinha outro som que eu conhecia. O rosnado grave de uma plateia excitada. A Vanguarda, vendo a justiça ser feita.

De pernas cruzadas na cama, abri os punhos. As faixas de adesivos dermais caíram sobre a colcha.

Algo piscou.

Eu vi o semblante do marciano, impresso em minha visão com tanta clareza que podia ser um display de retina.

essa cadeira...

... *me acorda.*

... ciscos de sombra e luz girando...

... lamento de luto alienígena...

Eu podia sentir...

... um semblante marciano, em meio ao rodopio de dor brilhante, não morto...

... grandes olhos inumanos que encontraram os meus com algo que...

Estremeci, afastando-me.

O grito humano continuou, rasgando nervos, escavando o tutano. Wardani enterrou o rosto nas mãos.

Eu não deveria estar me sentindo tão mal, uma parte desprendida de mim argumentou. *Essa não é a primeira vez que eu...*

Olhos inumanos. Gritos inumanos.

Vongsavath começou a chorar.

Eu senti aquilo se erguendo em mim, reunindo-se em espirais do mesmo jeito que os marcianos tinham feito. A unidade inibidora se retesou.

Não, ainda não.

Controle de Emissário, supressão fria e metódica da reação humana justamente quando foi necessário. Eu o recebi como um amante na praia de Wardani ao pôr do sol — acho que até sorri quando ele entrou em ação.

Lá fora, na plataforma, Sutjiadi gritou, negando tudo, as palavras arrancadas dele como algo tirado com alicates.

Estendi a mão para a tala em meu braço e a puxei lentamente na direção do pulso. Pontadas desconfortáveis percorreram o osso abaixo conforme o movimento roçava as bioetiquetas de recrescimento.

Sutjiadi gritava, vidro afiado sobre tendão e cartilagem na minha cabeça. O inibidor...

Frio. Frio.

A tala chegou ao meu pulso e pendeu, solta. Levei a mão à primeira bioetiqueta.

Alguém podia estar vendo isso da cabine de Lamont, mas eu duvidava. Havia muita coisa no cardápio no momento. Além disso, quem assiste a detentos com sistemas inibidores agachados em suas colunas? Para quê? Confie na máquina e vá fazer algo que valha mais a pena.

Sutjiadi gritava.

Agarrei a etiqueta e apliquei pressão crescente.

Você não vai fazer isso, relembrei. *Só vai ficar aqui sentado, ouvindo um homem morrer, e já fez isso o suficiente nos últimos dois anos para que isso não te incomode. Nada demais.* Os sistemas de Emissário, enganando todas as glândulas adrenais em meu corpo e me empastando com uma camada de desapego frio. Acreditei no que disse para mim mesmo em um nível mais profundo do que o pensamento. Em meu pescoço, o inibidor se contraiu e voltou a se aninhar.

Um rasguinho e o biofilamento de recrescimento saiu.

Curto demais.

Caral...

Frio.

Sutjiadi gritva.

Escolhi outra etiqueta e a puxei com mais delicadeza, de um lado para o outro. Sob a superfície da pele, senti o monofilamento cortar o tecido até o osso em uma linha direta e soube que também era curto demais.

Olhei para cima e flagrei Deprez me encarando. Seus lábios emolduravam uma pergunta. Eu lhe dei um sorrisinho distraído e tentei outra etiqueta.

Sutjiadi gritava.

A quarta etiqueta era a certa — senti quando ela cortou a carne em uma curva longa, atravessando e dando a volta em meu cotovelo. A única dermal de endorfina que eu tinha colocado mais cedo manteve a dor como uma inconveniência menor, mas a tensão ainda me percorria como fios de energia. Agarrei de novo a mentira de Emissário de que *absolutamente nada está acontecendo aqui* e puxei com força.

O filamento saiu como um talo de alga da areia úmida da praia, abrindo um vinco pela carne do meu antebraço. Sangue respingou no meu rosto.

Sutjiadi gritava. Um grito calcinante, subindo e descendo em uma escala de desespero e incredulidade pelo que a máquina estava fazendo, pelo que ele podia sentir acontecendo às fibras e tendões de seu corpo.

— Kovacs, que porra você tá...

Wardani se calou quando lhe lancei um olhar e apontei bruscamente para o meu pescoço. Embrulhei o filamento cuidadosamente em torno da minha palma esquerda, amarrando-o atrás da etiqueta. Em seguida, sem me dar tempo para pensar a respeito, abri bem a mão e puxei o nó de forma rápida e regular, bem apertado.

Nada está acontecendo aqui.

O monofilamento cortou a palma da minha mão, cortou o tecido como se fosse água e se deparou com a bioplaca de interface. Uma dor vaga. Sangue se ergueu do corte invisível em uma linha fina, depois se espalhou por toda a palma. Ouvi o fôlego de Wardani se entrecortar e então ela gritou quando seu inibidor mordeu.

Aqui não, meus nervos disseram à unidade inibidora no meu próprio pescoço. *Nada acontecendo aqui.*

Sutjiadi *gritava*.

Desamarrei o filamento e o retirei limpo, em seguida flexionei a palma danificada. As bordas da ferida na palma da minha mão se separaram e escancararam. Enfiei meu polegar no corte e...

NADA *está acontecendo aqui. Nadinha de nada.*

... remexi até a carne se rasgar.

Doeu, com ou sem a porra da endorfina, mas consegui o que queria. Por baixo da massa de carne e tecido adiposo mutilados, a placa de interface mostrava uma superfície branca limpa, coberta por gotas de sangue e delicadas cicatrizes de circuitos de biotecnologia. Separei um pouco mais as bordas do ferimento até conseguir expor um bom pedaço da placa. Em seguida, estendi a mão para trás sem nenhuma outra intenção consciente além do que se teria com um imenso bocejo e enfiei a mão cortada no inibidor.

E fechei o punho.

Por apenas um momento, achei que minha sorte havia se esgotado. A sorte que tinha permitido que eu removesse o monofilamento sem nenhum grande dano vascular, que me permitira alcançar a placa de interface sem cortar nenhum tendão útil. A sorte de não ter ninguém assistindo às telas de Lamont. A sorte que deveria se esgotar em algum ponto e, enquanto a unidade inibidora se movia sob minha mão escorregadia de sangue, senti toda a estrutura hesitante do controle de Emissário começar a ruir.

Caralho

A placa de interface — *travada para o usuário, hostil a qualquer circuito não codificado em contato direto* — saltou na minha palma rasgada e algo sofreu um curto atrás da minha cabeça.

O inibidor morreu com um breve guincho eletrônico.

Grunhi, então deixei a dor emergir entre dentes enquanto eu estendia o braço danificado e começava a desfazer a pressão que a coisa exercia em torno do meu pescoço. A reação estava surgindo agora, um tremor abafado correndo pelos meus membros, uma dormência se espalhando em meus ferimentos.

— Vongsavath — falei, enquanto soltava o inibidor. — Quero que você vá lá fora e encontre Tony Loemanako.

— Quem?

— O não comissionado que veio nos buscar ontem à noite. — Não havia mais necessidade de suprimir as emoções, mas descobri que os sistemas de Emissário estavam fazendo isso mesmo assim. Enquanto a colossal agonia de Sutjiadi arranhava e raspava minhas terminações nervosas, eu parecia ter descoberto um poço inumano de paciência para manter o equilíbrio. — O nome dele é Loemanako. Você provavelmente vai encontrá-lo perto da plataforma de execução. Diga-lhe que eu preciso conversar com ele. Não, espere. Melhor dizer apenas que eu disse que preciso dele. Essas palavras, exatamente. Sem motivos, apenas isso. Eu preciso dele agora mesmo. Isso deve trazê-lo para cá.

Vongsavath olhou para a aba fechada da cabine-bolha. Ela mal abafava os berros descontrolados de Sutjiadi.

— Lá fora — disse ela.

— Sim. Me desculpe. — Finalmente consegui tirar a unidade inibidora. — Eu iria pessoalmente, mas seria mais difícil de convencer. E você ainda está usando um desses.

Examinei a carapaça do inibidor. Não havia nenhum sinal exterior do dano que os sistemas contra intrusos da placa de interface haviam causado, mas a unidade estava inerte, os tentáculos duros e em forma de garra.

A oficial piloto se levantou, instável.

— Certo. Vou lá.

— E Vongsavath?

— Sim?

— Vá com calma lá fora. — Ergui o inibidor assassinado. — Tente não ficar emocionada com nada.

Parecia que eu estava sorrindo de novo. Vongsavath me encarou por um instante, depois fugiu. Os gritos de Sutjiadi soaram mais alto após sua partida por um momento, e então a aba caiu de volta.

Eu voltei minha atenção para as drogas à minha frente.

Loemanako veio rápido. Ele se abaixou para passar pela aba na frente de Vongsavath — outra onda amplificada da agonia de Sutjiadi — e caminhou pelo corredor central da cabine-bolha até o ponto em que eu jazia curvado na ponta da cama, tremendo.

— Desculpe pelo barulho — disse ele, inclinando-se sobre mim. Uma das mãos tocou meu ombro com gentileza. — Tenente, você está...

Golpeei para cima, na garganta exposta.

Cinco dermais de tetrameta de injeção rápida da faixa que minha mão direita tinha roubado na noite anterior, colocadas diretamente sobre os principais vasos sanguíneos. Se eu estivesse usando uma capa não condicionada, estaria agora cheio de câimbras e morrendo. Se eu tivesse menos condicionamento próprio, estaria agora cheio de câimbras e morrendo.

Não ousei usar uma dose menor.

O golpe abriu um rasgo na traqueia de Loemanako de um lado até o outro. O sangue jorrou, quente, sobre as costas da minha mão. Ele cambaleou para trás, o rosto trabalhando, os olhos infantis com uma mágoa incrédula. Saí da cama atrás dele...

... *algo no gene de lobo em mim chora pela traição...*

... e acabei com tudo.

Ele caiu e ficou imóvel.

Fiquei de pé sobre o cadáver, vibrando por dentro com a pulsação da tetrameta. Meus pés se moviam sob mim, instáveis. Tremores musculares desceram por um lado do meu rosto.

Lá fora, os gritos de Sutjiadi se intensificaram e se transformaram em algo novo e pior.

— Tirem o traje de mobilidade dele — falei, ríspido.

Nenhuma reação. Olhei ao redor e percebi que estava falando sozinho. Deprez e Wardani estavam ambos encolhidos em suas camas, atordoados. Vongsavath lutava para se levantar, mas não conseguia coordenar seus membros. Muita emoção — os inibidores sentiram o gosto no sangue deles e, portanto, morderam.

— Porra.

Eu me movi entre eles, apertando minha mão mutilada em torno das unidades-aranha e arrancando-as conforme espasmavam. Com a agitação da tetrameta, era quase impossível ser mais gentil. Deprez e Wardani grunhiram pelo choque quando seus inibidores morreram. A de Vongsavath foi mais difícil, soltando faíscas e queimando minha palma aberta. A piloto vomitou bile e se agitou. Eu me ajoelhei ao lado dela e coloquei os dedos em sua garganta, prendendo sua língua até o espasmo passar.

— Você tá...

Sutjiadi berrava durante isso tudo.

— ... bem?

Ela anuiu, fraca.

— Então me ajude a tirar esse traje de mobilidade. Não temos muito tempo até alguém dar pela falta dele.

Loemanako estava armado com uma pistola de interface, uma arma de raios padrão e a vibrofaca que emprestara a Carrera na noite anterior. Cortei suas roupas e pus mãos à obra no traje de mobilidade debaixo delas. Era específico para combate: ele desligava e era retirado rápido o bastante para ser útil em um campo de batalha. Quinze segundos e a assistência trêmula de Vong-savath foram suficientes para desligar os propulsores dorsais e dos membros e soltar a estrutura. O cadáver de Loemanako jazia com a garganta aberta, os membros frouxos, delineados por um conjunto de espigões de fibra de liga flexível saltadas para o alto que me lembraram vagamente dos cadáveres de golfinhos esquartejados e meio filetados para virar churrasco na praia Hirata.

— Me ajude a rolar ele para fora do...

Atrás de mim, alguém vomitou. Olhei para trás e vi Deprez se levantando com esforço. Ele piscou algumas vezes e conseguiu se focar em mim.

— Kovacs... Você... — Seu olhar caiu sobre Loemanako. — Isso é bom. Agora, quer compartilhar seus planos, só para variar?

Dei um último empurrão no cadáver de Loemanako e o rolei para fora do traje de mobilidade desembrulhado.

— O plano é simples, Luc. Vou matar Sutjiadi e todo mundo lá fora. Enquanto isso acontece, preciso que você entre na *Chandra* e procure por tripulação ou objetores de consciência ao entretenimento. Provavelmente haverá alguns de cada. Aqui, leve isso. — Chutei a arma de raios para ele. — Acha que vai precisar de mais alguma coisa?

Ele balançou a cabeça, confuso.

— Pode me dar a faca? E drogas? Onde é que estão aquelas merdas de tetrameta?

— Minha cama. Embaixo da colcha. — Deitei no traje sem me incomodar em tirar a roupa e comecei a puxar as vigas de apoio, fechando-as sobre meu peito e estômago. Não era o ideal, mas não havia tempo. Devia dar certo; Loemanako era maior do que a minha capa, e as pastilhas de captação auxiliares são feitas para funcionar por cima de tecido, num aperto. — Vamos juntos; acho que uma visita à cabana de poliga vale o risco antes de começarmos.

— Eu vou também — disse Vongsavath, obstinada.

— Não vai, não, caralho. — Fechei a última trava do corpo e comecei as dos braços. — Preciso de você inteira; você é a única pessoa que pode pilotar o vagão de batalha. Não discuta, é o único jeito de algum de nós sair daqui. Seu trabalho é ficar aqui e continuar viva. Cuide das pernas.

Os gritos de Sutjiadi tinham se reduzido a gemidos semiconscientes. Senti um fiapo de alarme percorrer minha coluna. Se a máquina achasse melhor recuar e deixar sua vítima se recuperar por algum tempo, aqueles nas fileiras de trás da plateia podiam começar a se afastar para um cigarro no intervalo. Liguei os propulsores enquanto Vongsavath ainda prendia as últimas vigas da junta do tornozelo e senti mais do que ouvi os auxiliares ganharem vida com um murmúrio. Dobrei os braços — pontada de dor desprezada no cotovelo quebrado, fisgadas na mão arruinada — e senti a potência.

Trajes de mobilidade hospitalares são projetados e programados para se aproximarem da força e movimento humanos normais enquanto protegem áreas de trauma e garantem que nenhuma parte do corpo seja forçada além de seus limites convalescentes. Na maioria dos casos, esses parâmetros são programados para impedir merdinhas estúpidos de desconsiderar o que é bom para eles.

Os customizados para uso militar não funcionam assim.

Retesei meu corpo, e o traje me colocou de pé. Pensei em um chute na região da virilha, e o traje reagiu com velocidade e força suficientes para amassar aço. Um longo golpe para trás com o punho. O traje ajustou o golpe como se fosse neuroquímica. Eu me agachei e flexionei, e soube que os auxiliares me lançariam a cinco metros de altura quando eu pedisse. Estendi a mão esquerda com precisão maquinal e apanhei a arma de interface de Loemanako. Números correram pelo display enquanto ele reconhecia os códigos Vanguarda em minha palma não danificada. O brilho vermelho da luz de carga me faz saber, pelo formigamento na minha palma, o que o pente trazia. O padrão de um comando do vácuo. Balas revestidas com centro de plasma de fusão breve. Carga de demolição.

Lá fora, a máquina de alguma forma fez Sutjiadi voltar aos gritos. Agora rouca, sua voz estava se desfiando. Uma onda mais profunda se levantava por trás dos berros. A plateia ovacionou.

— Pegue a faca — falei para Deprez.

CAPÍTULO 40

Lá fora, o dia estava lindo.

O sol estava quente sobre minha pele e refletia no casco do vagão de batalha. Havia uma leve brisa vindo do mar, arranhando a espuma. Sutjiadi gritava em agonia para um céu azul indiferente.

Olhando para a praia lá embaixo, vi que eles tinham erguido arquibancadas metálicas em torno do anatomizador. Só o topo da máquina aparecia acima das cabeças dos espectadores. A neuroquímica amplificou a visão — uma noção de cabeças e ombros tensos em fascinação ante o que estava acontecendo na plataforma e então, subitamente, um vislumbre de algo se agitando, fino como uma membrana e manchado de sangue, arrancado do corpo de Sutjiadi com pinças e capturado pela brisa. Um novo berro flutuou na esteira da visão. Eu me virei de costas.

Você remendou e evacuou Jimmy de Soto enquanto ele gritava e tentava arrancar os próprios olhos com as mãos. Você consegue.

Funcionalidade!

— Barraca de poliga — resmunguei para Deprez.

Descemos pela praia até a ponta mais distante da *Virtude de Angin Chandra* tão depressa quanto pareceu seguro sem disparar a visão periférica amplificada para combate de algum veterano da Vanguarda. Isso é uma arte, segundo ensinam nas operações secretas — respire superficialmente, movimente-se com calma. Minimize qualquer coisa que possa disparar o sentido de proximidade do inimigo. Meio minuto de exposição incômoda foi tudo o que precisamos, e então estávamos protegidos das arquibancadas pelo volume do casco da *Chandra*.

Na extremidade mais distante da cabana, cruzamos com um jovem em uniforme da Vanguarda, apoiado na estrutura e vomitando as tripas na areia. Ele ergueu o rosto coberto de suor quando fizemos a curva, as feições retorcidas de sofrimento.

Deprez o matou com a faca.

Abri a porta com um chute forte do traje de mobilidade e entrei, os olhos forçados para uma análise total na súbita penumbra.

Armários se enfileiravam contra uma das paredes, organizados. Uma mesa no canto suportava uma gama de armações de capacete. Suportes nas paredes ofereciam bases para botas e aparatos respiratórios. A portinhola para os chuveiros estava aberta. Uma não comissionada da Vanguarda virou o rosto, desviando o olhar de uma bobina de dados em outra mesa, o rosto extenuado e zangado.

— Eu já disse pra aquele bosta do Artola que não... — Ela viu o traje de mobilidade e olhou com mais calma, levantando-se. — Loemanako? O que você...

A faca voou pelo ar como um pássaro escuro vindo do meu ombro. Ela se enterrou no pescoço da não comissionada, logo acima da clavícula, e ela recuou em choque, deu um passo vacilante na minha direção, ainda olhando, e desabou.

Deprez passou por mim, ajoelhou-se para checar sua obra e recolheu a faca. Havia uma economia limpa de energia em seus movimentos que contradizia a situação de suas células destruídas.

Ele se levantou e me pegou olhando.

— Algum problema?

Assenti para o cadáver que ele acabara de fazer.

— Nada mau para um moribundo, Luc.

Ele encolheu os ombros.

— Tetrameta. Capa maori. Já estive com equipamento pior.

Larguei a arma de interface na mesa, peguei um par de armações de capacete e joguei uma para ele.

— Já fez isso antes?

— Não. Não sou um astronauta.

— Certo. Coloque isso. Segure pelos suportes, não manche o painel facial. — Peguei bases das botas e conjuntos respiratórios com a velocidade amplificada pela tetrameta. — O duto de ar se encaixa aqui, assim. O conjunto você prende ao peito.

— Não precisamo...

— Eu sei, mas vai ser mais rápido assim. E significa que você pode manter o painel facial abaixado. O que pode salvar a sua vida. Agora pise firme sobre as bases das botas, que elas colam no lugar. Eu tenho que ligar esse negócio.

Os sistemas das duchas estavam montados na parede perto da portinhola. Consegui ligar uma das unidades, então assenti para Deprez me seguir e entramos na seção das duchas. A portinhola se fechou atrás de nós e eu peguei o odor espesso de solvente da poliga sendo despejada no espaço restrito. As lâmpadas da unidade operacional piscaram, laranjas, na vizinhança com pouca luz, refletindo nas dúzias de fios retorcidos de poliga onde eles caíam das duchas e se espalhavam como óleo no piso inclinado do cubículo.

Entrei.

A sensação é inquietante na primeira vez, como ser enterrado vivo na lama. A poliga pousa em uma cobertura fina que se acumula em um lodo escorregadio bem depressa. Fica amontoada no domo de malha transversal no topo da armação do capacete, depois cai e escorre ao redor da cabeça, ferroando a garganta e as narinas, mesmo com a respiração presa. A repulsão molecular a mantém distante da superfície do painel facial, mas o resto do capacete fica revestido em vinte segundos. O resto do corpo, até a base das botas, leva mais dez. É bom tentar manter a poliga longe de feridas abertas ou carne viva; ela arde antes de secar.

caraaaaaaalho

É vedado, impermeável, totalmente selado, e pode deter uma bala de alta velocidade como blindagem de vagão de batalha. A distância, pode até defletir disparos de Jato Solar.

Eu saí dali e apalpei a poliga procurando os controles do aparelho de respiração. Liguei o controle de ventilação. O ar chiou sob minha mandíbula, preenchendo o traje e soltando-o do meu corpo com um estalo. Desliguei o ar e liguei o controle do painel facial, que se ergueu sem ruído.

— Sua vez. Não se esqueça de prender a respiração.

Em algum lugar lá fora, Sutjiadi ainda gritava. A tetrameta arranhava meus nervos. Eu quase arranquei Deprez da ducha, soquei o suprimento de ar e assisti enquanto seu traje estalava.

— Certo, é isso. — Modulei para a aspiração-padrão. — Mantenha o painel abaixado. Se alguém te abordar, faça esse sinal para eles. Não, com o polegar dobrado, assim. Isso significa que o traje está com problemas. Pode te dar o tempo que você precisa para se aproximar. Me dê três minutos, aí saia. E fique longe da popa.

A cabeça no capacete assentiu pesadamente. Eu não podia ver o rosto dele através do painel facial escurecido. Hesitei um instante, então dei-lhe um tapa no ombro.

— Tente se manter vivo, Luc.

Fechei o painel de novo com o queixo. Em seguida, deixei a tetrameta assumir a liderança, peguei a arma de interface com a mão esquerda no caminho pelo vestiário e deixei que o ímpeto me carregasse de volta lá fora, para os gritos.

Levei um dos meus três minutos para dar uma volta ampla nos fundos da cabana de poliga e, a seguir, a cabine-bolha hospitalar. A posição me dava uma linha de mira para o portal e a segurança mínima que Carrera deixara ali. Era a mesma da noite passada: cinco guardas fortes, dois em trajes, e um módulo ligado. Um dos trajes parecia ser Kwok, pela postura encolhida e as pernas cruzadas. Bem, ela nunca tinha sido muito fã de sessões do anatomizador. O outro guarda eu não pude identificar.

Apoio tecnológico. O canhão móvel de ultravibrações e um par de outros nacos de poder de fogo automatizado, mas todos voltados para o lado errado agora, vigiando a escuridão além do portal. Expirei uma vez e comecei a descer a praia.

Eles me viram a vinte metros de distância; eu não estava me escondendo. Acenei a arma de interface alegremente acima da cabeça e fiz o gesto de defeito com a outra mão. O buraco esfarrapado na palma direita doía.

A quinze metros, eles sabiam que havia algo errado. Vi Kwok se retesar e usei a única carta que me restava. Abri o painel facial com o queixo e esperei a doze metros de distância para que se levantasse. O rosto dela registrou choque quando me viu, misturado com prazer, confusão e preocupação. Ela se desdobrou e se levantou.

— Tenente?

Atirei nela primeiro. Um único tiro, entrando pelo painel facial aberto. O centro de plasma explosivo estourou o capacete em pedacinhos enquanto eu corria adiante.

... a garganta dolorida de lealdade lupina, em carne viva...

O segundo traje estava se movimentando quando o alcancei, um único salto no traje de mobilidade e um chute em pleno ar que o derrubou para trás contra a carapaça do módulo. Ele quicou, a mão se erguendo para fechar o painel facial. Agarrei o braço, esmaguei-o na altura do pulso e disparei em sua boca aberta em um grito.

Algo me atingiu no peito, lançando-me de costas na areia. Vi uma figura sem traje de mobilidade pisando duro em minha direção, a mão da arma estendida. A arma de interface levantou meu braço em um palmo de altura e disparei em suas pernas, derrubando-o. Finalmente, um grito para competir com Sutjiadi e o tempo se esgotando. Fechei meu painel facial e flexionei as pernas. O traje de mobilidade me jogou de pé outra vez. Um disparo de Jato Solar chicoteou a areia onde eu estivera no segundo anterior. Dei meia-volta e soltei um disparo. O portador da Jato Solar girou no lugar com o impacto, e fragmentos vermelhos e brilhantes de coluna explodiram de suas costas quando o cartucho detonou.

O último tentou lutar corpo a corpo comigo, bloqueando o meu braço com a arma para cima e pisando no meu joelho. Contra um homem sem blindagem, era uma boa jogada, mas ele não estivera prestando atenção. A beirada de seu pé desviou no traje de mobilidade e ele vacilou. Eu me virei e soltei um chute circular com toda a força equilibrada que o traje podia me proporcionar.

Quebrou a coluna dele.

Algo retiniu na frente do módulo. Olhei mais adiante na praia e vi figuras se derramando do anfiteatro improvisado, as armas em riste. Disparei um tiro por reflexo antes de controlar meus processos mentais atrapalhados pela meta e montar no módulo.

Os sistemas despertaram com um tapa na ignição — luzes e fluxo de dados no painel de instrumentos coberto e pesadamente blindado. Liguei os motores, fiz um quarto de volta para enfrentar a Vanguarda, selecionei o armamento e...

... *uivo, uivo, UIVO...*

Um sorriso meio lupino se formou em meu rosto quando os lançadores foram acionados.

Explosivos não são muito úteis para combate no vácuo. Não há onda de choque digna de menção e qualquer feixe de energia gerado se dissipa depressa. Contra pessoal equipado com trajes, os explosivos convencionais são quase inúteis, e a potência nuclear, bem, contraria qualquer objetivo de combate em proximidade. Você precisa mesmo de um tipo de arma mais inteligente.

As estruturas-mãe dos estilhaços inteligentes cortaram trilhas idênticas serpenteantes entre os soldados na praia, localizadores enviesando o rumo do voo com precisão de microssegundos para jogar seus cartuchos-filhotes no ar exatamente onde poderiam causar o maior dano orgânico. Por trás de uma névoa quase invisível de impulsos que a visão aprimorada do meu painel facial pintou de rosa-claro, cada disparo liberou uma salva de estilhaços monomoleculares costurados com centenas de pedaços maiores, do tamanho de dentes e com os cantos afiados como navalhas, que se enterrariam em matéria orgânica e então se fragmentariam.

Essa era a arma que tinha destruído o Pelotão 391 ao meu redor, dois meses antes. Levara os olhos de Kwok, os membros de Eddie Munharto e meu ombro.

Dois meses? Por que parece ter sido em outra vida?

Os soldados da Vanguarda mais próximos a cada disparo literalmente se dissolveram na tempestade de fragmentos metálicos. A visão aprimorada pela neuroquímica me mostrou isso, permitiu que eu assistisse à sua transformação conforme iam de homens e mulheres a carcaças despedaçadas, jorrando sangue de milhares de pontos de entrada e de saída e então se tornando nuvens, eclodindo em tecido devastado. Aqueles mais distantes apenas morreram, subitamente feitos em pedaços.

As estruturas-mãe saltaram jubilosamente em meio a todos, impactaram nas margens dos assentos em torno de Sutjiadi e explodiram. Toda a estrutura se ergueu brevemente no ar e sumiu em chamas. A luz da explosão respingou, alaranjada, no casco da *Virtude de Angin Chandra,* e destroços choveram na areia e na água. A explosão rolou pela praia e fez o módulo oscilar em seu campo gravitacional.

Havia, descobri, lágrimas marejando meus olhos.

Empurrei o módulo adiante sobre a areia borrifada de vísceras, aprumando-me de joelhos e procurando por sobreviventes. No silêncio deixado no rastro das explosões, o propulsor gravitacional fazia um ruído ridiculamente suave, cuja sensação só poderia descrever como ser acariciado com plumas. A tetrameta cintilou nas margens da minha visão e tremulou nos meus tendões.

No meio da zona de detonação, divisei um par de homens da Vanguarda escondidos entre duas das cabines-bolha. Segui na direção deles. Uma estava em um estado precário demais para fazer qualquer outra coisa além de tossir sangue, mas o companheiro dela se ergueu a uma posição sentada conforme o módulo se aproximava. O estilhaço tinha, eu vi, arrancado seu rosto e o deixado cego. O braço mais perto de mim se reduzia a um toco no ombro e fragmentos de osso salientes.

— O que... — pediu ele.

A bala revestida o derrubou de vez. Ao lado dele, a outra soldado me amaldiçoou, mandando-me para algum inferno do qual eu nunca tinha ouvido falar, e então morreu sufocada em seu próprio sangue. Planei acima dela por alguns momentos, com a arma semiapontada, depois dei meia- -volta no módulo quando ouvi algo retinindo, abafado, perto do vagão de batalha. Escaneei a linha da costa ao lado da pira funerária improvisada de Sutjiadi e percebi movimentos na beira da água. Outro soldado, quase sem ferimento algum — devia ter rastejado para debaixo da estrutura do vagão de batalha e escapado do pior da detonação. A arma na minha mão estava abaixo do nível da tela do módulo. Ele viu apenas o traje de poliga e o veículo da Vanguarda. Ele se levantou, balançando a cabeça, atordoado. Havia sangue escorrendo de suas orelhas.

— Quem? — ficava repetindo. — Quem?

Ele caminhou distraidamente para a parte rasa da água, olhando para a devastação em torno, depois para mim. Eu levantei o painel facial com o queixo.

— Tenente Kovacs? — A voz dele retumbou, alta demais devido à sua surdez repentina. — Quem fez isso?

— A gente fez — respondi, sabendo que ele não podia me ouvir. Ele observou meus olhos, sem entender.

Ergui a arma de interface. O tiro o prendeu contra o casco por um momento, depois o soltou de novo ao explodir. Ele desmoronou na água e flutuou ali, vazando nuvens espessas de sangue.

Movimento vindo da *Chandra*.

Girei o módulo e vi uma figura em traje de poliga tropeçar pela rampa de entrada e desabar. Um salto do traje de mobilidade por cima da tela do módulo me deixou aterrissar na água, mantido de pé pelo giroscópio. Uma dúzia de passos me levou à forma encolhida, e vi o disparo de Jato Solar que havia queimado e perfurado um lado do estômago. A ferida era imensa.

O painel facial se levantou e Deprez ofegava sob ele.

— Carrera — conseguiu dizer, rouco. — Escotilha dianteira.

Eu já estava em movimento, já sabendo, no fundo dos meus ossos, que chegaria tarde demais.

A escotilha dianteira estava estourada para evacuação de emergência. Jazia semienterrada em uma cratera de areia com a força dos pinos explosivos que a lançaram ali. Pegadas ao lado dela onde alguém tinha saltado os três metros do casco para a praia. As pegadas levavam em uma linha direta correndo até a cabana de poliga.

Vá se foder, Isaac, foda-se, seu filho da puta teimoso.

Entrei com tudo pela porta da cabana brandindo a Kalashnikov. Nadica de nada. O vestiário estava como eu o havia deixado. O cadáver da não comissionada, o equipamento espalhado sob a luz baixa. Além da portinhola, a ducha ainda corria. O fedor de poliga escapou e me alcançou.

Eu me abaixei e saí, checando os cantos. Nada.

Caralho.

Bom, era de se imaginar. Desliguei o sistema de duchas, distraído. *O que você esperava, que ele fosse fácil de matar?*

Saí de novo para encontrar os outros e contar as boas-novas.

Deprez morreu enquanto eu estava longe.

Quando voltei para junto dele, ele tinha desistido de respirar e fitava o céu azul como se estivesse levemente entediado com a vista. Não havia sangue — a pouca distância, uma Jato Solar cauterizava totalmente, e, pela ferida, parecia que Carrera o pegara à queima-roupa.

Vongsavath e Wardani o encontraram antes de mim. Elas estavam de joelhos na areia a uma curta distância, de ambos os lados dele. Vongsavath segurava uma arma de raios capturada, mas dava para ver seu claro desânimo. Mal levantou o olhar quando minha sombra caiu sobre ela. Pousei uma das mãos em seu ombro de passagem e me agachei na frente da arqueóloga.

— Tanya.

Ela percebeu o tom da minha voz.

— O que foi agora?

— É muito mais fácil fechar o portal do que abrir, certo?

— Certo. — Ela parou e olhou para mim, examinando meu rosto. — Há um procedimento para desligamento que não requer codificação, sim. Como você sabia?

Dei de ombros, por dentro também me perguntando. A intuição de Emissário em geral não funciona assim.

— Faz sentido, acho. Sempre mais difícil abrir as fechaduras do que bater a porta depois.

A voz dela se abaixou.

— É, sim.

— Esse fechamento. Quanto tempo leva?

— Eu... *porra*, Kovacs. Não sei. Umas duas horas. Por quê?

— Carrera não morreu.

Ela soltou uma tosse entrecortada.

— Como é?

— Você viu essa merda de rombo no Luc. — A tetrameta vibrava em mim como eletricidade, alimentando uma raiva crescente. — Trabalho de Carrera. Depois saiu pela escotilha dianteira de fuga, se pintou todo de poliga e, a essa altura, está do outro lado da porra do portal. Isso foi claro o bastante pra você?

— Então por que você não o deixa por lá?

— Porque, se eu deixar... — Forcei minha própria voz a se abaixar um pouco, tentei controlar a onda de meta. — Se eu deixar, ele vai nadar para cá enquanto você estiver tentando fechar o portal e vai te matar. E matar o resto de nós também. Na verdade, dependendo do equipamento que Loemanako deixou a bordo da nave, ele pode voltar com uma ogiva nuclear tática. *Muito em breve.*

— Então por que a gente simplesmente não dá o fora daqui, agora mesmo? — perguntou Vongsavath. Ela gesticulou para a *Virtude de Angin Chandra*. — Nesse negócio, eu posso nos colocar do outro lado do globo em uns dois minutos. Porra, eu podia nos levar para fora do sistema todo em uns dois meses.

Dei uma olhada para Tanya Wardani e esperei. Ela levou alguns momentos, mas enfim balançou a cabeça.

— Não. Temos que fechar o portal.

Vongsavath jogou as mãos para o alto.

— Para que caralhos temos que fazer isso? Quem liga...

— Esquece, Ameli. — Flexionei o traje até ficar de pé outra vez. — Para dizer a verdade, eu não acho que você poderia passar pelos bloqueios de segurança da Vanguarda em muito menos do que um dia, de qualquer jeito. Mesmo com a minha ajuda. Acho que teremos que fazer da forma difícil.

E eu terei uma chance de matar o homem que assassinou Luc Deprez.

Eu não tinha certeza se era a meta falando ou apenas a lembrança de uma garrafa de uísque compartilhada no convés de uma traineira agora explodida e afundada. Não parecia importar tanto.

Vongsavath suspirou e se levantou com esforço.

— Você vai no módulo? — indagou ela. — Ou quer uma estrutura impulsora?

— Vamos precisar de ambos.

— É? — Ela pareceu subitamente interessada. — Como? Você quer que eu...

— Os módulos são montados sobre um morteiro nuclear. Rendimento de vinte quilotoneladas. Eu vou disparar esse filho da puta para o outro lado e ver se conseguimos fritar o Carrera com ele. É provável que não. Ele vai estar recuado em algum lugar, provavelmente esperando por isso. Mas o ataque vai afugentá-lo por tempo suficiente para mandar o módulo para o outro lado. Enquanto isso atrai qualquer arma de longo alcance que ele tiver, eu vou passar com o aparelho impulsor. Depois disso... — Dei de ombros. — É uma luta justa.

— E suponho que eu não...

— Na mosca. Como é a sensação de ser indispensável?

— Por aqui? — Ela olhou a praia coberta de cadáveres de cima a baixo. — Parece deslocada.

CAPÍTULO 41

— Você não pode fazer isso — disse Wardani, baixinho.

Eu terminei de angular o nariz do módulo para o alto, voltado para o centro do espaço do portal, e me virei de frente para ela. O campo gravitacional murmurava para si.

— Tanya, a gente viu essa coisa aguentar o fogo de armas que... — Procurei pela palavra mais adequada. — Que eu mesmo não compreendo. Acha mesmo que uma cosquinha com uma bomba nuclear tática vai causar algum dano?

— Não estou falando disso. Tô falando de você. Olha só pra você.

Olhei para os controles no quadro de disparo.

— Eu aguento mais uns dois dias.

— É... em uma cama de hospital. Você acha *mesmo* que tem alguma chance contra o Carrera nesse estado? A única coisa te segurando de pé é esse traje.

— Bobagem. Você tá esquecendo da tetrameta.

— É, uma dose letal, pelo que eu vi. Quanto tempo você aguenta?

— Tempo suficiente. — Ignorei o olhar dela e fitei a praia mais além. — O que diabos está fazendo a Vongsavath demorar tanto?

— Kovacs. — Ela esperou até que eu me voltasse para ela. — Tente mandar a bomba. Deixe por isso mesmo. Eu vou fechar o portal.

— Tanya, por que você não me acertou com o atordoador?

Silêncio.

— Tanya?

— Tudo bem — disse ela, com violência. — *Jogue fora* a porra da sua vida lá. Não dou a mínima.

— Não foi isso o que eu te perguntei.

— Eu... — Ela abaixou os olhos. — Eu entrei em pânico.

— Isso é mentira, Tanya. Eu te vi fazer muita coisa nos últimos dois meses, mas entrar em pânico não está entre elas. Acho que você não sabe o que isso significa.

— Ah, é? Você acha que me conhece tão bem assim?

— Bem o bastante.

Ela soltou uma fungada de zombaria.

— Soldados de merda. Todo soldado é um romântico com a cabeça fodida. Você não sabe de nada a meu respeito, Kovacs. Você trepou comigo, e isso em uma virtualidade. Acha que isso te dá algum discernimento? Acha que isso te dá o direito de *julgar* as pessoas?

— Pessoas como Schneider, você diz? — Dei de ombros. — Ele teria vendido todos nós para o Carrera, Tanya. Você sabe disso, não sabe? Ele teria sentado para assistir ao Sutjiadi e deixaria rolar.

— Ah, está orgulhoso, é? — Ela gesticulou para a cratera onde Sutjiadi tinha morrido e o derrame vivo e brilhante de cadáveres e vísceras espalhadas que se estendia em nossa direção. — Acha que realizou um grande feito aqui, não é?

— Você queria que eu morresse? Em vingança pelo Schneider?

— Não!

— Não é um problema, Tanya. — Tornei a encolher os ombros. — A única coisa que eu não consigo entender é *por que eu não morri*. Não creio que você tenha algum comentário a respeito, né? Como nossa especialista marciana de plantão, quero dizer.

— Eu não sei. Eu... eu entrei em pânico. Como falei. Peguei o atordoador assim que você o deixou cair. Eu mesma me apaguei.

— É, eu sei. Carrera disse que você entrou em neurochoque. Ele só queria saber por que eu não entrei. Isso, e por que eu tinha acordado tão rápido.

— Talvez — disse ela, sem olhar para mim — você não tenha o que quer que esteja dentro do resto de nós.

— Ei, Kovacs!

Nós dois nos movemos para olhar de novo para a praia.

— Kovacs! Olha o que eu achei.

Era Vongsavath, montada no outro módulo em um ritmo arrastado. Na frente dela tropeçava uma figura solitária. Estreitei os olhos e amplifiquei minha visão.

— Puta merda, não acredito.

— Quem é?

Soltei uma risada seca.

— Tipinho sobrevivente. Olha.

Lamont parecia péssimo, mas não muito pior do que da última vez em que nos víramos. Sua silhueta vestida em farrapos estava respingada de sangue, mas não parecia ser dele. Seus olhos estavam espremidos em fendas, e seu tremor parecia ter se reduzido. Ele me reconheceu, e seu rosto se iluminou. Ele saltitou adiante, parou e olhou para trás, para o módulo que o guiava pela praia. Vongsavath disse algo brusco para ele, que recomeçou a andar até se postar a alguns metros de mim, dançando peculiarmente de um pé para o outro.

— Eu sabia! — Ele gargalhou alto. — Eu sabia que você faria isso. Eu tenho *arquivos* a seu respeito, sabia que você faria isso. *Eu te ouvi. Eu ouvi você,* mas não falei nada.

— Eu o encontrei no vão do arsenal — disse Vongsavath, fazendo o módulo parar e desmontando. — Desculpe. Levei algum tempo para espantá-lo de lá.

— Eu *te ouvi, eu te vi* — disse Lamont para si mesmo, esfregando ferozmente a parte de trás do pescoço. — Tenho *arquivos* a seu respeito. Ko-ko--ko-ko-kovacs. *Sabia* que você faria.

— Sabia? — falei, sombrio.

— Eu *te ouvi, eu te vi,* mas não falei nada.

— É, bem, esse foi o seu erro. Um bom oficial político sempre relata suas suspeitas para as autoridades superiores. Está nas diretrizes.

Apanhei a arma de interface do console do módulo e atirei no peito de Lamont. Foi um disparo impaciente, que o atravessou em um ponto alto demais para matar de imediato. O cartucho explodiu na areia cinco metros atrás dele. Ele se agitou no chão. O sangue gotejava da ferida de entrada, e então, de algum lugar, ele encontrou as forças para ficar de joelhos. Sorriu para mim.

— *Sabia* que você faria isso — disse, rouco, e caiu lentamente para o lado. O sangue se esvaía dele, empapando a areia.

— Você conseguiu pegar o impulsor? — perguntei a Vongsavath.

Mandei as duas aguardarem atrás do rochedo mais próximo enquanto eu disparava a bomba nuclear. Elas não estavam protegidas, e eu não quis desperdiçar o tempo que levaria para colocá-las sob poliga. Mesmo a distância, mesmo no vácuo congelante do outro lado do portal, as bombas nucleares montadas no módulo lançariam de volta radiação suficiente para cozinhar um humano desprotegido até deixá-lo mortinho da silva.

Claro, minhas experiências pregressas sugeriam que o portal lidaria com a proximidade de radiação perigosa de uma forma muito similar à proximidade dos nanorrobôs: não permitindo sua presença. Mas era possível estar enganado. Além disso, não tínhamos como saber o que um marciano consideraria uma dose tolerável de radiação.

Então por que você está sentado aqui, Tak?

O traje vai absorver tudo.

Porém, era um pouco mais do que isso. Montado sobre o módulo, com a Jato Solar deitada sobre minhas coxas e a pistola de interface guardada em uma bolsa no cinto, diante da bolha de paisagem estelar que o portal escavava no mundo à minha frente, eu podia sentir uma inércia longa e arrastada de determinação se assentar. Era um fatalismo que corria mais fundo do que a tetrameta, uma convicção de que não havia muito mais a fazer e que qualquer resultado à espera lá fora, no frio do vácuo, teria que bastar.

Deve ser a morte chegando, Tak. Inevitável que te pegue no fim. Mesmo com a meta, em um nível celular, qualquer capa vai...

Ou talvez você simplesmente esteja com medo de mergulhar por ali e se encontrar de volta na Mivtsemdi *de novo.*

Vamos logo com isso?

A cápsula do morteiro foi cuspida pela carapaça do módulo, lenta o suficiente para ser visível, rompeu o portal espacial com um leve som de sucção e escapou para a paisagem estelar. Segundos depois a vista foi encharcada de branco com a detonação. Meu painel facial se escureceu automaticamente. Esperei, sentado no módulo, até que a luz diminuísse. Se qualquer coisa além de radiação do espectro visual voltou por ali, o alerta de contaminação no capacete do traje não achou digno de menção.

É bom ter razão, hein?

Não que importe muito agora, de qualquer forma.

Levantei o painel facial com o queixo e assoviei. O segundo módulo se ergueu por trás do rochedo e abriu um vinco curto pela areia. Vongsavath aterrissou com perfeição descuidada, alinhando o módulo com o meu. Wardani desceu da garupa com uma lentidão dolorosa.

— Duas horas, você disse, Tanya.

Ela me ignorou. Não falava nada desde que eu atirara em Lamont.

— Bem. — Conferi o cabo de segurança da Jato Solar mais uma vez. — Seja lá o que você precise fazer, pode começar agora.

— E se você não voltar a tempo? — objetou Vongsavath.

Sorri.

— Não seja estúpida. Se eu não puder matar o Carrera e voltar para cá em duas horas, eu não vou voltar. Você sabe disso.

Aí fechei o painel facial e acionei os propulsores do módulo.

Atravessar o portal. Veja só... tão fácil quanto cair.

Senti o estômago na garganta quando a ausência de peso assumiu. A vertigem veio logo em seguida.

Aqui vamos nós de novo, merda.

Carrera fez sua jogada.

Uma mancha rosada ínfima no painel facial quando um propulsor ligou em algum ponto acima de mim. Os reflexos de Emissário lidaram com isso assim que aconteceu, e minhas mãos puxaram o módulo, forçando uma meia-volta para encarar o ataque. Os sistemas de armas piscaram. Um par de drones interceptadores foi expelido. Eles foram rodopiando para evitar qualquer defesa direta que o míssil que se aproximava tivesse, em seguida dardejaram pelo meu campo de visão vindos de lados opostos e detonaram. Um dos dois me pareceu ter começado a girar para fora da rota, virando limalha, quando ambos explodiram. Uma luz branca silenciosa lampejou, e o painel facial esmaeceu minha visão.

A essa altura, eu estava ocupado demais para assistir.

Com um chute me projetei para longe do módulo, sufocando uma torrente repentina de terror quando soltei sua solidez e caí para cima na escuridão. Minha mão esquerda procurou pelo controle do impulsor no braço. Refreei o gesto.

Ainda não.

O módulo rodopiou para longe debaixo de mim, o propulsor ainda ligado. Expulsei pensamentos sobre o limbo infinito em que eu estava à deriva, concentrando-me, em vez disso, na massa vagamente percebida da nave acima de mim. Na esparsa luz das estrelas, o traje de combate de poliga e o aparelho impulsor nas minhas costas seriam quase invisíveis. Nenhum empuxo do impulsor significava nenhum traço rastreável em nada que não fossem os aparelhos mais sensíveis a massa, e eu estava disposto a apostar que

Carrera não tinha um desses à mão. Enquanto os impulsores continuassem desligados, o único alvo visível ali fora seria o propulsor do módulo. Fiquei de pé com as pernas dobradas do silêncio sem peso, puxei a Jato Solar para perto pelo cabo de segurança e aninhei a coronha em meu ombro. Respirei. Tentei não esperar demais pela jogada seguinte de Carrera.

Vamos lá, filho da puta.

Ah-ha. Você está esperando, Tak.

Nós vamos te ensinar a não esperar nada. Assim, você estará preparado para tudo.

Obrigado, Virginia.

Com o equipamento adequado, um comando de vácuo não precisa fazer a maioria dessas merdas. Há toda uma gama de sistemas de detecção carregados nas estruturas de capacete de um traje de combate, coordenados por um computador pessoal de batalha bem sagaz que não sofre dos congelamentos por assombro que os humanos estão propensos a sofrer no espaço profundo. É preciso seguir o jogo, mas, assim como a maior parte das batalhas hoje em dia, a máquina faz a maioria do trabalho.

Eu não tivera tempo de encontrar e instalar a tecnologia de batalha da Vanguarda, mas tinha tolerável certeza de que Carrera também não, o que o deixava com seja lá que equipamento codificado para a Vanguarda que a equipe de Loemanako tivesse deixado a bordo da nave e possivelmente uma Jato Solar. E para um comando da Vanguarda, vai contra o senso comum deixar equipamento largado sem vigilância — não haveria muito.

É o que você espera.

O resto se resumia a corpo a corpo em níveis de grosseria que se estendiam pela história até campeões orbitais como Armstrong e Gagarin. E isso, a onda de tetrameta me dizia, devia funcionar a meu favor. Deixei meus sentidos Emissários deslizarem sobre minha ansiedade, sobre o latejar da tetrameta e parei de esperar que algo acontecesse.

Isso.

Lampejo rosado na margem escura do casco volumoso.

Virei meu peso tão tranquilamente quanto o traje de mobilidade me permitia, me alinhei no ponto de lançamento e botei os impulsores em sobrecarga. Em algum lugar abaixo de mim, luz branca se desdobrou e inundou a metade inferior da minha visão. O míssil de Carrera mirando no módulo.

Desliguei os impulsores. Caí silenciosamente para cima, na direção da nave. Sob o painel facial, senti um esgar de satisfação se projetar sobre meu rosto. O rastro do impulsor teria se perdido na detonação do módulo explodindo, e agora Carrera mais uma vez não via nada. Ele podia estar esperando algo do tipo, mas não podia me ver, e quando finalmente pudesse...

Disparos de Jato Solar despertaram no casco. Facho aberto. Eu me encolhi por um momento dentro do traje, em seguida o sorriso voltou ao meu rosto quando o avistei. Carrera estava disparando sem alvo específico, muito recuado em um ângulo entre a morte do módulo e onde eu de fato me encontrava naquele momento. Meus dedos se apertaram em torno da Jato Solar.

Ainda não. Ainda...

Outra rajada da Jato Solar, ainda distante. Assisti ao feixe se acender e morrer, acender e morrer, deixando minha própria arma preparada para o próximo. O alcance tinha que ser menor do que um quilômetro agora. Mais alguns segundos e uma rajada em dispersão mínima atravessaria diretamente a poliga que Carrera estava usando e qualquer matéria orgânica que também se encontrasse no caminho. Um tiro certeiro arrancaria sua cabeça ou derreteria o coração ou os pulmões. Um menos certeiro danificaria algo que ele teria de resolver e, enquanto fizesse isso, eu me aproximaria.

Podia sentir os lábios se afastando dos meus dentes enquanto pensava nisso.

O espaço irrompeu em luz ao meu redor.

Por um momento tão breve que foi registrado apenas em velocidade de Emissário, pensei que a tripulação da nave tinha voltado de novo, escandalizada pela explosão nuclear tão perto de sua barcaça funerária e as alfinetadas irritantes do tiroteio logo seguintes.

Rajada. Seu idiota de merda, ele te iluminou.

Liguei os impulsores e me afastei de lado. A rajada de Jato Solar me perseguiu, partindo de uma barreira no casco acima da minha cabeça. Em um giro, consegui reagir com um disparo. Três segundos gaguejantes, mas o feixe de Carrera se interrompeu. Fugi para o teto, coloquei um pedaço da arquitetura do casco entre minha posição e a de Carrera, depois reverti o sentido do impulsor e freei, flutuando devagar. O sangue latejava em minhas têmporas.

Será que eu o acertei?

A proximidade do casco forçou a recodificação de meu entorno. A arquitetura da nave cinzelada pelos alienígenas acima de mim era subitamente a superfície de um planetoide, e eu estava de cabeça para baixo, cinco metros acima dele. O sinalizador queimava, estável, cem metros mais além, lançando sombras retorcidas para além do naco arquitetônico do casco atrás do qual eu flutuava. Detalhes estranhos marcavam as superfícies à minha volta, caracóis e arranhões na estrutura como rabiscos em baixo-relevo, glifos em uma escala monumental.

Será que eu...

— Bela evasão, Kovacs. — A voz de Carrera falou em meu ouvido como se ele estivesse sentado dentro do capacete, ao meu lado. — Nada mau para um não nadador.

Chequei os displays do painel facial. O rádio do traje estava programado apenas para recepção. Cutuquei de lado no espaço do capacete, e o símbolo para transmissão cintilou, ligado. Uma flexionada cautelosa do corpo me deixou paralelo ao casco. Enquanto isso...

Faça ele continuar falando.

— Quem te disse que eu não sou um nadador?

— Ah, sim, eu já ia me esquecendo. Aquele fiasco com Randall. Mas um par de saídas desse tipo não faz de você um veterano dos ComVac. — Ele fingia uma diversão avuncular, mas não tinha como esconder a feiura da fúria logo sob a superfície. — O que explica por que vai ser muito fácil para mim matar você. É isso o que eu vou fazer, Kovacs. Eu vou esmagar o seu painel facial e assistir enquanto o seu rosto ferve.

— É melhor se apressar, então. — Analisei o borbulhar solidificado do casco defronte a mim, procurando por uma posição estratégica de onde atirar. — Porque eu não planejo ficar aqui por muito mais tempo.

— Voltou só pela vista, hã? Ou deixou algum holopornô com valor sentimental largado na doca de acoplagem?

— Apenas te mantendo fora do caminho enquanto Wardani fecha o portal, só isso.

Uma pausa breve, na qual eu podia ouvi-lo respirando. Encurtei o cabo de segurança da Jato Solar até que ela flutuasse ao lado do meu braço direito, em seguida toquei os controles no braço do impulsor e arrisquei um impulso de meio segundo. As correias repuxaram enquanto os motores empoleirados nas minhas costas me levaram delicadamente para cima e adiante.

— Qual é o problema, Isaac? Ficou chateado?

Ele emitiu um ruído na garganta.

— Você é um bosta, Kovacs. Vendeu os seus camaradas como um sanguessuga das torres. Assassinou todos por crédito.

— Pensei que era isso que éramos, Isaac. Assassinos por crédito.

— Não me venha com suas porras de quellismos, Kovacs. Não com uma centena de membros da Vanguarda mortos e despedaçados lá atrás. Não com o sangue de Tony Loemanako e Kwok Yuen Yee nas suas mãos. *Você é o assassino.* Eles eram soldados.

Uma minúscula pontada na minha garganta e em meus olhos ao ouvir os nomes.

Contenha tudo.

— Eles foram mortos meio que com facilidade, para soldados.

— *Vá se foder,* Kovacs.

— Que seja.

Estendi a mão para a curva iminente da arquitetura do casco, onde uma pequena bolha formava um apoio arredondado de um lado da estrutura principal. Atrás de meus braços estendidos, o resto do meu corpo passou para uma postura de parada brusca. Uma sensação momentânea de pânico me invadiu ante o súbito pensamento de que o casco poderia estar minado para contato de alguma forma...

Ah, bem. Não se pode pensar em tudo.

... e então minhas mãos enluvadas vieram repousar na superfície recurva, e parei de me mover. A Jato Solar esbarrou gentilmente no meu ombro. Arrisquei uma espiada de relance pelo espaço onde as duas bolhas se encontravam, do tamanho da asa de uma gaivota. Abaixei de volta. A memória de Emissário construiu para mim uma imagem e a mapeou contra a lembrança.

Era a doca de acoplagem, centrada no fundo da mesma covinha de trezentos metros, começando com cômoros borbulhados que eram eles mesmos distorcidos por outras dilatações menores, erguendo-se de maneira aleatória de seus flancos. O esquadrão de Loemanako devia ter deixado um localizador, porque de nenhum outro jeito Carrera poderia ter encontrado o lugar tão rápido assim em um casco com quase trinta quilômetros de largura e sessenta de comprimento. Olhei de novo para o display receptor do traje, mas o único canal aparecendo era aquele por onde vinha a respiração levemente rouca de Carrera. Nenhuma grande surpresa; ele teria desligado a transmissão assim que estivesse preparado. Não fazia sentido telegrafar o ponto da sua emboscada para qualquer outra pessoa.

Então onde diabos está você, Isaac? Posso ouvir sua respiração, só preciso ver você para poder interrompê-la.

Com muito esforço, me coloquei novamente em posição para enxergar e comecei a vasculhar com os olhos a paisagem globular abaixo de mim, um grau de cada vez. Tudo de que eu precisava era um movimento descuidado. Apenas um.

De Isaac Carrera, comandante condecorado ComVac, sobrevivente de metade das mil batalhas travadas no vácuo e vitorioso na maioria delas. Um movimento descuidado. Claro, Tak. É pra já.

— Sabe, eu me pergunto, Kovacs. — A voz dele estava calma mais uma vez. Ele tinha colocado sua raiva sob controle de novo. Naquelas circunstâncias, a última coisa de que eu precisava. — Que tipo de negócio Hand te ofereceu?

Analise, procure. Faça ele continuar falando.

— Mais do que você tá me pagando, Isaac.

— Acho que você tá se esquecendo da excelente cobertura do nosso plano de saúde.

— Nada. Só tentando evitar precisar dele de novo.

Analise, procure.

— Era tão ruim assim lutar pela Vanguarda? Você tinha garantia de ser reencapado o tempo todo, e não era exatamente provável que um sujeito com o seu treinamento fosse sofrer morte real.

— Três membros da minha equipe teriam que discordar de você nisso, Isaac. Se eles já não estivessem mortos pra caralho, quero dizer.

Uma breve hesitação.

— *Sua equipe?*

Fiz uma careta.

— Jiang Jianping virou sopa por causa de um disparo de ultravibração, os nanorrobôs mataram Hansen e Cruickshan...

— *Sua equi...*

— Eu ouvi a porra que você disse da primeira vez, Isaac.

— Ah. Me desculpe. Eu só estava me pergunt...

— O treinamento não tem nada a ver com isso, e você sabe. Pode vender essa merda de refrão pra Lapinee. Máquinas e sorte, é isso o que te mata ou te mantém vivo em Sanção IV.

Analise, procure, encontre esse filho da puta.

E se acalme.

— Em Sanção IV e em qualquer outro conflito — disse Carrera baixinho. — Você, especialmente, devia saber disso. É a natureza do jogo. Se você não queria jogar, não devia ter pegado as cartas. A Vanguarda não tem alistamento obrigatório.

— Isaac, a porra do planeta todo foi obrigada a entrar nessa guerra. Ninguém mais tem escolha. *Se você vai estar envolvido, pode muito bem ir atrás das maiores armas.* Isso é um quellismo para você, caso tenha se perguntado.

Ele grunhiu.

— Soa só como bom senso para mim. Aquela vadia nunca disse nada original.

Ali. Meus nervos inundados de meta saltaram ao reconhecer. *Bem ali.*

A borda estreita de algo construído pela tecnologia humana, o contorno anguloso severo captado pela luz do sinalizador em meio às curvas na base de um afloramento de bolhas. Uma lateral de uma estrutura de impulsor. Ajeitei a Jato Solar e mirei no alvo. Engrolei uma resposta.

— Ela não era filósofa, Isaac. Era soldado.

— Ela era terrorista.

— Uma discordância de termos.

Disparei a Jato Solar. O fogo atravessou a arena côncava e respingou para fora do panorama. Algo explodiu visivelmente em fragmentos no exterior do casco. Senti um sorriso puxar os cantos da minha boca.

Respiração.

Foi a única coisa que me alertou. O sussurro seco da respiração no fundo do receptor do traje. O som suprimido de esforço.

Caral...

Algo invisível se estilhaçou e derramou luz sobre a minha cabeça. Algo já não visível bateu contra meu painel facial, deixando um pequeno V cintilante de vidro lascado. Senti outros impactos minúsculos em meu traje.

Granada!

O instinto já tinha me colocado girando para a direita. Mais tarde eu percebi o porquê. Era a rota mais rápida entre a posição de Carrera e a minha, dando a volta no limite da arquitetura do casco que contornava a doca de acoplagem em forma de anel. Um único terço de volta, que Carrera havia percorrido enquanto conversava comigo. Sem os impulsores, deixados ali para servir de isca e que, de qualquer forma, denunciariam seu movimento, ele havia se arrastado e se enfiado de um ponto de apoio para outro por toda a volta. Usara a raiva para disfarçar o estresse em sua voz enquanto fazia esse esforço, controlara a respiração em outros pontos e, em algum momento, julgando-se próximo o suficiente, havia se postado, imóvel, e esperado que eu me entregasse com o disparo de Jato Solar. E com a experiência de décadas em combate no vácuo, me atingira com a única arma que passaria despercebida.

Exemplar, de fato.

Ele partiu para cima de mim atravessando cinquenta metros de espaço como uma versão voadora de Semetaire na praia, com os braços estendidos. A Jato Solar brotou reconhecível em seu punho direito, um lançador de pressão Philips no direito. Embora não houvesse como detectá-la, eu sabia que a segunda granada acelerada por eletromagnetismo já voava entre nós.

Acelerei os impulsores com tudo e dei uma cambalhota para trás. O casco sumiu de vista, depois voltou, enquanto eu espiralava para longe. A granada, desviada pela esteira dos propulsores do impulsor conforme eu rodopiava, explodiu e lotou o espaço de estilhaços. Senti cacos baterem em uma das pernas e no pé, impactos anestesiantes e repentinos, e em seguida rendilhados de dor ao longo da carne, como biofilamentos cortando. Meus ouvidos estalaram dolorosamente à medida que a pressão do traje caía. A poliga vergou em uma dúzia de outros locais, mas aguentou o tranco.

Rolei para cima e sobre o afloramento de bolhas, um alvo esparramado sob o sinalizador, casco e posição rodopiando ao meu redor. A dor em meus ouvidos diminuiu quando a poliga enrijeceu por cima dos danos. Não houve tempo para procurar por Carrera. Reduzi o empuxo do impulsor e mergulhei de novo sobre a paisagem globular se estendendo sob mim. Disparos de Jato Solar faiscaram no entorno.

Atingi o casco com um golpe de relance, usei o impacto para mudar a trajetória e vi outro disparo de Jato Solar passar ceifando à esquerda. Captei um vislumbre de Carrera enquanto ele aderia brevemente a uma superfície arredondada no alto do aclive da covinha. Eu já sabia qual seria o movimento seguinte. Dali, ele se empurraria com um único chute bem controlado e usaria a velocidade linear simples para descer em minha direção, disparando no caminho. Em algum ponto, ele se aproximaria o suficiente para abrir buracos derretidos no traje que a poliga não conseguiria recobrir.

Quiquei em outra bolha. Mais acrobacias idiotas. Mais disparos de Jato Solar passando de raspão. Reduzi o empuxo de novo, tentei fazer um trajeto que me levasse para a sombra do afloramento e cortei o empuxo. Minhas mãos apalparam a superfície, em busca de onde me segurar, e encontraram um dos efeitos de pergaminho em baixo-relevo que eu tinha visto antes. Estaquei meu movimento e me contorci para procurar Carrera.

Nenhum sinal. Eu estava fora do campo de visão.

Voltei a me virar e rastejei, agradecido, para o interior do afloramento de bolhas. Outra curva em baixo-relevo se ofereceu e eu estendi a mão...

Ah, merda.

Eu estava segurando a asa de um marciano.

O choque me manteve imóvel por um segundo. Tempo bastante para eu pensar que se tratava de algum tipo de escultura na superfície do casco, tempo suficiente para saber, em algum nível mais profundo, que não era.

O marciano tinha morrido gritando. As asas estavam jogadas para trás, afundadas na superfície do casco em grande parte da envergadura, sobressaindo apenas nas extremidades encaracoladas e onde sua teia musculosa subia sob a coluna arqueada da criatura. A cabeça estava contorcida em agonia, o bico escancarado, os olhos encarando como orbes com caudas de cometa banhados em azeviche. Um membro erguia suas garras acima da superfície do casco. O cadáver todo estava envolto no material do casco contra o qual havia se agitado, afogando-se nele.

Desloquei meu olhar e fitei a superfície diante de mim, os rabiscos espalhados de detalhes em relevo, e finalmente entendi o que se estendia à minha frente. O casco ao redor da covinha da doca de acoplagem — todo ele, toda aquela área de bolhas — era uma vala coletiva, uma armadilha, uma teia de aranha para milhares e milhares de marcianos, que haviam todos morrido sepultados em quaisquer que fossem as substâncias que tinham escorrido e espumado e explodido ali quando...

Quando *o quê?*

A forma da catástrofe estava distante de tudo o que eu pudesse contemplar. Eu não podia imaginar que armas fariam isso, as circunstâncias desse conflito entre duas civilizações tão à frente do pequeno império da humanidade, construído à base de lixo recolhido, como as gaivotas cujas carcaças tinham atulhado a água em torno de Sauberlândia. Eu não conseguia visualizar como isso poderia acontecer. Só conseguia ver os resultados. Só conseguia ver os mortos.

Nada nunca muda. A 150 anos-luz de casa, e a mesma merda simplesmente continua rolando.

Tem que ser alguma porra de constante universal.

A granada bateu em outro marciano afogado no casco a dez metros dali, escorreu e explodiu. Eu me afastei rolando da detonação. Uma breve surra nas minhas costas e uma penetração abrasadora sob meu ombro. A queda da pressão como uma faca em meus tímpanos. Gritei.

Foda-se.

Acelerei os impulsores e saí da cobertura do afloramento de bolhas, sem saber o que eu encontraria até encontrar. A figura deslizante de Carrera apareceu a menos de cinquenta metros de mim. Vi disparos de Jato Solar, me virei de costas e mergulhei diretamente na abertura da doca de acoplagem. A voz de Carrera me acompanhou, quase divertida.

— Aonde você pensa que está indo, Kovacs?

Algo explodiu nas minhas costas, e o empuxo do impulsor foi interrompido. Senti um calor calcinante. Carrera e a merda das suas habilidades de ComVac. Mas com a velocidade residual e, bem, talvez um pouquinho de sorte do reino espiritual esmolada do fantasma vingativo de Hand — *afinal de contas, ele atirou em você, Matt, e você amaldiçoou esse puto* — só para molhar a mão do destino...

Passei por cima dos defletores atmosféricos da doca de acoplagem em um ângulo inclinado, encontrei gravidade sob meu corpo e me choquei contra uma das paredes de contenção que me pareciam cobras gordas uma sobre a outra, sendo jogado para trás com o súbito peso fornecido pelo campo gravitacional, e caí no convés, deixando para trás trilhas de fumaça e chamas da estrutura arruinada do impulsor.

Por um longo instante, fiquei imóvel no silêncio cavernoso da doca.

E então, de algum lugar, ouvi um som curioso borbulhar em meu capacete. Levei vários segundos para me dar conta de que eu estava rindo.

Levante-se, Takeshi.

Ah, fala sério...

Ele pode te matar aqui do mesmo jeito, Tak. LEVANTA!

Estendi a mão e tentei dar um impulso para me levantar. Braço errado — a junta do cotovelo quebrado se dobrou, flácida, dentro do traje. A dor subiu e desceu pelos músculos e tendões sofridos. Rolei para longe, ofegante, e tentei com o outro braço. Melhor. O traje de mobilidade chiou um pouco — algo definitivamente errado no funcionamento —, mas me pôs de pé. Agora era só livrar-se das ruínas nas minhas costas. A liberação de emergência ainda funcionava, mais ou menos. Tentei me livrar do impulsor, mas a Jato Solar enganchou na estrutura e não quis se soltar do cabo de segurança. Puxei o cabo por um momento sem sentido, antes de decidir descosturar o cabo para soltar a arma pela outra ponta.

— Tudo be... vacs. — A voz de Carrera, atropelada pela interferência da estrutura interna. — Se é... assi... vo... quer.

Ele estava vindo terminar o serviço.

A Jato Solar continuava presa.

Deixe ela aí!

E enfrentar Carrera com uma pistola? Vestindo poliga?

Armas são uma extensão, gritou uma Virginia Vidaura exasperada em minha mente. *Você é o assassino e destruidor. Você é completo, com ou sem armas. Deixe ela aí!*

Tá certo, Virginia. Ri um pouco. *Se é o que você diz.*

Fiz a curva na direção da saída da doca, sacando a pistola de interface. Havia equipamento da Vanguarda armazenado em caixotes e empilhado pela doca. O localizador, jogado sem cerimônia, ainda ligado em modo de espera, como Carrera devia tê-lo deixado. Um caixote próximo estava aberto, com seções de um lançador Philips sobressaindo. A pressa estava patente em cada detalhe do cenário, mas era uma pressa marcial. Velocidade controlada. Competência de combate, um homem em seu metiê. Carrera estava em sua zona.

Dê o fora daqui, Tak!

Passando para a câmara seguinte. Máquinas marcianas despertaram, se agitaram e em seguida se afastaram de mim, desanimadas e rabugentas, resmungando consigo mesmas. Passei por elas mancando, seguindo as setas pintadas. *Não, não siga as porras das setas.* Eu dobrei à esquerda na oportunidade seguinte e me enfiei em um corredor que a expedição não tinha tomado antes. Uma máquina me seguiu por alguns passos, depois voltou.

Pensei ter ouvido o som de movimento atrás e acima de mim. Um olhar rápido para o espaço obscurecido no alto. Absurdo.

Controle-se, Tak. É a meta. Você tomou demais e agora está alucinando.

Mais câmaras, curvas interseccionadas umas com as outras e sempre o espaço acima. Eu me impedi rigidamente de olhar para cima. A dor dos estilhaços de granada na minha perna e no meu ombro estava começando a vazar pela blindagem química da tetrameta, despertando ecos em minha mão esquerda arruinada e na junta despedaçada do cotovelo direito. A energia furiosa que eu sentira antes havia decaído a uma sensação nervosa de velocidade e variações vibrantes de uma diversão inexplicável que ameaçava emergir como risinhos.

Nessa situação, eu recuei até uma câmara apertada e fechada, dei meia-volta e fiquei cara a cara com meu último marciano.

Dessa vez, as membranas mumificadas das asas estavam dobradas ao redor da silhueta esquelética, e a coisa toda estava agachada em uma barra de poleiro baixa. O crânio comprido caído para a frente sobre o peito, escondendo a glândula de luz. Os olhos estavam fechados.

Ele ergueu o bico e olhou para mim.

Não. Não olhou, não, porra.

Chacoalhei a cabeça, me aproximei aos poucos do cadáver e o encarei. De algum lugar, surgiu um impulso de acariciar a longa crista óssea na parte de trás do crânio.

— Eu vou só sentar aqui por um tempinho — prometi, contendo outra onda de riso. — Em silêncio. Só por umas duas horas, isso é tudo que eu preciso.

Eu me abaixei até o chão com o braço sadio, reclinei-me contra a parede em curva atrás de nós, agarrando a arma de interface como um amuleto. Meu corpo era um nó quente de cordas frouxas dentro da gaiola que era o traje de mobilidade, uma assembleia levemente trêmula de tecido mole sem mais nada para animar seu exoesqueleto. Meu olhar escorregou para o alto, para o espaço sombrio no topo da câmara e, por algum tempo, achei ter visto asas pálidas batendo ali, tentando escapar da prisão curva. Em certo momento, contudo, me dei conta do fato de que elas estavam na minha cabeça, porque eu podia sentir sua textura fina como papel roçando pela superfície interna do meu crânio, arranhando de maneira ínfima, mas dolorosa, o interior dos meus globos oculares e obscurecendo minha visão aos poucos, claro e escuro, claro e escuro, claro e escuro, escuro, escuro...

E uma lamúria tênue se erguendo como o luto.

***

— Acorda, Kovacs.

A voz era gentil e havia algo cutucando a minha mão. Meus olhos pareciam estar colados. Ergui um braço e minha mão bateu na curva lisa do painel facial.

— Acorda. — Menos gentil agora. Um pequeno jato de adrenalina serpenteou pelos meus nervos com a mudança no tom. Pisquei com força e me concentrei. O marciano ainda estava lá — *não diga, Tak* —, mas minha vista do cadáver estava bloqueada pela figura no traje de poliga postada a três ou quatro metros do meu alcance, a Jato Solar erguida em um ângulo atento.

Os cutucões em minha mão recomeçaram. Inclinei o capacete e olhei para baixo. Uma das máquinas marcianas afagava minha luva com uma série de receptores de aparência delicada. Eu a empurrei para longe, e ela recuou alguns passos, chilreando, em seguida voltou, farejando, infatigável.

Carrera riu. Soou alto demais no receptor do capacete. Era como se as asas batendo tivessem, de algum jeito, esvaziado a minha cabeça, de modo que todo meu crânio já não era muito menos delicado do que os restos mumificados com quem eu dividia a câmara.

— É isso aí. Essa porra me levou até você, pode acreditar nisso? Que bichinho útil.

A essa altura, eu também ri. Parecia ser a única coisa apropriada ao momento. O comandante da Vanguarda se juntou a mim. Ele segurou minha arma de interface na mão esquerda e riu mais alto.

— Você pretendia me matar com isso?

— Duvido muito.

Ambos paramos de rir. Seu painel facial se levantou, e ele olhou para mim com um rosto levemente abatido em torno dos olhos. Supus que mesmo o pouco tempo que ele havia passado me rastreando pela arquitetura marciana não fora muito divertido.

Flexionei minha palma uma vez, arriscando a chance remota de que a arma de Loemanako não fosse codificada pessoalmente e que qualquer placa palmar da Vanguarda fosse capaz de utilizá-la. Carrera percebeu o movimento e balançou a cabeça. Ele jogou a arma no meu colo.

— Está descarregada, de qualquer forma. Segure-a, caso prefira; alguns homens morrem melhor assim, agarrados a uma arma. Parece ajudar no fim. Substituta para alguma coisa, acho. A mão da mãe. Seu pau. Quer ficar de pé para morrer?

— Não — falei debilmente.

— Abrir seu capacete?

— Para quê?

— Só dando a opção.

— Isaac... — Pigarreei, limpando o que parecia ser uma teia de arame enferrujado. As palavras saíam arranhando. De súbito, parecia muito importante dizê-las. — Isaac, foi mal.

Seria "mal" mesmo

Aquilo lampejou dentro de mim como lágrimas por trás dos meus olhos. Como o luto lupino choroso que as mortes de Loemanako e Kwok tinham trazido à minha garganta.

— Legal — disse ele, apenas. — Mas é um pouco tarde demais.

— Você viu o que está atrás de você, Isaac?

— É. Impressionante, mas mortinho da silva. Nenhum fantasma que eu tenha visto. — Ele esperou. — Você tem mais alguma coisa a dizer?

Balancei a cabeça. Ele ergueu a Jato Solar.

— Isso é pelos meus homens assassinados — disse ele.

— *Olha pra essa merda!* — gritei, todos os incrementos de entonação de Emissário enfiados na frase, e, por apenas uma fração de segundo, a cabeça dele se moveu. Saí do chão, flexionando no traje de mobilidade, lançando a arma de interface no espaço logo abaixo de seu painel facial levantado e investi, mergulhando baixo.

Raspas miseráveis de sorte, a ressaca da tetrameta e meu controle minguante da serenidade de combate de Emissário. Era só o que me restava. Apliquei tudo no espaço entre nós, investindo com meus dentes expostos. Quando a Jato Solar estalou, atingiu o ponto onde eu estivera. Talvez fosse a distração do grito, a mudança em seu foco, talvez a arma que lancei na direção de seu rosto, talvez fosse apenas a mesma exausta sensação geral de que tudo já havia acabado.

Carrera cambaleou para trás quando eu o atingi e então prendi a Jato Solar entre nossos corpos. Ele deslizou para um bloqueio de judô que teria jogado um homem sem blindagem para longe de seu quadril. Eu me segurei com a força roubada do traje de Loemanako. Mais dois passos vacilantes para trás e nós dois nos chocamos juntos contra o cadáver marciano mumificado. A silhueta entortou e desabou. Caímos por cima dela como palhaços, cambaleando para nos levantar enquanto escorregávamos. O cadáver se desintegrou. O pó, de um alaranjado claro, explodiu no ar ao nosso redor.

Foi mal.

Seria "mal" mesmo, se a pele se desfizesse.

Com painel facial levantado e a respiração ofegante, Carrera deve ter sorvido um fôlego cheio daquele negócio. Mais pó se acumulou sobre seus olhos e a pele exposta de seu rosto.

O primeiro berro quando ele sentiu aquilo o devorar.

Em seguida, os gritos.

Ele cambaleou para longe de mim, a Jato Solar caindo com um retinido na doca, as mãos levantadas e esfregando o rosto. Provavelmente só conseguiu fazer a coisa penetrar mais fundo no tecido que dissolvia. Um berro grave se despejou dele e uma espuma de um vermelho pálido começou a se formar entre seus dedos e sobre as mãos. Em seguida o pó deve ter comido parte de suas cordas vocais, porque os gritos decaíram para um som que lembrava um sistema de drenagem falhando.

Ele atingiu o piso emitindo esse som, agarrando o próprio rosto como se pudesse, de alguma forma, segurá-lo no lugar e borbulhando gotas grossas de sangue e tecido de seus pulmões corroídos. Quando enfim peguei a Jato Solar e voltei para ficar de pé acima dele com a arma, Carrera estava se afogando em seu próprio sangue. Por baixo da poliga, seu corpo estremecia conforme entrava em choque.

Foi mal.

Coloquei a ponta do cano da arma nas mãos que mascaravam seu rosto derretido e puxei o gatilho.

CAPÍTULO 42

Quando eu terminei de contar a história, Roespinoedji entrelaçou as mãos em um gesto que o fez parecer quase como a criança que na verdade não era.

— Maravilhoso — disse, com um suspiro. — Material para os épicos.

— Corta essa — falei para ele.

— Não, falo sério. Somos uma cultura tão jovem aqui! Mal temos um século de história planetária. Precisamos desse tipo de coisa.

— Bem. — Encolhi os ombros e estendi a mão para a garrafa sobre a mesa. Uma dor armazenada fisgou na junta quebrada do cotovelo. — Você pode ficar com os direitos. Vá vender a história para o Grupo Lapinee. Talvez eles façam uma ópera de construto com essa porra.

— Você pode rir. — Havia um brilho empreendedor faiscando nos olhos de Roespinoedji. — Mas existe um mercado para essas coisas regionais. Praticamente tudo o que temos aqui é importado de Latimer, e quanto tempo se pode viver dos sonhos de outros?

Enchi meu copo de uísque até a metade de novo.

— Kemp consegue.

— Ah, isso é *política*, Takeshi. Não é a mesma coisa. Uma mistura de sentimentalismo neoquellista e do antigo comin... comu... — Ele estalou os dedos. — Me ajuda, você é do Mundo de Harlan. Como é que chama aquele negócio?

— Comunitarianismo.

— É, isso. — Ele balançou a cabeça como um velho sábio. — Esse negócio não vai suportar o teste do tempo como uma boa história heroica. Produção planejada, igualdade social como alguma porcaria de construto de escolinha. Quem vai cair nessa, pelo amor de Samedi? Cadê o sabor? Cadê o sangue e a adrenalina?

Beberiquei o uísque e fitei os telhados de armazéns do Sítio 27 até onde os membros angulosos do ponto-chave se encontravam banhados pelo pôr do sol. Os rumores recentes, meio censurados e travando ao se desenrolarem nas telas sintonizadas ilicitamente, diziam que a guerra estava esquentando no ocidente equatorial. Algum contragolpe de Kemp que o Cartel não havia levado em consideração.

Uma pena que eles não tinham mais Carrera à disposição para pensar por eles.

Estremeci um pouco quando o uísque desceu. Ele ardia bem, mas de um jeito polido e suavemente educado. Não era o mesmo produto de Sauberlândia que eu tinha tomado com Luc Deprez, uma vida subjetiva antes, na semana passada. De alguma forma, eu não podia imaginar alguém como Roespinoedji dando espaço em casa para um daqueles.

— Tem sangue rolando em abundância por aí no momento — observei.

— Sim, *agora* tem. Mas isso é a revolução. Pense no depois. Suponhamos que Kemp vença essa guerra ridícula e implemente esse negócio de voto. O que você acha que ia acontecer? Vou te contar.

— Achei que contaria.

— Em menos de um ano, ele vai estar assinando com o Cartel os mesmos contratos para a mesma dinâmica produtora de riquezas, e se ele não assinasse, sua própria gente iria... hã... expulsá-lo da Cidade Índigo com *votos* e então assinaria no lugar dele.

— Ele não me parece ser do tipo que vai embora em silêncio.

— Sim, esse é o problema com isso de voto — disse Roespinoedji, sensato.

— Pelo que parece. Você chegou a se encontrar com ele de fato?

— Kemp? Sim, algumas vezes.

— E como ele era?

Ele era como Isaac. Como Hand. Como todos eles. A mesma intensidade, a mesma porra de convicção de que tinha razão. Apenas um sonho diferente sobre o que tinha razão.

— Alto — falei. — Ele era alto.

— Ah. Bem, sim, imaginei que fosse.

Eu me virei para olhar para o menino do meu lado.

— Isso não te preocupa, Djoko? O que vai acontecer se os kempistas chegarem até aqui?

Ele sorriu.

— Duvido que os assessores políticos deles sejam diferentes dos do Cartel. Todo mundo tem seus apetites. Além disso... com o que você me deu, acho que eu tenho capital de barganha suficiente para enfrentar o velho Cartola em pessoa e comprar de volta minha alma hipotecada. — Seu olhar ficou mais afiado. — Desde que você tenha mesmo desativado *todas* aquelas salvaguardas que preparou para o caso da Mandrake te passar a perna.

— Relaxa. Eu te falei, só preparei cinco. Apenas o suficiente para que a Mandrake pudesse encontrar alguns, caso saíssem farejando, para que soubessem que estavam mesmo por aí. Só tivemos tempo para isso.

— Humm. — Roespinoedji girou o uísque no copo. O tom criterioso em sua voz jovem era incongruente. — Pessoalmente, acho que você foi maluco de assumir esse risco com tão poucos. E se a Mandrake tivesse encontrado todos?

Dei de ombros.

— E se? Hand jamais poderia arriscar presumir que tinha encontrado todos: era muita coisa em jogo. Mais seguro abrir mão do dinheiro. É a essência de qualquer bom blefe.

— Sim. Bem, você é o Emissário aqui. — Ele cutucou o tablete esguio de mão da tecnologia Vanguarda na mesa entre nós. — E você tem certeza de que a Mandrake não tem como reconhecer essa transmissão?

— Confie em mim. — Só essas palavras trouxeram um sorriso aos meus lábios. — Sistema de ocultação militar de última geração. Sem essa caixinha aqui, a transmissão é indistinguível de estática estelar. Para a Mandrake, para qualquer um. Você é o orgulhoso e inquestionável proprietário de uma nave marciana. Edição estritamente limitada.

Roespinoedji guardou o remoto e levantou as mãos.

— Tudo bem. Já basta. Temos um acordo. Não precisa esfregar na minha cara. Um bom vendedor sabe quando parar de vender.

— Eu só espero que você não esteja tentando me passar a perna — falei, simpático.

— Sou um sujeito de palavra, Takeshi. Depois de amanhã, no máximo. A melhor que o dinheiro pode comprar. — Ele fungou. — Em Pouso Seguro, pelo menos.

— E um técnico para adaptá-la adequadamente. Um técnico de verdade, não algum nerd barato qualificado num virtual.

— Que atitude estranha para alguém que planeja passar a próxima década em uma virtualidade. Eu mesmo tenho um diploma virtual, sabe. Administração de negócios. Com três dúzias de casos vividos virtualmente. Muito melhor do que se arriscar no mundo real.

— Modo de dizer. Um bom técnico. Não vá ser mão de vaca comigo.

— Bem, se não confia em mim — disse ele, amuado —, por que não pede à sua amiga, a jovem piloto, para fazer isso para você?

— Ela vai ficar observando. E sabe o suficiente para detectar uma cagada.

— Tenho certeza que sim. Ela parece muito competente.

Senti minha boca se curvar com aquele eufemismo. Controles desconhecidos, um bloqueio codificado pela Vanguarda que ficava tentando se reativar a cada manobra e envenenamento terminal por radiação. Ameli Vongsavath suportara isso tudo sem nada além de um praguejar ocasional e levara o vagão de batalha de Dangrek para o Sítio 27 em pouco mais de quinze minutos.

— Sim, ela é mesmo.

— Sabe — riu-se Roespinoedji —, na noite passada, eu achei que a minha hora tinha finalmente chegado quando vi as insígnias da Vanguarda naquele monstro. Nunca me ocorreu que um transporte da Vanguarda pudesse ser sequestrado.

Estremeci outra vez.

— É. Não foi fácil.

Nós ficamos sentados na mesinha por algum tempo, assistindo à luz do sol deslizar pelas vigas de apoio do ponto central. Na rua que acompanhava a lateral do armazém de Roespinoedji, havia crianças participando de alguma brincadeira que envolvia muitos gritos e correria. A risada delas subia até o pátio no teto como fumaça de madeira vindo do churrasco de outra pessoa na praia.

— Você deu um nome a ela? — perguntou Roespinoedji, enfim. — A essa espaçonave?

— Não, realmente não tivemos tempo para isso.

— É o que parece. Bom, agora você tem. Alguma ideia?

Dei de ombros.

— A *Wardani*?

— Ah. — Ele olhou para mim, astuto. — E ela gostaria disso?

Apanhei meu copo e tomei todo o conteúdo.

— Como caralhos eu vou saber?

Ela mal tinha falado comigo desde que eu rastejara de volta pelo portal. Matar Lamont pareceu ter passado de um limite final para ela. Isso, ou assistir enquanto eu caminhava mecanicamente de um lado a outro no traje de mobilidade, infligindo a morte real nos quase cem cadáveres da Vanguarda que ainda abarrotavam a praia. Ela trancou o portal com uma cara com menos expressão do que uma cópia de capa Syntheta, seguiu Vongsavath e a mim para dentro da *Virtude de Angin Chandra* como uma ginoide e, quando chegamos ao escritório de Roespinoedji, se trancou em seu quarto e não saiu mais.

Não me senti disposto a forçar nada. Cansado demais para a conversa que precisávamos ter, não totalmente convicto de que sequer ainda precisávamos dela — e, de qualquer forma, disse para mim mesmo, até que Roespinoedji fosse convencido do negócio, eu tinha outras coisas com que me preocupar.

Roespinoedji foi convencido.

Na manhã seguinte, fui despertado tarde pelo som da equipe técnica contratada chegando de Pouso Seguro em um cruzador aéreo mal-aterrissado. Com uma leve ressaca devido ao uísque e os poderosos coquetéis antirradiação e analgésicos do mercado negro fornecidos por Roespinoedji, eu me levantei e desci para me encontrar com eles. Jovens, espertos e provavelmente muito bons no que faziam, os dois me irritaram logo de cara. Passamos por algumas discussões introdutórias sob o olhar indulgente de Roespinoedji, mas eu estava claramente perdendo minha habilidade de provocar medo. O comportamento deles jamais saiu do *qual é a desse cara doente de traje?* No final, desisti e os levei até o vagão de batalha, onde Vongsavath já estava à espera, os braços cruzados, na escotilha de entrada, parecendo implacavelmente possessiva. Os técnicos abandonaram o gingado assim que a viram.

— Eu assumo daqui — disse-me ela quando tentei segui-los até o interior.

— Por que você não vai conversar com a Tanya? Acho que ela tem algumas coisas que precisa dizer.

— Pra mim?

A piloto deu de ombros, impaciente.

— Pra alguém, e parece que você foi o eleito. Ela não quer conversar comigo.

— Ela ainda está no quarto dela?

— Saiu. — Vongsavath acenou com o braço vagamente para o agrupamento de prédios que constituíam o centro da cidade de Sítio 27. — Vai. Eu fico de olho nesses caras.

Encontrei-a meia hora depois, de pé em uma rua nos níveis superiores da cidade e encarando a fachada à frente. Havia um pedacinho de arquitetura marciana preso ali, fachadas azuladas perfeitamente preservadas agora cimentadas de cada lado para formar parte de um muro de contenção e um arco. Alguém tinha pintado sobre a superfície coberta de glifos em tinta de ilumínio espessa: RECUPERAÇÃO DE FILTRAGEM. Além do arco, o chão sem pavimentação estava recoberto de maquinário desmembrado, reunido em algo que lembrava fileiras sobre a terra árida como o brotamento de alguma plantação improvável. Um par de figuras cobertas por macacões fuçavam por ali sem objetivo, percorrendo as fileiras de um lado para o outro.

Ela olhou para trás quando eu me aproximei. O rosto descarnado, corroído por alguma raiva da qual ela não conseguia abrir mão.

— Tá me seguindo?

— Não intencionalmente — menti. — Dormiu bem?

Ela chacoalhou a cabeça.

— Ainda posso ouvir Sutjiadi.

— Sei.

Quando o silêncio se estendeu demais, assenti, indicando o arco.

— Você vai entrar ali?

— Você tá...? Não. Eu só parei para... — Ela gesticulou para a liga marciana coberta de tinta, impotente.

Espiei os glifos.

— Instruções para um propulsor mais rápido do que a luz, certo?

Ela quase sorriu.

— Não. — Ela estendeu o braço para deslizar os dedos ao longo do formato de um dos glifos. — É uma cantilena de instrução. Tipo uma cruza entre um poema e um conjunto de instruções de segurança para filhotes. Parte dela são equações, provavelmente para decolagem e arrasto. É meio que um grafitti também. Diz... — Ela parou, chacoalhou a cabeça de novo. — ... não tem como reproduzir o que diz. Mas ele, hã, ele promete. Bem, promete iluminação, um senso de eternidade, de sonhar o uso das suas asas antes que você possa de fato voar. E dê uma boa cagada antes de ir para uma área populosa.

— Você está me zoando. Não diz isso aí.

— Diz. E tudo na mesma sequência da equação. — Ela se virou. — Eles eram bons em integrar coisas. Não há muita compartimentalização da psique marciana, até onde sabemos.

A demonstração de conhecimento pareceu exauri-la. Tanya baixou a cabeça.

— Eu estava indo para o ponto-chave — disse ela. — Aquele café que Roespinoedji nos mostrou da última vez. Não acho que meu estômago vá aguentar qualquer coisa, mas...

— Claro. Eu vou com você.

Ela olhou para o traje de mobilidade, agora um tanto óbvio sob as roupas que o empreendedor do Sítio 27 havia me emprestado.

— Talvez eu devesse arranjar um desses.

— Mal vale o esforço pelo tempo que nos resta.

Subimos o aclive com dificuldade.

— Tem certeza de que vai rolar? — perguntou.

— O quê? Vender o maior achado arqueológico dos últimos quinhentos anos pelo preço de uma caixa de virtualidade e uma vaga de lançamento no mercado negro? O que você acha?

— Acho que ele é um mercador de merda e que não se pode confiar nele mais do que em Hand.

— Tanya — falei, gentilmente. — Não foi Hand quem nos vendeu para a Vanguarda. Roespinoedji está fechando o negócio do milênio e sabe muito bem disso. Dá pra confiar nele nesse aspecto, pode acreditar.

— Bom. Você é o Emissário aqui.

O café estava basicamente como eu me lembrava: um conjunto de cadeiras e mesas mofadas com aspecto abandonado reunido na sombra projetada pelos pilares e vigas da estrutura do ponto-chave. Um holocardápio brilhava fracamente, pairando acima de nós, e uma playlist da Lapinee era reproduzida em volume baixo nos alto-falantes pendurados na estrutura. Artefatos marcianos se espalhavam pelo local sem nenhum padrão particular que eu pudesse identificar. Éramos os únicos clientes.

Um garçom terminalmente entediado saiu deslizando do ponto em que se escondia e se colocou junto à nossa mesa, parecendo ressentido. Olhei para o cardápio e de novo para Wardani. Ela balançou a cabeça.

— Só água — disse ela. — E cigarros, se você tiver.

— Sítio Sete ou Desejo de Vitória?

Ela fez uma careta.

— Sítio Sete.

O garçom olhou para mim, obviamente esperando que eu não fosse estragar seu dia pedindo alguma comida.

— Tem café?

Ele assentiu.

— Me traz um pouco. Puro, com uísque.

Depois saiu arrastando os pés. Ergui uma sobrancelha para Wardani pelas costas do garçom.

— Deixe ele em paz. Não deve ser muito divertido trabalhar aqui.

— Podia ser pior. Ele podia ser recrutado. Além do mais — gesticulei ao meu redor para os artefatos —, olha só pra essa decoração. O que mais você podia querer?

Um sorriso tênue.

— Takeshi. — Ela se debruçou sobre a mesa. — Depois de vocês instalarem o equipamento virtual. Eu, hã... eu não vou com vocês.

Assenti com um aceno de cabeça. *Já esperava por isso.*

— Me desculpe.

— Pelo quê?

— Você, hã... fez muito por mim nos últimos dois meses. Me tirou do campo...

— Nós te tiramos do campo porque precisávamos de você. Lembra?

— Eu estava com raiva quando falei isso. Não de você, mas...

— De mim, sim. De mim, de Schneider, de qualquer um nessa porra de mundo que estivesse de uniforme. — Dei de ombros. — Não te culpo. E você tinha razão. Nós te tiramos de lá porque precisávamos de você. Não me deve nada.

Ela estudou as mãos onde elas se encontravam, no seu colo.

— Você me ajudou a me recuperar, Takeshi. Eu não queria admitir para mim mesma naquele momento, mas essa merda da recuperação de Emissário funciona. Eu estou melhorando. Aos poucos, mas é a partir daquela base.

— Isso é bom. — Hesitei, depois me forcei a dizer. — Ainda permanece o fato de que eu fiz isso porque precisava de você. Parte do pacote do resgate; não havia sentido em tirar você do campo se deixássemos metade da sua alma para trás.

A boca de Wardani se retorceu.

— Alma?

— Desculpe, modo de dizer. Passei tempo demais perto do Hand. Olha, eu não tenho nenhum problema com a sua desistência. Só tô meio curioso para saber o motivo.

O garçom voltou nesse momento e nós ficamos quietos. Ele serviu as bebidas e os cigarros. Tanya Wardani abriu o maço e me ofereceu um por cima da mesa. Neguei com a cabeça.

— Estou largando. Esse negócio vai te matar.

Ela riu quase sem fazer barulho e pegou um cigarro. A fumaça subiu em caracol quando ela tocou na lixa de ignição. O garçom se afastou. Beberiquei meu café com uísque e fiquei agradavelmente surpreso. Wardani soprou fumaça para o alto, no vão da estrutura do ponto principal.

— Por que eu vou ficar?

— Por que você vai ficar?

Ela olhou para o tampo da mesa.

— Eu não posso ir embora agora, Takeshi. Mais cedo ou mais tarde, o que encontramos naquele lugar vai cair em domínio público. Eles vão reabrir o portal. Ou levar um cruzador IP até lá. Ou ambas as coisas.

— É, mais cedo ou mais tarde. Nesse momento, porém, tem uma guerra atrapalhando.

— Eu posso esperar.

— Por que não em Latimer? É muito mais seguro lá.

— Não posso. Você mesmo disse, o tempo de trânsito na *Chandra* deve ser de onze anos, no mínimo. Isso em aceleração total, sem nenhuma correção de curso que Ameli talvez tenha que fazer. Quem sabe o que vai acontecer por aqui nos próximos onze anos?

— A guerra pode acabar, para começar.

— A guerra pode acabar no ano que vem, Takeshi. Aí Roespinoedji vai agir sobre seu investimento, e, quando isso acontecer, eu quero estar aqui.

— Dez minutos atrás você não confiava nele mais do que no Hand. Agora quer trabalhar para ele?

— Nós, hã... — Ela olhou para as mãos de novo. — Nós conversamos sobre o assunto hoje cedo. Ele está disposto a me esconder até que as coisas tenham se acalmado. Arranjar uma capa nova para mim. — Ela sorriu, um tanto encabulada. — Há poucos Mestres da Guilda por aqui desde que a guerra começou. Acho que faço parte do investimento.

— Acho que sim. — Mesmo enquanto as palavras saíam da minha boca, eu não conseguia descobrir por que estava me esforçando tanto para convencê-la a desistir disso. — Você sabe que isso não vai ajudar muito se a Vanguarda vier te procurar, né?

— Isso é provável?

— Poderia aco... — Suspirei. — Não, não muito. Carrera provavelmente tem um backup em uma estação furtiva, mas vai levar algum tempo até se darem conta de que ele morreu. Mais um tempo antes que arrumem a autorização para encapar a cópia de backup. E ainda que ele consiga ir até Dangrek, não restou ninguém para contar a ele o que aconteceu por lá.

Ela estremeceu e desviou o olhar.

— Aquilo foi necessário, Tanya. Precisávamos cobrir nossos rastros. Você devia saber disso mais do que ninguém.

— O quê? — Os olhos dela relancearam em minha direção.

— Eu disse: você devia saber disso mais do que ninguém. — Sustentei o olhar dela. — Foi o que você fez da última vez. Não foi?

Ela desviou o olhar convulsivamente. A fumaça subia em caracóis de seu cigarro e era levada embora pela brisa. Eu me debrucei no silêncio entre nós.

— Não importa muito agora. Você não tem as habilidades necessárias para nos fazer naufragar entre aqui e Latimer e, assim que estivermos por lá, você nunca mais vai me ver. Nunca mais... teria me visto de novo. E agora não vai vir conosco. Mas, como eu disse, fiquei curioso.

Tanya moveu o braço como se ele não estivesse conectado a ela, tragou o cigarro e exalou mecanicamente. Seus olhos estavam fixos em alguma coisa que eu não podia ver, de onde estava sentado.

— Há quanto tempo você sabe?

— Sei? — Pensei a respeito. — Honestamente, acho que sei desde o dia em que te tiramos do campo. Nada que eu pudesse identificar, mas eu sabia que havia um problema. Alguém tentou te tirar de lá antes de nós. O comandante do campo deixou isso escapar entre os acessos de baba.

— Parece incomumente animado para ele. — Ela tragou mais fumaça, soltando-a em um chiado entre dentes.

— É, bom. Aí, é claro, tivemos seus amigos lá no deque recreativo da Mandrake. Agora, aquela eu devia *mesmo* ter percebido ainda no teclado de lançamento. Digo, é o truque de puta mais velho que existe. Levar a vítima até um beco escuro segurando o cara pelo pau e entregá-lo para o cafetão.

Ela se encolheu com uma careta. Forcei um sorriso.

— Desculpe. Modo de dizer. É só que eu estou me sentindo meio burro. Me conta: aquela arma na sua cabeça era só para despistar, ou eles estavam falando sério?

— Não sei. — Tanya balançou a cabeça. — Eram pessoal da guarda revolucionária. Os durões do Kemp. Mataram o Deng quando ele foi xeretar. Morto para valer, cartucho queimado e o corpo vendido pelas partes. Chegaram a me contar isso enquanto esperávamos por você. Talvez para me assustar, não sei. Eles provavelmente teriam atirado em mim, em vez de permitir que eu escapasse de novo.

— É, eles também me pareceram convincentes pra caralho. Mas foi você que os chamou mesmo assim, não foi?

— Sim. — Ela disse para si mesma, como se descobrisse a verdade pela primeira vez. — Fui eu.

— Importa-se de me dizer por quê?

Ela fez um pequeno movimento, algo que podia ser sua cabeça chacoalhando, talvez só um tremor.

— Certo. Quer me dizer *como?*

Ela se recuperou, olhou para mim.

— Sinal codificado. Eu o montei enquanto você e Jan estavam fora analisando a Mandrake. Disse a eles que esperassem pelo meu sinal, depois fiz uma ligação do meu quarto na Torre quando tive certeza de que iríamos para Dangrek. — Um sorriso cruzou seu rosto, mas sua voz podia muito bem ser a de uma máquina. — Encomendei lingerie. De um catálogo. O código localizador estava nos números. Coisa básica.

Assenti.

— Você sempre foi kempista?

Ela se remexeu, impaciente.

— Eu não sou daqui, Kovacs. Não tenho nenhuma posição... eu não tenho nenhum *direito* a uma posição política aqui. — Ela me lançou um olhar irritado. — Mas pelo amor de Deus, Kovacs. Essa é a porra do planeta deles, né?

— Isso me parece muito com uma posição política.

— É, deve ser bem legal não ter crença nenhuma. — Ela fumou mais um pouco, e vi que sua mão tremia de leve. — Tenho inveja do seu distanciamento presunçoso e hipócrita de merda.

— Bem, não é difícil chegar nesse ponto, Tanya. — Tentei conter o tom defensivo na minha voz. — Experimente você trabalhar como conselheiro militar local para Joshua Kemp enquanto a Cidade Índigo se destrói em distúrbios civis ao seu redor. Lembra-se daqueles sistemas inibidores simpáticos que o Carrera despejou na gente? A primeira vez que eu vi aquilo sendo usado em Sanção IV foi com os guardas de Kemp, lançando-os sobre mercadores de artefatos protestando na Cidade Índigo, um ano antes do começo da guerra. Em capacidade máxima, descarga contínua. Sem piedade nenhuma para com as classes exploradoras. Você fica bem distanciado depois desses primeiros expurgos de vias públicas.

— Então você mudou de lado. — Era o mesmo escárnio que eu tinha ouvido em sua voz naquela noite no bar, a noite em que ela afastou Schneider.

— Bem, não logo de cara. Cogitei por algum tempo assassinar Kemp, mas não parecia valer a pena. Algum membro da família teria entrado no lugar dele, algum quadro de merda. E a essa altura, a guerra já parecia bastante inevitável, de qualquer forma. E, como diz Quell, essas coisas precisam esgotar seu curso hormonal.

— É assim que você sobrevive? — murmurou ela.

— Tanya. Eu venho tentando dar o fora daqui desde então.

— Eu... — Ela estremeceu. — Eu te observei, Kovacs. Observei você em Pouso Seguro, naquele tiroteio no escritório, na Torre Mandrake, na praia em Dangrek com seus próprios homens. Eu... eu invejei isso que você tem. Isso de como você convive consigo mesmo.

Busquei um breve refúgio em meu café com uísque. Tanya pareceu não notar.

— Eu não consigo — continuou ela. Um gesto defensivo, desamparado. — Não consigo tirá-los da minha cabeça. Dhasanapongsakul, Aribowo, os outros. A maioria deles eu nem vi morrer, mas eles... ficam. — Ela engoliu em seco. — Como você descobriu?

— Quer me passar um cigarro agora?

Ela me entregou o maço, sem dizer nada. Eu me ocupei em acender e inalar, sem nenhum benefício perceptível. Meu organismo estava tão cheio de danos e das drogas de Roespinoedji que eu ficaria abismado se sentisse alguma coisa. Era o tênue conforto do hábito, e não muito mais.

— A intuição de Emissário não funciona assim — falei, devagar. — Como eu disse, eu sabia que havia alguma coisa errada. Só não queria admitir. Você, hã, você passa uma boa impressão, Tanya Wardani. De certa forma, no meu íntimo, eu não queria acreditar que era você. Mesmo quando você sabotou a área de estocagem...

Ela se assustou.

— Vongsavath disse...

— É, eu sei. Ela ainda acha que foi o Schneider. Não contei a ela nada diferente. Eu mesmo estava bastante convencido de que tinha sido Schneider, depois daquela fuga dele. Como ia falando, eu não *queria* pensar que talvez fosse você. Quando a possibilidade de ser Schneider surgiu, eu fui atrás dela como um míssil teleguiado. Houve um momento na doca de acoplagem em que eu havia sacado a verdadeira natureza dele. Sabe o que eu senti? Fiquei aliviado. Eu tinha minha solução e não precisava mais pensar sobre quem mais poderia estar envolvido. Belo distanciamento, hein?

Ela não falou nada.

— Mas havia toda uma pilha de razões pelas quais Schneider não podia ser o único com motivos escusos. E o condicionamento de Emissário simplesmente continuou aumentando essa pilha até que ela ficou grande demais para continuar ignorando.

— Razões como...?

— Como essa. — Enfiei a mão num bolso e tirei de lá um cartucho de dados portátil. A membrana se assentou na mesa e ciscos de luz evoluíram na bobina de dados projetada. — Limpe aquela parte ali para mim.

Ela me olhou, curiosa, em seguida se debruçou para a frente e espanou os ciscos no display para o canto superior esquerdo da bobina. O gesto ecoou na minha cabeça, as horas observando-a trabalhar nas telas de seus próprios monitores. Assenti e sorri.

— Hábito interessante. A maioria de nós a teria jogado contra a superfície. Mais final, mais satisfatório, acho. Mas você é diferente. Você arruma para cima.

— Wycinski. É coisa dele.

— Foi onde você adquiriu o costume?

— Não sei. — Ela deu de ombros. — Provavelmente.

— Você não é Wycinski, né?

Isso arrancou uma risada espantada dela.

— Não, não sou. Eu trabalhei com Wycinski em Bradbury e na Terra de Nkrumah, mas tenho a metade da idade dele. Por que você acharia isso?

— Nada. Só passou pela minha cabeça. Sabe, aquela virtualidade do sexo. Havia muitas tendências masculinas no que você fez consigo mesma. Só me perguntei, sabe. Quem melhor para saber como atender a uma fantasia masculina do que um homem.

Ela sorriu para mim.

— Errado, Takeshi. É o contrário. Quem melhor para saber como atender a uma fantasia masculina do que uma mulher?

Apenas por um momento, algo afetuoso faiscou entre nós, já se apagando no momento em que surgia. O sorriso desapareceu.

— Então, você ia dizendo...

Apontei para a bobina de dados.

— Esse é o padrão que você deixa depois de terminar. Esse é o padrão que você deixou na bobina de dados da cabine a bordo da traineira. Presumivelmente, depois de trancar o portal na cara de Dhasanapongsakul e os colegas dele, depois de matar os dois na traineira e jogá-los nas redes. Eu vi isso na manhã depois da festa. Não reparei na época, mas, como eu disse, é assim que funciona com os Emissários. Continuam adquirindo pepitas de dados até que elas signifiquem alguma coisa.

Ela fitava a bobina de dados com intensidade, mas eu ainda percebi o tremor que a percorreu quando falei o nome de Dhasanapongsakul.

— Havia outras pepitas, depois que eu comecei a procurar. As granadas de corrosão no depósito. Claro, Schneider precisou desligar os monitores a bordo da *Nagini,* mas você estava trepando com ele. Um caso antigo, na verdade. Não creio que tenha tido mais dificuldade para convencê-lo a isso do que teve para me fazer descer até a doca recreativa na Mandrake. Isso não se encaixou a princípio, porque você fazia tanta questão de colocar a baliza de identificação a bordo. Por que se dar ao trabalho de tentar deixá-las fora de serviço em primeiro lugar, depois trabalhar tanto para conseguir situar a única que restou?

Ela assentiu bruscamente. A maior parte dela ainda estava lidando com Dhasanapongsakul. Eu estava falando no vácuo.

— Não fazia sentido, até eu pensar no que mais tinha sido sabotado. Não as balizas. Os conjuntos de Id&A. Você detonou todos eles. Porque assim ninguém seria capaz de colocar Dhasanapongsakul e os outros no virtual e descobrir o que tinha acontecido com eles. Claro, em algum momento nós os levaríamos de volta para Pouso Seguro e descobriríamos. Mas aí... Você não planejava que a gente voltasse, né?

Aquilo a trouxe de volta. Um olhar fixo atravessando uma guirlanda de fumaça.

— Sabe quando eu decifrei a maior parte disso tudo? — Traguei com força minha fumaça. — Nadando de volta para o portal. Sabe, eu estava bem convencido de que ele estaria fechado quando eu chegasse lá. Não tinha muita certeza de por que pensei nisso para começo de conversa, mas aquilo meio que se encaixou. Eles tinham passado pelo portal, e o portal tinha se fechado para eles. Por que isso aconteceria, e como o pobre Dhasanapongsakul tinha acabado do lado errado, de camiseta? Foi aí que eu me lembrei da cachoeira.

Ela piscou.

— A cachoeira?

— É. Qualquer ser humano normal, no estado pós-coito, teria me empurrado pelas costas para cair naquela piscina e depois rido. Nós dois teríamos. Em vez disso, você começou a chorar. — Examinei a ponta do meu cigarro como se aquilo me interessasse. — Você estava no portal com Dhasanapongsakul e o empurrou para o outro lado. Aí trancou o portal. Não são necessárias duas horas para fechar aquela coisa, né, Tanya?

— Não — murmurou ela.

— Você já estava pensando que talvez tivesse que fazer o mesmo comigo? Na cachoeira?

— Eu... — Ela chacoalhou a cabeça. — Não sei.

— Como você matou os dois da traineira?

— Atordoador. Depois as redes. Eles se afogaram antes que pudessem acordar. Eu... — Ela pigarreou. — Eu os puxei de volta mais tarde. Eu ia, sei lá, enterrá-los em algum lugar. Talvez até esperar alguns dias e arrastá-los para o portal, tentar abrir o portal e jogá-los do outro lado também. Entrei em pânico. Eu não podia suportar estar ali, me perguntando se Aribowo e Weng poderiam encontrar algum jeito de reabrir o portal antes que o ar se esgotasse.

Ela olhou para mim, desafiadora.

— Eu não acreditava nisso de verdade. Sou uma arqueóloga, eu sei como... — Ela ficou em silêncio por alguns momentos. — Eu mesma não poderia ter aberto o portal de novo a tempo de salvá-los. Era só que... o portal... o que ele significava... Sentada ali na traineira, sabendo que eles estavam logo do outro lado daquela... coisa... sufocando. Milhões de quilômetros de distância no céu acima da minha cabeça e, ainda assim, logo ali na caverna. Tão perto. Como algo imenso, esperando por mim.

Assenti. Na praia em Dangrek, eu tinha contado a Wardani e Vongsavath sobre os cadáveres que encontrara selados na substância da nave marciana enquanto Carrera e eu caçávamos um ao outro pelo casco. Mas nunca contei a elas sobre minha última meia hora dentro da nave, as coisas que eu vi e ouvi enquanto titubeava de volta à desolação ecoante da doca de acoplagem com a estrutura do impulsor de Carrera em meus ombros, as coisas que senti nadando ao meu lado por todo o caminho de volta até o portal. Depois de algum tempo, minha visão tinha se estreitado para aquele vago borrão de luz orbitando na escuridão, e eu não quis olhar em torno por medo do que poderia ver, do que poderia estar encurvado ali, estendendo-me sua garra. Apenas mergulhei em busca da luz, quase incapaz de acreditar que ela ainda estava ali, morrendo de medo de que, a qualquer momento, ela se trancaria e me deixaria do lado de fora, no escuro.

Alucinação de tetrameta, falei a mim mesmo depois, e isso teria que me bastar.

— Então por que não pegou a traineira?

Ela voltou a balançar a cabeça e apagou o cigarro.

— Entrei em pânico. Eu estava cortando os cartuchos dos dois que estavam nas redes, e simplesmente... — Ela estremeceu. — Era como se algo estivesse me encarando. Eu os soltei na água de novo, joguei os cartuchos no mar o mais longe que pude. Aí simplesmente fugi. Nem tentei explodir a caverna ou cobrir meus rastros. Fui caminhando até Sauberlândia. — A voz dela mudou de uma forma que eu não sabia definir. — Peguei uma carona com um cara num carro terrestre pelos últimos quilômetros. Um cara jovem, com um par de crianças que estava trazendo de volta de um passeio de grav-gliding. Devem estar todos mortos agora.

— Sim.

— Eu... Sauberlândia não era longe o bastante. Fugi para o sul. Eu estava no interior de Bootkinaree quando o Protetorado assinou os acordos. As forças do Cartel me apanharam em uma coluna de refugiados. Me largaram no campo com o resto deles. Na época, quase me pareceu justiça.

Ela se atrapalhou tirando um novo cigarro e o encaixou na boca. Seu olhar se enviesou para mim.

— Isso te fez rir?

— Não. — Acabei meu café. — Mas é um ponto que me interessa. O que você estava fazendo por Bootkinaree? Por que não voltar para a Cidade Índigo? Sendo uma simpatizante kempista e tal.

Ela fez uma careta.

— Não creio que os kempistas teriam ficado contentes em me ver, Takeshi. Eu tinha acabado de matar toda a expedição deles. Teria sido um pouco difícil de explicar.

— Kempistas?

— É. — Havia uma diversão retesada em seu tom agora. — Quem você acha que bancou aquela viagem? Roupas para vácuo, equipamento de perfuração e construção, as unidades analógicas e o sistema de processamento de dados para o portal. Fala sério, Takeshi. Nós estávamos à beira de uma guerra. De onde você acha que vieram todas aquelas coisas? Quem você acha que entrou e apagou o portal do arquivo de Pouso Seguro?

— Como eu disse — resmunguei —, eu não queria pensar a respeito. Então foi um lance kempista. Sendo assim, por que você os matou?

— Não sei — disse ela, gesticulando. — Pareceu... sei lá, Kovacs.

— É justo. — Amassei meu cigarro, resisti à tentação de pegar outro, acabei pegando mesmo assim. Observei-a e esperei.

— Era... — Ela parou. Balançou a cabeça. Recomeçou, enunciando as palavras com um cuidado exasperado. — Pensei que eu estivesse do lado deles. Fazia sentido. Todos nós concordamos. Nas mãos de Kemp, a nave seria uma moeda de troca que o Cartel não poderia ignorar. Ela podia vencer a guerra para nós. Sem derramamento de sangue.

— Sei.

— Aí descobrimos que era uma nave de guerra. Aribowo descobriu uma bateria de armas perto da proa. Bem inconfundível. Em seguida, mais uma. Eu, hum... — Ela parou e tomou um pouco de água. Limpou a garganta outra vez. — Eles mudaram. Quase da noite para o dia, todos mudaram. Até Aribowo. Ela era tão... foi como uma possessão. Como se eles tivessem sido possuídos por uma daquelas consciências que se vê nos filmes de horror de expéria. Como se algo tivesse passado pelo portal e...

Outra careta.

— Acho que eu nunca os conheci muito bem, no final das contas. Os dois na traineira, eles eram quadros do partido. Eu nem os conhecia. Mas todos ficaram do mesmo jeito. Todos falando sobre o que podia ser feito. Sobre a *necessidade*, sobre o que a revolução *precisava* fazer. Vaporizar Pouso Seguro a partir da órbita. Acionar os propulsores que a nave possuísse, e a essa altura eles estavam especulando sobre viagens mais rápidas que a luz, falando sobre levar a guerra até Latimer. Fazer a mesma coisa por lá. Bombardeamento planetário. Cidade de Latimer, Portausaint, Soufriere. Todos iam desaparecer, como Sauberlândia, até o Protetorado capitular.

— Eles poderiam ter feito isso?

— Talvez. Os sistemas em Terra de Nkrumah são bem simples, quando você entende a base. Se a nave fosse parecida com isso... — Ela deu de ombros. — O que não era. Mas nós não sabíamos disso na época. Eles achavam que podiam. Era isso o que importava. Eles não queriam uma moeda de troca. Queriam uma máquina de guerra. E eu tinha dado uma. Eles estavam comemorando a morte de milhões como se isso fosse uma piada das boas. Embebedando-se à noite e conversando a respeito. Cantando aquelas merdas de músicas revolucionárias. Justificando tudo com retórica. Toda a merda que você ouve pingando dos canais do governo, viradas 180 graus. Cant, teoria política, tudo para sustentar o uso de uma máquina de massacre planetário. E eu tinha dado uma a eles. Sem mim, eu não acho que conseguiriam abrir o portal de novo. Eles eram só cavouqueiros. Precisavam de mim. Não conseguiram arranjar mais ninguém, já que os Mestres da Guilda já estavam todos voltando para Latimer em naves-cruzeiro de cápsulas criogênicas, bem adiantados no jogo, ou enfiados em Pouso Seguro esperando a aprovação de suas transmissões de hiperfeixe pagas pela Guilda. Weng e Aribowo vieram me procurar na Cidade Índigo. Eles me imploraram para que os ajudasse. E eu ajudei. — Havia algo como uma súplica no rosto dela quando se voltou para olhar para mim. — Eu lhes dei o que queriam.

— Mas depois tirou de novo — falei, gentilmente.

A mão dela apalpou pela mesa. Eu a tomei na minha e segurei por um tempo.

— Você planejava fazer a mesma coisa com a gente? — perguntei, quando Tanya pareceu ter se acalmado. Ela tentou retirar a mão, mas eu a segurei. — Agora não importa — falei, com certa urgência. — Essas coisas já passaram, tudo o que você precisa fazer agora é viver com isso. É assim que você faz, Tanya. Apenas admita, caso seja verdade. Para você mesma, se não para mim.

Uma lágrima escorreu do canto de um dos olhos no rosto rígido diante de mim.

— Eu não sei — murmurou ela. — Eu estava só sobrevivendo.

— Isso é o bastante.

Nós ficamos sentados de mãos dadas em silêncio até que o garçom, em um capricho aberrante, veio ver se queríamos mais alguma coisa.

Mais tarde, voltando pelas ruas do Sítio 27, passamos pelo mesmo ferro-velho e o mesmo artefato marciano preso no cimento do muro. Uma imagem irrompeu em minha mente: a agonia congelada dos marcianos, afundados e selados nas bolhas do casco de sua nave. Milhares deles estendendo-se até o horizonte sombrio do volume imenso da nave, uma nação afogada de anjos, batendo suas asas em uma última tentativa insana de escapar da catástrofe que varreu a nave nos estertores da batalha.

Olhei de soslaio para Tanya Wardani e soube, com um lampejo como uma onda de empatina, que ela estava pensando na mesma imagem.

— Espero que ele não venha para cá — sussurrou ela.

— Como é?

— Wycinski. Quando a notícia se espalhar, ele vai... ele vai querer estar aqui para ver o que descobrimos. Acho que isso o destruiria.

— Permitiriam que ele viesse?

Ela deu de ombros.

— É difícil impedir, se ele estiver determinado. Ele passou o último século aposentado em uma pesquisa sinecura em Bradbury, mas ainda tem alguns amigos discretos na Guilda. Há admiração residual suficiente. Culpa também, pelo modo como ele foi tratado. Alguém vai fazer um favor, enfiá-lo numa transmissão por hiperfeixe pelo menos até Latimer. Depois disso, bem, ele ainda é rico o bastante para fazer o resto da viagem sozinho. — Ela balançou a cabeça. — Mas isso vai matá-lo. Seus preciosos marcianos, lutando e morrendo aos bandos igualzinho aos humanos. Valas comuns e riqueza planetária condensada em máquinas de guerra. Isso acaba com tudo o que ele queria acreditar sobre eles.

— Bem, predadores...

— *Eu sei*. Predadores têm que ser mais espertos, predadores dominam, predadores desenvolvem a civilização e se mudam para as estrelas. A mesma merda de sempre.

— A mesma merda de universo — apontei com delicadeza.

— É só que...

— Pelo menos eles não estavam mais lutando entre si. Você mesma disse, a outra nave não era marciana.

— É, eu não sei. Certamente não parecia ser. Mas isso é melhor? Unificar a sua raça para poder espancar a dos outros. Será que eles não podiam ter evoluído *para além disso?*

— Parece que não.

Ela não estava prestando atenção. Encarava cegamente adiante para o ponto onde se encontrava o artefato cimentado.

— Eles deviam saber que iam morrer. Teria sido instintivo, como voar para longe. Como correr de uma bomba explodindo. Como levantar suas mãos para se proteger de um tiro.

— E aí o que houve com o casco? Derreteu?

Ela voltou a balançar a cabeça devagar.

— Não sei, acho que não. Andei pensando nisso. As armas que vimos, elas pareciam estar fazendo algo mais básico do que isso. Mudando a... — ela gesticulou — ... não sei, o *comprimento da onda* da matéria? Algo hiperdimensional? Algo além do espaço tridimensional? Foi isso o que pareceu. Acho que o casco desapareceu, acho que eles ficaram no mesmo lugar no espaço, ainda vivos, porque a nave ainda estava *ali* em algum sentido, mas sabendo que estava prestes a desaparecer da existência. Acho que foi quando tentaram fugir voando.

Estremeci um pouco, rememorando.

— Deve ter sido um ataque mais pesado do que o que vimos — prosseguiu ela. — O que vimos não chega nem perto.

Grunhi.

— É, bem, os sistemas automáticos tiveram cem mil anos para trabalhar nos ataques. É de se esperar que eles teriam atingido um estágio bem avançado agora. Você ouviu o que Hand disse, pouco antes das coisas ficarem ruins?

— Não.

— Ele disse: *foi isso o que matou os outros.* Havia os que encontramos nos corredores, mas ele queria dizer os outros também. Weng, Aribowo, o resto da equipe. Foi por isso que ficaram lá fora até o ar acabar. Aquilo aconteceu com eles também, não foi?

Ela parou na rua para olhar para mim.

— Olha, se aconteceu...

Assenti.

— É, foi o que eu pensei.

— Nós calculamos aquela cometária. Os contadores de glifos e nossos próprios instrumentos, só para ter certeza. A cada mil e duzentos anos, mais ou menos. Se isso também ocorreu com a equipe de Aribowo, isso significa...

— Significa outra intersecção de raspão, com outra nave de guerra. Entre um ano e um ano e meio atrás, e quem sabe em que tipo de órbita elas devem estar travadas.

— Estatisticamente — ofegou ela.

— É. Você também pensou nisso. Porque estatisticamente, quais são as probabilidades de que duas expedições, com dezoito meses de intervalo entre si, ambas terem a má sorte de tropeçar em intersecções cometárias no espaço profundo?

— Astronomicamente baixas.

— E isso numa estimativa generosa. É quase impossível.

— A menos...

Assenti novamente e sorri porque pude ver a força voltando a Tanya como eletricidade enquanto ela levava a suposição até o fim.

— Isso mesmo. A menos que haja tanta sucata flutuando por aí que essa seja uma ocorrência bem comum. A menos, em outras palavras, que tenhamos encontrado os restos de uma batalha naval em escala sistêmica travados no tempo.

— Teríamos percebido antes — arriscou ela, incerta. — A essa altura, teríamos visto algumas delas.

— Duvido. Existe muito espaço lá fora, e mesmo um trambolho de cinquenta quilômetros é bem pequeno, para os padrões de asteroides. E de qualquer forma, não estávamos procurando. Desde que chegamos aqui, ficamos com nossos narizes enfiados na terra, agarrando lixo arqueológico fácil de escavar e fácil de vender. Retorno do investimento, essa é a parada em Pouso Seguro. Nós nos esquecemos de olhar para as outras direções.

Ela riu, ou fez algo muito próximo do riso.

— Você por acaso não é o Wycinski, Kovacs? Porque fala *igualzinho* a ele às vezes.

Eu construí outro sorriso.

— Não. Eu também não sou Wycinski.

O telefone que Roespinoedji me emprestou vibrou no bolso. Eu o retirei, fazendo uma careta pelo modo como a junta do cotovelo friccionou.

— Alô?

— Vongsavath. Os caras estão prontos. Podemos sair daqui hoje à noite, se você quiser.

Olhei para Wardani e suspirei.

— Tá. Eu quero, sim. Estarei aí com você em alguns minutos.

Guardei o telefone e recomecei a andar. Wardani me seguiu.

— Ei — disse ela.

— Sim?

— Aquele negócio de procurar lá fora? De não se ficar com a cara na terra? De onde foi que veio isso tudo de repente, Sr. Eu Não Sou o Wycinski?

— Sei lá. — Dei de ombros. — Talvez seja o negócio do Mundo de Harlan. É o único lugar no Protetorado onde você tende a olhar para o céu quando pensa nos marcianos. Ah, também temos as nossas escavações e nossos resquícios de civilização. Mas a única coisa inesquecível sobre os marcianos são os orbitais. Eles ficam lá em cima todos os dias da sua vida, dando voltas e voltas, como anjos com espadas e dedos rápidos. Parte do céu noturno. Essas coisas, tudo o que descobrimos aqui, não me surpreende de verdade. Já estava na hora.

— Sim.

A energia que eu tinha visto voltar para ela estava ali, no tom de sua voz, e eu sabia que ela ficaria bem. Houve um ponto em que supus que ela não iria ficar por isso, que se ancorar aqui e esperar a guerra terminar era alguma forma obscura de punição contínua que ela se infligiria. No entanto, a orla brilhante de entusiasmo em sua voz já bastava.

Ela ficaria bem.

A sensação era de fim de uma longa jornada. Uma viagem juntos que tinha começado com o contato próximo das técnicas de Emissário para reparo psíquico em uma nave roubada do outro lado do mundo.

A sensação era de uma casca de ferida se soltando.

— Só uma coisa — falei quando alcançamos a rua que serpenteava em curvas fechadas até a pequena e surrada pista de aterrissagem do Sítio 27.

Abaixo de nós jaziam os redemoinhos cor de poeira do campo de camuflagem do vagão de batalha da Vanguarda. Paramos de novo para olhar para ele.

— O quê?

— O que você quer que eu faça com a sua parte da grana?

Ela soltou uma risada, real, dessa vez.

— Transmita para mim. Onze anos, né? Vai me dar algo pelo que ansiar.

— Certo.

Lá embaixo, no campo de pouso, Ameli Vongsavath emergiu abruptamente do campo de camuflagem e ficou olhando para nós com uma das mãos fazendo sombra sobre os olhos. Ergui um braço e acenei, depois parti na direção do vagão de batalha e da longa viagem.

EPÍLOGO

A Virtude de Angin Chandra *abre caminho a rajadas para fora do eclíptico até o espaço profundo. Ela já está se movendo mais rápido do que a maioria dos seres humanos consegue visualizar com clareza, mas mesmo isso ainda é bem lento para os padrões interestelares. Em aceleração total, ela ainda vai chegar a somente uma fração das velocidades próximas da luz que as barcaças colonizadoras atingiam vindo no sentido contrário no século anterior. Ela não é uma nave para o espaço profundo; não foi construída para isso. No entanto, seus sistemas são Nuhanovic, e ela vai chegar ao destino no seu próprio ritmo.*

Aqui na virtualidade, tende-se a perder de vista o contexto externo. O pessoal que Roespinoedji contratou fez um trabalho exemplar. Há uma praia de calcário varrida pelo vento e pelas ondas, quebrado junto à orla como as camadas de cera derretida na base de uma vela. Os terraços são quarados pelo sol, chegando a um branco tão intenso que dói olhar sem lentes, e o sol é salpicado de brilho. Dá para saltar do calcário diretamente para dentro de cinco metros de água clara como cristal e de um frio que tira o suor da sua pele como se fosse roupas velhas. Há peixes multicoloridos aqui embaixo, em meio às formações de coral que se erguem do leito de areia pálida como fortificações barrocas.

A casa é espaçosa e antiga, recuada nas colinas e construída como um castelo do qual alguém tivesse cortado o topo. O espaço achatado resultante no teto é cercado em três lados e decorado com pátios em mosaico. Nos fundos, é possível sair andando diretamente para dentro das montanhas. Lá dentro, há espaço suficiente para todos nós ficarmos sozinhos se quisermos e móveis que encorajam encontros na cozinha e na área de jantar. Os sistemas da casa transmitem música por boa parte do tempo, discreto violão flamenco de Adoración ou pop de Cidade de Latimer. Há livros na maioria das paredes.

Durante o dia, as temperaturas sobem a um ponto que dá vontade de entrar na água algumas horas depois do café da manhã. À noite, esfria o suficiente para que vistamos jaquetas ou casacos se quisermos ir nos sentar na cobertura e observar as estrelas, o que todos fazemos. Não é um céu noturno que se veria do convés do piloto na Virtude de Angin Chandra neste momento — um dos contratados me contou que eles puxaram o formato de algum original da Terra arquivado. Ninguém se importa, para falar a verdade.

Em matéria de um além vida, esse não é dos piores. Talvez não esteja à altura dos padrões que alguém como Hand esperaria — a entrada não é restritiva o bastante, para começar —, mas esse foi projetado para meros mortais. E supera seja lá o que for aquilo em que a tripulação morta da nave Tanya Wardani está presa. Se os conveses e corredores desertos da Chandra dão a sensação de um navio-fantasma, como Ameli Vongsavath diz, então é uma forma de assombração infinitamente mais confortável do que a que os marcianos nos deixaram do outro lado do portal. Se eu sou um fantasma, armazenado e rastejando ligeiro como um elétron nos circuitos minúsculos dos tabiques do vagão de batalha, não tenho do que reclamar.

No entanto, ainda há momentos em que eu olho em torno para a grande mesa de madeira à noite, além das garrafas e cachimbos vazios, e desejo que os outros tivessem conseguido sobreviver. Sinto falta de Cruickshank em particular. Deprez, Sun e Vongsavath são boa companhia, mas nenhum deles tem a mesma alegria abrasiva que a planaltina de Limon costumava brandir ao seu redor como um porrete de diálogo. E, é claro, nenhum deles está interessado em fazer sexo comigo como ela estaria.

Sutjiadi também não está conosco. Seu cartucho foi o único que eu não destruí na praia em Dangrek. Tentamos baixá-lo antes de deixarmos Sítio 27 e ele veio insano, gritando. Ficamos ao redor dele em um formato de pátio de mármore frio, e ele não nos reconheceu. Ele gritou e balbuciou e babou, afastando-se de qualquer um que tentasse lhe estender a mão. No final, nós o desligamos e em seguida apagamos o formato, porque, em nossas mentes, o pátio ficou definitivamente contaminado.

Sun resmungou algo sobre psicocirurgia. Eu relembrei a sargento de demolições da Vanguarda que eles reencapavam com frequência excessiva e fiquei pensando se seria possível salvá-lo. Mas o que houver de psicocirurgia em Latimer, Sutjiadi vai receber. Por minha conta.

Sutjiadi.

Cruickshank.

Hansen.

Jiang.

Alguns diriam que a gente deu sorte.

Às vezes, quando estou sentado sob o céu noturno com Luc Deprez e uma garrafa compartilhada de uísque, eu quase concordo.

Periodicamente, Vongsavath desaparece. Um construto com roupas empertigadas copiado de um burocrata da era da Colonização do Lar Huno vem buscá-la em um jipe aéreo antigo, de capota de lona. Ele fica mexendo no arnês de proteção contra colisões dela, para diversão de todos que os observam, e então os dois passeiam e saem para as montanhas atrás da casa. Ela raramente fica mais de meia hora fora.

Claro que, em tempo real, isso são alguns dias. Os técnicos de Roespinoedji desaceleraram a virtualidade a bordo para nós, até onde era possível. Deve ter sido a primeira vez para eles: a maioria dos clientes deseja o tempo virtual rodando dezenas ou centenas de vezes mais depressa do que o padrão da realidade. Por outro lado, a maioria das pessoas não tem uma década ou mais sem nada melhor para fazer do que ficar relaxando. Estamos vivendo os onze anos de transporte aqui a uma velocidade cem vezes maior do que está realmente acontecendo. Semanas na ponte automatizada da Chandra passam em horas para nós. Estaremos de volta ao sistema Latimer no final do mês.

Teria mesmo sido mais fácil apenas dormir durante toda a viagem, mas Carrera sabia julgar a natureza humana tão bem quanto qualquer outro carniceiro reunido em torno do corpo paralisado de Sanção IV. Como todas as naves com potencial para fugir da guerra, o vagão de batalha está equipado a contragosto com uma única cápsula criogênica de emergência para o piloto. Nem é uma cápsula muito boa: a maior parte do tempo em que Vongsavath passa fora é consumida com o tempo de descongelamento e recongelamento exigido pelos sistemas criogênicos excessivamente complexos. Aquele burocrata do Lar Huno é uma piada elaborada criada por Sun Liping, sugerida e então escrita no formato quando Vongsavath voltou uma noite cuspindo xingamentos contra a ineficácia do processador da cápsula.

Vongsavath exagera, é claro, como qualquer um faz com preocupações menores quando a vida está tão perto de ser perfeita em seus aspectos principais. A maioria do tempo ela não fica fora nem o tempo suficiente para que o seu café esfrie, e as checagens que ela executa no deque do piloto até o momento se provaram totalmente supérfluas. Sistemas de guias Nuhanovic. Como Sun disse uma vez, no casco da nave marciana, é tecnologia de ponta.

Mencionei esse comentário para ela dois dias atrás enquanto flutuávamos de costas nas longas ondas verde-azuladas bem distante da praia, os olhos cerrados contra o sol lá no alto. Ela mal se lembrava de ter dito isso. Tudo o que aconteceu em Sanção IV já começava a parecer ter sido havia uma vida. Nos aléns, perde-se a noção do tempo, parece, ou talvez simplesmente não haja a necessidade ou o desejo de manter essa noção. Qualquer um de nós poderia descobrir, verificando os dados da virtualidade, há quanto tempo estávamos ali e quando exatamente chegaríamos, mas parece que nenhum de nós quer saber. Preferimos manter essa noção vaga. Em Sanção IV, nós sabemos que já se passaram anos, mas quantos, exatamente, parece — e provavelmente é — irrelevante. A guerra pode já ter acabado, a paz já sendo disputada. Ou talvez não. É difícil fazer as coisas importarem mais do que isso. Os vivos não nos atingem aqui.

Na maior parte das vezes, pelo menos.

Às vezes, contudo, eu me pergunto o que Tanya Wardani estaria fazendo agora. Eu me pergunto se ela já está em algum ponto das fronteiras do sistema de Sanção, virando o rosto de uma nova capa, cansada e decidida enquanto se debruça sobre as trancas de glifo em um couraçado marciano. Eu me pergunto quantos outros colossos conectados aos mortos estão rodando por aí, girando para trocar disparos com seus antigos inimigos e então caindo outra vez para o interior da noite, feridos, as máquinas se aproximando aos poucos para acalmar e reparar e deixar tudo pronto para a próxima vez. Eu me pergunto com o que mais vamos cruzar nesses céus inesperadamente lotados, quando começarmos a procurar. E então, de vez em quando, eu me pergunto o que todos eles estavam fazendo lá para começo de conversa. Eu me pergunto pelo que estavam lutando no espaço em torno daquela estrelinha desinteressante e me pergunto se, no fim, eles acharam que valeu a pena.

Ainda mais ocasionalmente, eu volto minha mente para o que tenho que fazer quando chegarmos a Latimer, mas os detalhes parecem irreais. Os quellistas vão querer um relatório. Vão querer saber por que eu não pude influenciar Kemp para se alinhar mais aos projetos deles para todo o setor Latimer, por que eu mudei de lado no momento crítico e, pior de tudo, por que deixei as coisas em um alinhamento nada melhor do que se encontrava quando eles me transmitiram para lá. Provavelmente não é o que eles tinham em mente quando me contrataram.

Vou inventar alguma coisa.

Não tenho uma capa neste momento, mas isso é uma inconveniência menor. Tenho metade de um depósito de vinte milhões de dólares da ONU guardados na Cidade de Latimer, um pequeno bando de amigos durões das operações especiais, um dos quais se gaba de ser ligado por parentesco a uma das famílias militares mais ilustres de Latimer. Um psicocirurgião a encontrar para Sutjiadi. Uma determinação mal-humorada de visitar os Planaltos Limon e dar à família de Yvette Cruickshank a notícia de sua morte. Para além disso, uma vaga ideia de que talvez eu volte às ruínas de grama prateada de Innenin, procurando atentamente, com ouvidos abertos, por algum eco do que encontrei na Tanya Wardani.

Essas são as minhas prioridades para quando eu voltar dos mortos. Qualquer um que tenha um problema com elas pode entrar na fila.

Em alguns sentidos, estou ansioso pelo fim do mês.

Essa coisa de além é superestimada pra cacete.

Impresso no Brasil pelo
Sistema Cameron da Divisão Gráfica da
DISTRIBUIDORA RECORD DE SERVIÇOS DE IMPRENSA S.A.
Rua Argentina, 171 – Rio de Janeiro, RJ – 20921-380 – Tel.: (21)2585-2000